T0248419

LA CANCIÓN DE LA CAZADORA

LA CANCIÓN DE LA CAZADORA

LUCY HOLLAND

Traducción de Carmen Romero Lorenzo

☾ UMBRIEL

Argentina · Chile · Colombia · España
Estados Unidos · México · Perú · Uruguay

Título original: *Song of the Huntress*
Editor original: Macmillan an imprint of Pan Macmillan,
a division of Macmillan Publishers International Limited
Traducción: Carmen Romero Lorenzo

1.ª edición: septiembre 2024

Reservados todos los derechos. Queda rigurosamente
prohibida, sin la autorización escrita de los titulares del
copyright, bajo las sanciones establecidas en las leyes, la
reproducción parcial o total de esta obra por cualquier
medio o procedimiento, incluidos la reprografía y el tra-
tamiento informático, así como la distribución de ejem-
plares mediante alquiler o préstamo público.

© 2024 *by* Lucy Hounsom
All Rights Reserved
© de la traducción 2024 *by* Carmen Romero Lorenzo
© 2024 *by* Urano World Spain, S.A.U.
   Plaza de los Reyes Magos, 8, piso 1.º C y D – 28007 Madrid
   www.umbrieleditores.com

ISBN: 978-84-10085-15-2
E-ISBN: 978-84-10159-87-7
Depósito legal: M-16.616-2024

Fotocomposición: Urano World Spain, S.A.U.
Impreso por: Romanyà Valls, S.A. – Verdaguer, 1 – 08786 Capellades (Barcelona)

Impreso en España – *Printed in Spain*

Para mi madre, Deirdre,
y en recuerdo de mi abuela,
Iris: mujeres que decidieron luchar.

No se dará caza a Twrch Trwyth hasta hallar a Gwyn hijo de Nudd, en quien Dios encerró la furia de los demonios de Annwfn, por temor a la destrucción del mundo. No se librará de este sino.

«Culhwch y Olwen», *El libro Rojo de Hergest.*

Ella sabía lo que hacía arrodillarse a los caballos. Ahí residía el corazón de todas las criaturas salvajes.

Alan Garner, *The Moon of Gomrath*

NOTA HISTÓRICA

Antes de nada, este libro es fantasía. Aunque he optado por explorar la Alta Edad Media, siempre he estado más interesada en la manera en la que entrecruzan la historia y el mito que en ofrecer un retrato detallado de una época. Una vez aclarado esto, me he esforzado por recrear los primeros años del siglo VIII en Gran Bretaña con algo de veracidad; los errores probablemente se deban a la escasez de detalles disponibles, y a la inevitable naturaleza del arte de contar historias. Me he tomado libertades con las fechas de nacimiento y fallecimiento de personajes históricos, además de las fechas en las que se presupone que tuvieron lugar ciertos acontecimientos. También me he inventado por completo otros acontecimientos.

Ine y Æthelburg, a quienes conoceréis en estas páginas, serían lo que hoy llamaríamos una pareja de éxito. Según la crónica anglosajona, Ine fue rey de Wessex durante treinta y siete años, un reinado inmensamente largo para este período, y Æthelburg ostentó el título de reina antes de que la realeza de Wessex dejara de usarlo. Ni siquiera Ealhswith, esposa de Ælfred el Grande, llegó a recibirlo. También se suele considerar que Æthelburg fue una de las pocas guerreras anglosajonas. La crónica anglosajona recoge un intrigante pasaje en el que lidera un ejército con el objetivo de destruir la fortaleza de su marido en Taunton, y William de Malmesbury, que escribió en el período normando, estaba fascinado con ella. El propio Ine es famoso por crear uno de los primeros códigos legales anglosajones, que Ælfred anexó, en parte, a sus propias leyes, lo que aseguró su supervivencia. El código legal de Ine señala la naturaleza cambiante de la corona, con un nuevo énfasis en defender la justicia, mantener el orden social y legislar para una población que incluía a los britanos nativos, además de a sus súbditos sajones.

Aunque durante esa época había britanos que vivían en el Wessex sajón, las relaciones entre ambos pueblos continuaban siendo conflictivas. En anglosajón la palabra para denominar a los nativos era *Wealas*, la raíz de Gales. Acarreaba connotaciones negativas y se usaba para distinguir a todos los nativos de los sajones, no solo a los de los reinos címricos. Los dumnones eran un pueblo britano nativo que había controlado durante siglos la zona de West Country, pero las incursiones de los sajones de Wessex fueron arrinconándolos cada vez más hacia Devon y Cornualles. Algunos historiadores consideran a Geraint de Dumnonia, que murió en batalla en torno al 710 d. C., como el último gobernante de la Dumnonia unificada.

A pesar de aquel conflicto en marcha, los sajones no abandonaron la costumbre de guerrear entre ellos y la autoridad del rey podía verse cuestionada por cualquier *ætheling*: un príncipe o noble con suficiente derecho a la corona. Por tanto, una corte real —con sus mareas cambiantes de poder e influencia— tenía el mismo potencial de peligro que el campo de batalla. Este es el turbulento escenario histórico que he elegido para ambientar mi historia.

La historia ofrece un lienzo maravilloso a los escritores, sobre todo cuando las fuentes primarias se contradicen y son escasas. Esto me ha permitido interpretar las situaciones de manera creativa, con especial atención a la hora de incluir identidades y temas que padecen de un abandono crónico en las narrativas históricas. Del mismo modo, los elementos de la mitología galesa que he incorporado solo dejan entrever la extraordinaria profundidad del folclore céltico. Ojalá los lectores se sientan inspirados para seguir explorándolo.

DRAMATIS PERSONAE

LA CASA REAL DE WESSEX

Ine: rey de los sajones occidentales

Æthelburg: esposa de Ine, reina de los sajones occidentales

Ingild: hermano pequeño de Ine, ætheling de Wessex

Cuthburh: hermana de Ine, esposa de Aldfrith de Northumbria, convertida en monja

Cwenburh: hermana de Ine, también es monja

Cenred: padre de Ine, Ingild, Cuthburh y Cwenburh

Frigyth: esposa de Ingild, *fallecida*

Eoppa: hijo de Ingild y Frigyth

PUEBLO DE WESSEX

Hædde: obispo de Wintanceaster

Earconwald: obispo de Lundenwic

Nothhelm: rey de los sajones sureños

Thryth: esposa de Nothhelm

Gweir: gesith guerrero

Leofric: gesith guerrero

Edred: gesith guerrero, ha jurado lealtad a Ingild

Sælin: esposa de Edred

Winfrid de Crediantun: sacerdote cristiano

Godric de Wintanceaster: regidor

Osberth: regidor

Beorhtric de Hamwic: regidor

Gefmund: gerefa de Gifle

Merewyn: hija de Gefmund
Eadgifu: dama de la corte
Sinnoch: maestro de las caballerizas reales
Deorstan: jefe de los mozos de las caballerizas
Eanswith y Alis: doncellas de Æthelburg

DUMNONIA, REINO DE LOS BRITANOS

Geraint: rey de Dumnonia
Cadwy: hijo de Geraint, príncipe de Kernow
Goeuin: hermana de Geraint
Dinavus: administrador de Dintagel
Ulch: lord de Carnbree
Beruin: noble local
Cigfa: bruja
Emrys: cuentacuentos ambulante
Eiddon: guerrero
Celemon: guerrero
Brys: guerrero

LA CACERÍA SALVAJE

Herla: líder de la Cacería Salvaje, antigua señora de la guerra iceni al servicio de Boudica
Corraidhín: cazadora, lugarteniente de Herla.
Senua: cazadora, hermana de Gelgéis
Gelgéis: cazadora, hermana de Senua
Orlaith: cazadora
Nynniaw: cazadora
Ráeth: cazadora, *fallecida*

ANNWN, EL OTRO MUNDO

Gwyn ap Nudd: rey de Annwn
Olwen: hija de Ysbaddaden, jefe de los gigantes
Culhwch

Rhiannon

Pwyll

Pryderi

Bwlch, Cyfwlch y Syfwlch

Cædwalla: antiguo rey de Wessex, *fallecido*

Centwine: antiguo rey de Wessex, *fallecido*

Ceawlin: antiguo rey de Wessex, *fallecido*

NOTA SOBRE LA PRONUNCIACIÓN

El diptongo «Æ/æ» del idioma anglosajón se pronuncia como la «a» de «*cat*» en inglés.

Los nombres galeses Gwyn ap Nudd y Annwn aparecen con tanta frecuencia a lo largo del libro que quería incluir una pronunciación fonética para los que no estén familiarizados con el alfabeto galés. Aunque es difícil crear uno que pueda entenderse con facilidad e incorpore todo el sonido, una aproximación sería «Win ap Niz» (que rimaría con *barniz*) y «Ah-nun».

PRÓLOGO:
LA CACERÍA SALVAJE

Nunca debí ir en busca de ese ser, el de los ojos de plata. Al internarme en la espesura para encontrarlo, guiada por las historias, él giró su rostro hacia mí y era antiguo y triste. Cuando le pregunté su nombre y rehusó decírmelo, exhibía un rostro salvaje: un ciervo al que la luna del cazador había incitado a la locura. Cuando, al final, le dije lo que quería, se echó a reír y su rostro volvió a cambiar. Un zumbido bajo se alzó entre nosotros, como si su corazón albergara un avispero. Recuerdo haber retrocedido. Pero no lo suficiente.

Las gargantas de nuestro pueblo solían entonar el nombre de mi reina. Resonaba con más fuerza que el tronar de las cuadrigas y los corceles que las conducían hacia la vorágine de la batalla. Nos lavábamos juntas la sangre de los romanos de la piel, Boudica y yo, mientras yacíamos acunadas en la misma oscuridad, e imaginábamos un mundo sin guerras, diezmos ni grandes señores. Un mundo sin Roma.

Mi historia habría acabado como la suya, en la danza de la lanza y el escudo. Debería haber vivido y muerto como la mera guerrera que era. Pero había escuchado las historias. Los druidas nos advertían de los huecos entre un lugar y otro, donde los mundos se rozaban y se encarnaban los sueños. Hablaban de un guardián: alguien con el poder de desafiar a Roma. La bravura de Boudica no podía derrotar a un imperio.

El día que lo conocí, el rey de Annwn lucía unos ojos semejantes a gélidas estrellas. Era a la vez enorme y humilde: durante un instante, un gigante y, al siguiente, un hombre. Me descubrí arrodillándome, con su mano sobre mi cabello.

—Así que deseas el poder de expulsar a Roma de estas orillas —dijo con la voz del viento que recorre los altos riscos.

Me obligué a dejar de lado el miedo.

—Los druidas te llaman guardián de la tierra, la vida y la ley. ¿Ayudarás a nuestro pueblo?

—He escuchado tu súplica, Herla. —Me hace incorporarme—. Solo queda ponerle un precio.

Se apoderó de mí la rigidez.

—¿El precio?

—La costumbre dicta que hay que traer una ofrenda a las hadas de Annwn. —Separó los labios; un resplandor de dientes—. ¿Qué me has traído, Herla?

—No he traído nada.

¿Qué sabía yo de ofrendas y etiqueta? Aquel era el terreno de los sacerdotes.

—Eso no es cierto. —Extendió la mano hacia mí—. Te has traído a ti misma. —Como no respondí, siguió hablando—. Ven a mi banquete. Ven a los alegres salones de Caer Sidi. Dame tres días y te daré tres regalos.

—¿Qué regalos? —pregunté sin poderlo evitar.

—Un poder al que tu enemigo no podrá hacer frente —respondió con una sonrisa.

Ah, cómo me incitaron aquellas palabras. Y aun así…

—Boudica marchará a Londinium en tres días. Debo estar a su lado.

—Y lo estarás. —Hizo un grácil movimiento con la mano para colocarla frente a mí con las palmas para arriba—. Irás y llevarás contigo los favores de mi pueblo.

Un poder al que tu enemigo no podrá hacer frente.

Convoqué a las mejores de mi banda, diecinueve mujeres en total. Entre ellas Corraidhín de la veloz lanza; la apasionada Ráeth; las hermanas Senua y Gelgéis; Orlaith, la de la voz dulce, cuyas baladas resonaban largo tiempo en los oídos igual que sus gritos de guerra. Besé a Boudica y juré que nos reencontraríamos en la herbosa llanura frente a la capital de Roma. En tres días, susurré, habríamos ganado la guerra.

Solo miré atrás una vez. La reina de los eceni me devolvió la mirada, con el cabello leonino flameando como un estandarte y una promesa de sangre. Siempre se le enredaba sin remedio en torno a la cara cuando yacíamos juntas. Había peinado aquellos fieros mechones con los dedos más veces de las que podía contar.

Nunca volví a verla.

El rey del Otro Mundo se reunió con nosotras a los pies de un gran acantilado, y al oír cómo las piedras se agrietaban y gemían ante su tacto se me encogió el corazón. La oscuridad se vertió en el mundo. Nos sobresaltamos, pero el rey sonrió con ligereza.

—El miedo es para los débiles, Herla, ¿no crees?

Una orilla cuajada de flores nos dio la bienvenida, a las profundidades de la tierra.

—Los corceles de Llŷr —dijo el rey para referirse a los caballos que galopaban por aquel mar de hierba. Una senda aurea me lamió los pies y, como a todos los mortales que se han adentrado en el Otro Mundo, el deseo de transitar aquel camino me bañó de oro los huesos. Anhelaba dirigirme al lugar al que conducía, pero recordé a Boudica. Con un silbido del rey, veinte caballos abandonaron a sus compañeros—. Os llevarán con celeridad y sin peligro —se dirigió a mí— si es que los aceptas.

Asentí como una necia y me descubrí sosteniendo unas resplandecientes bridas en las manos.

—Qué belleza.

Cuando le recorrí el lustroso flanco con los dedos, el pelaje blanco del corcel se tornó oscuro. Observé cómo ese tinte sedoso se posaba sobre el resto sin prestar atención; cuán gloriosas luciríamos mientras pisoteábamos a los romanos y los aplastábamos con los cascos y nuestras espadas.

Al día siguiente, aunque era difícil distinguirlos bajo los nublosos y cavernosos cielos de Annwn, el rey celebró un banquete. El hidromiel fluía a través de las puertas de Caer Sidi. Las hadas de aquel temible castillo, inmunes a la edad y las dolencias, nos dieron la bienvenida, nos cubrieron de elogios y nos agasajaron con los más exquisitos manjares. Miel translúcida, manzanas y moras, diminutos pasteles y quesos níveos como el invierno. Allí se cantaban canciones y reinaba el júbilo. Y si la risa de nuestro anfitrión resonaba con el filo de la espada, no lo escuchamos. *Yo* no lo escuché.

Al final del segundo día, recordé el voto que había hecho a Boudica. Se me encogió el corazón al pensar que había estado tan cerca de olvidarla. Mientras más lo pensaba, más crecía aquel pesar, y no existía suficiente vino feérico para aletargar la urgencia que latía como un tambor de guerra en mi interior.

—Mi segundo regalo para ti. —El rey chasqueó los dedos y mi mente quedó inundada por la visión de la espada que tenía sobre la palma de las manos, pálida como la niebla—. ¿Lo aceptas?

Tomé la espada como una necia. Era lo más bello que había visto nunca, más bello que la feral cabellera de mi reina. Pero en mis manos la empuñadura se tiñó de sombras y la hoja se tornó más oscura que la negrura entre las estrellas. Y cuando la alcé y la blandí, podría haber jurado que cortaba el mismo mundo.

—El hacha de gran Culhwch puede hacer sangrar al viento —dijo el gobernante de Annwn exhibiendo una rara alegría en la voz—, pero esto es aún más afilado.

Cuando el tercer día concluyó en medio de algarabías y festines, me descubrí vagando ante las puertas de Caer Sidi, con la gloriosa espada envainada en el costado.

—Agradezco los regalos, señor, pero carecen de utilidad sin un enemigo ante quien blandirlos. ¿No ha llegado la hora de regresar?

Chasqueó la lengua como si tratase con una niña inquieta.

—¿No aceptarás mi tercer y último regalo?

Para entonces me había vuelto complaciente y me devoraba la avaricia.

—¿De qué se trata?

—Súbete al caballo.

Me subí al caballo como una necia. Pronto estaríamos en Londinium. Pronto obtendría la victoria para Boudica y la libertad para los eceni.

—Aquí está. —El rey me entregó un sabueso pequeño y fruncí el ceño cuando se acomodó en la silla de montar. Era blanco excepto por unas inquietantes orejas, rojas como la sangre—. Es uno de los Cŵn Annwn, sabuesos del Otro Mundo. Se llama Dormach y es mi favorito. —Su voz, tan suave de costumbre, se había endurecido a causa de la pena—. No desciendas al reino de los mortales hasta que el sabueso dé un brinco.

—¿Por qué?

—Deseabas el tercer regalo. No lo olvides… —Sus ojos resplandecieron—. No desmontes hasta que el perro brinque.

Y sin más preámbulos, el gobernante de Annwn alzó la mano y nos dio la venia para abandonar su reino.

Sabía que habíamos regresado; el viento poseía todas las tempestuosas imperfecciones del mundo real y le sonreí enseñando los dientes.

—Nos encaminamos a Londinium. Hacia la victoria.

Cuando mi banda rugió, sus voces resonaron de manera peculiar, como el eco de los cuernos desde una lejana llanura.

Los corceles de Llŷr devoraban las distancias, pero la tierra parecía diferente. Desconocida. Faltaban las rocas de la gran carretera que conducía a Londinium y la hierba se asomaba entre las grietas. Mi inquietud creció. Un andrajoso grupo construía una muralla con las piedras de la carretera y me detuve junto a ellos.

—Tenéis suerte de que nos encaminemos a quebrar el dominio de Roma en estas tierras, ya que no les complacería encontraros deshaciendo sus arduas labores.

—Hablas de manera peculiar —replicó uno de los hombres, cuyo rostro palideció al recorrernos con la mirada—. Y los romanos se han marchado, al menos la mayoría. No les importa lo que hagamos.

—¿Se han marchado? —Sentí un temblor en el pecho—. ¿Ha vencido Boudica? *¿Sin mí?*

El hombre soltó una risita.

—Boudica lleva trescientos años muerta. Si es que alguna vez vivió. Hay quien piensa que no es más que un cuento.

—*Mentiras* —gritó Ráeth y, antes de que pudiera detenerla, desmontó de un salto. En el instante en el que sus pies tocaron la tierra, su cuerpo se desmoronó, metamorfoseado en ceniza.

Grité. Los obreros huyeron.

Un día, me dijo mi corazón, *cien años*. Las otras también chillaron. Agitamos las cabezas mientras gritábamos al cielo nuestro dolor, pero lo que se escucharon fueron aullidos, el rugido de un depredador. Dormach se dio la vuelta para mirarme, con el hocico transformado en una odiosa sonrisa y, en los ojos del can, vi al rey del Otro Mundo, con su corazón de avispa, como era en realidad. Allí leí su nombre: Gwyn ap Nudd, el antiguo pastor de almas.

Seguimos cabalgando desde aquel día, ya que el sabueso no da muestras de querer brincar. Cada mes, cuando la luna envejece, la espada de Gwyn nos despierta de nuestra maldita duermevela bajo la colina para dar muerte a quien se cruce en nuestro camino. Sin duda está más afilada que el hacha que hizo sangrar al viento: separa el alma de la carne. Esas almas cabalgan a mi lado, una hueste de espíritus cuyos amargos lamentos me han marchitado el corazón. No me hizo falta desmontar para metamorfosearme en ceniza. Olvidé a los eceni. Olvidé a Boudica. Incluso perdí la lengua de los mortales.

Los britanos nos llamaron la Cacería Salvaje y aprendieron a temer a la vieja luna menguante. Los sajones que vinieron tras los romanos amenazaban a sus hijos con las historias de nuestra crueldad. Para los sacerdotes del dios de Roma, que se quedaron para terminar la conquista que el imperio había abandonado, éramos similares al diablo. ¿Y Gwyn ap Nudd? No apareció ni una sola vez. Y así transcurrieron tres siglos más, y lo único que removía las cenizas de mi corazón era la sed de sangre que me llevaba a cazar.

Hasta la noche que *la* conocí. Hasta la noche en la que el sabueso de Annwn dio un brinco.

1
ÆTHELBURG

Tantone, Somersæte
Reino de Wessex

—Prendedle fuego —dice la reina.

Los rostros se giran hacia ella en la luz menguante.

—¿Que le prendamos fuego? —repite Leofric—. Pero Tantone es una pieza estratégica importante para vuestro marido...

—¿Quieres dejárselo en bandeja a Ealdbert o, peor, a los wealas? —Æthel le dirige una mira tenebrosa a la fortificación más allá de la muralla. Es una construcción cuadrada, sin ornamentos, con sólidos tablones de madera reverdecidos, que arderán sin problema, siempre que le pongan un poco de empeño—. Vamos a quemarla.

Leofric agita la cabeza. Es un poco más gris cada vez que Æthel lo ve y es más que probable que ella sea la causa.

—Quiero a Ealdbert muerto tanto como vos, pero prenderle fuego a Tantone es ir demasiado lejos.

—No hemos traído hombres suficientes para dejar una guarnición —protesta Æthel, que empieza a caminar con nerviosismo—. ¿Crees que al rey le complacerá escuchar que lo hemos abandonado para que lo capturen?

—Majestad, el mismísimo rey Ine ordenó la construcción de Tantone. Al menos, enviadle un mensaje antes de tomar una decisión tan impulsiva.

De pronto, Æthel se detiene.

—El rey Ine es mi marido y confía en mí —dice con frialdad, pisoteando la sombra de duda que han sembrado sus propias palabras—. Apoyará mi decisión *impulsiva*.

—Estoy de acuerdo —dice una nueva voz.

Edred se ha engalanado un poco en exceso para la batalla; un broche dorado le sujeta la capa al hombro y lleva una túnica de lino tan elegante que podría lucirla en la corte—. Los wealas siguen deambulando por estas tierras —añade con un vago gesto hacia el oeste mientras Leofric frunce el ceño—. Ya sabes cómo son esos nativos, siempre en busca de triquiñuelas para socavar el dominio de los sajones. A menos que el rey coloque aquí un destacamento, será mejor destruir Tantone.

—Y no me ha informado de semejantes planes —aprovecha para añadir Æthel.

—Tal vez sea cierto, mi señora, pero tampoco ha dado instrucciones para que lo destruyamos. —La furia motea las mejillas de Leofric—. Debo insistir…

—¿Insistir, Leofric? —Edred alzó la ceja—. ¿A la reina de Wessex?

Æthel se alisa la cota de malla mientras el hombre farfulla, aunque preferiría vencer aquella batalla sin hacer uso de su rango. *Es una decisión sensata. Cualquier líder con dos dedos de frente haría lo mismo.* Sin embargo, es una sorpresa que Edred coincida con ella. Es uno de los hombres del hermano de su esposo y ni siquiera lo conoce bien. Quizás busque el favor del rey y espere ganarse el apoyo de Æthel. Sin importar el motivo, le sacará partido a aquella oportunidad.

—Lo único que digo es que… —dice Leofric sin ceder ni un ápice.

—La reina ha decidido. Tus protestas están fuera de lugar y hasta son un acto de insolencia.

Æthel aprieta los labios antes de que la sonrisa le arruine la pose, pero es más que probable que acabe de ganarse un enemigo. *Bueno, no queda más remedio.*

—Prendedle fuego —les ordena a sus hombres.

Tras un instante, Leofric asiente casi imperceptiblemente y aquel insignificante gesto aniquila el buen humor que le quedaba a Æthel. ¿Cómo se atreve a dar permiso o los hombres a buscarlo? Le roe las entrañas: la certeza de que los gesith de Ine no valoran sus proezas en la batalla. Sin importar en cuántas campañas triunfantes luche, ni su sagacidad de pensamiento ni la fuerza de su brazo, para ellos sigue sin ser más que una mujer.

—Quemadlo todo. —Habla con dureza y Leofric se marcha. Pone la excusa de que va a supervisar las órdenes, pero su descontento es una ráfaga helada que ni siquiera el creciente incendio puede sofocar.

Cuando los edificios tras la empalizada arden del todo, Æthel recoge la lanza, se descuelga el escudo y se asegura de que la espada y la daga estén sueltas en las vainas.

—¡A mí!

Los hombres allí reunidos se desgañitan y Æthel enseña los dientes mientras los guía hacia la rampa de barro, cubierta de flechas ígneas. Le bulle la sangre. Hombres de ojos ferales descienden desde la fortaleza a todo correr mientras se expanden las llamas y ella sale a su encuentro, su furia hacia Leofric se transforma en golpes salvajes. No recuerda que deberían tomar prisioneros hasta que han caído una docena. ¿Y dónde está Ealdbert, el traidor contra quien ha venido a combatir?

Han desencadenado un anochecer infernal. La noche es naranja, el aire sofocante y denso como un guiso de varios días. Un hombre —*chico*, se corrigió al ver su barba rala— arremete contra ella desde los establos, acompañado de los atemorizados chillidos de los caballos. Esquiva el golpe, pero los ojos del chico se encuentran con los suyos bajo el casco y se agrandan.

—¡La reina! —grita—. ¡Es la reina!

En unos instantes, la rodean otros cinco hombres de Ealdbert. *Mierda*.

—Lady Æthelburg —la saluda el mayor con una reverencia burlona—. Es muy considerado de vuestra parte regalarle a mi señor un rescate tan sustancioso. ¿Cuánto pagará vuestro esposo por que os devolvamos ilesa?

Æthel pone cara de asco al imaginarse la expresión de Ine si se presenta amarrada como un venado en los portones de Wiltun. Visualiza su mirada pesarosa a la perfección. *No la culparía, nunca lo hace, incluso cuando debería*, pero los hombres del Witan serían otra historia. Ine se vería obligado a excusarla. Aferra la empuñadura de la espada.

—No creo que pague ni un penique de plata —contesta a sus atacantes, mientras resuena en su mente el discurso de disculpas que Ine daría al Witan—. Me meto en demasiados problemas.

El hombre suelta una risita: la única advertencia antes de verse forzada a esquivar un golpe de revés cuya intención era dejarla inconsciente. Los otros también se ríen, al menos durante el primer minuto. Una a una, las sonrisas se desvanecen cada vez que los ataques fallan su objetivo. Æthel se percata de que el rostro se le ha congelado en una expresión iracunda. Mientras aparta la espada del hombre que se ha burlado de ella, ve una apertura y la aprovecha para clavarle la lanza en las costillas. La armadura de cuero del soldado ralentiza el golpe, pero no impide que la punta penetre en su interior.

—*Zorra* —mascula el chico mientras su compañero se tambalea. Æthel intenta liberar la lanza, pero se ha quedado atascada. Desenvaina la espada justo a tiempo para bloquear el iracundo ataque del chico.

Un segundo hombre se lanza a por ella. Recibe el golpe en el escudo y gira para evadir a un tercero que le hace un corte en el brazo. *Que me maldigan mil veces si dejo que me atrapen.* Con un rugido sin palabras, Æthel inicia una oleada de golpes lo suficientemente duros y rápidos como para poner al chico de rodillas, si no fuera porque también está enfrentando a otros cuatro hombres. Y todos ellos se empiezan a preguntar si merece la pena capturarla viva. Al esquivar un golpe que, sin duda, iba dirigido a los riñones, piensa: *¿cómo se atreven?* Está acostumbrada a luchar por su vida cuando se enfrentaba a los wealas —britanos— y también es de esperar en caso de que los adversarios sean los hombres de Mierce y los del este. Pero esta es su propia gente, nacida en Wessex. ¿Cómo se atreven a alzar armas en su contra?

El tejado del establo está ahora en llamas; Æthel ve a sus hombres apresurarse a salvar del peligro a los valiosos caballos. La mayor parte de las escasas fuerzas de Ealdbert parecen huir hacia la oscuridad, pero ¿dónde está *él*? La golpea un terrible pensamiento junto a otro ataque de refilón. ¿Y si nunca estuvo aquí? Ealdbert había huido al oeste; Æthel había pasado un mes acosándolo allá donde fuera hasta arrinconarlo en Tantone. Al menos, había creído que lo tenía arrinconado.

Le arrancan la espada de un golpe. Con la garganta rasposa de aspirar humo, Æthel contempla cómo el arma se precipita al suelo agrietado por el sol estival y extrae de la vaina un seax más corto. Cae otro hombre con el arma clavada en el cuello y Æthel le roba espada mientras muere. Es una pobre sustituta para su hoja estampada, pero la están haciendo retroceder hacia abajo donde no puede alcanzarla. Tose; el humo cada vez es más denso y le lloran los ojos. Æthel blande furibunda la espada frente a ellos.

Al parpadear, le parece ver el rostro de Edred, pero algo gris le pasa por delante y en la oscuridad una ráfaga plateada envite contra ella. Todo se ralentiza. Æthel observa cómo la hoja aparta el humo y sabe que no puede alzar el escudo a tiempo para bloquearla. *Qué ridículo*, se le escapa un pensamiento errante. Qué poco creíble.

El acero se detiene a un centímetro de su piel. Aun mentalizándose para el golpe, Æthel vuelve a parpadear, pero la imagen frente a ella no se ha aclarado. La boca del joven guerrero está abierta y se le salen los ojos de las órbitas. Con la seguridad de una mujer nacida para la batalla, sabe que está muerto.

Los gritos hienden la oscuridad. No los gritos de los heridos o la furia desesperada de los que luchan por su vida, sino unos lamentos amargos y perdidos. Æthel se echa a temblar. Al instante, se tira al suelo de puro instinto justo en el momento en el que el acero sega el lugar donde se había erguido. Se le desliza el casco y se lo quita antes de que pueda cegarla, para ver en medio de la contienda a unos jinetes semejantes a andrajosos fantasmas, cabalgando entre los portadores de lanza. Los hombres caen bajo las espadas y los cascos; el hedor de las entrañas derramadas como de un matadero le llega con fuerza. Æthel frunce el ceño mientras intenta calcular las cifras, pero el caos es absoluto. Tal es la situación, excepto por un lugar que permanece en calma. Se alza, embadurnada de barro y sangre, y mira.

Como el ojo de la tormenta, una mujer de irreal serenidad le devuelve la mirada. Monta el corcel de más envergadura que Æthel haya visto y luce una armadura de cuero y pieles. Ciñe una de las manos enguantadas en torno a una espada tan oscura, sin duda, como las raíces del mundo. Numerosas trencitas se bambolean bajo un casco con cornamenta echado hacia atrás.

Dentro de Æthel algo comienza a vacilar, se detiene… y la figura desaparece, se convierte en el caos. Se humedece los resecos labios y le llega el sabor de la sangre. Quizás le hayan atinado un golpe en la cabeza.

—¡Leofric! —grita, mientras se endereza tambaleante. No aguarda una respuesta, pero el guerrero le contesta desde el este y Æthel sigue su voz hasta el borde de la rampa terrosa que guarda la fortaleza—. ¿Qué está sucediendo?

El hombre muestra una expresión sombría.

—Ese bastardo traidor debía de tener jinetes escondidos. Se han colado entre nuestras filas y arrebatado la vida a dos docenas de hombres antes de que nos percatáramos de su presencia.

Æthel suelta una maldición.

—Si luchaban para Ealdbert, ¿dónde están ahora?

Leofric agita la cabeza y Æthel se pregunta si ha visto lo mismo que ella: esa persona salvaje, hermosa y peligrosa más allá de cualquier mesura. Hace una mueca de desagrado. Un engaño engendrado por humo y el dolor de las heridas. Probablemente los jinetes pertenecieran a Ealdbert y ella era una bufona real por no haberlos encontrado antes del ataque.

—Estáis sangrando —dice el guerrero y a Æthel le sorprende detectar cierta preocupación en su voz. Aunque seguro que lo que le preocupa es su propio pellejo, no le haría quedar bien que la reina muriera ante sus ojos.

Æthel se encoge de hombros.

—No es nada. —La mayor parte no le dará problemas, pero necesitará que le cosan la herida del brazo—. ¿Y qué pasa con Ealdbert?

—Sin rastro de él.

Aunque el tono de Leofric permanece neutro, puede leerse su repulsa en el entrecejo fruncido. Tantone, piensa, ha ardido para nada. Los hombres han muerto para nada. Æthel desvía la mirada.

—Ya tiene un escondrijo menos. —Sus pérdidas han sido más duras de lo que había pensado—. ¿Hemos tomado prisioneros?

—Dos.

Edred surge de la noche mientras frota la espada —lo único de su atuendo que está sucio— con la capa, y Æthel recuerda su breve sensación de haberlo visto entre los hombres que la arrinconaron.

—¿Dónde has estado?

—Asegurándome de disponer de este par para interrogarlos —señala hacia detrás. Sus hombres arrastran a dos prisioneros tiznados por el humo con las muñecas atadas.

—Idles soltando la lengua. —Æthel se asegura de que la escuchen—. Luego los interrogaré. Si no hablan, matadlos. No tengo comida para traidores.

Leofric asiente con aprobación y Edred hace una reverencia.

—Así se hará, majestad.

Se llevan a los hombres, que aún contemplan atónitos la fortaleza en la que se habían refugiado. Resulta obvio que a Ealdbert no se le había pasado por la cabeza que la reina optara por quemar el lugar. Æthel añade al ausente ætheling a la lista de hombres que la han subestimado... o la han creído una mera trastornada. La lista es larga.

Tantone es un faro en la noche. Esos jinetes... no acaba de convencerse de que fueran de Ealdbert. *O se habrían quedado para aplastarnos.* Pero si el fuego los había alertado, también podía atraer a otros. Æthel dirige la mirada al oeste.

—Reunid a los caídos y dadles pronto entierro. Geraint bien podría tener espías en el área.

—Al rey de Dumnonia le falta valor para enfrentarse a nosotros —dice Leofric. Pero también se gira hacia al oeste donde la tierra se alza para luego caer y dar forma al primero de los valles que les da su nombre a los dumnones. Aquellos prohibidos valles son como el manto de la noche; Æthel tiembla solo de pensar en ello. A ella la habían criado en el campo, en una llanura donde no había más que las antiguas tumbas del pueblo que les precedió. Dulces montículos cubiertos de hierba, en lugar de las encadenadas colinas que ocultan a los britanos. Con amplitud para que un caballo cabalgara sin pausa mientras ella se aferraba a las riendas y al viento y al sonido del sol secando la hierba. Solía trenzarlas mientras aguardaba a que su montura recuperara el aliento. *Ten las manos ocupadas*, le había dicho su madre, *y así no sospecharán lo que urdes en la cabeza.*

El recuerdo hace sonreír a Æthel; la triste sonrisa que viene con la certeza de que su madre ya no puede darle más consejos.

—No me vendrían mal —murmura para sí y se dirige a inspeccionar la pila de caídos. A pesar de sus intentos por desterrarlos, un par de ojos que arden con más ferocidad que el fuego la acompañan.

★ ★ ★

—Por Dios, Edred. Te dije que les *soltaras* la lengua, no que los mataras de una paliza. —Æthel se arrodilla frente a uno de los rebeldes. A la luz del amanecer, se ve que le han partido la mejilla y la sangre forma una costra en su boca hinchada—. No van a poder hablar.

—Loba demente —la insulta el hombre.

Antes de que Edred levante la mano para golpearlo, Æthel lo detiene.

—Haya paz. No me importa lo que me diga.

—Al insultaros a vos, insulta al rey —insiste Leofric y Æthel se esfuerza por mantener una expresión neutra. Apostaría a que después de esa noche, él también piensa que es una *loba demente*.

Æthel batalla contra el cansancio, se inclina hacia delante y agarra la barbilla del rebelde. Si quiere una loba, la tendrá.

—¿Dónde está Ealdbert?

Se le curvan los labios.

—Si el rey quiere verlo, ¿por qué no ha venido él mismo?

—No estamos hablando del rey. ¿Dónde está Ealdbert?

—Lejos. —Escupe. Æthel se aparta a un lado y la saliva aterriza en el zapato de Leofric. El guerrero emite un quejido de repulsa—. Ine no lo encontrará.

—Pocos lugares le darían la bienvenida. —Le echa una ojeada a Leofric—. ¿Sussex?

—Nothhelm no se atrevería. Después de que Cædwalla les derrotara, el reino le juró lealtad a vuestro esposo.

—No sabes dónde está, ¿verdad? —le pregunta al rebelde—. Será mejor que lo admitas y me ahorres tener que torturarte.

El hombre aprieta los labios, pero Æthel sabe que tiene razón. Lo más probable es que no fueran más que ceorls a los que habían reclutado al servicio del ætheling con promesas de riqueza. Mueve la cabeza a un lado valorando sus opciones. Casi seguro que Ine los exiliaría… y se apresurarían a volver junto a Ealdbert. Las decisiones difíciles siempre le tocan a ella.

—Matadlos —dice y se obliga a mirar mientras se cumplen sus órdenes.

Los sucesos de la noche anterior se emborronan en aquel amanecer de finales de verano. Un calor abrasador, el choque de aceros, los quejidos de los músculos agotados; todo se le antoja una fantasía. Excepto *ella*. Æthel no habría podido olvidar aquellos ojos por mucho que lo intentase. Siguen ahí incluso cuando cierra los suyos propios, junto a aquel rostro hechizado por el orgullo y el dolor. Se sacude a sí misma. Qué insensatez.

—Los jinetes —empieza y se detiene. Un mirlo canta con júbilo; la brisa es suave. Desde el campamento, Tantone es un agravio al verdor, su torre vigía convertida en una ruina humeante. Pero hay algo que se mueve. Æthel entorna la vista para contemplar cómo se mece la hierba y se le hiela la sangre—. ¡Leofric!

—¿Qué ocurre?

Æthel mueve la cabeza en dirección a esos retazos de un movimiento en la lejanía.

—Mira.

Leofric sigue su mirada y levanta la mano hacia el resplandeciente cielo.

—Seguro que son ciervos.

—No —insiste Æthel—. Wealas.

—¿Qué? —inquiere Edred uniéndose a ellos—. ¿Están aquí los hombres de Dumnonia?

—*Sabía* que Geraint querría investigar. Ya estaría sobre nosotros si no hubiéramos trasladado el campamento.

—No veo hombres.

—Ni los verás hasta que sea demasiado tarde. —Æthel se gira para ladrar órdenes—. ¡Moveos! Levantamos el campamento. Daos prisa.

Esta vez ninguno de sus hombres mira a Leofric. Reconocen la urgencia en su voz.

—¿Por qué no les hacemos frente? —Edred toma su brazo herido y Æthel hace una mueca de dolor—. Si Geraint es tan necio como para buscar pelea…

—¿Necio? —Casi se echa a reír—. Nuestras huestes han pasado la noche peleando y enterrando a sus caídos, y después hemos emprendido la marcha para alejarnos de Tantone. No están preparados para tomar de nuevo la espada. Geraint no es un necio. Es la oportunidad perfecta.

—¿A qué os referís con lo de que no los veremos hasta que sea demasiado tarde? —preguntó Leofric con parsimonia.

Æthel vacila. Muchos en la corte se niegan a creer lo que ella vio con sus propios ojos. Y los obispos se muestran tajantes respecto a tales habladurías.

—Geraint emplea… métodos inusuales —dice con intención y espera que capte la indirecta—. Todo el mundo conoce a los wealas y sus supersticiones.

—Las supersticiones no compensan la fuerza de los brazos —repuso Edred.

Æthel rechina los dientes, decidida a no explicarlo. Su credibilidad ya se había llevado suficientes golpes.

—Mira a nuestros hombres —le dice en voz baja y cruda—. Llevan despiertos toda la noche mientras que las fuerzas de Geraint están descansadas. Solo un necio se quedaría a luchar.

—¿Qué fuerzas? Quizás sean un puñado de centinelas, pero nada más.

Los he visto aparecerse en el aire, le dice en silencio. Como si Geraint y sus hombres pudieran camuflarse con facilidad en sus alrededores. La pericia en el combate no explicaba algo así. Y, a juzgar por aquellos destellos de movimiento, el rey —o los poderes a los que rinde pleitesía—vuelve a hacer lo mismo. Los dumnones se abalanzarían sobre ellos mientras perdían el tiempo con discusiones.

—Suficiente. —Baja la voz para que solo puedan escucharla Edred y Leofric—. Sabéis que valoro vuestros consejos en la batalla —Æthel toma aire— pero como señalaste anoche, Edred, soy la reina. Si ordeno que nos retiremos, eso haréis, y no tengo obligación de explicar mis motivos.

Echan chispas por los ojos. Æthel ya ha tenido aquella conversación más de una vez y todas y cada una se pregunta si *aquella* sería la última. Si aquella vez la desafiarían sin tapujos. Se preguntaba qué diría, cómo reaccionaría. Son hombres importantes que gozan de la confianza de la corte y han demostrado ser buenos consejeros. Sería costoso para Ine exiliarlos, pero lo haría si ella se lo pidiera. Nunca le ha negado nada. Excepto *una cosa*. Y, según pasan los años, era ella y no él quien acarreaba las consecuencias de la decisión de Ine. En sus momentos más oscuros, Æthel se pregunta si lo que motiva al monarca a apoyarla y defenderla es la culpa en lugar de la confianza en sus habilidades.

En menos de un parpadeo, la sangre abandona el rostro de Edred. Allí están: en fila sobre la ladera de una colina. Los cuenta a mano alzada: al menos cinco veintenas de guerreros, y la recorre el estupor, que no deja lugar a la satisfacción de haber tenido razón. Solo unas huestes incontenibles tendrían tanta confianza como para dejarse ver de aquella manera.

—Nos retiramos a Gifle —dice Leofric con firmeza ante el silencio—. Una vez que nos protejan los muros, enviaremos centinelas a vigilar a Geraint.

—Y mandad un mensaje al rey —añade Æthel, con la vista puesta en los wealas, a cada segundo se multiplican los números—. Nunca he visto a los dumnones mostrarse a sí mismos y a sus huestes con tanto descaro.

Leofric gruñe para mostrar que coincide con ella y Æthel se sube al caballo con la mente agitada. Primero Ealdbert, luego los jinetes sin nombre y ahora Geraint. Un presentimiento le araña el pecho como la fiebre invernal. Mientras dirige a su montura al sureste, se imagina capaz de sentir la mirada de Geraint a pesar de la distancia, con aquella marabunta de dumnones taciturnos a sus espaldas. *¿Qué es lo que busca?* Y, más acuciante aún, ¿por qué se había mostrado? La decisión de deshacerse del disfraz, de amenazarlos abiertamente: ¿una fanfarronada u otra cosa?

Æthel se muerde el labio. Tras años de intranquila tregua, parece que el rey de Dumnonia desea la guerra.

2
HERLA

Glestingaburg, Somersæte
Reino de Wessex

Duermen bajo la colina... hasta que la luna envejece y llega la hora de cabalgar. Entonces Gelgéis se lleva el cuerno a los labios y Orlaith entonaba su canción y comienzan la marcha, sus corceles más negros que la noche. Herla no necesita un cuerno; su grito es ya salvaje de por sí, y letal. La vida se echa a temblar cuando sacude la cabeza. Las huidizas bestias de la hierba vuelven a sus madrigueras al escucharlo, y el búho vira con brusquedad en el aire. Siluetas más pequeñas se precipitan desde el cielo.

Los tímidos ciervos se agitan en un frenesí. La testa de Herla es tan orgullosa como la suya: los altos cuernos de su casco, uno roto, cuyo hueso traquetea. Debajo, su cabello es una melena de trenzas oscura y su sonrisa, feral. La sed de sangre se cierne sobre ella, que le da la bienvenida.

Sus cazadoras forman una terrible procesión tras ella. Al frente, están Nynniaw y Corraidhín, con las lanzas guardadas tras las sillas. Después vienen Orlaith, Senua y Gelgéis. El resto las sigue. Tienen rostros tan fríos como el hielo que parte los árboles en invierno.

Al alzar los ojos hacia la luna, Herla percibe un aroma en el viento. *A los caballos.* Sus órdenes no son palabras sino impulsos. La lengua de los cazadores es simple. *A los caballos.* Acomodado sobre la silla de Herla, el sabueso suma su terrorífico aullido al coro. La sombra de Herla los envuelve y hace marchitarse a las hojas del final del verano. Si alguna persona se atreviera a salir de casa, quizás lo oiría: el eco de la risa de Gwyn en la de Herla.

Las distancias mortales no significan nada para los corceles de Annwn; se acerca veloz a su presa. Los necios incluso han encendido un fuego para anunciar su presencia. Fuego en la noche de la luna vieja. O bien le hacen la corte a la muerte o nadie recuerda las historias.

O —no tarda en descubrir— están envueltos en una batalla. Herla observa la marea de la lucha, el oleaje de la matanza y siente cómo llama a una parte enterrada de sí misma. *Humo, hedor y estandartes.* La espada negra ansía unirse a la refriega y se lo permite. Traza sangrientos arcos con ella mientras se mueve como un trueno entre los soldados. Los combatientes necesitan unos instantes para percatarse de su presencia, antes de empezar a gritar a medida que sus cazadoras se abren camino con brutalidad. La espada de Annwn penetra las armaduras igual que la carne, todas las frágiles ataduras que amarran el alma al cuerpo, y Herla se ríe mientras los brillantes hilos se quiebran ante ella.

Con sangre en los labios, toma a un joven. *Hijo de la ceniza, ¿cabalgarás a mi lado?*

—No quiero morir. —Es todo lo que dice una y otra vez hasta que la hueste se traga su alma. Sus cazadoras se abalanzan sobre una veintena de soldados y la espada negra canta. Esta noche más almas cabalgarían con ella, cazarían con ella, dormirían a su lado bajo la colina hasta que la luna volviera a envejecer.

Una figura en cota de malla le llama la atención. La tierra a sus pies está marcada; Herla se percata del cansancio sobre sus hombros, la manera alicaída en la que sostiene el arma. Hace girar a su caballo y agita la espada, pero su contrincante se deja caer y la hoja de la cazadora no corta más que el aire. Aturdida durante un segundo, observa cómo su presa se quita el casco con una mano ensangrentada y unos ojos como esquirlas de hielo azul se topan con los suyos. Pelo corto, húmedo de sudor. Una mujer de rostro fiero en la resplandeciente noche.

Su mirada atraviesa a Herla como la espada del Otro Mundo. Su sed de sangre vacila, la cabeza le da vueltas entre mil colores. *El humo se enrosca con dulzura; un conejo asado sobre la estufa; una mujer de cabello leonado se reclina en sus manos. Unas delgadas líneas le arrugan el contorno de los ojos.*

El can aúlla y la noche regresa. Siente un dolor en el pecho y un peso terrible en su espíritu: las almas que han cosechado parecen a punto de aplastarla. Con un grito ahogado, Herla aparta la mirada, urge a su montura a galopar. Solo en su huida se da cuenta de que huye, aunque no sabe muy bien el motivo. Obedientes, sus cazadoras la siguen. Aunque el sabueso de Gwynn se revuelca, aullando de rabia, la colina y las llamas, y la mujer de afilados ojos de hielo quedan atrás.

La noche es joven, pero cabalga en dirección a la colina, azuzada por una sensación que carece de nombre. ¿Acaso sería miedo? Le cosquillea la piel un sentimiento que está segura de conocer, pero que no recuerda. Su memoria es la oscuridad, el cabalgar, matar y el sueño vacío que precede a una nueva matanza. Y, sin embargo, no se desvanece: la breve visión del fuego y el conejo, bajo la atenta mirada de aquella mujer de cabello leonino.

—Señora —la llama Corraidhín y su voz atraviesa las salvajes ensoñaciones de Herla. ¿Cuánto tiempo ha transcurrido desde que la había escuchado? Como ella, la cacería hablaba con el cuerno. Sus palabras eran la flexión de los músculos de sus monturas, el golpeteo del escudo y la lanza. Era idioma suficiente. Herla ignora la palabra, aquel desliz de la vieja lengua. Aún asolada por esa sensación desconocida, acosada por las almas cuyo auténtico peso no ha percibido hasta ese momento, toma la única decisión que se le permite: el sueño encantado en los profundos salones de Glestingaburg.

El olvido.

★ ★ ★

Por primera vez, Herla sueña.

Sube unos escalones por los que ya ha ascendido antes, terribles bordillos de piedra que desembocan en una puerta que muchos atraviesan, pero de la que pocos vuelven a salir. Camina, cada paso se le antoja extraordinario porque lo da ella misma. Su propia mano le resulta poco familiar mientras empuja la madera. La piel morena por el sol de las marismas, los nudillos callosos. De pronto se percata de que esa mano ha trenzado cuero, fregado ollas con arena, encendido y apagado hogueras. No puede dejar de mirarla, preguntándose qué más han tocado aquellos extraños dedos. Telas gastadas por las rocas del río. Lana. Piel bañada en leche caliente. Cosas más suaves. Cabello leonino como el ala de una lechuza.

La suelta con un siseo, como si la madera de la puerta se hubiera convertido en hierro de forja. Aquellas palabras nuevas se agrupan en su mente. Frotar. Arena. Río. Leche. Leonino. No, no son nuevas. Son palabras viejas cuya pronunciación ha olvidado. Quiere aferrarse a ellas. Tiene miedo de aferrarse a ellas.

Caer Sidi se traga sus pasos. Las hadas de Annwn están ocupadas: hay avispas en el corazón de su señor. Lo ve antes de que él la vea. Se mueve de grupo en grupo, con zancadas decididas y nerviosas. Alza la mirada y la conmoción se apodera de él durante un instante tan fugaz que está segura de habérselo imaginado. Luego su rostro se relaja para exhibir una sonrisa. La misma sonrisa que había comprado y hecho trizas su confianza.

—Lord Herla. —Gwyn ap Nudd reúne a una comitiva a su alrededor—. Me sorprende verte por aquí. ¿Estás disfrutando de mis regalos?

Abre la boca. Sus palabras son un aullido y las hadas se ríen.

—Ah, sí. —El rey de Annwn agita su oscura cabeza—. Como has descubierto, el arte de la conversación es superfluo para ti. ¿A que es un alivio?

Los ojos de Herla arden.

—No me mires así. —Asiente en dirección a la espada envainada—. No hice más que darte lo que me pediste. Un poder al que tus enemigos no pudieran hacer frente.

Herla mantiene los labios apretados, encierra la lengua salvaje en su interior, pero su inerte y polvoriento corazón alberga las cenizas de Roma. Asesinada por el tiempo. Igual que su gente y todo lo que amaba.

¿Amaba? Era algo que pertenecía a la vieja lengua, una palabra a la que el idioma de los cazadores no podía dar forma. Igual que con el miedo, Herla cree haberlo sentido alguna vez, pero está lejos de su alcance.

—Te ruego que no me guardes demasiado rencor. —Gwyn ap Nudd se acerca y Herla resiste la tentación de dar marcha atrás—. Sin saberlo, eres la arquitecta de mi liberación. De todo esto. —Señala con los brazos a los pabellones tras la puerta del castillo, donde flamean gallardos penachos: una liebre negra, dos anillos dorados enlazados con una cadena; un ala en un campo ensangrentado. Sobre estos, penden aún más banderines, blasonados con el famoso caldero de Annwn, el que cura la muerte.

—Te estoy agradecido —susurra Gwyn.

No hay remordimiento en él. No reconoce su crimen. No había pensado en ello como un crimen: la Cacería lo era todo. Pero en los salones de la fortaleza que la habían cambiado, Herla se halla más cerca de sí misma de lo que había estado en siglos. Otros recuerdos se van apilando ante sus ojos; no tiene más que dejarlos entrar.

Y entonces Gwyn mueve la mano.

—Tu intrusión ya ha durado lo suficiente, Herla. Toma mi espada y descansa de nuevo.

Annwn se deshace ante sus ojos. No puede resistirse a la orden, pero algo ha cambiado. La balanza se ha inclinado ligeramente a su favor, en contra del rey del Otro Mundo. Quizás él también lo ha percibido; lo último que ve en su rostro es una expresión de desagrado.

* * *

Herla despierta en la oscuridad.

Nunca antes ha soñado ni nunca antes se ha despertado. Su despertar es la Cacería y cuando no caza, duerme. Así ha sido siempre.

No puede moverse. Tiene amarrados los brazos y las piernas al costado como un sacrificio depositado en el barro. Tampoco puede girar la cabeza, pero las siente a su alrededor, amarradas y sumidas en la duermevela, como ella tendría que estar. Las monturas duermen a su lado. Yacen como si estuviera muertas, como si aguardaran a que el mundo ardiera al final de los días.

Hace un ruido. Tarda un instante en percatarse de que es una palabra, una palabra de verdad, como las que ha pronunciado antes.

—No —le dice a la asfixiante oscuridad.

Libérame o dejarme dormir. Forcejea, pero es como forcejear contra el destino. Unas cuerdas invisibles en las que nunca ha querido creer.

La única respuesta es un peso en el pecho. Un aliento cálido, garras. El can se le ha sentado encima y ya no es pequeño. Percibe la enormidad de sus patas, la amplitud del hocico. La verdadera forma del Cŵn Annwn. ¿Ha dado un brinco? *No debería estar despierta para hacer esa pregunta*, se recuerda Herla. Han transcurrido trescientos años de la misma rutina: despertar, cabalgar, dormir. Si romper la maldición hubiera sido tan fácil, se habría desecho de aquel yugo hacía muchísimo tiempo.

El sueño no viene. Pero sí el cabello leonino. Cabello leonino y ojos verdes que poco a poco adoptan un gélido azul. Un rostro difuminado en la noche, extenuado por la batalla. No es un rostro que

Herla reconozca, pero sí al espíritu que hay detrás. Tan familiar. Tan similar a otro. Forcejea en busca de un nombre, pero no lo encuentra. Tan solo el persistente color del fuego fatuo y el aroma de madera de cedro.

3
INE

Wiltun, Wiltunscir
Reino de Wessex

—¡Tu propia *esposa*! —dice Ingild, arrojando con violencia la misiva que traía las nuevas—. Esa mujer será la ruina del reino.

Con una oleada de furia —un sentimiento que rara vez le asalta— Ine se dirige a su hermano.

—Baja la voz. Como acabas de decir, Æthelburg es mi esposa.

—Incluso tú admitirás que esta vez ha ido demasiado lejos —dice Ingild con la misma voz insistente.

Se encuentran en la cámara del Witan, al fondo del gran salón de Wiltun, y solo un delgado muro los separa del bullicioso espacio al otro lado, siempre a rebosar de criados que atienden el fuego y traen comida a los hombres que van y vienen. Demasiadas orejas para escuchar a Ingild insultar a la reina.

—Tú construiste la fortaleza de Tantone —continúa su hermano—. Nuestros enemigos no nos verás fuertes y unidos si tu esposa...

—Impidió que Ealdbert se afianzara allí.

—Ealdbert ni siquiera estaba allí.

—Pero tiene sangre noble. —Ine encuentra difícil bajar la voz, respira hondo un par de veces—. Recuerda que un ætheling con una fortaleza no es una amenaza vacía.

—Sobre todo en un reino sin heredero —replica Ingild e Ine desvía la mirada, con gran alivio de que Æthelburg no estuviera allí para escuchar. Siente un vacío en el pecho en su ausencia. Cada vez pasa más y más tiempo fuera, como si buscara razones para no estar en casa. Con él.

Su hermano se aproxima a la mesa y le agarra el brazo con una repentina devoción. Ine se dice a sí mismo que no debe tragárselo; Ingild siempre ha tenido un temperamento ardiente desde que eran niños.

—Tienes que entenderlo, Ine. Las mujeres no están hechas para la guerra.

—Te ruego que se lo digas a la cara. Quiero estar presente cuando te dé una paliza.

Ingild lo ignora y dirige una mirada fulminante a la puerta. Los otros llegarán en cualquier momento.

—Repúdiala. Toma otra esposa. Una que te dé un heredero antes de que el reino se desmorone en rencillas internas.

—Nunca te ha gustado —dice Ine sin rodeos, liberando el brazo. Recuerda el deleite con el que Ingild solía comparar a Æthel con su propia esposa. Y Frigyth había sido una buena persona, amable y honesta, hasta que la fiebre se la llevó junto a su segundo hijo, nonato. Ingild no ha sido el mismo desde entonces.

—No es que no me guste, es que… bueno, *estamos* hablando de la mujer que soltó a un cerdo en tu alcoba.

—Ha pasado mucho tiempo desde entonces —dice Ine con una mueca de dolor, porque había sido un desastre horroroso—. Solo quería demostrar una cosa.

—¿Demostrar una cosa? ¿Te escuchas a ti mismo, Ine? Esa mujer está loca.

—Disculpadnos, mi señor. —La puerta se abre para revelar a Nothhelm de Sussex, seguido de Gweir, el guerrero más leal de Ine.

Después viene el obispo Hædde con los regidores Godric y Osberht. Y después su padre, Cenred, que no parece más lúcido de lo habitual. La expresión de Ingild se ensombrece al contemplarlo.

—¿Nos habéis convocado? —suelta Nothhelm, con las mejillas sonrojadas. Ha estado bebiendo, a pesar de la hora.

—Así es. Se trata de Geraint de Dumnonia. —Ingild abre la boca, sin duda para mencionar Tantone, así que Ine se apresura a seguir—. Æthelburg está arrinconada en Gifle junto a Leofric y Edred.

—¿Arrinconada? —inquiere Gweir con suspicacia.

—Por una hueste de britanos más numerosa de lo que hemos visto en una década.

—¿Geraint les ha impedido marcharse?

Ine agita la cabeza con parsimonia.

—La misiva solo dice que está vigilando el asentamiento. Pero puesto que no han regresado, no puedo asumir otra cosa. ¿Cuáles serán si no sus intenciones?

La pregunta está dirigida a Gweir. Hijo bastardo de un britano, como Leofric lo llama con cariño, pero el gesith posee una perspicacia de la que el resto carece.

La mesa contiene un mapa y cada esquina está asegurada con pisapapeles en forma de bestias: perro, caballo, toro y un guiverno como el que cabalga en el estandarte de Wessex, con la orgullosa cabeza a punto de atacar. Gweir se inclina sobre el mapa y recorre el río con el dedo: una antigua y sinuosa frontera entre Wessex y Dumnonia.

—Quizás los haya alentado la destrucción de Tantone —dice Ingild antes de que Gweir abra la boca y, con el corazón encogido, Ine sabe que las nuevas se están expandiendo más allá de la estancia en aquellos momentos—. Geraint podría aprovechar la oportunidad para recuperar las tierras al oeste del Parrett.

—Hace años que no se aventura tanto hacia el este. —Gweir dirige la mirada a Ine—. No creo que la pérdida de Tantone sea la explicación que buscamos.

Ine detecta la pregunta implícita, pero finge no haberse dado cuenta.

Nothhelm contempla el mapa con los ojos entrecerrados.

—*A lo mejor* le ha dado un aliento nuevo a Geraint, pero coincido en que no parece propio de él. ¿A menos que pretenda hacer que nos retiremos de Escanceaster?

—Me he ofuscado demasiado en el comercio de Hamwic —murmura Ine, haciendo un movimiento con la cabeza en dirección al asentamiento en la costa sureña—. Quizás los britanos piensan que no tenemos los recursos para enviar hombres a Escanceaster.

—En ese caso, les deberíamos sacar de su error.

Una respuesta típica de Ingild, pero los demás coinciden con él: todos asienten a su alrededor. Y es cierto: un decidido Geraint podría recapturar Escanceaster con facilidad. Pero Ine no es capaz de tragarse su disgusto ante la perspectiva de enfrentarse a los britanos y sospecha que Ingild es consciente. Es a lo que se refería su hermano en realidad al decir que Æthelburg sería la ruina del reino. Es más fácil echarle la culpa a una mujer que a un rey. Una furia renovada le quema la garganta. O quizás solo fuera desprecio hacia sí mismo por dejar que Æthelburg cargara con el desdén de su hermano.

Distraído, se gira hacia su padre.

—¿Qué aconsejáis?

Cenred sonríe con benevolencia y aquella expresión cálida deja petrificado a Ine. Ha escuchado los susurros; la mente de su padre, que solía ser tan sagaz, se desvanece poco a poco. Ine añora más que nada los días que habían pasado juntos con el código legal, allí en Wiltun. Días en los que lo envolvían la tinta y el pergamino, en lugar del barro y la lucha. Æthelburg había pasado esos mismos días lejos de la cháchara sobre acres, fyrds y wergeld. Se había dedicado a dar caza los exiliados que sin duda se dirigían a la corte de los sajones del este, aunque Sigeheard había prometido no darles cobijo. *¿Qué haría yo sin ella?*

El resoplido de Ingild arrampla con el recuerdo.

—¿Por qué le preguntas a *él*? Padre tiene la misma utilidad que un bebé de pecho.

Ine casi espera que Cenred regañe a su hijo por sus malos modales, pero el viejo no lo ha oído. Deambula hacia uno de los braseros apagados que sirven para calentar la estancia en invierno y le da golpecitos con aire ausente.

—Si Geraint busca pelea, ¿por qué no le damos lo que quiere? —Ingild se inclina sobre el mapa—. Ya lo has ignorado demasiado tiempo.

Una sensación enfermiza crece en su interior, mientras estudia las expresiones de sus consejeros:

—¿Pensáis igual?

—Desde luego Geraint ha hecho imposible que sigáis ignorándolo. —Nothhelm es compatriota de Ine y rey de los sajones del sur, a quien Cædwalla sometió por la fuerza hacía años. Niega con la cabeza solo de pensarlo. Es mejor ganarse la lealtad regalando cargos de poder.

—Sabe que, si amenaza a vuestra esposa, tendréis que ir vos mismo —opina Gweir—. Quizás sea una provocación para atraeros al campo de batalla.

—Sin duda es una provocación. —Ingild clava la daga de su cinturón en el lugar del pergamino donde se halla el corazón de Dumnonia—. Pero nos aprovecharemos de ella.

Mientras la daga tiembla sobre el pergamino, Ine se gira hacia Hædde sin mucho entusiasmo, anticipando las palabras del obispo.

—¿Aprobaría la iglesia semejante campaña?

—Los britanos siguen necesitados de guía —responde Hædde, escueto. Repasa el mapa con sus pequeños ojos negros—. Arrebatarle el poder a un rey pagano sería una gran ayuda para la causa cristiana.

—No quiero dar muerte a Geraint. —Por encima del farfullo de Ingild, Ine aclara su postura—. Dumnonia es un territorio enorme y necesita que lo gobierne un regidor capaz. No puedo estar en todas partes.

—¿Vas a nombrar *regidor* a Geraint? —Ingild está a punto de ahogarse—. ¿Has perdido la cabeza?

—¿Crees que preferirá la muerte a jurarme lealtad?

—Me da igual lo que *prefiera*. —Las mejillas de Ingild se han teñido de rojo, está casi tan acalorado como Nothhelm—. Me preocupa que dejes al cargo a un hombre que se rebelará en cuanto le des la espalda. Estás autorizando una revuelta.

—El ætheling Ingild tiene razón —dice Osberth entre una ráfaga de sobrios asentimientos. Godric y él miran a Ine como si hubiera perdido la cabeza—. La victoria en Dumnonia depende de arrebatarle el poder a Geraint.

Ine deja que su mirada se precipite sobre la mesa, imaginándose que las páginas del código están extendidas frente a él. Ha hecho todo lo que ha podido por los britanos de Wessex. Pero por los de Dumnonia...

—Matar a su rey creará un antagonismo innecesario. Y recordad que existe un precedente —dirige sus palabras a Hædde—. Roma permitió que Dumnonia se gobernase a sí misma, pero en realidad seguía formando parte de una nación conquistada. Lo que propongo no es diferente en realidad.

—Roma estaba lejos, majestad. Mientras que Dumnonia es nuestra vecina. Hablan una lengua diferente, practican otra religión. Si deseáis que se integren, deben cambiar. —Asiente en dirección a la daga de Ingild, que permanece clavada en el mapa—. Y no creo que lo hagan, al menos mientras Geraint siga vivo. Es una figura poderosa.

—Rey Ine. —Tras las voces airadas de Ingild y Osberht, el tono grave de Gweir suena extraño y ominoso—. Os aconsejo cautela a la hora de enfrentaros a él en su propio terreno. Hay fuerzas en Dumnonia que han mantenido a Wessex a raya desde los días de Constantine. De otro modo, los sajones ya la habríais conquistado antes.

Ine frunce el ceño. Que Gweir no se incluya dentro de los sajones es un desliz inusual en él.

El obispo Hædde aprieta tanto los labios que se vuelven blancos. Godric estudia la pared y ni siquiera Ingild parece hallar las palabras. No es la primera vez que Ine oye hablar de aquel asunto. Æthelburg le había contado algo similar. Historias de neblinas que surgen en días secos, hombres que se desvanecen en un bosque diminuto. Pero sin importar la verdad que hubiera en tales afirmaciones...

—Me he decidido —dice. A veces ser rey tiene que servir para algo—. No quiero que se dañe a Geraint a menos que no quede otra opción. —Ine respira hondo—. Reúne a los gesith, Nothhelm. Partimos hacia Gifle.

Percibe las protestas en las miradas que intercambian mientras se marchan. Como un niño que sigue a sus mayores, Cenred va tras ellos. Ingild es el último en marcharse y su espalda rígida parece decirle: *eres un necio*. Ine se lleva la mano a la frente. Parece que tiene la piel en carne viva de tanto frotarse.

Mientras se inclina sobre el mapa y examina las frágiles fronteras del reino, de pronto se le eriza cada vello del cuello. Ine se da la vuelta, pero la estancia está vacía. Al otro lado de la puerta, los sonidos del salón no dan tregua; los chismorreos pronunciados entre dientes, los bancos arrastrándose. Y, sin embargo, la sensación de que lo están observando es tan intensa que toma una luz para arrojarla contra las paredes donde las sombras se apilan. De ahí cuelga un viejo escudo. Solía blandirlo el amante de la guerra, Cædwalla; cada mella y abolladura es una cicatriz de batalla, testamento de la sangre derramada. Ine le pasa un dedo por encima, antes de retirar la mano con un grito ahogado.

El escudo está *helado*. La madera expuesta en una estancia cálida de verano no debería tener el tacto del hielo. Con el corazón latiéndole contra el pecho, alza el dedo y lo pasa por encima del centro pintado. La quemazón que le indica que le están observando se torna más aguda.

Cuando vuelve a tocarlo, el escudo no es más que madera, rugosa y fría en las puntas de los dedos.

Ine agita la cabeza. Seguro de que era todo causa del cansancio, la preocupación por Æthel y la ansiedad por Geraint. *¿Has perdido la* *cabeza?*, vuelve a preguntarle la voz de Ingild, e Ine le da la espalda al escudo, con una súbita apetencia por el jaleo del salón.

★ ★ ★

Aquella noche, la corte se convierte en un hervidero de habladurías. Ine permanece sombrío en el sillón sobre la plataforma colocada junto a uno de los muros. A ambos lados, los bancos pueden dar asiento sin problema a doscientas personas y solo la mitad están ocupadas. Les llevará unos días reunir a los fyrds y convocar a los hombres de la comarca. Todos tienen a Dumnonia en los labios. Y, como temía, también se murmura que Æthelburg no solo ha prendido fuego la fortaleza de Tantone, sino que ha provocado a una horda de wealas, de quienes ahora tienen que rescatarla. Por enésima vez aquel día, Ine se frota la frente. Aunque se cuidan de no criticarla donde pueda oírlos, adivina las palabras que intercambian en voz baja. Mientras fingía no percatarse de la oleada de antipatía hacia su mujer, esta ha crecido como la mala hierba y ahora es tan alta que podría estrangularlo. Y la responsabilidad de arrancar esa mala hierba es *suya*. Ojalá Æthel pasara más tiempo allí…

Hay un vacío en su interior. Agarra el cáliz para llenarlo y el vino rebosa por el borde. Los criados se han llevado la carne que no ha tocado, pero se habían asegurado de que el metal bruñido permaneciera lleno. No sabe cuánto ha bebido, la idea de continuar hasta perder el conocimiento se le antoja atractiva. A lo mejor se duerme con la cabeza acurrucada en los brazos para recibir el nuevo día somnoliento como un borrachín más de la corte.

—¿Os encontráis bien, mi señor?

Ine suspira.

—Tengo demasiado en lo que pensar.

—Vuestra esposa es la mujer más hábil que conozco —dice Gweir, inclinándose para apoyar la mano en el brazo del rey—. No os preocupéis por ella.

—No me preocupo. —*Por favor, Æthel, no hagas ninguna insensatez. Al menos espera a que esté allí*. Al percatarse de la mueca de empatía del guerrero, intenta recomponerse—. Gweir, ¿a qué te referías cuando hablaste de Constantine y las fuerzas de Dumnonia?

Gweir se tensa. Ine sigue la dirección de su mirada hasta Hædde que se ha sentado con Earconwald, el obispo recién llegado de Lundenwic. Los hombres juntan las cabezas y lanzan miradas asesinas conjuntas a la fuente de una risotada particularmente estridente al otro lado de la mesa.

—Habla sin reservas —dice Ine, con renovado interés ante la obvia inquietud de Gweir—. No pueden oírnos.

—Majestad —Los hombros del guerrero siguen encorvados, como si aguardase un ataque—, no es un tema que cuente con la aprobación de la Iglesia.

—Yo no soy la Iglesia.

Las dudas de Gweir se reflejan en las arrugas de su frente. *No me extraña*, piensa Ine, *con todos los privilegios que les he concedido*. Oro, tierra, protección. La causa cristiana cuenta con todo lo que necesita en Wessex.

—Ya sabes que la apoyo por motivos políticos —admite en voz baja. No es una confidencia para todos los oídos.

Al final, Gweir asiente.

—He oído que hay... un espíritu en la tierra. —La voz del guerrero es un murmullo y a Ine le cuesta trabajo escucharlo por encima del repiqueteo de las copas, el rugido del fuego cuando lo alimentan con un nuevo tronco—. Está vinculado a la sangre de Dumnonia, al linaje real, en concreto, aunque algunos de los dumnones tienen la habilidad de emplear magias menores. —Habla veloz, como si temiera que le flaqueara el valor de otra forma. O a lo mejor es la imagen de los obispos conversando el uno junto al otro, las cadenas de su oficio bruñidas por la luz de la hoguera—. Geraint puede emplear esto para ayudar a su gente o entorpecer a sus enemigos.

Ine alza los dedos para apoyar en ellos la barbilla con aire meditabundo.

—¿Dices que puede invocar a la tierra para que luche por él? ¿Pedirle a la niebla que oculte sus movimientos y a la lluvia que borre las huellas de sus hombres para que puedan desplazarse sin que nadie repare en ellos? ¿Y a los árboles que se arranquen las raíces para confundir a los oponentes?

Gweir no responde. Cuando el silencio empieza a estirarse, Ine se recuesta. El guerrero exhibe una expresión tan enigmática que le resulta imposible interpretarla.

—¿Gweir?

—Disculpadme. —Agita la cabeza—. Tenéis una imaginación portentosa, mi señor. Sí, supongo que Geraint podría hacer todas esas cosas.

—Herejías paganas, por supuesto —dice Ine dando un trago de vino mucho más largo de lo que le conviene y Gweir se apresura a mostrarse de acuerdo. Lanza una mirada que espera que sea subrepticia al otro lado de la mesa, mientras se pregunta lo que piensan Hædde y Earconwald de semejantes historias, y si interpretarían como una herejía su negativa a dar muerte a Geraint. Quizás la Iglesia no disponga del poder suficiente para derrocar a un rey, pero pueden apoyar a uno de sus rivales.

Unos gritos interrumpen sus meditaciones. Los hombres se abalanzan sobre una figura tenue en el otro lado, mientras la urgen con voces beodas. Ahora que se ha hecho de noche, la única luz proviene de la chimenea, las antorchas y las lámparas en forma de cáliz que arden en intervalos entre los muros.

—Cuenta la saga de los Skjöldung del otro lado del mar.

—No, la batalla de Finnsburuh.

Ine se percata de que ansían una historia. Le escuecen los ojos del humo o la falta de sueño, o quizás del exceso de vino. Las manos conducen al poeta a la mesa, donde se alza poco a poco. Ine frunce el ceño. Más allá de la arrugada frente parda y el pelo canoso, no discierne si es hombre o mujer.

—No le he visto antes bajo mi techo —le murmura a Gweir.

—Los cuentacuentos viajan a todos lados —dice el guerrero, encogiéndose de hombros.

Es digno de ver cómo los hombres toman asiento como pupilos impacientes. Los poetas son poetas antes que nada, sin importar el género, edad o lugar de nacimiento. Nadie más se topa con esa clase de recibimientos… ni siquiera un rey. Ine sonríe para sí, al recordar lo que Gweir le ha dicho sobre su imaginación. *Quizás debería dedicarme a la narrativa.*

—Poeta, lo cierto y verdad es que aceptaremos de buen grado cualquier historia que nos quieras contar. Hemos bebido demasiado para recordarla por la mañana. —Los gritos y el entrechocar de las copas dan fe de esas palabras.

—Quizás entonces os cuente las cuarenta tareas que diseñó un gigante para aquel que deseara la mano de su hija. —La voz del poeta contiene la melodía de las eras, reverberante y llena de matices. Cae un manto de silencio—. Empieza con una colina y la orden de labrarla y plantar suficiente trigo para la mesa de un gigante. —Sus ojos son de un azul imposible en la penumbra—. Termina con una espada y noches insomnes. Pero el joven héroe no se enfrentó a un desafío mayor que la búsqueda de Gwyn ap Nudd, el señor de la Cacería.

Aunque las historias de los poetas suelen estar aderezadas de las bromas de los oyentes, aquella noche reina un silencio sacro. Ine desvía la mirada hacia Hædde y Earconwald. Los obispos se sientan tan erguidos como los guerreros y los nobles, pero al mirar al poeta, Hædde curva los labios en repulsa, con la frente ensombrecida. Al fin y al cabo, traía cuentos paganos.

—Deben reclutar a Gwyn, ya que no se puede dar caza al gran oso, Twrch Trwyth, sin su ayuda. —El poeta empieza a entusiasmarse con la historia—. Pues debéis saber que Trwyth no es un oso común y corriente, sino un príncipe que lleva un peine entre las orejas. No hay otro peine que pueda domar el enredado cabello del gigante sin romperse en pedazos. Es un tesoro como el caldero de Annwn, o la cesta de Garanhir, que puede dar de comer a cientos con una sola porción.

Ine se frota los ojos y parpadea con ansia, pero sigue viendo lo mismo. La sombra de un oso acecha sobre el hombro del poeta, y en sus ojos hay una sombra violenta. Detrás de las orejas está el peine en forma de cuerno, cuyas púas ostentan grabados de plata. Si está teniendo visiones, no cabe duda de que ha bebido demasiado.

—O las ollas que codiciaba el Gorr, el señor de la guerra —continúa el poeta y el oso se desvanece— que mantendrán la comida caliente hasta que se acabe el mundo.

Ine respira aliviado justo antes de que se materialice una nueva visión: jarras de cerámica taponadas aparecen entre los restos de la mesa. Aunque los codos de los hombres las rozan, nadie les dedica una mirada.

—O el arpa de Teirtu, que no necesita de arpista que la toque.

En lugar de las jarras se alza un arpa tan alta como el muslo del cuentacuentos. Su estilizada consola se estira con la gracilidad de un bailarín y sus cuerdas brillan con luz propia. Ine traga saliva. Es consciente de su repentina palidez y agradece tener el rostro semioculto. Nadie parpadea cuando el arpa desaparece.

—Maravillas todas y cada una—el juglar estira los brazos e Ine se tensa—, pero estábamos hablando de Gwyn. Se precisa de su destreza para dar caza al oso. Su destreza, su corcel y su sabueso de orejas rojas. —Con las palmas hacia arriba, el poeta le devuelve la mirada a todo el que le observa—. Pero ¿cómo va a encontrarlo nuestro héroe? Antes de que ningún hombre caminara por esa tierra, los poderes supremos convocaron a Gwyn al Túmulo de Woden y allí se le encomendó un deber solemne.

El fuego que crepitaba hasta hacía unos instantes, se hunde. Las antorchas se achican en sus soportes y las sombras se vuelven cavernosas.

—Sus pies son para el campo —la voz del poeta se ha tornado una daga desenvainada— donde las alas negras se burlan de los

caídos. Él está vivo y ellos han muerto, sus almas eternas vaga-
bundas. —Ine es incapaz de desviar la mirada mientras una figura
aparece en el umbral con una espada en la mano. Una cornamenta
le corona la cabeza como a los antiguos dioses paganos—. Su misión
es guiar a esas almas, pero a dónde las lleva —el poeta se encoge de
hombros— no sabría decirlo. —Aquella afilada voz se convierte en
un susurro—. Quizás a Annwn, a Caer Sidi o Caer Wyddy, de donde
muy pocos regresan.

Cubre las puertas y las columnas de madera tallada por ambos
lados. Se expande hasta el techo, se traga las vigas, las armas expuestas en la pared: una ciudadela resplandeciente, dorada, similar a las
imágenes del Paraíso que Ine ha visto a los escribas dibujar en los
márgenes. Iluminada como un manuscrito, las torres son de cristal y
de la más blanca piedra. Las puertas —tres veces más altas y anchas
que las suyas— están abiertas de par en par y una escalinata conduce
hacia ellas. Un delgado riachuelo de sangre repta por aquella espantosa piedra. Ine lo observa encaminarse hacia él como un gusano que
alza su cabeza ciega hacia el sol.

Empuja la silla. Los sombres se sobresaltan por el sonido y se dan
la vuelta para mirar. Con el corazón acelerado, Ine se yergue, medio
tambaleante. Ahora el poeta le devuelve la mirada, con orgullo y determinación, como si fueran iguales. Le da igual, lo domina una urgencia desesperada de alejarse de aquellas escaleras sangrientas y de
la sombra del oso y del hombre astado con su sabueso de orejas rojas. Es la bebida, se dice Ine, que le hace ver cosas, que le revuelve el
estómago. Ya debería saberlo.

Se ríe sin ganas, agita la mano y dice algo parecido a *os ruego que
continuéis*. Entonces el rey de Wessex huye de su propio salón, mientras los guardias le abren la puerta hacia una noche estival que, gracias a Dios, no contiene visiones. Los ojos del poeta lo siguen. Arden
como la estocada de una lanza entre los omóplatos.

4
ÆTHELBURG

Gifle, Somersæte
Reino de Wessex

G ifle es una comunidad pequeña cuyos muros no merecen tal
nombre, pero es más fácil defenderla que luchar a campo abierto.
Parte de las sucias calles están organizadas vagamente al estilo
romano, una reliquia de una época remota y en su mayoría la gente
pertenece al pueblo de Æthel, pero hay algunos wealas entre ellos. Nadie parece contento de ver a un grupo de guerreros aproximándose y
su descontento no hace más que crecer cuando se percatan del amena-
zante círculo que los hombres de Geraint han formado en torno a ellos.
Los dumnones patrullan las colinas bajas para mostrar su poderío a la
vez que mantienen las distancias. Æthel lo odia. Deambula de un lado
a otro del descuidado salón del gerefa, mascullando improperios.

Durante la última semana, han intentado partir en dirección a la
antigua vía romana varias veces, pero Geraint dispone de hombres
suficientes para garantizar una matanza indiscriminada y no los persigue siempre que se retiren a Gifle. Los tiene encerrados como al
ganado. Æthel hace rechinar los dientes. Sabe lo que ansía Geraint: al
rey. Y si esto continúa así, acabará consiguiéndolo. Junto a la mitad
de los hombres de Wiltunscir.

—El diablo se lo lleve—gruñe, mientras agita la espada—. Tráeme el caballo —le grita a una joven que le devuelve la mirada, boquiabierta. Æthel supone que no ha visto antes a una mujer ataviada para la batalla. Tras unos instantes de estupefacción, se apresura a obedecer.

—Majestad. —Con las fosas nasales dilatadas, Æthel se gira para encontrarse con el gerefa, Gefmund, de cuya hospitalidad disfruta. Es un hombre ancho con la constitución de un guerrero deteriorado, y el rostro plagado de profundas arrugas—. ¿Tenéis nuevas sobre el rey?

—No, iré yo misma a hablar con Geraint.

Bien podría haber anunciado sus planes de correr desnuda por las calles profiriendo maldiciones paganas; palidece y Æthel está a medio camino de la puerta antes de que encuentre una respuesta.

—Deteneos, reina Æthelburg. No podéis.

—¿Que no puedo? —dice, deteniendo la mano en el pestillo.

—*No deberíais* —se corrige Gefmund, aproximándose. Æthel le dirige una mirada gélida y el hombre retrocede—. Es demasiado peligroso.

—Si Geraint tuviera intención de matarnos, ya lo habría hecho. Quiere a mi esposo.

—¿Y planea atraer al rey hasta aquí? —Se rasca el pellejo caído bajo la barba—. ¿Para qué querría hacerlo si no tuviera malas intenciones?

—Si muero, Ine no se quedará a escuchar lo que tenga que decir. Por eso sé que estaré a salvo.

Si muero, se librará de mí. Æthel toma aire ante el horror de su propio pensamiento; un pensamiento alimentado por la duda que ha ido creciendo poco a poco a lo largo de los últimos años. *Podría casarse de nuevo.* Se siente asqueada. ¿A ese punto ha llegado su matrimonio? ¿Ya se está preguntando cuánto le importaría a su marido si muriera?

—¿De qué estaréis a salvo *exactamente*?

Aunque son las últimas personas a las que quiere ver, la llegada de Leofric, con Edred pisándole los talones, resulta una distracción bienvenida. Es fácil abrirle la puerta a la furia. Haciendo acopio de las emociones que se retuercen en su interior, Æthel les dirige una mirada hostil. ¿Han estado deliberando sin ella? Empieza a abrir la puerta.

—Voy a preguntarle a Geraint qué es lo que busca.

—Es una imprudencia. —Leofric la cierra de un portazo—. Majestad, Geraint conoce de sobra vuestro valor. Si os captura...

—No van a capturarme. —Con la más pura fuerza bruta, abre la puerta de un tirón y Leofric se tambalea. Tras la penumbra del salón, el sol le apuñala los ojos, lo que solo enfurece más a Æthel—. No soy una florecilla indefensa. Sé cuidar de mí misma.

—Edred, seguro que tú también piensas que lady Æthelburg va a correr un riesgo innecesario.

—Si desea hablar con Geraint, no podemos impedírselo —dice Edred y es la segunda vez desde que partieron de Wiltun que la sorprende. Æthel frunce el ceño. No le gusta—. Sin embargo, creo que es un esfuerzo fútil.

—Fútil o no, sabré cuáles son sus intenciones.

Cansada de los hombres y de las opiniones que no ha pedido, se echa una capa por encima de los hombros y atraviesa el patio en dirección a su caballo, que la joven ya ha ensillado y está esperándola.

—¿Cómo te llamas? —Había estado a punto de añadir una *chica*, pero bajo la luz diurna, queda claro que aquella mujer ha visto al menos veinticinco inviernos.

—Merewyn, mi reina. Mi padre es el gerefa.

Æthel suelta una maldición.

—Disculpa. Te he tratado como a una sirvienta.

—Es lo que *soy* —dice con compostura—. Os sirvo a vos y a Wessex.

Ante aquello, Æthel se siente peor.

Le parece de mal gusto, pero aun así le coloca una moneda en la palma de la mano a la mujer.

—Por haberte dado tanta prisa. Te lo agradezco.

Merewyn sonríe. Tiene unos ojos preciosos, claros como un lago.

—¡Esperad! —Leofric pide también que le traigan su caballo, mientras les ordena a sus hombres que se preparen. Æthel tendría que hacerle caso, pero hay una temeridad en ella, alimentada por la impaciencia y la furia, y aquella terrible duda que burbujea bajo sus pensamientos. Se sube de inmediato a la silla.

Sin embargo, cuando alcanza los portones, están abiertos. La noche se llena de gritos y el retumbar de los cuernos. Æthel tiembla al recordar los cuernos que oyó la noche que quemaron Tantone, ya ha pasado casi un mes; y se alza para ver mejor. Una columna larga y oscura marcha en dirección a Gifle, con el guiverno dorado ondeando sobre ella. Había una docena de jinetes a la cabeza.

Los mira a sabiendas de que debería sentirse aliviada. En realidad, lo que siente es… contradictorio. Como una niña que ha escalado un árbol alto, y carece del valor y la habilidad para regresar al suelo. Ahora otros tienen que acudir a su rescate.

—Ah. —señala Edred a su espalda—. Ha sido una marcha veloz. El rey os tiene en alta estima.

Æthel no dice nada. Lleva dos meses sin verlo. En lugar de esperar para saludar a los recién llegados, regresa al patio del gerefa, devuelve el caballo al establo y se dedica a pulir las muescas de la espada. Le relajan aquellos movimientos certeros y rítmicos. Sentada en un barril volcado, deja vagar sus pensamientos hasta que viene a importunarla un ajetreo de voces.

Media docena de personas se dirigen al salón de Gefmund. El propio gerefa se cuenta entre ellos, junto un grupo de gesiths, Nothhelm de Sussex y —Æthel parpadea— el hermano del rey, Ingild. Todos hablan a la vez, sus palabras anegando al único que guarda silencio entre ellos.

Parece cansado. Es lo primero que piensa. Æthel aplasta aquella idea. Por algún motivo, le parece importante aferrarse a su furia. La coloca frente a ella como un escudo mientras se pone en pie. Ine se da la vuelta y la ve y su rostro se ilumina, y Æthel tiene que acercarse todavía más aquel escudo. El sol se refleja en las motitas doradas de sus ojos.

—Oh, Æthelburg —dice Ingild, con pereza, al seguir la mirada de su hermano—. Me alegra encontrarte de una pieza. —Señala el brazo con la cicatriz cosida—. Veo que los hombres de Ealdberth opusieron resistencia.

Ine se acerca de inmediato.

—Æthel, ¿estás herida?

—Casi ha terminado de curarse —responde, alejándose de su preocupada mano. La luz abandona un poco el rostro de su esposo; se convence de que le da igual.

—No has perdido tu encanto —comenta Ingild.

Ine le contempla con dureza y Æthel se pregunta, no por vez primera, *cómo podían unos hermanos ser tan distintos.* No solo en la apariencia, sino también en el carácter.

Ine tiene una complexión oscura mientras que Ingild es pálido. Es esbelto para ser un hombre y carece del mal carácter de Ingild; Æthel recuerda cómo su padre solía gruñir y decir que su futuro marido parecía más un estudioso que un rey. Por supuesto, nunca se había opuesto al matrimonio, que iba a convertir a su hija en la reina de Wessex. Ni Æthel tampoco. Ine y ella se habían visto unas cuantas veces de niños y recordaba a un chico de mirada seria. Raro, casi tímido pero, cuando hablaba, la gente escuchaba. Le escuece la memoria y un anhelo de todo lo que vino después. Una época más feliz, cuando eran jóvenes, ansiosos de conocerse el uno al otro, llenos de planes para Wessex y su pueblo…

Un inesperado vendaval gélido se lleva sus pensamientos como si fueran hojas y Æthel se queda mirando a Ingild, que rezuma perplejidad: una expresión que se reserva para ella. Se pelean cada vez que se ven. Æthel es todo lo opuesto a lo que espera hallar en una mujer.

Ine le ofrece el brazo y, puesto que la gente lo comentaría si lo rechazara, le deja acompañarla por el patio como si fuera la grácil dama de que la ambos saben que no podría estar más lejos.

En cuanto entran, Gefmund se abalanza sobre su marido.

—Rey Ine, es un honor teneros bajo mi techo.

—Te agradezco que hayas acogido a mi esposa y mis gesiths —dice Ine, desviando súbitamente la mirada. Æthel se percata de la manera en la que Ingild y Nothhelm alzan las cejas. ¿Qué ha pasado desde que se fue de Wiltun?—. Recibirás una compensación apropiada —añade Ine casi sin pensarlo. En la penumbra del salón, tiene mal aspecto.

—Sois generoso, majestad. Por favor, sentaos. Aquí vivimos de manera modesta, pero pediré que nos traigan comida y bebida.

El salón es menos de la mitad que los de Wiltun y Winterceaster y consiste en una sola planta con dormitorios en la parte trasera. No hay ventanas salvo los aguajeros a cada extremo del tejado para dejar salir el humo y la pintura de las paredes de madera necesita que le den una nueva capa. La chimenea apenas arde por lo que se requiere una docena de antorchas para iluminar la estancia. Emiten un humo que se suma al aire turbio que pende del aire y hace toser a Æthel.

Resulta obvio que han limpiado las migas de la mesa a todo correr, pero quedan unas cuantas salpicaduras de hidromiel, que se expanden blancas sobre la madera. Toman asiento: Ine, Ingild, Nothhelm, los gesiths y ella. Gefmund se deja caer al final del banco. Nadie habla mientras los criados traen pan recién hecho, ternera, manzanas asadas y un queso tan grande que podría usarse como escudo. A pesar de la inquietud de intuir que *algo pasa*, a Æthel le ruge el estómago. No ha comido en todo el día a causa del enfado. En cuanto tienen frente a ellos las jarras de cerveza, estira la mano para tomar el pan, lo moja en las manzanas y se lo mete en la boca mientras se sirve licor con la mano libre. Gefmund la observa con un leve disgusto reflejado en las cejas. Æthel corta otro pedazo de pan con parsimonia y lo muerde sin dejar de observarlo. El otro desvía la mirada.

Durante unos pocos minutos, nadie habla, mientras van sirviéndose la comida. Æthel observa a Ine combatir contra el queso y se traga el impulso de sonreír junto al pan.

—A la misiva que recibimos le faltaban muchos detalles —dice Ingild y desaparecen las ganas de sonreír. Todos saben quién ha mandado el mensaje. Ingild bien podría haberla llamado inútil a la cara. Æthel corta un trozo de carne con una fuerza innecesaria.

—No sabíamos nada de las motivaciones de Geraint —admite Leofric mirándola de reojo—. Aún las desconocemos. Solo que hay unos quinientos hombres ahí fuera en las colinas y no quieren que nos marchemos.

—¿No hemos perdido hombres? —pregunta Ine, abandonando su batalla contra el queso. Mientras se dirige hacia la ternera, Æthel chasquea la lengua. Toma el cuchillo de la carne y apuñala el queso, lo corta y, después, con una floritura, le ofrece a su esposo el trozo que acaba de asesinar—. Muchas gracias, Æthel —dice en voz baja, mientras se lo añade a su plato.

Mirando con pena al queso mutilado, Leofric agita la cabeza.

—Ninguno, por increíble que parezca. Perdimos más en Tantone cuando nos enfrentamos a Ealdbert. O al menos a sus hombres.

—Te olvidas de que no sabemos con seguridad que esos jinetes pertenecieran a Ealdbert —replica Æthel.

Ine se detiene a mitad de camino cuando se lleva el queso a la boca.

—¿Jinetes?

—Se desvanecieron sin más —dice sin dejar de ver en cada parpadeo a la mujer en el caballo. *Salvajes trenzas entretejidas con plumas, cuentas y huesos. La espada en la mano como una reliquia de la oscuridad previa al nacimiento del mundo*—. Aparecieron de la nada. Raudos.

—¿A qué os referís, lady Æthelburg? —Edred frunce el ceño.

Primero lo mira a él, luego a Leofric.

—Tú los viste, Leofric.

El guerrero se rasca la mejilla.

—Con todos mis respetos, Æthelburg, vuestra descripción es un poco… fantástica. Aunque admito que se comportaron de manera peculiar, no hay motivos para describirlos como nada más ni nada menos que guerreros a caballo.

—Leofric tiene razón —dice Edred y adopta una expresión comprensiva—. Es fácil confundir a la mente en mitad de la batalla, entre el fuego y el humo…

—Ahórrate la condescendencia. Llevo peleando desde antes de que te ganaras la primera espada. —Parece que el inesperado apoyo de Edred ha terminado. No puede decir que la sorprenda. Dirige la mirada a Leofric—. Has admitido que se comportaron de manera peculiar. Si fueran hombres de Ealdbert se habrían quedado para aplastarnos.

—¿No diríais que sufrimos una derrota en Tantone? —pregunta el gesith en una voz tranquila pero llena de significado.

Todos la miran. A Æthel se le hunde el corazón. La comida a la que hacía unos instantes había dado la bienvenida, se vuelve grumosa como la harina en la boca. Da un sorbo a la cerveza y traga con aspavientos sin dejar de percibir cómo los ojos de su marido despiden el fuego de mil soles. Decidida a no mirarlo, se recuesta.

—De repente, ya no tengo hambre. Iré a visitar a nuestros centinelas. No creo que a Geraint le haya pasado desapercibido tu ejército.

—Æthelburg —dice Ine, pero ella pasa una pierna encima del banco y desaparece de unas cuantas zancadas.

Una vez fuera, se apoya en el muro y deja que la brisa les arrebate el color a sus arreboladas mejillas. No le cuesta trabajo pensar mal de Edred —*es* traicionero— pero ¿a qué está jugando Leofric? Entre los dos la han dejado de histérica, fantasiosa.

Con un gruñido, Æthel se separa del muro y se encamina a las puertas principales. La gente desvía la mirada del trabajo a su paso, ya que va vestida con túnica y pantalones, con las armas colgando del cinto como si fuera un hombre. No todas las miradas rezuman simpatía. Sospecha que ofende a mucha gente simplemente por ser ella misma.

¿Tendrían razón los guerreros? ¿Y si los jinetes no eran más que traidores? *Quizás es cierto que inhalé demasiado humo y soñé a aquella mujer.*

Paf.

Una flecha tiembla en el poste detrás de su cabeza. Con un grito, Æthel se tira al suelo, pero no vienen más. Lentamente, mira hacia arriba y a su espalda. Hay un mensaje enrollado en torno a la asta.

Las puertas se convierten en un hervidero de hombres. Un par se apresura a ayudar, pero les indica que no es necesario. *Esto es lo que pasa por soñar despierta.* Æthel arranca la flecha del poste y, después, alzando la mano hacia el cielo, entorna la mirada hacia el lejano arquero que se está recolocando al arco.

—Deteneos —les ordena a los hombres que desenvainan las armas—. Solo es un mensaje.

—¿Qué dice? —pregunta uno de ellos.

Observa la nota y suelta una maldición.

—Que alguien me lo diga si sabe leerlo.

Dobla las palabras incomprensibles con los dedos y vuelve al salón. Le mortifica regresar tan pronto, pero no puede evitarlo. Æthel abre las puertas de un golpe y deja que el sol bañe el interior.

—De los dumnones —dice entregándole la nota a Ine. Su marido habla tres lenguas, así que asume que sabe leerla.

—¿Cómo?

—Una flecha que me ha pasado demasiado cerca de la cabeza —admite.

En lugar de leer el mensaje, los ojos de Ine se arrugan de preocupación.

—¿No estás herida?

—Por Dios, no me pasa nada. ¿Qué dice?

Al enfrentarse a su furia, desvía la mirada hacia abajo.

—Geraint quiere que nos veamos. A campo abierto, bajo una bandera de tregua. —Le pasa la nota a Gweir—. ¿Lo he entendido bien?

El guerrero la repasa con la mirada.

—Sí, rey Ine. A mediodía.

—¿Qué hora es?

—Casi mediodía.

Ine retira el banco y los otros se ven obligados a levantarse.

—¿Qué estás haciendo? —exige saber Ingild y le salen unas feas motas en las mejillas—. ¿Silba y vamos a su encuentro como unos perritos obedientes?

—Ingild. —Ine se pasa la mano por el pelo, y se lo revuelve, y Æthel siente el súbito impulso de acariciarle los negros rizos del cuello. Se decide a aniquilar aquella sensación—. Geraint ha tenido la cortesía de *no* atacar a unas huestes en desventaja que incluían a mi esposa.

Æthel sabe que se refiere a las cifras, pero no puede evitar poner una mueca al pensar cómo interpretarían su palabra los gesiths. *Se te dan bien las lenguas, ¿no podrías haber hablado con más cautela?*

—Pero eso no te pone a su disposición. ¿Quién se cree que es?

—Un rey —dijo Ine con sencillez.

—El ætheling Ingild tiene razón. —Nothhelm le da la vuelta la mesa—. Nos hará parecer débiles, ante Geraint y nuestros propios hombres.

Durante un instante, Æthel habría jurado que los ojos de su esposo se han quedado prendados en algo al fondo, en una esquina del salón. Sigue la mirada, pero solo ve pieles amontonadas de cualquier modo, y un ovillo de lana que se ha caído de la cesta de una tejedora. Ine deja caer los hombros.

—¿Entonces que me aconsejáis hacer? ¿Ignorarlo?

—Por ahora —dice Nothhelm—. Si se ofende y decide pelear —Le brillan los ojos— descubrirá que nosotros no somos tan fáciles de intimidar.

—No es que me intimidara, Nothhelm —replica Æthel—. No disponía de hombres suficientes para abrirme camino sin sufrir pérdidas devastadoras.

—No me había percatado de que fuera algo que te importunara —dice Ingild y la temperatura del salón parece descender considerablemente. Aunque a Æthel no le importaría pegarle un puñetazo, el torbellino de culpabilidad que se agita en su pecho suaviza el impulso. No importa que sus hombres hubieran muerto a manos de unos jinetes que casi con total seguridad no pertenecían a Ealdbert. Están muertos de todas formas.

La manera en la que Ine frunce la boca le indica a Æthel que no está contento, pero no sigue discutiendo. Eso también la irrita. *Eres el rey*, le dice en sus pensamientos. *Es tu decisión*. Pero desde que pergeñó el código legal, les da mucha importancia a los consejos de los demás. *Y cada uno de ellos tiene sus propias maquinaciones*. Æthel sabe que es tan peligroso darle la espalda a los aliados como a los enemigos. Al menos siempre puedes confiar en que los enemigos harán lo más obvio.

★ ★ ★

El mediodía llega y se va. La tarde muere en un glorioso esplendor. Aunque los vigías aguardan en fila sobre las empalizadas de Gifle, no llegan más mensajes por medio de flechas. ¿Qué estaría pensando Geraint? Rehusar la reunión con él forma parte de un juego de poder que a Æthel le resulta de mal gusto. Están en juego las vidas de la gente corriente.

Regresa a los aposentos de Gefmund, solo para descubrir que Ine ya se encuentra allí, con los nudillos blanquecinos mientras se aferra al respaldo de un sillón. La estancia está separada del salón principal, cuyo jaleo queda amortiguado por los cestos para las cenizas y unas pieles que han visto mejores días. El rey susurra en voz baja.

—¿Sabes lo que dicen de la gente que habla sola?

Ine se sobresalta.

—¿Qué odian la compañía?

—Más o menos. —Æthel se demora demasiado en preguntar—. ¿Eso me incluye a mí?

—Claro que no. ¿Por qué dices eso?

Æthel se desabrocha el cinturón de la espada y lo deja caer en una mesa cercana.

—No estarías en semejante embrollo de no ser por mí. Yo obligué a Ealdbert a huir, le di a Geraint la oportunidad de arrinconarme, de atraerte hasta aquí...

—No. —Ine se frota la frente, un hábito reciente que no deja de crecer—. Este conflicto lleva tiempo fraguándose.

—Pero habrías preferido abordarlo según creyeras conveniente. En lugar de bailar al son de Geraint.

Ine guarda silencio. En el brasero, la madera cruje al asentarse.

—Los otros piensan que soy un peligro —dice Æthel. Se dice a sí misma que no le importa, pero su voz suena como un río de pedernal, duro y gélido—. Preferirían que me quedara en la corte con las otras mujeres y les dejara a los hombres *los asuntos de hombres*. —Toma aire—. ¿Qué han estado diciendo?

Ine se muestra dubitativo. Æthel se prepara para lo peor hasta que su marido contesta:

—Ingild ha sacado a relucir lo del cerdo.

—Vaya. —A pesar de la situación, una débil risa le inunda la garganta—. Me había olvidado de lo del cerdo.

—¿Cómo has podido olvidarte de algo así? Fue tan asqueroso que consideré recluirme en un monasterio.

—Es absurdo ponerse tan triste por una capa —replica—. La gente no debería concederles tanto valor a las posesiones.

Ine parece ofendido.

—Era parte del wergeld que Cent pagó por Mul.

—Que debería haberse pagado por entero en *oro*. —Asiente con aprobación en dirección a la capa que Ine viste—. Esa es mucho más adecuada.

—Sí, bueno, no puedo arriesgarme a que aparezca otro cerdo.

Esta vez se ríe con un estruendo, una risa de verdad, como las de antes, y su corazón se hiere al oír el sonido. Las manos de Æthel se sienten tentadas a hacer cosas estúpidas como darle a su esposo palmadas en las mejillas o enrollarse un mechón de su pelo en el dedo hasta que reaccione. Æthel las mantiene quietecitas sobre el pecho. Si Ine no la toca, ¿por qué iba a tocarlo ella? Su risa se desvanece.

Ine debe de percibir su cambio de humor, porque se acerca unos pasos con el ceño fruncido.

—Æthel, ¿qué ocurre?

—Sabes qué es lo que ocurre —dice Æthel y se horroriza de sí misma. No es el momento para aquella conversación. No ahí, no cuando es más que probable que la batalla llegue con la mañana—. Sabes por qué me juzgan, por qué son tan hostiles. —*No, no, no.* Pero las palabras van devanándose de sus labios como un hilo que lleva demasiado tiempo aguardando a que lo tejan—. No tienes herederos. Y me culpan a mí.

Ine se detiene cuando solo los separa un paso.

—Sabes que no es justo —susurra—. Llevo años acarreando sus acusaciones cuando podría haber dicho la verdad.

—Æthel...

—Necesito *saberlo.* —La palabra suena hecha jirones. De un gesto veloz, Æthel toma las manos de su marido y las presiona contra su cuerpo—. ¿Tan aborrecible te resulto? ¿No eres capaz de pensar en mí sin repulsa? ¿O es que hay otra persona? ¿Otra mujer?

Ine aparta las manos como si su esposa fuera agua hirviendo. Las lágrimas de Æthel se le endurecen en la garganta y de pronto no quiere ver el rostro del rey. Se da la vuelta y recoge el cinto de la espada de la mesa.

—Æthel, no es, no es que *yo*...

Le deja tartamudear en silencio, su eterno refugio, antes de tomar aire con parsimonia. Las lágrimas se han transformado en agujas que se le clavan en las comisuras de los ojos.

—Has dejado claros tus sentimientos, esposo. Solo desearía no tener que pagar *yo* por ellos.

Sin darle la oportunidad de decir nada más, sale al salón como una llamarada, su rostro un mosaico de candor y gelidez. Æthel sabe que la gente se hará preguntas. Está cansada de preguntas. Se pone la capucha mientras pasa junto a los curiosos ojos de Nothhelm y Gweir. Alguien la llama por su nombre, pero sigue caminando.

Una vez que se encuentra bajo el cielo nocturno, se limpia una de esas lágrimas afiladas de las mejillas e intenta exorcizar el recuerdo de Ine apartando las manos de ella. Es suficiente respuesta. ¿Por qué no la ha repudiado? Podría hacerlo, nadie protestaría, ni siquiera su familia. Después de todo, ellos también creen que Æthel ha fracasado en su deber.

No saben que su esposo se niega a yacer con ella. No pueden imaginar tal cosa, a menos que Ine fuera el más devoto cristiano. Es más fácil creer que Æthel es incapaz de concebir o que no está por la labor. Es demasiado testaruda, dicen. Demasiado belicosa y salvaje. Demasiado parecida a un hombre para convertirse en madre. Pero el reino necesita un heredero. ¿Acaso Ine no podía tragarse la indiferencia durante unos cuantos minutos?

Un viento traicionero se hace con la capa y Æthel la aprieta más fuerte contra su cuerpo. Mientras rodea el lateral del salón, se hunde, con los codos en las rodillas. *¿Deseo un hijo?* No lo sabe. Cuando era más joven apenas se le pasaba por la cabeza. Pero ahora los susurros de la corte han cobrado fuerza. La gente ya no disimula cuando pasa por su lado. *Se supone* que tiene que oírlo. Se supone que tiene que meditar sobre su fracaso.

Quiere gritar. Quiere que el viento, el heraldo del invierno, se la lleve lejos del enfermizo nudo de anhelos que le habita en el pecho. Sobre todo, desea ser capaz de odiar a su esposo. Entonces sería soportable. En lugar de eso, descansa la cabeza sobre la madera, que aún conserva el calor del día y piensa en los jinetes innominados. Y en la mujer que los lideraba, a horcajadas sobre el caballo como una reina del caos.

5
INE

Gifle, Somersæte
Reino de Wessex

Ine mira a la nada. La voz de Æthel se ha unido a la multitud que se amontona en su mente.

Llevo años acarreando sus acusaciones.

¿No eres capaz de pensar en mí sin repulsa?

Se odia por ser incapaz de hablar. Se odia por dejar que Æthel piense que la desprecia. ¿Acaso eso es mejor que la verdad? ¿Tan terrible es la verdad que prefiere que sea ella quien cargue con el desdén de la corte cuando la culpa era de él? ¿Tanto miedo le da lo que dirían? Ine se mira la mano; le tiemplan los dedos y casi puede escucharlos: los susurros derramándose en un lago de humillación pública cuando descubran lo mucho que detesta la mera idea de ese tipo de intimidad.

¿Hay otra persona?, exige saber Æthel en su cabeza y él lo niega. «Nunca he amado a otra persona». Pero es inútil decirlo, ella no puede escucharlo. E incluso si estuviera allí, no lo creería. Las ocasiones en las que intimaban son tan escasas y cuando ocurría…

De mala gana, Ine se descubre pensando en la última vez que había cedido ante ella, cuando Æthel lo había estimulado con sus insistentes manos. Recuerda sus breves y urgentes respiraciones mientras los desnudaba a ambos. Cómo le había puesto la mano en su cintura mientras ella se movía, con las suyas apoyadas en los hombros de su esposo, balanceándose sobre él hasta alcanzar el orgasmo. Los sonidos que Æthel había hecho: un callado grito y un gemido, mientras descansaba la ardiente mejilla contra el cuello de Ine. Su propio orgasmo le había dejado con un curioso vacío. Incluso perturbado. Mientras Æthel dormía, satisfecha, él yacía junto a ella pensando que, sin duda, aquello no era lo que debía ocurrir. La manera en la que otros hombres hablaban de hacer el amor le resulta ajena, una lengua que no comprendía. Pensar en ello no despertaba ningún calor en sus entrañas, ni un anhelo en la entrepierna. Por Dios, ¿qué le ocurría? Porque debe de ser culpa suya. No hay otra opción.

El recuerdo deja tras de sí el eco de aquella desesperación. Del horror que experimentaba cada vez que su esposa quería yacer con él, y la vergüenza de inventarse excusas, que le envenenaban el corazón. Excusas perpetuas, nunca la verdad. Porque carece de nombre para esa verdad. Según pasan los años y ambos dejan atrás la juventud, incluso la culpa ante la decepción de Æthel ha perdido el poder de hacerle ceder. O quizás ella ha dejado de intentarlo. Y allí están ahora. En un lugar al que no llegan las palabras. Ine aprieta los párpados y desea ser capaz de encontrarlas. De explicarse, si acaso a sí mismo, lo que siente. Y lo que no siente.

Las horas van deslizándose sin que Æthelburg regrese. Intenta dormir. El catre es de mala calidad, relleno de paja y escondido bajo unas rugosas mantas de piel de cabra. La única fuente de luz proviene de las ascuas en las cestas que emiten un cálido y sutil brillo. Los ojos del cuentacuentos lo encuentran en la oscuridad, azules y ardientes. Aquella noche permanece borrosa, pero aquella persona y su historia conservan su nitidez. La historia…

Ine se da la vuelta y le da un golpe al jergón para allanarlo. Seguramente se queda dormido. Gwyn camina hacia él, mientras su espada abre un surco en un campo ensangrentado. El sabueso a su lado es una pesadilla, blanco a excepción de la salpicadura escarlata sobre su roma cabeza. Gwyn se ríe mientras cada uno de sus pasos cubre una amplia distancia hasta que llega al dintel del salón en el que Ine descansa. Pasa junto a la larga mesa, las hornacinas llenas de leña, y le da una patada al ovillo, que se deshace a su paso. En dirección a la cortina que los separa.

Una sombra en la alcoba. Ine se endereza tan rápido que todo le da vueltas.

Toma la daga del cinto que se ha quitado antes de dormir.

—No te muevas.

—Paz —responde una voz grave en la lengua de los britanos—. No he venido a hacerte daño.

Su mente sigue enturbiada con Gwyn. Ine se alza con dificultad y la figura retrocede y dobla unos poderosos brazos. Están tintados con las marcas que tanto les gustaban a los nativos: intrincadas espirales, puntos y líneas dibujadas según un diseño que tendría significado, pero le resulta imposible identificarlo. Sigue la vista hasta alcanzar unos hombros musculosos, una barba rojiza y un par de ojos que son como la corteza de un castaño joven. La incredulidad le ata la lengua hasta que consigue hablar:

—Geraint.

—Ine —lo saluda el rey de Dumnonia.

—Tú... —Cambia de idioma—, ¿cómo has entrado?

No se escucha nada proveniente del salón, ningún grito de alarma, solo el adormilado silencio de una fortaleza en las horas de descanso. Ine se obliga al olvidar el sueño de Gwyn.

—Puedo evitar que me vean si así lo deseo —dice Geraint—. Y tampoco nadie escuchará lo que digamos. Aunque supone un gran esfuerzo, aquí en la frontera. —A Ine no le pasa desapercibida la acusación de su voz—. El poder del rey Constantine se extendía mucho más allá de este asentamiento hasta un territorio que no hemos dominado desde que él caminaba por los bosques y los valles y despertaba a los dioses durmientes de la tierra.

Otra vez Constantine. Los britanos hablan de él con algo parecido a la reverencia.

—Solo era un hombre —dice Ine. Baja la daga, pero continúa
agarrando la empuñadura con fuerza.

—Era más que un hombre, sajón —gruñe Geraint—. A diferencia de vuestro Dios cristiano sigue con nosotros.

—Supongo que no has venido a discutir sobre teología. Mis guerreros están cerca.

Geraint le fulmina un poco más con la mirada antes de asentir.

—No me respondiste.

Al recordar la indignación de Ingild, Ine deja a un lado su respuesta inicial.

—No me gusta que me den órdenes, sobre todo aquellos que
amenazan a mi mujer y me obligan a llevarme a los hombres de los
campos en medio de la cosecha.

—No le he tocado un pelo. —De pronto, Geraint parece inquieto
ante la ausencia de Æthelburg, como si temiera que le preparase una
emboscada. Conociéndola, no era una idea absurda—. En realidad,
será mejor así, que hablemos los dos solos.

Habla en el dialecto de Kernow, un río veloz que se topa de vez
en cuando con alguna roca. A Ine le recordaba a los claros secretos
que condenan los sacerdotes, a los inquietantes valles esculpidos
en la tierra por los mismos gigantes. *Cabello enredado, el peine entre
las enormes orejas del oso. Campos de trigo como doradas rutas maríti-
mas...*

—Necesito un salvoconducto para atravesar vuestras tierras
—dice Geraint, trayéndolo de vuelta al presente—. Para mí y al
menos dos veintenas de hombres.

Ine parpadea.

—¿Dos veintenas?

—Sería más seguro llevar más —dice el britano apesadumbra-
do—. Pero esas cifras serán suficientes. Al menos hasta que descubra
la verdad.

—¿Qué verdad?

La sonrisa de Geraint carece de alegría.

—No es algo que concierna a un cristiano. —El azul de sus marcas es del mismo tono que los ojos del cuentacuentos.

—Sin embargo, sí que me concierne a *mí* —dice Ine, mientras que otra parte de él se maravilla ante las escasas probabilidades de que semejante reunión tenga lugar sin que ninguno de ellos sostenga un arma bajo el cuello del otro. Ingild echaría espuma por la boca si lo supiera—. No entraréis en Wessex con un ejército sin contarme el motivo. Ni explicarme vuestro destino.

Se fulminan el uno al otro con la mirada. Ine cuenta hasta cinco en silencio hasta que Geraint responde.

—Ynys Witrin. Vosotros la llamáis Glestingaburg.

—¿La abadía?

—No es la abadía lo que deseo, sino la isla. —Geraint esboza una sonrisa—. Poseéis una tierra de la que apenas sabéis nada. —En el exterior, el viento empieza a levantarse. Una ráfaga remueve los hilos colgantes del tapiz de la pared y hace a la antorcha bailar a su son en su soporte de hierro—. La isla de Ynys Witrin es una colina. Cónica. El lugar más alto del valle.

Ine asiente.

—La conozco. Berwald, el abad, desea construir allí una capilla.

Geraint suelta una risilla.

—Es curioso cómo los cristianos nos condenan por paganos y, aun así, se apropian de tantos de nuestros lugares y prácticas para sí. La colina es mucho más antigua que vuestro Salvador. Se alzaba antes de que las tierras colindantes surgieran de las aguas. Los antiguos pueblos entonaron allí las primeras canciones, hablaron con sus muertos… honraron a los que cruzaron al otro lado.

Ine percibe aquellas palabras como una respiración en la nuca y apenas puede contenerse para no darse la vuelta. Desde el día del escudo, la sensación de que lo vigilan se ha acrecentado.

—¿Cruzar al otro lado?

—Al Otro Mundo. —El britano baja la voz, como si temiera que los estuvieran escuchando—. A Annwn.

Quizás a Annwn, de donde muy pocos regresan. La voz del poeta vuelve a colarse en su mente. Sacude la cabeza, pero no logra deshacerse de la imagen de Gwyn, el segador, caminando por los campos negros como ala de cuervo.

—Habéis oído antes ese nombre. —Geraint lo mira, intrigado—. Me sorprendes, sajón. No es algo que les haga gracia a vuestros sacerdotes.

Ine recuerda las distantes expresiones de Hædde y Earconwald mientras la historia del poeta tomaba forma. Se humedece los labios.

—Annwn no es más que una historia. La escuché en Wiltun hace unas semanas.

Geraint alza una greñuda ceja y dice en un tono que quizás denote diversión o desdén.

—¿Acaso tu gente no prefiere las historias de sangrientas batallas y luchas contra monstruos o familias enfrentadas que se matan la una a la otra durante los festines?

—Sí —admite Ine recordando las peticiones de historias más comunes—. Pero las historias cruzan fronteras cuando nosotros no podemos. Países, religiones… tiempo. No prohíbo ninguna en mi salón y le doy la bienvenida a aquellos que las narran.

—Es una lástima que tengamos que ser rivales —dice el britano tras una larga pausa—. Creo que tienes más en común con mi pueblo de lo que piensas.

Sin saber qué responder ante aquello, Ine se cruza de brazos, mientras intenta no sentirse intimidado por la corpulencia de Geraint.

—No has contestado a mi pregunta. ¿Qué pretendes lograr en la colina?

—No puedo decirlo.

—No es suficiente.

Geraint se yergue. No es una visión que deje indiferente; al menos le saca una cabeza a Ine.

—Os interesa tanto como a mí permitirme alcanzar la colina. Esto va más allá de la rivalidad, más allá de *nosotros*. Forma parte de mi responsabilidad hacia la tierra y mi gente. —Hay una extraña luz en sus ojos—. No lo entenderías.

Si Ine fuera cualquier otra persona —Ingild, Nothhelm, Leofric— habría llamado hacía tiempo a sus guardias. O se habría abalanzado sobre Geraint con el acero desnudo. *Y entonces estaría muerto.* A diferencia de Æthelburg, sus mayores destrezas no se hallaban en el campo de batalla. Y no se olvida de la advertencia de Gweir. Al fin y al cabo, Geraint ha llegado a la alcoba sin que nadie levantase la alarma. Ine lo escudriña y se da cuenta de que apenas lleva armas. Sin duda, sería imposible para una persona corriente...

—Si os concediera vuestra petición, ¿qué pasaría mañana? —pregunta—. Os superamos en número y mis guerreros están deseosos de entrar en batalla. Mejor retirar...

—No hay tiempo. —La luz en los ojos de Geraint arde—. Debo alcanzar Ynys Witrin antes de Lughnasadh.

Lammas, el festival de la cosecha.

—Apenas faltan dos semanas.

—Por eso tenemos que *apresurarnos*.

Ine aún siente la picazón de una mirada en la nuca. Se da la vuelta para echar un vistazo, pero no ve más que las sombras apiladas en una de las esquinas. *¿Dónde estás, Æthel?* Su ausencia empieza a preocuparlo.

—El obispo Hædde se cuenta entre mis consejeros —dice lentamente, para volver a arrastrar sus pensamientos al asunto que se traen entre manos—. Si descubre que te he permitido promover la causa pagana... —Agita la cabeza—. No puedo permitirme una riña con la Iglesia.

—Es para promover la *paz*. —Hasta entonces Geraint ha permanecido quieto, sin dar muestras de ser una amenaza, pero ahora aprieta el puño—. Asegurará la seguridad de nuestros *dos* pueblos.

Ine se pone tenso. Geraint no ha apretado el puño por la ira, sino por el miedo.

—¿A qué os referís?

—No puedo decir más hasta que no lo averigüe. Además, no tenemos tiempo suficiente para explicárselo a un hombre que piensa que nuestras creencias son meras supersticiones paganas.

Ine siente la urgencia de inquirir sobre ese *vínculo* que Geraint comparte con la tierra, pero es mejor ocultar lo que se le pasa por la mente. En vez de eso, sin saber por qué, piensa en las palabras de Æthel durante la comida. Los jinetes que solo ella había afirmado ver. No le había preguntado a qué se refería.

Se oye un crujido y un ajetreo cuando se abre la puerta principal, y se cuela una ráfaga de viento nocturno. Ambos se dan la vuelta a la vez, en tensión. Sabía Dios lo que parecería si los descubrían así.

—Está bien —murmura Ine—. Te doy mi palabra de que no se te hará daño en mi tierra. Pero si te encuentro en un sitio que no sea Glestingaburg...

—No ocurrirá.

—Y tendrás que viajar de incógnito. Puedo conceder paso a unos peregrinos wealas, pero no al rey de Dumnonia.

La expresión de Geraint se ensombrece.

—Hablo muy poco de vuestra lengua, sajón. No me llamarán extranjero en mi propia tierra. Y es mucho lo que pides, que vaya a Witrin disfrazado de uno de esos suplicantes sin valor.

—Aun así, esas son mis condiciones —dice Ine con un filo en la voz—. Lleva a cabo los ritos paganos que quieras y después abandona mi reino.

Una vez más se fulminan con la mirada, hasta que Geraint deja escapar un suspiro. Después de todo, ¿cuántos otros le habrían permitido hablar o incluso conservar la vida? Seguro que es consciente. Aun así, Ine no está seguro de haber tomado la decisión correcta. Suena a locura a todos los niveles, excepto para la tonta esperanza de un rey que cree que la paz que se consigue con la espada no es paz en absoluto. Quizás esto marcarse el inicio.

—Así se hará. —Geraint estira la mano y cada uno agarra la muñeca del contrario durante unos asombrosos instantes. Seguro que ninguno de ellos ha mantenido antes una reunión de ese calibre ni cerrado tratos clandestinos a medianoche, escondiéndose de sus consejeros y sus pueblos. Y aunque Ine sigue inquieto, una parte de él confía en Geraint, o al menos confía en el miedo que ha percibido en él. El misterio que lo conduce a aquella tregua, es sin duda más grande que su rivalidad.

—¿Debería preocuparme? —pregunta ante aquella ocurrencia—. Sobre esto... lo que quiera que sea.

—¿Te preocupan los *ritos paganos*, sajón? —Geraint todavía le agarra la muñeca y lo observa con una pétrea mirada castaña—. Te doy las gracias. —Lo suelta—. Has sido más... amable de lo que esperaban mis lores, así que te daré una advertencia. —Dirige la mirada al frente—. Mantén a tus hombres intramuros. Es noche de luna vieja.

Quizás Ine lo ha imaginado. El agotamiento, el esfuerzo tras la rápida marcha... hay media docena de razones por las que sus sentidos lo podrían estar engañando. Pero en el poso de las palabras de Geraint aguarda una sensación. Un cambio en el aire. Como los días en los que un viento frío se abre paso entre el calor para revelar un gusano en el corazón del verano, devorando poco a poco la estación. Eso es lo que le angustia. La certeza del invierno.

Geraint se va de la misma forma en que vino: sin ser visto. Tras inspeccionar la habitación durante un preocupado instante, Ine vuelve a hundirse en las pieles de cabra con los codos en las rodillas y exhala. Las palabras del britano le han dejado con la sensación de que algo se escapa de su control. *Mantén a tus hombres intramuros.* Las palabras de un pagano, se recuerda Ine. Los dumnones son proclives a las fantasías. Y, sin embargo, no hace tanto tiempo que su propio pueblo seguía las costumbres que la Iglesia ahora denomina paganas. No todos sus predecesores eran cristianos. Por ejemplo, Cædwalla...

Breves revoloteos junto a la comisura del ojo. Ine mira, pero no hay nada. Igual que cuando entró en el salón. De refilón. *A lo mejor estoy perdiendo la cabeza igual que padre.* Aquel pensamiento le genera un bulto en la garganta y desea que Æthel regrese. Bien, desear era inútil. Probablemente espera que él vaya a buscarla. Por supuesto. Maldiciéndose a sí mismo, se pone en pie.

Ine logra dar tres pasos, antes de que la agonía lo parta en dos.

Cae de rodillas y siente bajo las palmas la rugosidad de las tablas de madera que componen el suelo. Y después no ve más que árboles. Las ramas se enrollan en torno a sus miembros; corcovea, retorciéndose con todas sus fuerzas para liberarse. Intenta tomar aire pero, en vez de eso, la tierra fría se vierte en su interior, llenándolo de raíces y suelo franco hasta que a sus huesos no les quede más remedio que romperse, en cuanto la carne ceda ante semejante poder.

Una risa en la oreja. Palabras como el aullido del viento y el agua. Parpadea y está en una colina: el gigante de la historia. Sus muslos son otras colinas, su entrepierna, las laderas del valle. En la ondulante ciénaga se alza un abdomen y el pecho del gigante está cubierto de árboles, los mismos árboles que lo atrapan. Más allá hay un rostro en reposo. Una boca con las comisuras arrugadas; el gigante se ríe solo una vez. Ahora los párpados cerrados son crueles y merodean unos ojos ocultos. Lo conocen. Lo han visto.

¿Es esto la muerte?

Grita mientras dos fuerzas lo empujan, como un par de corceles que cabalgan en direcciones opuestas. Han regresado los tablones de madera y entre los dedos le sobresalen las hojas. No distingue ya lo que es real, excepto que, en algún lugar, se está librando una batalla. Ine puede sentir el oleaje de hombres y metal, los gritos y el sudor de la batalla. Intenta ponerse en pie, pero le pesan demasiado las piernas, y los brazos son como la niebla y la lluvia. *¿Qué me está pasando?* Como si caminaran sobre su piel, siente que los hombres salen en bandada del asentamiento. *No.* Debe detenerlos. Geraint dijo que la luna era vieja.

Geraint. De pronto sabe que el hombre está cerca. Sin pretenderlo, Ine estira la mano y Geraint la estira hacia él a su vez y sabe de inmediato que el britano está muriendo. Se percata de la respiración desvaída y cómo la sangre se derrama en el suelo. Geraint se aferra a él y él a Geraint, porque no hay nada a lo que aferrarse más que el gigante y lo aterra esa enorme criatura.

Imposible, dice la menguante presencia de Geraint. *¿Quién eres?* Son sus últimas palabras. Ine lo siente deslizarse por el suelo donde las raíces y las piedras lo acogen como una madre. Dentro de Ine, el dolor se abre camino y lo eleva a una rugiente oscuridad.

6

HERLA

Glestingaburg, Somersæte
Reino de Wessex

adre amada, la oscuridad. El tiempo no debería significar nada para quien ha vivido varios siglos, pero Herla ha pasado dormida la mayor parte de ellos. En el mes que le ha faltado, se ha dado cuenta de que quizás el sueño es lo único que la protege de la locura.

Amarrada a la colina por el estómago, con el aliento del perro calentándole el rostro, Herla yace inmóvil mientras la luna muere, nace y envejece de nuevo. Sin sueño que la salvara, se aferra a los antiguos patrones y practica los sonidos que solía usar para formar palabras. Mientras la luna envejece se refugia en esos saberes, poco dispuesta a caer de nuevo en las formas salvajes de la Cacería.

Pero ahora Herla lo siente crecer: un sabor fuerte en la boca, la manera en la que se le ensanchan las fosas nasales. La sed de sangre remueve las raíces de su cabello, llena sus miembros de tormenta hasta que el amarre cede de pronto y el peso de la maldición cae sobre ella.

Herla grita. Despierta a las otras, junto al rebuzno de los caballos. No es el grito de la Cacería. Es el sonido de una mujer que pelea, una lucha desesperada contra los impulsos que parecen hacerla arder. Los impulsos de Gwyn. La espada negra se gira en su mano; cierra el puño en torno a ella, se imagina arrojándola lejos. Le tiembla el brazo. La espada no se mueve.

—Señora —la llama Corraidhín. Tiene el ceño fruncido mientras se acerca a Herla, consciente de su lucha interior. Y Herla se percata de que están unidas a *ella,* igual que ella está unida a él. Mientras se resista, ellas también podrán. Lo intenta con más fuerza aún.

—Corraidhín —dice. Y después todos sus nombres—. Gelgéis, Orlaith, Senua, Nynniaw...

Como si fuera un encantamiento para protegerse del mal. Si decía sus nombres, la sed de sangre no se apoderaría de ella. No se apoderaría de *ellas.* La habían seguido a Annwn. La habían seguido y ella las había condenado.

El sabueso de Gwyn se ha puesto a gruñir, con el musculoso cuerpo listo para dar un salto, como si ansiara destrozarle la garganta. Herla aprieta los dientes y endurece el corazón. Obligaría a la maldición a esforzarse para recuperarla. El rojo le niebla las comisuras de sus ojos y la sangre canta ante la promesa de la Cacería.

Una vez montada, sale a la carrera de la colina y las cazadoras la siguen, mientras inundan la noche con sus cuernos. La voz de Herla tiene un filo cansado: la parte de ella que se desvanece sabe que ha luchado y ha perdido. En la oscuridad, da la vuelta al caballo. Más mortales que se arriesgan en la noche de la luna vieja. En su interior, cientos de miles de almas gritan su deseo. *Únete a nosotras y vive para siempre.*

Las antorchas arden en las paredes del asentamiento. Hay una gran multitud de vida allí e incluso más en las colinas colindantes. Herla sonríe, alzando la espada. Sus cazadoras forman un coro de chillidos.

Entonces, sin advertencia previa, *algo* le agarra la pata al caballo. Su montura trata de zafarse, con un furioso quejido. Otros rebuznos le indican a Herla que el resto también sufre de aquel agarre. De la tierra han brotado lianas plateadas que se enredan en torno a los corceles como unas serpientes retorcidas. Furibunda, Herla dirige la vista a la tenebrosa tierra, donde hay un hombre, con los brazos tintados, estirados frente a él. A sus pies yace una piscina de plata de la que se alimentan las lianas, absorbiendo la fuerza de la que precisan para mantenerla apresada.

La espada negra se mueve, una liana se rompe y el hombre se tambalea. Un momento después, dos más surgen de la tierra y Herla las corta de nuevo, salvaje y enseñando los dientes. Pero según las va aniquilando, van surgiendo más, serpenteantes, enredadas, y en su mente agudizada tras el asalto, la sed de sangre vacila. Aquel no es el poder de Annwn. *¿Quién es?*

—Necios —escucha decir al hombre en la lengua anglosajona mientras los guerreros lo rodean, con las espadas directas a su corazón—. Necios. Huid. Yo… no puedo retenerla.

Herla gira la cabeza y ruge para ver otra hueste derramándose por las colinas. Tienen brazos desnudos y tintados como el hombre plateado y llevan lanzas cortas.

—¡Padre! —Un chico corre a la cabeza. Nada más que cuero le protege el pecho—. ¡Corre! Son nuestros enemigos. No merecen el esfuerzo.

—Vuelve, Cadwy.

La sed de sangre que le corre por las venas se debilita aún más. *Este poder puede hacerle frente a Gwyn*, piensa Herla, justo mientras otra figura surge detrás del hombre de los pies plateados y le clava un cuchillo entre los omóplatos.

El chico, Cadwy, grita de rabia. Él y sus hombres se arrojan a la batalla: directos hacia las espadas de sus enemigos, que las blanden con una precisión fría y salvaje. Más gritos rompen la noche: los agonizantes aullidos de los moribundos.

La furia no te llevará demasiado lejos, pero sí lo suficiente.

El pensamiento se le antoja antiguo; desenterrado de un lugar embarrado y lleno de retazos. Una imagen lo acompaña: melena leonina, ojos brillantes, brazos tintados con motivos no tan distintos de los del hombre de plata. Un britano, se da cuenta Herla, mientras el hombre se hunde hasta caer de rodillas. La hoja que tiene clavada en la espalda se estremece con cada respiración ahogada y las lianas que retienen a Herla empiezan a marchitarse. Un quejido involuntario le colma la garganta. El geis oscuro de Gwyn se cierne sobre ella en su lugar; el rojo le inunda la comisura de los ojos.

—¿Por qué? —Sus atentos oídos detectan la palabra. El britano tose sangre en la tierra, mientras la marea plateada cesa entre sus dedos—. Te condenas a ti mismo, sajón.

—No lo creo —dice el hombre tras él. Su pelo rubio resplandece en aquella noche a la luz de las antorchas—. Húndete en la tumba, *wealh*, con la seguridad de que Ingild de Wessex te ha mandado allí.

El hombre se ahoga.

—¿Cómo has...?

El resto de las palabras se pierden mientras el charco plateado hierve a su alrededor. Dirige la mirada al chico que sigue luchando con fiereza para llegar a su lado y en sus ojos anida un gran horror.

—¡Corre, Cadwy! ¡Huye!

Pero el chico no huirá; Herla ha visto esa expresión en cientos de rostros antes. Solo termina de una manera.

Las lianas que la apresaban han desaparecido y la espada negra anhela las almas que percibe a su alrededor. Cabalgará entre ellos y la canción que ella y la espada entonarán le quema la mente. No hay una melodía más perfecta que la Cacería. La boca se mueve por si sola para enseñar los dientes.

¡No!, grita una parte de ella —la parte que luchó y perdió— y suena más fuerte que el golpe del metal al enfrentarse a un escudo pintado. Durante unos pocos instantes de confusión, todo se detiene. O casi todo. El chico aprovecha su oportunidad. Esquivando el ataque de su adversario, se lanza hacia su padre y le agarra el hombro con una de sus sucias manos.

—Padre, padre. —La otra mano se dirige a la tierra y forma un cáliz con los dedos como si pudiera atrapar la plata antes de que se desvaneciera. Todo lo que consigue es barro—. Padre, padre. —Lo agita—. No lo entiendo.

La mirada del britano de mayor edad se desvía de su hijo en dirección al asentamiento.

—Imposible. —Herla escucha su respiración—. ¿Quién *eres*?

Entonces mira al hombre rubio y comienza a reírse de manera estrambótica. El sajón arquea las cejas. Saca la espada de un tirón y la sangre sale a borbotones. A Herla le llega su olor, el caballo resopla y el sabueso aúlla, desde su posición acurrucada en la silla. Herla siente el sabor del hierro en la lengua.

Sin dejar de reír, el britano se desploma. Dirige el rostro al cielo y las primeras gotas de la lluvia se precipitan sobre sus atentos ojos abiertos.

La maldición piafa y envía a sus cazadoras directas a los hombres enzarzados en la batalla. La mayoría se da la vuelta demasiado tarde para esquivar las lanzas que van a por ellos. Corraidhín le atraviesa el corazón a un hombre y con un tirón descuidado libera la lanza y apuñala a otro. Matan tanto a los britanos como a los sajones. Herla percibe cada muerte —*disfruta* de cada muerte— y se aproxima para recolectar las almas, como lleva haciendo durante más estaciones de las que puede contar.

—¡*Padre*! —La palabra resuena como un aullido roto por la aflicción. Sin armas, impávido ante los muertos y los moribundos, hasta ante la Cacería, al parecer, el chico apoya la cabeza sobre el cuerpo. El sajón rubio levanta la espada y la deja caer, rebosante de desdén.

Otra hoja la intercepta. El chirrido y el choque de metales. La espada de Herla también de detiene al contemplar a quien se yergue sobre el chico lloroso, con los ojos resplandecientes. *Ella*. La mujer que se enfrentó a ella la última luna, desafiante y cubierta de sangre. La que había esquivado su golpe.

—Æthelburg —grita el hombre—. ¿Qué estás haciendo?

—Debería preguntarte lo mismo, Ingild —gruñe la otra—. Ine te ordenó respetar la vida de Geraint.

Es todo lo que Herla oye antes de que el mundo a su alrededor se torne dorado. Durante un momento de locura, piensa que ha salido el sol. El sol que no ha visto desde el día que dejó Annwn. Pero este oro corre sobre la tierra como una marea codiciosa que reclama la playa. Los rostros de los britanos se hunden en el asombro. Los sajones lo contemplan horrorizados, sobresaltándose cuando la tierra brilla bajo sus pies. Mientras se acerca, la espada negra obliga a Herla a girarse y ella aguanta la respiración. La maldición teme este poder.

Sus cazadoras conducen a los hombres hasta la colina, pero acuden ante el aullido de su líder. La ola dorada casi se cierne sobre ella, y Herla usa la mismísima furia de la sed de sangre para echar atrás la cabeza, darle la vuelta al caballo y enfrentarse a ella. Si le ha llegado, *al fin*, la muerte no se apartará y no huirá.

El misterioso poder pasa bajo el caballo y una canción, diferente de la de la Cacería, le sobrevuela la mente. Un clamor de imágenes. *Corre con los pies descalzos por el pantano, saltando hábilmente de las hojas carnosas a las matas de hierba. Delante de ella, una risa, un mechón de pelo rojizo. El viento está húmedo por el exuberante verdor de la ciénaga. Hogar. Unas alas levantan el vuelo a su alrededor; las plumas se precipitan. Más adelante, el humo se enrosca, aún lejano. La estarían esperando. Las estarían esperando a ambas.*

El suave golpeteo de las patas sobre la tierra es ensordecedor. Cuando el sabueso de Gwyn brinca, Herla lo siente en los huesos. Le duele el alma, llena de cicatrices por las cadenas que la han mantenido atada. Un ardiente instinto la lleva a arrojarse tras el perro hacia el vacío.

Pero no es el vacío. Yace en la tierra —la *tierra*— y se ríe. Una risa que podría helar un corazón mortal. Es tan afilada que podría cortar, trocear todas las historias que se han contado sobre ella. Todos los años que la han mantenido presa. ¿Acaso se ha vuelto loca? Se abraza, mientras ríe, con el rostro pegado a la tierra que Gwyn le había dicho que la destruiría. Algunos retazos están secos tras el verano. Llenos de polvo. Ríe más fuerte. Ella *no* se ha convertido en polvo. No es más que tierra quemada por el sol.

Incluso la palabra *verano* es maravillosa. No había contado los siglos en estaciones, sino en los golpes de los cascos y el salvaje sonar de los cuernos... en el balanceo de la espada de empuñadura de sombras. Ahora, mientras se apaga la risa, Herla presiona las palmas contra la tierra, como si pudiera hundirse en ella para volver a la época que había dejado atrás. La tierra recuerda. En algún lugar de la tierra se hallaban los restos de sus huesos: sus hermanas de batalla, sus hermanos de sangre, su madre y su padre. No recuerda sus nombres. Pero hay uno que sí vuelve a ella. *Boudica.* Boudica con su melena brillante, a quien ella amaba, a quien habría seguido hasta el final.

A quien abandonó. Quien murió sola sin ella.

Se le escapa un grito, un grito rojo de furia, un grito negro de dolor. Han transcurrido siglos de sangre salvaje, que no le han dejado más que noches a caballo, la siega de almas. Ahora su peso cae sobre ella: lo que le hizo, lo que se llevó...

Una mano le toca el hombro.

—Herla —susurra Corraidhín.

Se apiñan a su alrededor, fascinadas por la tierra que unos momentos antes las habría reducido a cenizas.

—¿Y ahora qué? —murmura Orlaith—. ¿Ahora qué?

Tiene la mejilla húmeda y Herla alza una mano temblorosa. Entonces todo vuelve a ella: la batalla. Britanos, sajones, la luz dorada. La mujer. Se da la vuelta, pero el oro ha desaparecido. No muy lejos, el sabueso de Gwyn se alza con las patas quietas y temblorosas, aullando desde lo más profundo de su garganta. No ha brincado porque así lo haya querido.

Sin mácula, la espada negra yace a su lado. Aún siente su hambre desatada, las cadenas que la unen a ella. ¿Significa que la maldición *no* se ha roto, al final? Cierra los dedos temblorosos en torno a la empuñadura, pero permanece inmóvil en su mano. Herla dirige la vista al campo de batalla, oscuro a causa de los muertos y moribundos. Mira al sajón rubio. Su rostro luce muy pálido, como si le hubieran arrancado la arrogancia para exponer la incertidumbre. Solo un par de ojos mira hacia ella sin miedo, azules como el hielo.

Æthelburg. Herla no puede dejar de mirar. El corazón le late con fuerza en el pecho; un sentimiento como la sed de sangre, más dulce, liviano. Sin pensarlo, da un paso adelante.

El sajón extiende el brazo.

—Æthelburg, tenemos que irnos. Refúgiate tras los muros.

—¿Por qué? —pregunta la mujer que contempla a Herla como hipnotizada.

—Guarda las preguntas para luego. Si quieres, llévate al chico contigo.

—No iré con vosotros —escupe el chico—. Has matado a mi padre. Prefiero morir aquí.

—Yo también lo preferiría. —El hombre alza la voz—. Volved adentro.

Al final, Æthelburg desvía la mirada. Ata las manos del chico con el cinturón y, cuando se resiste, le susurra algo al oído que ni siquiera los sobrenaturales oídos de Herla pueden distinguir.

Más o menos la mitad de los britanos siguen allí. Se llevan rápidamente al padre del chico —asume que era su *líder*—. Los guerreros sajones toman unas de sus piernas cada uno y dejan que la cabeza y el rostro se arrastre por la tierra. Cuando el chico lo ve, les grita maldiciones en su propia lengua y se retuerce del agarre de Æthelburg. Herla avanza hacia delante, hacia el caos de miembros y armas hundidas, pero el horizonte la detiene. Un haz de luz, más brillante a cada segundo. *Aurora*. Esta vez es real.

No sabe por qué se le hiela la sangre ante esa visión. Tras siglos de oscuridad, teme al sol. Teme su fuego. De nuevo sobre el caballo, se dirige hacia el oeste, lejos del hogar de la mañana. Tras haberla seguido durante tanto tiempo, las cazadoras van de nuevo tras ella y le echan una carrera al alba, mientras cruzan leguas con un par de zancadas.

Se detiene en la espesura de las tierras de Dart, desmonta en un matorral cuyas ramas ocultan el cielo y su terrible luz. Herla se sobresalta al posar de nuevo los pies en la tierra, pero esta ha perdido el poder de deshacerla. El sabueso ha corrido junto a ellas. Ahora avanza bajo los árboles, un demonio con las orejas hundidas en sangre y la cola enhiesta. Un cuervo grazna desde algún escondite cercano.

—¿Por qué no vuelve? —pregunta una voz: Corraidhín. Las palabras suenan vacilantes. También lleva siglos sin usar la lengua humana—. Le pertenece a *él*.

—Me pertenece a *mí*. —Se oye decir Herla, aunque no le importa en absoluto la criatura que la había mantenido presa—. Recuerda que es Dormach, el favorito de Gwyn ap Nudd. —El sabueso levanta sus horrorosas orejas al escuchar su nombre—. Muy bien que haces —le dice y deja escapar una risotada gélida—. Ahora debes responder ante *mí*.

Se percata de la manera en la que la mira Corraidhín. Todas la miran igual. Quizás se haya vuelto loca de verdad, pero Herla no lo cree. Dentro de ella hay una vorágine; una confusión de sentimientos para la que no tiene nombre. Excepto furia. No deja que se le escape. Furia y algo más… un rostro en la oscuridad, las ascuas que brillan entre las cenizas. Ojos azules.

Más allá de los árboles, la luz va ganando terreno y solo puede mirarla a través de la prisión de sus dedos.

—¿Somos libres? —pregunta Orlaith con una vocecilla. Es la más joven de ellas, solo tenía quince años cuando siguió a Herla a Annwn… aunque según el criterio de los mortales ahora sería una anciana.

Libres. Herla sonríe con amargura.

—Ahora caminamos en vez de cabalgar y nos despertamos en lugar de dormir, pero ¿no lo sientes? —Extiende la muñeca y, tras un instante, las cadenas de humo se hacen visibles, amarrándole el brazo—. Nuestras cadenas se han soltado, pero no están rotas. Seguimos malditas.

—¿Qué significa entonces?

Aquella luz. Primero de plata y luego de oro, pero Herla cree que se trata del mismo poder. Con la fuerza suficiente para debilitar la maldición de Gwyn, para obligar al leal sabueso a quebrar su juramento.

—Qué lástima que el hombre que blandía la magia que tanto nos ha ayudado haya muerto —hace notar.

—¿Y qué pasa con el chico? —Corraidhín se gira en dirección al este. En la mañana el sol encontraría una escena devastadora en su despertar. Es una de las cosas que Herla recuerda: el entusiasta brinco de los cuervos, el hedor, la punzante consciencia de los carroñeros que les observaban desde sus escondites—. Podríamos buscarlo.

Ninguna de ellas se mueve del lugar donde ha desmontado. Se yerguen con una quietud poco natural. *Tendremos que aprender a caminar de nuevo*, se percata Herla, medio asqueada ante la idea. A conversar, a parecer humanas. Se obliga a moverse, con pasos cuidadosos y silenciosos en dirección al tronco del árbol. Coloca ambas manos sobre este, percibe las deformaciones de la corteza; lo presiona con tanta fuerza que le deja una marca del glorioso e imperfecto mundo que la había engendrado. Porque no había pasado unos meros tres días en Annwn, ni siquiera tres siglos. Sus dedos se agarrotan en garras. Sigue siendo la criatura de aquel lugar. Nunca lo ha dejado.

Las otras la miran, expectantes. *Amigas* era la palabra que solía usar para ellas. No cazadoras. *Hermanas de batalla.* En el vacío del pecho, esos rescoldos que apenas ardían. Siguen teniendo un enemigo. No el imperio, sino quien les prometió poder para luchar contra él. Quien las había engañado: Gwyn ap Nudd, rey de Annwn. La mera idea hace que Herla enseñe los dientes y se aparte del árbol.

—Quizás sigamos malditas —dice, mirándolas a todas a los ojos—, pero no nos falta un propósito.

Recuerda su sueño: pabellones y banderines, el ajetreo del pueblo de las hadas derramándose por la escalinata de Caer Sidi. Lanzas brillantes en la armería. En el aire no zumbaban canciones, sino serias conversaciones entrecortadas. En su época había visto muchos campamentos de guerra. Sus hermanas seguían observándola en silencio.

—He soñado con Annwn —les revela Herla—. Y sus verdes laderas estaban anegadas de estandartes y los que caminaban allí tenían el porte de guerreros. Gwyn está poniendo algo en marcha. Averiguaré lo que es. —Aprieta el puño sobre la marca que la corteza del árbol le ha dejado en la palma—. Y le pararé los pies.

—Entonces hemos de saber más sobre el poder que acudió en nuestro auxilio. Y sobre aquel que lo blandía. —Una de las manos de Senua todavía se aferra, inquieta, a las bridas del caballo.

—Hemos de infiltrarnos entre la gente —dice Gelgéis tras su hermana. Tiene sangre entre las uñas—. Sin que ellos lo sepan.

La baja y fornida Corraidhín asiente y se agitan sus trenzas castañas atadas con cuencas y plumas. El color le recuerda a Herla los cabellos de otra y la anega el dolor.

—Necesitamos un lugar donde hacer planes. Un lugar para fortalecernos.

—Entonces volvamos a Glestingaburg —dice Herla—. Aunque no podamos abrirla, la colina es una puerta al Otro Mundo. La guardaremos y la convertiremos en nuestro hogar. —En una voz más suave añadió—. Ya no será una prisión.

Sus palabras son como una piedrecilla arrojada al agua. Contempla como las ondas se expanden en círculos crecientes hasta que el bosque entero parece ondular. Más que un propósito, tienen una *elección*. Por primera vez en siglos, en el polvoriento y muerto corazón de Herla se prende una llama.

7
ÆTHELBURG

Gifle, Somersæte
Reino de Wessex

Lo encuentra despatarrado sobre un montón de hojas.

Æthel suelta un alarido y se arrodilla junto a él.

—Ine. —Su voz suena minúscula. No puede estar… *no puede ser*. Lleva una mano temblorosa a los labios de su marido, ligeramente abiertos… y percibe calor. *Ay, Dios*. El corazón le martillea, la respiración le arde en la garganta. ¿Qué habría hecho si lo hubiera encontrado sin vida? Ni siquiera soporta pensarlo. En su mente se reproducen con crueldad las últimas palabras que le había dicho: gélidas y furibundas. En aquel momento, afligida por el dolor, había hablado en serio. Pero mientras mira a Ine desplomado en el suelo, no hay lugar en su interior para la furia. Solo para el terror ante la idea de perderlo. Solo para el alivio de que siguiera a su lado.

Gweir debió de haber escuchado su alarido: ahora está junto a ella. Sus ojos se deslizan por el rey y su extraño lecho. Æthel no es capaz de leer su rostro. Es duro y amable, extraño de una forma que no acierta a explicarse. Pero no es más extraño que la escena frente a ella. Hay ramas rotas atascadas entre los tablones, somo si una fuerza las hubiera empujado desde abajo.

Temblorosa, Æthel se sienta sobre los talones. *Vivo* no es lo mismo que *despierto*.

—Gweir, ¿qué le sucede? ¿Quién ha hecho esto?

Tira de una de las ramitas y la saca del suelo, revelando una larga raíz.

Desde el salón se oyen unos gritos. La mano de Gweir se apoya con fuerza en el hombro de la reina.

—Limpia todo esto —le dice en voz baja—. Rápido, Æthel.

La reina frunce el ceño; nunca se ha dirigido a ella de manera tan informal.

—¿Por qué?

—Asegúrate de que nadie lo vea.

Sigue con la frente ceñuda, mientras deposita en una manta las hojas, las ramas y las inquietantes raíces.

—Quémalo en cuanto puedas —dice Gweir. Tiene los ojos fijos en las cortinas, apuntalados en caso de que a alguien se le ocurriera entrar. El jaleo en el salón cada vez suena más fuerte.

—Por favor, comprueba cómo está el chico. El hijo de Geraint. No quiero que Ingild haga ejemplo de él.

Cuando Gweir alza una ceja, Æthel añade en voz baja:

—Ine se va a poner hecho una furia. Lo menos que podemos hacer es asegurarnos de que el chico sobreviva. Por ahora.

Asiente antes de dirigir la mirada al esposo de Æthel.

—¿Necesitas ayuda para subirlo a la cama?

—Probablemente pese menos que yo.

Gweir se detiene con la mano en la cortina.

—Si alguien pregunta, el rey ha tomado una pócima para dormir. Nada extraordinario.

—Lo cierto es que sí que se la está tomando —dice Æthel señalando las bolsitas de tela que había encontrado antes entre sus cosas—. Tenía la intención de preguntarle al respecto. ¿Sabes el motivo? No es propio de él.

Gweir se muestra dubitativo y está segura de que el guerrero *sabe* algo, pero unas voces horrendas los alcanzan, mezcladas con los tonos agudos de un chico. El rostro de Gweir se tensa ante lo que sea que esté diciendo el chico —habla en la lengua de los wealas— e Ine se remueve en sueños. El guerrero se marcha sin decir nada más.

Æthel desliza las temblorosas manos bajo los hombros de su esposo y lo arroja sobre el lecho que, gracias a Dios, es bajo. A pesar de lo que le ha dicho a Gweir, no es liviano. O a lo mejor simplemente está exhausta. Tiene un embrollo en la cabeza: la discusión con Ine; la emboscada nocturna de Ingild; la muerte de Geraint; la mujer a caballo, la misma cuyos ojos la han perseguido todo el mes. Y ahora aquello.

Empuja bajo el lecho el bulto lleno de hojas y luego se hunde en él, con la mano en la barbilla. La mujer, las jinetes. Æthel está bastante segura de que nadie que las viera diría que eran vulgares. Todas eran *mujeres* —se emociona solo de pensarlo— pero ¿quiénes eran? Geraint las había considerado peligrosas. No le cabe duda. Y en cuanto al poder que invocó contra ellas… Æthel se muerde el labio. La única persona que podría contarle algo más era el hijo de Geraint. ¿Qué probabilidades hay de que hablase tras la manera en la que Ingild ha dado muerte a su padre? Los ataques por la espalda son una manera muy cobarde de matar.

Las manos de Ine se aferran a la manta como garras. Æthel valora la idea de tomar una. En lugar de eso, se acuesta; su esposo farfulla en una lengua susurrante, que Æthel no es capaz de discernir. Quizás el poder que invocó Geraint es el responsable de ese sueño tan poco natural. De las hojas. Aunque no se le ocurre por qué estaría dirigido a Ine, que supuestamente se encontraba a salvo en el asentamiento.

El corazón se le ralentiza, la conmoción se desvanece con cada respiración. Aun así, el terror permanece. ¿Cómo sería su vida sin él? Æthel se percata de que nunca se lo ha planteado, que se ha protegido deliberadamente de esa cuestión. Se ha construido a sí misma en torno al papel de reina y todas las obligaciones que acarrea. Sin Ine… es demasiado mayor para casarse de nuevo y se vería relegada a una corte que la desprecia. Ingild, desatado, convertiría su vida en un infierno. Es una idea tan terrible que tiembla y aprieta la mano de Ine. De pronto sus problemas le parecen minúsculos. *No te gustará lo que te aguarda,* le dice en silencio, *pero te ruego que despiertes pronto. Por mí.*

★ ★ ★

El salón es un lugar extraño: júbilo ante la muerte de Geraint entremezclado con expresiones apesadumbradas, entre las que sobresalen las de Nothhelm y Leofric. Al parecer solo Edred y sus hombres sabían que Ingild planeaba algo. Los otros dos se perdieron por completo la batalla. Æthel también se la habría perdido de no ser porque la discusión con Ine la había alejado del salón. Mientras el resto dormía, había descubierto que las puertas estaban abiertas. Después de eso, había corrido como una loca al lugar de la batalla.

Nothhelm y Leofric se muerden la lengua; seguro que tienen preguntas. Æthel también tiene las suyas propias. ¿Qué estaba haciendo Geraint la noche anterior tan cerca de Gifle, lejos de la protección de su campamento? ¿Y cómo sabía Ingild que estaría allí?

—¿Mi hermano se ha tomado una pócima para dormir?

—Sí, ætheling Ingild —dice Gweir mientras los dos hombres entran en el salón de una zancada. Las puertas están abiertas y débiles rayos de sol se precipitan por el suelo. La lluvia de la noche se ha apaciguado, dejando tras ella el aroma a hierba húmeda que Æthel adora. Toma una bocanada y se imagina que aleja de ella todo su cansancio—. Quizás se ha tomado una dosis más alta que la requerida. No se mueve.

—Pero ¿está bien? —insiste Ingild.

—Bastante bien. —A Æthel no le importa que su voz suene como un chirrido—. En cuanto despierte, no me cabe duda de que estará deseoso de oír tus motivos para desobedecerlo.

Ingild esboza una sonrisa, que no es más que un minúsculo y enervante movimiento de labios.

—¿Insinúas que la muerte de Geraint no nos beneficia?

—No, pero…

—Muy bien. Mi hermano tiene unas ideas extrañas. —La mira de arriba abajo—. Fingirá un gran enfado para proteger su orgullo, yo haría lo mismo, y después aceptará que la muerte de Geraint era necesaria.

Nothhelm se deja caer en el banco junto a la mesa larga, y da un golpe para que le traigan comida.

—Si no recuerdo mal, el rey Ine dijo que no quería dar muerte a Geraint a menos que no existieran más opciones. —Alza una ceja en dirección a los otros—. ¿Es que *no* había otra opción? Rechazamos la reunión que se nos ofreció.

Ingild adopta una expresión antipática; no hace amago de sentarse.

—Vi una oportunidad e hice uso de ella. Geraint es el artífice de su propia perdición.

—¿Por qué había salido de su campamento? —aprovecha para preguntar Æthel—. Se me antoja extremadamente temerario. —Como Ingild no responde, añade—. A lo mejor su hijo lo sabe. ¿Está… en buenas manos, Gweir?

Ambos entienden que en realidad le estaba preguntando si estaba *seguro*.

—Lo está, lady Æthelburg —dice el gesith, neutral—. Tengo hombres vigilándole.

—Asegúrate de que le dan de comer.

Para su gran satisfacción, una vena se agita en la sien de Ingild.

—Avisadme cuando despierte mi hermano —dice para luego darse la vuelta y marcharse antes de que Æthel pueda seguir interrogándolo. Ahora se muestra sereno y confiado, pero Æthel recuerda su expresión cuando *ella* había aparecido la noche anterior para mirarlo desde el otro lado del campo de batalla.

Se sienta junto a Nothhelm, con Leofric enfrente, mientras Gefmund ordena que les traigan trinchado de carnero. El resto de gesiths guerreros se les unen, atropellándose los unos a los otros para tomar las jarras de cerveza suave y sirviéndose las copas los unos a los otros. Sin embargo, nadie habla en voz alta; perdieron amigos la noche anterior. A Æthel no le ha escapado que Ingild solo se llevó a los hombres leales a él, los que no le harían preguntas. También hay susurros acerca de lo que contemplaron: los extraños poderes que había invocado el rey de Dumnonia. Había estado lo suficientemente cerca para escuchar a Geraint cuando les gritó a los hombres que se apartaran. *¿Los estaba protegiendo? ¿Protegiendo a los sajones?* La pregunta le recuerda a la mujer a caballo.

El corazón de Æthel parece empujarla con urgencia. *Debo hablar con el chico.*

—Dale tiempo —dice Gweir y Æthel se da cuenta de que ha hablado en voz alta—. Es una tormenta de furia y dolor.

—No puedo culparlo —susurra—. Después de haber visto cómo daban muerte a su padre de manera tan deshonrosa.

Nothhelm y los guerreros intercambian mirandas. Ingild es un ætheling; incluso si están de acuerdo con ella, no elegirían admitirlo en voz alta.

—Quizás fuera una acción necesaria —interviene Leofric tras una larga pausa. Se limpia la espuma de cerveza de la barba—. Geraint era un hombre peligroso.

—¿Has hablado entonces con los hombres? —Æthel se inclina hacia delante—. ¿Te han contado que vieron a unas jinetes? ¿Las jinetes contra las que Geraint invocó su poder?

—Solo han dicho que Geraint usó algún tipo de brujería.

—No te hagas el tonto —explota Æthel, tragándose furiosa un trozo de carne demasiado grande—. Son las mismas guerreras que nos atacaron en Tantone. —Tose—. En cuanto Geraint murió, empezaron a matar tanto a sus hombres como a los nuestros.

El silencio en torno a su extremo de la mesa es tan denso como para hincarle el diente.

—Ya os lo he dicho —dice Leofric con delicadeza—. En Tantone nos atacaron los hombres de Ealdbert.

El cordero empieza a saberle amargo bajo la lengua.

—Entonces pregúntales lo que vieron a quienes lucharon anoche. —Se detiene—. Pregúntale a Ingild.

—Estoy seguro de que el ætheling nos regalará una explicación pormenorizada en cuanto vuestro esposo se recupere —responde Nothhelm como si pretendiera sosegar la situación. Æthel no consentirá que la sosieguen. Se sienta y bulle de furia. Allí hay gente que se calla lo que ella quiere saber. Ingild, Gweir, el hijo de Geraint. *Acabarán hablando de una forma u otra.*

Pero cuando va a visitar a su prisionero, encerrado en un almacén, oye unos sollozos desgarradores y se queda fuera, dubitativa. El chico está sentado sobre unos sacos, aunque Gweir le ha traído una manta, lo que complace a Æthel. Tiene el pelo largo, del color del hidromiel, y esconde la cara en las rodillas. Agita los delgados hombros con cada sollozo y a Æthel se le atora algo en la garganta. Tiene en la mirada el recuerdo de una chica rubia, de no más de veinte años, aferrándose a las manos dobladas sobre el pecho de su madre. Siente un ardor en los ojos y se da la vuelta para dejar al chico con su dolor. ¿Cuántos años tendrá? ¿Quince? No sabe si el hijo de Geraint tiene madre. Pero es demasiado joven para perder a un padre. Sobre todo, a manos de alguien tan cobarde como Ingild.

Se concede un momento para recomponerse. Después, se detiene para volver a mirar el almacén. Æthel inclina la cabeza.

—Lo siento, chico.

★ ★ ★

Ya está atardeciendo para cuando Ine despierta. Æthel había ido a mirar cómo estaba, lo encontró aún dormido y acababa de levantar la cortina para marcharse cuando, de pronto, la llama por su nombre. Se da la vuelta para ver que los ojos de su esposo giran por todas partes, como si siguiera en las garras del terror nocturno.

Las gastadas pieles de la cama están revueltas y sobresalen por todos lados. Æthel toca la frente de Ine, pero está fresca. No tiene fiebre. Sin previo aviso, Ine le toma la mano y se aferra a sus dedos como a una cuerda deshilachada.

—¿Qué ocurre?

—Me... —Sus ojos han dejado de dar vueltas—. Se ha ido, ¿verdad?

—¿A quién te refieres?

—Geraint.

Un temblor, frío como la aguanieve, le recorre la espalda.

—¿Cómo sabes que Geraint ha muerto?

—¿Muerto? —Le suelta la mano mientras se sienta y Æthel experimenta una leve decepción—. ¿A qué te refieres?

—Acabas de decir que se ha ido.

—Creía que era un... —Ine tose—. ¿Tienes cerveza ahí? Me muero de sed.

Æthel le sirve una copa y observa cómo se la bebe de un solo trago. Se despeja parte de la niebla de sus ojos.

—¿Por qué has preguntado si Geraint se había ido? —pregunta, volviendo a recoger la copa, aunque a los temblores se ha unido una sospecha que le picotea la piel.

—De aquí. —Alza las palmas mientras lo dice, como si contuvieran secretos ya desaparecidos.

—Ine. —Había peligro en su voz—. ¿Geraint ha estado *aquí*? ¿En esta estancia?

Un fugaz rubor le recorre el rostro.

—Sí.

Antes de darse cuenta, Æthel se ha puesto de pie.

—¿Cómo logró entrar? ¿Cómo *has* podido ser tan necio?

Ine se sobresalta, pero la mirada que le devuelve es firme.

—No tengo dudas de que Geraint no pretendía hacerme daño. Solo quería hablar.

—A veces me parece que no te conozco en absoluto. —Está enfadada consigo misma, pero es más fácil hacérselo pagar a él. Geraint no debería haber puesto un pie en aquel salón. Æthel deja de dar vueltas cuando al fin comprende: *aquel era el motivo* por el que el rey de Dumnonia había abandonado su campamento. Por eso Ingild tuvo la oportunidad de arrinconarlo. Y, aun así, no explicaba por qué Ingild había *sabido* que estaría allí.

—Æthel —Ine mueve las piernas para salir de la cama y tuerce el gesto—. ¿Qué ha pasado? ¿Por qué estaba dormido?

—Esperaba que tú me lo dijeras. —Recuerda las raíces bajo su cuerpo alzándose hacia él como unos dedos huesudos, pero su esposo no las ha mencionado y eso la hace sumirse en el terror. El pánico que le había surcado las venas cuando pensó que estaba muerto. Æthel lucha en solitario contra esa sombra—. ¿Qué te dijo Geraint?

—Eso... no importa ahora. —Cierra los ojos durante un instante—. ¿Cómo murió?

—Ingild —contesta ella y observa cómo las manos de su esposo se aferran a la manta—. Distrajeron a Geraint. Tu hermano aprovechó la oportunidad para clavarle una espada en la espalda.

—Por el amor de Dios. —El rubor ha abandonado del todo las mejillas de Ine—. ¿Qué distracción puede haber pergeñado que le concediera la oportunidad de dar muerte a un hombre como Geraint?

—El chico podría contestarte. Hemos capturado al hijo de Geraint. — Æthel esboza una delgada sonrisa—. Ingild quería matarlo también, pero pensé que ya había engendrado demasiado caos por una noche.

Ine parpadea sin parar, Æthel piensa que está intentando asumir todo lo ocurrido.

—¿Una noche? ¿Qué hora es?

—Ya se está poniendo el sol. Has dormido todo el día. Lo que me recuerda una cosa. —Saca una de las bolsitas cuyo contenido solo Dios conoce—. Si te hacen faltan los somníferos, mézclalos al menos con medicina. —Arruga la nariz ante el hedor—. Vas a enfermar.

Ine agita la cabeza.

—No me lo he bebido. Creo que estaba soñando.

—Bueno, los otros te están esperando. Nadie ha conseguido sacarle una respuesta a Ingild —admite Æthel, aunque Ine no está en condiciones de convocar una reunión. Tiene arrugada la frente como si le doliera y está segura de que le ha mentido respecto al somnífero—. Si lo prefieres no les diré que has despertado —le propone en voz baja.

—No, llevo demasiado tiempo ausente. —Se alza tambaleante—. Æthel, te agradecería que me guardaras el secreto de la visita de Geraint. Los demás no lo entenderán.

—Solo si me cuentas lo que te dijo.

Ine vacila.

—Después.

Æthel le agarra el brazo para ayudarle a mantenerse recto. No es buena idea que Ingild y los otros lo vean de esa manera, pero Ine puede ser obstinado cuando se lo propone. Echa a un lado la cortina y, de inmediato, entrecierra los ojos ante la luminosidad del salón.

—Hermano. —Ingild se apresura a su encuentro. Intenta arrebatarle a Æthel el brazo del rey, pero Ine no la suelta—. Estás pálido —hace notar en su lugar, trotando tras él—. Quizás una noche de descanso...

—Ya he descansado suficiente. —El filo de su tono corta tanto el estrépito como las conversaciones. Los hombres miran a los lados.

—Señor. —Nothhelm y los nobles guerreros se levantan de la mesa y esperan a que Ine tome asiento antes de dejarse caer de nuevo—. Es un alivio veros despierto.

—Seguro que sí —responde Ine con un tono fúnebre. Sigue con los ojos entrecerrados por la luz, como si las antorchas fueran diminutos soles—. Parece que habéis estado ajetreados en mi ausencia.

Edred, sentado a una distancia de cuatro asientos, tiene la decencia de desviar la mirada. Sin embargo, Ingild se sienta a la derecha de Ine y empieza a servirle comida en un plato, como si fuera ajeno al mal humor del soberano.

—Así es. Hemos logrado una gran victoria.

—Una victoria, dices. —Ine ignora la carne, los vegetales asados y el pan que le han puesto por delante, aunque humean de manera tentadora. Debería comer algo, piensa Æthel, antes de que desfallezca de hambre. Es imposible que sea la única que se ha dado cuenta. De hecho, Gweir mira a Ine con la misma expresión contradictoria que lucía cuando lo encontraron—. Te dije que quería vivo a Geraint.

—Nunca fue una opción realista —dice Ingild despreocupadamente—. Los britanos no entrarán en vereda mientras tengan un rey que los guie. —Le da un trozo de carne a Ine como si fuera un niño reticente—. Come algo.

Antes Ingild había dicho que había aprovechado una oportunidad. ¿Habría anticipado de algún modo la visita de Geraint? Se muerde el labio, inquieta ante la idea. Además, ¿qué era tan importante como para que Geraint se arriesgara a adentrarse en el corazón de la fortaleza de su enemigo?

—Da igual si era realista o no. Te di una orden. —Ine sigue sin tocar la comida—. ¿Has olvidado quién es el rey?

—No seas así, hermano. Siempre actúo de acuerdo a los intereses del reino.

Æthel se descubre frunciendo el ceño ante la ligereza de su tono. Incluso Nothhelm mira a Ingild con aprensión, como si aguardara que empezaran a pelearse con los puños. Ine toma una honda bocanada de aire.

—Cuéntame lo que ocurrió.

Ine tiene las manos escondidas en el regazo, pero Æthel se percata de que los nudillos han palidecido.

Mientras Ine comienza a hablar, Æthel lo observa con atención, deseosa de escuchar lo que diría de las jinetes. Pero en su versión, sus hombres cayeron a manos de britanos furiosos por la muerte de Geraint. Por fortuna, las pérdidas eran mínimas, mientras que los wealas tiñen de negro los campos más allá de Gifle. Æthel mira a

Ingild a los ojos. El príncipe sabe que ella vio a las jinetes, y que Geraint usó un poder misterioso para mantenerlas a raya. Sin embargo, cuando su discurso acaba sin ninguna mención a ellas, la reina da un puñetazo en la mesa. Los cuchillos saltan.

—Ingild ha obviado decirte que Geraint luchaba contra las jinetes que vi en Tantone. Las que Leofric afirma que pertenecían a Ealdbert. —El guerrero se muerde el labio avergonzado y las siguientes palabras de Æthel son un siseo—. Se equivoca. Las jinetes eran todas mujeres. Guiadas por una mujer. Y creo que entrañan un gran peligro. Y no son… vulgares.

Al obligarla a decirlo, Ingild ha logrado que parezca confusa en el mejor de los casos y una desquiciada para los malpensados.

—Sé que suena a una locura —dice mientras intenta contener la furia—. Pero sé lo que he visto. Geraint las estaba reteniendo. La matanza comenzó tras su muerte.

—¿Viste a las jinetes, Ingild? —pregunta Ine.

—Quizás algunos de los britanos iban a caballo —dice el príncipe, encogiéndose de hombros y Æthel casi se ahoga—. Una vez que se haga de día, podemos inspeccionar el suelo en busca de las huellas de los cascos.

Æthel clava el cuchillo en la mesa, arañando la madera.

—Estaba allí. Pregúntale al chico. El hijo de Geraint podrá decírtelo.

—El hijo de Geraint debería haber muerto con él —repone Ingild, perdiendo su indiferencia—. Tu intervención ha complicado el asunto. Como de costumbre.

Aquella acusación acarrea un silencio que solo Gweir tiene la amabilidad de romper.

—No creo que lady Æthelburg se equivocara al salvarle la vida al chico. Sabía que la muerte de Geraint disgustaría al rey.

—Bastante. —Ine muerde la palabra—. Gracias por haber intervenido cuando lo hiciste, Æthel. Quizás aún podamos arreglar este desastre.

—No lo entiendo, hermano. —Ingild ha dejado de intentar persuadir a Ine para que coma. Ahora se inclina hacia delante en el banco, con la frente arrugada—. ¿Qué desastre? Le hemos dado la vuelta a una situación difícil y ahora llevamos la ventaja.

—Tienes razón. No lo entiendes. Nunca he querido someter a los britanos en el campo de batalla. Muchos de ellos ya viven en Wessex y contribuyen a nuestras riquezas. Son *súbitos*. —El rubor ha regresado y colorea las mejillas de Ine, mientras que sus ojos resplandecen en exceso—. Sí, van a tener que trabajar por sus derechos. Eso lo acepto. Pero preferiría tenerlos como aliados en lugar de enemigos.

Nothhelm intercambia una mirada con el resto de gesiths guerreros y a Æthel se le encoge el estómago. *Te concedo que se te da bien esto*, piensa mirando a Ingild que esboza una sonrisa aviesa. No es la única a la que han manipulado para que diga cosas de las que después se arrepentiría.

Quizás Ine se haya percatado, ya que se lleva la mano a la cabeza.

—Creo que quizás sí que me haga falta reposar. Sigo un poco confuso por... la medicina.

—Es natural —dice Ingild, de nuevo solícito. Ayuda a Ine a incorporarse—. Mañana, todo se verá mucho más claro.

El resto de los hombres regresan a la carne y el licor. Æthel se apodera del plato que Ine ni siquiera ha tocado y les deja discutiendo sus siguientes pasos: los asentamientos que podían conquistar con facilidad, los lugares donde los wealas ofrecerían resistencia y si podían sacarle alguna ventaja al hijo de Geraint.

—Ha sido muy necio por mi parte, ¿verdad? —dice Ine en cuanto Æthel se desliza en la estancia al fondo del salón—. No debería haber permitido que me provocara. Es un asunto demasiado delicado para un salón regado de hidromiel y para mentes que siguen obsesionadas con la batalla. —Cuando Æthel le tiende la comida en silencio, Ine suspira y se sienta—. Gracias. En cuanto me fui, me arrepentí de no haber comido. —Alza la vista hacia ella—. ¿Qué debería hacer con Ingild?

—Es *tu* hermano. —Pero coincide en que es una pregunta digna de consideración—. No puedes consentirle que socave tus decisiones.

—Lo sé. —Ine muerde la carne lentamente—. Es más fácil decirlo que ponerle remedio. Tiene bastantes partidarios y esto solo aumentará su popularidad.

—¿Partidarios? —La palabra está afilada—. No me gusta como suena.

—Solo quería decir que tiene hombres dispuestos a escucharlo —dice Ine intentando evaporar la preocupación de su esposa.

—Eso no suena mucho mejor, Ine.

El rey suspira de nuevo.

—No.

—Cómete la cena.

—Ahora suenas como él —gruñe, pero se mete en la boca una cucharada de verduras asadas.

—Me prometiste que me contarías lo que te dijo Geraint —le recuerda en voz baja, sentándose junto a él en el lecho—. El motivo por el que le parecía tan necesario infiltrarse aquí.

—Solo si me prometes que me contarás más sobre esas jinetes —replica él y, tras una larga pausa, Æthel asiente. Pero no encuentra las palabras. En su mente, la mujer alta se abre camino frente al poder que trata de retenerla, aúlla al cielo; el rugido de una tormenta, de la tierra oscura, de la sangre y las lágrimas. Æthel aún escucha el eco en las profundidades de su propio ser.

A pesar de afirmar que no había tomado ningún bebedizo de hiervas, los ojos de Ine se cierran mientras aún tiene el plato en el regazo. Æthel lo atrapa antes de que se caiga y, con un extraño alivio, cubre a su esposo con las pieles.

El recuerdo del aullido conduce a Æthel de vuelta al almacén en el que han encerrado al chico. Hay guardias apostados fuera; le dirigen una mirada extraña cuando les ordena que se aparten. Pero obedecen y, tras tomar una antorcha, Æthel se desliza en el interior.

El chico yace acurrucado, con las manos atadas. Ha apartado la manta de Gweir de un empujón. A la luz de la antorcha, Æthel se percata de que tiene los ojos abiertos.

—Buenas noches —le saluda y coloca la antorcha en el soporte de la entrada.

Gira el cuello, le escupe y Æthel se limpia las mejillas con calma. Probablemente espera la llegada de la muerte.

—¿Me entiendes?

—¿Y a ti qué te importa? —Su voz suena rasposa, quizás por el dolor de la pérdida, o quizás porque la cáscara rota de su adolescencia todavía lo protege lo mejor que puede.

Æthel alza una ceja.

—Hablas anglosajón. ¿Cómo te llamas?

Cuando el chico presiona los labios, la reina suspira y se sienta en un barril.

—No he venido a matarte.

—¿Por qué no? —replica y se balancea hasta conseguir sentarse—. Habéis matado a mi padre.

—No. — Æthel recurre a la furia, no contra el chico sino ante el recuerdo del cobarde ataque de Ingild—. Nunca habría cometido tal deshonor contra tu padre. El rey Geraint merecía un final mucho mejor que el que le esperaba.

—¿Y eso debería hacerme sentir mejor?

—En realidad no —le dice con honestidad—. Pero es la verdad.

Transcurre casi un minuto hasta que el chico habla de nuevo.

—Impediste que me mataran.

—Mi esposo no deseaba la muerte de Geraint. Asumí que tampoco deseaba la tuya.

El chico entrecierra sus ojos enrojecidos.

—¿Tu esposo?

—Soy Æthelburg de Wessex. Como estoy segura de que sabes perfectamente. —Con una voz más suave, añade—. ¿No me dirás tu nombre, hijo de Geraint?

Lo medita durante un instante y después alza la barbilla con orgullo.

—Cadwy ap Geraint. —Las sílabas del nombre de su padre quedan ahogadas—. De Dumnonia.

Ninguno de ellos habla mientras oyen pasar pisadas y voces procedentes del exterior. Cuando vuelve a hacerse el silencio, Æthel habla:

—No tienes motivos para creerle, pero Ine lamenta la muerte de Geraint. No es lo que pretendía al venir aquí.

—Tienes razón —replica—. No le creo. He escuchado a tus hombres. Están *contentos*.

—¿Y de verdad los culpas? —dice Æthel sin pensar—. Les han enseñado a ver a los tuyos como enemigos.

Dios mío, sueno como Ine.

Como era de esperar, la expresión de Cadwy se endurece, pero con el tipo de dureza que bien podría quebrarse con una palabra.

—Vete.

—Quería hablar contigo…

—*Vete.*

—Sobre la mujer contra la que Geraint luchó anoche.

Se queda paralizado con la misma orden en los labios. Sus ojos resplandecen en la semioscuridad, las mejillas hinchadas por el llanto previo.

—¿Quién es esa mujer? —susurra Æthel, a sabiendas de que es demasiado tarde para ocultar la intensidad de su interés. Transmite urgencia y ella misma lo escucha.

Cadwy suelta una fría risotada.

—Es alguien a quien deberías temer. —Hay resentimiento en cada fibra de su cuerpo cuando añade—. No merecíais la protección de padre.

—Así que nos *estaba* protegiendo. —Lo había adivinado, pero oír la confirmación de Cadwy la hace comprender la injusticia de la muerte de Geraint. Si se hubiera reunido con su pueblo en lugar de invocar ese poder para defender a sus enemigos, quizás Ingild no habría tenido ocasión de matarlo. Æthel agita la cabeza—. ¿Por qué lo hizo? ¿Por qué arriesgó la vida por nosotros?

—Era un buen hombre. —Hay lágrimas enhebradas en la voz de Cadwy. Recoge las piernas—. Y porque ante Herla y la Cacería Salvaje, todos somos lo mismo: humanos.

Æthel se queda inmóvil. *Herla*. El nombre le viene como anillo al dedo. Contiene su oscuridad, su espíritu salvaje. Contiene su dolor. Lo atesora como una reliquia. Después frunce el ceño:

—¿No es la Cacería Salvaje solo un cuento?

—¿Un cuento? —La mirada de Cadwy arde—. ¿Entonces contra quién luchó mi padre anoche? La luna era vieja.

Se esfuerza por recordarlo, algo que solo había oído de pasada, de niña. La moza de cocina había sido una esclava, a la que habían capturado de muy joven. El padre de Æthel se la había regalado a su madre como parte de su regalo de bodas. Incluso cuando obtuvo la libertad, siguió viviendo en su casa. Æthel recuerda sobre todo sus manos: grandes y llenas de cicatrices por el horno. Sus manos y sus cuentos. Todo tipo de historias, algunas sajonas, otras wealas, algunas de Irlanda, al otro lado del estrecho mar. Æthel tuerce el gesto.

—Pero en el cuento, el líder de la Cacería Salvaje es un hombre. Un rey antiguo.

La mirada de Cadwy es hostil mientras sus ojos repasan los pantalones, la túnica y el cinturón con las vainas gemelas.

—Quizás nadie crea que una mujer sea capaz de tales cosas.

Sus palabras son tan certeras como una flecha directa al corazón; Æthel aguanta la respiración. Ha pasado la mayor parte de su vida adulta sufriendo los menosprecios, insultos y dudas de los demás. Se humedece los labios, repentinamente resecos.

—Si Herla es real, ¿quién es?

Cadwy le ofrece una carcajada carente de alegría.

—Nadie ha vivido lo suficiente para preguntárselo, sajona. ¿Por qué no lo intentas cuando vuelva a cabalgar con la luna vieja? Siempre que no te importe que sea la última pregunta que formulen tus labios. —Se detiene—. Ahora déjame en paz. Estoy cansado de hablar esta lengua espantosa.

Æthel lo mira durante un instante más antes de bajarse del barril de un salto. De la bolsa que lleva en la cintura saca un poco de pan y un trozo de queso, y los deposita en silencio sobre la manta que había dejado Gweir. Cadwy gira la cara y contempla con fijeza la oscuridad.

—Gracias —murmura—. No dejaré que Ingild te haga daño.

Pero incluso mientras habla, Æthel no está segura de ser capaz de cumplir esa promesa.

El chico también lo sabe. Cuando contesta, sus palabras suenan casi como un sollozo.

—Espero que todos ardáis en ese Infierno vuestro.

8
HERLA

Glestingaburg, Somersæte
Reino de Wessex

Herla está aprendiendo a caminar de nuevo.

Es como una niña, a veces asustada y otras triunfante. El mero acto de dar un paso adelante supone un desafío; la tierra ha sido una amenaza para ella durante demasiado tiempo. Al principio, antes de que la sed de sangre le robara aquellos pensamientos, había considerado la posibilidad de dejar que la deshiciera, como Ráeth había hecho sin saberlo. Pero era demasiado orgullosa para hacerlo y estaba demasiado asustada. La idea de vagar por los lúgubres salones de Caer Sidi o quedar amarrada a Gwyn como el Cŵn Annwn la había paralizado.

—No hay puerta.

Herla exhala, saboreando el sonido de la voz de Corraidhín. La otra mujer contempla la colina, mientras un pesado atardecer las va envolviendo.

—Parece una colina normal y corriente —dice Senua, llevándose la mano a la cabeza—. Pero tengo la mente nublada. No recuerdo entrar o salir.

—Así funciona la maldición. —Herla recuerda cómo combatió contra ella la noche anterior, luchando por zafarse de la niebla roja que le robaba la voluntad—. *Hay* una puerta.

En cuanto habla, la puerta aparece: una apertura entre el verdor. La flanqueaban columnas ruinosas que se hunden en la piel de la colina. Los relieves se desvanecieron hace tiempo, pero Herla reconoce la torre más alta de Caer Sidi, con el estandarte del caldero ornamentado. Una piedra de los vientos lo arruga. Según lo inspecciona, parece que se mueve. Inquieta, desvía la mirada.

—¿Cómo has hecho eso? —murmura Corraidhín.

Herla mira el umbral con aprensión.

—No he hecho nada. Siempre ha estado aquí.

—¿Qué pasa si nos dormimos de nuevo? —pregunta ahora Orlaith—. No quiero dormirme de nuevo.

—No dormiremos —dice Herla, aunque no está segura en absoluto—. Si la maldición intenta obligarnos, me resistiré a ella.

La lucha y el terror. ¿Es todo de lo que eres capaz ahora?

Enterrando la voz en su interior, con todos sus sentidos alerta, se adentra en la colina, pero no las aguarda ningún sueño sobrenatural. Ni tampoco una batalla. Siente la necesidad de reír a carcajadas. Tras un instante de sorpresa, a las demás les ocurre lo mismo. Herla escucha sus voces, condenadas largo tiempo atrás a alzarse en la forma de aullidos y cuernos, expresar ahora júbilo y algo se transforma en su interior. Es un impulso que desea reunir a todas y cada una, sus hermanas de batalla, para besarles las frentes. Pero sus miembros están agarrotados, como si no pudieran doblarse con tanta dulzura.

—Que la Madre guarde en su seno a nuestra hermana caída —susurra Corraidhín, sí, ninguna de ellas había pronunciado los ritos por Ráeth. El viento se había llevado sus cenizas tras su primera noche a caballo. Herla murmura su nombre y las otras la imitan. Entonces alzan las cabezas.

No cabe duda de que aquel lugar destinado a su duermevela había sido construido con la sangre y el hueso de Annwn. Olía igual que en el sueño de Herla, igual que en sus lejanos recuerdos: un pesado aroma a flores y agua de mar, a cosas que parecían provenir de *otro* lugar. Habían vaciado la colina: el suelo y las pareces curvas estaban hechas con la misma tierra centelleante, un desecho estelar.

Había espacio suficiente para todas: la tierra todavía mostraba la huella de sus cuerpos y los de sus monturas, que habían yacido como cadáveres en tres líneas rectas.

—¿Qué habría pensado cualquiera que nos encontrara aquí? —pregunta Herla.

—Que parecíamos heroínas dormidas. —Gelgéis se dirige al lugar donde había descansado y, tras un instante de duda, remueve la tierra a su alrededor. Contemplan cómo la suela de su bota se desliza por la tierra para igualarla hasta que la marca de su cuerpo desaparece.

—Bien —dice Herla—. Allanemos el terreno. Será espléndido como un gran salón de hidromiel sajón. —Vuelve a reír, esta vez con cierto filo, y las guía hacia las profundidades de la colina.

En lugar de borrar su huella en la tierra, Corraidhín deambula hacia el fondo de la larga cámara. Rezuma terror en la voz cuando llama a Herla. Señala con la cabeza a un rostro inexpresivo en la roca: el gemelo del portal que las había conducido a Annwn. Herla retrocede. Aun escucha el rechinar y el estruendo que resonaron cuando se cerró tras ellas. Se le ha erizado el vello de los brazos.

—Es un pasaje —dice Corraidhín—. Un camino.

—Sí. —Herla presiona la palma contra la roca. ¿Cómo se abría un camino al Otro Mundo? Cierra los ojos. Al buscar en la oscuridad a sus espaldas, no halla más que un abismo, en el que están encerradas las almas de los malditos. Toma una bocanada mientras estiran los brazos hacia ella, y retrocede, empujándolos a las profundidades.

—Hay algo más —dice Corraidhín—. Mira.

Herla se agacha y estudia un contorno desvaído en la tierra: una pisada. El tipo de huella que dejaría un hada al pasar de un mundo a otro. No tiene un nombre mejor para ellos: los lores y las damas, los héroes y anfitriones de Annwn. Algunos solían ser humanos, como ella. Otros eran de la calaña de Gwyn: viejos, algunos incluso más que el mundo.

—Uno de ellos ha cruzado al otro lado —le dice a Corraidhín, mientras se incorpora—. Quizás en Beltane. —Una muesca en la rueda del año—. Es más fácil abrir los portales durante los festivales de antaño. —Alza el rostro, olfatea. No le extraña que el olor del Otro Mundo sea tan fuerte. Hay un rastro.

—¿Crees que quien haya cruzado lo hizo siguiendo *sus* órdenes?

—¿De quién si no? —Inconscientemente, la mano de Herla vaga a la espada negra en su cintura—. Siempre ha demostrado un interés poco natural en los humanos.

Nos parecemos, tú y yo.

Suelta la mano y se da la vuelta enfadada, dejando la puerta tras de sí.

—Haced guardia. Quizás se abra en Lughnasadh.

—Espera. —La boca de Corraidhín esboza un mohín—. Recuerdo ese tono. ¿Vas a irte?

—Seguiré el rastro. —Ella es la Cacería. No se le escapa ninguna presa, ni siquiera una de las hadas.

Siente un candor en el brazo. La piel de Herla se crispa y se da la vuelta con parsimonia para encontrar la mano de Corraidhín aferrada a ella.

—Permíteme acompañarte —dice la otra.

Llevan tanto tiempo juntas, las diecinueve. La Cacería siempre ha tenido a Herla para guiarla. En los seis siglos que han transcurrido desde el día que se encaminaron a Annwn, no se ha separado ni una vez de sus hermanas de batalla.

—No hace falta. Estaré bien, Corra.

El apodo se desliza de un bolsillo oculto, como una joya que había olvidado que poseía.

Los verdes ojos de Corraidhín se vuelven enormes. Abre la boca.

—Al menos uno de ellos se halla en este mundo —dice Herla, anticipándose a ella y reclamando su brazo. Por algún motivo, el contacto la ha puesto incómoda. Se parece demasiado a la dulce urgencia anterior, algo que se marchitaría con la violencia que le arde bajo la piel—. Juntas llamaríamos la atención. Prefiero que el gobernante de Annwn siga ignorante de lo que pretendemos un poco más.

—Pero si te ven… —Corraidhín señala la armadura de Herla, el casco con el cuerno que lleva bajo el brazo—. También llamarás la atención.

No le falta razón. Cuando Herla examina su corazón, la imagen de la guerrera de pelo rubio se apodera de su mente. No pretendía pensar en Æthelburg, pero su rostro se le muestra nítido, desde su mirada azul a su cota de malla, y la espada envainada en su cintura.

Corraidhín deja escapar una exhalación.

—¿Cómo has hecho eso?

Herla examina su túnica nueva, larga, como la llevan los sajones. Tiene los brazos cubiertos de un lino ligero. La espada de Gwyn es un arma ordinaria en una vaina ordinaria, y junto a ella cuelga un cinto con varias bolsas. En los ojos de Corraidhín se refleja la misma imagen de la guerrera. La visión despierta una nueva emoción: unas náuseas que le revuelven el estómago. Herla recuerda los tiempos ya pasados. O, quizás, como un idioma, se trata de una vieja emoción largo tiempo olvidada. No tiene derecho a vestir el rostro de esa mujer.

Vuelve a usar el suyo propio, o algo similar, y su amiga alza una ceja.

—No creo que la mayoría de las mujeres vistan ropas masculinas. Y desde luego, no una armadura de metal.

Corraidhín tiene razón. Con cierto remordimiento, Herla convierte la camisa en un vestido, la túnica en un sobrevestido y las botas en zapatos con un cierre en el tobillo.

Orlaith se une a ellas y se queda boquiabierta.

—Tu rostro, Herla. —Hace gestos vagos—. Sé que eres tú, pero pareces… menos definida.

Herla se encoge de hombros. No está segura de cuánto poder alberga la espada ni de si la habilidad de alterar su apariencia pertenece a Gwyn. Annwn es una tierra empapada de magia. Nadie puede aventurarse allí y ser la misma persona a su regreso. Lo único que ha hecho es *desearlo*. Lástima que no pueda romper la maldición del mismo modo.

—Es un buen disfraz —dice Corraidhín—, pero ¿por qué no te vuelves invisible?

Mientras intenta disipar la persistente sensación que la ha asaltado de improviso, Herla cruza los brazos.

—¿Y cómo hablaré con la gente si no pueden verme?

—Hablar con la gente —repite Orlaith, como si fuera una idea de lo más extraña. Ha dado muerte a esa misma gente siguiendo la estela de Herla. Todas lo habían hecho.

Herla aparta aquella idea. Lo único que importa es encontrar al espía de Gwyn. Le arde la sangre. Y cuando lo haga…

—Vigilad el portal en mi ausencia.

—¿Cuánto tiempo estarás fuera?

—El que haga falta para hallar a quien ha dejado este rastro.

Se reunieron para despedirse de ella. Sus fieros rostros sin edad asustarían a cualquier humano que se los encontrara, pero Herla siente dolor al darse la vuelta. Es casi insoportable montar a caballo sin ellas, elevar el rostro a las estrellas, sin emitir sonido alguno. Esa noche es una cazadora solitaria. No habrá cuernos sonando a su paso, ni aullidos que la precedan en el viento. En el costado, la espada negra cuelga en silencio.

Ensancha las fosas nasales para detectar el aroma a fruta madura del Otro Mundo. Herla urge a su montura a adentrarse en la oscuridad. El rastro la lleva al oeste, al corazón de las tierras sajonas. Los bosques densos no presentan un obstáculo. Ni tampoco los ríos, sin importar que sean rápidos, o anchos o lentos. Sin la sed de sangre tiñendo el mundo de rojo, Herla percibe los colores nocturnos que antes se le habían escapado: azules y marrones y pozos de verde. Las criaturas que normalmente huyen de ella, se arrastran subrepticias para mirarla pasar.

Tras un rato, se percata de que no está sola.

—Me preguntaba adónde te habías ido —gruñe al gigantesco perro que corre a su lado—. Vas a fastidiar el disfraz. Aléjate de mí.

Dormach le dirige una mirada tenebrosa, estira el cuello y desaparece entre la noche. Herla lo observa inquieta. ¿Acaso ahora obedece sus órdenes? ¿O solo finge hacerlo? Sigue cabalgando.

El aroma de Annwn está cobrando fuerza, pero también la luz del cielo. Herla frena en una colina baja y se obliga a contemplar cómo el azul florece en tonos rosados y anaranjados hasta que el sol aparece en el horizonte.

Sisea cuando le apuñala los ojos, largo tiempo sumidos en la penumbra y alza la mano para protegerlos. *No huiré. Me quedaré y miraré.* Pronto sus mejillas se humedecen y aprieta los dientes, pero el dolor merece la pena cuando la tierra de finales de verano resplandece dorada. Es tiempo de cosecha. Se imagina a los campesinos en los distantes campos para recoger los cultivos que los alimentarán durante el invierno. Aquella visión trae recuerdos a Herla. Una vez había ayudado con la cosecha. Casi, *casi* recuerda el peso de las fanegas, las rudas raíces arañándole los brazos. El polvo del trigo nublaba el aire. La gente reía y brindaban por su trabajo cuando llegaba la noche, y gruñían al saber que les esperaba otro día extenuante cuando llegara la mañana. Por supuesto el gobernador romano se llevaba una buena parte de su labor. Había estado junto a su gente contemplando cómo cargaban en carros el fruto de sus esfuerzos para llevárselos y alimentar a los ciudadanos de Camulodunum o Londinium, para dividirlo entre los hombres que tenían la sangre de su pueblo en las manos. Aquel fue el primer día que su corazón había latido rebosante de odio.

La furia se apoderaría de ella si se lo permitía. Salvaje e irreflexiva, no le extrañaba que fuera la primera emoción que había vuelto a ella. No puede permitirlo. Tiene que perseguir a su presa. Herla retrocede a la sombra frondosa de un roble para estudiar el paisaje. A lo lejos hay un henge, cuyas piedras parecen colocadas por gigantes. Mucho más cerca, al sur, el humo colorea el cielo. Un asentamiento de gran tamaño, amurallado, y rodeado de granjas que forman un anillo, justo en la confluencia de dos ríos. Una impresionante casona se alza por encima de los otros edificios. Cuando el sol golpea su techo dorado, Herla contiene la respiración. Podría ser la morada de los dioses. Sin duda, es el hogar de reyes.

Olfatea. El rastro del Otro Mundo lleva directo al asentamiento. Interesante. Percibe la mano de Gwyn en ese lugar. Y, sin embargo, llevaba tanto tiempo sin estar rodeada de gente, sin verlos como algo más que una presa. Herla entrecierra los ojos. Bueno, seguían siendo presas de lo que fuera que el espía del rey de Annwn les hubiera enviado. Aprovecharía mientras el soberano permaneciera ignorante de su libertad. Camufla su corcel con magia para que parezca un viejo rocín y tuerce el gesto ante las faldas que debe levantarse para cabalgar. No entiende cómo alguien puede moverse con eso puesto.

En la abarrotada tierra del camino, Herla intenta adaptarse a su disfraz. No sabe cómo ser una jornalera, una granjera o una comerciante. Es una guerrera, una protectora, una cazadora. Está acostumbrada a dar órdenes. Por suerte, la mayoría de la gente viste como ella. Es fácil distinguir a los viajeros ricos; la pareja que conversa delante de ella lleva capas sujetas con plata.

—¿El rey *va* a volver a Wiltun? —pregunta el hombre a la joven que cabalga a su lado—. No me digas que he venido para nada.

—Es lo que he oído esta mañana. —La mujer se suelta la capa ante el creciente calor—. Luchó contra los britanos en Gifle. Se rumorea que han dado muerte a su rey y han capturado a su hijo como prisionero. He olvidado su nombre.

—Geraint de Dumnonia —ofrece el hombre. Habla con un tono meditativo—. Son un pueblo extraño. La mayoría siguen siendo paganos. En mi opinión, las leyes de Wessex les conceden demasiada libertad. Algunos todavía tienen tierras aquí.

Mientras la mujer hace un mohín de aparente desaprobación con los labios, la mente de Herla se apresura a volver a la noche en la que el perro brincó. Geraint de Dumnonia, ¿acaso se trata el mismo hombre que había invocado aquel poder para retenerla? Quizás su hijo sepa más de la magia que había debilitado la maldición de Gwyn. *Si sus captores lo han mantenido vivo.*

Como esperaba, el rastro lleva hasta los portones. Herla desmonta y aprieta las bridas del caballo. Tiene que tener cuidado: si es capaz de detectar al intruso del otro mundo, este también podría detectarla a ella. Mantener el secreto depende de lo convincente que sea su disfraz. Se traga una poco halagüeña y novedosa incertidumbre. La Cacería no había dejado lugar para la incertidumbre.

—¿Qué te trae a Wiltun?

Los guardias detienen a viajeros al azar; le complace ver que interrogan a la pareja rica, ya que las riquezas siempre habían pavimentado el camino de Roma. Cuando le llega el turno, la dejan pasar sin hacerle preguntas. Es una experiencia nueva: que los demás la consideren inofensiva. Pero aquella racha victoriosa se desvanece una vez dentro del asentamiento. El rastro se divide en diversas direcciones y se enreda en el mercado. El intruso ha estado en *todas partes*. Maldice. Ya no podía servirse solo del olor.

Hay más gente allí de la que nunca ha contemplado reunida en otro sitio excepto en el campo de batalla. Las chispas flotan desde las herrerías al aire libre; los herradores reparan las herraduras de los caballos; mujeres de mejillas sonrojadas remueven tinas de teñir y los niños corren por todas partes, supuestamente para hacer recados, aunque a Herla se le antoja un juego. Es casi sobrecogedor: el ruido, las voces, el roce de otras vidas contra la suya. Durante un rojo instante, quiere liberar una furia animal, verter sangre brillante, separar la carne de las almas. Disfrazada de cuchillo, la espada de Gwyn le pesa en la cadera. Herla aprieta los dientes y se sobrepone a su instinto. *Soy más que eso.*

Dirige su furia a la presa que se le está escapando. Expande cada uno de sus afinados sentidos; con las fosas nasales y las orejas abiertas, los ojos entrecerrados... y el olor se refuerza imperceptiblemente.

Muestra los dientes, triunfante, y se encamina colina arriba hacia la gran casona. Su portón tiene expertos relieves de astados y sabuesos, peces en medio de un salto, ganado y trigo agitado por el viento. Se detiene. En la curvatura del orgulloso cuello del astado están las colinas que protegen las arboledas de los druidas. En las escamas del pez, la espumosa orilla. El trigo se dobla como la gente ante la guerra, pero no se quiebra. No se quiebran.

Nosotros no nos quebramos.

Está en el pueblo, pasando una piedra de afilar por el extremo de la lanza. Con las piernas cruzadas entre los juncos, dulce cedro en la nariz. Junto a ella se sienta una mujer de melena leonina. La piedra de afilar de Boudica se ha detenido y tiene la mirada distante. Piensa en Prasutagus de nuevo. El calor se derrama en la cabaña; sus rodillas se tocan.

Unos gritos hacen añicos el recuerdo. Herla aparta la vista de los relieves. Los gritos continúan. Curiosa, lleva al corcel a las caballerizas para encontrar a la gente apiñada en torno a un semental, al que intentan calmar. Los mozos se aferran a las ropas amarradas a las bridas, pero los zarandea como briznas de paja en el viento. El animal parece enloquecido, con los ojos fuera de órbita, moviéndose de terror. Herla se tensa. El aroma del Otro Mundo es muy fuerte.

—No sirve de nada. —Un hombre esquiva los azotes de los cascos—. Busca al maestro de las caballerizas. Aunque incluso él se verá en un aprieto para controlarlo.

Con las manos en alto, se aparta del caballo, mientras que una mujer, con denso barro en la falda y los zapatos, corre por donde Herla había venido. La mujer que se queda, tan llena de barro como la primera, trata de sosegar al semental con ruidos calmantes, pero algo extraordinario lo ha asustado. Y no solo a él; Herla oye frenéticas patas provenientes del resto del establo a medida que los otros caballos se contagiaban de su terror.

—¿Cuánto tiempo llevan así? —inquiere la mujer, contemplando los cascos con nerviosismo.

—Antes todo estaba en calma. Probablemente hayan percibido un olor extraño. Pero solo un lobo los asustaría de esa manera.

Un lobo o algo peor, piensa Herla. Deja a su caballo plácidamente en las sombras y camina hacia delante, sobresaltándose cuando el sol le golpea los ojos. Hasta que los mozos de cuadra no gritan conmocionados, el hombre y la mujer no se percatan de su presencia. Para entonces, Herla está a su altura y se dirige despreocupadamente hacia el caballo enloquecido.

—¡Señora, no!

Ignora la advertencia, esquiva los cascos y coloca la mano en el sudoroso pecho del caballo. Se tranquiliza de inmediato. La voz del hombre muere a mitad del grito y se convierte en una exhalación ahogada cuando el semental se arrodilla ante Herla. Satisfecha, le da unos golpecitos antes de dirigirse al interior de las caballerizas, oscuras tras el brillante sol. Se limita a mirar al resto de caballos y se quedan quietos. El olor es incluso más fuerte allí. Una mano se agarra a la manga de Herla y apenas es capaz de contener un ataque.

—Señora. —Por detrás del hombre, el semental se yergue con patas temblorosas. Quizás ella no es mucho mejor que su presa. Ambos huelen de manera extraña—. Eso ha sido peligroso —le dice, agitándole la manga. Herla le mira de la misma manera que había mirado a los caballos y él la suelta—. Podrías haber muerto.

La mujer de antes regresa con la respiración ahogada, acompañada de un hombre con las mangas de la túnica enrolladas. El maestro de las caballerizas, asume Herla. Unas pocas cicatrices le cruzan los brazos y posee una esbeltez extraordinaria, además de ser tan alto como ella. La contempla con unos ojos del mismo verde que su túnica. Ahora que lo piensa, quizás no ha sido buena idea llamar la atención. *Debería haber esperado a que se marcharan.*

—Nunca he visto nada igual —explota el hombre en cuanto el maestro de las caballerizas los alcanza—. Parecía sediento de sangre, pero ella lo ha calmado de un roce. Y también al resto.

—Cuesta trabajo creerlo. ¿Quién eres?

Le resulta desconcertante que le hablen de esa manera. Herla se recuerda que no se ha disfrazado de mujer pudiente.

—Me llamo... —Intenta que se le ocurra algo apropiado— Ælfrún.

El hombre frunce el ceño y Herla se prepara para su suspicacia antes de que diga:

—Hablas con acento de Anglia. —Herla traga saliva al sentir, de pronto, que se le cierra la garganta. Parece que algo de su tierra natal aún viaja con ella—. ¿Es allí de dónde provienes?

—Sí —contesta Herla con la esperanza de no haberse identificado como una enemiga sin pretenderlo.

El maestro de las caballerizas gruñe.

—¿Qué te ha traído a Wessex? ¿Dónde está tu marido?

Justo antes de decir que no tiene uno y nunca lo ha querido, Herla refrena la lengua.

—Muerto. —Incluso a ella su voz le suena monótona. Aquello resulta más difícil de lo que imaginaba—. Murió cuando unos hombres celosos de su talento prendieron fuego a nuestra casa. —A lo mejor interpretaba su impasibilidad como dolor. Aprieta los labios.

El hombre vuelve a gruñir.

—He oído que esas cosas pasan. Pero eres buena con los caballos, según dice Deorstan.

—Ha sido increíble, Sinnoch. Con una mera caricia. No conoce el miedo.

Los mozos de cuadra respaldan las palabras de Deorstan con asentimientos entusiastas. Al contemplaros, Sinnoch se empuja la mejilla con la lengua. No es un nombre sajón, se percata Herla.

—Entonces, ¿para qué has venido aquí? ¿Buscas trabajo? ¿Una vida nueva?

—Un trabajo me vendría bien —dice Herla, aprovechando la oportunidad de explorar. Quizás podría interrogar a los otros.

—Deberías contratarla —dice Deorstan, su inesperado aliado—. No es la primera vez que los caballos se asustan. Ayer por la noche también estuvieron inquietos. —Herla le dirige una mirada inquisitiva—. Un don como el suyo podría salvar vidas. Hoy me he escapado de sus coces por los pelos.

El maestro de las caballerizas entrecierra los ojos, como si no acabara de tragarse la historia.

—Un periodo de prueba entonces. No puedo pagar gran cosa.

—Aceptaré lo que me des.

—Los caballos del rey son los mejores de Wessex y requieren los mejores cuidados. —La voz de Sinnoch se suaviza un poco al hablar de las bestias—. Deben cepillarse dos veces al día, antes y después de llevarlos a ejercitarse en los campos extramuros. Las cuadras deben estar limpias y ordenadas. Deorstan te lo enseñará todo. —Se da la vuelta.

—No le hagas mucho caso —le dice Deorstan tan pronto como Sinnoch no puede oírlo—. Es hosco y a veces habla con excesiva dureza, pero nunca he visto a un mejor maestro de caballerizas.

—Tiene un nombre britano.

Por primera vez, Deorstan exhibe una expresión antipática.

—Es un buen hombre. Ha ofrecido un leal servicio a Wessex durante años.

Se las ha apañado para ofenderlo.

—No pretendía faltarle el respeto —dice Herla, pensando en su anterior ligereza al hablar con la gente. Ya está cansada de hacerlo.

El arte de la conversación es superfluo para ti.

No es capaz de tragarse un gruñido ante el recuerdo de las palabras de Gwyn y Deorstan retrocede. Tiene que esforzarse más.

—¿Has dicho que los animales llevan un tiempo inquietos? —pregunta Herla de repente con la esperanza de distraerlo. Pero la furia sigue en su interior. Furia y… una piedra que se hunde en el estómago. Un calor que le repta por la nunca. Tras un rato, recuerda que tiene nombre: vergüenza. Está cansada de hablar porque requiere cuidar el tono, tacto, *pensar en lo que se dice*, y ella ha vivido demasiado tiempo como una bestia, en el inclemente filo del instinto. Los adornos de su disfraz se le antojan endebles, como si fueran a hacerse pedazos al contacto de su piel.

Herla es una loba con piel de cordero.

—Sí —dice Deorstan, recuperando algo de soltura—. Ha pasado unas cuantas veces. Pero hoy ha sido terrible. Probablemente me has salvado de romperme la crisma, Ælfrún.

—¿Ha visitado algún desconocido las caballerizas? —pregunta, mientras aparta aquella inoportuna sensación en el estómago.

—La gente va y viene todo el tiempo. —Se muerde el labio un momento—. Pero nadie me ha llamado la atención. Voy a enseñarte donde está todo.

Tras afirmar que va a trabajar, Herla debe trabajar: aparta la paja embarrada, rastrilla la nueva y, mientras está con ellos, los caballos permanecen serenos. Aborda las tareas con una violencia que hace a Deorstan alzar las cejas. Pero una parte de Herla está decidida a demostrar que es capaz de blandir una pala con tanta destreza como la espada. Puede mancharse las manos de tierra igual que de sangre. *Estás perdiendo el tiempo*, ruge la cazadora en su interior, y ruge de nuevo antes de recordar la humillación que sintió ante las despiadadas palabras de Gwyn. Tras eso, cava con más calma y oye a Deorstan exhalar un aliento largamente contenido.

Cuando el resto se retira, Herla monta guardia en el pajar. No siente necesidad de dormir, lo que resulta apropiado, su presa del Otro Mundo podría aparecer en cualquier momento. Pero la noche transcurre sin que nada más que los ruidos de los animales quiebren el silencio. Resuelta, pasa un segundo día con los caballos, otra noche de vigilia, y luego un tercero y un cuarto. En la mañana del quinto día, un cuerno la despierta de su apática guardia.

Se yergue rígida como una flecha. Durante un salvaje instante, piensa en la Cacería, quizás sus hermanas de armas se han cansado de esperar. Pero aquel cuerno tiene un tono meloso. Las nuevas no tardan en llegar a los establos: el séquito del rey ha regresado. Y si el séquito del rey ha regresado, también *ella* estaría allí.

Sin pensarlo dos veces, Herla se une al bullicioso fluir de gente deseosa de una distracción de la rutina matutina. Los susurros se mecen a su alrededor. *¿Habría sido una batalla digna de contar? ¿Se habrían perdido hombres? ¿Habrían invocado los wealas a sus dioses paganos para que los ayudaran?* A ella no le importa nada de eso. Solo tiene un rostro en mente. Es lo único que necesita.

Encuentra un hueco junto al camino que conduce al gran salón y se tensa al reconocer al hombre rubio, desdeñoso a la luz del sol. Recuerda su mano sosteniendo un cuchillo ensangrentado. Cabalga a la vanguardia del grupo, con la barbilla alta como solo lo puede estar la de un rey. Otros hombres van detrás, uno de ello medio desplomado en la silla como si lo hubieran herido.

Los ojos de Hela repasan a aquellos hombres con un objetivo claro. Apenas se percata de que el corazón se le ha subido a la garganta.

Æthelburg se ha detenido para hablar con una de las mujeres que contemplan la comitiva, y por tanto se ha quedado atrás. Bajo el sol veraniego, lleva los bronceados brazos desnudos hasta los hombros, y llenos de polvo del camino. Esboza una sonrisa ante algo que le dice la mujer. Entonces su mirada vaga al grupo semioculto de hombres en un recodo del camino.

—Por supuesto, majestad.

La plebeya hace una reverencia y, tras una breve despedida, Æthelburg espolea su caballo para ir tras la comitiva.

Herla observa cómo cae el polvo. *Æthelburg.* Le gusta paladear el nombre en la boca. Pero una reina… pensar que Æthelburg está casada con el hombre rubio le resulta inesperadamente desagradable.

A punto de seguir, Herla se detiene. *¿Qué es esto?*, le inquiere a su agitado corazón. Ha venido con un único propósito: el espía de Gwyn. En cuanto lo encuentre y le obligue a revelarle la verdad, no tendrá que relacionarse con mortales. Y aun así no se mueve del sitio, sino que sigue mirando mucho después de que la gente regresa a sus tareas y las calles bullan de nuevo con el ajetreo matutino.

9

INE

Wiltun, Wiltunscir
Reino de Wessex

Nadie sospecha. Ine no sabe cuánto tiempo podrá seguir así. Al principio, aprovechó lo de la pócima para dormir: una excusa ideal para mostrar una apariencia ausente y retirarse temprano. Pero cuando los tejados rematados de oro de Wiltun se prenden como un incendio en la distancia, acepta que es hora de dejar de fingir encontrarse intoxicado. Eso significa que debe recomponerse.

Æthelburg no se lo traga del todo. Siempre ha sido capaz de leerlo. También sospecha que Gweir ve más que los otros. Son los únicos que saben de la visita de Geraint. Aunque Ine encontró un momento de calma para hablar con ellos a solas, ninguno entiende las palabras del britano. Al menos, devanarse los sesos con su significado lo ha distraído de lo que debe ser el inicio de la locura.

Creía que tendría más tiempo. No debería sorprenderlo; después de todo, se está apoderando de su padre. Mientras cabalga cerca de la cabeza de la fila, con Æthel a su lado, Ine sigue teniendo la sensación de que lo vigilan.

—¿Pasa algo? — Æthel contempla el reverso de las pálidas manos de su marido aferradas a las riendas—. ¿No te alivia estar en casa?

¿Aliviado? Su inestable mente viaja con él; sin importar que se halle entre enemigos o amigos. Se obliga a decir algo.

—Supongo que sí.

—Ni te molestes —explota ella—. No hables conmigo.

Estudia la rigidez de su postura mientras se va a galope. Siempre se está alejando de él, que se queda mirándole la espalda. ¿Cómo empezar siquiera? Su incapacidad para confiarle la verdad sobre sí mismo se va transformando lentamente en una incapacidad para confiarle nada en absoluto. Su corazón es un montón de leña carbonizada en el pecho. *Estás siempre tan enfadada*, piensa. *Antes no te enfadabas tanto.*

La mera idea de explicar lo que vio la noche que Geraint murió le seca la garganta. Ine se ha esforzado en considerarlo un mero delirio. ¿Qué otra cosa podía ser? Los ojos cerrados del gigante lo observan desde sus recuerdos y se echa a temblar, expulsando la imagen de su cuerpo atado por las raíces, disolviéndose en la tierra.

¿Qué diría Æthel si le contara que está perdiendo la cabeza?

—Rey Ine, ¿estáis bien?

—Bastante bien. —Le ha llegado el turno de responder de malos modos, pero lo lamenta al percibir la mirada preocupada de Gweir. Debe mantener cerca al gesith. Aquel hombre sabe demasiado—. Me preguntaba qué hacer con Cadwy. —No era del todo una mentira. El hijo de Geraint era otra espina en el hormiguero de su mente. Azuzado por Ingild, hay un ruidoso clamor exigiendo su ejecución. Otros, como Nothhelm, opinan que el chico es valioso como un arma de negociación. Æthel exhibe un instinto protector raro en ella e insistía en llevarle en persona las comidas al chico. *Ine* no era el único que actuaba de manera inusual.

—El chico debe vivir —dice Gweir e Ine asiente. Ya que no puede mantener su promesa a Geraint, al menos debe proteger a su hijo—. Nothhelm tiene razón. Es un arma de negociación. Pero podría ser mucho más. —El gesith baja la voz—. Cadwy debe saber que Geraint fue a veros. Su padre pagó esa decisión con su vida.

—Glestingaburg. —Una abadía que Ine había financiado de buen grado. La colina a la que Geraint había denominado isla podía verse a una legua, alzándose a una altura improbable desde los campos que todavía se inundan cuando llueve copiosamente. Pero al escuchar a Geraint hablar de ella...—. La llamó Ynys Witrin. Habló del Otro Mundo.

Aunque Ine prepara una risa desdeñosa, Gweir asiente.

—Sí. Esa colina es un lugar sagrado para las antiguas costumbres y aquellos que las practican.

—Pero en el Otro Mundo hay gigantes y príncipes osos y, bueno, ya oíste la historia. —Otra noche que preferiría no recordar.

—Siempre hay algo de verdad tras las historias —contesta Gweir con sobriedad.

Ine no sabe cómo interpretar aquello.

—¿Crees que Cadwy se mostraría más abierto contigo?

—Lo intentaré, mi señor, pero dudo que me vea con mejores ojos. Quizás me considere peor por elegir serviros a vosotros, al pueblo de mi madre, en lugar regresar con el de mi padre.

—¿Por qué lo has hecho? —pregunta Ine tras un instante.

Gweir le mira de una manera que, de pronto le recuerda al poeta, que se irguió en su mesa y llenó su salón de visiones.

—Pues...

Un cuerno resuena y ahoga lo que Gweir pretendiera decir. Los guardias de las puertas han vislumbrado a la comitiva a caballo y han empezado a despejar el camino de viajeros para que puedan cabalgar sin impedimentos. No hay tantos como de costumbre; la mayoría de la gente trabaja en el campo a destajo para recoger la cosecha.

Cuando Ine alza la vista hacia el asentamiento, todo ha cambiado.

En lugar del alto salón hay un bosquecito con árboles, los hijos de los gigantes con espalda arqueada. El viento trae un canto y un velo crepuscular desdibuja el sol. Un camino verde flanqueado por piedras se abre ante él, marcadas con patrones que casi reconoce. La canción del bosque y los árboles torcidos son parte de él. El corazón le patalea y el sudor le hiela la piel. Ine aparta la vista con un grito ahogado.

—¿Majestad?

El sol golpea con fuerza, la mañana resplandece. En la distancia, el tejado de hogar brilla como el tesoro de un dragón. Ine parpadea. No hay bosquecillo, ni camino musgoso. Solo la amplia carretera de tierra que se divide hacia cada una de las calles más pequeñas de Wiltun. Su grito ahogado ha llamado la atención. La gente ha pausado su labor y los guardias su vigilancia para mirarlo. Gweir frunce el ceño.

Ine se fuerza a sonreír, aunque tiene el estómago revuelto y piensa que quizás esté enfermo. Hace demasiado calor. Le asusta parpadear por si regresa el bosquecillo, y no tiene energía para inventar una excusa, así que espolea al caballo para acelerar y adentrarse en el asentamiento y dejar atrás las miradas. *Debo tener más cuidado. No puedo dejar que se note.*

Tras unos instantes, Gweir lo alcanza.

—¿Qué les has dicho? —pregunta Ine en voz baja, con los ojos fijos en el salón por si se le ocurre volver a transformarse.

—Vos no les debéis explicaciones a los plebeyos.

—El rey se debe a su pueblo y no al revés. No quiero que piensen que estoy perdiendo la cabeza.

La visión lo ha inquietado y le ha llevado a hablar con un exceso de sinceridad. Pero Gweir se limita a responder:

—No estáis perdiendo la cabeza.

—¿Cómo lo sabes? Quizás sí. Todo el mundo ha visto el estado en el que se encuentra mi padre.

—La enfermedad de lord Cenred es el resultado de una herida que le propinaron en la cabeza hace muchos años. No me cabe duda.

—Gweir está siendo considerado. Ine reza para que no les mencione el incidente a los otros. Podría ordenarle guardar silencio, por supuesto, pero parecería sospechoso.

El paseo al salón se le hace eterno. Lo único que desea es adentrarse en su fría sombra, buscar silencio y soledad, pero en el momento en el que los guardias abren las puertas un hombre camina hacia él y todo el vello del cuerpo de Ine trata de escapar. La figura está ataviada para la batalla con una cota de malla y protecciones de cuero. Lleva la barba recortada y posee una nariz como el pico de un águila, ganchuda y prominente. Un auténtico arsenal le cuelga del cinturón. Sobre los hombros tiene una capa, de rojo intenso, y sus ojos negros no se apartan de Ine mientras avanza decidido hacia él.

El hombre se llama Cædwalla. Y lleva quince años muerto.

Antes de que a Ine le dé tiempo a algo más que abrir la boca, su predecesor lo atraviesa. Es peor que el invierno. Es el frío de una tumba, similar a lo que sintió hacía unas semanas al tocar el escudo. Es un frío aceitoso que le deja una sensación de suciedad. Se da la vuelta, pero el rey muerto se ha ido. Solo queda Gweir, con una ceja alzada.

Conteniendo el pánico, Ine asiente hacia él de manera errática, pero sigue sin moverse recto según se adentra en el salón, estremeciéndose ante cada sombra. Conjurar a Cædwalla así... su enfermedad es peor de lo que creía. *¿Qué me está pasando? ¿Acaso Geraint le hizo algo antes de morir? ¿Le echo encima una maldición?* Pero le había pedido ayuda.

—Majestad. —Es el obispo Hædde, la última persona a la que quería ver. Ine coloca las temblorosas manos tras la espalda—. Me han llegado nuevas de vuestra victoria. —Muestra una sonrisa de dientes parduzcos—. ¿Me permitís ofreceros mis felicitaciones?

—Gracias... —La palabra raspa y tiene que toser para liberar la voz—. Gracias, obispo. Me temo que la muerte de Geraint no nos beneficiará tanto como anticipas. Habría preferido dejarle con vida.

—Los britanos estarán sumidos en el caos y la desesperación, mi señor. No comparto vuestras ideas sobre que esto perjudicará vuestra campaña en el oeste.

—Ya lo sé —murmuró Ine en voz baja—. Os ruego que os reunáis conmigo en el consejo después de que hayamos comido y descansado algo del camino. Hemos de discutir un asunto.

Mientras antes blindaran la vida de Cadwy, mejor. Ingild ya había actuado a sus espaldas una vez e Ine quiere que el chico viva. *Nadie más que él sabe por qué Geraint me pidió llevar a dos veintenas de soldados a una tranquila colina en medio de los campos de cultivos.*

En lugar de hallar silencio y soledad, Ine pasa una hora inquieta dando vueltas por la cámara del Witan, contemplando el escudo y mordisqueando los arándanos que le traen los criados. Al rato, el resto se une a él: Ingild, Edred y Nothhelm; Gweir y Leofric; ambos obispos; los regidores Godric y Osberth y, por último, Cenred con Æthelburg. Su padre parece inestable hoy y su esposa lo ha tomado del codo para guiarlo. La visión de los dos juntos aleja un poco el horror que le ha dejado la visión de Cædwalla.

—Qué bien que hayáis acudido todos —empieza mientras van ocupando los bancos que llenan la sala.

—¿Os encontráis bien, rey Ine? —pregunta Hædde—. Vuestro hermano dice que estuvisteis indispuesto en Gifle.

¿Qué más se habría apresurado Ingild a contarle al obispo? Ine compone la expresión más serena de la que es capaz y dice:

—Bastante bien, Hædde. El asunto que deseo tratar es fuente de opiniones encontradas. Por eso quería discutirlo de inmediato. Se trata de Cadwy, hijo de Geraint, a quien hemos traído a Wiltun.

Hædde toma una bocanada de aire y Earconwald abre los ojos desmesuradamente. Ambos parecen a punto de saltar, así que Ine se apresura a continuar.

—No deseo que sufra daño alguno. Debería recibir el trato de un prisionero real con los derechos que le otorga tal estatus.

Ingild gruñe.

—Tu esposa debería haberme permitido matarle junto a su padre. Ha sido una insensatez traerlo aquí, donde podría convertirse en un estandarte que llame a la rebelión.

Hay quien asiente. Ine se aferra al brazo del sillón.

—¿Acaso los wealas —Aquella palabra ya no sonaba apropiada— los britanos de Wessex han mostrado signos de rebelarse?

—Aun no —dice Edred—, pero nunca han tenido entre ellos a un regio hijo de Dumnonia. Para inspirarlos.

Æthelburg se cruza de brazos.

—Si crees que hay amenaza de rebelión, Ingild ya la ha avivado al acuchillar a Geraint por la espalda.

—Pero ¿por qué *estaba* Geraint fuera de su campamento esa noche? —replica Ingild. Entrecierra los pálidos ojos—. ¿Lo sabes, hermano?

¿Qué mal cree Ingild que le ha hecho para merecerse tal comportamiento?

—No sé más que tú —responde Ine—. Y, como te encanta decirle a todo el mundo, yo estaba indispuesto.

Ingild se deja caer en el asiento. ¿Es decepción lo que Ine percibe? Agita la cabeza.

—Además, *tú* tampoco nos has explicado como es debido qué estabas haciendo extramuros.

—Porque es un hecho que carece de importancia —responde Ine con frialdad—. Con la llegada de nuestro ejército, superábamos a los britanos en hombres, y eso que hasta entonces habían poseído la ventaja numérica. Me anticipé a un ataque sorpresa y acerté. Aunque he de admitir que no esperaba hallar a Geraint a solas.

Ine recuerda que Geraint se movía invisible y se muerde la lengua para no exigir a Ingild que le confesara cómo se las había apañado para acorralar al britano. ¿Un descuido de Geraint? Había mencionado que usar su poder le requería un esfuerzo. Ine sabe muy poco al respecto y la única persona que puede contarle más...

—Cadwy puede resultarnos útil más adelante. Como ya argumenté en la última reunión... —Su voz se endurece— prefiero disponer de opciones.

—Mantenerlo vivo sin que se escape requerirá de recursos —comenta Nothhelm—. Intentará huir a la mínima oportunidad.

—No es diferente a mantener un prisionero de la nobleza de Mercia o Kent. —Hay un filo cortante en la voz de Leofric desde que se perdió la pelea en Gifle. Si Ingild pretendía que los gesiths apoyaran sus ideas, sus temerarios actos bien podrían haberle costado a Leofric.

—Reconozco que hay buenos argumentos a favor y en contra.

—El obispo Earconwald es un hombre callado, no tan vocal como Hædde y por eso Ine es más cauto con él—. Sin embargo, los riesgos de mantener al chico con vida, en mi opinión, superan con creces a los beneficios, que tan solo son potenciales.

Æthelburg busca la mirada de Ine. Está bastante seguro de que desea que Cadwy viva y peleará para asegurarse de que así sea. Está tan enfadada con Ingild como él. Al menos puede contar con que ella le apoyará en la votación.

Ingild se alza.

—Atacar al linaje real ha debilitado a Dumnonia y la muerte de Cadwy será otro duro golpe. —Choca el puño contra la palma de su otra mano y mira a todo el mundo a los ojos excepto a Ine—. Así pavimentaremos el camino para una invasión, lo que convertirá a Dumnonia en un territorio permanente de Wessex de una vez por todas. —Hace una pausa y se da la vuelta—. *¿No es eso lo que deseas, hermano?*

Ine no puede negarlo, pero la visita de Geraint solo ha reforzado su convicción de que la violencia no es el camino para ganar el conflicto. Geraint había sido un hombre orgulloso, sin duda difícil, y aun así Ine respetaba la integridad del britano, su compromiso con su pueblo. *Un buen rey.* E Ingild lo había asesinado en la oscuridad, por la espalda, como un forajido con sus presas.

—Lo someteremos a voto —anuncia Ine.

Cuando las fichitas de madera se colocan en la mesa, la suya está junto a la de *Æthelburg*, Gweir, Leofric y Nothhelm en uno de los lados. Las de Ingild, Edred, Osberth, Godric y los obispos están en el otro. Seis contra cinco. A Ine se le encoge el corazón. Planes alocados le inundan la cabeza: cómo lograrían hacer desaparecer a Cadwy, a dónde lo llevarían, cómo lo harían pasar por una huida, si Ingild sospecharía, antes de que otra ficha se mueva con delicadeza hacia abajo.

La mano de Cenred tiempla, pero sus ojos están despejados cuando se encuentra con los de Ine. La esperanza le florece en el pecho.

—¿Padre?

—Mi voto va para el rey —dice Cenred antes de dar forma con la boca a extrañas palabras silenciosas y la lucidez se evapore de su mirada.

Ingild da un golpe en la mesa; las fichas dan un brinco y se desperdigan.

—No cuenta. ¿Desde cuándo dejamos que los dementes voten en esta mesa?

—Padre pertenece al linaje real de Wessex —dice Ine con frialdad—. Mientras viva, tiene derecho a un lugar en el Witan.

Ingild hace rechinar los dientes. Sabe tan bien como Ine que en caso de empate la decisión depende del rey. La estancia se llena de sonidos disgustados mientras abre la puerta de un empujón y sale fuera, con la capa agitándose a sus espaldas. Ine suelta una bocanada de aire. Ahora, si Ingild le hace daño a Cadwy, se consideraría prácticamente traición. Aquello debería proporcionarle una mejor protección al chico.

—Gracias, padre —dice, pero Cenred le da la espalda y canturrea en voz baja. Los otros hombres intercambian miradas.

—Me ocuparé del alojamiento del chico. —Antes de irse, Æthelburg le regala una breve y satisfecha inclinación de cabeza. No una sonrisa, pero ayuda a suavizar el peso ardiente del corazón de Ine. Tras hundirse de nuevo en la silla, se rasca al frente. *Ha faltado muy poco.* ¿Qué habría hecho sin el voto decisivo de Cenred? Sus propias leyes le prohíben expresamente ir en contra de los deseos del Witan. Mientras los otros van saliendo, Ine se coloca junta a su padre y se percata de que está mirando al escudo en su silencioso lugar en la pared.

Puesto que la luz diurna penetraba desde las altas ventanas, solo la mitad de las antorchas de la estancia están encendidas. Ine siente un cosquilleo en la piel. Mientras la euforia se desvanece, se da la vuelta lentamente. Casi invisible desde un rincón arropado por las sombras, el espectro de Cædwalla vigila desde la oscuridad.

10
ÆTHELBURG

Wiltun, Wiltunscir
Reino de Wessex

Una mujer le estaba aireando la ropa. *Æthel* se queda paralizada
en el umbral de su alcoba.

—¿Quién eres?

La cabeza de la extraña se da la vuelta, antes de adoptar un aire
servil.

—Estoy aquí para serviros —susurra.

—Tengo una doncella —le informa *Æthel*— con la que estoy bastante contenta. No necesito otra.

—¡Reina *Æthel*burg! —Unos pies golpean las tablas tras ellas y
Eanswith llega en un caos de faldas revueltas—. Lo siento, mi señora, tenía la intención de hablarlo con vos. Es Alis. Mientras habéis
estado fuera, padre me ha escrito para decirme que madre se siente
mal tras dar a luz y debo ir a atenderla. No creo que esté fuera mucho tiempo.

—¿Y quién es Alis…?

—La hija de mi prima segunda. No notaréis la diferencia. —Eanswith
entrelaza los dedos, con los ojos suplicantes—. Trabaja duro.

Alis se está mirando los pies.

—Alza la cabeza, chica —le dice *Æthel*—. No me gustan esos aires serviles. Dependes de ti misma.

—Te dije que era feroz —susurra Eanswith y los labios de la chica esbozan una débil sonrisa—. Pero en realidad lady *Æthel* es gentil y no pide demasiado.

—¿No deberías marchar entonces? —Suena mucho más brusca de lo que pretendía. Eanswith es más una amiga que una doncella, y siempre se le ha dado bien sacarla de su ensimismamiento. *Æthel añorará* sus charlas al amanecer. Cuando el rostro de la mujer más joven se entristece, se rinde y añade—. Dile a tu madre por mí que espero que se recupere con rapidez.

Eanswith brilla de felicidad.

—Muchas gracias, mi señora. Significará mucho para ella.

Cuando se marcha, *Æthel* se quita la armadura.

—Llévatela para que la engrasen —le dice a la doncella nueva y la observa para asegurarse de que puede acarrearlo todo—. Me bañaré en el río.

Vestida tan solo con una pieza de lino manchado de sudor y el cinturón —podrían afearle que pecara de un exceso de cautela, pero era su costumbre llevar siempre el cuchillo— *Æthel* atraviesa la puerta trasera del salón y camina por una carretera serpenteante hasta el arroyo que rodea el pie de la colina. La luz del sol va evaporándose en un cálido crepúsculo. Toma aire para sentir el polvo de la cosecha en la lengua. Los pájaros se agitan a su paso. *Æthel* observa sus diminutos y oscuros cuerpos contra el cielo y desea poseer alas. ¿A dónde iría? Debería ser feliz allí. Goza casi de la posición más alta en el reino, de siervos que le engrasan la armadura y se estremecen ante sus palabras. Suficiente oro como para adquirir gemas y joyas, si le interesaran esas cosas. Suficiente comida para llenarse el estómago. Suficiente seguridad…

Sí, debería ser feliz. Que no se sienta satisfecha solo la hace egoísta. Se deshace de la ropa y se introduce en el arroyo. A pesar del agua templada, solo se da un baño breve. Ine podría pasarse allí todo el día, hasta que se le arrugara la piel como una ciruela pasa. *Æthel* adora hacerle bromas al respecto. Adoraba. Antes venían juntos, agarrados del brazo. Solían hablar. Ahora… algo va mal. ¿Cómo ayudarlo cuando él se niega a compartirlo?

¿Y por qué deberías ayudarlo?, le susurra la voz que la atormentó en Gifle. ¿Acaso él te ayuda a ti?

Bajo el agua, tiene el vientre plano, duro como una roca del río. ¿Cuánto tardarían los susurros en volverse tan ruidosos como para tener que taparse los oídos entre el alboroto? Aquel pensamiento es una bola de indignación, pero dentro se esconde algo a lo que *Æthel* no quiere encararse. Es oscuro y pegajoso como la vergüenza y hiela el agua fresca. Se le pone la carne de gallina. Gruñe mientras se levanta, porque no va a ponerse a llorar, y entonces le sobreviene la sobrecogedora sensación de que la están vigilando.

Desnuda y empapada, busca el cuchillo, pero no hay nada contra lo que blandirlo. El canto de los pájaros se vuelve aletargado, la luz del agua se ha hundido hasta el limoso fondo y una estrella brilla desde lo alto. *Æthel* se viste de nuevo, con medio ojo puesto en los árboles. La mirada oculta la sigue hasta que el ajetreado oleaje del salón surge para reclamarla.

Ine está rodeado del acostumbrado matojo de nobles. Aunque le había hablado a Gweir y a ella de Geraint, no mencionó las raíces. Quizás no lo recuerda, o quizás *Æthel* no logra escalar el muro que ha surgido entre ellos. En cuanto a la petición de Geraint de llevar guerreros a Glestingaburg… tuerce el gesto. Solo una persona conoce la explicación y es su prisionero.

Se nota la ausencia de Ingild. Al parecer, sigue lamiéndose las heridas. *Æthel* hace una breve visita a la mesa para llenarse un plato de carne especiada antes de apoyarse en un dragón pintado para comérsela. No está de humor para compartir banco con los hombres que solo le muestran condescendencia. Al recostar la cabeza, mira al resto de criaturas que escalan los muros, con las garras estirándose hasta las vigas. Las hojas de oro brillan cobrizas a la luz del fuego.

—... podrían haberlo matado —dice una voz y *Æthel* aguza las orejas—. ¿Lo viste?

—Me perdí el rescate de Deorstan —replica un hombre con sequedad, el maestro de las caballerizas, Sinnoch—. Pero la he visto calmar a los caballos de una sola mirada.

—Un don semejante es difícil de hallar hoy en día... —El hombre se detiene ante el bufido de Sinnoch—. Lo que digo es que hubo un tiempo en el que en todas las familias había un domador de caballos. Ahora encuentras uno por generación, con suerte.

Æthel se acerca.

—¿Hay una domadora de caballos en Wiltun? ¿Una mujer?

Los hombres se sobresaltan y hacen apresuradas reverencias.

—Sí, reina *Æthelburg* —dice el compañero de Sinnoch, un hombre corpulento que se sujeta la capa con un broche desgastado que sugiere que pertenece a la baja nobleza. *Æthel* intenta recordar su nombre sin éxito. No ha pasado el suficiente tiempo en la corte para recordar el nombre de todos los parásitos—. Salvó a Deorstan de una buena paliza hace una semana o así.

—¿Sigue aquí?

—Dijo que buscaba trabajo. —El tono de Sinnoch parece insinuar que no se lo creía. *Interesante*—. Habría sido una grosería rechazarla. Y los caballos se hallan más tranquilos desde que está con nosotros.

—¿Antes no? —pregunta *Æthel* con el ceño fruncido.

—Llevan un tiempo inquietos, aunque no hallo el motivo.

Otra rareza que se sumaba a la creciente lista de rarezas.

—¿De dónde viene esta domadora de caballos?

—Tiene acento de Anglia. —Se percata de que Sinnoch lo considera un asunto espinoso y se traga una sonrisa. Seguro que le escocía verse desplazado por una extraña que para colmo era una mujer. *A lo mejor hago una visita a las caballerizas.* Se despide de los hombres con una inclinación de cabeza, pero ellos ya se han girado hacia el viejo poeta que afina la lira.

Es una noche cálida con un poco de viento. La víspera de Lammas. Los religiosos deben de estar preparando sus rituales, mientras los molineros y panaderos transforman en pan la primera cosecha. Sin duda los cazadores traerán un oso gigantesco para asarlo, y habrá música y baile y todos los divertimentos que solía disfrutar. *Æthel* se abraza a sí misma, pero su interior es gélido. Cuando era más joven las cosas habían sido distintas. Ahora, tras haber dejado atrás su treintavo invierno hace tiempo, la corte se le antoja un lugar peligroso, repleto de sonrisas punzantes y palabras que se susurran tras cada mano alzada. ¿Cómo disfrutar los festivales de la misma forma que antaño a sabiendas de que muchas de estas palabras versan sobre ella?

Las caballerizas están cerca, apenas a unas bocanadas de aire del patio que da al camino. Unas pocas antorchas están encendidas, pero parece que allí no hay ninguna. Encogiéndose de hombros, camina con calma por los cubículos. La paja fresca amortigua sus pisadas. Los animales asoman la cabeza para ver si les ha traído comida. *Æthel* les muestra sus manos vacías y, con resoplidos cargados de reproches, retroceden. Impera un reconfortante olor a almizcle en aquel lugar. Siempre se ha sentido intocable en la silla de montar, pero en la corte...

Aquel pensamiento se desvanece cuando se percata de la presencia de un caballo desconocido al final de la fila. Es una bestia demacrada que se acerca a sus últimos días. Su pelaje moteado está bien cepillado, pero apagado y parece malnutrido. Cuando lo mira a los ojos, *Æthel* se queda paralizada. Mira al caballo y este le devuelve la mirada y en su cabeza aparece una visión: una espesura ondulante como un océano de flores. Mareada, se tambalea...

...y unos brazos se aferran a ella. *Æthel* contiene la respiración. Su instinto la impele a luchar, pero los brazos no la aprietan; simplemente impiden que se caiga. Oye una respiración ahogada. La agarra con más fuerza y, durante un instante imaginado, un puñado de trenzas oscuras le cae por el hombro. El aroma que se le posa en la nariz es como un vendaval nocturno tras la lluvia.

Parpadea y desaparece, tan pasajero como la visión de las flores. Nadie se aferra a ella; nada en los hombros, el almizcle de los caballos y la paja se le mezclan en la nariz.

—Ten cuidado —dice una voz.

Æthel se da la vuelta. Hay una mujer en mitad de aquel espacio vacío. Con el cabello castaño trenzado a la espalda, lleva un sobrevestido casero con un amplio bolsillo en la parte delantera y un cuchillo le cuelga del cinturón. Nada fuera de lo ordinario, pero a *Æthel* se le acelera el corazón. La mujer se adentra en el remanso de luz de una antorcha y los ojos que *Æthel* había creído oscuros resultan poseer una veta de verde salvaje.

—Lo siento —se escucha decir y se le antoja ridículo. Son *sus* caballerizas. Es la manera en la que se conduce la mujer, más majestuosa de que lo que *Æthel* se ha sentido jamás. Tiene la boca seca—. ¿Eres a la que llaman domadora de caballos?

El rostro de la mujer expresa al fin una emoción: una sonrisa un poco triste.

—¿Eso dicen? Se me dan bien los caballos, pero no soy una domadora.

Æthel no se lo traga; el susurro de las cuadras ha cesado por completo. Ni una sola de las bestias se mueve.

—Eres *Æthel*burg. —No es una pregunta. Su mirada es directa y su tono carece de deferencia.

Æthel alza una ceja.

—¿Y quién eres tú?

La mujer se detiene, como si necesitara pensárselo.

—*Ælfrún.*

Quizás es su nombre real, o quizás no. No sería la primera mujer que se esconde tras uno nuevo.

—El jefe de las caballerizas dice que vienes de Anglia. —Ahora la propia *Æthel* se percata, por la manera en la que *Ælfrún* arrastra las palabras—. ¿Qué te trae al sur?

—Ya no es mi hogar. —Añade en un tono más suave— Pero me gustaría verla de nuevo. Antes del final.

Æthel se ríe.

—Hablas como quien está a punto de entrar en batalla.

—Lo... siento.

—No hace falta —contesta con su propia sonrisa—. Tengo pocas oportunidades de hablar con mujeres fuera de la corte. Y menos aún de discutir asuntos que no tienen que ver con qué sobrina se casará con qué sobrino, y qué esposa ha dado a luz a otra hija, y cháchara similar. Quizás no lo demuestre, pero nuestro maestro de caballerizas está impresionado con tu destreza. Si estás de acuerdo, me gustaría otorgarte el puesto de manera oficial.

Ælfrún inclina la cabeza, pero se las apaña para despojar de deferencia al gesto.

—Es una gentileza. ¿No debería presentarme ante el rey?

—Mañana te llevaré ante él. —Cuando se hace el silencio entre ellas, Æthel intenta hallar algo más que decir—. Sinnoch ha mencionado que los caballos estaban inquietos.

La mujer se acerca y Æthel siente su cercanía como un raro escalofrío que le recorre la piel. Es difícil discernir la edad de Ælfrún. Su rostro carece de arrugas, pero no se lo podría definir como *juvenil*. Su cabello es el de una persona que ha vivido pocos inviernos.

—He visto los efectos, pero no he descubierto el motivo —responde, mientras repasa con la vista las esquinas de las caballerizas—. Es como si les hubiera llegado el olor de una manada de lobos.

—Es imposible.

—¿Ha llegado alguien nuevo al asentamiento recientemente?

—Muchísima gente, sobre todo mientras el rey tiene aquí la corte. —Æthel frunce el ceño—. ¿Crees que la inquietud se debe a una persona?

—Hay ciertas cosas que parecen personas, pero no lo son. Engañan a los humanos, pero los animales son harina de otro costal.

—¿Ciertas *cosas*? —Se frota los brazos—. ¿Qué cosas?

—Cosas que no pertenecen a este mundo —dice Ælfrún con un tono aciago. A diferencia de Æthel, mantiene en calma cada centímetro de su cuerpo. Nada en ella delata que se trate de una chanza y Æthel recuerda aquella noche: las mujeres con rostros élficos en sus altas monturas, el cantar de las armas. *Herla*, piensa.

La mujer da una sacudida, junta las palmas y de pronto regresa la calidez a aquel momento.

—No quería inquietarte, mi… señora.

—No estoy inquieta. —A pesar de sus palabras, Æthel no se resiste a comprobar también los rincones de las caballerizas, sin saber lo que está buscando. En el exterior, una lechuza ulula, lo que la hace sobresaltarse. Tiene los nervios exaltados. La sensación de que la observaban en el río, aquellas visiones salvajes…—. Solo estoy un poco cansada tras el viaje. —*Parezco una noble lánguida*—. Hablaremos de nuevo mañana cuando te presente ante el rey.

—Creo que lo vi antes —dice Ælfrún con una voz extraña—. Un hombre orgulloso de rubios cabellos.

Æthel casi se ahoga.

—Viste a Ingild. Y *arrogante* sería un término más apropiado. —Reprime un escalofrío ante la idea de estar casada con él—. Mi esposo es Ine, su hermano mayor.

La mujer asiente con suavidad. Æthel tiene que pasar a su lado para alcanzar la puerta. Con cada paso, Ælfrún parece crecer, hasta que Æthel siente que transita junto a la sombra del gran coloso que Ine le describió una vez. Suelen considerarla una mujer alta, pero Ælfrún lo es más aún. ¿Cómo no se ha dado cuenta? Entonces sale bajo las estrellas y esa sensación de altura sobrenatural se desvanece. Æthel parpadea y arrastra la mano por los ojos para calmar el escozor. Debía de estar cansada de verdad.

Ine no está en su alcoba cuando Æthel decide retirarse, y tampoco se encuentra allí cuando despierta al amanecer, pero permanece la huella cálida de su figura. Æthel pasa los dedos por el espacio vacío. Se está enfriando como si ya olvidara que otra persona ha yacido a su lado.

Su estómago es una cinta de dolor. El motivo se vuelve evidente en cuanto se levanta: se le ha adelantado el sangrado. Mientras llama a Eanswith para que le traiga agua caliente, Æthel se quita la ropa interior sucia y se frota la espalda. La última vez que le vino tan fuerte, la herborista le había dado unas hierbas para que mascara. Aunque no le entusiasma que su amargura le cubra la lengua antes del desayuno.

Justo cuando empieza a preguntarse por qué la doncella tarda tanto, un rostro poco familiar se asoma por la puerta y Æthel recuerda que Eanswith se ha ido.

—Oh. —Intenta recodar su nombre—. Alis. Lo había olvidado. ¿Te has perdido por el camino?

La chica sacude la cabeza. Le queda un arduo trabajo por delante con ella, piensa Æthel, con la esperanza de que la madre de Eanswith se recupere pronto. *En el fondo soy una noble consentida.* Cuando los ojos de Alis se deslizan hacia su ropa interior, Æthel da un paso adelante.

—¿Podrías buscarme atavíos?

Cuando asiente, Æthel levanta el cubo de agua humeante y se esconde tras el biombo de madera para lavarse. Oye a Alis moviéndose por la estancia, de aquella manera tan silenciosa como incómoda. Después el suave rumor metálico de la cerradura. Mientras se seca, Æthel gruñe ante una nueva oleada de dolor. A lo mejor iba a tener que tomarse esas hierbas al final.

En lugar de la túnica y los pantalones, la aguarda un vestido bordado.

—Lammas —murmura como si fuera una maldición.

Con pena, Æthel se coloca una camisa interior de lino antes de echarse sobre la cabeza los pliegues de *añil y* verde. El borde es del mismo rojo que la elegante túnica de Ingild, con hilo dorado que rodea cada diamante en el tejido. Nada de atavíos prácticos en los días de festival. Hoy debe ser una reina. Æthel abre el joyero, un ingenio de marfil, lleno de polvo y saca un collar: un colgante doble de cuencas de cristal. Broches granates le sujetan el vestido a cada hombro, dos anillos y unos diminutos pendientes con forma de pez, lo mínimo que puede permitirse.

Solo cuando busca el cinturón con la mirada se da cuenta de que su ropa interior ha desaparecido. Æthel contempla el pedazo de suelo donde la había dejado y se abraza a sí misma. *Alis solo se la ha llevado para lavarla.* Pero ¿cuántos la verían y se percatarían de la persona a la que servía Alis? Ni siquiera puede amonestarla sin llamar la atención.

Cada mes, Æthel se encarga de esconder las pruebas de la ausencia de herederos en su vientre; no quiere echar más leña a los fuegos que se alzan contra ella en la corte. Cuando está de campaña, en el campo de batalla, puede enterrar el asunto junto a sus sentimientos. Pero la aguarda a su regreso, desenterrado por los susurros y gestos de desdén de los nobles. Aprieta con fuerza la mandíbula y le escuecen los ojos, sorprendentemente, por las lágrimas. Ine no se cansa de decir que la quiere, pero no debía amarla mucho si no le importaba dejarla indefensa. Sucede cada vez que vuelve a casa, cada vez que están juntos y Æthel no tiene una espada en la mano que la distraiga. Allí, se ve obligada a preguntarse por qué su marido se niega a asumir su responsabilidad. Allí, se ve obligada a preguntarse si desea un hijo o solo cumplir con su deber de parir un heredero. Esa mañana, con el estómago rugiéndole de dolor, Æthel es incapaz de decir qué parte del deseo de cumplir con esas expectativas surge de ella misma… y qué parte de la corte.

Se traga las lágrimas. Las joyas le resultan pesadas y emiten una cancioncilla de oro a su paso. No tendría que tolerar los rumores. Su palabra es la de Ine. Es la *reina*.

Ha llegado la hora de recordárselo a todos.

11

HERLA

Wiltun, Wiltunscir
Reino de Wessex

Se supone que tiene que presentarse en el salón. Una audiencia con el rey. Herla toma una ruta enrevesada, vagando medio curiosa por las calles. El día ha amanecido en medio de la excitación. La gente ríe y hace las labores diarias con manos más felices. Y el aroma a pan horneado lo permea todo. Es un olor que Herla recuerda de hacía mucho tiempo. Quizás también ha amasado con las manos como esa mujer, cuya falda está salpicada de harina. Quizás también le habían crujido los dientes con la corteza dura y caliente. Como si la imaginación tuviera el poder de hacer realidad lo que pensaba, la mujer alza la cabeza con un «¡Feliz Hlafmas!» y parte el pan para arrojarle un pedazo a Herla.

Mientras observa cómo el humo asciende en espiral por la mañana, se le ocurre que lleva siglos sin comer. No necesita comer. ¿Puede siquiera disfrutarlo? Quizás los alimentos humanos le sepan a ceniza ahora que ha degustado la comida de las hadas. No había tragado nada sólido desde el festín de Gwyn.

Herla avanza un poco antes de morder el pan. Sal. Levadura. La cálida humedad del trigo. Se lo traga y presiona la mano contra la boca. Siente el pedazo en su interior como un ancla, como un carbón ardiente, como un... la sensación se desvanece y quiere reírse. Se estremece por un trozo de pan. *Me he convertido en una extraña para la vida.*

Al perder equilibrio por poco no percibe la diferencia. Se da cuenta cuando atraviesa las puertas del gran salón: el aroma del Otro Mundo. Herla toma una bocanada de aire, medio esperando que la reciban las crueles sonrisas de Caer Sidi, pero no ve más que hombres bebiendo y jugando a los dados mientras le sacan brillo a las espadas y a las historias. Los nobles se amontonan en grupúsculos cuchicheantes; las mujeres tejen sentadas en círculos. Los muros están pintados y los postes en los que se apoya la segunda planta, de la mitad del tamaño de la primera, contienen bestias y figuras talladas con destreza en la madera. Todo está en su lugar... excepto por el olor maduro de algo que no pertenece a ese lugar. Herla ensancha las fosas nasales. Se lleva la mano a la espada.

—Me temo que nadie ha venido a pelear.

Æthelburg lleva un vestido verde de lino. Tras recuperar la compostura, Herla suelta la espada escondida y se descubre mirando el cuello de la reina, adornado con cuentas.

—Es una lástima —añade Æthelburg con sutileza.

Tiene las manos callosas de los guerreros y, a diferencia de otras nobles, la piel tostada por el sol. Herla sabe hasta qué punto es morena porque la observó el día anterior mientras se bañaba en el río. Se le acelera el pulso ante el recuerdo; le había costado trabajo permanecer en el sitio. Y luego, en las caballerizas, temblorosa ante la sensación de sostener a la reina en los brazos, cuando casi había perdido el control de su engaño. Algo parecido a la furia de la cazadora, pero más suave y cálido le arde en las venas.

¿Quién le impediría tomar lo que se le antojara? *¿No era ella la señora de la Cacería?*

—Buenos días, mi señora —murmura Herla. Æthelburg abre los labios y hay un creciente rubor en sus mejillas, como si escuchara todos los pensamientos de Herla. Con un asentimiento, se da la vuelta rápidamente y la guía al interior del salón.

La reina no es la única que luce sus mejores galas. Se exhiben gran cantidad de oro y ropajes teñidos de tejidos finos para el verano. Dos sillones se alzan sobre los bancos y en uno se sienta el hombre cansado que Herla vio el día anterior. A primera vista, parece el menos regio de los señores, con brazaletes en los brazos y barbas ungidas de aceite. Pero cuando el hombre alza la mirada para encontrarse con la de Herla, se lo piensa mejor. Sus ojos son oscuros, moteados del mismo oro que las joyas. A diferencia de muchos otros, se afeita la barba. Y hay algo… familiar en él que no acaba de ubicar.

—Ine —lo llama Æthelburg, y su voz resuena por encima de las bromas masculinas—. Esta es Ælfrún, la domadora de caballos.

Cuando Herla hace una reverencia, surgen los susurros. Æthelburg tuerce los labios. Pero si ha hecho algo malo, el rey no lo hace notar. En lugar de eso, se baja del sillón.

—Eres bienvenida aquí, domadora de caballos. ¿Es cierto lo que me han dicho? ¿Vienes de Anglia?

—Sí. —Todavía intenta reconocer la sensación familiar—. He dejado mi hogar.

—Bien, tienes mi bendición para permanecer en Wessex siempre que el maestro de caballerizas esté satisfecho con tu trabajo. —Sus extraños ojos vagan hacia la mujer junto a ella—. Desde luego has impresionado a mi esposa.

Las mejillas de Æthelburg se tiñen de rojo. Sacude la cabeza como para librarse de ello y dice:

—¿Te unirás a nosotros en el festín de Lammas, domadora?

Herla está a punto de rechazar la oferta, pero se siente dubitativa. Significaría pasar más tiempo en el salón, donde el aroma del Otro Mundo es más fuerte… asiente.

Æthelburg parece satisfecha antes de desanimarse un poco.

—Supongo que hemos de realizar los rituales antes.

—Por supuesto —dice una voz aproximándose: hombre avejentado con los ropajes de sacerdote. Del cuello le pende una elaborada cruz con gemas engastadas; se balancea con cada paso—. Majestades, ¿me acompañaréis a la iglesia?

Parece que el rey sajón hubiera preferido encaminarse a la batalla. Antes de que Herla tenga ocasión de escabullirse, Æthelburg le agarra la manga.

—Acompáñame.

Preferiría explorar mientras el salón queda desierto, pero alguien del estatus de Ælfrún no puede negarse. Y quizás haya otro motivo por el que se deja arrastrar. Como si de verdad fuera una mujer lejos de casa, fascinada con el esplendor de la corte real. Fascinada por la mano de la reina en su brazo. No es difícil fingir; sabe muy poco de la gente de esa era. Una cazadora no pretende entender a sus presas.

Las almas atrapadas en la suya se agitan con ese pensamiento. Si Herla se concentra, puede distinguir voces individuales en el gentío. Es una novedad. Inquieta ante el hecho de que cada vez le pesen más, decide dejar de prestarles atención y le pregunta a Æthelburg:

—¿En qué consiste ese ritual que has mencionado?

—Oh, es Lammas —dice la reina sin mucho afán—. Llevamos pan a la iglesia, el obispo lo bendice y después se entierra un pedazo en cada rincón del granero para proteger la cosecha.

—Parece que no lo apruebas.

Al contrario que otras mujeres que descienden con parsimonia por la amplia escalinata, Æthelburg se recoge las faldas para no romper el ritmo de su zancada.

—Me parece inútil. Si Dios quiere quemar el granero o enviarnos una plaga de insectos que arruinen el grano, lo hará. Un poco de pan no puede hacer gran cosa para detenerlo.

Herla suelta una risilla y casi se detiene. Su risa no es el júbilo de una cazadora victoriosa ni el humor vacío de los que buscan venganza. Después, incluso el peso de las almas parece disminuir. Se lleva la mano a la boca, inquieta.

—¿Es tuyo? —pregunta Æthelburg, y aquella sensación arde para convertirse en furia contra la pequeña y esbelta figura que trota hacia ellas: Dormach en su apariencia de sabueso. *Te dije que no te acercaras,* piensa Herla mientras mira al perro de Gwyn. De nuevo se le ha ido la mano al arma; los dedos se ciernen sobre la empuñadura. Pero Dormach es una criatura del Otro Mundo, quizás ni siquiera se le pueda dar muerte. O no sin que Gwyn se enterara.

—¿Ælfrún?

—Me sigue a todas partes —dice Herla, fulminando al sabueso con la mirada—, así que supongo que es mío.

—Un perro de caza —señala la mujer.

Herla la mira de reojo. ¿Cuánto recuerda la reina de la noche en la que el sabueso brincó? Se habían mirado la una a la otra. Se siente segura de que habían compartido algo. A menos que se estuviera dejando llevar por su propio deseo. ¿Qué pensaría Æthelburg si Herla se deshacía de su disfraz?

A lo mejor no le gusta la respuesta a esa pregunta porque desvía su atención a las calles, ignorando, de momento, al sabueso que las sigue. La gente aguarda en los umbrales para saludar a la comitiva del rey. Los niños cuelgan de los marcos. Herla observa cómo miran a Æthelburg: la reina parece una figura divisiva. Los más jóvenes tienden a sonreírle y Æthelburg les devuelve el gesto. Las mujeres mayores la miran de reojo, con la lengua entre los dientes, como si quisieran refrenar unas palabras que más tarde lamentarían.

Una ráfaga de color sobre el camino anuncia la iglesia antes de que la alcancen.

—Son vidrieras. —*Æthelburg* señala las ventanas con un gesto de la cabeza cuando se percata de que Herla las está mirando—. Es una técnica reciente. Muy bonita y muy cara.

—¿Entonces eres cristiana?

—¿Y quién no? —dice *Æthelburg* en voz baja, haciendo girar la pequeña cruz de plata que lleva. El rey también tiene una—. Sobre todo, cuando Hædde te echa el aliento en el cuello.

Herla baja la voz para igualarla.

—Pero estás casada con el rey.

—Incluso los reyes deben inclinarse ante Dios. —Hay una sombra de sospecha en la manera en la que *Æthelburg* frunce el entrecejo—. No me cabe duda de que a Ealdwulf de Estanglia le sucede lo mismo.

Su disfraz no resistiría ningún desafío serio. Herla siente una sobrecogedora urgencia de deshacerse de él, impaciente ante tantos preludios y charlas ociosas. Se impacienta con demasiada facilidad y el ardoroso sol lánguido llena las calles. Si pudiera correr, si pudiera *cabalgar*... Pero eso es justo lo que Gwyn esperaría de ella, y gruñe en silencio. No huirá como un animal demasiado salvaje para vivir con los suyos.

Æthelburg suspira cuando se refugian bajo la fría piedra de la iglesia. Tiene la frente lustrosa y se tira del vestido, lo que deja expuesta su clavícula, a la que Herla no puede evitar mirar. Antes de darse cuenta, el suspiro ha despertado más recuerdos decididos a derramarse por su mente.

Intenta apartarlos, pero en la hipnótica cadencia del latín del sacerdote, puede oír a los soldados y mercaderes, escribas y estudiosos. Sus voces llegan a ella desde un lugar distante, varios siglos bajo tierra. Es la lengua de quienes le arrebataron la libertad, de los amos que azotaron a Boudica, le robaron su herencia y violaron a sus hijas. Herla aprieta los puños. Lo ve de nuevo. Le había temblado la mano mientras contenía la sangre de las heridas del látigo. Boudica no había pronunciado una palabra. Los ojos le ardían, pero algo en su interior había perecido y nunca llegó a resucitar, mientras mataba a los hombres romanos y a las mujeres con bebés en los brazos.

Planté las semillas de mi destino. El latín es eterno en sus oídos. *Cuando adopté la furia de Boudica. Cuando también dirigí la espada a gargantas de niños.*

No se percata de que está temblando hasta sentir un ligero roce en el brazo. La reina no habla, pero sus ojos le preguntan si se encuentra bien.

Es un alivio cuando el ritual termina en el granero: un edificio de piedra que ya rebosa de la cosecha de los segadores y la labor de los molineros. El rey toma las esquinas norte y oeste; Æthelburg las del sur y el este. Después, se dispone a sacudirse las manos en el vestido, pero se detiene con un improperio en el último segundo. Apenas ha mirado a su marido ni una vez. Incluso Herla se percata de la tensión entre ellos y no puede evitar preguntarse el motivo.

—Espero que me hables más de ti —dice Æthelburg mientras caminan por delante del rey y sus guardias—. Durante el festín.

—No hay mucho que contar.

—Entonces invéntate una historia. —Æthelburg alza la vista al cielo—. Tendrás tiempo de sobra mientras todos comen y bailan y beben hidromiel hasta reventar.

El cabello de la reina le cae por el cuello, revelando una suave amplitud que Herla imagina raspando con los dientes.

—¿No te gustan los festivales?

Su voz le suena ajena incluso a ella, pero Æthelburg solo se encoge de hombros.

—Si soy honesta, me resultan tediosos. —Por todas partes, se oye a la gente dejando atrás el trabajo. Los niños corren por las calles, con brillantes trozos de tela en las manos—. ¿Lo ves? —La reina inclina la cabeza en su dirección—. Los amarran al roble viejo junto al pozo. Cada uno es un deseo. —Se ríe y es un sonido ronco y adorable—. Yo también solía jugar.

—¿Y qué deseabas? —inquiere Herla sin poder contenerse.

—Oh, lo mismo que todo el mundo. Un buen matrimonio. Un esposo amable. —Æthelburg estira los brazos envueltos en verde como si intentase impedir que se le escapara el recuerdo—. Un año pedí que Leofe me besara, era una chica de labios tan suaves. —Baja los brazos de pronto y mira al frente—. Solo Dios sabe por qué he dicho eso.

A Herla se le queda atorado el aire en la garganta.

—¿Cómo sabías que tenía los labios suaves?

Cuando la otra mujer se gira, esboza una sonrisa y se le asoma una arruga en la frente.

—Mi deseo se hizo *realidad* al año siguiente —le dice con cierta malicia— cuando teníamos catorce años. —Antes de que Herla pueda inquirir sobre los otros deseos, los que conciernen a su matrimonio y su esposo, Æthelburg añade—. ¿Te gustaría salir a cabalgar?

La reina se refiere a un pasatiempo, a un goce. La Cacería le ha dado tanto peso a esa palabra que casi parece haberse *convertido* en ella. Pero entonces recuerda cómo había cabalgado hasta allí con la noche en los oídos y el viento en el rostro. ¿Cómo sería cabalgar de aquella forma con *Æthelburg* a su lado?

—Sí. —La palabra se escapa con un deseo tan afilado que se apresura a añadir—. Mi señora, ¿no tienes responsabilidades?

—Parece que solo me llamas *mi señora* cuando te acuerdas. —*Æthelburg* le regala otra sonrisa torcida—. Así que mejor di mi nombre. Y no. —Al dirigir la vista al gran salón, la sonrisa se desvanece—. Dudo que me echen de menos. Espera mientras me cambio de ropa. Puedes enseñarme tu destreza con los caballos y yo te enseñaré los caminos que solía recorrer con mi madre.

Herla la observa desparecer en el salón. Es un comentario extraño para una reina: alguien que debe situarse en el corazón de la corte. Sigue a *Æthelburg* hasta el umbral y de nuevo la sobrecoge el aroma del Otro Mundo. La idea de la gente de Gwyn rondando a *Æthelburg* le pone los pelos de punta. En las profundidades de su pecho, se agitan las llamas. La embriaguez de un corazón desatado, ¿de dónde ha venido tan de repente, inesperado? Herla vuelve a pensar en la noche que vio a la reina, cubierta de sangre y batalla. El pasado se ha abierto camino en su interior y *algo* ha surgido, largamente olvidado. Había fallado el golpe. *Æthelburg* es la primera mortal a la que no logra matar. La primera en romper el patrón de la maldición. ¿Qué significa?

Le llegan unos gritos del exterior y se da la vuelta a tiempo de ver a un hombre bajar de su caballo con pinta de estar a punto de desplomarse, mientras los flancos se agitaban por el esfuerzo. Un grupo ya lo ha rodeado y lo ayudan a levantarse cuando le fallan las piernas.

—Debo ver al rey —balbucea. Tiene en las sienes un tajo oscuro.

—¿Quién va? —Æthelburg viste de la misma forma que Herla la ha visto otras veces: con una túnica y pantalones. Corre por la escalinata con los ojos fijos de inmediato en la sangre que cubre el rostro del hombre—. ¿Quién es, Leofric?

—Ceolmund —dice el hombre con la voz ahogada, aferrándose a la persona que lo sostiene—. De Scirburne. Trabajo la tierra del gerefa. Llevo toda la noche cabalgando. —Su expresión se desmorona de pronto—. Nos han atacado.

—¿Un ataque? —inquiere Æthelburg con avidez. Algo se ha encendido en su interior—. ¿De quién?

—No lo sé. —Pero el hombre desvía la mirada al decirlo—. Fueron a por los wealas. Como si pudieran distinguirlos de un vistazo. Y cuando mi hijo, cuando Pæga —el nombre pasa en un sollozo— intentó detenerlos, también lo mataron. Se desangró en mis brazos.

—¿Y qué pasó con el resto? —Llega una voz y Herla se gira para ver al rey, con dos hombres flanqueándolo.

Ceolmund hace una reverencia.

—Los asesinos se marcharon después, mi señor. Estaba oscuro. Muchos huyeron. He venido a traer las nuevas antes de que el rastro se enfríe. —Enseña los dientes—. Para que alguien pague por la sangre derramada.

—Dices que era sangre de wealas —tercia uno de los hombres que acompaña al rey. Luce oro en las orejas y las manos—. ¿Acaso hace falta perturbar a la corte en Lammas por algo tan trivial?

Los ojos del rey relampaguean.

—Un asesinato nunca es *trivial*, Edred. Esa gente está bajo mi protección. Nuestras leyes así lo recogen.

Edred esboza una sonrisa en cuanto Ine vuelve a girarse hacia el mensajero y Herla está segura de que no es la única que se percata.

—¿Por qué los britanos? ¿Atacaron a alguno de los nuestros?

—No lo sé con certeza, mi señor. Pero no perdonaron a mi hijo.

—Es un pobre consuelo, lo sé, pero yo mismo pagaré por su wergeld, como agradecimiento por traer las nuevas con tanta celeridad.

—Partiré de inmediato a Scirburne —dice *Æthelburg*—. Comprobad la historia de este hombre. Si hay cualquier rastro que conduzca a los responsables, lo encontraré.

La expresión del rey se desmorona. Agita la mano como si quisiera estirarla hacia ella.

—Acabas de regresar a Wiltun, *Æthelburg*. Que vaya otra persona.

—No confiaré en otra persona. Este ataque ha tenido lugar en el corazón de nuestro territorio, que hemos considerado seguro durante tanto tiempo. Es mi deber.

Ine cierra los ojos durante un instante. Sin embargo, reconstituye la expresión de una forma que parece ensayada.

—Pensé que quizás querrías permanecer conmigo un tiempo. Pero si es lo que deseas... —Se gira hacia el hombre a su lado—. Ve con ella, Gweir.

—Majestad...

—Sin discusiones. —Suaviza el tono—. Me las apañaré sin ti por unos días.

El mensajero sacude la cabeza.

—Vinieron y se fueron como las sombras. Temo que no dejaron muchas pistas.

Æthelburg se queda paralizada.

—¿A qué te refieres?

—Pues... nada. —Ceolmund se lleva los temblorosos dedos a la sien—. Me golpeé la cabeza. No confío en mis recuerdos.

Edred chasquea la lengua disimuladamente. Leofric aparta la mirada como si sintiera vergüenza. Tras unos instantes, Herla se da cuenta de lo que pasa: *Æthelburg* piensa que *ella* es la responsable del ataque. No es una idea improbable excepto por el hecho de que nunca ha elegido a sus víctimas. La espada de Gwyn anhela almas; no le interesa a quienes pertenecen en vida.

—No —responde el hombre, sin percatarse de la tensión que cruje a su alrededor. Se hunde en los brazos de Leofric—. Suena imposible. Los wealas dijeron que había varios, pero yo solo vi uno. Un hombre. Llevaba oro en la frente. Como una corona.

Sus palabras dejan a todo el mundo perplejo. Aun así, Herla, cuyos ojos de lince no dejan pasar nada, se percata de que Ine se ha sobresaltado un poco. Las mejillas del rey están pálidas cuando traga saliva y busca a su esposa.

— Æthel, ten cuidado, te lo ruego.

Se sujetan los antebrazos como parientes. Durante un instante fugaz, el hielo de los ojos de Æthelburg se derrite antes de girarse.

—Trae mi caballo, Ælfrún —le dice—. Y después tienes el resto del día libre.

Herla inclina la cabeza, obediente, pero ya ha decidido que va a acompañarla.

12
ÆTHELBURG

Scirburne, Dornsæte
Reino de Wessex

Hay un grupo de quince para cuando llegan al asentamiento. Es pequeño pero cada vez hay más gente; casas cuadradas brotan en torno a la abadía nueva como setas. El edificio no está terminado. Los masones deberían estar allí, aprovechando el buen tiempo. En lugar de martillos y cinceles, encuentran el graznido de los expectantes cuervos. *Æthel* no puede evitar interpretarlos como un presagio. Un persistente aire sombrío pende sobre el lugar; percibe de manera inexplicable que un gran acto de violencia tuvo lugar allí.

El grito de un niño saca a la gente tambaleante de sus casas. Escudriñan el grupo de *Æthel* con ojos aterrorizados. Desmonta de inmediato y alza las manos. El anillo del sello —la única joya que siempre lleva encima— resplandece dorado bajo el sol. Y puesto que solo hay una mujer que vista armadura y el blasón del rey, la reconocen. Unos gritos de alivio se extienden entre el gentío, hasta que un hombre se abre paso al frente.

—Reina *Æthel*burg. —Sus atavíos son mejores que los de los campesinos sobre los que rige, pero los ropajes están arrugados, como si hubiera dormido con ellos puestos—. Soy Eadgar, gerefa de Scirburne. ¿Os acompaña el rey?

—Claro que no. —Suena más seco de lo que ha pretendido—. Mi esposo tiene muchas obligaciones. Acabamos de volver de Gifle.

—Perdonadme —dice, mientras se retuerce las manos—. Todos estamos muy nerviosos. Por favor, mi señora.

Los guía hacia el edificio de mayor tamaño.

Gweir ordena a los hombres que registren el área antes de seguir a *Æthel* hacia el interior. El día es caluroso y no se está más fresco bajo el robusto techo de madera del salón; si es que posee el tamaño suficiente como para llamarlo salón. Las gotas de sudor se deslizan como cuentas por la frente de *Æthel* y acepta agradecida un vaso de cerveza.

—Cuéntame lo ocurrido.

—No me creeréis —confiesa Eadgar sin artificios.

—Tu mensajero, Ceolmund, mencionó un hombre con una corona.

El gerefa se sobresalta.

—Sí, él era el líder.

—¿Cuántos eran?

—Solo vi al líder, pero los wealas que viven entre nosotros gritaban que había otros. Era inequívoco, como si supiera dónde vivían cada uno de ellos. —Traga saliva—. Ya los hemos enterrado. Hace demasiado calor para dejar cadáveres a la intemperie.

—¿Hubo algún superviviente que escapara?

—Unos pocos.

Æthel se gira hacia Gweir que se ha puesto muy rígido.

—Averigua si los supervivientes saben algo más. —Cuando asiente, la reina se levanta a su vez, presa de una súbita necesidad de estar bajo el sol—. ¿Han dejado alguna marca los intrusos? ¿Una pista sobre su identidad?

—Vinieron y se fueron sin decir una palabra ni soltar un grito.

—Eadgar la acompaña ⸀   ⸍—. El hijo de Ceolmund intentó luchar contra ellos, pero le dieron muerte como a los wealas. Con un único golpe directo al corazón.

—Una ejecución —murmura *Æthel*. Con los brazos cruzados sobre el pecho, mira al pueblo, a las casas y la abadía a medio construir; un escenario improbable para una batalla. No era un campo de batalla en absoluto. Esos (carece aún de nombre para ellos) *asesinos* vinieron con un solo propósito—. Muéstrame dónde has enterrado a los muertos.

Eadgar la conduce al cementerio, que está dividido en dos: la parte más grande y soleada para los fallecidos sajones y la más pequeña para los wealas. Aunque no la sorprende, aquella visión la golpea con dureza. *Incluso como cadáveres no somos iguales.* Los montículos recientes están amontonados. No sabe qué espera encontrar, pero no es a la mujer arrodillada frente a uno de ellos.

—¿Ælfrún?

La domadora de caballos se alza con parsimonia.

—*Æthelburg.*

Imprime tanta intensidad al nombre que *Æthel* por poco retrocede. Es por la fuerza que emana la otra mujer, como si la piel no pudiera contener todo lo que tiene dentro. *Æthel* sacude la cabeza y se recompone.

—Vive Dios, ¿qué haces aquí?

Quizás Ælfrún percibe su inquietud. Sonríe y dice:

—Me intrigó la historia de ese hombre. Sabía que no me permitirías viajar contigo así que he venido sola.

—¿Cómo has llegado antes que yo?

—He cabalgado toda la noche.

Desconcertada, *Æthel* se descubre alzando la cabeza para sostenerle la mirada a Ælfrún; se le sigue olvidando lo alta que es. La mujer viste igual que antes, con una falda que es completamente inadecuada para montar a caballo. Pero, en fin, es una domadora de caballos. Probablemente podría cabalgar con un vestido de seda.

—¿No se te ocurrió que a lo mejor era peligroso?

Ælfrún inclina la cabeza hacia un lado contemplando a *Æthel* como si fuera una curiosidad.

—¿Estás… preocupada por mí? —La idea parece haberla dejado perpleja.

—Bueno, ¿cómo puedo estar segura de que sabes cuidar de ti misma? —Consciente de que el gerefa estaba por los alrededores, la embarga un extraño rubor—. ¿Qué pensabas que lograrías aquí?

La domadora de caballos se sacude las manos en la falda. Están embadurnadas de barro, se percata *Æthel* con creciente inquietud. Tiene los dedos fuertes. ¿Qué estaba haciendo *Ælfrún* junto a la tumba?

—Pensé que podría hacer algo para agradecer la ayuda que me has prestado.

—Me habría bastado con un *gracias* —susurra *Æthel*, pero entre su inquietud hay enterrado un destello de placer secreto. Ninguna otra de las mujeres que conoce la habría seguido hasta allí. Lejos de la protección de la corte, con hombres como única compañía. Mira a *Ælfrún* con ojos nuevos, percatándose tardíamente de los músculos de sus brazos, de la espalda flexible y recta. Tiene la postura de una guerrera, comprende *Æthel*. El vestido no puede disimularlo. De pronto recuerda las cabellerizas y los brazos que la habían agarrado, aquel fugaz apretón, y siente una vaga calidez en las mejillas.

—¿Conocéis a esta mujer, mi señora? —inquiere Eadgar, obviamente confuso.

—Es mi domadora de caballos. —*Æthel* se da la vuelta antes de que el regidor pueda plantear más preguntas—. A lo mejor Gweir está esperando para comunicar los resultados de sus pesquisas. Ven, *Ælfrún*.

—Mi señora —murmura y un extraño temblor recae sobre *Æthel*, algo que no ha sentido en mundo tiempo. También está en la mirada de *Ælfrún*, cada vez que se encuentra con la suya. Esa intensidad. Casi le da miedo.

—¿Podemos hablar a solas? —dice Gweir en cuanto la ve. Acaba de salir de una casa con un tejado de paja que necesita una reparación urgente. La mujer en el umbral le sostiene la mirada a *Æthel*;

bajo las rojas marcas de su duelo se esconde una condena. Gweir parpadea cuando ve a Ælfrún y alza una ceja, pero Æthel le indica con un gesto que continue—. Culpan a la muerte de Geraint —dice en voz baja—. Sobre todo, porque el ataque sucedió pocas horas después de que se enteraran de la noticia.

Frunce el ceño ante la puerta de la casa, que ya se ha cerrado.

—¿Y qué tiene que ver Geraint en todo esto?

—El legado de Dumnonia —dice Gweir—. Sabes que tiene poder. Lo presenciaste la noche que murió.

Æthel se percata de que Ælfrún escucha con atención.

—¿Y?

—Piensan que han perdido su protección.

—¿Contra qué?

—Lo que sea que les ha dado caza. —Gweir se muestra dubitativo—. Nada vivo, según dice.

Quizás, tiempo atrás, se habría leído y llamado a los wealas un puñado de paganos supersticiosos, pero sigue dándole vueltas a la historia de Herla… y también se han reído de ella. Por tanto, Æthel se queda allí barruntando las palabras mientras una nube se traga el sol.

—¿Crees que es probable que Scirburne sufra otro ataque?

—No.

Espera a que continúe, pero Gweir no dice nada más. Había pensado que Ine había enviado a su gesith con ella porque habla la lengua de los wealas. Ahora Æthel no está tan segura. Sabe algo sobre Geraint y el poder que el rey de Dumnonia usó para luchar contra Herla. A lo mejor no está dispuesto a hablar delante de Ælfrún.

—Lo discutiremos más tarde —decide—. Si piensas que el asentamiento está a salvo, respetaré tu buen juicio.

—Mi señor. —Aunque el acento tiene la musicalidad britana, el hombre que se acerca a ellos viste como un sajón, igual que el resto de la gente de Scirburne, y habla anglosajón—. ¿Me permitís formularos una petición?

Gweir inclina la cabeza.

—Si la reina lo permite, podéis formulársela a ella directamente.

El hombre abre los ojos como platos.

—Tengo familia al norte en Sceaptun, majestad. Por favor, están en peligro.

—Nos queda bastante lejos del camino. —Ine debería oír aquello. Afirmó creer su historia sobre las jinetes. Mientras que otros se reirían, Æthel está segura de que él escucharía. La embarga un aleteo de resentimiento. Al menos, eso sí que lo escucharía—. ¿Qué te hace pensar que están en peligro? —le pregunta al pueblerino.

Se humedece los labios agrietados a causa de largas jornadas bajo el sol y el cielo, incómodo, y después dice algo ininteligible. Gweir responde algo entre dientes y Ælfrún suelta una exhalación; obviamente Æthel es la única que no entiende.

—¿Hablas la lengua de los britanos? —le pregunta a Ælfrún con tono exigente. Gweir también mira a la domadora de caballos, con la suspicacia reflejada en el rostro.

Ælfrún se encoge de hombros, como si no se diera cuenta o no le importara.

—Mi madre me la enseñó. Era britana.

Æthel se guarda el torrente de preguntas. Tendrían que esperar a más tarde.

—Gweir, ¿qué ha dicho?

Una ráfaga agita el cabello cobrizo del guerrero, que le acaricia los hombros. Æthel se percata de lo tensos que están.

—Su familia porta la antigua sangre.

Antigua sangre.

—¿Te refieres al legado de Dumnonia?

La boca del britano es como el borde redondo de una jarra de hidromiel; incluso la más nimia mención al paganismo conlleva estrictas penas de la Iglesia. Escucharla decir aquello en voz alta…

—Puedes hablar sin temer repercusiones —le asegura Æthel.

—No es el legado, sino la herencia, y solo vestigios —susurra tras un rato, volviendo al anglosajón—. Solo el rey puede entrar en comunión con la tierra. Mi hermana y su marido saben hacer trucos como prender la hoguera o ayudar a un niño a dormir. Mi madre también.

—Comunión con la tierra —repite Æthel con lentitud—. ¿Eso es lo que hacía Geraint? ¿La luz plateada que vi?

El britano asiente con aire sombrío, y Æthel no se aviene a culparlo por su aire censurador. Su propio cuñado es responsable de la muerte de Geraint, al fin y al cabo.

—Así que quienquiera que matara a los britanos de esta aldea, lo hizo porque tenían vestigios de la antigua sangre.

—No habita en mi interior. Estoy seguro de que gracias a eso he sobrevivido.

Æthel empieza a discernir una forma en el oscuro océano de lo que desconoce. Geraint tenía la intención de llevar a los hombres a Glestingaburg, pero no ha tenido tiempo de obtener la verdad de Cadwy. *Ingild*, lo maldice en silencio, *ojalá hubieras sido menos imprudente*.

—Estas nuevas deben llegar hoy a Wiltun sin tardanza. —Agarra a Gweir del antebrazo—. Sabes tanto como yo. Nos dividiremos. Yo me encaminaré a Sceaptun para ver si puedo averiguar algo más.

Gweir niega con la cabeza antes de que termine de hablar.

—Le prometí al rey que os protegería.

—¿Acaso me ha hecho falta alguna vez? —dice con cierta acidez, mientras lo suelta—. Si alguien precisa de protección es mi esposo. —Baja la voz para que el britano no pueda escucharla—. No he olvidado lo que vi en Gifle. —Æthel sabe que también vive en la mente del guerrero: el recuerdo de Ine rodeado de aquellas raíces. Gweir arruga la frente con fuerza, la expresión de un hombre dividido. Pero es el único argumento del que dispone—. También hay britanos en Wiltun —le recuerda y observa cómo el otro se desinfla—. Quizás estén en peligro.

—Yo iré con ella.

—Tú. —Gweir muestra una expresión severa ante Ælfrún—. Eres una extraña. Ignoro si eres capaz de protegerte a ti misma, ¿cómo podría confiarte a la reina? Lady Æthelburg, debéis llevaros a mis hombres.

—Me llevaré a la mitad —dice y alza la mano previniendo la protesta—. Y estoy segura de que Ælfrún sabe cuidar de sí misma o no habría cabalgado hasta aquí con tanta temeridad. —Emplea un tono mordaz. Ælfrún confesaría sus secretos o Æthel la desterraría. A pesar de que bien podrían convertirse en amigas y sin importar los sentimientos de... sentirse atraída hacia esa mujer. Æthel se apresura a enterrar aquel pensamiento final.

—Gracia, mi señora —dice el aldeano, recordándole su presencia—. Juro que os devolveré vuestra gentileza.

Æthel inclina la cabeza, satisfecha de que al menos aquel hombre no cuestione su destreza. El gerefa se muestra encantado de proveerles para su improvisado viaje al norte, aunque le confunde aquella Ælfrún vestida con faldas. Casi podría hacerse pasar por una doncella si no fuera por el exceso de orgullo en su barbilla. Mientras más tiempo pasa a su lado, más convencida está Æthel de que la domadora de caballos es una noble exiliada. Nada en ella da fe de la vulgar cuna de la que presume excepto sus atavíos y los atavíos se pueden cambiar.

—No os diré que tengáis cuidado —dice Gweir, mientras Æthel se sube al caballo. Ælfrún monta la bestia avejentada que vio en el establo, que debía ser más formidable de lo que parecía—. *Pero si una mera fracción de lo que dice esta gente resulta ser cierto...*

—Sabré defenderme. —Incluso mientras lo dice, Æthel se pregunta si es cierto. Está acostumbrada a pelear contra los rebeldes y los wealas, hombres normales y corrientes. Lo que ha pasado en ese lugar no es corriente en absoluto. Se le ocurre mirar a Ælfrún solo para comprobar que ella también la está escudriñando. Æthel se estremece de nuevo y espolea la montura. Se dirigirían al asentamiento que los romanos denominaban Lindinis y después tomarían la larga carretera que se origina allí y va directa a Sceaptun. Y, quizás durante aquel largo trayecto, averiguaría el verdadero motivo por el que Ælfrún ha venido a Wessex.

13
INE

Wiltun, Wiltunscir
Reino de Wessex

Cuando brota nuevo trigo del pan enterrado, la gente dice que es un milagro.

Ine lo mira de pie con el rostro pétreo. Solo han transcurrido unos pocos días desde Lammas.

—¿Por qué solo dos esquinas? —pregunta Nothhelm, con la voz preñada de burla. Hace girar una espiga de trigo, que le llega hasta la cintura—. ¿Dios solo está medio contento con nosotros?

—No blasfeméis, rey Nothhelm —dice Hædde con aire precavido—, sobre todo en presencia de la obra del Señor.

Ine se da cuenta de que el obispo ha posado los ojos en él y percibe una duda controlada en su voz. Por irónico que suene, los hombres de la fe siempre son quienes más suspicaces se muestran ante cualquier suceso con pinta de milagro. Hædde no cree que se trate de un acto divino. Pero todo lo que *no* es divino se considera lo contrario: pagano, de las antiguas tradiciones... magia. Traga saliva.

—Sentí su presencia en el granero aquel día.

—El reino cuenta con su bendición —dice Hædde, doblando las manos en un gesto pío y esforzándose por parecer sincero—. Deberíamos preparar pan para la comunión con este trigo.

—Dispón que así sea, por favor —le dice Ine al sirviente que le ha traído la noticia del *milagro*. Tiene las palmas sudorosas y se da la vuelta.

—¿Podríamos hablar a solas, mi señor?

Ine se queda inmóvil. *Eres el rey*, se recuerda. *Tienes todo el derecho del mundo a rechazarlo.*

—Vayamos entonces a la cámara del Witan —susurra, aunque es el último lugar al que desea ir. Su mente se le antoja más inestable allí. Ha visto más de una vez al espectro de Cædwalla. Mientras ascienden por la escalinata del salón, se refriega la cara con una mano. *Se me acaba el tiempo.*

—Majestad —empieza Hædde cuando se quedan a solas.

Ine se descubre examinando las oscuras esquinas de la estancia, pero ninguna alberga una sombra inusual. Suelta una exhalación.

—¿Qué querías decirme, obispo?

Hædde se acerca.

—No deseo airear mis preocupaciones por doquier ni alarmar al gentío, pero el trigo no es obra del Señor.

—¿Por qué estás tan seguro? Hlafmas es su festival.

—También es Lughnasadh —dice el obispo e Ine parpadea al escuchar la palabra pagana escapar de sus labios—. En Wiltun hay quienes siguen las antiguas costumbres.

Ine se deja caer en la silla, como si aquella novedad lo sobrecogiera.

—¿Crees que son responsables de lo que ha ocurrido en el granero?

—No me cabe duda. El Señor es capaz de obrar milagros, pero este no es uno de ellos. —Junta las cejas—. A los paganos siempre les ha gustado imitar la fe auténtica.

—Hablas de asuntos serios, Hædde. No sé si podemos llamar amenaza siquiera a hacer crecer unas pocas espigas de trigo.

—Aun no, mi señor, pero ha delatado su presencia. Sin duda presenciaremos nuevas herejías. —Cuando Ine no responde, añade—. ¿Recordáis al poeta que actuó en el salón?

Ine siente la sangre abandonar sus mejillas; es imposible que Hædde no se percate.

—Lo recuerdo.

Ambos obispos lo habían visto huir del salón aquella noche.

—Creo que es posible seguir el rastro de la podredumbre hacia esa persona. Aquella historia... es un cuento peligroso. Muy pocos lo conocen.

Ine entrecierra los ojos.

—¿Y tú lo conocías?

—Es mi deber conocerlo —ladra Hædde antes de percatarse de que ha alzado la voz. Con más delicadeza añade—. Es mi deber protegernos de gente de su calaña. ¿Comprendéis el deber, rey Ine?

Sí, comprende el deber. Comprende que se espera que siga el camino que inició la muerte de Geraint, que marche a Dumnonia y tome lo que desea. Comprende que se espera que dé un heredero al reino, que preserve la elogiosa estirpe que se ha extendido a lo largo de los siglos desde el mismísimo Cynric. El deber los convierte a todos en esclavos.

—¿Qué propones? —inquiere en una voz que le suena fúnebre incluso a él.

—Hablaré con Earconwald antes de que regrese a Lundenwic. Aumentaremos la asistencia a la iglesia y volveremos a consagrar ciertas áreas del asentamiento. Y haré que los guardias estén al acecho por si vuelve a aparecer el poeta. Quizás haya otros.

—Me parece bien —dice Ine, con la esperanza de que coincidir con él pusiera fin a la conversación.

—Oh, mi señor.

A punto de volver al salón, Ine se detiene.

—¿Sí?

—Si presenciáis algo sospechoso, os ruego que me lo hagáis saber. —Los ojos de Hædde resplandecen—. Mientras antes ataquemos esta plaga, más fácil será detener su avance.

Cualquier otro día, quizás Ine habría sonreído ante un lenguaje tan dramático, pero no logra esbozar más que un asentimiento rígido.

* * *

Geraint le ha hecho algo. Ine está cada vez más seguro. Se sienta en sillón del rey y escucha petición tras petición, pero su mente vaga lejos de las vanas preocupaciones tanto de los regidores como de los campesinos. Piensa en la noche de la muerte de Geraint y recuerda la agonía y el redondeado pecho del gigante. Tan parecido al cuento del poeta. Y las voces de Æthelburg y Gweir. Habían hablado mientras yacía en un duermevela superficial y confusa, aunque no recuerda sus palabras. Desde entonces ambos se comportan de manera extraña.

—Algo debe hacerse, señor.

El silencio que se supone que ha de llenar con la voz hace el ruido suficiente como para arrancarlo de la ciénaga de sus pensamientos. Ine observa al hombre larguirucho frente a él, que se estira como una hierba en la sombra.

—Creo que ya he oído suficiente por hoy.

Justo cuando las protestas empiezan a derramarse de la boca del hombre, una voz interviene:

—Permíteme que te releve, hermano.

Ingild se aproxima al brazo del sillón. No han hablado desde la votación sobre Cadwy, pero no es raro que se comporte así. Ingild siempre ha sido igual: pasa uno o dos días malhumorado y furioso antes de empezar a actuar como si no pasara nada. Ine lo estudia. El rostro de su hermano parece sincero y, en honor a la verdad, preferiría evitar pasar las siguientes dos horas en el sofocante salón de hidromiel escuchando a los hombres despotricar sobre el ganado. Pero no ha olvidado el comportamiento de Ingild en Gifle.

—No hace falta…

—Señor, os ruego que me disculpéis. —Gweir se adentra en el salón dando zancadas—. Tengo nuevas de Scirburne que no pueden aguardar.

El guerrero está solo. Ine alza la vista para mirar más allá, una chispa ha surgido en su interior al ver a Gweir que ahora se desvanece.

—¿Dónde está *Æthelburg*?

—¿Puedo hablar con vos?

Ingild alza una ceja en su dirección y a Ine no le queda más remedio que asentir sin entusiasmo y observar cómo su hermano ocupa el asiento que debía pertenecer a *Æthel*.

—Aquí no —le dice a Gweir, decidido a evitar la cámara del Witan—. Hace demasiado calor. Iremos al río.

Despide a los guardias que empiezan a seguirlo y vuelven a hundirse en los bancos, sin molestarse en ocultar su alivio.

Entre las peticiones de cerveza fría, Ine guía a Gweir lejos del salón y toman el frondoso camino hacia el río. Aquel día el agua parece risueña y despreocupada de una manera que se le antoja digna de envidia. Las hojas flotan sobre la burbujeante corriente y, durante un fugaz instante, Ine desea ser una de ellas. Si cierra los ojos, ve los lugares que el río ha atravesado, los valles que lo han amparado, los árboles que han llorado sobre él, la piedra que es su lecho y marca su camino hacia el mar. Si una persona pudiera fundirse con el agua, ¿adónde iría? Río arriba, hacia las cuevas que le habían dado a luz. Río abajo, a las lánguidas marismas, los pastos y las aldeas, donde quizás lo recogieran en cubos y lo devolverían a la tierra…

Se ha puesto de rodillas; el agua lo está seduciendo para que abandone su pellejo, pero su beso es frío y alguien le sostiene el brazo y tira de él.

—Tened cuidado, mi señor —dice una voz.

Gweir. Debe de haberse caído. Qué torpeza la de resbalarse en una orilla quemada por el sol. Aquella enfermedad, no contenta con su mente, también ambiciona su cuerpo.

—Gracias —murmura Ine, intentando recordar el motivo por el que han ido allí—. Sí. Tienes nuevas. ¿Dónde está mi mujer?

—Sceaptun —dice el guerrero—. Para intentar resolver este misterio.

Le da la espalda al río con firmeza mientras Gweir le cuenta las novedades. Son tan extrañas como el trigo y aún más desconcertantes.

—¿Nadie sabe de dónde vinieron esos asesinos?

—El testimonio del gerefa encaja con el de los britanos supervivientes. Parece que surgieron de la nada. —Gweir se detiene un instante—. ¿Has hablado con el hijo de Geraint?

Ine cierra los ojos un momento.

—Para ser sincero, Gweir, una parte de mí se avergüenza de hacerle frente.

—Debe saber lo que habéis hecho por él: proteger su vida en el Witan.

—Es una pobre recompensa tras la muerte de su padre.

—Que no fue culpa vuestra. —El suspiro del guerrero es pesado—. La guerra es un asunto sangriento, mi señor, y el resentimiento ha echado profundas raíces. Tenéis la oportunidad de arrancarlo.

El río salpica las rocas de frescor. Una brisa suave agita las hojas.

—La cabaña en la que se encuentra debe estar caldeada —murmura Ine—. Quizás le aliviaría estar un rato junto al agua.

En silencio, Gweir asiente y se da la vuelta para marcharse. Mientras aguarda, Ine contempla cómo el sol se filtra a través de las ramas, escucha a los pájaros saltar de una a otra. Pero no con demasiada atención; está convencido de poder escuchar diminutas garras en la corteza, el giro de un ojo amarillo. Se estremece, con la esperanza de que Cadwy no venga, pero era una esperanza cobarde e indigna de él. Le debía una explicación al hijo de Geraint.

Zancadas en el camino de tierra. Gweir viene acompañado de dos guardias, Cadwy camina entre ellos. Cuando ve a Ine, la inexpresividad de su rostro se convierte en un hervidero de furia.

—No me dijiste que él estaría aquí.

Uno de los guardias le da un golpe.

—Detente —ladra Ine y examina la marca—. Dejadnos.

Intercambian miradas.

—¿Estáis seguro de que es buena idea, señor?

—Gweir está conmigo y solo es un muchacho.

Cadwy entrecierra los ojos con ese ademán asesino de todos los jóvenes cuando se refieren a ellos como niños. Libera el brazo del agarre de los guardias en cuanto retroceden.

—¿Qué quieres?

—Pensé que quizás te apetecería un poco de aire fresco —dice Ine, dirigiéndose a él en su propia lengua—. Hoy hace demasiado calor. Siento que no hayamos hablado antes.

El muchacho abre los ojos desmesuradamente.

—Hablas bien córnico. Para ser un matón sajón. ¿De verdad pretendes convencerme de que te importa una mierda lo que me pasa?

Ine ignora las groserías.

—Si no me importara ya estarías muerto —dice con voz templada.

Cadwy lo escudriña con un brillo en los ojos e Ine se arrepiente de inmediato de aquellas palabras insensibles. *Es un niño que lo ha perdido todo*, se recuerda.

—¿Estás recibiendo un trato adecuado? Si sabes leer, haré que te traigan libros...

—Claro que sé leer. ¿Piensas que somos salvajes?

Ine tuerce el gesto. La situación se desarrolla más o menos como había imaginado.

—Cadwy —dice Gweir, que ha visto con claridad la necesidad de intervenir—. Lo primero que hizo el rey al llegar a casa fue asegurarse de que estuvieras a salvo.

—Nunca pretendí que tu padre muriera. —Ine se lleva la mano al corazón, donde se mezclaban el remordimiento y la furia. ¿Cómo se las iba a apañar para castigar a Ingild por un acto que todos creían una hazaña?—. Digo la verdad, Cadwy, lamento mucho lo que ocurrió.

El chico parpadea con una furia que, Ine sospecha, oculta lágrimas. El hijo de Geraint solo se le parece un poco. Es más rubio y sus ojos son grises, mientras que los de Geraint eran del color de la corteza del almendro.

—Tu esposa ya se ha disculpado en tu lugar, sajón. Pero una disculpa no traerá de vuelta a mi padre.

—Lo sé, si hay una forma de reconciliarnos…

—Puedes liberarme —gruñe Cadwy—. Dices que lo lamentas, pero si es verdad, me dejarías volver con mi gente. Me… —Se ahoga—. Me devolverías el cadáver de mi padre para que pudiera hacerme cargo de los ritos.

La culpa en la garganta de Ine posee el regusto ferroso de la sangre. Habían quemado el cuerpo de Geraint por el camino. Lo único que había podido hacer por él era ahorrarle la humillación del desmembramiento. Gweir tiene razón. La guerra es un asunto sangriento.

—Lo siento, Cadwy. Más de lo que lo expresan las palabras. Hice lo que pude por tu padre. He hecho todo lo que he podido por ti. Sé que no es suficiente.

Los labios del chico están pálidos.

—Si no vas a liberarme, devuélveme a la prisión.

—Hay algo que he de discutir contigo. Están matando a los britanos de Wessex.

Cadwy levanta la vista de la orilla del río, con los ojos llameantes.

—Sabía que tu amabilidad era fingida. Tu pueblo lleva generaciones masacrando al mío. ¿Por qué me torturas con ello?

—No. —Ine avanza hacia él y Cadwy retrocede, alzando las manos para protegerse—. No se trata de que los sajones maten a los britanos. No permitiría algo así.

—He ido a una aldea en la que habían dado muerte a todos los britanos con vestigios de la antigua sangre —dice Gweir con sobriedad—. De un único golpe al corazón.

La actitud de Cadwy cambia por completo y el desconcierto suaviza las rígidas marcas de furia que luce en el rostro.

—*Debes* liberarme. Si sucede aquí, en casa será aún peor. Soy el heredero. He de proteger a mi pueblo.

El corazón de Ine se sobresalta.

—*¿Qué* es lo que también está pasando aquí?

—La muerte de la antigua sangre. Mi padre... —Su expresión se desploma.

—Tu padre quería ir a Glestingaburg —termina Ine en su lugar— donde pensaba que encontraría respuestas. —*Asegurará la seguridad de nuestros dos pueblos*—. ¿Por qué allí?

Cadwy permanece en silencio, mientras juzga a Ine con la mirada. Quizás el balance es positivo, porque al final dice:

—Cuando empezaron las matanzas, pensó que *tú* eras el culpable. Pero entonces nuestra gente comenzó a morir en asentamientos lejos de la frontera, en lo más profundo del Kernow. Y solo los que tenían la sangre, los que sabían hacer algo de magia.

—Herla duerme bajo Glestingaburg —dice Gweir e Ine lo mira con suspicacia—. ¿Es cosa de ella?

Cadwy niega con la cabeza.

—La Cacería Salvaje solo cabalga en luna vieja.

—¿La Cacería Salvaje? —No podían ser las jinetes de *Æthelburg*, ¿verdad?—. Creía que era un cuento para asustar a los niños.

—No todo es un cuento para niños, sajón —dice Cadwy, mordaz—. Tus hombres le deben la vida a mi padre.

Ine se frota la frente. Si Ingild no hubiera actuado a sus espaldas, quizás ya tendría respuestas para todas esas preguntas.

—¿Quién es Herla?

—Puedes preguntárselo a tu esposa —responde el chico en el mismo tono cortante—. Parecía *fascinada* por la líder de la Cacería Salvaje.

—¿*Æthelburg*? —Una esquirla de terror se le hunde en el pecho. Ahí fuera hay algo asesinando sin piedad y *Æthel* está justo en su camino—. Ay, Dios —dice e, inconscientemente, se pasa al anglosajón—, no debería haber dejado que se fuera.

¿Es preocupación eso que parpadea fugazmente en la frente de Cadwy? *Æthelburg* debe de haber pasado más tiempo con él de lo que Ine ha sido consciente. *Está bien. No me digas nada.* Sus palabras

resuenan en su cabeza y quiere estamparla contra la pared por haber sido tan obtuso. Se ha obcecado con la enfermedad y la manera de esconderla —está tan acostumbrado a esconderse— en lugar de hablar con Æthel. Quizás si ambos hubieran compartido lo que sabían, ahora su esposa no se encaminaría al peligro.

El sol se filtra a través de las susurrantes hojas y resulta difícil creer que estén discutiendo sobre asesinatos, magia e historias que se tornan verdaderas. Con esfuerzo, Ine vuelve a centrar su atención en Cadwy.

—Incluso si te permitiera volver a casa, ¿qué harías para detener esto?

—Soy el heredero de Dumnonia. —Cadwy traga saliva—. Mi deber es proteger a mi gente, igual que mi padre.

—No pareces muy seguro.

Al chico se le ensanchan las fosas nasales.

—Cuando me plante en el territorio de Dumnonia, la Tierra me reconocerá. Padre no debería haber muerto tan lejos de casa.

En la mente de Ine se desata un recuerdo: la sensación de que Geraint se deslizaba hacia la tierra y que un poder se alzaba para envolverlo. Tras eso, solo agonía. Tiembla.

—No me pueden ver liberándote, Cadwy. Tu protección se ganó por muy poco. La mayor parte del Witan te quiere muerto.

—Entonces deja que me escape.

—No me arriesgaré de esa manera. —Ine piensa en la votación, en Ingild sentándose engreído en la silla alta para atender a los peticionarios. Si el chico supiera lo tenue que está volviéndose su autoridad…—. Además, si afirmas poseer la antigua sangre, estarás más seguro intramuros.

Cadwy aprieta los puños.

—Sabía que no lo entenderías. Preferirías que todos muriéramos, ¿por qué ibas a detener la matanza?

—No supongas tal cosa. —La culpa ha encadenado su temperamento, pero eso es algo que no puede dejar pasar—. No tengo intenciones de permitir que continue la violencia, sin importar su naturaleza. No mientras sus víctimas vivan en mis dominios.

El chico se lo queda mirando. Ahora Ine no es capaz de interpretar su expresión.

—¿Cómo pretendes detenerla? —pregunta Cadwy finalmente—. Quizás hables nuestra lengua, pero no eres uno de nosotros. Tu gente no cree en el Otro Mundo. Piensan que Herla y su Cacería Salvaje no son más que un cuento. Tus sacerdotes condenan la magia como *maléfica*.

Es cierto. ¿Cómo lograr que su gente, aparte de Gweir y Æthelburg, se percate de la amenaza cuando solo con describirla lo calificarían de hereje y probablemente también de lunático? Siente la cruz de plata más pesada de lo normal en torno al cuello. Necesitan más información, darle un nombre al enemigo.

—Si alguien puede hallar pruebas, es *Æthelburg*. —A Ine no le gusta, pero no puede negar que sea cierto. *Nunca pones reparos a usarla*, le dice su propia consciencia hueca.

Cuando los guardias de Cadwy regresan, Ine tiene que contenerse para no decir que los hombres están tanto para protegerlo como para impedirle escapar. El único gesto de despedida del chico es una mirada torva e Ine suspira.

—Soy un necio, Gweir. Tendría que haber sido honesto con *Æthelburg*. Sabemos tan poco de la situación. Hasta el más nimio detalle importa.

—Estoy seguro de que la reina *Æthelburg* traerá pruebas para el Witan. Y no está sola. Dejé a la mitad de mis hombres con ella. —Gweir hace una pausa—. También a la domadora de caballos.

Estaba a punto de volver para echarle un ojo a Ingild, pero se detiene de inmediato.

—¿Qué?

—Ælfrún. La encontramos en Scirburne. Sin que hubiera una buena explicación para ello, si se me permite decirlo.

El miedo en su pecho se convierte en pánico.

—¿Crees que quiere hacerle daño a Æthel?

—No —dice Gweir e Ine contiene la respiración—. Dijo que quería ayudar. Sin embargo, no es suficiente para que confíe en ella. —Pone un gesto dubitativo—. Lo siento, señor. La reina Æthelburg me ordenó que volviera a Wiltun. Convencerla de que se llevara a la mitad de mis hombres ya supuso un reto.

—Es típico de ella —murmura, meditativo—. No se preocupa de su propia seguridad.

—Evita los riesgos innecesarios, señor. Y no es el objetivo de estas matanzas.

Era un pobre consuelo. Ine se frota de nuevo la frente. El calor le está dando dolor de cabeza. El calor o la preocupación o el esfuerzo de haber discutido con Cadwy. Se pregunta si debería hablarle a Gweir sobre la teoría de Hædde de que hay paganos conspirando en Wiltun, pero las palabras se le quedan pegadas en la polvorienta garganta. Ya tienen suficientes problemas.

—Hora de asegurarnos de que Ingild no esté demasiado cómodo en ese sillón —murmura y lidera el camino hacia el salón de hidromiel.

★ ★ ★

La noche apenas es un poco más fresca que el día. Ine intenta dormir, pero la cabeza le retumba de pensamientos. ¿A Æthel le interesan Herla y la Cacería Salvaje? Pero ¿quién es Herla? Nunca ha oído que la líder de la Cacería sea una mujer. Por Dios Santo, ni siquiera sabía que la Cacería fuera real. En aquel estado sudoroso y exhausto, una figura desprovista de rostro se mezcla con la domadora de caballos. ¿Con qué intenciones se ha unido Ælfrún a Æthelburg? Ine sabe tan poco de ella como de Herla. Inquietud, y quizás algo más oscuro, reptan por su interior. Su esposa pasó toda la mañana de Lammas con Ælfrún, con las cabezas pegadas mientras hablaban. Y ahora se entera de que ha seguido a Æthel a Scirburne y abandonado sus deberes… Ine suelta un improperio, consciente de la infelicidad que le provoca el espacio vacío a su lado.

Quizás fuera el calor, el misterio de Ælfrún y Herla, las matanzas, o el recuerdo de otro ser humano desvaneciéndose en la tierra, pero cuando Ine concilia un sueño intermitente las pesadillas se alzan para atraparlo.

Está perdido en los rizos del cabello del gigante. Sin un peine, —el peine que se encuentra entre las orejas del gran oso, Twrch Trwyth— es una espesura de enredos. Huye de algo. El verde se vuelve más denso. Las raíces lo buscan como los pálidos e hinchados dedos de los muertos.

Grita con fuerza y, de pronto, aparece una luz, un oscilante fuego fatuo; la única gentileza entre aquel verde interminable. Lo guía hasta un claro. Se deja caer sobre el musgo, agradecido, hasta que la sensación de que lo están observando fijamente se le anuda en torno el cuello. Tras él, han colocado cráneos en un grotesco círculo, que rodea el claro. Debe hacerse caído por un hueco, pero ahora está cerrado. Y tienen las cuencas de los ojos rellenas de trigo.

Una voz habla. La ignora, mientras aparta con frenesí las gavillas, derramándolas sobre el musgo, pero no importa cuántas arranque, siempre hay más, hasta que se descubre inmerso hasta la cintura en aquella abundancia, en la que hay suficiente trigo para alimentar una comarca, cincuenta comarcas, la mesa de un gigante. Poco a poco calan en él las palabras, pero el pánico las ahoga, con tanta certeza como el trigo lo ahoga a él.

Ine se despierta al abrir la boca para tomar aire. Silencio, a excepción de su propia respiración agitada. No hay ningún claro ni trigo, pero se levanta a duras penas de la cama para adentrarse en el salón y luego salir al exterior, sin saber si lo observan ni que le importe demasiado. El sueño lo urge a atravesar las silenciosas calles; el silencio impenetrable de las horas que preceden al amanecer. Tiene la sensación de que incluso si chillara, nadie lo escucharía. Cuando llega al granero, abre las puertas de un empujón, aunque siempre están cerradas con candado, y corre hacia el interior, con un aire salvaje en los ojos.

En la oscuridad, las gavillas de trigo carecen de color. Las raíces surgen de los rincones que habían limpiado hacía tan solo unas horas. Y hay más todavía, una profusión. Con un grito, Ine intenta arrancarlas, pero se hunden en las profundidades de la tierra. Al ver una guadaña abandonada, da hachazos contra los brotes hasta que llueve trigo. Por las mejillas, se precipitan las lágrimas y el sudor.

Los cráneos lo fulminan con la mirada, o quizás los recipientes redondos de algún repelente de plagas. Ya no sabe distinguir lo que es real. El primer gallo cacarea en el exterior y, tras dejar la guadaña, Ine avanza a zancadas hacia la puerta y el amanecer. A sus espaldas, se oye el susurro y el bamboleo implacable de un trigo nuevo que se abre camino desde la tierra.

14
HERLA

Sceaptun, Somersæte
Reino de Wessex

Siguen la antigua carretera, construida para facilitar la implacable marcha de las legiones. Las hierbas han derrotado al pavimento romano, pero aquella imagen no trae ninguna satisfacción a Herla. Un abismo la separa del pasado y no se compone solo de tiempo. No recuerda a la mujer que luchó aquellas batallas. Se ha alejado tanto y tan rápido de sí misma a caballo que el camino de vuelta permanece cerrado. Quizás sea mejor así.

—*Ælfrún*.

Los ojos azules de la reina se encuentran con los suyos y se demoran un poco más de lo necesario la una en la otra. Herla podría pasar todo el día mirándola; es *Æthelburg* quien aparta la vista.

—No podemos hablar en público sobre la herencia de Dumnonia —dice—. Sin duda, los obispos acabarían enterándose. —Seis hombres las acompañan y *Æthelburg* alza la voz—. Cuando lleguemos a Sceaptun, averiguad dónde viven los wealas. Decid que el rey está inspeccionando sus asentamientos.

Mientras la tarde se asienta, las nubes se amontonan en el norte como el muro de una tenebrosa fortaleza.

—Ælfrún —vuelve a llamarla la reina. El sudor y el polvo de la carretera le oscurecen el cabello rubio; es una visión impresionante: real y llena de vida, lo opuesto a los tenebrosos pensamientos de Herla—. Sabes usar una espada.

Herla alza una ceja ante aquello que, desde luego, no era una pregunta. Ha visto luchar a *Æthelburg*, así que no serviría de nada negarlo, pero blandir una espada no es lo más adecuado para su disfraz.

—Mi madre me enseñó a defenderme —dice y sabe, en los huesos, que no es una mentira.

—Parece que tu madre te ha enseñado muchas cosas —replica *Æthelburg* con ironía. Un borrón ha aparecido en la distancia, achaparrado entre la amplia carretera en el horizonte: Sceaptun—. Pocas mujeres sajonas se convierten en guerreras —continúa *Æthelburg*—, pero los britanos no parecen ser tan estrechos de mente respecto a nuestras habilidades. —Su tono se vuelve anhelante—. Hace mucho tiempo hubo una tribu liderada por una reina guerrera. Los icenos.

—Eceni —la corrige Herla de manera automática. No ha reparado en el súbito agarrotamiento de su cuerpo.

—Sí. —El caballo de *Æthelburg* se agita y la mujer estira el brazo para calmarlo—. Por algún motivo, no me sorprende que lo sepas. Nuestra criada me lo contó cuando era una niña. En aquel momento decidí que practicaría con la espada, aunque sabía que nunca sería una verdadera reina guerrera como Boudica. —Al estar distraída con las riendas, no se percata del sobresalto de Herla—. Mi madre no peleaba, por supuesto, al menos no con la espada, pero fue ella quien me regaló mi primera armadura.

—*Eres* una reina guerrera, mi señora —dice Herla antes de añadir en un susurro—. Tanto como lo ella era.

—No es lo que dicen de mí en la corte. —El anhelo se resbala del rostro de *Æthelburg*—. Y te he dicho que uses mi nombre.

Mientras se van acercando, el caballo de la reina no es el único que se muestra inquieto; los hombres descubren a sus monturas bufando en la creciente oscuridad. El corcel de Herla levanta las orejas.

Mira al frente, pero no distingue gran cosa. Scirburne le ha ofrecido pocas pistas a excepción de la intrigante idea de la antigua sangre: el mismo poder que luchó contra Gwyn e hizo que el perro brincara. Al pensar en Dormach, Herla mira a su alrededor. No quiere al sabueso cerca de ella, pero es peor no tenerlo a la vista. ¿A quién obedece? A ella... ¿o todavía a su amo?

Se hace la luz en el asentamiento. Una oscura colina surge a lo lejos, alfombrada por un círculo de árboles. La carretera que transitan va directa hacia ella y conecta con otra casi en la cima. Un cruce de caminos. Herla contempla con fijeza esa dirección. Hay algo ahí arriba.

—Debo encontrar a la persona al mando —dice *Æthelburg* en cuanto llegan a la ladera. Una empalizada simple es toda la protección con la que cuenta la aldea, con una puerta de madera rematada con pinchos. El hombre que se afana en cerrarla se queda boquiabierto cuando la atraviesan y luce una expresión inquieta en los ojos hasta que *Æthelburg* lo tranquiliza. Al ver el anillo que porta en el dedo, se desvive en escoltarlas al interior.

Herla solo presta atención a la escena a medias. Su instinto de cazadora la empuja hacia la colina. Tras una eterna mirada a *Æthelburg*, se dirige hacia allí.

El crepúsculo adelantado que han traído las nubes casi cubre la aldea por completo. Sigue una carretera salpicada de árboles y cruza el camino que lleva a Old Sarum en el este. Herla desmonta y la falda se le engancha en la silla de manera muy poco familiar. Un túmulo cubierto de hierba se esconde entre la arboleda. El paso del tiempo se aferra a él como el liquen a la roca; lo habían construido siglos antes de su nacimiento. Atraviesa una pálida niebla, que exuda el aroma de los lugares silenciosos bajo tierra. *Mujeres que duermen ordenadas en perfectas hileras*. Herla aparta la imagen de su mente.

La cima del túmulo está dividida. Contempla la fisura oscura y el aliento se le congela en la garganta. La tierra bordea la entrada. Se inclina y pasa el dedo por el suelo. *Reciente*. Lentamente, Herla se gira para mirar el asentamiento y, al instante siguiente, echa a correr.

Los muertos antiguos nunca la han preocupado. Las formas que yacen bajo las mantas de hierba y tiempo están fuera de su alcance. Pero su eco es otro cantar. La tierra tiene una memoria muy buena. Recuerda la lucha. El sufrimiento deja fantasmas de sí mismo como un estandarte caído y pisoteado en la batalla. Y hay quienes pueden darles forma. Otorgarles un propósito.

Ahora sabe cómo mataron a los britanos.

La tierra oscura fluye bajo sus pies mientras avanza hacia la parpadeante y desconocida luz de las antorchas de Sceaptun. Tiene a *Æthelburg* en los pensamientos. Se imagina a la reina, con la espada en la mano ante un contrario que no sangra con los golpes, mientras su propio elixir vital la abandona sin remedio. Con un gruñido, Herla se obliga a acelerar. ¿Por qué ha dejado atrás el caballo? Un momento de locura cuando sus pensamientos suelen ser brutales y claros.

Llega a la aldea al mismo tiempo que se alzan los primeros gritos. El aire se tensa, en el tembloroso instante previo a la lluvia. Percibe su presencia, los ecos que se han liberado de la tumba, y no están solos. Los ha despertado algo *más* fuerte, algo que hasta hace poco caminaba por el mundo. Embargada por otra emoción que no ha sentido en mucho tiempo, Herla rodea la esquina. No tiene nombre para ella, pero se le acelera el corazón como a un conejo que huye de un zorro.

Æthelburg está frente a dos personas, una boca abajo en el regazo de la otra. Herla se da cuenta de un vistazo de que el hombre se está muriendo, asesinado en el umbral de su casa. La mujer que lo sostiene tiene las manos ensangrentadas de intentar contener la herida inútilmente. *Æthelburg* enseña los dientes.

—Ten cuidado, Ælfrún. —Recorre la calle terrosa con la mirada y Herla se percata de que *Æthelburg* no puede ver a las sombras que la rodean para atrapar a la mujer en el suelo. Sus formas apenas son humanas, solo pedazos de espíritus sostenidos por mera fuerza de voluntad y poder.

La paja caída de un par de casas ha creado un estrecho pasaje abovedado en el que se esconde una sombra. *Æthelburg* debe percatarse en el mismo instante que Herla, puesto que se queda con la boca abierta y grita. Un instante después, los seis hombres que las acompañan se reúnen en torno a la figura y la fuerzan a adentrarse en el pasaje donde queda oculta de la vista de Herla. Oye los sonidos metálicos de las espadas al desvainarse. El aire nocturno acarrea la risa.

Æthelburg se balancea. La espada atraviesa las sombras sin dañarlas, pero las hace detenerse. Una blande un cuchillo de hueso, una esquirla ensangrentada que lentamente se dirige a la reina. *Æthelburg* parece percatarse del peligro. Mientras se quita de en medio, no ve a Herla alzar la mano hacia las sombras.

Son como los sedimentos que se precipitan por la ladera; es imposible agarrarlos. No puedes segar un eco. El cuchillo de hueso se precipita contra el suelo; *Æthelburg* salta cuando se detiene. La mujer que acuna al hombre moribundo gime cuando lo ve. Su vista pasa del arma ensangrentada a las sombras y abre los labios en una mueca de furia y terror. Si es capaz de verlos… debe tener la antigua sangre.

Un grito desde el pasaje, donde los hombres de la reina cercan a la figura entre las sombras. No hay nada allí ahora, pero se oye otro grito un poco más adelante.

—¡Ælfrún, espera!

Herla la ignora y se encamina hacia los gritos de angustia. *Æthelburg* no estará a salvo hasta que encuentre a la persona que controla las sombras. Incluso sin la sed de sangre de la Cacería. Herla lo percibe: el instante en el que cada alma se desliza fuera del cuerpo de esos hombres. La pelea ha acabado para cuando llega al final del pasaje. Una forma oscura marca el lugar donde cada hombre ha caído, uno tras otro. La figura que vio antes está en medio de aquella macabra hilera. Una risa a la deriva. Un resplandor dorado.

Las sombras se aferran como el humo a los miembros del hombre, pero ella lo ve con claridad: una corona sobre la pesada frente, debajo de la que se asoman los pozos carentes de ojos. Lleva ropajes sajones, los dedos incrustados de anillos y múltiples armas al cinto.

—¿Ahora *envían a mujeres a enfrentarse a mí?* —Su voz es susurrante como la tierra destinada a una tumba precipitándose sobre la mortaja.

Herla frunce el ceño; no hay duda de que el hombre está muerto. Pero no muerto a la manera de las sombras. Dentro hay un cuerpo que no es sólido del todo, pero percibe su alma. La espada de Gwyn puede percibirla, igual que los espíritus que le nublan la visión cuando desvaina la espada.

Un espectro.

En las manos le surge una espada tan espectral como su forma y se acerca en menos de lo que tarda en respirar, intentando acertarle en el corazón. El vulgar metal sería atravesado por la espada, pero la hoja de Gwyn la detiene y la manda dando vueltas a la oscuridad. Los ojos del espectro arden. Acerca la mano con los dedos estirados hacia ella, la palma tan pálida como el vientre de un pez. El toque de un espectro trae la muerte. Herla tiene la generosidad de concederle un instante para saborear el triunfo antes de agitar la mano.

El espectro se ahoga, resistiéndose al agarre de Herla, mientras esta lo levanta del suelo.

—¿Quién eres?

—Eso te quería preguntar yo a ti. —Herla acerca su rostro al suyo y le impone su voluntad—. ¿Cómo te llamas? ¿Quién te ha invocado?

—*Cædwalla* —dice el espectro con su voz de ultratumba—. *Era el rey de estas tierras.*

—¿Y?

El espectro tiembla, pero sus labios pálidos continúan cerrados. La furia se prende en el interior de Herla: la rabia de la Cacería nunca se aleja demasiado. Ningún alma la ha rechazado, ninguna se ha resistido. Lo agarra con más fuerza.

—Responde.

—*No puedes darme órdenes.*

Es cierto, se percata, no con poca inquietud. Las almas que ha recolectado eran libres, no tenían cadenas. Aquella ha venido a ella con un vínculo previo y la furia vacila. Sin duda solo existe un ser con la habilidad de llevarse las almas del Otro Mundo y devolverles algo parecido a la vida. El pastor, que le había dado su espada junto a la maldición de cabalgar eternamente.

—¿Está aquí? —dice entre dientes, paralizada ante la idea, pero también emocionada. *Gwyn. Te encontraré*—. ¿Qué es lo que quiere?

De nuevo, el espíritu de Cædwalla no contesta, pero eso solo refuerza su creencia de que Annwn está involucrado. Pero ¿por qué? Herla no ha olvidado el campamento de guerra, la manera en la que Gwyn ap Nudd se sobresaltó al verla, como si fuera la piedrecilla capaz de hacer que se desmoronara una montaña.

—¡Ælfrún!

Unos pies veloces. Solo tiene unos instantes antes de que *Æthelburg* aparezca. Herla observa al espectro con los ojos entrecerrados. No puede imponerle su voluntad. No puede dejarlo marchar. Destruirlo podría alertar a Gwyn. Todo lo que le queda es demorarlo.

Un bufido le indica que el caballo la ha encontrado.

—Dormach —llama Herla mientras coloca al espíritu en la silla y, para su sorpresa, el sabueso surge de la oscuridad. Hora de ver si la obedece—. Encuentra a las sombras —le ordena, mientras se sube al caballo—. Llévalas de vuelta a sus tumbas.

El pelaje del lomo se le eriza. Aúlla, pero se da la vuelta agitando la cola.

Justo cuando *Æthelburg* surge a la carrera del pasaje entre las casas, Herla espolea al caballo para que galope y el primer trueno entierra el sonido de los cascos.

★ ★ ★

Herla halla a la reina agachada entre los cadáveres de sus hombres a su regreso. No está segura de cuánto aguantará el sello que ha puesto en el túmulo, pero debería concederles algo de tiempo. Duda antes de ponerse a la vista y observa cómo *Æthelburg* se mueve entre los cuerpos, les cierra los ojos y murmura una oración. Mueve las manos con firmeza, pero tiene las mejillas húmedas. Uno de los hombres es joven, con el cabello rubio enredado en torno al rostro. *Æthelburg* le estira la espalda.

Cada pequeño y tierno gesto, el furioso movimiento de su cabeza al inclinarse sobre los caídos… *Contemplar cómo la luz abandona unos ojos que miran al cielo. Encender la antorcha para la pira. El silencio donde solía haber voces y gargantas que reían y dedos que le dejaban la huella de su agarre en el brazo.* Los recuerdos se alzan de las tumbas en las que los enterró la Cacería, cuando Herla la convirtió en su identidad. Se lleva la palma a la cabeza, con la espalda chocándose contra la paja de una casa que se desliza casi hasta el cielo. No quiere ver más. Le duele recordar; el dolor aguarda en las sombras para ponerla de rodillas. Igual que *Æthelburg* se arrodilla ante los muertos.

—Ælfrún.

Sin percatarse, ha deambulado hacia fuera, repelida y fascinada. Antes, los cuerpos eran poco más que obstáculos que evitar. Pero *Æthelburg* los ha transformado en reliquias. Herla mira al joven rubio. Parece sereno. Pero no era el tipo de serenidad que habría deseado.

—¿Qué estabas *haciendo*? El vestido. —Está lleno de barro del túmulo, se percata Herla, y se le ha roto en algunos lugares.

—Me caí persiguiéndole —dice mientras la luz le crece en el pecho y aligera el dolor de sus recuerdos. *Æthelburg* está a salvo. Nada más importa.

—¿A quién?

—Al líder.

Los ojos de *Æthelburg* pierden la ternura.

—¿Huyó? ¿Por qué?

—Porque ha fracasado. —Herla hace un gesto hacia donde dejaron a la pareja—. Los demás britanos han salido indemnes.

—Antes… —Cuando la reina se cubre los brazos y hunde los dedos en la tela de la túnica, Herla no puede evitar acercarse ni poner la mano sobre la de Æthelburg. Sorprendida, la otra se queda mirándola, pero no la aparta—. Sé que la mujer veía a la cosa que blandía el cuchillo.

—¿Viste el arma?

Æthelburg niega con la cabeza.

—La oí caer, pero no la vi hasta que cayó al suelo. —Vuelve a mirar la mano de Herla—. ¿Viste a lo que fuera… que lo blandiera?

Herla duda al sentir que la reina no se tragará una mentira.

—Sí. Parecían sombras. Ecos de aquellos que vivieron tiempo ha.

—¿Cómo? —La otra mujer la observa con los ojos entornados—. ¿Es por tu don de domadora de caballos?

—Quizás.

Están bordeando el peligroso filo de la verdad y, de nuevo, Herla considera deshacerse del disfraz de Ælfrún. ¿Por qué seguía necesitando a la domadora de caballos? *Æthelburg* ya ha visto suficientes sucesos extraños como para no asustarse. Se le acelera el corazón. Podría llevarla a Glestingaburg. La reina estaría segura entre sus hermanas de batalla. Le ha dicho que odia la vida en la corte. Podrían cabalgar cada día como quería…

Se paraliza ante la palabra *cabalgar*. *Æthelburg* conoce la salvaje historia de la Cacería. Sabe que es algo a lo que hay que tener miedo. Herla observa los cadáveres de los hombres, a los que ha colocado respetuosamente a pesar de estar muertos. ¿Qué pensaría de Herla que no dejaba a su paso más que cadáveres despatarrados donde habían perecido? Es en Ælfrún en quien confía. Suelta la mano de la reina.

—He oído el nombre de su líder. Cædwalla.

Æthelburg agría la expresión.

—Los aldeanos dijeron que llevaba corona —susurra—, como un rey. Pero no es posible. Cædwalla está muerto. —Sus ojos casi parecen suplicantes—. ¿Es cierto que los muertos pueden regresar?

—¿Por qué me lo preguntas a mí? —La agitación de Herla se refleja en su voz. Demasiado a la defensiva. Un instante después, parece que al fin se rompen las costuras del cielo. Mientras las primeras gotas golpean la tierra, la reina alza los brazos del cadáver más cercano.

—Ayúdame a ponerlos a cubierto —dice, señalando con la cabeza un cobertizo cercano que está abierto. Herla se apresura a tomar las piernas del hombre y juntas ponen a los seis a salvo de la lluvia—. Ninguno de ellos tiene heridas —se percata Æthelburg, inquieta—. ¿Cómo los han matado?

—Si Cædwalla ha regresado, lo ha hecho como un espectro. Se supone que su toque es mortal.

—Espectros y sombras, muertos vivientes... son las historias que contábamos para asustarnos los unos a los otros el Día de Todos los Santos. —La reina agita la cabeza con aire fúnebre—. Nunca me imaginé que pudiera estar en esta situación, junto a hombres muertos que no tienen ni una herida en el cuerpo.

Herla está segura de que la conmoción es lo único que impide que Æthelburg se pregunte por qué Ælfrún sabe tanto. Se da la vuelta veloz para fingir que está acercando una piedra de pedernal a la antorcha más cercana, que cobra vida en cuanto ella así lo desea.

—Mira. —Se inclina sobre uno de los cuerpos para que la luz descienda sobre el cuello desnudo del hombre. Cinco marcas de apariencia redondeada le rompen la piel—. En caso de que desearas pruebas. El toque de un espectro deja huella.

—No las deseaba —dice Æthelburg en voz baja. Traga saliva ante semejante visión y su expresión se endurece—. Pero, como bien dices, es una prueba de que no estoy perdiendo la cabeza. Cuando cuente lo que ha ocurrido aquí —se detiene— incluso si hablas a mi favor, al ser una mujer y una extranjera tus palabras no se tomarán en serio. Los hombres del Witan pensarán que lady *Æthelburg*, como la pobre no tiene niños de los que ocuparse, se ha vuelto histérica.

—Tu esposo te creerá y él es el rey.

—Mi esposo es generoso en exceso a la hora de repartir su poder.

—Herla ve la furia en el borde de la mandíbula de la otra—. Ine le da demasiada importancia a la opinión de los demás. Incluso cuando esa gente no mira por su bien.

—Te ama. —Herla no había tenido la intención de decirlo. Las palabras le saben amargas.

Æthelburg se tensa. Cuando habla, no aparta la vista de uno de los postes de madera que sostienen el techo.

—No estoy tan segura.

Herla ha visto juntos al rey y a la reina solo unas pocas veces pero, a pesar de la tensión que se cocía entre ellos, le resulta obvio que Ine haría cualquier cosa por *Æthelburg*. ¿Y qué motivo tendría para no adorarla? Se acerca hasta que solo las separa un breve paso.

—Cualquiera se sentiría orgulloso de llamarte esposa.

Æthelburg deja de mirar el poste. Cuando alza la vista, la antorcha revela un rubor en sus mejillas. El mismo calor recorre el cuerpo de Herla, encendiendo partes de sí misma que había olvidado. Y de nuevo siente aquella urgencia, la urgencia de tomar lo que desea. Tiembla a causa de ella. Comienza a estirar la mano, pero *Æthelburg* retrocede.

—Tengo... tenemos que echarles un ojo a los britanos. —Su voz suena ronca—. Me temo que el hombre ya haya fallecido.

Están empapadas para cuando llegan a la casa. En el caso de Herla, empapada y decepcionada. Observa a la reina durante todo el camino. *Æthelburg* no corre, como muchos otros al escapar de un aluvión, sino que alza el rostro al cielo, como si el agua fuera un bautismo capaz de llevarse la verdad de lo que han visto. Tras un rato, comienza a temblar. La lluvia se resbala por las puntas de su corto cabello, por la barbilla, le forma perlas en los labios...

Herla se desabrocha la capa.

—No hace falta —protesta la otra cuando intenta echársela sobre los hombros—. Pasarás frío.

—Yo no siento el frío —dice Herla sin pensar—. Además, *tú eres la que está temblando.*

Tras unas cuantas protestas débiles, Æthelburg se rinde. Las manos se rozan mientras le coloca la capa. Antes de que a Herla le dé tiempo de apartarse, la reina le agarra el brazo.

—Gracias, Ælfrún. Por venir conmigo.

Una llamarada de calor a medida que se le acelera el pulso. Herla traga saliva con fuerza.

Han llevado el cadáver del hombre dentro de la casa. La mujer se sienta en un cofre con la espalda arqueada. Junto a ella hay otro hombre, de rasgos similares. Quizás fuera un hermano. El cuchillo de hueso también está allí, envuelto con un trapo en el suelo. Cuando Æthelburg hace amago de tomarlo, Herla le agarra el brazo.

—No lo toques.

Æthelburg parpadea.

—¿Por qué?

—Es el arma de un espectro. —La voz proviene de la parte trasera de la estancia: una anciana que yace sobre una pila de mantas andrajosas. La lluvia golpetea con furia el precario techo de paja; el agua se cuela por una de las esquinas y convierte en barro la suciedad del techo—. No es para las manos de los vivos y no se destruye con facilidad.

—Madre —le dice el hombre como advertencia, pero tiene los ojos cansados—. Mira lo que dices.

—Guardad cuidado. — *Æthelburg* inclina la cabeza—. Lamento vuestra pérdida y también no haber sido capaz de protegeros a todos.

—Claro que no has podido, niña —replica la anciana y los otros britanos parecen horrorizados—. Solo aquellos que poseen la sangre pueden ver las manos del Otro Mundo.

—El Otro Mundo —repite *Æthelburg* con el ceño fruncido—. ¿Por eso caminan los muertos?

La risa resuena en la estancia.

—El viejo Gwyn afirma que su caldero sana la muerte —se carcajea la mujer—. Pero aquellos a quienes *sana* se convierten en sus esclavos. No hay poder sobre la tierra que pueda restaurar una vida perdida.

Herla toma aire y el rostro de la anciana se gira en su dirección, sacándola de la sombra que proyecta una lámpara de crudo. Está prácticamente ciega.

—*¿Por qué has entrado bajo este techo, Señor de los Vientos? No eres bienvenido aquí.*

En medio del silencio posterior, el hombre murmura.

—Lo siento. Mi madre no está bien y habla cuando no debe.

—No pasa nada.

¿Tanto se parece Herla al rey de Annwn para que la mujer le dirija su epíteto? Enhebrada junto a su furia ante la mención de Gwyn se halla el terror, y los otros, entre quienes se incluye *Æthelburg*, la observan con la frente arrugada.

—Encontraré a la persona al mando de este lugar —dice, de pronto incómoda ante sus miradas— y le diré que el peligro ha pasado.

—¿Pasado? —hace eco la anciana desde su lecho. Vuelve a reírse, un prolongado cascabeleo repleto de humor frío—. El peligro no ha pasado. Acaba de comenzar.

15
ÆTHELBURG

Wiltun, Wiltunscir
Reino de Wessex

Mientras más se acerca a Wiltun, más le sudan a *Æthel* las palmas de las manos hasta que apenas puede aferrarse a las riendas. Aquella noche tormentosa había aniquilado las dudas, pero tras varios días a caballo bajo un sol de justicia se ha quemado un boquete en su convicción. ¿Qué había visto en Sceaptun en realidad? *Algo mató a ese hombre*, se recuerda, reavivando sin piedad la imagen del britano ensangrentado sobre el regazo de su esposa. *Y vi el arma responsable.* Ælfrún se había hecho cargo del cuchillo de hueso. *Æthel* percibe la forma del arma envuelta en harapos, colocada junto a la espada de su cinto. Una prueba, en caso de que el Witan se negara a aceptar su historia.

Pero quizás no debería mostrárselo al Witan. Aún no. La idea le resulta más que atractiva. Se lo diría primero a Ine y dejaría que él decidiera qué compartían con el resto. *Querrá contarlo todo*, piensa con amargura. *Y seré yo a quien tachen de loca.* Quizás Ælfrún hablaría en su favor. Alza la vista… solo para descubrir que la otra también la mira. Ambas apartan la mirada y *Æthel* quiere echarse a reír. No entiende el motivo. La domadora de caballos es una persona de lo más extraña que, sin duda, atesora una gran cantidad de secretos y tampoco se puede decir le guste conversar. ¿Por qué entonces *Æthel* se siente tan a gusto a su lado? ¿Tan hambrienta está de compañía femenina? *¿O de compañía femenina que disfrute lo mismo que yo?* Una mujer que cabalga a su lado sin miedo, que no la considera una excéntrica.

—¿Quieres hacer combates de entrenamiento conmigo, Ælfrún? —le pregunta de pronto.

Ælfrún alza una ceja.

—¿Qué te hace pensar que sabría?

—Me dijiste que tu madre te enseñó esgrima. Y por la manera en la que te mueves... es obvio que sabes luchar. —Cuando la otra no responde de inmediato, *Æthel* añade—. Me he percatado de lo fuertes que son tus brazos.

Y entonces se da cuenta, para su horror, de que se ha ruborizado.

Ælfrún parece haberse quedado genuinamente sin palabras y *Æthel* aprovecha la oportunidad para esconder la cara en el odre de cerveza. Cuando el silencio comienza a prolongarse, la mujer dice:

—Entrenaré contigo, *Æthelburg.*

—Me has llamado por mi nombre.

Æthel siente una absurda satisfacción al respecto. Devuelve el odre a la bolsa y, cuando pone de nuevo los ojos en la carretera, los tejados rematados de oro del salón de Wiltun se dibujan en la distancia. La sonrisa se desvanece. Aquel edificio le produce casi tanto horror como los sucesos de Sceaptun. Preferiría enfrentarse a un enemigo invisible en lugar de a los hombres y su estrecha condescendencia, sus palabras calculadas para vituperarla de manera subrepticia. Empieza a dárseles muy bien y la mera idea enciende sus temores. *Æthel* aprieta los puños. Mientras más tiempo pasa Wessex sin heredero ni tejedoras de paz, más la despreciaban los hombres.

—¿Mi señora? ¿*Æthelburg*? —Ælfrún contempla sus furiosos puños, y *Æthel* los abre con parsimonia—. *¿Qué estás pensando?*

—No estoy segura sobre qué debería contarle al consejo de mi esposo —ofrece como explicación—. Ya piensan que no tengo la cabeza donde debería y esto solo va a contribuir a la pésima opinión que tienen de mí. Sé lo que dije la otra noche, pero ¿me acompañarás cuando informe de lo ocurrido?

Ælfrún niega con la cabeza.

—No me corresponde.

—¿Y si te lo ordenara?

—Entonces tendría que obedecer —responde la otra con una media sonrisa.

—Preferiría que vinieras por voluntad propia —murmura Æthel, consciente de que la sonrisa le está quemando las entrañas—. Porque estás dispuesta a hacerlo. Confío en ti.

Ælfrún la mira y entre ellas el aire se tensa como las cuerdas de una lira que han retorcido con demasiada fuerza. En el interior de su compañera, Æthel percibe una energía agazapada y recuerda la manera en la que Ælfrún la tocó la noche en Sceaptun, con las yemas de los dedos encendidas. Traga saliva, consciente de que se ha inclinado sobre la silla de montar, como una polilla ante la llama.

—No deberías. —La voz de Ælfrún destroza el momento.

—¿Por qué? — Æthel estudia el rostro de la mujer, pero el intermitente sol lo llena de motas y enmascara lo que hubiera allí—. Has demostrado que eres una aliada. Sospecho que quizás me hayas salvado la vida. —Duda un segundo—. La britana dijo que las sombras que asesinaron a su marido se detuvieron después de que llegaras. Ni siquiera los persiguieron a ella y a su hermano cuando metieron el cadáver en la casa.

—Hay quienes toman la confianza y la aniquilan —dice Ælfrún con tanta dureza que Æthel se estremece—. No me gustaría ver *cómo te sucede.*

★ ★ ★

Una hora más tarde todavía medita sobre esas palabras mientras atraviesan a caballo los portones de Wiltun. Unos pocos la reciben, pero no tantos como antes. Es inevitable que el veneno de la corte se vierta a las calles. No la sorprendería enterarse de que se libra una batalla secreta de susurros en su contra. *Æthel* endereza los hombros, alzando su estatus de reina frente a ella como un escudo, pero nadie se coloca a su lado para completar la formación. Nadie excepto quizás una extraña que ha aparecido de improviso en su vida.

La primera señal de que algo va mal se muestra en la forma de una calle plagada de pálidas raíces como el suelo de un establo.

—¿Qué…? —*Æthel* espolea su caballo hacia delante y el sonido de la gente que trabaja se hace más fuerte: gritos, golpes y alguna risa ocasional. Cuando ve el granero, se queda boquiabierta. Las dobles puertas están abiertas de par en par y el trigo recién recogido yace en fanegas por todo el edificio—. ¿Qué diablos sucede aquí?

—Es un milagro, mi señora —balbucea un hombre cuya túnica exhibe motas de polvo por todas partes—. El trigo… nos estamos quedando sin espacio para almacenarlo.

—*Pensábamos* que era un milagro —añade un hombre mayor con pesimismo—, pero no deja de crecer.

En otro momento, quizás el trigo infinito habría alarmado a *Æthel*, pero ahora se le antoja casi trivial. Cuando desmontan en los establos, *Ælfrún* le agarra la mano para hacerse con las riendas.

—Majestad.

Æthel carece de ánimo suficiente para protestar por el título. Se vuelve una mantequera de nervios ante la perspectiva de explicar lo que pasó en Sceaptun y lo odia: saber que cada palabra que pronuncie se medirá en función de su género. Hasta que no mira la tranquila expresión de *Ælfrún*, no se pregunta cuando comenzó todo eso, el rechazo de la corte. Antes solían respetarla. Quizás no la comprendieran, pero la respetaban. Es incapaz de señalar el momento en el que eso cambió.

—*Æthelburg* —dice *Ælfrún* con un matiz extraño en la voz—. Si necesitas ayuda, te la ofrezco de buen grado. Pero sería mejor olvidar lo que viste en la aldea.

—¿Olvidar? —*Æthel* la contempla, confundida—. ¿Cómo podría olvidarlo? *Murió gente.*

—La gente muere todos los días —responde la otra mujer, aparentemente indiferente ante la frialdad de sus palabras—. No te concierne. —Toca el codo de *Æthel*—. Es peligroso.

Æthel se aparta.

—Gobierno este reino junto a mi esposo. —Es consciente de las ajetreadas calles a sus espaldas, las idas y venidas de la gente para la que este lugar es su refugio, su hogar—. Nada me concierne más.

Los ojos de *Ælfrún* arden.

—Hay peligros invisibles para ti. De los que quizás no pueda protegerte.

—¿Y desde cuando es asunto tuyo protegerme? —explota *Æthel*. Está harta de que la gente declare que necesita protección, que la mimen. Había creído que *Ælfrún* era diferente—. Pensé que al menos *tú* no dudabas de mí.

—Y no dudo —murmura la otra—. Pero, aun así, hay cosas que no entiendes.

Æthel se da la vuelta.

—Entiendo más de lo que crees. Dame el cuchillo de hueso. Necesito enseñárselo a mi esposo. —Aunque una parte de ella considera que irse de esa manera es mezquino, quiere poner distancia entre ellas antes de decir algo de lo que quizás se arrepienta. Después de que *Ælfrún* le entregue el arma (y le advierta que no la desenvuelva), *Æthel* sube los escalones del salón de dos en dos.

Las nuevas de su regreso deben de haber llegado, pero la única persona aguardando para saludarla es Nothhelm. *Æthel* le fulmina con la mirada y él alza las manos fingiendo estar aterrorizado.

—Pero *¿yo qué he hecho?*

—¿Dónde está mi esposo?

Sin que nadie la invocase, la preocupación se retuerce en su interior. Ine es casi siempre la primera persona con la que se encuentra. *No* verlo allí, con una sonrisa amable, o descendiendo la escalinata para darle la bienvenida a casa es… inquietante. Registra el salón con la mirada.

—Creo que está en su alcoba. —El rey de Sussex le dedica una sonrisa aviesa—. ¿No podéis esperar ni a lavaros el polvo del camino?

—Cállate. —Le aparta de un empujón. Sus dependencias privadas están junto a la cámara del Witan y allí encuentra a Ine, solo, en la penumbra. Se sienta sobre un baúl tallado para la ropa, con los hombros estirados hasta las orejas, como si temiera que le echaran la bronca. Se sobresalta incluso cuando *Æthel* entra. Las sombras le rodean los ojos.

—Tienes una pinta horrible —le suelta.

Parece como si le apartaran un velo de la cara.

—*Æthelburg.*

—No has venido a recibirme —se escucha decir y tuerce el gesto; las palabras suenan como un mohín.

—Es que… no. Lo siento.

—No pasa nada. —Se decanta por la ligereza—. Pensé que querrías oír las nuevas de inmediato.

Ine se endereza desde su postura desparramada.

—Y así es. —Un poco más de claridad se asoma en su mirada, como el sol persistente que brilla a través de las nubes—. Gweir me ha dicho que fuiste a Sceaptun. Eso ha sido peligroso, *Æthel.*

Se encoge de hombros, como si no fuera nada, cuando sabe que estuvo a punto de hallar su final aquella noche.

—Nunca te ha molestado. Puedo soportarlo.

—Siempre me ha molestado —dice Ine en voz baja.

Se miran el uno al otro. Tras frenar en seco, *Æthel* se esfuerza en recuperar el hilo.

—Fue una suerte para los britanos que estuviera allí. Uno perdió la vida, pero salvamos al resto de la familia.

—¿Qué pasó?

Era una práctica para lo que quizás tuviera que contar al Witan. *Æthel* examina sus pensamientos, intentando ordenar todo lo que ha visto en una narración que no la convierta en el hazme-rreír del consejo. Apenas ha empezado cuando Ine dice con voz inexpresiva:

—La domadora de caballos estaba contigo.

Gweir se lo habría contado.

—No le ordené que viniera. —Sintiéndose a la defensiva, se abraza y apoya la cadera en el escritorio en el que Ine suele leer—. Ha sido útil. Resulta que su madre era britana y sabe blandir una espada.

—Así que nos ha mentido.

¿Qué le sucede a Ine?

—¿Acaso tú no lo harías? —dice *Æthel* antes de escuchar el ardor en su voz. Baja los brazos—. O sea, si no supieras cómo se trata a los nativos en el lugar en el que buscas refugio.

—Parece que la conoces bien —comenta Ine, con esa voz inex-presiva. Si *Æthel* no conociera tan bien a su esposo, diría que se trata de celos. Pero es absurdo. Nunca ha sido un hombre celoso.

Intenta volver a enhebrar la narración.

—Gweir estuvo conmigo en Scirburne. Oyó las historias y puede respaldarme. Lo enviaste por eso, ¿verdad?

—Sí —contesta Ine y todavía parece un poco indignado—. Me da la sensación de que sabe mucho más sobre la herencia de Dumnonia de lo que quiere admitir. Háblame de Sceaptun.

Cædwalla. Los muertos vivientes. En la perezosa tarde de Wiltun, se le antojan el producto del delirio de un enfermo. *Æthel* se prepara y entonces llaman a la puerta. Se miran el uno al otro.

—Pasa —dice Ine.

—Debo hablar con vos, mi señor —dice Hædde, apresurándose a entrar. *Æthel* frunce el ceño, pero no es nada en comparación con la reacción de Ine. Retrocede como si el obispo fuera una serpiente a punto de atacarle. Espera que solo le haya resultado obvio a ella, pero a juzgar por la frente arrugada de Hædde no hay dudas de que también se ha percatado—. ¿Majestad?

Tras ponerse de pie, Ine enlaza las manos tras la espalda para que solo Æthel se percate de que le tiemblan. ¿Qué está pasando? Antes de que el rey pueda abrir la boca, Æthel dice:

—Estaba conversando en privado con mi esposo. ¿A qué viene tanta urgencia, obispo?

—Os ofrezco mis disculpas, mi señora. — Hædde no aparenta sentirse para nada avergonzado. Exuda un aire... exultante. Concentrado. Como si se preparara para dar un sermón frente al mismísimo Papa—. La situación del granero se está volviendo preocupante.

—¿El milagro?

—Me temo que no hay ningún milagro. —Ese extraño tono obseso se agudiza—. Es la obra de los *paganos*.

—¿Paganos? —repite Æthel con una risita. Ine no se ríe—. Obispo, estás siendo bastante dramático.

—No le veo la gracia al asunto, mi señora. —El tono de Hædde se ha enfriado—. Si no los arrancamos a tiempo, echarán raíces. Majestad, habéis emprendido una ardua labor para traer la luz a vuestro reino y la Iglesia os lo agradece. Poseéis recursos de los que nosotros carecemos y os ruego que los empleéis.

—¿De verdad es tan terrible que crezca el trigo? —pregunta Ine cuando al fin encuentra la voz—. Parece algo bastante inocente.

—Es una herejía.

—Ah. —Con pinta enfermiza, Ine contempla el suelo—. Solo quería asegurarme.

—Es cierto, es una *magia* menor —admite Hædde, con una expresión asqueada mientras pronuncia la palabra como si fuera fruta que no ha madurado aún. Cuando se da la vuelta para deambular por la estancia, Æthel lo fulmina con la mirada. ¿Quién se cree que es para usar su alcoba como si fuera la suya? Ine concede un exceso de libertad a los obispos—. Parece muy inocente, como bien decís. Pero nunca lo es por mucho tiempo. ¿Habéis pensado en nuestra conversación del otro día? ¿Y en el poeta que mencioné?

Ine alza débilmente la mirada del suelo. Æthel siente deseos de agitarlo para insuflarle algo de vida.

—No lo hemos encontrado, Hædde. Y si es cierto que es un mago... no lo hallaremos.

Los ojos del obispo arden ante esa palabra. Es perturbador. Æthel nunca lo ha visto tan contento.

—Pensad en todo el bien que hemos logrado, majestad. No toleraré que se eche a perder.

—Lo entiendo, pero es posible que tengamos preocupaciones más acuciantes. Las compartiré contigo una vez que Æthelburg termine de informar sobre lo ocurrido en Sceaptun.

Por la manera en la que Hædde estira la espalda, Æthel se percata de que no está satisfecho en absoluto. Pero Ine ha cambiado de tema con astucia y el obispo no puede ignorarlo.

—Como deseéis, majestad.

Una vez que se va, Ine se frota la frente.

—Lo siento mucho, ¿puedes continuar?

—¿Qué ha sido todo eso? —exige saber la reina acercándose a él—. Te has sobresaltado tanto que has brincado al verlo.

—Estoy bien.

—No me mientas. —Antes solían compartirlo todo—. Llevas comportándote de manera extraña desde Gifle. —La asalta un recuerdo que le acarrea un dolor de garganta. Ine y ella agarrados de la mano, caminando con los brazos entrelazos para ver florecer las estrellas en la noche. Las rodillas rozándose baja la mesa en la que descansaba el tablero de algún juego, mientras Æthel narraba su victoria más reciente. Como una vez, en las fiestas de Yule, Ine había llevado la copa a los labios de su esposa mientras trataba de no reírse por algo que le había dicho. Ella no había contenido su propia risa; se había vertido junto con el vino y las barbillas de ambos acabaron empapadas ante la mirada desaprobatoria de un Hædde *más joven*.

La distancia entre ellos se ha ensanchado mientras no miraba. Quizás ha estado fuera demasiado tiempo, piensa Æthel. Es la agitación que se apodera de ella, un salvajismo nacido de la furia que la lleva una y otra vez al campo de batalla, a buscar una respuesta entre las estocadas y cortes, la desesperada lucha por la supervivencia. Desearía saber cuál era la pregunta.

—Tienes que recuperar la compostura —le dice con dureza, consciente del terror en su voz, pero no de a quién de los dos se refería. Ine arrastra los ojos hacia ella. Su rostro expresa una vulnerabilidad terrible, igual que un niño perdido en un bosque tan oscuro y profundo como aquellos de los que se previene en los cuentos—. Necesito que me escuches… sin miedo.

Asiente y esta vez la mira a los ojos con desesperación, como si fuera lo único a lo que pudiera aferrarse en un precipicio a punto de desmoronarse. Con algo de inquietud, Æthel desenvuelve el cuchillo de hueso, con cuidado de no tocarlo. Aunque habían limpiado la espantosa mancha, sigue irradiando violencia desde la empuñadura, pálida como un cadáver, a su inclemente punta. Ine tuerce el gesto.

—¿Qué es *eso*?

—El arma que usaron para asesinar a los britanos que poseían vestigios de la magia de Dumnonia. —Le resulta extraño decirlo en voz alta, sobre todo tras la marcha de Hædde—. No era capaz de ver a los seres que blandían esta cosa, pero los britanos los describieron como sombras, extraídas de los túmulos antiguos. No deberías tocarlo.

Aguarda a que Ine exprese incredulidad ante su historia, pero aprieta los labios con tanta fuerza que palidecen.

—Sin embargo, esas criaturas no son los culpables de que perdiera tantos hombres esa noche. —Su voz se convierte en un susurro—. Los seis murieron, Ine. A manos de un espectro, un alma fallecida que ha regresado al mundo mediante una invocación. —*Ahora o nunca*—. Ælfrún oyó su nombre: Cædwalla de Wessex.

El corazón le late con fuerza contra el pecho varias veces mientras Ine se limita a mirarla. Entonces se levanta tambaleante y se apresura a agarrarle los antebrazos. Æthel se sobresalta. La agarra con firmeza.

—¿*Qué* has dicho?

—Me haces daño —le informa e Ine, tras contemplar angustiado sus propias manos, la suelta—. Sabes que no mentiría.

—Pero no fuiste tú quien lo escuchaste. Te lo contó Ælfrún.

—Y tampoco creo que ella mienta. —Æthel se percata de que se le empieza a arrugar la frente. Había esperado que él incidiera en lo imposible del relato. Que Cædwalla estaba muerto y los muertos no se levantan de la tumba para asesinar a nadie. En lugar de eso, tiene los ojos febriles y, para su horror, comienza a reírse, un sonido crudo y espeluznante—. Ine —le regaña, asustada—. Déjalo ya.

Su risa se detiene de forma tan abrupta como empezó. Eso también la inquieta.

—¿Qué te pasa?

—Si esa criatura mató a seis hombres, ¿cómo sobrevivió *ella*?

Æthel parpadea.

—No... no lo sé. No dijo que se enfrentara a él, solo que oyó su nombre.

Deambulando, Ine susurra algo que suena como: *no me pasa solo a mí*, pero no está segura.

—Una anciana vivía con los britanos —añade Æthel, al recordar la extraña reunión en esa casa—. Dijo que no sería fácil destruir el cuchillo. Y habló del Otro Mundo, de alguien llamado Gwyn.

Ine se detiene.

—¿Gwyn? ¿Gwyn ap Nudd?

Æthel arruga aún más la frente.

—¿Has escuchado antes ese hombre?

—Pues... —Deja escapar una temblorosa exhalación—. No es más que una historia que nos contó un poeta. El que Hædde está buscando.

Maravillada de que le respondiera una pregunta, Æthel le agarra el brazo antes de que vuelva a deambular de nuevo.

—¿Qué historia?

—No importa. —Pero no se aparta de ella—. Este... *espectro*. Si lo han invocado desde la tumba, ¿quién es responsable?

—No lo sé. ¿Alguien que desea destruir todos los vestigios de la sangre de Dumnonia?

—Y Hædde cree que hay un pagano peligroso entre nosotros —dice Ine con voz débil—. ¿Qué está pasando, Æthel? —Sin darle tiempo a responder, lo que es una suerte porque no sabe qué decir, añade—. Desearía no haber ido nunca al oeste. Todo esto empezó con Geraint.

—Eso fue culpa mía, ¿recuerdas? Aprovechó la oportunidad que le di.

—No. —Ine estira la mano para acariciarle el rostro y la sorpresa la deja inmóvil como si le hubieran crecido raíces—. Tenemos a Cadwy gracias a ti. Podemos darles respuestas a estas preguntas porque te has arriesgado para averiguar la verdad. —Le recorre la mejilla con las yemas de los dedos y mientras baja la mano, el asco se cuela en su voz—. ¿Y qué hago yo más que sentarme aquí y asustarme de las sombras?

Æthel alza la mano para sostener la de su marido. No se lo pregunta. Ine la observa con sus grandes ojos oscuros. Están tan cerca que casi comparten aliento, y el hambre se despierta en el interior de Æthel. La reina se siente asqueada pero también le da la bienvenida. No quiere pensar porque todas sus dudas siguen agazapadas en su interior, listas para condenarla. Así que, en lugar de pensar, de detenerse, se inclina y besa la mejilla de su esposo. La barba de varios días la ha vuelto un poco áspera. Qué extraño, nunca se la deja crecer en verano. Inspira con suavidad antes de moverse para recorrer los labios del otro con los suyos. No es suficiente. Quiere que la sostengan, sentir la calidez de una piel cantando contra la suya, porque dentro de ella hay un frío terrible, el temor de que quizás no merezca sentir esa calidez. Sin embargo, antes de que pueda proseguir con el beso, los hombros de Ine se tensan bajo sus manos —una tensión demasiado familiar— y Æthel se aparta.

—¿Qué sucede? —Su pregunta es un susurro rasgado—. ¿Me tocas y después te apartas? ¿Qué quieres de mí?

Parece tan desamparado.

—No... no sé cómo expresarlo. Y no me refiero solo a ti. Ni siquiera me lo puedo explicar a mí mismo. Ni a nadie.

Para poner de nuevo distancia entre ellos, retrocede hasta la mesa y siente la dura e inflexible madera contra las pantorrillas.

—*Inténtalo*, Ine. Soy tu esposa. ¿Por qué no confías en mí?

La garganta de Ine oscila de arriba abajo cuando traga saliva, con el rostro roto de dolor. *Æthel* se enfada. ¿Por qué lo hago? Una vez y otra. ¿Por qué lo obligo a rechazarme? Su esposo ha dejado claro sus sentimientos, incluso ella lo ha reconocido ante él. Y, sin embargo, ahí están de nuevo, incapaces de mirarse el uno al otro, incapaces de mostrar honestidad. Todo se amontona en su interior: la vergüenza del rechazo, la duda de que alguien pueda amarla. Se ahoga entre sus pensamientos. Antes de que Ine tenga oportunidad de responder, dice:

—No tengo por qué serlo.

—¿A qué te refieres?

—Tu esposa. No tengo que ser tu esposa. —Se aparta las lágrimas antes de que se precipiten por su rostro—. Todos quieren que me repudies. Los oigo. ¿Acaso tú no? ¿Por qué nos obligas a pasar por este calvario?

Ine abre y cierra los puños en los costados.

—¿Es tu vida conmigo un calvario? No me había dado cuenta de que... mereces algo mejor, *Æthel*burg. —Ine cierra los ojos; es su respuesta para todo, piensa *Æthel*. Ojos que no ven—. Si quieres que nos separemos, no te detendré.

Con el corazón tronándole en el pecho, *Æthel* lo contempla enmudecida, con la sensación de estar a punto de enfermar. No había esperado que coincidiera con ella tan fácilmente, como si no pudiera esperar a deshacerse de su esposa. Abre la boca, pero no sale nada. Ine le ha arrebatado todas las palabras. Así que abandona la estancia en silencio, y en su cabeza ya no hay espacio para britanos ni espectros ni paganos. Su corazón ha quedado despiezado y cada esquirla es más afilada que el cuchillo de hueso que ha dejado en la alcoba a su espalda.

16
INE

Wiltun, Wiltunscir
Reino de Wessex

Tendría que haberlo hecho hacía mucho tiempo. Su hermana, Cwenburh se lo había dicho antes de partir para acompañar a Cuthburh a Northumbria. *Lo sabe, ¿verdad? Æthelburg. ¿Es feliz?* Había creído que era feliz. Æthel nunca lo presionaba, al menos no al principio. Sus obligaciones militares siempre habían sido más importantes. O eso había asumido. Ahora, con el corazón roto por la verdad del asunto, Ine se percata de que había asumido lo más conveniente. Lo que le permitía creer que había encontrado a alguien que lo aceptaba. Aunque nunca hablaban al respecto. Aunque Æthel nunca lo hubiera *comprendido* en realidad. No se había imagino que la situación pudiera desencadenar en algo así. El final de su matrimonio. Al hecho de que Æthel recibiera un castigo o se castigara a sí misma por algo que no tenía nada que ver con ella.

Si se lo cuento… pero ¿no es demasiado tarde para eso? ¿Qué cambiaría que lo supiera? Quizás lo entendería. Quizás no. El daño está hecho. Ine se hunde en la cama con el rostro en las manos. Tiene las mejillas húmedas. ¿Es acaso culpable de la crueldad de la corte? ¿O proviene todo de las expectativas de la gente, de las expectativas del *mundo* para un hombre, para un rey? Y también para una mujer.

Entre los dedos, un destello. Las lágrimas se quiebran en docenas de destellos que Ine aparta. El arma que *Æthel* ha traído yace como una terrible espina sobre la mesa. Olvidando la advertencia de la reina, Ine se inclina para tomarla en las manos.

El ruido lo asalta. No es solo ruido, sino voces. Jadean, lloran, gritan; los sonidos que hace la gente cuando muere. Sabe que están muertos, igual que sabe que sostiene el arma que los mató. Las voces se lo están diciendo, tan rebosantes de miedo que Ine desea echar a correr, no fuera que a él también lo colmara aquel terror. Carecen de cuerpo, pero estiran las manos: raíces doradas que se enredan con la raíz más grande en su interior e Ine recuerda la agonía que ha intentado olvidar. Enterrada en la tierra, en el cabello despeinado del gigante. El recuerdo lo asalta como las voces, pero no puede evitar estirar el brazo hacia ellas, a esa gente perdida; la luz dorada brilla con tanta intensidad que bien podría ser el fulgor del sol llameando durante más de mil mañanas.

★ ★ ★

Sus gritos invocan a los guardias, que lo llaman por encima de aquel polvo, *pálido como el hueso,* que forma un círculo a su alrededor. Sin ser capaz de pronunciar dos palabras seguidas, Ine se levanta tambaleándose, inseguro de si ha perdido o no la consciencia. Despide a los hombres sin importarle si van a contar lo que han visto. Bajo la piel, algo arde y se hunde, quizás el sol o todos los seres diminutos que habitan la tierra. Roe su propia carne, dejándola dolorida y roja y se abre camino hacia el exterior con aire afligido. El cielo rosado, pero va cediendo veloz al añil. Habría jurado que no era mucho más tarde del mediodía.

Ine se descubre encaminándose al río. Los gritos del salón de hidromiel le llegan como un eco en su camino, mientras se agarra a los

árboles para mantenerse erguido. Igual que el ganado al que conducen al pasto, no sabe qué lo impulsa hacia delante, no ve al pastor a
sus espaldas. Corre porque *algo* en su interior le dice que corra. Y corre porque quizás, solo quizás, aún pueda escapar.

El poeta está en la orilla del río, como si acudiera a una cita ya
concertada. Ine cae de rodillas frente a aquella figura. Lleva una túnica empapada de rocío en el borde, lo que delata los desnudos pies
morenos que se asoman por debajo. Sin darse cuenta, ha soltado una
exhalación.

—Ayúdame.

Enrosca los dedos en la hierba y nuevas raíces le golpean la
piel.

—Es culpa de tus ancestros, hijo de los gevisos, por entrometerse
en una tierra que no tenía nada que ver con vosotros. —Su voz repi-
quetea y resuena con diversos matices—. En fin, ahora es vuestra
responsabilidad.

Con el codo hundido en la hierba, Ine mira arriba. Los ojos del
poeta son del mismo azul que recuerda, viejos como la creación. Nadie ha usado la denominación tribal *gevisos* en muchos años.

—¿Quién eres?

—En esta época me llaman Emrys —responde la figura.

—¿Eres un hombre o una mujer?

—Soy yo. Pregunta algo menos ridículo.

Se humedece los labios y nota el sabor del hierro.

—¿Estoy loco?

Al fin, Emrys esboza una leve y alargada sonrisa.

—No, aunque dentro de muy poco quizás desees que ese sea el
caso, si de verdad buscas mi ayuda.

—Dijo que el culpable era Cædwalla, que él está detrás de las matanzas. —Ine balbucea lo que piensa según le viene a la cabeza—. Y
me he dado cuenta de que me observa. Pero Æthel no está loca. No
haría bromas con muertos vivientes. —Una parte de él se mira horrorizado mientras va soltándolo todo—. Y el pan que enterré no

deja de crecer ni tampoco los sueños que me asaltan hasta despierto. Es culpa de Geraint. Él me ha hecho esto.

—¿Has terminado? —dice Emrys cuando al fin guarda silencio—. En primer lugar, Geraint no hizo más que morirse. Lo que no puede ser culpa suya, puesto que tu hermano blandió el cuchillo. —Ine parpadea, pero tampoco es que Ingild se haya callado. Se enorgullece de haber dado muerte al rey de Dumnonia—. Y, en segundo lugar, no me cabe duda de que Geraint pasó sus últimos instantes tan conmocionado como tú cuando el legado de Constantine pasó a un sajón en lugar de a su hijo.

Sigue arrodillado como un suplicante en la hierba. Lentamente, Ine se levanta.

—¿Qué quieres decir?

Emrys agita la cabeza.

—No ignoras la existencia del legado de Dumnonia, pero no sabes nada del papel que juegas en él. —Parecía encontrar la situación *divertida*. Aparte de su nombre y talento para contar historias, Ine no sabía nada de Emrys, aquella persona que se toma tantas confianzas al hablar con los reyes.

—No tengo por qué escucharte —dice—. De hecho, podría castigarte por tu conducta.

—Y, aun así, has acudido a mí, te has arrodillado ante mí. —Una brisa le remueve la *túnica; el cuerpo debajo parece esbelto, fácil de quebrar y, sin embargo, Ine percibe una voluntad fuerte en su interior, la paciencia inclemente y letal de una araña en el centro de una tela que rodea el mundo. Ha* retrocedido un paso sin darse cuenta.

Emrys asiente.

—Así es. Tienes enemigos suficientes, rey Ine, no quieras que yo me sume a ellos. Daré respuesta a tus preguntas porque la ignorancia es peligrosa, sobre todo para ti.

Las lechuzas se despiertan con el crepúsculo. Ine se sobresalta con un ulular y el susurro de las alas. Le ha destruido los nervios, lo que fuera aquello, lo que le está sucediendo.

—Si no me estoy volviendo loco, dime por qué estoy soñando. —Y con una voz más suave, con el sabor del terror—. ¿Quién es el gigante?

—Es la Tierra —se limita a decir Emrys— y todo lo que hay en ella. Bosques, piedra y arroyo. Es la gente que la trabaja, que la cuida y recoge sus frutos. Venimos de la Tierra y a la Tierra regresamos. El legado de Dumnonia es el vínculo entre ambos.

La Tierra.

—No estamos en Dumnonia.

—Las fronteras humanas no son inamovibles. En cualquier caso, Dumnonia está en *ti.* Aunque la sangre de Cador se ha tomado su tiempo para manifestarse.

—¿Cador? —pregunta Ine frunciendo el ceño.

—Padre de Constantine. Y padre de la mujer que tu antepasado, Cynric, llevó a Wessex hace muchos años como su esposa.

—Un nombre antiguo —murmura Ine, antes de comprender las implicaciones—. Espera, ¿la esposa de Cynric era britana? Me resulta difícil de creer. No está escrito en nuestras historias.

—¿Y por qué recordar las hazañas de las mujeres cuando podemos elogiar las de los hombres? —dice Emrys con amargura—. Ella entendía lo que estaba haciendo. Dudo que Cynric lo hiciera.

—Hablas como si la conocieras. —Cuando Emrys no responde, Ine pregunta—. ¿Qué *estaba* haciendo?

—Unir a dos pueblos enfrentados, por supuesto, aunque no conoció la paz en vida. Su propio hijo le trajo mucho dolor en ese aspecto. —Hay un destello en sus ojos—. Pero ahora estás aquí, como resultado de la promesa que le hizo a su hermano. A la Tierra y a todos los pueblos que la llamáis hogar.

Tiene que asumir demasiadas cosas. Ine desea hundirse de nuevo en la orilla del río, apoyar la frente en el árbol más cercano y pensar. Aunque siente temor ante la idea de tocar la tierra.

—¿Por qué? —Su voz suena rasposa—. ¿Por qué a mí y no a los que vinieron antes?

—La estirpe de Cynric ha obligado a la herencia a permanecer en el letargo. —Por primera vez, la boca de Emrys se arruga en algo parecido a la compasión. Eres hijo de ambos. Por eso el poder en tu interior es tan volátil.

—¿Poder? —Ine no sabe si reír o llorar—. ¿De eso se trata? ¿Lo que ha causado que el trigo crezca y destruido el cuchillo de hueso? —Y luego, recuerda lo que pasó la última vez que visitó aquel lugar—. Y en el río, ¿no me habría ahogado de no ser por Gweir?

Emrys asiente sin artificio.

—Admito que dudaba que fuera posible hasta la noche que conté historias en tu salón.

Ine piensa en el oso de ojos demoníacos, la imponente ciudadela.

—¿Cómo lo hiciste? ¿Cómo lo volviste real?

—Se me da muy bien contar cuentos.

No dijo nada más y a Ine no le sorprendió que guardara sus secretos con tanto celo. A él le parece que los suyos yacen dispersos por la tierra cocida por el sol, que se le cayeron del bolsillo cuando se arrodilló a los pies de Emrys, quien podría aplastarlos con una pisada.

—Solo me has dicho tu nombre —murmura Ine, intentando aferrarse al momento y lugar presentes—. ¿Cómo sé que puedo confiar en ti? Al fin y al cabo, el obispo Hædde te está buscando.

Con las manos tras la espalda, Emrys se toma su tiempo para dar una vuelta en torno al rey.

—¿Y vas a entregarme?

—Lo… —Ine se da la vuelta para no perder de vista a su interlocutor—. No. No lo sé.

—Qué confianza me inspira todo eso —murmura Emrys.

—Hædde es un buen hombre. Un buen consejero. Pero una vez que se empeña con algo, es como un sabueso con un hueso lleno de tuétano. No va a soltarlo.

—¿Esa bondad se manifiesta castigando a inocentes cuentacuentos por herejía?

Ine se agita incómodo.

—No permitiría que eso sucediera.

—¿Incluso si levantara sospechas? Ya te has dado cuenta de que te tiene en su punto de mira.

No puede negarlo. Æthel se percató de su sobresalto cuando el obispo se introdujo en su alcoba. Y aun así…

—¿Se te puede calificar de inocente cuentacuentos?

Emrys se queda inmóvil, como si rescatara un recuerdo oscuro.

—Nunca he sido inocente.

Se miran mutuamente. Si las voces del cuchillo no hubieran despertado aquel estado similar a la locura en Ine, nunca se habría adentrado en aquel lugar.

—¿Cómo supiste que me encontrarías esta noche?

—Sería mejor preguntarse cómo supiste *tú* que *me* encontrarías.

—¿Acaso no eres capaz de responder una simple pregunta?

—Ninguna de tus preguntas es simple, Ine de Wessex —dice Emrys—. Ni en mí encontrarás las respuestas. Te he hablado de la herencia porque las cosas se están descontrolando. —Hace una pausa—. Es peligrosa y los saberes que posees lo son más aún. *Sé cuidadoso con este conocimiento y protégelo.*

Ine percibe el ominoso peso del salón a sus espaldas, repleto de hombres con una perpetua apetencia por la violencia.

—Has dicho que tengo enemigos suficientes. ¿Qué enemigos?

Los ojos de Emrys también vagan a la silueta del salón.

—Hay alguien que intenta extinguir el legado de Dumnonia, incluso los vestigios entre la gente común. Nunca esperaría encontrarlo en un rey sajón. Eso te concede una ventaja.

Es demasiado. Tiene la cabeza embarrada por el terror y la paulatina consciencia de lo improbable que resulta que todo eso desaparezca.

—¿Y qué he de hacer?

—¿Acaso no eres rey y ya mayorcito para tomar tus propias decisiones? —Emrys da media vuelta—. Como poeta errante y hereje, no me corresponde aconsejarte en absoluto.

Ine resiste la urgencia de entrechocar los dientes.

—Lo has hecho de buen grado hasta hora. ¿Por qué te detienes?

Emrys suspira.

—Entonces mi consejo es que mantengas al chico a tu lado. Irán en su busca.

—¿Cadwy? Creía que habías dicho que yo… —*No, es una historia demasiado rocambolesca*— que él no era el heredero de Geraint.

—Eso no lo saben. Tendrás que protegerlo de tu corte, pero él tiene mucho más que temer que una muerte política.

Ine se lleva la mano a la frente, pero se descubre en medio del gesto y la baja.

—Tengo… tengo que pensar al respecto.

—No te entretengas pensando. Tienes una esposa hábil. ¿Por qué no confías en ella?

Es tan raro que se enfade, que al principio no reconoce el sentimiento que se impone en su interior. Pero aparece ardiente, furioso ante esas palabras, ante lo que han dejado al descubierto y en lo que no quiere zambullirse. Emrys salta hábilmente a un lado y el suelo bajo sus pies se agrieta. El río se apresura a ocupar el hueco, girando como la furia en el pecho de Ine. Contempla la espuma, escucha el gorgoteo del arroyo, *siente* la apresurada huida de algo pequeño y veloz por la hierba y aquella sensación —la consciencia de todo aquello— marchita su furia.

—No lo quiero. —Se hunde frente el reciente canal y se embadurna el rostro—. Llévatelo.

—¿Y hacer burla de la decisión que tomó la esposa de Cynric? —La voz de Emrys es gélida—. En cualquier caso, es imposible. Si pudiera hacer tal cosa, no tendría que preocuparme de necios reyes que insisten en arrojarse a mis pies.

Ine se ríe. Es un sonido seco y un poco desesperado y parece que Gweir lo oye a través de la noche porque lo llama.

—¿Rey Ine? —Recorre el camino superior a pie.

—Otra persona en la que puedes confiar. —Emrys retrocede hacia las sombras, y no queda más que el fulgor de sus ojos.

—Espera. —Se revuelve para ponerse en pie—. No puedes dejarme ahora. Tengo preguntas.

Los ojos se detienen.

—Una. Solo te consentiré una más.

Incrédulo, Ine contempla la oscuridad, jadeante ante todo lo que desconoce. Solo una pregunta. ¿Quién está matando a los britanos? ¿Cómo han vuelto los muertos a la vida? ¿Qué debería hacer con Cadwy? Herla y Gwyn... ¿son ciertas las historias? ¿Es la herencia de Dumnonia perversa como insisten los obispos? ¿Cómo esconder un poder que no puede controlar?

Ine se humedece los labios.

—La mujer de Cynric, la que deseaba la paz. ¿Cómo se llamaba?

Inhala brevemente.

—Se llamaba Riva —dice Emrys, con una nota extraña en la voz—. Quizás todavía haya esperanza para ti.

★ ★ ★

—Ni siquiera una mención de pasada —le dice más tarde a Gweir, cuando se sientan solos en la estancia en la que se reúne el Witan, rodeados de notas de pergaminos y registros. Ya ha pasado la medianoche, pero la búsqueda de cualquier cosa que confirme las afirmaciones de Emrys mantiene a raya el cansancio—. Si la esposa de Cynric era una princesa de Dumnonia, ¿no se merecería al menos un pie de página? Llevamos siglos guerreando contra ellos. —¿Y por qué recordar las hazañas de las mujeres cuando podemos elogiar las de los hombres? Con el recuerdo de esas palabras viene otro: Æthel, tensa y orgullosa ante los gesiths mientras estos sacudían las cabezas ante sus actos en Tantone. Ine contempla con fijeza la tinta desvaída. Le falló aquel día.

—Rey Ine, ¿podríais decirme qué ha dado pie a todo esto? —Gweir señala los cúmulos de pergamino—. ¿Qué os dijo ese poeta?

Le ha dicho a Æthel que confía en Gweir, pero ¿cuánto puede contarle? Sigue teniendo la sensación de que el gesith se guarda algo para sí. Varias veces, Ine ha visto una sombra en su rostro, agitándose en silencio. Quizás ha llegado la hora de proseguir con la conversación que iniciaron hacía varias semanas a caballo.

—¿Por qué sigues aquí, Gweir? —le pregunta en la lengua de los britanos. Sus susurrantes sílabas los envuelven y es el turno de Gweir de mostrarse reservado—. ¿Por qué has jurado lealtad a Wessex?

—No he jurado lealtad a Wessex —dice el gesith tras un largo instante—. Os he jurado lealtad a *vos*.

—Es lo mismo...

—Disculpadme, pero no lo es.

Se miran el uno al otro. Una antorcha chisporrotea, a punto de apagarse.

—Lo habéis interpretado como las palabras de un traidor —murmura Gweir, un poco triste—. Quería decir que no serviría a otro rey de los sajones occidentales que no fuerais vos.

—¿Por qué? —pregunta Ine, intrigado.

—¿Por qué? —Los ojos de Gweir rezuman desafío. Entre ellos el aire se espesa por la tensión—. Porque sois el heredero de Constantine. El heredero de Dumnonia.

Mientras que Emrys había hablado de herencias y promesas, la afirmación de Gweir le resuena con más intensidad por su simplicidad. Ine ha agarrado con todas sus fuerzas el filo de la mesa e intenta estirar los dedos. Tiene la boca seca cuando habla.

—¿Y sabes lo que significa?

—Sí —murmura Gweir—. Lo descubrí la noche que Geraint murió. Cuando vi las raíces, la manera en la que os cubrían, lo supe.

Así que no fue solo un sueño. Ine no puede evitar estremecerse.

—Pero me hiciste un juramento varios años antes. Es imposible que lo hayas sabido desde siempre.

—Lo sospechaba. —Gweir esboza una débil sonrisa—. Dudé de mi padre cuando me contó que la sangre real de Dumnonia corría por las venas de los reyes de Wessex. Nunca se ha dejado ver. Incluso me enfadé. Pero entonces os conocí. —El brazalete de oro que Ine le había dado como premio a su lealtad refleja la escasa luz que queda en la estancia y se aferra a ella—. Desde el principio supe que eráis diferente y no soy el único que lo piensa. Aquí disponéis de numerosos britanos que confían en vos por motivos que se escapan de su comprensión.

El silencio regresa e Ine le permite gobernar a sus anchas. Al final, dice en un suspiro:

—Los obispos creen que el trigo es obra de los paganos. —Se mira las palmas abiertas—. Si se dan cuenta... les he dado demasiado poder. Hædde ya habla de traer más clero a Wessex. ¿Durante cuánto tiempo puedo esconder todo esto? Y los britanos. Todavía no sé quién los está matando ni con qué propósito. —La oscuridad parece volverse más densa y un escalofrío semejante al del Purgatorio le oprime la espalda. *No me daré la vuelta.* Antes de las nuevas de Æthel casi se había convencido de que Cædwalla era una fantasía, un síntoma de locura. La idea de que fuera real le resulta mucho más aterradora. Los espectros pueden matar de un solo toque...

En cuanto lo piensa, Ine se da la vuelta, incapaz de detenerse, pero no hay nada allí. Nada excepto un leve chirrido al otro lado de la puerta, como de unos pasos que se arrastran en la noche. Devorado por los nervios, vuelve a girarse hacia Gweir.

—Ese poeta, Emrys, cree que Cadwy podría estar en peligro. ¿Le echarías un ojo?

—Por supuesto, rey Ine. Pero... ¿os habló Emrys de Constantine? No parece que os hayáis sorprendido de mis palabras.

Ine asiente, rígido.

—Ni tú parecías sorprendido de oír hablar de Emrys. ¿Quién es, Gweir?

El guerrero se muerde del labio.

—Es una historia con muchos nombres y rostros. —Su voz suena susurrante, respetuosa—. Tiene más años que el mundo, según dicen, y solo sirve a sus propios propósitos. Pero siempre ha ofrecido amistad a Dumnonia.

—¿Es alguien en quien pueda confiar?

—Así lo creo, rey Ine. Al menos si honráis el legado.

—¿Honrarlo? —Solo el chirrido en el exterior impide que Ine alce la voz. En su lugar, alza las manos—. Me llena de pavor. Creía que me estaba volviendo loco.

—¿Cómo es?

Ine se le queda mirando. El otro hombre le devuelve la mirada, sus ojos resplandecen en la oscuridad.

—Es... —En su mente, el gigante—. Es enorme. Cien mil vidas. —Pone la palma bocarriba—. Puedo ver el viento. Oír la hierba. Saborear la tierra en la boca. —Habla sin pensar—. Pero no deseo ver o escuchar o tragar. Porque si lo hago, me abruma. Me perdí la noche que murió Geraint. No sé cómo hallar el camino de regreso.

El hambre se refleja en el rostro de Gweir.

—Desearía experimentar si acaso una minúscula parte. —Arruga la boca—. Supongo que al menos estoy más a salvo que los britanos de Scirburne y Sceaptun.

—Ojalá pudiera entregártelo. Creo que entiendo por qué la Iglesia odia a los paganos. —Una parte de él se siente un traidor por decirlo en voz alta—. Las leyes no pueden tocar esto, el poder en mi interior. Es demasiado grande para una persona. No se puede controlar.

—Constantine podía controlarlo —dice Gweir con suavidad.

Ine centra la mirada en un lugar por encima del hombro del gesith, ya que prefiere contemplar los parches sombreados del muro.

—No soy Constantine. Ni siquiera pertenezco a su pueblo. Estas cosas no deberían estar pasándome a mí. —Suena como un niño, pero resulta difícil no sentirse indefenso antes las palabras de Gweir y Emrys. Lo pintan como algo que nunca sería—. La sangre en mis venas proviene de Cynric y de todos aquellos que ascendieron al poder dejando a su paso un reguero de sangre.

—No es lo que yo creo.

—Es un hecho. —El escudo de Cædwalla lo vigila desde el muro—. Quería Dumnonia o eso pensaba, pero si este es el precio, no siento deseos de pagarlo. Los britanos pueden quedarse con su tierra y su legado y los recuerdos de un rey que, no me cabe duda, era mucho mejor que yo.

Gweir abre la boca para intervenir, pero Ine empuja hacia atrás su silla. La conmoción del día se arremolina en su interior como mares tempestuosos y su cabeza está plagada de voces: *Æthel*, las almas asesinadas atrapadas en el cuchillo de hueso; Emrys y Gweir haciéndole partícipe de aquella descabellada e improbable historia. Y Geraint que gastó su último aliento en preguntarle: ¿Quién eres?

Por primera vez, Ine carece de respuesta.

17
HERLA

Wiltun, Wiltunscir
Reino de Wessex

La reina pasa a su lado a medio galope, demasiado rápido para ir a caballo por las calles de tierra. La tarde va cayendo en una neblina, pero los ojos de Herla son lo suficientemente avispados como para distinguir una mejilla húmeda por las lágrimas relampaguear antes de perderse. No ha sabido nada de *Æthelburg* en las horas desde su regreso, ni la han convocado a una reunión. La visión de las manchas en la piel, a pesar de ser fugaz, la inquieta. Está segura de que hubo un tiempo remoto en el que también lloró sin vergüenza. Aquel recuerdo no importa ahora. Alzar la espada de Gwyn significa transitar un páramo en el que nada crece ni cae la lluvia, ni siquiera las lágrimas.

Pero ya no estoy allí.

Los músculos se adelantan a sus pensamientos. O quizás su corazón está siguiendo un fiero instinto. Abre la puerta del compartimento y se sube a la silla. Al espolear el caballo, cabalga con el mismo descuido que *Æthelburg* y casi atropella a la mujer del patio contiguo. Esta grita y Herla frena con una maldición. Ambas tienen palabras pendiendo de los labios, cuando Herla se percata: la sobrecogedora sensación de *Otredad*. Abre los ojos desmesuradamente.

—¿A dónde vas, domadora de caballos?

No se ha percatado de inmediato de la presencia de Sinnoch, que sostiene un rollo de cuerda en las manos. A diferencia del resto, no parece haberse encariñado de ella. Empieza a preguntarse si se debe a algo más que los vulgares celos. Si es britano, quizás sea pagano, y se les da mejor que a los cristianos ver lo que tienen frente a los ojos.

Antes de que pueda responder, los ojos del maestro de las caballerizas se desvían hacia la mujer.

—Y tú, Alis, ¿verdad? No encontrarás a la reina en las caballerizas a esta hora.

Los pensamientos de Herla le dan vueltas en la cabeza. ¿Es esa chica una criatura del Otro Mundo o simplemente la ha rozado? Resplandece con la luz que se refleja en los capiteles de Caer Wydyr, como si estuviera presa en su piel. Las palabras de Sinnoch la alarman:

—¿Por qué estás buscando a la reina?

Sin despegar los ojos de Herla, Alis dice:

—Le he preparado un baño, pero no ha aparecido.

—¡Fuera de aquí! —le ladra Sinnoch—. Y tú, domadora de caballos, vuelve a tus ocupaciones. Quizás cuentes con el favor de lady *Æthelburg*, pero tu jefe soy yo.

Aunque su disfraz es suficiente para engañar a los mortales, Herla no lo ha probado nunca con la sangre de Annwn. Desmonta y observa a la chica regresar al salón, y solo la consuela saber que *Æthelburg* no está dentro. ¿Cómo advertir a la reina sobre Alis sin revelar su identidad? Ya ha dicho demasiado. *Æthelburg* ya ha visto demasiado.

—No confío en esa mujer —susurra Sinnoch. Un estante recorre la pared de madera; se inclina a inspeccionar los arreos—. Eanswith ya debería haber vuelto.

—¿Y yo? —pregunta Herla a sabiendas de que no es buena idea interrogarlo—. ¿Confías en mí?

Sinnoch se pone rígido.

—No hablas anglosajón con el acento de alguien que ha habitado entre los galeses de las antiguas tierras.

—Muy pocos se percatarían de ello —señala Herla.

—Así es. Muy pocos lo reconocerían. —Su sonrisa es afilada—. Me cuesta trabajo creer que una mujer de Anglia se percatase.

Ninguno vuelve a abrir la boca. Herla agarra una escoba y se pone a barrer como si no pasara nada, aunque la urgencia le bulle bajo la piel. Sinnoch abrillanta las sillas de montar hasta que el cuero resplandece. Sin embargo, tras un rato, se cansa de aquel punto muerto en el que se han quedado atascados. Con una mirada retraída, se marcha al salón de hidromiel para comer.

Herla deja la escoba. *He de encontrar la manera de advertir a Æthelburg sobre Alis. Antes de que regrese a Wiltun.* Pero las lágrimas de la reina dominan su mente mientras guía al caballo fuera del establo. Herla mueve el rostro hacia el viento. Al fin y al cabo, es una cazadora y puede detectar cualquier rastro. Æthelburg es como el hierro al sol y el primer sudor fresco de la batalla. Herla lo aspira, deseando inhalar un poco más y un poco más, como si el aroma pudiera colmar un recipiente encerrado en su interior que lleva largo tiempo vacío.

Numerosos túmulos salpican el paisaje del exterior del asentamiento, tan infelices como los de la colina a las afueras de Sceaptun. Hay un ejército dormido bajo la comarca del rey. Herla entrecierra los ojos. No habría creído posible hacer uso de los ecos de quienes llevaban tanto tiempo fallecidos. ¿Acaso sería posible invocar a sus propias compatriotas? Un escalofrío inesperado la recorre ante la idea. Se han ganado la paz.

Una melena leonina sobre una piel bronceada y pecosa.

Herla bebe del recuerdo de Boudica como de una hierba amarga. Se le instala en el estómago y allí permanece, y no sabe cómo aliviarlo.

El caballo de Æthelburg ha dejado huellas, zonas de hierba pisoteada y la marca de unos cascos en la orilla de un arroyuelo. Ya está cerca. El rastro es fuerte. No pasa mucho, antes de que Herla escuche los *porrazos* y gruñidos de una persona que golpea un árbol.

—Vas a mellar la hoja —le dice.

Æthelburg suelta un grito ahogado, pero para ser justos con la reina, se da la vuelta al instante con el arma ante ella. Ya no quedan rastros de lágrimas, solo perlas de sudor que le adornan la frente.

—Válgame Dios, ¿cómo me has encontrado?

Herla desmonta.

—Soy una buena rastreadora.

—Mejor que buena —susurra *Æthelburg*. Se refriega la cara con la manga—. Siempre apareces cuando menos me lo espero.

Herla no dice nada, solo observa cómo la reina recobra el aliento. Además de los pantalones, no lleva más que una banda de lino en torno al pecho. La túnica yace cerca del tocón de árbol que era su oponente, abandonada en aquella tarde cálida. Herla la mira embobada, consciente de lo que hace, pero igual que el aroma que la atormentaba, no sabe cómo parar.

Cuando *Æthelburg* alza la ceja, le dice:

—Te vi pasar a caballo. Parecías angustiada.

—Así que decidiste cabalgar en mi busca. —Se coloca las manos en las caderas, sin dejar de aferrar la espada con la diestra—. Sin duda eres la persona más extraña que he conocido, Ælfrún.

Herla se acerca.

—¿Me contarás lo que ha pasado?

—Um. —Los ojos azules de *Æthelburg* la dejan obnubilada—. Quizás, si entrenas conmigo.

—No tengo espada.

—No pasa nada. Siempre traigo una de repuesto. —La reina va hacia su caballo, que se afana en recortar un largo pedazo de hierba y saca una espada de una vaina amarrada a la silla. Cuando Herla la atrapa con una sola mano, *Æthelburg* inclina la cabeza con aprobación.

—No me cabía duda de que sabías luchar.

La ataca sin advertencia previa, y serpentea con la hoja hasta el pecho de Herla, que la esquiva. Resuelta, la reina ataca de nuevo, esta vez con una finta a la izquierda dirigida hacia la diestra. Quiebran la sosegada tarde con el choque del metal.

—La falda me pone en desventaja —dice Herla.

—Quítatela entonces.

—No, o de lo contrario, no tendrías nada que hacer.

—¿Ah sí? —dice *Æthelburg* con ironía y arremete de nuevo.

—Admito que eres rápida. —Herla danza fuera de su alcance—, pero no puedes depender solo de la velocidad.

Para ilustrar su argumento, corre hacia delante y, alzando la espada prestada, golpea hacia abajo con tal fuerza que hace volar lejos el arma en las manos de la reina. Durante un instante de conmoción, *Æthelburg* la observa girar por el aire antes de arrojarse contra Herla.

Se enredan al caer. Herla intenta sacar los pies de debajo de su oponente, pero la falda aprovecha para mostrarse una desventaja y le atrapa las piernas en un doblez de tela. Al momento siguiente, siente una punta afilada en el hueco de la garganta.

—Admito que eres fuerte —dice *Æthelburg*, jadeante—, pero no puedes depender del honor de tu oponente.

Se miran la una a la otra. Tras un segundo, la reina se echa a reír y, oh, aquel sonido exige compañía. El gozo se traga el amargo y ardiente recuerdo en el estómago de Herla, y gorgotea antes de escapar con tanta alegría como el de *Æthelburg*. Una vez más, no se trata de la risa que se apoderó de ella cuando el sabueso brincó. O el oscuro júbilo que sintió cuando se rompió la maldición. Es la risa del alma, aunque la suya se halle en ruinas.

Æthelburg aparta la daga.

—¿Nos hemos enfrentado antes?

Herla permanece en silencio.

—Es que... tus movimientos me resultan familiares. —La reina agita la cabeza y, para gran decepción de Herla, se levanta de encima de ella—. Ignórame. No fisgonearé. Ahora mismo eres lo único bueno que hay en mi vida.

¿Diría tal cosa si supiera la verdad?

—¿Por qué? ¿Qué ha pasado?

Se sientan juntas en la hierba y *Æthelburg* se lleva las rodillas al pecho.

—No importa gran cosa lo que diga ahora, ni si te confío la verdad. El consejo de mi marido ya me desprecia y piensa que no soy digna de liderar los ejércitos de Wessex. —Se examina las manos mugrientas tras el entrenamiento—. Me he pasado la última década apoyando las fronteras del reino, cazando exiliados que querían usurpar el trono a Ine y ganándoles en batallas a ellos y a la chusma que llamaban ejército. Pero el Witan no ve nada de eso. Porque debería haber estado en casa pariendo niños. —*Æthelburg* adopta una expresión hastiada. En lugar de a Herla, contempla el espacio entre las ondulantes raíces—. Has pasado tiempo suficiente en Wiltun para oír los rumores, sin duda. Piensan que soy estéril o demasiado aguerrida para concebir.

Elige las palabras con cuidado.

—¿Deseas tener un hijo?

—Si deseo un hijo o no es irrelevante. —Arranca un trozo de hierba y empieza a despedazarlo—. Llevamos diez años casados y puedo contar con los dedos de la mano las veces que mi marido ha yacido conmigo.

Habla deprisa y rompe la hierba todavía más rápido.

Herla es incapaz de esconder su asombro. Asombro y algo aún más fiero que ha despertado esas palabras al pensar que *Æthelburg*… vuelve a centrar su atención.

—¿Te ha dicho el motivo?

—Cuando no mostró interés en la noche de bodas, pensé que estaba siendo considerado. —La reina soltó una risita hueca—. No tenía de qué preocuparse.

—¿Y después?

—Después… cada vez que yacíamos era porque yo forzaba la situación. ¿Sabes lo que es que te hagan sentir tan indeseable? —Lágrimas en la voz—. Me convencí de que no pasaba nada. De todas formas, estaba muy ocupada. Yacer con hombres implica niños y yo no quería un niño. —Abre la palma y deja que la hierba caiga a pedazos al suelo—. Creo que siempre ha amado a otra persona, pero el deber le pesa demasiado para admitirlo. Nuestro matrimonio fue concertado.

—¿Se lo has preguntado?

—Claro que sí —explota—, pero nunca contesta.

—*¿Le has dado la oportunidad de hacerlo?*

—Claro que sí —repite *Æthelburg*, con menos convicción aún—. Si tan solo fuera honesto conmigo, podría soportarlo. No me importaría que hubiera otra mujer o incluso un hombre. No es que yo pueda quejarme al respecto.

Con el corazón en la garganta, Herla la estudia de cerca.

—¿Os satisfacen… tanto los hombres *como* las mujeres?

—Creo haber mencionado a Leofe. —*Æthelburg* se apoya en las manos—. Podría decirse que fue mi primer amor. Éramos muy jóvenes.

No lo había olvidado, de hecho, ya atesoraba aquella información. La historia de *Æthelburg* la intriga, pero Herla sigue creyendo que el rey ama a su esposa. No dice nada. Porque en su interior se arremolina una profunda satisfacción. También se apoya en las manos, aferrándose a los secretos de la reina como si fueran los suyos.

—Gracias por habérmelo contado.

—Seguro que me consideras una necia —murmura *Æthelburg*—. Me dijiste que no confiara en ti.

Tienen los dedos muy cerca, podrían estirar la mano sobre la hierba y agarrar a la otra. El aire se empapa de rocío.

—Así es —dijo Herla con suavidad—. Y lo dije en serio.

—Pero confío en ti. Desconozco el motivo. Quizás sea porque somos muy parecidas.

Parecidas. Herla casi se echa a reír.

—No. Tú eres una buena persona, *Æthelburg*. Amable. —Vuelve a ver a la reina arrodillada mientras les cierra los ojos a los hombres asesinados—. Eres valiente y abnegada y amas a tu gente.

—Creo que tú también amas a tu gente. Creo... que harías cualquier cosa por ellos.

Ante aquello, Herla se da la vuelta para mirarla. La sorpresa le ha dejado sin aliento, le ha robado las palabras.

—Y creo —continúa *Æthelburg*, sosteniéndole la mirada— que te han hecho mucho año. Tanto que no te permites confiar en nada o nadie nunca más.

Un roce. Las puntas de las yemas de la reina descansan contra las suyas. Herla baja la vista para mirarlas y el fuego en su interior —el deseo— ruge. Pero con él viene una voz que ha estado creciendo en su interior desde Sceaptun; una voz que le ordena retirar la mano, distanciarse de la mujer que ha denominado abnegada y amable. Herla la ignora; la cazadora no titubea. Así que alza el rostro cuando las manos de *Æthelburg* la cubren y la reina se inclina. Incluso cierra los ojos.

El lamento de un cuerno. En ese mismo instante, Herla siente que los anzuelos sobre su espíritu se refuerzan y empiezan a tirar. *No.* Se sacude y *Æthelburg* se precipita al suelo. *No puede ser.* La luna ha dibujado un tenebroso círculo en el cielo y empieza a retirarse una vez más sobre las orillas de la vejez. *Y es imposible.* Sin duda la maldición no puede forzarla a cabalgar ahora. Herla se pone de pie con dificultad.

—¿Qué ocurre? —*Æthelburg* se yergue también—. *Ælfrún*, ¿qué te ocurre?

Observa a la reina horrorizada. *Madre mía, voy a matarla.*

—¡Vete!

—No...

—Si amas la vida, súbete al caballo y echa a *galopar*. —La palabra es un aullido—. Vuelve a casa. No te detengas por nada. —Una agonía repentina la subyuga, como una flecha al corazón y suelta un grito ahogado.

—*Ælfrún*.

Æthelburg le agarra el brazo, pero Herla la empuja lejos con brusquedad.

—¿No me has oído? —Las siente, a sus cazadoras. Oye el familiar grito: *a los caballos, a los caballos.* Diosa, ahora no. Disfrazado de cuchillo, la espada de Gwyn canta e incrementa su fuerza con cada bramido del cuerno. El sonido llena la noche y *Æthelburg* palidece. Da un tembloroso paso hacia el caballo.

—*Vete.* —Herla la arroja sobre la silla y golpea el flanco del caballo. No hace falta espolear a la bestia. Echa los labios hacia atrás y la llamada del cuerno le brilla en el blanco de los ojos. *Æthelburg* gira el rostro pálido hacia Herla mientras el caballo se la lleva lejos. Parece darle forma a su nombre en los labios.

Mientras resiste la niebla roja que le nubla la visión, Herla no puede arriesgarse a mirar de nuevo. La ilusión que oculta su auténtica forma se desvanece cuando cae de rodillas.

—No. —Aplasta la tierra con ambas manos para no agarrar la espada de Gwyn. Pero la luna la observa desde el cielo, antigua e implacable. No está sola. En un círculo a su alrededor hay dieciocho mujeres en caballos negros, cuyos rostros son tan fieros como el de la luna. ¿Ese aspecto tenía yo?, piensa sin ser capaz de controlarse. ¿Ese era mi aspecto al cabalgar?

—Álzate, Herla. —La voz de Corraidhín es fría—. Álzate y guíanos.

Solo sus ojos muestran a Herla la verdad: un terror yace enterrado en ellos. Habla en la lengua eceni y la esperanza aletea en el pecho de Herla. Quizás la maldición no puede reclamarlas del todo.

Dormach se yergue sobre una de las monturas, una silueta voluminosa frente al cielo. Siente la mirada del sabueso, furibundo ante su acto de desafío. Echa la cabeza hacia atrás y aúlla, y la niebla roja se espesa a la vez que se expande para dejar su marca en el mundo. ¿Por qué se resiste? Ella es la Cacería y el cuerno. El lobo que arrincona a los ciervos, el halcón en pleno vuelo. Tiene la espada de Gwyn en la mano, desnuda ante la luna, y se ha alzado al fin. Se sube a la silla de una montura tan oscura como las otras. Alza el rostro para olfatear el viento, que acarrea el aroma del hierro y el sudor de la batalla. Va a…

No. Con un grito furioso, Herla da la vuelta al caballo para alejarse del asentamiento y la solitaria figura que regresa a él. En su lugar mira al oeste, a la lejana isla de Glestingaburg. Es el único lugar que puede contenerla, que puede contenerlas a todas. Cuando los cascos de su caballo golpean la oscura tierra, Herla intenta ignorar la masa de almas que se refriegan contra la suya. Allí fuera hay más, aguardando su espada, la espada de Gwyn.

No. Poco a poco se percata de que no podría haberse resistido antes. Le cuesta toda su voluntad resistir ahora, seguir cabalgando testaruda hacia el hueco bajo la colina sin desviarse. *Necia, fui una necia al creer que éramos libres*. El mes que ha pasado entre la gente, junto a *Æthelburg*, ¿en qué estaba pensando? Rápidamente se van desintegrando en un sueño, aquellas semanas robadas, absurdas e improbables. La Cacería camina sobre la tierra. Esa es su *realidad*. Ella misma la eligió, en las orillas de otro mundo. No puede volver atrás.

La puerta aparece en la colina y Herla la atraviesa con las cazadoras a su espalda. Pero ningún sueño encantado se apodera de ella o amaina la urgencia de cabalgar. La maldición la fuerza a pelear por cada jirón de sí misma.

—No cabalgaremos —grita, precipitándose del caballo hacia el liso suelo de piedra. Yace con las palmas hacia abajo.

—Somos eceni. Recordamos a la Madre y las hierbas que se quemaban en su honor. —Más allá, en algún lugar, Dormach aúlla—. Recordamos la sangre derramada en nombre de la libertad.

Es poco más que un balbuceo, fragmentos de recuerdos de una persona que ha dado sus primeros pasos en una nueva era. Pero las otras la oyen. Corraidhín halla la fuerza para abandonar la silla, para arrojarse junto a Herla y colocar sus manos sobre las de ella.

Otras se unen. Mano sobre mano, hasta que la llamada de la Cacería y el aullido del perro de Gwyn quedan sobrepasados por el peso, el calor, el almizcleño aroma de cuero y las pieles. Así pasan aquella larga noche, con las cabezas juntas, compartiendo el aliento. Las lágrimas surcan sus rostros; ninguna es digna de esas bondades;

ninguna se ha ganado el amor del pasado que las protege. Por primera vez desde que despertó, la verdad sepulta a Herla, brotando del
abismo en el que residen las almas que ha segado. *Hemos vivido demasiado. Hemos segado demasiadas vidas.*

Cuando el cielo comienza a iluminarse, Corraidhín susurra:

—Lo has logrado. —Y su sonrisa es tan resplandeciente como el
sol que se asoma en las alturas.

—Lo hemos logrado. —Herla las reúne a todas en torno a ella—.
No lo habría logrado sin vosotras.

—Pero ¿qué significa todo esto?

—Eso. —Senua se apoya en la lanza para enderezarse—. Creía
que ya no tendríamos que cabalgar.

—Yo también lo pensé. —A Herla se le revuelve el estómago; lo
envuelve con el brazo. Diosa, qué cerca ha estado. La idea de *Æthelburg* muerta por su mano, de su alma encadenada, le resulta repulsiva—. Me equivoqué.

—Y, sin embargo, no nos sumimos en el letargo —señala Corraidhín, señalando el salón con sus muros bruñidos—. Hablamos de
nuevo. Recordamos quiénes somos.

—Ahora somos capaces de luchar cuando antes no podíamos
—añade Gelgéis.

—Cierto, podemos luchar. —*Deberías haber dejado en paz a la reina*, sisea la voz de antes. *Mira lo que has hecho.* Herla inclina la cabeza—. Pero no podemos caminar seguras entre la gente de esta época.
No cuando la maldición sigue subyugándonos.

—¿Qué has descubierto? —pregunta Nynniaw.

He descubierto que nunca podré regresar. Es un pensamiento fúnebre; la imagen y el aroma de *Æthelburg* aún la colman por entero. ¿Por
qué permitió a la reina acercarse tanto? Se suponía que tenía que
concentrarse en el rastro del Otro Mundo, localizar a la…

—No llegué a advertirla —dice Herla en un susurro, espantada de
sí misma. Le devuelve la mirada a Nynniaw—. Encontré a la intrusa.
Al menos creo que esa chica proviene de Annwn. Tenía la intención de

contárselo a la reina, pero... —*Æthelburg*: jadeante, medio desnuda, espada en la mano. *Quizás, si entrenas conmigo.* Tuerce el gesto— me distraje.

Corraidhín la escudriña. Siempre ha conocido muy bien a Herla y antaño le había extraído sus secretos tras encontrarse a la reina de los eceni en la cabaña de Herla demasiadas veces. Herla evita la mirada de su amiga y la otra suspira. *Eres una necia*, le habría dicho. *Solo una necia repite el mismo error dos veces.* Pero ¿acaso era justo culpar a Herla por ver a Boudica en *Æthelburg*? Reinas de sus respectivos pueblos, guerreras y estrategas, casadas con hombres que no las merecen.

Toma aquel pensamiento por el cogote y lo agita. *No volveré a atravesar esa senda.* Y sin embargo aquella hambre seguía en ella: el hambre de la cazadora, la urgencia de perseguir a la presa. Herla aprieta los puños débilmente, intentando imponerse. Está agotada por el esfuerzo de la noche anterior de una manera en la que nunca lo ha estado antes.

—¿Intentó alguien cruzar desde Annwn en Lughnasadh?

Gelgéis agita la cabeza y Herla suelta una exhalación.

—Mejor así. Pero aun así habéis estado ocupadas. —Ahora que la luna se ha escondido, dispone de suficiente atención para inspeccionar el salón. Estantes para las armas se alinean en los muros. Hay una larga mesa en uno de los lados y un banco labrado en la cabecera como el trono de un rey sajón. Las antorchas arden en sus soportes, con un fuego demasiado plateado como para haber brotado del pedernal común.

—¿Te gusta? —pregunta Orlaith al comprobar dónde se ha posado la mirada de Herla—. Hemos hecho todo el mobiliario.

El bulto en la garganta de Herla amenaza con invocar al perturbador dolor de los recuerdos. Los emblemas de los eceni forman espirales por las paredes y alguien ha tejido incluso un estandarte de batalla, amarrado a un poste recién cortado. Probablemente Nynniaw. Han cubierto fragmentos del suelo terroso con pieles para reblandecerlo, y hay trofeos cornudos esparcidos por el lugar. Es a la vez muy similar y diferente a su antiguo hogar. Aquellos humildes materiales no distraen del hecho de que Annwn yace tras Glestingaburg: las llamas, el olor, los pilares de piedra fulgurante que no se encuentra en este mundo. Y, aun así, las mujeres lo han hecho suyo, como los marcadores fronterizos que se colocan en el campo y en las ciénagas para decir: *Esta es nuestra tierra.* ¿Y por qué no habría de serlo?

—Es maravilloso —les dice Herla y Orlaith resplandece de felicidad. En algún lugar de su interior permanece encerrada la niña que fue a Annwn antes de poder convertirse en mujer.

★ ★ ★

—¿Así que vas a volver? —le pregunta más tarde Corraidhín cuando se encuentran solas en la cumbre de Glestingaburg. La tierra se despliega a sus pies, una manta de lana verde de árboles y prados rota por los arroyos que arden con el crepúsculo. Las vistas son nuevas para Herla. La maldición la ha atado a las profundidades, no a las alturas. Ahora se baña en la visión de la tierra bajo el sol y piensa: *este es el reino de Æthelburg.* Se le agarrota la garganta.

—¿Herla?

—No, Corraidhín. —Fuerza a su voz a sonar calmada, igual que se obliga a mostrarse convencida de aquella corta y dolorosa palabra—. No voy a volver.

—¿Y qué pasa con lo de advertir a la reina?

—No puedo. —Herla cierra los ojos ante la belleza—. No puedo acudir a su encuentro, Corra. Por poco la mato como a un animal.

Corraidhín le agarra el antebrazo.

—Luchaste contra ello.

—Nunca debí ponerla en una posición en la que su supervivencia dependiera de que yo fuera capaz de luchar. Ahora ya debe saber quién soy. Que le he mentido.

Una ráfaga de viento aprovecha su silencio para rachear entre ellas. Le había dicho a *Æthelburg* que no sentía el frío, pero ahora se ha apoderado de Herla: un susurro grisáceo en la piel. No es el único susurro; las almas que la atosigan murmuran como un océano lejano. Hace rechinar los dientes, mientras intenta ignorar la manera en la que oprimen su propia alma. Hacen aún más ruido que el día anterior.

—Esa mujer se ha convertido en alguien importante para ti —dice Corraidhín al cabo de un rato.

Escucharlo la golpea como una borrasca repentina en un cielo sin nubes. Herla abre los ojos de golpe, pero la verdad no mejora con la luz.

—Por… por eso no puedo regresar. ¿Lo entiendes?

—Sí —le contesta la otra—. Muy sensato. Algunos incluso dirían que es lo *más decoroso*. Pero… —Mira a Herla de reojo— nunca has sido famosa por actuar de acuerdo al decoro.

Habla sin rencor o culpa, pero aun así Herla siente aquellas palabras clavarse en su corazón como una esquirla desgarrada del cuchillo que le dio a *Æthelburg*. ¿Estuvo bien desear a Boudica aunque tuviese marido e hijo? ¿Estuvo bien dejar que su reina la usara de aquella manera solo para que Herla sintiera, si acaso por un instante, que servía para algo más que la batalla? ¿Estuvo bien dudar de los eceni? ¿Escuchar las historias del rey del Otro Mundo? ¿Estuvo bien buscar su ayuda?

Quizás era lo que debía hacer. Ansiaba cambiar el final. Pero *Æthelburg*… ¿cómo va a estar bien para ella? *Æthelburg* tiene un marido que la ama, un reino fuerte. Y Herla podía haber acabado con todo en un instante. Si no hubiera luchado contra la maldición, la reina estaría muerta. Peor que muerta. Todavía siente náuseas solo de pensarlo. Si a Herla le importa, la decisión tendría que ser fácil. Pero lo que Herla desea es estar junto a *Æthelburg*… con una intensidad que es terrorífica.

Egoísta. Siempre ha sido egoísta.

—Lo que sí *puedo* hacer, Corra, es destruir al espectro —dice, mientras se debate contra aquel conflicto interno—. Era un rey de Wessex en vida y puede invocar a las sombras. No lo ligué a mí con demasiada fuerza por miedo a alertar a quien lo haya invocado.

—Duda—. Sabes que solo Gwyn ap Nudd tiene la habilidad de coser un alma al cuerpo una vez fallecida.

Corraidhín sisea.

—Si *se trata* de él, ¿qué es lo que quiere?

Herla piensa en los britanos asesinados, en la anciana cuyos ojos veían demasiado. *El peligro no ha pasado. Acaba de comenzar.* Vuelve a recordar a Æthelburg de rodillas ante los muertos, la voz resonante de Æthelburg cuando dijo que reinaba junto a su esposo. Herla no lo admitiría frente a Corraidhín, pero preferiría morir a dejar que Æthelburg sufriera daño alguno. Incluso si implica que debe apartarse de ella, le dice a su corazón en llamas. Incluso si implica olvidar lo que significa que te toquen, sentirte humana de nuevo. Es la señora de la Cacería y el enemigo aún anda suelto.

—Si trae a Gwyn a este mundo —dice, sus palabras una promesa oscura—. Lo estaremos esperando.

18
ÆTHELBURG

Wiltun, Wiltunscir
Reino de Wessex

Transcurre una semana y Ælfrún no vuelve.

—Era peculiar y apenas hablaba —le dice Deorstan a *Æthel* con aire pesaroso—, pero los caballos la echan de menos.

No son los únicos. Sola en la cima de la colina a las afueras de Wiltun, con vistas a la los campos recién segados, *Æthel* se sienta con las rodillas en el pecho, como la noche en la que *Ælfrún* desapareció y vuelve a pensar en todo lo que vio. *Si quieres seguir viva, súbete al caballo y huye.* No había imagino el dolor ni la conmoción en el rostro de *Ælfrún*. El desesperado terror con el que empujó a *Æthel*. No había imaginado los cuernos: una llamada que ya ha escuchado dos veces con anterioridad. Los cuernos de la Cacería Salvaje. Es obvio que *Ælfrún* sabía lo que era y se quedó para enfrentarse a ello.

Al morderse el labio, *Æthel* se percata de que se ha hecho sangre. Recorre la herida con la lengua y se le ocurre algo demasiado extravagante para ser cierto. Aquel pensamiento hace que le suden las manos y se le acelere el corazón. Tiene la cara roja. *Æthel* la apoya en las rodillas, mientras recuerda con creciente horror todas las cosas inocentes que dijo. Cómo sus dedos se movían con parsimonia entre los de Ælfrún como si tuvieran voluntad propia. La otra mujer no se había apartado. *Dios mío, ¿qué estoy haciendo? ¿Qué he hecho?*

Cuando regresa al salón, aquel pensamiento extravagante está bajo llaves, hasta para ella misma.

Ine ha intentado hablar con ella, pero el recuerdo de aquel día se ha acurrucado en el interior de *Æthel*. Ninguno de ellos puede retirar las palabras que se dijeron. Además, su marido ha dispuesto de años para hablar con ella y se ha cansado de esperar. En busca de distracciones, tanto de Ine como de Ælfrún, *Æthel* hace algo de lo que normalmente rehúye y se acerca a las mujeres de la corte en la esquina que han hecho suya. Las conversaciones cesan de inmediato y casi se ríe al ver sus caras, paralizadas a causa de la sorpresa. Entonces una de ellas sonríe.

—Sentaos con nosotras, *Æthel*burg. —Le da un golpecito al banco junto a ella y *Æthel* intenta recordar su nombre—. Qué bueno que os hayáis decidido a uniros.

Las palabras amistosas no esconden la frialdad. Piensan que es demasiado orgullosa para sentarse con ellas y tienen razón. Siempre ha justificado su decisión bajo la creencia de que no tenían nada en común. Ahora, mientras se acerca al banco, donde se sientan consumidas por sus palabras y tejidos, se da cuenta de que representan sus mayores miedos. Domesticidad. Irrelevancia. Una vida intramuros.

—Parecéis preocupada —dice Eadgifu, que siempre ha sido la más amable—. ¿Habéis discutido con el rey?

La mirada de *Æthel* es suspicaz, pero no es una suposición demasiado perspicaz, no cuando la nube bajo la que camina cubre la mitad del salón.

—Supongo que sí —murmura.

—Los hombres pueden ser obstinados. —Aprieta el brazo de *Æthel* y parece inquieta cuando no puede rodear el músculo con los dedos—. Os reconciliaréis pronto. Y además… últimamente el rey parece distraído.

Lo ha dicho como quien no quiere la cosa, pero _Æthel_ se percata de que las manos se detienen, de las miradas que se fijan con inocencia en otros lugares. Todas están deseosas de escuchar lo que tiene que decir. ¿Por qué no complacerlas?

—Cierto, no ha sido él mismo desde que volvimos de Gifle. Y el incidente en el granero lo ha inquietado.

—¿Por qué? —pregunta Thryth. Es la esposa de Nothhelm y todo lo que _Æthel_ diga, _llegará_ a sus oídos—. ¿Acaso no es un milagro? Una señal del favor divino.

—Quizás, pero Hædde piensa que hay paganos en Wiltun, que el trigo es obra suya.

Los ojos de Thryth se iluminan, como si la emocionara la perspectiva.

—¿_De verdad_? —Baja la voz y las otras se inclinan—. ¿Por eso han aumentado los oficios en la iglesia? También he oído que los obispos han solicitado que Winfrid regrese de Nhutscelle. Es muy joven, pero fiero en lo que respecta a los paganos.

Maravilloso, piensa _Æthel_, _otro hombre de Dios_. Al ver la forma en la que se interpretan y diseccionan sus palabras, siente una fugaz inquietud. Pero no puede retirar lo dicho.

—Deberíais uniros a nosotras más a menudo, _Æthel_burg. —La sonrisa de Thryth es una criatura diminuta y con un firme control sobre sí misma—. Los hombres rara vez se muestran cautelosos con nosotras. Escuchamos muchas cosas.

—¿Qué tipo de cosas?

—Cosas como que, hace más o menos una semana, el guardia de mi marido encontró al rey Ine muy inquieto una tarde. Según lo cuenta él, el rey se había caído al suelo y lloraba en voz alta. —Thryth alza una inquisitiva ceja—. Cuando intentaron ayudarlo, huyó.

Le resulta difícil mantener el rostro inexpresivo. Hacía una semana... no fue el día de la discusión, ¿verdad? _Æthel_ traga saliva, consciente de que Thryth la está observando, a la espera de una respuesta.

—No me ha dicho nada al respecto —responde y aunque algunas mujeres vuelven a hundirse en sus labores, la esposa de Nothhelm asiente con aire pensativo. Incluso que haya admitido ignorancia le indica lo que desea saber. Los rumores son un tipo de poder, se percata Æthel demasiado tarde, que consiste en coleccionar retazos hasta poder distinguir la imagen completa. Es un arma que nunca ha aprendido a blandir.

Otra mujer se asoma desde el extremo del círculo. Eadgify se mueve para hacerle sitio.

—¿Conoces a Merewyn de Gifle? —pregunta y, tras parpadear, Æthel se percata de que es la hija de Gefmund. Recuerda esos ojos que eran como la superficie de un lago—. Estuvo en Gifle durante la batalla.

—Lo haces sonar más emocionante de lo que fue en realidad —dice Merewyn mientras se siente y sonríe a Æthel—. Estuve a salvo en el interior. No como la reina Æthelburg.

Alguien chasquea la lengua. Ignorándolo, Æthel le devuelve la sonrisa.

—¿Para qué has venido a Wiltun?

—¿No es obvio? —interviene la mujer falsa que invitó a Æthel a sentarse. Ahora Æthel recuerda su nombre: Sælin es la esposa de Edred. *Son tal para cual*, piensa con amargura—. Gifle es un páramo. Merewyn tiene la esperanza de hallar un esposo en la corte. Ya hace tiempo que superó la edad apropiada.

Merewyn se ruboriza y se mira las rodillas. Encarando la situación, Æthel dice:

—Le he preguntado a ella. Estoy bastante segura de que puede hablar por mí misma.

—Es cierto que no estoy casada. —La mujer mira arriba, ruborizándose aún más—, pero, en realidad, lady Æthelburg... he venido por vos.

El ritmo de costura de Sælin disminuye. Las otras mujeres detienen sus labores y Æthel no está menos perpleja.

—¿Por mí?

—Te... tenía la esperanza de que me enseñarais. —Merewyn evita todas las miradas excepto la de *Æthel*. Toma una bocanada de aire—. Que me enseñarais a luchar con la espada.

No recibe más respuesta que un atónito silencio. Entonces Sælin suelta una risilla nerviosa mientras se cubre la mano y, como si fuera una señal, las otras la imitan.

—Cuando os vi en Gifle —se apresura a continuar Merewyn, alzando la voz por encima de las risas—' no sabía que las mujeres pudieran convertirse en guerreras.

—Porque lo cierto es que no pueden —dice Sælin y las risas mueren. Entrecierra sus pálidos ojos azules—. Todo lo que pueden hacer es jugar a la guerra, como un niño con sus juguetes.

El veneno no debería sorprenderla. Sælin se ha limitado a devolverle a *Æthel* su grosería a la cara. Saben que las desprecia. En lugar de reaccionar, *Æthel* se sienta muy recta. Ha practicado cómo tragarse la furia, a guardarla en un lugar ácido en su interior. Pero ese espacio empieza a rebosar. No sabe cuánto más podrá aguantar antes de que se rompa. Antes de que *ella* se rompa.

Nerviosa, *Æthel* observa a Merewyn, como si fueran las únicas presentes. Los ojos de la mujer más joven son oscuros, su expresión teñida de una amargura que *Æthel* reconoce. Tiene que haber requerido coraje expresar su deseo en voz alta y siente una inesperada camaradería.

—Búscame luego. Empezaremos con el *seax*. Una mujer ha de saber cómo defenderse.

Pero ¿cómo me defiendo yo de esto?

—Lady Æthelburg, el Witan requiere vuestra presencia.

Parpadea ante el soldado. La interrupción no podría haber sido más propicia excepto...

—¿Ahora? —inquiere, con el ceño fruncido. Acaba de hacerse de noche, una hora extraña para convocar una reunión. Cuando el hombre asiente, *Æthel* se levanta y los ojos de las mujeres la siguen con fijeza. Entre la gente, ellas deberían ser sus aliadas, pero se comportan como una manada de lobos al acecho. No le gusta la idea de dejar a Merewyn con ellas. No después de la petición de la mujer.

La primera persona que ve al abrir las puertas de un empujón es Ingild.

—He oído que perdiste otros seis hombres en Sceaptun —le dice a modo de saludo—. Te estás volviendo descuidada, Æthelburg.

Surgen palabras furiosas. Igual que los cadáveres de los hombres fallecidos *níveos y fríos* en el suelo bajo el dorado del alba. Tumbas cavadas a todo correr fueron la única recompensa que recibieron por sus servicios. Su furia flaquea.

—¿No dices nada? —Ingild suspira e intercambia miradas con Edred y Nothhelm, los dos únicos presentes—. Quizás deberías aprovechar el tiempo en casa para reflexionar —continua en voz baja—. No es que nos sobren los hombres.

Pero estáis por todas partes, piensa Æthel. *En el mundo entero. Todos vosotros me ahogáis.*

—Lamento mucho su pérdida. ¿Va a versar sobre Sceaptun la reunión? En ese caso, Gweir debería estar aquí.

—Acudirá si lo considera importante —dice Ingild con un descuidado gesto de la mano—. Sin embargo, estoy seguro de que puedes darnos una declaración igual… de completa.

En cualquier otro momento, estaría rechinando los dientes ante su condescendencia. Pero un sudor frío le ha brotado bajo la ropa. Necesita que Gweir corrobore su historia. Ælfrún —asfixia sus pensamientos anteriores antes de que se escapen— se había comprometido a apoyarla, pero se ha ido. Nadie más estuvo allí.

La puerta se abre para revelar a Hædde, con Ine caminando a su sombra. Debe ser él quien ha convocado al Witan, pero verlo a la zaga del obispo inquieta a Æthel. Una vez más, tiene la sensación de que están cambiando las reglas de un juego que creía dominar.

—Necesitamos a Gweir —dice con la voz un poco rota—. Habló con los aldeanos. Tiene información…

—Si es tan importante, puede contarlo en otra ocasión —dice Nothhelm, irritado mientras se sienta—. Coincido con Ingild en que tu relato bastará mientras tanto.

No quiere hacerlo, pero *Æthel* se dirige a Ine.

—Si Gweir no puede unirse a nosotros, sería mejor esperarlo.

—Pensaba que estaría aquí —replica, no sin antes examinar cada rincón de la estancia, como si buscase. ¿Por qué ha dejado pasar tanto tiempo antes de convocar al Witan? ¿Acaso cree, igual que ella, que los hombres no creerán su historia?

Leofric entra, guiando a Cenred, y un terrible pensamiento la golpea. ¿Y si la enfermedad de Cenred es hereditaria? Ine se *ha* comportado de manera extraña. Y ahora aquella historia de Thryth sobre encontrarlo al borde de la histeria. ¿Y si ese es el motivo de que no contestara cuando *Æthel* le preguntó qué le ocurría? Que sabe que no le queda mucho tiempo. Si Ingild también se ha dado cuenta, podría justificar su comportamiento agresivo, como matar a Geraint de Dumnonia en contra de los deseos de Ine. Está al acecho para ocupar su puesto.

Todavía de pie, tiene que agarrarse al respaldo de la silla para enfrentarse al mareo, mientras el temor a explicar lo que sucedió en Sceaptun florece en uno más grande. Nunca ha... *Æthel* traga saliva y se obliga a mirar a su marido. En ninguna versión de su vida ha creído que él moriría antes que ella. *Æthel* es la que mira a la muerte a los ojos. Hace tiempo que aceptó el hecho de que la siguiente batalla en la que luchara podría ser la última.

—¿Bien, *Æthel*burg? —La voz de Ingild le llega desde el otro lado del abismo que se ha abierto en su carne.

—Están matando a los britanos en dos comarcas —dice y su voz suena alta y desnuda. Habla más bajo—. Las matanzas parecen indiscriminadas, pero no lo son. Los únicos que mueren son aquellos con vínculos a la antigua religión de Dumnonia.

Lo ha disfrazado con palabras bonitas, pero Hædde sabe exactamente a lo que se refiere. Tras una larga pausa, se reclina sobre el asiento.

—No entiendo dónde está el problema.

Æthel lo fulmina con la mirada.

—¿No entiendes el problema de que haya matanzas no autorizadas en las tierras del rey?

—El rey es consciente de que si las antiguas costumbres sobreviven socavarán a la Iglesia y su estatus.

—Eso no significa que esa gente merezca la muerte —exclama *Æthel* iracunda. Edred alza una ceja. *Menos pasión*, se riñe a sí misma, a sabiendas de que lo usarán en su contra.

Ingild esboza una delgada sonrisa.

—¿Y quién lleva a cabo estas matanzas?

—No vi a los culpables. Pero sé el nombre de quien está detrás de todo.

—Si no viste a nadie, ¿cómo sabes quién es el responsable? —pregunta Ingild dirigiéndose al resto del Witan—. ¿Acaso se nos viene encima otro cuento de fantasmales mujeres brotando de la nada?

—Cesa de inmediato, hermano —explota Ine y recupera algo del fuego de sus ojos—. Deja que hable.

Æthel los mira a todos, atrapada en las redes de lo que han asumido sobre su carácter con tanta grosería, y necesita más valor para decir lo que tiene que decir que todo el que le ha hecho falta en el campo de batalla.

—Mis fuentes confirman que el culpable es Cædwalla. —Cuando ninguno de ellos reacciona ante el nombre añade—. Cædwalla de Wessex.

Se ha preparado para la risa, pero no proviene del rincón que espera. Cenred se estremece en su asiento. Y, en lugar de burla, escucha algo mucho más frío, mucho más oscuro. Ine contempla a su padre con una expresión rígida que, en la estela de sus previos pensamientos, no puede evitar interpretar como terror.

—Diles a los criados que se lo lleven —murmura Ingild a Edred, ya sin sonreír—. Es un estorbo.

Normalmente Ine hablaría en defensa de su padre, pero no dice nada mientras sacan a Cenred de la estancia sin que cese la risa del anciano. Cuando la puerta se cierra, sumiéndolos en un incómodo silencio, Æthel se abraza a sí misma, con una terrible sensación de soledad.

—Lo siento, Æthel. —Ingild vuelve a sonreír—. Mi padre ha interrumpido el cuento que nos estabas contando.

Parece completamente tranquilo. Nothhelm y Edred intercambian asentimientos, como si estuvieran conversando en privado y Leofric se estudia las manos cerradas. Mientras que Hædde... Æthel no se atreve a mirarlo. La sonrisa de Ingild solo se ensancha ante su silencio.

—Sé... —Dedica una mirada desesperada a Ine, cuyo silencio la está condenando, pero este se sienta inmóvil en la silla—. Sé cómo suena. A mí también me ha costado creerlo, pero los hombres que perdimos en Sceaptun no murieron de forma natural. Y mataron a los britanos con un arma extraña, un cuchillo de hueso. —Casi se dispone a extraerlo, antes de recordar que lo había dejado con Ine—. Se lo di al rey.

A lo largo de la mesa se intercambian miradas dubitativas. Ine se inclina hacia delante.

—Hermano, ¿es eso cierto? ¿Tienes el cuchillo?

Ine está pálido. Tan pálido como el cuchillo de hueso que no ha extraído aún como prueba. Æthel lo contempla expectante, pero él no le devuelve la mirada.

—Ya... no lo tengo —dice mirándose las manos entrelazadas—. Se rompió.

—¿Cómo? —En voz más baja, añade—. La anciana me dijo que no sería fácil destruirlo.

Ine adopta una expresión lúgubre.

—Lo siento, Æthelburg.

En su garganta se atora algo caliente y amargo.

—¿Tienes los pedazos?

Agita la cabeza lentamente y en ese pequeño gesto se halla el poder para desacreditarla. Æthel se obliga a tragarse la amargura. ¿Por qué le hace eso? No está intentando castigarla por haberse negado a hablar con él desde la discusión, ¿*verdad*?

—Ine —le dice y la voz se le deshace en las orejas—. Al menos viste el cuchillo de hueso. Sabes que digo la verdad. Y debió de preocuparte lo suficiente como para compartir mi relato con el Witan.

—En realidad, *Æthel*, fui *yo* quien concertó la reunión del consejo. —Ingild ya no sonríe—. No tendrías que haberte guardado tanto tiempo la información. El Witan tendría que haber visto el cuchillo desde el principio.

De pronto, comprende de donde viene el *ánimo* de Ine. ¿Por qué no me dijiste que Ingild podía hacer algo así?, le pregunta en sus pensamientos, pero ya sabe la respuesta. Lo había intentado, quizás, pero ella insistió en permanecer en silencio. Había llegado al extremo de irse a dormir y levantarse antes que él, solo para evitar la tentación de hablarle. Solo el escrutinio de los hombres le impide gruñir de frustración.

Debe pensar en los britanos; las familias que están asesinando. Hay cosas en juego más importantes que ella e Ine. El espectro sigue suelto. *Æthel* inspira para calmarse.

—Me disculpo por no haberos enseñado el cuchillo antes, Ingild. Pero el consejo se ha burlado de mí con anterioridad. Seguro que entiendes mis reticencias.

Para su sorpresa, Ingild asiente con sobriedad.

—Y me disculpo por haber participado en esas burlas, *Æthel*burg. Pero debes darte cuenta de lo ridículo que suena: invocar el nombre de Cædwalla de esa manera. Nos estás diciendo que ese hombre ha regresado de entre los muertos. —Antes de que el resto pueda hablar o bufar, añade—. Lo acusas de acuerdo a tus «fuentes». —Los ojos de Ingild transmiten frialdad—. ¿De quién se trata?

Se lo queda mirando, atrapada en sus propias palabras. Hace una semana no habría dudado en mencionar a *Æ*lfrún —ni cualquier posible aliado contra aquellos hombres— pero ahora... oye en la cabeza el eco de los cuernos. El agarre desesperado de *Æ*lfrún, la

manera en la que abrió los ojos y se tensó ante aquella llamada quejumbrosa. Los instintos que Æthel ha afinado en la batalla le gritan:
no se lo digas. Pero si no lo comparte con Ingild y el Witan, no tiene
nada. Ine no tiene nada. Hædde desestimaría la cuestión y más gente moriría.

El sosiego de Ingild crece ante su silencio.

—Muy bien —dice con suavidad—. No puedes corroborar tu
acusación o no quieres hacerlo y, como ya he mencionado, es ridícula
en extremo. ¿Qué quieres que hagamos con esta historia de fantasmas, Æthelburg?

—Debe de haber alguien que sepa más...

—¿Una bruja, quizás? ¿O un mago como en los cuentos de Myrdhin? —La sonrisa de Nothhelm es indulgente, pero no cálida—.
¿Por qué nos cuentas algo así? Temes que *nos burlemos*, pero te las
estás apañando tú sola.

Æthel golpea la mesa.

—*Alguien* está matando a los britanos...

—Y no solo aquí —dice Ine al fin—. Cadwy mencionó similares
asesinatos en Dumnonia.

—*Cadwy*. Es todavía un niño, Ine. —Ingild alza las manos—. Un
niño del enemigo, además. No es una fuente de información confia-
ble. Te contará cualquier cosa que se le ocurra.

No van a llegar a ningún lado, justo como Ingild ha planeado.
Æthel siente la mirada de Ine; seguro que se pregunta por qué no ha
mencionado a Ælfrún. Pero para seguirle la corriente, él tampoco lo
ha hecho y se siente agradecida por ello de una manera que no sabe
expresar.

—Primero hablas de hacernos amigos de los wealas —dice Ingild, poniéndose en pie— y ahora uno de sus planes ha logrado
persuadirte para malgastar vidas sajonas. No pareces tú mismo,
hermano. —Todos los ojos están fijos en él, así que todos ven cómo
el príncipe dirige la vista a la silla vacía de Cenred antes de continuar—. ¿De verdad estás *bien*?

Estridentes marcas de furia y humillación salpican las mejillas de Ine. El rey también se pone en pie.

—No te he dado permiso para hablarme de esa manera. Fuiste *tú* quien insististe en reunirnos a pesar de que te dije que necesitábamos más tiempo para investigar. Te burlas tanto de Æthelburg como de mí al obligarnos a exponer la cuestión de manera prematura ante el Witan.

Ingild adopta una fea expresión.

—Deberíamos estar planeando la guerra contra Dumnonia ahora que está débil. En lugar de eso, ¿insistes en continuar con esta locura?

A Æthel no le pasa desapercibida su elección de palabras. Ni, según parece, a Ine que replica:

—Haré lo que considere apropiado. Según pareces haber olvidado, el rey soy yo.

—Entonces quizás deberías actuar en consecuencia.

Ingild pronuncia aquella frase con una solemnidad que logra esconder su desdén. A continuación, se hace un silencio afilado por todas partes. Nothhelm y Leofric examinan los muros. Edred se sienta a la sombra de Ingild y Hædde... *Æthel* al fin logra convencerse para mirarlo, pero le resulta extraño. Parece fijar la vista en las manos de Ine, que se aferran al extremo de la mesa.

—La reunión ha terminado —dice Ine. La furia que espera escuchar en su voz no es sino una reminiscencia. En su lugar hay... ¿miedo?—. Dejadme en paz. Todos.

Ine también la está mirando *a ella* y Æthel, ruborizada por la furia, se da la vuelta. Aquella reunión no ha logrado más que empeorar la opinión sobre ella, justo lo que Ingild quiere. Aunque no está segura del motivo. ¿Qué amenaza supone para él?

Sus pensamientos, mientras se abre camino hacia el exterior, vagan al día en que su madre intentó enseñarle a tejer y Æthel se hizo un lío tan grande con los hilos que tuvieron que cortarlos para liberarla. Eso es lo que siente ahora en la cabeza: un enredo ineludible. Siempre ha sido consciente de las desavenencias entre

Ine e Ingild, pero el príncipe nunca se había atrevido a hablar de aquella manera. No le gusta. No le gusta la manera tan desalmada con la que Hædde ha desdeñado la violencia contra los britanos. Y no es capaz de descifrar los motivos de Ine para no mostrar el cuchillo. Si es verdad que se ha roto, ¿por qué se ha deshecho de los pedazos?

Bajo todo lo demás, del mismo hilo de la urdimbre, se halla Ælfrún. Su ausencia carcome a Æthel de una forma que le da miedo reconocer. *Eres lo único bueno que hay en mi vida.* No sabe cuándo empezó a considerar a Ælfrún una amiga. ¿Es acaso posible llamar amiga a alguien cuando sabes tan poco sobre ella?

La sacan de sus pensamientos los movimientos subrepticios de alguien que no desea que lo descubran. Aunque está anocheciendo, aún hay luz suficiente para distinguir la trenza sobre la túnica de Ingild mientras desaparece por el camino hacia la curtiduría. ¿Qué está haciendo? Antes de darse cuenta, Æthel se desliza tras él.

El edificio está apartado a causa del hedor que impregna sus muros. Pone una mueca. De todos los sitios posibles, ¿por qué allí? Ingild se detiene mientras otra figura más esbelta surge del crepúsculo. Æthel se aparta del camino antes de que puedan verla, y aprovecha los arbustos diseminados por la zona para acercarse.

—¿Lo has logrado? —pregunta Ingild, tenso.

—¿Tú qué crees? —La voz es quejumbrosa, pertenece a una mujer. Æthel la reconoce de inmediato: Alis. Frunce el ceño ante la insolencia de aquel tono que ningún sirviente debería emplear—. Ese mestizo bastardo estaba allí. A la espera. Como si lo *supiera*.

Ingild suelta una maldición.

—Es imposible que lo sepa.

—Tenías que encargarte de despejar el camino. ¿No puedo confiarte ni la más simple de las tareas?

A diferencia del rubor de Ine, a Ingild la furia lo hace palidecer.

—No te olvides de quien soy.

—Podría decir lo mismo.

El viento flamea en los árboles, frío como una daga contra la piel desnuda. El corazón de *Æthel* le golpea el pecho y se coloca la mano encima, con el ceño cada vez más fruncido. ¿Qué tarea?

Ingild murmura lo siguiente, como si le hubieran echado la bronca.

—Entonces lo intentaremos de nuevo.

—Sabes que acudirá al rey —dice Alis, curvando los labios—. La tarea se volverá diez veces más difícil, al menos si hemos de ejecutarla con la sutileza en la que tanto insistes.

—¿Y qué sutileza hay en mandar unos matones? No pueden sospechar de mí, o todo por lo he trabajado no valdrá nada.

Æthel toma una furiosa bocanada de aire. Que Ingild tonteara con una criada no alzaría ni una sola ceja en la corte, pero eso no era un tonteo. No sabe de qué se trata, pero sí que es peligroso. Y Alis… si no es una criada, ¿de quién se trata? ¿Qué está haciendo allí? De pronto, la recorre una inquietud por Eanswith. Lleva demasiado tiempo fuera.

—Muy bien. —Alis levanta una mano, le pasa a Ingild los dedos por la mejilla con parsimonia y este se estremece ante su tacto—. Antes de nada, necesitaremos otro… —Se detiene. Escudriña los arbustos entre los que se esconde *Æthel*, aunque no ha hecho ningún ruido. La inquietud por Eanswith se vuelve inquietud por sí misma. Hay algo espeluznante en la mirada de Alis; le pone los pelos de punta. Sostiene la respiración, silenciosa como un ratoncito que no cuenta más que con unas raíces que lo protejan del cielo. La escasa luz se desvanece deprisa; Ingild y Alis no son más que figuras ante la oscuridad.

Al fin, Alis aparta la vista.

—Se estarán preguntando dónde estoy. Y *tú* tienes trabajo pendiente.

Æthel no sale hasta que no está segura de que ambos se han ido. Aunque su mente no hace más que darle vueltas, no entiende del todo la conversación, a excepción de que Alis es más de lo que parece e Ingild se trae algo entre manos. Ya ha desafiado la autoridad de Ine dos veces ante los oídos de otros que puedan dejarse convencer por sus palabras.

Como si sus pensamientos lo hubieran invocado, casi se tropieza con Ine mientras este vuelve de la cabaña que se ha convertido en la enfermería de Cenred. Se construyó para los invitados que el salón principal no podía albergar y está lo suficientemente cerca como para beneficiarse de la pronta atención de los siervos del rey. Los braseros proporcionan calor en lugar de la chimenea. A través de la puerta, *Æthel* contempla al viejo señor acomodado entre almohadas rellenas de lana.

—*Æthel*burg.

Los labios de Ine están listos para dar forma a su nombre, pero la voz no le pertenece. Cenred la está mirando y con un dedo torcido la invita a entrar.

—Padre —empieza Ine, pero parece que algo pasa entre los dos hombres y su marido recula. Con una extraña formalidad, dice—. Creo que le gustaría hablar contigo a solas.

Æthel siente la urgencia de contarle a Ine lo que ha visto, de sacarle a la fuerza la verdad sobre el cuchillo de hueso, pero Cenred no parece encontrarse bien. *Æthel* se estremece cuando retornan sus previos pensamientos. ¿Acaso ha heredado su hijo la enfermedad? Entra en la casita, consciente de que el corazón todavía le late con fuerza. Siente las puntas de los dedos entumecidas y las enrosca en torno a las palmas. La pérdida de la mente es algo contra lo que no sabe cómo luchar.

—¿Tienes sed, padre? —le pregunta, al recordar que antes le gustaba que lo llamara así. A diferencia del resto de la corte, Cenred nunca ha comentado nada acerca de su idoneidad como reina. Quizás su enfermedad lo ha protegido de los cuchillos que se afilan cada vez más durante sus ausencias. El anciano no responde, pero consiente que unos pocos buches de cerveza le entren en la boca. *Æthel* vuelve a dejar la jarra en la mesa y se sienta junto a la cama. La mano del anciano, que tan fuerte y segura era, parece ahora presa de la incertidumbre, enroscada sobre la cama como un signo de interrogación. Se obliga a tomarla. Tiene la piel seca, cálida a diferencia de la palma fría y sudada de la reina.

De inmediato, la agarra con más fuerza y *Æthel* suelta un grito ahogado. Es fuerte, más fuerte de lo que debería. La empuja hasta su altura de un tirón repentino para colocarle la oreja junto a sus labios.

—No pierdas de vista a mi hijo.

Æthel se zafa justo a tiempo para ver cómo la claridad se desvanece de sus ojos.

—Claro que sí —le asegura, nerviosa—. Es mi esposo.

Incluso si a él le da igual serlo o no.

La frente de Cenred se arruga. Abre la boca, pero la fugaz luz ya no está. Suelta los dedos y *Æthel* libera la mano, y se la frota distraídamente, antes de dejar al padre de Ine en su inquieto descanso.

Hasta el amanecer siguiente, cuando unos criados llaman a su alcoba con expresión solemne, no descubre que ha sido la última persona en ver al anciano con vida.

19
INE

Wiltun, Wiltunscir
Reino de Wessex

La mesa del consejo presenta ocho quemaduras, una por cada uno de sus dedos. Las huellas del pulgar se ven menos, escondidas bajo el borde de la madera. Ine recuerda un siseo en los oídos mientras la furia que sentía hacia Ingild hervía en su interior, culminando en las puntas de los dedos. Y ahí está la prueba; no solo de sus emociones sino de su herejía, como diría el obispo. La manera en la que Hædde había contemplado las manos del rey mientras se aferraban al borde de la mesa. ¿Se trataba de preocupación por su soberano o sospecha? En aquel estado de pánico, se inclina por lo segundo.

Despedirlos a todos antes de que lo vieran significaba despedir también a Æthelburg y no se le olvida su traicionada mirada de reojo mientras abandonaba la habitación, sobre todo después de que Ine hubiera perdido el cuchillo de hueso. *Destruido*, corrige una voz en su cabeza y traga saliva con fuerza mientras recuerda las voces que gritaban desde el corazón del arma. Durante un instante, había sentido su agonía. Pero ¿cómo contarle eso a Æthel o al Witan? Sin embargo, el silencio había significado condenar a su esposa ante Ingild, y la verdad del asunto es una esquirla envenenada en su corazón.

No parece que las quemaduras vayan a desvanecerse. Tomando una bocanada de aire, Ine pone la mano sobre ellas y se detiene. *Por mucho que lo desees no van a desaparecer,* se dice a sí mismo con dureza. ¿Quién cree que es? ¿El mago Myrdhin? Una risa desdeñosa se le escapa mientras separa los dedos. Por supuesto, las quemaduras siguen ahí.

La esquirla enterrada en su corazón se ha partido en dos y la furia brota de ella. ¿Ha estado siempre ahí, largamente contenida por las excusas que se ha puesto a él mismo? Quizás, al suprimirlas, le ha otorgado fuerza, y ahora lo tienen en su poder. Ine alza el puño y lo deja caer con saña sobre las quemaduras.

Y con el *restallido* de una repentina tormenta veraniega, la mesa se rompe.

Con la boca abierta, se tambalea hacia atrás mientras las dos mitades colapsan la una contra la otra. El resinoso aroma de la madera le llega con fuerza a la nariz y la furia, tan fiera hacía unos instantes, se desvanece en la nada. Igual que antes en el consejo. Igual que la noche en la que se reunió con Emrys en la orilla del río. ¿Y si no se trata de furia en absoluto?

Por eso el poder en tu interior es tan volátil.

La puerta se abre de un empujón. Gweir y Leofric se precipitan en el interior. Gweir echa un vistazo a la puerta e Ine está seguro de que sabe lo que ha ocurrido.

—¿Estáis herido, mi señor?

Ine niega con la cabeza y observa, aterrorizado, como Leofric se inclina para examinar la fractura.

—Limpia —murmura el guerrero—. Y tan recta como la antigua carretera romana. —Se pone en pie—. Debe de haber un desperfecto en la madera. Ordenaré que la tiren.

—Pídeles a los carpinteros que vengan. Todavía se puede arreglar.

Mientras menos gente lo vea, mejor.

Leofric frunce el ceño.

—¿Y dónde nos reuniremos mientras tanto?

—He oído que el consejo se ha reunido esta misma noche —dice Gweir con una voz afilada. Tiene el pelo arremolinado y las mejillas ardientes, como si hubiera estado corriendo—. Seguro que el Witan no precisa de reunirse de nuevo con tanta premura.

Al final, Leofric asiente.

—Me encargaré de ello.

Gweir deja caer una rodilla en el momento en el que el otro se va.

—Lo lamento, mi señor. He oído lo ocurrido. La reunión no habría sido tan nefasta de estar yo allí. Pero no tuve otra opción.

—Ponte en pie, Gweir. —Ine le ofrece una mano cansada. Lo que ha sucedido con la mesa, sea lo que sea, le ha robado la energía—. Cuéntamelo todo.

—Se trata de Cadwy —dice el guerrero de inmediato tras alzarse—. Creo que alguien ha intentado matarlo. Los hombres que estaban de guardia esta noche no eran los que había asignado. La puerta estaba abierta y los dos se hallaban dentro con él, armados.

Irán a por él. La voz de Emrys no dejaba en paz a Ine. Habían pasado años desde que se descubrió en el violento abrazo de un muro de escudos, pero recordaba cómo se ganaba y se cedía terreno. El desgaste de mantener aquel desafío de madera, el horror de caminar sobre los caídos. Eso es lo que siente ahora: un eco por esa enfermiza lucha de poder. E igual que sucedía entonces, solo veía retazos del enemigo. Desde su punto de vista, se levanta en su contra una fuerza sin rostro. Sin rostro excepto…

—*¿Crees que Ingild está detrás?*

Resulta evidente que no hay remedio para la furia de Gweir.

—¿Y quién podría ser si no, mi señor? Pero no tengo *pruebas.* —Escupe la palabra—. Sabe Dios lo que podría haber sucedido si no tuviera siempre un ojo puesto en el chico. Monté guardia yo mismo hasta que encontré a mis hombres. —Aprieta la mandíbula—. Ellos creían que *yo* les había dado la orden de retirarse.

—Hasta que… —Ine se obliga a decirlo— hasta que *Ingild* deje de moverse entre las sombras, ¿cómo puedo actuar en su contra?

—Para entonces será demasiado tarde —dice Gweir, sombrío—. Debéis hallar la manera de apartarlo de la corte. Quebrar su influencia.

Se atusa el pelo con una mano. ¿De verdad mataría su hermano por el trono de Wessex? Ingild siempre ha parecido satisfecho con su posición como *ætheling,* o eso pensaba Ine. Algo ha cambiado. Su mirada desciende sobre la mesa quebrada; la grieta en la madera se parece demasiado a la que ha surgido entre el Witan. Igual que la grieta que ha aparecido entre *Æthel* y él.

Desvía la mirada.

—Ven. Haremos una visita a Cadwy antes de ver a mi padre.

Gweir baja la voz mientras salen.

—¿Habéis pensado en compartir lo que os contó Emrys con Cadwy? El chico entiende el legado de Dumnonia, respeta las antiguas costumbres y haría cualquier cosa por protegerlas. Podría prestaros su ayuda.

—Pero piensa que él es el heredero. —El atardecer de finales de verano se le antoja muy oscuro.

—Es cierto —admite Gweir—. Necesitará pruebas.

—¿Cómo? El legado, sea cual sea su naturaleza, se escapa de mi control. Y Hædde me estaba mirando. —Ine adopta una expresión horrorizada—. Ya sospecha. ¿Y si pasa de nuevo frente a él?

—Sois el rey —dice Gweir tras un largo silencio. El eco del apenado ulular de un búho resuena entre ellos y unas figuras se abaten por encima de sus cabezas—. No puede acusaros de nada con tanta facilidad y menos aún de ser un pagano.

La prisión de Cadwy es cómoda, pero independientemente de ello sigue siendo una prisión y tanto Ine como él lo saben.

—Herradura —dice Gweir por algún extraño motivo a los hombres que montan guardia en la puerta, que asienten y se apartan sin comentario. Ante la ceja alzada de Ine, murmura—. Puesto que creyeron que la orden de abandonar sus puestos vino de mí, a partir de ahora, si alguien que se parece a mí no puede decirles la palabra correcta, no deben dejarle pasar.

Ine lo mira de hito en hito.

—¿Alguien que se parece a ti?

—He escuchado cómo Nothhelm y Leofric discutían el relato de la reina —contesta Gweir, con aire apagado—. Si los muertos caminan entre nosotros, bien podríamos enfrentarnos a otros peligros.

Ine no detecta sorna en aquellas palabras y le sobreviene una ráfaga de gratitud. Coloca la mano sobre el hombro de Gweir.

—Gracias. Eres un amigo de verdad.

—Dirás un leal sabueso sajón —dice una voz desde el interior. Cadwy se sienta sobre un camastro de paja, con los codos en las rodillas, pero se levanta cuando entra. Tienes los ojos bordeados de rojo. Parece mayor, piensa Ine con una punzada de dolor. El dolor y la furia han dejado sus surcos en aquel rostro. Ya no se le puede denominar «chico».

—Vinieron unos hombres —dice Ine sin preámbulos. La cabaña es escueta y no contiene más que una mesa, una silla y un estante además del camastro—. ¿Te hicieron daño?

Cadwy cruza los brazos en un intento de desafío.

—¿Y a ti qué te importa?

—Me importa muchísimo. —Ine se sienta, con la esperanza de tranquilizarlo, pero el hijo de Geraint permanece de pie—. Cadwy, ¿qué sabes de los espectros?

Diversas emociones se reflejan como una ráfaga en su rostro; todavía no ha aprendido a esconderlas.

—¿Has venido a ver cómo estoy o a interrogarme?

Ine pone una mueca al reconocer la verdad en esas palabras.

—Me siento feliz de que no te hayan hecho daño, pero… —*un muerto me vigila desde las sombras*—. Æthelburg dice que un espectro es responsable de la muerte de los britanos.

—Entonces las cosas están tan mal como padre temía. —Una furia fresca le hace redondear sus manos en puños—. ¿Crees que se sentirán satisfechos con nuestra sangre? Los muertos se vuelven insaciables. Las matanzas no harán más que expandirse.

—Entonces *ayúdame* —dice Ine, inclinándose hacia delante, al recordar la convicción de Geraint—. Tu padre creía que esto era mucho más importante que nosotros. Más importante que nuestra rivalidad.

Como era de esperar, Cadwy aprieta los labios en un gesto de furioso dolor. Su voz, cuando al fin habla, suena gélida.

—Era un buen hombre. Siempre puso a su gente primero.

—Era un buen hombre. Incluso me advirtió de la Cacería Salvaje aquella noche. Lo mínimo que puedo hacer es continuar con su búsqueda de respuestas. —Ine se detiene antes de añadir con suavidad—. Lo mínimo que puedo hacer es proteger a su hijo.

Cadwy abre la boca y luego la cierra. Gweir le había aconsejado que discutieran sobre el legado de Dumnonia, pero mientras contempla el torvo resplandor en los ojos de Cadwy, Ine se siente incapaz de hacerlo. Le arden los puños por el recuerdo de haber roto la mesa. ¿De verdad Cadwy piensa que podrá defender su hogar con este poder? De momento no ha hecho más que causar destrucción.

—Me pides que te ayude —dice Cadwy al fin—, pero tú no me ayudas a mí.

—Ya he...

—No es suficiente. —El príncipe alza la barbilla. Quizás no posea la mirada de su padre, pero en aquel momento su semejanza con Geraint es asombrosa—. Tienes que liberarme.

Ine intercambia una mirada con Gweir. El guerrero asiente con suavidad, pero no es él quien tendrá que cargar las consecuencias de un acto semejante. Permitir que el príncipe de Dumnonia camine en libertad, regrese con su gente y, quizás, reúna un ejército era sinónimo de traición. Ine traga saliva.

—Si accedo a lo que pides —empieza y Cadwy se queda boquiabierto—. *Si* accedo, tendrás que dejar que elija la ocasión y el medio. Mantendrás la tregua que pacté con tu padre. Compartirás todo lo que sepas sobre los espectros. —Ine duda. ¿De verdad quiero saber esto?—. Y —añade, nervioso—, me contarás todo lo que sepas sobre el legado de Dumnonia.

De inmóvil y sorprendido, el rostro de Cadwy pasa a endurecerse.

—Eso no te incumbe.

—Aun así, esas son mis condiciones —dice Ine, repitiendo las mismas palabras que le dijo a Geraint en Gifle.

Está seguro de que ha ido demasiado lejos cuando Cadwy se da la vuelta. Tal vez sea un príncipe, pero un príncipe con pocos inviernos, que ha contemplado a su padre desangrarse frente a él. Le han amenazado con la muerte y padecido el encierro en manos enemigas. Ine se imagina a la perfección el tipo de historias que los britanos cuentan sobre su gente; Cadwy habría crecido escuchándolas. Pero alguien se había asegurado de que aprendiera a hablar anglosajón. ¿Por qué enseñarle su lengua si no le aguardaba más que la guerra contra los sajones? Así que Ine no dice nada y le concede tiempo para pensar.

Aunque la furia no ha abandonado el rostro de Cadwy cuando se da la vuelta, ha aparecido algo nuevo en él: una tenebrosa suerte de determinación. En un nuevo eco de su encuentro con Geraint, extiende la mano, Ine hace lo mismo, y se chocan los antebrazos. Ine se aparta de inmediato.

—Lo hago por mi gente, que me necesita.

—Y yo lo hago por la mía.

—Entonces tengo un nombre para ti. —El miedo tensa los hombros de Cadwy. Incluso inspecciona la pequeña estancia, aunque no hay posibles testigos—. Me has preguntado por los espectros. Solo conozco a una persona que pueda traer a la gente de entre los muertos. —Su voz se deshace en un susurro—. Es el rey del Otro Mundo. Se llama Gwyn ap Nudd.

★ ★ ★

Aquella noche los sueños de Ine son ondas en un lago; aparecen y desaparecen en unos instantes. Gwyn ap Nudd. El nombre comienza a perseguirlo, pero aun así no está más cerca de comprender. Según Cadwy, Glestingaburg esconde una puerta al Otro Mundo, y las matanzas llevaron a Geraint a buscarla. A pesar de ser el hogar de Herla y la Cacería Salvaje. A pesar de que estaba en las tierras sajonas. Una empresa necia, determinaron los señores de Dintagel y así había resultado ser; había perdido la vida en ella. ¿Acaso le iría mejor a él?

Herla. La Cacería Salvaje eran las jinetes de *Æthel*. Ya no alberga dudas. Estuvieron allí la noche de la muerte de Geraint. ¿Forman también parte de todo esto?

Aquellas preguntas debían de haberlo conducido a un sueño profundo, porque lo siguiente que nota Ine es que lo están agitando para que se despierte. El rostro de *Æthel* es oscuro contra la incipiente aurora. Parpadea para apartar la neblina de sus ojos. Comparten lecho, pero *Æthel* se ha esforzado en no estar despierta al mismo tiempo que él. Si Ine es honesto, él también se ha esforzado. Encontrarla allí lo confunde.

—*Æthel*, ¿qué ocurre?

—Es Cenred. —Tiene las mejillas pálidas—. Lo siento, Ine.

Durante un instante, no hace más que mirarla. Entonces siente los primeros retorcijones en el estómago.

—Padre… ¿está muerto?

Cuando asiente, se escucha a sí mismo decir:

—Pero estaba bien. —Su tono carece de inflexiones—. ¿No estuviste con él?

—Ine. —Su voz va volviéndose más segura—. Lo último que dijo… quería que cuidara de ti.

Mi padre ha muerto. Se obliga a alzarse. El entumecimiento se extiende del estómago a los brazos y las piernas. Cada bocanada de aire es superficial. *Sabías que estaba enfermo*, se dice Ine, pero las palabras no significan nada. Solo puede pensar, por algún extraño motivo, en la vez en la que se cayó del caballo cuando este se asustó de un zorro en la hierba. La gran mano de Cenred se había aferrado a la suya mientras le aplicaban la cataplasma en la pierna, igual que le sostuvo la mano el día que su madre murió.

—Tengo que verlo.

—Lo han movido a la cripta —dice Æthel, poniéndose en pie—. Allí hace más frío.

Nada en aquella afirmación lo habría alarmado con anterioridad, pero ahora Ine siente frío al pensar en su padre en ese espacio de piedra. *Antes nuestra gente ardía bajo la mirada de Woden.* Las piras se adornaban con anillos bruñidos, las armas se mantenían afiladas, el tesoro de los reyes. Su padre no había seguido las costumbres paganas, por supuesto. No puede imaginarlo sepultado en la tierra, aguardando impaciente el Cielo.

—Debo escribir a mis hermanas —dice con voz hueca.

Al ver que no se mueve, Æthel toma sus ropas.

—Lo haré yo.

Ine se obliga a vestirse, empujando los brazos bajo las mangas que se le antojan demasiado apretadas. Se pincha el pulgar varias veces con el broche de la túnica, un guiverno de oro trenzado. La visión de su propia sangre despeja algo de niebla y cuando echa a caminar sus pies se mueven con más firmeza de la que esperaba. Las nuevas sobre su padre se han propagado.

—Mis condolencias —le dice alguien cuando sale al salón de hidromiel, pero Ine no malgasta ni una mirada mientras lo atraviesa.

El entumecimiento, que supone que se trata de su duelo, es lo bastante grande como para lograr mirar a Hædde sin estremecerse. Por una vez, el obispo se muestra tan conciliador como indica su apariencia, con las manos juntas, y vestido con una túnica negra.

—Es por aquí, mi señor.

El aire pierde la calidez según desciende. Al fondo de los escalones de piedra hay una cámara larga y baja, no muy distinta a cómo imagina los montículos funerarios de las épocas pasadas, aunque esta cripta se hizo a la imagen de la de Wilfred en Hestaldesige. En los muros se inscriben varios nombres y fechas, y las tapas protegen los huesos de clérigos fallecidos largo tiempo atrás.

—Quiero pasar tiempo con él —dice Ine—. Vete.

Es el tiempo más breve que ha pasado con Hædde; los ojos del obispo se entrecierran mientras se marcha.

En la esquina de la cripta hay un féretro de piedra. Su padre podría estar durmiendo de no ser porque ningún hombre luce semejante expresión en sueños. A Ine se le corta la respiración. Al inclinarse, lleva la punta de los dedos a la comisura de la boca de Cenred, que compone la mueca bien fijada por la muerte. Tiene tensos los músculos. Pensar que su padre mostrará aquella expresión lúgubre por toda la eternidad... es más de lo que Ine puede soportar.

Se le escapa un sollozo. Como si el sonido le hubiera robado la fuerza, se descubre hundiéndose junto al sepulcro. Siente dolor cuando sus rodillas golpean la piedra. Deja descansar la frente contra la inclemente roca, para no ver la expresión de Cenred. Debía de haber sufrido al final.

Solo al arrodillarse se da cuenta: sangre bajo las uñas de su padre. Quizás Cenred se había rascado en su delirio, pero los brazos no lucen las correspondientes marcas. No hay marcas obvias en absoluto.

—Hermano.

Está tan absorto en el misterio, incluso inquieto por él, que se sobresalta al oír la voz de Ingild y se cae tambaleante sin gracialidad alguna. Ingild lleva mangas largas para guarecerse del frío de la cripta y se ha abrochado la capa con torpeza, como si tuviera prisa.

—He venido en cuanto me he enterado.

Ine lo observa y no dice nada hasta que Ingild suspira.

—Sé lo que estás pensando. —Le da la vuelta al sepulcro para colocarse al otro lado—. Que la muerte de padre no significa nada para mí. Que incluso me alegra. —Son palabras amargas—. Es cierto que nunca nos llevamos bien. Siempre fuiste su favorito. No puedo decir que no haya sido difícil para mí. —Cuando Ine abre la boca, Ingild se anticipa—. No hace falta que lo niegues para ahorrarme el disgusto. —Posa una mano en el pecho de Cenred—. Sigue siendo mi padre y me duele que su muerte nos deje huérfanos.

Ingild parece genuino, pero a Ine nunca se le ha dado bien interpretar a su hermano. Por mucho que le cueste admitirlo, las palabras de Ingild son justas. Como hijo mayor, destinado a ser rey, Cenred había pasado más tiempo con él que con cualquier otro de sus hijos.

—Este lugar… —Ingild traga saliva con fuerza—. Me trae recuerdos. —Desvía la mirada de Ine para contemplar la oscura pared de piedra—. Este fue el último techo sobre el que yació mi esposa. Y recuerdo pensar, ¿para qué sirve un dios si deja perecer a una mujer que no tiene más que bondad en el corazón junto a su hijo?

Según Æthelburg, Ingild solo valoraba a Frigyth porque tenía la habilidad de darle otro hijo. Su primogénito, Eoppa, es un chico frágil. Ine siempre ha desdeñado esa asunción tan cruel, pero tras la conversación del día anterior con Gweir, ha aprendido a mirar a Ingild desde una nueva y desagradable perspectiva. Quizás *Æthel* tenga razón. Desvía la mirada del rostro contorsionado de Cenred a la estudiada expresión de Ingild. Incluso si su padre había descuidado a Ingild, seguro que merecía algo mejor que el desprecio de su hijo en los últimos días.

—No creo que Dios o nosotros hayamos tenido mucho que ver en eso —dice.

—No, tienes razón. —Los ojos de Ingild se iluminan—. Es mejor confiar en los poderes que conocemos que en la promesa de uno que desconocemos.

De pronto, la cripta está abarrotada, asfixiante, la paz que esperaba hallar allí, ausente. En lugar de eso, su mente le muestra el trigo, los cráneos, el gigante. *La Tierra*, había dicho Emrys. Por lo menos el trigo ha dejado de crecer salvaje y ha asegurado que nadie en Wessex pasará hambre durante el invierno, pero ninguna de esas afirmaciones tranquiliza a Ine. ¿Los poderes que conocemos? *¿Cuánto ha visto*

Ingild? Recuerda las pisadas tras la puerta la noche que rastreó sus historias en busca de pruebas de su linaje.

—Es raro que padre haya muerto de manera tan repentina —señala Ingild mientras suben los escalones de la nave— con lo lenta que ha sido su enfermedad.

—¿Qué quieres decir?

—¿No fue tu esposa la última que lo vio vivo?

Ine deja de andar. Tras la oscuridad de la cripta, la iglesia le resulta demasiado luminosa, sus vidrieras un resplandor en las losas. Hay un filo en su voz cuando pregunta:

—¿Qué estás insinuando, Ingild? Æthelburg solo le ha mostrado bondad a padre.

—¿Y no es bondadoso terminar con el sufrimiento? —Ingild extiende las manos—. No me digas que esa expresión es la de un hombre que ha muerto en paz.

Cierto, su padre no había fallecido en paz, pero pensar que Æthel hubiera tenido algo que ver... no, imposible de creer. *No se lo creerá.* Que Ingild sugiera algo así...

—Eres demasiado atrevido. —Cuando Ine vuelve a caminar, sube el ritmo y el sudor frío le recorre todo el cuerpo—. Incluso si *fuese* para terminar con su sufrimiento, no creo que Æthelburg fuera capaz de tal cosa.

—Ay, hermano. —Hay una densa corriente de lástima en la voz de Ingild—. No tienes ni idea de lo que es capaz. Llevas muchos años sin luchar a su lado. Escribir todas esas leyes te ha mantenido alejado del mundo, mientras *ella* derramaba la sangre que habría amenazado esas leyes.

¿Cómo sabe Ingild qué decir para dejarlo sin respuesta? Una vez más, Ine descubre que tiene seca la garganta. Sí, no ha peleado junto a Æthelburg des-de los primeros días de su matrimonio, cuando acababan de coronarlo y deseaba demostrar su valía a ella y a Wessex. Según transcurrían los años, empezó a creer que la guerra y las matanzas no resolvían los problemas de la manera que prometían. Ahora con la frialdad que le

otorgaban el sudor y la iglesia, Ine se percata de que es Æthelburg quien le ha concedido el lujo de creer tal cosa. ¿Cómo habrá sido para ella blandir la espalda que él desdeña? ¿En qué la ha convertido?, piensa preocupado. ¿Y a nosotros? La mueca de Cenred no se va de su mente. ¿Qué la llevaría a hacer?

Se siente asqueado en cuanto lo piensa. Se siente asqueado de que Ingild haya entendido algo tan importante sobre su esposa. ¿Cómo se ha alejado tanto de ella? Oculto tras el pesar por su padre, la soledad de aquel pensamiento le devora desde dentro.

Ine sigue barruntando al respecto cuando rompe su ayuno. Aunque el pan le sabe a cenizas, la leche y la miel que le traen los criados le dan náuseas instantáneas.

—¿Qué ocurre? —pregunta Leofric justo cuando Ine logra escupir el buche de nuevo en el tazón.

—Puaj. —Se frota los labios con las mangas de la túnica—. ¿Cuánto tiempo ha estado esto fuera?

—Estaba fresca esta mañana. —El criado más cercano mira la jarra y palidece—. Lo siento mucho, mi señor. Traeré más.

Pero sucede lo mismo con el resto de jarras.

—Y lo mismo pasa con las vacas —informa Leofric cuando regresa del establo de ordeño, con las patas de gallo marcándosele en la comisura de los ojos—. Debe tratarse de una enfermedad, mi señor.

—Entonces lo más seguro es sacrificar las reses. —Nothhelm da un empujoncito a la jarra con un asqueado dedo—. Menos mal que solo he desayunado cerveza.

—Sería imprudente sacrificarlas antes de conocer la causa. —Ine esboza una mueca de dolor—. Y caro. Es un rebaño entero.

—La causa resulta bastante evidente —dice una voz: Hædde se halla tras ellos. Se mueve con sutileza a pesar de su gran tamaño—. Me temo que Nothhelm tiene razón. Las vacas han sufrido el roce de los poderes paganos que envenenan a la ciudad. No es la obra de una enfermedad mortal.

Ine se percata con inquietud de que los gesiths, que antes habrían recibido esa afirmación entre risas, ahora la saludaban en silencio.

—Os advertí, rey Ine, que el trigo sería solo el principio —continua Hædde con la dura luz en el rostro de quien descubre que lleva la razón—. Que iría a peor.

—Al menos lo del trigo era algo beneficioso. —*Demasiado a la defensiva*—. Esto es un desastre.

—Os habéis topado con el mayor peligro del paganismo. A menudo presenta un rostro bello, igual que el demonio nos atrae con promesas de riqueza y abundancia. Pero si le dais la vuelta a esas promesas, descubriréis la podredumbre que se oculta debajo. —Hædde hace una pausa—. El poeta no es el único pagano en esta tierra. Estáis dando cobijo a otro de buen grado: el hijo de Geraint.

Golpeando la superficie de la mesa con las dos manos, Ine se levanta y gira en torno a él.

—En primer lugar, no voy a sacrificar un rebaño entero de ganado. —Alza un dedo—. Segundo, ¿cómo puede un chico ser el único responsable? Está bajo constante supervisión.

—Sin embargo, no está bajo vigilancia constante. —El obispo agita la cabeza, como si tratara con un niño particularmente estúpido—. No le hace falta tocar a los animales para agriarles la leche. Existen hechizos, encantos…

—Los britanos no son los responsables de esto. —Todas las cabezas se giran—. *Æthel* expuso lo que vio ante el Witan. Yo vi el cuchillo que encontró en Sceaptun. Vi… —Se traga lo del espectro de Cædwalla—. Si es obra de los poderes paganos, no parecen estar compinchados con *ningún* ser humano.

Ine sabe que ha cometido un error, cuando Hædde dice:

—Contempláis cosas que ningún rey temeroso de Dios osaría considerar. Os insto a proteger vuestra mente contra la intrusión de semejantes pensamientos.

—Y yo os insto a proteger vuestra lengua, obispo. —La furia le palpita bajo la piel, luchando por escapar—. Te permito expresarte con libertad, pero no exigirme nada a la cara.

Podría destruirlo.

La fuerza en el interior de Ine es veloz y cálida, y las palabras echan raíces; la chispa de una idea que crece hasta convertirse en un plan. Al contemplar la delgada y fruncida boca de Hædde, no desea más que alzar la mano y...

Se detiene, bañado en un repentino estremecimiento. *¿Qué* es lo que quiere hacer? Hædde siempre ha sido un aliado, un buen consejero. Ine lo ha conocido toda su vida. Esta furia, recién despertada en la sangre, es un poder pagano. Naturalmente, atacaría a los hombres de Dios. Pero ya ha dicho las palabras. Y se percata del daño que han causado en la manera en la que el obispo baja la cabeza, y se retira, rígido, mientras se dirige al patio de la iglesia.

—Rezaré por vos, majestad —dice Hædde sin mirarlo—. Rezaré por todo Wessex.

★ ★ ★

Hace menos calor, que es lo mejor en lo que respecta al cadáver de Cenred. Oculto tras una mortaja, aguarda en la cripta mientras Ine aguarda en la superficie a sus hermanas. Es una tarde nublada en Haligmonath, el mes sagrado, cuando dos caballos, rodeados de una docena de hombres armados, atraviesan al trote los portones de Wiltun. Las hojas parecen arder y las llanuras más allá de la ciudad se marchitan tras el verano. Ine se halla en las escalinatas del salón, con la frente adornada por la corona de los reyes de Wessex. No es un ornamento que luzca a diario, pero con la llegada de sus hermanas, el funeral se celebraría aquella noche y luciría el aspecto que requiere la tradición.

Æthelburg está a su lado, envuelta en un vestido oscuro con un cinturón de oro. Los pendientes en forma de pez resplandecen en sus orejas y lleva un torque en torno a la garganta. El cabello le llega a los hombros, más largo de lo que tiene costumbre. Al contemplarla juguetear disgustada con los mechones, se acuerda del día que la descubrió, poco después de casarse, sentada en medio de una pila de cabellos rubios que cortaba con regocijo.

—No te importa, ¿verdad? —le había preguntado, deteniéndose con las tijeras de podar en las manos—. Lo odiaba, pero mi padre decía que tenía que llevarlo largo.

—Claro que no —había respondido él, divertido—. Es tu pelo.

Y había vuelto a dedicarse feliz a aquella tarea que hubiera hecho que algunas mujeres nobles se desmayaran de inmediato. Era un recuerdo feliz, que no casaba con aquel día sombrío y el sentimiento sombrío que ha surgido entre ellos. No ha vuelto a mencionar una separación, pero la distancia habla por ella. Quizás tendría que ser él quien diera el primer paso. *Necio*, claro que debía ser él. El estómago de Ine se retuerce de dolor ante la idea.

—Hermano —dice Cuthburh con sus briosos modales, como si solo hubieran estado lejos una temporada en lugar de cinco largos años. Ofrece la mejilla con indiferencia para que la bese—. A pesar de las circunstancias, es bueno regresar a casa.

Cwenburh deambula tras ella, sus enormes ojos no han perdido nada de neblina. De hecho, parece más etérea que nunca, vestida con el hábito de monja y un velo de cremoso lino sobre el cabello.

—Ine —murmura—. *Æthelburg*.

Se le agudiza la mirada y se detiene en exceso en el abismo entre ellos. Habrá preguntas, Ine es consciente, pero su hermana no las planteará de la forma en la que lo haría la mayoría de la gente.

—Sentí pesar al oír sobre la muerte de Aldfrith —le dice a Cuthburh—. Era un buen hombre. Un buen rey.

—Sí. —Se alisa el hábito con indiferencia—. Llegamos a un acuerdo y nos separamos antes de su fallecimiento. Tuve la suerte de gozar de un marido piadoso. Cada uno siguió con la obra del Señor a su manera.

—¿Y qué ha sido de tu hijo mientras has estado en la abadía de Hildelith? He oído que hubo problemas con un advenedizo.

Su hermana agita la mano, como si no discutieran sobre cómo le habían usurpado la corona de Northumbria a su propio hijo.

—Osred vuelve a ocupar su lugar. Como rey, precisa de consejeros, no de una madre. Tengo una labor más importante entre manos. Lo que me recuerda que tenemos que hablar. Después del funeral, por supuesto.

Ine se traga una sonrisa. *Pobre chico*. A diferencia de su hermana, los ojos de Cuthburh siempre se centraron en el aquí y ahora y en cómo aprovecharlos al máximo.

★ ★ ★

Ine se siente aliviado cuando el funeral termina y su padre queda sepultado. Ninguna de sus hermanas había solicitado ver a Cenred, gracias a Dios. La mueca medio descompuesta de su padre aún lo persigue.

—¿Cómo sucedió? —pregunta Cwenburh. Está junto a Cuthburh, Ine e Ingild, sentada en un rincón silencioso en la cabecera del salón. Como es natural, corre el hidromiel y la corte brinda por su padre, mientras los hombres de mayor edad les regalan los oídos con historias de Cenred en su juventud.

Æthel está ausente.

—Querrás pasar tiempo con tu familia —le había dicho y, acto seguido, se había marchado antes de que Ine pudiera decirle que *ella* era su familia. Un relampagueo de sus gélidos ojos y las palabras se le habrían atorado en la garganta. Con el corazón pesaroso, se centra en el festín del funeral, hunde el cuchillo en la carne y observa cómo se escapan los jugos. Puede sentir la mirada fulminante de Cuthburh.

—Padre ha estado enfermo. —Resplandeciente con sus joyas de oro, Ingild representa a la perfección el papel del rey heroico.

Las ropas elegantes de Ine consisten en la corona, el anillo graba-do y el brazalete que le había dado Cenred. Se siente falto de or-namentos en comparación, y sabe que sus hermanas están pensando lo mismo—. Sin embargo, nuestro hermano insistió en que siguiera acudiendo al consejo —continua Ingild—. Sin duda la presión empeoró su enfermedad.

—Padre merecía que su voz se oyera en el Witan. —El tono de Ine es lo suficientemente afilado como para acallar la charla más cer-cana—. Expresó su deseo de que se lo incluyera en los asuntos de es-tado hasta el final.

—Tenía la mente de un niño —replica Ingild—. ¿Cómo podría haber expresado tal deseo?

—Lo has ignorado. —Ine descubre que ha cerrado el puño, re-cuerda el incidente de la mesa y se apresura a abrirlo—. Quizás su mente estuviera afectada, pero nunca le faltó la voluntad.

—Como podéis ver, hermanas —dice Ingild con un suspiro sedo-so y pesaroso—. Padre es un asunto en el que Ine y yo no nos pode-mos de acuerdo. —Se detiene—. Admito que quizás hubiera cierta malicia por mi parte por la manera en la que siempre favoreció a Ine.

—Pues claro que sí. —Una parte de la desaprobación de Cuthburh se redirige hacia su hermano—. El tiempo de padre se consumía instruyéndolo. Así funcionan las cosas, Ingild. Eres ya mayorcito para entenderlo.

Cwenburh le coloca la mano en el brazo a su hermana para con-tenerla.

—No ha podido ser fácil para Ingild, después de lo de Frigyth. ¿Has pensado en volver a casarte?

Ingild agita la cabeza.

—No creo que pueda volver a amar y enfrentarme a la pérdida. Al menos he sido bendecido con un hijo.

Aquella afirmación acarrea un silencio incómodo. Ni siquiera Cuthburh, a quien nunca le faltan opiniones, se aviene a romperlo. Así que tiene que ser Cwenburh la que pregunte:

—¿Cómo está *Æthelburg*, hermano? Esperaba que se uniera a nosotros.

—Dice que quería concedernos algo de tiempo a solas —murmura Ine, evitando su mirada—. Si he de ser sincero, ha habido… sucesos preocupantes en el reino. *Æthel* tiene mucho en lo que pensar.

—No agobies a nuestras hermanas con esas historias absurdas. —Ingild ensarta un pedazo de carne y traza desdeñosos gestos con él—. Lo que Ine quiere decir es que los wealas se matan los unos a los otros y se inventan historias para culparnos, como de costumbre. —Ine abre la boca para protestar, pero Ingild lo interrumpe—. Lo hemos hablado muchas veces. Me aburre y te garantizo que aburrirá a nuestras hermanas. Deberíamos brindar por padre como el resto de la corte.

Ninguno de ellos le discute tal cosa. Ine alza la copa de plata bruñida solo para ver que el vino en su interior tiembla. Un frío demasiado familiar se ha apoderado de su cuerpo y se ha erizado por entero. Tenso, como si se estuviera metamorfoseando en hielo, gira la cabeza.

El espectro se halla a la sombra que proyecta uno de los grandes pilares que sostiene el techo. Sus adornos están oscurecidos por el polvo de la tumba y un oro apagado le corona la frente. Ine se da cuenta de dos hechos a la vez. El primero es que no se trata de Cædwalla. El segundo es que reconoce los rasgos que configuran el amplio rostro de ese hombre, aunque Ine solo era muchacho cuando murió. No puede evitar que su mente dé forma al nombre. *Centwine*.

La gente evita el lugar donde se alza el antiguo rey. Parece que solo Ine ve sus ojos, tan gélidos y abismales como los de Cædwalla, que se mueven desdeñosos por el salón. No tiene más que extender la mano y todos los allí reunidos se unirán a él en la muerte.

—¿…vas a decir algo?

Ine parpadea. El espectro ha desaparecido y Cuthburh le está llamando por su nombre.

—Ine, ¿me escuchas? ¿Harás el brindis?

Se da la vuelta para ver que sus hermanas lucen unos ceños fruncidos gemelos. Ingild ha alzado una ceja.

—Claro —replica Ine, con la esperanza de que confundan el sudor que le recorre la frente con el del tipo más común—. Por supuesto.

Pero las palabras no llegan. Al final, Ingild tiene que intervenir para la confusión del salón y pronuncia el tributo a su padre del que debería haberse encargado Ine.

20
HERLA

Glestingaburg, Somersæte
Reino de Wessex

—Iré sola.

—No. —Con los brazos estirados, Corraidhín le bloquea el camino a la puerta. Herla intenta dar la vuelta, pero una lanza aparece en la mano de su amiga y le golpea la espalda.

—Corra —suena como un aullido—. Esto es ridículo. Déjame pasar.

—Lo que es ridículo es ese deseo tuyo de hacerlo todo tú sola. Somos tus hermanas de armas, tu sangre. Queremos ayudar.

—No necesito vuestra ayuda para enfrentarme a un solo espectro.

—No se trata del espectro —dice Senua con voz suave—. Has caminado entre la gente y hablado con ella. Queremos hacer lo mismo.

—Y mira lo que casi ha sucedido. —Herla niega con la cabeza—. Ya os he dicho que no puedo volver. Ninguna puede.

—Pero…

Sostienen una mano en alto y Senua cierra la boca de inmediato. No solía ser así. Tiempo atrás sus hermanas de batallas la habrían ensordecido con su indignación hasta que se riera y le echara el brazo por encima a la que tuviera más cerca. Habrían ido juntas. Ahora callan ante el mero hecho de que alce la mano. Herla tuerce el gesto. Es la señora de la Cacería y ellas sus cazadoras. ¿De qué se sorprende?

La temporada con *Æthelburg* la ha distraído, la ha cambiado drásticamente le ha hecho creer que *algo* podría suceder de nuevo cuando es imposible. Herla se las queda mirado. Solo Orlaith parece un poco indignada.

—Vinisteis conmigo una vez —les recuerda con una voz severa—. ¿Tantas ganas tenéis de hacerlo de nuevo?

Es Corraidhín la que rompe el incómodo silencio que sigue a sus palabras.

—Un compromiso, Herla. Llévame a mí. Seré tu centinela. —Pero su voz ha perdido el fuego.

Parten una vez que oscurece, susurros en medio de la gran negrura. Las separaban unos puñados de kilómetros de Sceaptun y el túmulo en el que había sellado al espectro. Atraviesan la aldea dormida, ahora llena de paz, y Corraidhín bebe de ella: todo desde las cuadradas casas con sus tejados que descienden hacia la tierra a la carretera con baches, que empezaba a ablandarse bajo las lluvias. Tiene los labios abiertos, el rostro pálido y Herla se pregunta si ella también tuvo ese aspecto durante su primera mañana en Wiltun. Descubrir la profundidad en lo mundano, como una barra recién orneada o paja apestosa que, de pronto, contienen los más profundos misterios. Solo ahora se percata de la verdad de que no ha dejado a la cazadora atrás. Contemplar a *Æthelburg* mientras se bañaba, comerse su figura con los ojos, tocarla con tanto atrevimiento… Herla había dado caza a la reina igual que a la espía, como si tuviera el *derecho*. Como si *Æthelburg* no fuera más que una presa que atrapar.

El asco que siente hacia sí misma se expande en su interior como el veneno. *Gwyn me ha convertido en un animal, en una depredadora descerebrada, y así me comporto. Es lo que soy.*

—Percibo al espectro.

Las palabras de Corraidhín la frenan, pero no evaporan el asco o el dolor de desear a *Æthelburg* a pesar de todo. Está impregnado en su voz cuando aúlla:

—Quédate aquí haciendo guardia.

Su amiga la agarra del brazo.

—Si Gwyn está tras esto, ¿cómo evitarás alertarlo?

—Gwyn no está aquí. Debe de haberle prestado su poder a Allis.

—¿La criada?

Herla asiente.

—Si tenemos suerte, no se percatará cuando libere el alma de Cædwalla.

Corraidhín la mira de reojo. Sabe que destruir el sello significa añadir aquella alma al cómputo que tanto le pesa a Herla. Cada día es peor. Las voces resuenan con más fuerza; tiene la sensación de que hay una gran ola amenazándola con romper sobre ella. Pero ¿qué opción le quedaba? *No puedo darte paz, Cædwalla*, piensa Herla y espolea a su caballo para que suba por la colina. *No me hizo para eso.*

—*Pareces distinta* —dice Cædwalla, cuando levanta el sello del túmulo. Se alza con adornos de hierro y oro, como de un trono—. *En cualquier caso, ya sé quién eres, señora de la Cacería. ¿No deberías estar cabalgando?*

—¿No deberías estar durmiendo? —pregunta Herla con frialdad—. Ya han terminado tus días.

—¿Y has venido a acabar conmigo? —Aunque las palabras de Cædwalla suenan desdeñosas, puede sentir su miedo—. *No he acabado con el mundo.*

—Eres una marioneta, nada más. No me digas que tienes libre albedrío.

El rey muerto ríe.

—*Deberías saberlo. ¿Señora de la Cacería? No eres la señora de nada, Herla. ¿Quién mueve las cuerdas que te hacen bailar?*

La furia surge en su interior; enseña los dientes.

—No es el gobernante de Annwn quien te da órdenes, ¿verdad? —El metal de la espada del espectro emite un resplandor oleoso y fantasmal en la oscuridad—. Alis debe estar compinchada con alguien de Wessex. ¿Quién?

—*Irrelevante. No detendrás lo que se aproxima.*

Herla abre los ojos desmesuradamente. La mano vaga hacia la espada en la cintura.

—¿Qué se aproxima?

—*Tú has interpretado tu papel en el asunto.* —Cædwalla sonríe, un espantoso rictus y desenvaina su propia espada—. *No puedes cambiar eso.*

La espada de Gwyn canta como respuesta, dura y baja.

—Ya lo he hecho —responde Herla. Alza el arma sobre la cabeza.

—Qué inoportuno.

Herla deja de respirar. La voz ha resonado a su espalda, el camino que Corraidhín estaba vigilando. Y, sin embargo, no ha tenido advertencia. Lo único que mantiene el horror a raya es el hecho de que todavía puede sentir a la mujer abajo. Su vínculo permanece tan fuerte como siempre.

Con parsimonia, como si sus miembros estuvieran atrapados en un sueño, baja la espada y se da la vuelta.

Se sienta en un tocón de árbol, con una tranquilidad incongruente. Los huesos de su rostro son tan finos como recuerda, el plateado lustre de su piel deslucido tan solo por el hecho de que no está allí en realidad. Todas las emociones recuperadas recientemente golpean a Herla de una vez. Es como una hoja al viento. Alivio, remordimientos, repulsa, miedo; una ventisca de tormenta que está echando abajo sus muros. Pero también está la furia y se aferra a esa mano familiar.

Algo *tira de ella*, y mira hacia abajo para ver cómo la hoja negra se estira en dirección al hombre que se la regaló. Gwyn ap Nudd retrocede. Es un movimiento minúsculo que le da a Herla el valor de preguntar:

—¿No quieres que te la devuelva?

Se recupera con rapidez.

—Era un regalo. Sería una grosería recuperarla.

Mira hacia delante durante un instante. Sus ojos son como la luz del sol en la superficie de un lago. Antes, la habían fascinado las ondas. Ahora contempla lo que yace bajo la tenue resaca.

—Hola, Herla. No eras tan elocuente la última vez que nos vimos.

—¿Sorprendido?

—Un poco —admite, alzándose del tocón. Herla se mantiene en posición, aunque todos sus instintos le gritan que eche a correr. Polvo y muerte, la primera vez que había cabalgado salvaje mientras su boca no daba forma más que a chillidos bárbaros. Temblorosa, intenta mantener el control sobre sí misma, pero ¿quién era ella? La mujer condenada a causa de su orgullo y ambición se halla sepultada bajo la cazadora. No quiere a ninguna de las dos.

Cuando Gwyn silva, Dormach surge entre los árboles arrastrando la barriga. El rostro del rey de Annwn es frío.

—Me has fallado —le dice, como si fuera una persona—. ¿Tanto poder tienen los mortales de Dumnonia?

Herla recuerda la luz dorada que avanzó hacia ella como la red de un pescador lanzada al agua, cómo la espada de Gwyn había tratado de huir. ¿Qué había pasado en el instante previo a que las patas de Dormach tocaran el suelo? Había sido los suficientemente fuerte como para debilitar la maldición, para desafiar al mismísimo Annwn. Si la herencia de Dumnonia alberga semejante poder, no resulta extraño que Gwyn intente destruir cada retazo de ella.

Toma una bocanada de aire. En Scirburne, el britano había dicho que solo un rey puede entrar en comunión con la tierra. Pero si el rey —Geraint— ha muerto, ¿quién ostenta ahora ese poder? ¿Podría haber pasado a otro la noche que murió? ¿Quizás al hijo que *Æthelburg* había salvado? Herla intenta mantener el rostro inexpresivo. *Si Gwyn se entera de la existencia del chico, todo habrá terminado.* Su propio poder procede de Annwn; no alberga ilusiones de ganar contra Gwyn sin ayuda. Ni de que la derrota del rey del Otro Mundo signifique el final de la maldición. Una extensión lúgubre se abre frente a Herla, como las ciénagas de su patria en invierno. ¿Aprendería a temer a la luna? ¿Cada mes una batalla por su alma, hasta que un día le falte la fuerza para luchar y la maldición la reclame?

—No soy un desagradecido. —Gwyn da una vuelta lenta en torno a ella: Herla se gira para no perderlo de vista—. Me has liberado de un deber tedioso. Eres la parte más importante del sueño que he cultivado durante tantos años. —Se detiene frente a ella—. Seguro que hay algo que puedo ofrecerte, Herla.

—¿Crees que haría de nuevo tratos contigo? Eres tan salvaje como dicen las historias.

La furia relampaguea en el rostro de Gwyn antes de desaparecer.

—¿Ni siquiera por la reina de Wessex?

Herla no puede evitarlo: se sobresalta.

—Lo que dices no tiene sentido. —Pero los ojos de Gwyn resplandecen.

—Siempre he visto lo que hay en tu corazón, Herla, y no ha cambiado. —Se detiene, alargando el momento—. ¿Deseas verla marchitarse y morir, mientras tú continuas igual?

¿Sabe lo mucho que la hieren esas palabras? Por supuesto, piensa Herla, mientras el corazón que Gwyn puede ver con tanta claridad sufre. Hay un lugar apasionado y regado por el sol en su corazón del que se ha olvidado y, a pesar de su promesa de dejar en paz a *Æthelburg*, un futuro ha crecido allí, aunque el suelo sea pobre. *Un futuro maldito*, se percata ahora Herla. La reina es mortal; envejecerá tal como dice Gwyn. Morirá. Quizás en el campo de batalla, cubierta por su propia sangre. Quizás como una anciana, en los brazos de Herla.

Aparta la imagen con tanta violencia que casi se tropieza. El rey de Annwn la está observando, sin duda alimentándose del dolor que ha causado. Solo por un instante, Herla anhela las pieles de la cazadora, envolverse en una brutalidad despiadada. Una cazadora no siente dolor.

—Tal es el destino de todos humanos —responde.

—No tiene por qué ser así, ya lo sabes.

—Pagué un precio demasiado alto por la inmortalidad.

—Así es —dice Gwyn y no hay rastro de burla en su sedosa voz—. Y por eso te ofrezco esto libre de ataduras.

Herla ríe, un sonido amargo y roto.

—Nada que tú ofrezcas viene libre de ataduras.

—Tendrás a tu reina. Incluso tendrás la libertad. Siempre que no te inmiscuyas en mis asuntos. Siempre que sigas cabalgando con la luna vieja, blandas la espada y lideres la Cacería.

No puede esconder el fiero *deseo* que se alza en su interior. En aquel lugar donde ha crecido un futuro, la oferta de Gwyn es como el agua que se filtra en una tierra sedienta. *Es falso*, se dice Herla a sí misma con dureza. *No puedes confiar en él. ¿Cuando la urgencia por cabalgar se apoderó de ella no había luchado y vencido? También podía luchar contra ese deseo. Pero no es lo mismo. Luchar contra algo que no desea es una cosa. Luchar contra algo que desea con desesperación es algo muy distinto.*

Contempla a Gwyn sin decir nada, como si de veras estuviera considerando la oferta. ¿De verdad no la estás *considerando*? El rey de Annwn incluso esboza una sonrisa antes de que pregunte:

—¿Qué deber tedioso?

La sonrisa se desvanece. Más que desvanecerse parece que la devoran unas emociones tan fuertes que el aire a su alrededor tiembla. Durante un instante, Herla contempla las torres de Caer Sidi, sus estandartes flameando ante el caprichoso viento del Otro Mundo. La desorienta ver al rey perder el control, pero no dura mucho tiempo. En otro instante, el aire se tranquiliza, las visiones se desvanecen y aquella fugaz sensación de terror se pierde en la risa de Gwyn.

—Piénsalo, Herla. Mi oferta no estará en pie para siempre. Si piensas que no puedo atarte de nuevo, robarte la voluntad y la lengua, te equivocas.

Gwyn ap Nudd se desvanece antes de que pueda pronunciar una respuesta. Herla desconoce la contestación que hubiera dado. Permanece paralizada ante la idea de regresar al ciclo mecánico de dormir-cazar-dormir. Y vacila respecto a su oferta: una vida. *Casi* una vida. Temblorosa, Herla se gira hacia el espectro, pero el túmulo está vacío. Cædwalla también ha desaparecido.

Quiere yacer acurrucada. Quiere cabalgar hasta encontrarse de nuevo donde empezó todo. Se tirará a los pies de Boudica. Le pedirá a su reina que ejecute a la traidora arrodillada a sus pies antes de que pueda hacer más daño.

En lugar de eso, Herla grita al cielo. Rompe la noche, despertando a la gente de Sceaptun. Cuando Corraidhín la encuentra, se alza con la espada de Gwyn en la mano, el tocón en el que se sentó partido en dos.

—Escúchame, Corraidhín —le dice, su voz irritada por el grito—. Juro que nunca dejaré de luchar, *jamás*, hasta que esta espada descanse en el corazón del rey de Annwn.

21
ÆTHELBURG

Wiltun, Wiltunscir
Kingdom of Wessex

—Tengo que hablar contigo.

Ine desvía la mirada de una misiva que le ha hecho adoptar una expresión solemne. Es la mañana tras el funeral de Cenred, un grisáceo preludio de días más fríos y *Æthel* no puede aguardar más tiempo. Negarse a romper su autoimpuesto silencio y hablar con su marido le ha costado tanto apoyos como credibilidad. No volverá a cometer el mismo error.

Y, aun así, la última vez que habían hablado a solas en esa alcoba era el día que Ine le ofreció disolver su matrimonio. *No pienses en eso ahora. Æthel* se arma de valor.

—No es sobre… nosotros —dice con firmeza, escuchando un mundo entero en esa palabra—. Necesito hablar contigo de gobernante a gobernante.

El misterio de Ingild y Alis la está devorando por dentro.

—Claro. —Ine asiente con tanta sobriedad como la que muestra en el rostro cuando la invita a sentarse frente a él. *Æthel* traga saliva. Es la misma mesa que siempre han usado. Han pasado allí muchos inviernos oscuros, el aire cálido por los braseros y sus cuerpos por el vino en su interior, y la presencia de otra persona tan cerca...

Se detiene. Por primera vez en mucho tiempo, *Æthel* duda de su furia. Le había dicho a *Ælfrún* que creía que Ine amaba a otra persona. Pero aquellas veladas no podían haber sido todas fingidas. *Ælfrún*. Un revoltijo en el estómago.

—¿Qué sucede, *Æthelburg*? —Quizás Ine también está sumido en los recuerdos porque su mirada es triste. Los flecos dorados de sus iris parecen brillar más; no se ha percatado hasta ahora.

—Se trata de Ingild —le dice sin rodeos.

Ine suspira, sin mostrar sorpresa, pero el nombre de su hermano ha aumentado los surcos sobre su frente.

—¿Qué ha hecho?

—Temo lo que está a punto de hacer. —*Æthel* le resume la conversación que escuchó a escondidas. Para cuando acaba, las manos de Ine tienen los nudillos blanquecinos y descansan en la mesa entre ellos—. Aunque Alis pueda ser más de lo que parece, sigue siendo una criada y será fácil encargarse de ella. —*Æthel* asiente en su dirección—. Ingild es otro cantar.

—Dices que es problema mío.

—Eso es justo lo que quería decir.

Ine parpadea ante sus apretados puños, abre las manos.

—Gweir cree que alguien ha intentado matar a Cadwy. No tengo pruebas de que fuera Ingild, pero...

—¿Quién más podría ser? —exclama, *Æthel*, exasperada—. Esto es traición, Ine. Ha actuado en contra de la corona.

—Lo sería si dispusiera de pruebas —dice Ine y su voz todavía conserva ese dolor familiar de cuando habla de Ingild. *Æthel* lo ha oído antes: culpa. El lado oscuro de la lástima. Quiere agitarlo por los hombros. Ingild tomaría la lástima de Ine y lo estrangularía con ella. Quizás no lo entiende porque no tiene hermanos propios. Pero tampoco la ciega lo que quiera que confunde a Ine cuando mira a su hermano.

—Escucha, Ine. Quizás sea tu hermano, pero es peligroso. Mató a Geraint a tus espaldas. Lo has visto en el Witan, y ahora Gweir y yo te estamos diciendo que planea algo.

—Sí, es mi hermano. —El tono de Ine se endurece, a punto de volverse furibundo—. Y el *ætheling* de Wessex. ¿Cómo actuar contra él sin pruebas suficientes? Como dices, cuenta con apoyos en el Witan. Edred, Godric, probablemente Osberth y sin duda ahora Hædde. Que esté *planeando algo* no es suficiente, *Æthel*. Si... —Se queda sin aliento—. Si me enfrento a él, lo convertirá en una oportunidad de acusarme de paranoia. De estar perdiendo la cabeza. Lo sabes.

La respuesta que tiene en la punta de la lengua se desvanece también cuando recuerda a Ingild preguntando: *¿de verdad estás bien?* Es consciente de la habilidad de Ingild para retorcer las palabras de alguien y volverlas en su contra. Tanto Ine como ella han sido víctimas de ello. Pero han de hacer algo.

—Quizás estoy *loco* —dice Ine con amargura—. Las cosas que he visto, *Æthel*. —Levanta la vista de las manos—. Si no fuera por tu testimonio sobre Cædwalla, pensaría que Ingild tiene razón.

Æthel se recuesta lentamente en la silla.

—¿A qué te refieres?

Ine duda. Entonces el aliento parece abandonarlo de golpe.

—He visto a Cædwalla. En este mismo salón. Y no solo a él.

Æthel escucha, sobrecogida, mientras él le describe la gelidez que venía del escudo y la terrorífica experiencia de que el rey muerto lo atravesara. Entonces...

—¿Hay *dos*? —Se abraza a sí misma—. ¿*Centwine* estaba en el festín del funeral?

—Llevo un tiempo sin ver a Cædwalla —dice Ine con un escalofrío—. Desde que trajiste las nuevas sobre él de Sceaptun.

Æthel recuerda el estado angustiado en el que se encontraba su esposo ese día. La manera en la que le había agarrado el brazo, su risa febril.

—No me lo contaste —dice *Æthel*, y han estado en aquella situación tantas veces que en lugar de furia lo que siente es pesar al contemplar algo que había atesorado hundirse fuera de su vista.

Ine se pasa la mano por los ojos y la mira entre los huecos de los dedos.

—*Æthel*, pensaba que tenía visiones. No he estado... bien desde que mataron a Geraint. Si parece que no me he tomado en serio la amenaza de Ingild ese es el motivo. Algo peor está sucediendo en Wessex.

—Lo sé, pero Ingild se está aprovechando de ello. Se está aprovechando de *ti*.

Ine golpea la mesa con la mano con la que se cubría los ojos, *Æthel* se sobresalta.

—Zozobramos en la oscuridad. El asesinato de los britanos. La antigua sangre. Gwyn ap Nudd. Debe haber alguien que sepa más.

—Sí que lo hay —dice *Æthel* con suavidad. Y ese *alguien* sigue revoloteándole en el estómago como una polilla atrapada que ignora si será libre.

—*¿Quién?*

Le lleva unos instantes dominarse a sí misma antes de responder.

—Herla. —El nombre le tiembla en los labios como el primer acorde de una canción. Se ha dominado a la perfección.

Ine se la queda mirando, con la expresión inmóvil a causa de la incredulidad.

—¿La líder de la Cacería Salvaje? *Æthel*, no puedes hablar en serio. Por la manera en la que Cadwy la describe... parece una fuerza de la naturaleza a la que temer, no a la que consultar. No quiere más que sangre.

Han dicho cosas parecidas de mí, piensa. *Que no doy tregua, que la batalla es todo lo que conozco.* Pero ¿cómo podría compararse *Æthel* con la gloriosa figura sobre el caballo, con el casco astado y esa melena que le caía por la espada como una cascada, con el rostro alzado, triunfante, hacia las estrellas? ¿Cómo compararla con la mujer con quien peleó, que le dijo que cualquiera se sentiría orgulloso de llamarla esposa?

En el instante en el que lo admite, Æthel se relaja, y permite que aquella increíble verdad se expanda para llenar el hueco en su interior. Que Herla se disfrace para no llamar la atención no es sorprendente, pero ¿por qué había venido a Wiltun? El calor se concentra en el rostro de Æthel. Sea cual sea el motivo, seguro que es importante. *Y yo la arrastré a Lammas conmigo. Y le conté...* De pronto, se percata de que Ine la está mirando, pero no puede hacer nada para deshacerse del rubor de sus mejillas. Como si Herla quisiera oír los problemas de una noble consentida. ¿Entonces por qué siguió a Æthel a Scirburne? ¿Por qué corrió tras ella la noche en la que oyeron la llamada de la Cacería Salvaje? Una parte de Æthel tiene miedo de hallar las respuestas a esas preguntas. Semejantes respuestas tienen el potencial de cambiarlo todo.

Todo lo que puede hacer es tomar aire y tratar de calmar los truenos de su corazón. Seguro que late tan fuerte como para que su esposo lo oiga.

—Estaba allí cuando Geraint murió. —Æthel no tiene intención de decirle nada sobre Ælfrún. *Si él puede tener secretos, yo también*—. Las historias dicen que duerme bajo Glestingaburg. Pero algo sucedió aquella noche. Creo que ya no duerme.

—¿Y cuáles son tus intenciones? ¿Ir a Glestingaburg a caballo y solicitar verla?

Eso es justo lo que Æthel ha pensado hacer.

—¿Por qué no?

—Dios mío, Æthelburg. —Ine se pone en pie—. ¿Acaso has perdido la cabeza? Hace unas semanas, la Cacería Salvaje era un cuento. ¿Y ahora arriesgarías la vida para buscarla?

—Es *mi* vida —dice con frialdad, mientras también se pone en pie—. Y no creo que Herla vaya a ponerla en peligro.

—Pero... —Se le hunden los hombros—. Te necesito aquí. Eres una de las pocas personas en las que puedo confiar. La única que me dice que soy un tonto de remate por no ver la verdad cuando la tengo de frente.

Eso le llega al corazón; no sabe fingir lo contrario. Pero un pensamiento se repite una y otra vez en su cabeza: *Tengo que verla.* Æthel retrocede e Ine estira la mano hacia ella. Casi la alcanza. Siempre se queda a la mitad.

—Ya he dicho lo que he venido a decir. —Se da la vuelta para marcharse—. Interrogaré a Alis. Con Ingild… haz lo que creas conveniente. Solo espero que la lástima que sientes por él no nos condene a ambos.

* * *

Tengo que verla. La urgencia crece según pasan las horas. Pero *Æthel* también está asustada: no por sí misma, en caso de que se equivoque respecto a que Herla no vaya a herirla. La asustan las palabras que puedan decirse si tiene razón. Con horror y cierto asombro, recuerda la última tarde con Ælfrún. Las cosas que le dijo, las cosas que hizo; inmovilizar a la otra mujer debajo suyo con una daga en el orgulloso hueco de su garganta. Consumida por el recuerdo, se estira hacia el cofre de la ropa sin mirar y entonces su mano toca algo húmedo.

Æthel sisea y se sacude. La sangre le mancha los dedos. Hay un cuervo colocado con cuidado entre sus cosas, con una herida que le perfora el corazón, de la que brota el rojo. Se le acelera la respiración. Todavía está caliente y la sangre en las manos es pegajosa, igual que la sangre que la ha cubierto otras veces… excepto que es diferente. Allí, vertiéndose sobre las ropas con las que se cubre la piel, es grotesco. Un sonido se le escapa, extraño para sus oídos: un gimoteo.

—¿Mi señora? —Alis la mira por encima del hombro y se queda con la boca abierta—. ¿Qué es eso?

—Tú. —*Æthel* agarra el vestido con el puño y lo tira sin piedad contra el muro—. Tú has hecho esto.

Las lágrimas le anegan los grandes ojos verdes.

—¿A qué os referís, mi señora? Me estáis haciendo daño.

—Puedes ahorrarte el numerito —replica *Æthel*—. Te vi con Ingild. Os escuché.

Alis parpadea un segundo más antes de sonreír y de pronto *Æthel* se descubre sosteniendo el aire. La chica se pone en pie, alisando el vestido por donde el puño de *Æthel* lo había arrugado.

—Qué violencia. Qué furia. Ya sé por qué te desea.

—¿A quién…? —comienza a decir *Æthel* antes de percatarse de que es una distracción. *¿Cómo ha logrado liberarse?*—. No. —Extrae el cuchillo—. Dime quién eres y qué estás haciendo aquí.

—¿Y por qué debería? —La voz de Alis ha perdido el aire quejumbroso y juvenil. Ahora suena mayor y cantarina—. Despídeme, si quieres, como harías con una criada. Pero careces del poder para alejarme de ti.

—Oh, me aseguraré de que los guardias tengan órdenes de matarte si te ven.

Alis se ríe, cuentas de cristal rompiéndose.

—Es gracioso que creas que puedes hacerme daño.

—Sé de alguien que puede. —*Æthel* necesita ayuda. *Wessex* necesita ayuda. El cuchillo se le resbala en la palma pegajosa por la sangre del cuervo.

Alis no le dedica una mirada al arma.

—Herla no te prestará la ayuda que esperas recibir. Es una criatura egoísta, pequeña reina. Solo se preocupa de sí misma y de las cosas que desea. —Su mirada etérea se detienen en el rostro de *Æthel*—. De otra forma, mi señor nunca habría podido engañarla.

—¿Tu señor?

—Oh no. —Alis niega con la cabeza—. Ya te he dedicado tiempo suficiente, *mi señora*. Te sugiero que olvides lo que crees haber escuchado. Te sugiero que aceptes el trato cuando te lo ofrezcan.

—¿Trato? —*Æthel* aúlla. Pero Alis se limita a reírse y darse la vuelta. Aunque *Æthel* solo va unos segundos tras ella cuando sale a toda prisa al salón, no hay rastro de la mujer. En lugar de eso, la gente se ha quedado de piedra ante la sangre en las manos de *Æthel*, que se aferran a un chuchillo desnudo. La herida del pecho del cuervo es tan parecida a la del cuchillo de hueso... *maldiciones*. Tenía la intención de preguntar a Ine al respecto. ¿Existía otro?

Para la noche, los cuervos con heridas en el corazón se han expandido por Wiltun como la peste. Cuando el cocinero abre el barril de la harina, y los herreros meten la mano en las cestas por clavos, los dedos salen rojos. Las plumas se amontonan en las calles.

—Seguro que es algo en el agua —dice Cuthburh, desdeñosa, alzando la voz sobre los más fantásticos murmullos que pueblan la corte. Juguetea con la toca de una forma pomposa que está empezando a irritar a *Æthel*—. O en el aire.

Æthel no contiene una risa despreciativa.

—¿Algo en el agua o en el aire? ¿Has *visto* las heridas? Supongo que si llovieran dagas...

—No hace falta describirlo, *Æthel*burg.

—Nada natural afectaría solo a los cuervos —dice Cwenburh antes de que *Æthel* pueda replicar. Agita la velada cabeza—. El obispo Hædde ha ordenado que se los reúna para bendecirlos antes de incinerarlos.

—Como si eso fuera a suponer alguna diferencia. —La dureza en la voz de *Æthel* no se debe solo al desdén. Aunque no ha sido la única que ha encontrado un cuervo muerto, no le ha pasado a ninguna de las mujeres nobles. El horror ha sido solo para ella. Probablemente fuera obra de Alis, pero *Æthel* no puede evitar sentirse en el ojo de mira, pintada de rojo, como una mujer acusada de brujería.

Cuthburh le da unas palmaditas: más por obligación que por simpatía.

—Será mejor que no pienses mucho en ello, *Æthel*.

La hermana de Ine parece ajena a las mareas de la corte, con la vista puesta en la siguiente tarea a realizar. Ni siquiera la plaga de cuervos la ha distraído. Y el hecho de que la escasa popularidad de *Æthel* podría granjearle enemigos no parece habérsele cruzado a Cuthburh por la cabeza.

Sin embargo, Cwenburh parece meditativa. Es más dulce y extraña, más parecida a Ine, y sus enormes ojos marrones la hacen parecer ausente. Æthel solía tener la impresión de que contemplaba otra vida pasar por delante de ella, un lugar en el que Æthel e Ine y todos los demás no eran sino fantasmas. Ahora reconocía en lo que antes interpretaba como aislamiento, una atención sutil. A Cwenburh se le daba bien fingir que *no* escuchaba.

—Debes saber algo sobre mi hermano —le había dicho a Æthel en la víspera de su boda con Ine—. Has de tener paciencia con él. Quizás no sea lo que esperas.

Æthel había desdeñado esas palabras como mera preocupación de una hermana cariñosa. Ahora que tiene en frente a Cwenburh, se pregunta qué había intentado decirle. ¿Que Ine no tenía intenciones de tocarla de la manera en la que lo hacían los esposos? ¿Que amaba a otra persona? La mera idea, coronada con el cuervo muerto, hace que Æthel desee correr sin parar hasta que los deje a todos atrás. La corte y sus crueles susurros. Los guerreros y sus dudas. El esposo que no soporta que lo abrace.

Tengo que verla.

A pesar de las protestas de Ine, de la insinuación de Alis, Æthel pasa la noche guardando ropa en una bolsa de montar. *Es una locura.* En cuestión de semanas, ha pasado de ser una reina sensata a una mujer a la que enloquece una historia. Sensata. Suelta un bufido, sin saber si aquella palabra la ha descrito alguna vez. Sin embargo, algo es seguro. Ni Ine, ni su familia, ni la corte la echarían de menos. Le deja una nota en la mesa de su alcoba para advertirlo sobre Alis. Contra un poder desconocido, no puede ofrecer más que una advertencia. Sabrá a dónde va. Sabrá por qué se ha marchado. *Por Wessex,* se dice Æthel, y trata de ignorar los cantos de su corazón.

Toma la ruta trasera hacia las caballerizas para evitar el salón principal. Pero no puede evitar echar un último vistazo. Es tarde. La carne y la bebida siguen amontonándose en la mesa larga: el funeral de Cenred ha durado varios días. Sus ojos, malditos sea, vagan hasta el hombre que se sienta solo. Las sillas a cada lado de Ine se hallan vacías. Los hombres de la corte se arremolinan en torno a Ingild, que parece estar narrando una historia soez. Las carcajadas resuenan con fuerza e Ine mira al frente, con una expresión inescrutable en el rostro. Æthel se hunde en la oscuridad antes de que se percate de su presencia.

Sus preocupaciones no me conciernen, se dice mientras se desliza por la puerta con la bolsa de montar al hombro. Ine debe ocuparse de Ingild. Wessex le pertenece a ella. Y su esposo todavía le esconde algo. Gweir es el único al que permite acercarse. ¿Y si...? Aplasta la idea antes de que llegue a tomar forma. *Sus preocupaciones no me conciernen*.

Cuando Æthel se adentra en las desiertas caballerizas, se detiene. Allí conoció a Ælfrún; intenta recordar su primera impresión, mientras se pregunta si hubo pistas que se le pasaran por alto. Los animales asoman la cabeza desde sus cubículos y la reina les sonríe. Desde luego se le ha pasado la mayor pista de todas: el don de Ælfrún con los caballos. Y luego en Sceaptun... la sonrisa flaquea. Hubo más pistas que habría visto de poseer ingenio suficiente. Las manos de Æthel tiemblan mientras alisa la silla y ajusta la cincha. Desde la repentina mejoría de la britana al espectro que había matado a seis hombres, pero se desvaneció ante la cercanía de Ælfrún. ¿Por qué no ha cuestionado nada de eso antes?

Hay quienes toman la confianza y la aniquilan. No me gustaría ver cómo te sucede. Así que Herla había huido de ella. Es la primera vez que Æthel usa el nombre mientras piensa en Ælfrún y la emoción que la recorre es como la de ser consciente poco a poco de que obtendrás la victoria en la batalla. ¿Acaso Æthel le importa? Aquella última noche había parecido estupefacta e incluso consternada de escuchar la llamada de la Cacería Salvaje. Æthel había dejado que el caballo se la llevara porque había percibido el rechinar del miedo genuino en la voz de Herla. Miedo... ¿por ella? *Æthel* se balancea en la silla y curva sus tintineantes dedos en torno a las riendas. El cuero cruje bajo su agarre.

Cuando exige a los hombres que le abran los portones, estos alzan las cejas y arrugan las frentes. No importa; ya estará lejos para cuando las nuevas lleguen a oídos de Ine. Dirige a su montura hacia el oeste. Unos pocos días, no más, para alcanzar Glestingaburg, si cabalga con brío.

—Vamos, chica —murmura, mientras contempla la oscura ondulación de las tierras frente a ella—. En cuanto me lleves a un par de leguas de Wiltun aguardaremos al amanecer.

★ ★ ★

La estación ha cambiado de veras, y *Æthel* cabalga por una revuelta de color. La carretera es más rápida, así que la toma, y los gritos de los que la reconocen van tras ellas. Le resulta un poco sorprendente descubrir que fuera de las murallas de Wiltun, no es la esposa fallida de la que habla la corte. La gente aúlla: «la señora de Wessex» y otros se llevan los puños al corazón a su paso, como si se tratara del mismísimo rey. Aquellos hombres debían haber pasado tiempo en el ejército; quizás la vida de granjero no ha enterrado del todo los recuerdos de la luz de la batalla y la sangre. *Este es mi legado*, piensa *Æthel*, mientras un hombre toma el rastrillo para saludarla. Inclina la cabeza en su dirección con solemnidad, sin saber cómo la hace sentir.

Las leguas pasan con demasiada celeridad y lentitud. La mañana en la que ve Glestingaburg alzándose entre la niebla, se le encoge el estómago. Aquella incomodidad permanece con ella todo el día según se aproxima a la colina, con sus verdes laderas divididas en varios niveles. ¿Cómo puede Herla dormir *debajo* de la colina? ¿Hay cavernas? ¿Hay una puerta? ¿Cómo se entra en una colina?

El problema se vuelve más urgente cuando *Æthel* da una vuelta a caballo alrededor de la colina sin hallar nada. En la abadía encienden las luces por todas partes, pero la niebla vuelve a surgir, un remolino blanquecino que parece seguirla. Tras media hora, admite que se ha perdido. La niebla no huele como el río o la tierra húmeda. Tiene la dulzura de la podredumbre. El corazón le late con fuerza.

La abadía. Æthel puede refugiarse allí, intentarlo de nuevo por la mañana. En el fantasmal crepúsculo, rebusca el pedernal en la bolsa, pero la antorcha solo empeora la situación y convierte la niebla en un infranqueable muro blanco. Desmonta, se inclina para estudiar la hierba y piensa que quizás pueda seguir las huellas para regresar al lugar por donde ha venido. En cuanto el pensamiento le cruza la mente, sin embargo, el viento sopla, como si algo invisible hubiera pasado a su lado. *Æthel* se da la vuelta, pero no hay nada, ni tampoco ningún sonido. ¿Podría algún ruido ser tan fuerte como para quebrar ese silencio llano? Se humedece los secos labios.

—¡*Herla*!

La niebla devora el nombre. Su voz es diminuta, apenas más que el llanto de un niño. *Æthel* reúne sus fuerzas y la llama de nuevo:

—¡Herla!

Esta vez la niebla se mueve, pero Glestingaburg es más grande que ella. Roba su grito, tomándolo para sí y humedece el rastro. El silencio parece crecer más profundo que antes.

—¿Quién eres tú para gritar el nombre de mi señora de esa manera?

Aquella voz hueca viene acompañada de una fría punta de lanza en la nuca.

22

INE

Wiltun, Wiltunscir
Reino de Wessex

—¿Nadie la vio marcharse?

Los hombres intercambian miradas. Claro que la habían visto, pero ¿quién habría podido detenerla? *Æthelburg* siempre ha hecho lo que desea. Ine permanece en los portones, contemplando los campos que parecen grises bajo el débil sol de la mañana. No es extraño que *Æthel* se dé un paseo a caballo, pero esta vez parece diferente. Nunca se va sin despedirse.

Quizás es porque ambos saben a dónde ha ido. La nota le cuelga sin vigor de la mano. Y, aunque intenta convencerse de que su esposa no se habría ido si no lo creyera necesario, sus propias palabras vuelven para atormentarlo. *Si quieres la separación, no te detendré.* Todo se le emborrona en la mente. Ha dejado Wiltun. Lo ha dejado a él. Y se ha llevado tan pocas cosas, ni sus joyas ni sus vestidos ni el tablero que Ine hizo para ella, con el que habían pasado tantas noches sumidos en una felicidad excesiva, sin duda, para ser real. Lo único que falta es su espada, armadura y caballo: las posesiones que más valora. Las que le han hecho compañía en lugar de su esposo.

Ine le da un puñetazo al poste del portón. Los guardias se sobresaltan, pero no dicen nada. Si el rey desea romperse la mano, así sea. Æthel. Cierra los ojos con fuerza. De pronto, todo carece de importancia: Ingild, los espectros, la herencia; incluso la parte de sí mismo que ha escondido. Sin ella, no significan nada. ¿Por qué ha tardado tanto en comprender lo que su corazón intentaba decirle? Ella es el eje que sostiene su mundo.

Un hombre tose e Ine se percata demasiado tarde de la impresión que debe estar dando todo aquello. No debería haber sido tan descuidado. Los guardias hablarían y la noticia se extendería: la reina se ha ido a caballo y el rey no sabe a dónde. Más leña para que Ingild eche a la hoguera en la que se está convirtiendo su corte. Un fuego inestable con el poder de devorar todo lo que Ine ha conseguido. Igual que el poder que se esconde bajo su piel que nadie puede —o quiere, en el caso de Emrys— explicarle.

—Ah. —Hædde no pierde la oportunidad de acosarlo en cuanto regresa, sintiéndose enfermo, al salón—. Permitidme que os presente a Winfrid de la abadía de Nhutscelle. No creo que os conozcáis.

Embozado con una capucha y vestiduras de monje, el joven junto a Hædde da un salto hacia delante. *Justo lo que me hace falta*, piensa Ine, *el cazador de paganos*. Una lanza desconocida le llama la atención.

Winfrid suelta una risita.

—Nunca se tiene suficiente cuidado, mi señor. —Le da palmaditas al arma como si fuera su sabueso favorito—. Tengo la intención de viajar mucho y he oído que en la tierra de los francos abundan paganos cuyo divertimento favorito es asesinar a hombres de Dios.

—¿El abad Winbert te animó a ello? —inquiere Hædde con una pizca de desagrado—. ¿Desde cuanto el estudio de las armas se considera adecuado para los sacerdotes?

—No es la única materia poco ortodoxa de Nhutscelle. —La voz de Winfrid conserva una perfecta neutralidad, pero le resplandecen los ojos—. Contamos con hombres de la ciencia entre nosotros, que extraen sangre con sanguijuelas y estudian las estrellas. Guerreros con armas benditas que han venido desde Roma. Y estudiosos y escribas, por supuesto. Somos una comunidad bastante peculiar.

Hædde gruñe.

—Todo eso de irse al extranjero. Por lo que he oído, Winbert esperaba que le sucedieras como abad.

El buen humor del joven se desinfla.

—Me honra pero, aunque la vida del abad es digna, no sería la que yo elegiría. En su mayoría, nuestro país ha abrazado a Dios. Ahora la labor ha de continuar en el extranjero. —Inclina la cabeza hacia la lanza—. Hay mucho que hacer aún y pocos hombres dispuestos a emprender la tarea.

—En ese caso, Wessex añorará vuestra guía —dice Ine para tener contento a Hædde. El obispo ha estado distante desde su discusión—. ¿Cuándo planeas partir?

—No hasta el año que viene. —Winfrid mira a su superior—. El obispo Hædde me ha invitado a pasar el invierno en la corte. Con vuestro permiso, por supuesto, rey Ine.

Están esquivando el auténtico motivo de la presencia de Winfrid. Hædde lo ha traído como espía, para purgar la supuesta podredumbre en el corazón del reino. Es una oportunidad para que Winfrid demuestre su valía antes de llevar sus dones de cazador de paganos al extranjero.

Cuthburh se une como quien no quiere la cosa, con una rara sonrisa en el rostro.

—Winfrid. Mi hermana y yo hemos escuchado cantar tus alabanzas incluso en Berecingum.

—Y sin duda vos sois lady Cuthburh.

Aunque la sonrisa con la que responde Winfrid es un adversario formidable, sus rizos claros y sus cálidos ojos verdosos no causan efecto en Cuthburh. En lugar de sonrojarse, dobla las manos sobre el pecho y dice:

—Quizás puedas ayudarme a convencer a mi hermano de que me permita fundar un monasterio doble en Winburnan.

—Espera, Cuthburh. —La indignación se abre camino entre los más oscuros pensamientos de Ine—. Esta es la primera vez que lo oigo mencionar.

Su hermana se gira para fulminarlo con la mirada.

—Te lo dije el otro día, Ine. Sabía que no me estabas escuchando.

Quizás Winfrid prevé una discusión porque interrumpe con una breve reverencia.

—Permitidme ofreceros mis condolencias por la muerte de vuestro padre.

—Eres muy amable —dice Cuthburh antes de que Ine responda—, pero era un anciano cuya mente se estaba marchitando. Su muerte es una bendición.

Aquellas palabras habrían podido pertenecer a Ingild. *No estabas allí*, le dice Ine en sus pensamientos. *No viste su rostro ni la sangre bajo las uñas.*

Invocado por los pensamientos de Ine, Ingild aparece en el umbral.

—Bienvenido, Winfrid. ¿No te ha ofrecido mi hermano refrigerios tras el viaje? —A pesar de que era temprano, ladra para que le traigan vino y los sirvientes se apresuran a obedecer, y unos pocos miran repetidamente hacia el sacerdote armado, que además es tan apuesto.

—Gracias, príncipe Ingild, pero tomaré agua.

El rostro de Ingild se arruga con una irritación tan fugaz que quizás sean imaginación de Ine.

—Muy bien.

—Y después quizás podríamos retirarnos a la capilla. —Los ojos de Hædde se topan con los de Ine—. Hemos de hablar en privado de la amenaza hacia el reino.

★ ★ ★

Mientras que antes los rumores de los paganos estaban limitados a los sermones de Hædde, la presencia de Winfrid en Wiltun los hace expandirse como semillas al viento. De pronto, se habla de paganos en todas partes. Ine lo oye en el salón del hidromiel mientras los criados alimentan el fuego, lo ve en las cabezas inclinadas de la gente de la ciudad que se apresuran a terminar sus tareas antes de que caiga la noche. La leche sigue agriándose, a pesar de que acabó por acceder a sacrificar el ganado y las historias afirman que la pira de los cuervos ardió con un fuego verde.

Se ve obligado a inventar una excusa para la ausencia de Æthelburg. Nuevas sobre Ealdbert, bandidos en la carretera de Hamwic. Los problemas de siempre. Sin embargo, no logra engañar a Gweir ni tampoco a Cwenburh.

—No sabes dónde está, ¿verdad? —le pregunta con voz dulce cuando encuentra a Ine solo unos pocos días después de la partida de Æthel.

Me temo que sé exactamente dónde está. Pero no puede decirle eso a Cwen. Las calles descienden desde su refugio en la cima del asentamiento. Es una tarde nauseabunda. En el salón a sus espaldas, hay fuego para aliviar la oscuridad y voces que expulsan el aburrimiento. Todo suena hueco a oídos de Ine. Æthelburg se ha marchado, pero no los muertos. Y aunque no se ha visto a la doncella Alis desde que Æthel la despidió, no cree que sea tan fácil expulsarla. Igual que Herla, igual que Gwyn, aquella mujer debe pertenecer al Otro Mundo.

Un ligero roce en el brazo.

—¿Qué ha pasado?

—La cuestión es lo que no ha pasado —contesta sin pensar.

Cwenburh ha heredado los ojos de su madre: grandes y lánguidos. Pero ahora contienen poca languidez.

—Nunca se lo has dicho.

Se pone tenso.

—Ay, Ine. Lo habría entendido.

—No —contesta con un tono duro y ahogado—. No lo entendería. No la conoces, Cwen. Llevas demasiado tiempo fuera. Es apasionada, lo siente todo con mucha intensidad…

—Como otra persona que conozco.

Ine agita la cabeza.

—No nos parecemos en nada.

Cwenburh se echa a reír. No ha oído ese alegre sonido desde que eran niños.

—Solo ves lo que esperas ver, hermano. —Y después baja la voz—. Lo que te han enseñado a ver.

Ine se contempla las palmas abiertas, pero nunca han tenido la respuesta.

—No puedo darle lo que quiere.

—¿Le has preguntado lo que quiere? —Cwenburh suspira ante su silencio—. Sé que no lo has hecho.

Ine se cubre con la capa, un escudo ante el creciente viento y el otro, más frío aún, que solo él puede sentir.

—Porque ya lo sé. Quiere... —Se detiene, sintiendo un calor en el rostro—. No puedo hablar estas cosas contigo, Cwen.

—Puedes hablar de lo que desees conmigo, hermano. Dudo que haya otra persona que te conozca como yo.

—¿Y cómo es eso?

Ahora le toca a Cwenburh guardar silencio. Entonces, le da un tirón a su hábito de monja y deja escapar un largo suspiro:

—¿No se te ocurre nada? Todos encontramos la manera de lidiar con un mundo que no entiende. Que no entiende que no deseamos lo mismo que otra gente.

Sus palabras son como un sol que hace desvanecerse la niebla que siempre se ha pegado a él desde que recuerda. Ine se queda con la boca abierta, con el corazón latiéndole con fuerza.

—¿Por qué no me lo contaste? Creía que siempre habías tenido la intención de ordenarte monja.

—Era la más joven, así que padre nunca me presionó para que me casara. Aun así, la mera perspectiva se me antojaba una espada maldita. —Su voz carece de emoción de una forma cuidadosa, pero Ine es capaz de detectar ciertas sutilezas en el tono, como la herida que él mismo ha soportado durante tanto tiempo—. No me imaginaba compartiendo mi vida con otra persona. Las cosas que se esperarían de mí en un matrimonio. Las mentiras que tendría que hilar. —Los dedos de Cwenburh vagan hacia la cruz de madera que le pende del pecho—. La Iglesia me ofreció una salida y no es una mala vida, en comparación. Tengo los libros y mis estudios. Soy sierva de Dios antes que mujer. —Hace una pausa—. Es peor para ti. Nadie cuestiona a una monja por no desear encontrar pareja ni engendrar herederos.

—La corte piensa que es culpa de Æthelburg —murmura, a pesar del nudo en la garganta—. Y...y no he hecho nada para desafiar tal creencia. Me pregunté lo que pasaría si lo hiciera, y qué hombres se volverían en mi contra. Pero en realidad, tengo miedo. —Las palabras se le caen de los labios como una cascada e Ine no se esfuerza en retenerlas. Si se detiene, quizás nunca se las diga a nadie—. Soy un cobarde que prefiere alejar a la mujer que ama. Y al fin lo he logrado. —La ciudad se difumina hasta que contempla el mundo a través de la neblina—. Se ha ido, Cwen. —Un sabor salado en la garganta—. Y es culpa *mía*. Porque no he sabido amarla como se merecía.

Enlazando los dedos con los suyos, Cwenburh le aprieta la mano.

—Claro que no se ha ido. *Æthel* es la reina y se toma en serio sus obligaciones. Solo se ha concedido espacio para pensar. Para que ambos penséis. Pero, escúchame, Ine. Lo que has construido con *Æthelburg* es especial. Tiene fuertes raíces. No le niegues la oportunidad de aceptarte como eres. Os debéis la verdad el uno al otro.

Ine se refriega los ojos con las manos.

—Wessex no es seguro. Podría estar en peligro.

Cwenburh esboza un gesto de dolor. Incluso ella sabe que *Æthelburg* nunca se halla demasiado lejos del peligro.

—¿Qué está sucediendo, hermano?

—¿No oíste a Ingild? —le pregunta Ine, con amargura—. Los britanos se matan los unos a los otros, como dicta su naturaleza.

—No es eso lo que crees.

Hablar en el exterior no es lo más adecuado, pero no desea volver al salón y arriesgarse a encontrarse con los clérigos.

—He visto cosas. Y también *Æthelburg*. Cosas que no tienen sentido fuera de las historias. Pero son *reales*. —La palabra suena apresurada, desesperada—. Se han derramado por todo Wiltun. El pueblo está asustado y Hædde ha estado esparciendo rumores sobre paganos. —Con miedo de lo que va a encontrar, Ine busca la mirada de su hermana—. Rumores sobre magia.

Pero Cwenburh no se dispone a reírse esta vez. Su mirada es oscura y seria.

—Peor aún —continúa Ine—. No creo que la muerte de padre fuera natural. —Es la primera vez que lo dice en voz alta y aquel sonido solo reafirma su convicción—. Tuvo un final violento, Cwen. Tenía sangre bajo las uñas, como si hubiera forcejeado.

—¿Quién fue el último en verlo con vida?

Ine tuerce el gesto ante la pregunta.

—*Æthel*. Por eso no puedo discutir el asunto con el Witan. Ingild ya tiene una pésima opinión de ella. Piensa que asesinaría a un anciano con el pretexto de la compasión.

—¿E Ingild tiene tanta influencia en el Witan que aceptaría su palabra contra la tuya?

Ine la mira. Recuerda las palabras que Ingild le había coaccionado para decir en Gifle. La votación sobre el destino de Cadwy. La manera en la que su hermano se las había apañado para restar importancia al testimonio de *Æthel* y burlarse de la opinión de Ine sobre los britanos.

—Sí, creo que la tendría.

Cwenburh murmura una palabra que Ine nunca creyó que le oiría decir.

—¿Desde hace cuándo es así?

—Desde hace más de lo que imagino, quizás —un inesperado rayo de sol ilumina las ventanas de la iglesia—, pero ha empeorado desde que comenzó este asunto de los britanos. Ha encontrado un aliado en Hædde y me temo que Nothhelm, Godric y Osberth también se aliarían con él. Edred, por supuesto, ya está de su parte. —Todavía con la mirada fija en la iglesia cuya cripta alberga los restos de Cenred sigue hablando—. Padre me ayudó a ganar la votación sobre Cadwy. Ingild nunca le perdonó eso.

—El chico —dice Cwenburh con una mirada pensativa al edificio donde está cautivo—. Es britano y pagano. ¿No ha revelado nada sobre la naturaleza del problema?

Ine se muestra dubitativo. ¿Hasta dónde llega la lealtad de Cwenburh por la Iglesia? Sus hermanas han pasado los últimos años bajo el ala más tiránica del clero, como Hildelith y Earconwald. Le duele admitir que quizás no las conozca como antes.

—Ha… ayudado. Pero no se abre del todo conmigo.

Al menos eso era cierto.

—Quizás tenga una explicación para los cuervos.

—¿No crees que los cuervos sean obra de los paganos?

—Tal vez —dice Cwenburh, ecuánime—. Con el incentivo adecuado, el chico podría decirte más.

El incentivo adecuado es la libertad que Ine ya se ha apresurado a prometer. El viento juguetea con el vello del cuello, para hacerlo estremecerse aún más.

—Voy a sentarme un rato con padre. —El duelo por Cenred tiene que abrirse camino para hallar un hueco en su corazón—. Siempre daba buenos consejos. Quizás la respuesta llegará a mí.

Cwenburh no dice nada, pero se despide con un gesto cálido.

Los gritos reciben a Ine según se acerca a la iglesia, a la zaga de dos hombres armados. Una pequeña multitud ha atrapado a un hombre: Sinnoch. La esbelta figura del maestro de las caballerizas sobresale por encima de todos los allí reunidos. Su rostro luce el habitual aire taciturno. Pero hay algo alarmante en aquella postura de piernas rígidas, como si quisiera llevarse la mano al cuchillo. La multitud se vuelve más ruidosa y desagradable según se va acercando Ine, hasta que puede distinguir las palabras.

—Solo digo que él lo *es* —escupe un hombre, con las mejillas rubicundas de gritar.

Deorstan se abre paso a codazos hasta el maestro de caballerías.

—¿Qué mierda estás soltando por esa boca, Ceadda? Es uno de los nuestros.

—¿Uno de los nuestros? —El hombre da un paso adelante, alzando un dedo—. *¿Cuándo ha venido a la iglesia con nosotros?*

—Eso no lo convierte en pagano. —El rostro de Deorstan también enrojece. Extiende el brazo por delante de Sinnoch—. Lleva años viviendo aquí y nunca has tenido motivos para atacarlo.

—A lo mejor tendría que haberlo hecho —dice Ceadda, sombrío—. Quizás entonces mi esposa no se habría despertado gritando que los cuervos le están sacando los ojos. Mis hijos tendrían leche en el estómago.

Los gritos de la multitud hacen eco de sus palabras.

—Él no es el responsable —grita Deorstan por encima del barullo—. ¿Qué pruebas tienes?

—Suficiente, Deorstan. —La voz de Sinnoch transmite sosiego, pero también tiene peso—. No hace falta que te pongas en peligro por sí.

—Eso, Deorstan. —Ceadda mira a los que lo rodean en busca de apoyo—. A menos que desees compartir su destino.

—Es un buen hombre —dice Deorstan, desesperado—. Wessex es su hogar.

—Pero no es sajón —dice alguien, lo que provoca un coro de voces a favor—. Es un wealas, nacido pagano. Debería volver al lugar del que ha venido.

—¿Y cuántos de vosotros podéis llamaros sajones?

El silencio asfixia a la multitud. La gente gira la cabeza. Ine observa cómo la gente se aparta a su paso para abrir un camino hacia Sinnoch y Deorstan. Camina hacia ellos con parsimonia y se detiene.

—¿Cuántos aquí pueden jurar que no tienen ni una gota de sangre nativa en las venas? Yo os lo diré: ninguno. Tanto vosotros como yo la tenemos. —La furia que comienza a reconocer como los dos legados luchando en su interior despierta—. Y eso es porque nuestros antepasados, nuestras madres y padres, se unieron. Se percataron de que nada nos separa excepto el deseo de división. Preguntaros el motivo. ¿En qué os ayuda? —Alza la mano hacia Sinnoch—. Este hombre, por ejemplo. ¿En qué os beneficia herirlo o expulsarlo?

Nadie responde. Nadie se atreve, hasta que Ceadda dice:

—Junto a él expulsaremos la perversión de su sangre, el mal que ha envenenado nuestro hogar.

Todo el mundo contiene la respiración y una anciana se aferra al brazo del hombre.

—¿Cuándo aprenderás a callarte la boca? Majestad, me disculpo por mi hijo…

Ine alza la mano.

—No le castigaré por responder a una pregunta que he planteado. Pero… —Deja que la vista recorra la multitud— estoy decepcionado. Creía que mi gente era mejor. Os volvéis contra un hombre que ha servido leal durante años sin pruebas que sugieran crimen alguno. Sé que tenéis miedo. —En su mente aparece el rostro muerto de Centwine. Los gritos de las almas asesinadas y atrapadas en el cuchillo de hueso—. Yo también lo tengo. Pero no me asusta la gente que vive en paz entre nosotros. Es tiempo de buscar la unión, no de sembrar odio y divisiones.

Tras abundantes susurros, la inquietud abandona a la multitud. Aun así, mucha gente continua cabizbaja o mira a los lados para esconder el resentimiento. Ine exhala un aliento largamente contenido mientras la gente empieza a dispersarse. Si no hubiera llegado cuando lo hizo, ¿qué le habría pasado a Sinnoch? ¿Y a Deorstan por defenderlo? El maestro de las caballerizas inclina la cabeza con solemnidad para darles las gracias a Ine antes de vestirse de nuevo con su habitual impasividad, pero le tiemblan un poco las manos en los costados mientras observa a los ciudadanos alejarse.

Alguien ha orquestado esto. En el momento en el que lo piensa, siente un pinchazo entre los omóplatos y se da la vuelta. Hædde está en el umbral de la iglesia con las manos dobladas tranquilamente dentro de las mangas. Las velas titilan a sus espaldas; parece una sombra en contraste con la luz. ¿Cuánto tiempo lleva observando? El suficiente, sospecha Ine.

Æthelburg se ha marchado porque su esposo había estado demasiado asustado para hablar. Igual que le había asustado ofender a la Iglesia y enfrentarse a Ingild. Hædde y él se miran el uno al otro, y en los ojos del contrario, Ine percibe que lo está evaluando. Quizás antes habría llorado la pérdida de su amistad. Ahora le da la bienvenida a la furia en su interior.

Te toca mover a ti, obispo.

23
ÆTHELBURG

Glestingaburg, Somersæte
Reino de Wessex

Ninguno de sus afinados instintos la ha advertido. Con la carne de gallina, *Æthel* se mantiene inmóvil, mientras va descartando las ideas que le inundan la mente a la carrera. La espada está en su vaina y la daga en la bota, fuera de su alcance.

—No he venido con malas intenciones —dice sin apenas mover los labios.

—Eso lo decidiré yo. —Es una voz de mujer, afilada como el pedernal—. ¿Quién eres?

—*Æthel*burg. —El arma descansa sobre la frágil piel de su cuello. Roba aire con cada bocanada.

—Un nombre sajón. Así que desciendes de los que invadieron nuestro país después de Roma. —La lanza no vacila.

—Nací en Wessex, como mi madre y mi abuela antes que ella. —No logra eliminar la indignación de su voz—. Este es *mi* país.

Una risita callada.

—¿Ah, sí? Bien, sajona, debes buscar la muerte si has venido aquí esta noche. Estaré encantada de concederte lo que deseas.

—Espera. —Æthel intenta expulsar la imagen de la punta afilada atravesándole la garganta junto con el eco de la voz de Ine diciéndole: ¿Has perdido la cabeza? Odiaría morir allí y demostrar que su marido tenía razón—. Conozco a tu señora.

—Lo dudo muchísimo.

—Se presentó como Ælfrún. Luchamos juntas.

La mujer invisible deja escapar un siseo entre dientes.

—¿Eres la reina?

—Sí —se apresura a decir Æthel, sin atreverse aún a sentirse aliviada—. ¿Sabes quién soy?

—Quizás. —La punta de la lanza se afloja—. Date la vuelta. Lentamente.

Æthel hace lo que le dice. La pálida luz de la niebla revela a una mujer corpulenta, de menor estatura que ella con el pelo cobrizo. Un par de conejos le cuelgan del cinturón y tras ella, en el suelo, se halla la joya de la caza: un astado tan enorme que ninguna persona podría acarrearlo. La mujer tiene los brazos desnudos hasta los hombros, tintados como los de los britanos, pero con más detalles de lo que Æthel ha visto nunca. Lleva una armadura de cuero bastante rudimentaria y una larga trenza se camufla con el pelaje de la capa.

La extraña parece haberla estado estudiando con la misma intensidad.

—¿Qué haces aquí, reina de Wessex? —pregunta al fin, colocando la lanza con firmeza a su lado—. ¿Has venido sola?

—Pues... —Debe elegir sus palabras con cuidado. A Æthel no le habría extrañado que la mujer decidiera que merece el mismo trato que el astado. *Necesito la ayuda de Herla*. Abre la boca para decirlo—. Necesito verla.

—Por la Diosa. —La mujer blande la palabra como una maldición a la tierra—. Me llamo Corraidhín. Te sugiero por tu bien que te marches.

—No. —La palabra surge de su desobediente boca antes de que Æthel se lo piense bien y Corraidhín alza ambas cejas—. Lo que pretendía decir es que he cabalgado muchas leguas.

—Entonces estás acostumbrada a los viajes largos. —Corraidhín se aparta, dejando libre el camino hacia el caballo de *Æthel*—. Uno nuevo te aguarda.

—No hasta que la vea.

Se fulminan la una a la otra con la mirada, *Æthel* alza la barbilla con obstinación hasta que una voz dice.

—¿Qué es esto?

En unos instantes, aparece otra mujer que, igual que Corraidhín, viste cuero y pieles. La vista se le va al astado y emite un sonido a medio camino entre gruñido y jadeo.

—Maldita sea, lo has atrapado antes que nadie.

—Claro que sí —dice Corraidhín con sosiego. Se aferra a la empuñadura de la lanza—. Siempre he tenido mejor puntería, Gelgéis. —Antes de que la otra mujer pueda replicar, añade—. Tenemos un problema más grande.

—Llevadme ante Herla. —*Æthel* estira los hombros al percatarse de que ninguna de las mujeres sería receptiva ante las súplicas—. Que ella juzgue si debéis expulsarme o no.

—No es lícito molestar a lord Herla por minucias. —Por primera vez *Æthel* detecta un azote de protección en la voz de Corraidhín. Sus palabras son frías.

—*¿Qué ha dicho de mí?*

—Que traes problemas.

—No ha dicho tal cosa —corrige Gelgéis y Corraidhín se da la vuelta para fulminarla con la mirada—. Pero sigue habiendo un motivo.

—¿Qué motivo?

—Tu propia protección. —El tono juguetón se ha desvanecido de la voz de Gelgéis—. No deberías estar aquí. No somos como tú.

La niebla se ha despejado un poco y la luna se resbala por su cabello rubio y le riega de plata la curvatura de las mejillas. Gelgéis tiene razón, piensa *Æthel* con un estremecimiento mientras mira sus rostros. Mujeres sí, pero feéricas, como si el implacable frío del invierno habitara bajo sus pieles. Si una vez fueron humanas, ya no lo son. Y aun así... la risa de Ælfrún cuando Æthel la sujetó contra el suelo, el calor de sus dedos entrelazados tan fugazmente con los suyos. Algo queda. Hay algo más allá de las advertencias y las amenazas y la *otredad* del poder que la creó.

—Permitidme verla —susurra.

Por un segundo, ninguna de las dos habla. Después Gelgéis resopla.

—Déjala entrar, Corra. La Diosa sabe que no le vendrá mal una distracción.

—Pero no de este *tipo* —susurra Corraidhín en voz tan baja que *Æthel* no está segura de haber oído bien. Siente la sangre arremolinarse en su cabeza, enterrando las voces de las mujeres en una suerte de terror jubiloso. No se ha sentido así desde la víspera de su primera batalla cuando todos sus nervios ardían con la posibilidad de la victoria... y la derrota.

Corraidhín alza el astado por encima de los hombros, como si no pesara más que unos pocos sacos de grano.

—¿Me das los conejos para salvaguardar algo mi honor? —pregunta Gelgéis y sonríe cuando la otra mujer los descuelga del cinturón con un suspiro. Entonces Corraidhín hace un gesto irritado en dirección a la niebla. Se disipa y *Æthel* se descubre a pocos pasos de la colina. Mientras observa, con la respiración contenida, una grieta aparece en la piel de la colina. Unos pilares flanquean un pasaje abovedado, tallados con una piedra que nunca ha visto. La puerta parece pesada, pero la abren sin emitir sonido alguno, y la luz se derrama por la hierba.

—Entra pues.

Gelgéis se ata la caza a su propio cinturón y lo humano de ese gesto golpea de nuevo a *Æthel*.

Vacila en el umbral. Hay una sensación de extrañeza en el aire, como una frontera sin nombre junto a la costa donde la tierra se topa con el mar y ambos se mezclan. Las historias inundan a *Æthel*:

los mundos que se encuentran, los bardos atrapados en las cortes élficas y los niños cambiados a los que despiertan corazones humanos. Pero lo que ve dentro de la colina es una amplia cámara, no muy distinta a la del salón de Wiltun. Se muerde el labio. La idea del hogar le resulta ajena. Muros lisos como las piedras del río, un suelo arenoso repleto de diminutas gemas. Más adelante, unas figuras se sientan en bancos, o pasan de un lado para otro como sombras frente a una gran hoguera, que arde sin humo. Antes de que Corraidhín o Gelgéis tengan la oportunidad de llamarla irresoluta, *Æthel* da un paso hacia dentro.

La puerta se cierra con un susurro. Aquello le clava una púa en el corazón, el empalagoso terror de no ser capaz de volver. ¿También lo sintió Herla cuando cruzó al Otro Mundo? La historia no contaba por qué lo hizo.

—No te apures, pequeña reina. —Corraidhín se gira para mirarla—. Tenemos mucha comida esta noche.

Se ríe y su risa invoca a las otras, que se emocionan al ver el astado y los conejos de Gelgéis, hasta que descubren a *Æthel*. Entonces la charla se desvanece.

Su mirada colectiva hace que *Æthel* se sienta tan pequeña como un ratón encogiéndose de miedo entre unas garras. Son las mismas mujeres que vio a caballo, sus voces el aullido de los cuernos. Más rostros como el de Corraidhín y Gelgéis, ajenos y desprovistos de edad, como las estrellas. Una mujer prácticamente al frente le llama la atención. Tiene la misma apariencia que sus hermanas, pero también unas mejillas redondas con hoyuelos, la única señal de una infancia atrofiada largo tiempo atrás. Debía de ser joven cuando la transformaron. Por algún motivo, semejante visión le crea un nudo a *Æthel* en la garganta.

—¿Qué ocurre?

La voz que resuena desde el fondo de la cámara se le incrusta en los huesos como una espada envuelta en seda; *Æthel* sabe que no será capaz de extraerla mientras viva. Aunque las mujeres no la tocan, siente que la arrastran mientras atraviesan el salón. Penachos desconocidos adornan las paredes y hay estantes de armas listos. Sobre los bancos reposan piedras de afilar, telas para engrasar el cuero; *Æthel* reconoce las familiares herramientas de la guerra. Pero aquí y allí también se ven otras inquietudes: una copa para dados, una flauta pequeña, una vitela repleta de dibujos de plantas. Los objetos transmiten una extraña intimidad, como si estuviera espiando una escena privada.

Ojos enrojecidos la observan. La cámara no parece lo suficientemente grande para contener a los caballos, pero los animales solo están allí cuando los mira. Si no, se desvanecen, ausentes de algún modo. No huelen como caballos, sino como la sal marina, el fuerte aroma de las piedras húmedas y… las flores. Tiene cuidado de *no* mirarlos.

El trayecto parece eterno. El corazón se le acelera a cada paso. Al fondo del salón hay un banco, cuya cabecera está formada por dos astados sobre las patas traseras, con los cascos alzados como púgiles. Es un trono salvaje, y la figura que se sienta en él es salvaje, demasiado *real* para mirarla. Pero *Æthel* la mira. Tiene que hacerlo. Se lo exige el corazón.

Amplios ojos ambarinos. Los ojos de una cazadora, fieros y en llamas, provenientes de la espesura en la que los humanos no deben adentrarse. Sin su disfraz, su rostro se asemeja al de *Ælfrún*, pero más delgado y duro. El hogar de todo lo despiadado. Y, sin embargo, las suaves líneas en torno a su boca sugieren que solía reír. Su pelo negro es un follaje de trenzas, adornadas con cuentas o amuletos de hueso. Tiene los brazos tintados como Corraidhín, la desnuda piel marrón bajo el azul.

Herla se levanta lentamente y *Æthel* experimenta la poderosa necesidad de tirarse a sus pies. *Eres una reina*, se recuerda, inmovilizando las rodillas, pero sigue sintiendo la urgencia. La mera presencia de la mujer frente a ella haría huir a la mayoría de los hombres. Se miran la una a la otra durante un largo y callado instante antes de que Herla diga:

—*Æthel*burg.

—Herla.

La líder de la Cacería Salvaje cierra los ojos durante un momento al oír su nombre.

—¿Por qué has venido?

—Cómo... —*Æthel* traga saliva, consciente de las miradas concentradas en ambas. Herla no parece hacer nada, pero las mujeres, amontonadas hacía un instante, se dispersan de vuelta a sus tareas. Está segura de que siguen pendientes—. ¿Cómo no hacerlo cuando me di cuenta? —concluye en voz baja.

—Podría haberte matado. —Herla aprieta un puño—. Te *habría* matado. Te mandé lejos para protegerte.

—Como suelo tener que repetir, no me hace falta.

Herla no dice nada durante un momento, pero cuando vuelve a hablar su voz resuena gélida.

—Sabes que muchos me llaman la muerte.

—Soy una guerrera. Nunca me ha dado miedo la muerte. —*Æthel* alza el rostro, con la mirada puesta en el puño cerrado de la otra—. Todos le damos la mano al final.

Herla luce un rostro inexpresivo. Después sonríe, una oscura curvatura de labios y algo aletea en el pecho de *Æthel*. No las polillas anteriores, aquellas alas inciertas, sino un ser poderoso cuyo nombre, a pesar de todo, no es miedo.

—Eres una mujer imposible, *Æthel*burg de Wessex.

—Me han llamado cosas peores.

—Muy bien.

Æthel se cruza de brazos.

—Muy bien.

—Me has encontrado —dice Herla, y ¿acaso es un retazo de placer oculto lo que oye *Æthel*? La idea hace que se le acelere el corazón—. ¿Por qué has venido en realidad?

—¿Por qué viniste a Wessex?

El banco es lo suficientemente largo para que tres personas se sienten con holgura. Herla se hunde en él y le indica a *Æthel* que se una a ella. En cuanto están la una junto a la otra, *Æthel* recuerda la última vez que se sentaron así, con los dedos rozándose y las mejillas encendidas. Desvía la mirada para recorrer la larga cámara, consciente de que la están observando.

—En busca de algo que no debía estar allí —dice Herla.

—¿A qué te refieres?

—Una entrometida del Otro Mundo.

Una de las mujeres remueve el fuego plateado. *Æthel* observa cómo dividen y asan el astado.

—Creo que sé de quién se trata. Alis, mi doncella.

Herla abre desmesuradamente los ojos.

—¿Te hizo daño?

—Me enfrenté a ella. —*Æthel* recuerda aquella extraña conversación—. ¿Qué *había* querido decir Alis con lo de aceptar el trato que se le ofrecería?—. Después de pillarla conspirando con Ingild.

—¡Por la mismísima Madre y todo lo sagrado! —Herla inspira—. ¿Es que no valoras la vida?

—¿Por qué todo el mundo me pregunta eso siempre? —*Æthel* *añade entonces con tiento*—. *Además*, si es tan peligrosa, ¿por qué no me advertiste?

Herla aprieta la mandíbula y *Æthel* se arrepiente un poco de sus palabras. ¿Cómo ha sido tan fácil recaer en esa dinámica de amistad, de ser simplemente *Æthel* y *Ælfrún*? A punto de estirar el brazo hacia ella, vacila ante el brillo ambarino de los ojos de la otra. Porque no son solo eso. Es la reina de Wessex y Herla ni siquiera es humana.

—Tenía la intención de advertirte cuando… ocurrió.

Æthel desearía no tener el rostro en llamas. Se examina las manos dobladas sobre su regazo con excesivo cuidado.

—Cuentan las historias que duermes bajo la colina mientras no cabalgas. ¿Se equivocan?

—No. —Se oyen risas del grupo de las mujeres y riñas, mientras discuten la mejor manera de asar el astado—. Así era hasta la noche en la que Geraint de Dumnonia murió. Cuando el sabueso de Gwyn saltó, creí que la maldición había perdido el poder de obligarnos a cabalgar. —Bufa a algo agazapado en la esquina—. Me equivocaba. Tienes suerte de que sea noche de luna llena.

Hay una figura: un indistinguible bulto de sombras que gruñe con suavidad cuando Herla lo mira.

—Gwyn —murmura *Æthel*—. Parece que oigo su nombre en todas partes.

—Fue él quien me hizo esto. —La voz de Herla supura veneno—. Con una mano me ofreció poder y con la otra me robó todos los motivos por los que lo buscaba. —Se detiene para mirar hacia delante, como si la neblina del fuego y las antorchas, hubieran creado un portal por el que se derrama el pasado—. ¿Para qué sirve el poder si no tienes nada por lo que luchar? ¿Cuando no tienes una causa?

Æthel no sabe evitarlo. Se inclina hacia ella, absorta en el fulgor del rostro de Herla.

—¿Cuál *era* tu causa?

Durante un mero instante, parece que Herla se mece hacia ella, pero entonces habla.

—Seguro que tienes hambre. —Se pone de pie y extiende el brazo—. He probado vuestras raciones de asado de primera mano. Tal vez nuestra morada y bienvenida sean rudas, pero al menos podemos ofrecerte un refrigerio antes de partir.

—No me voy a marchar aún —dice *Æthel*. ¿Por qué buscó Herla el Otro Mundo? ¿A quién dejó atrás? *Herla es una criatura egoísta, pequeña reina.* ¿Y qué sabe Alis que *Æthel* desconoce?

Ignorando sus palabras, Herla marcha hacia el fuego.

—Vino para nuestra invitada. —Hay copas calentándose en las piedras alrededor. Llamas sin humo no es lo más extraño que *Æthel* ha visto últimamente, pero se descubre contemplándolas hasta que le ponen una copa en la mano y tiene que cerrar los dedos o dejar que se caiga. El vino en su interior está un poco especiado. *Æthel* da un largo buche que, para su inquietud, se le sube directo a la cabeza. A diferencia de Ine, suele aguantar bien la bebida. Se le retuercen las entrañas y se traga los pensamientos sobre su esposo con el siguiente sorbo.

Herla alza las cejas.

—Ten cuidado. No lo has probado antes.

—¿Qué es?

—Es de nuestra patria. —Es la joven en la que Æthel se ha fijado antes. Herla le dedica una mirada dura y guarda silencio. Pero no por mucho tiempo. Mientras la carne da vueltas y chisporrotea, llenando la estancia de su rico aroma, la mujer sigue hablando—. Me llamo Orlaith. Herla dice que eres la reina de estas tierras. —Cuando Æthel asiente, Orlaith le enseña los dientes—. Qué bueno es ser reina.

—A veces sí, a veces no. —Le sorprende su propia honestidad y da otro sorbo—. La gente tiene ciertas expectativas sobre ti. Cosas que quizás no quieras ser… o hacer. —La oscura e inquieta mirada de Ine no la deja en paz. No me mires así, le dice a su sombra. He venido por Wessex. Pero Æthel no puede negar que también ha venido por sí misma. Ha seguido el júbilo que sintió al tener el firme cuerpo de Ælfrún (Herla) bajo el suyo. Ha seguido sus palabras: cualquiera se sentiría orgulloso de llamarte esposa. ¿Le había dicho eso Ine alguna vez? ¿Se sentía orgulloso de llamarla esposa? A Æthel le pica la garganta, la humedece con más vino. No, sus silencios han hablado por él. Por eso está en aquel salón. Porque se siente más a gusto con esas mujeres malditas de otro mundo que en Wessex con los hombres y con él. El picor se ha movido a los ojos. Alza la copa de nuevo, pero una mano firme la detiene a medio camino.

—Te he dicho que tengas cuidado. —Los labios de Herla esbozan una de esas raras sonrisas cálidas—. Aquí no tienes que demostrar nada.

—No buscaba demostrar nada —murmura Æthel, pero deja que Herla se lleve la copa. Sus dedos se rozan y ahí está de nuevo: aquel dulce deseo que canta entre ellas. Agita la cabeza; está hecha un lío, revoloteando de un pensamiento a otro de la forma errática de quien ha bebido demasiado. ¿Cuándo fue la última vez que bajó la guardia de esa manera? El vino le surca la sangre y se siente ligera, como si la hubieran liberado de una carga que llevara largo tiempo acarreando.

—¿Está hecha la carne?

Gelgéis inspecciona una brocheta.

—Esta parte sí.

Sin el más leve temor, agarra el metal ardiente, desliza los trozos en un plato y se lame los dedos, que no exhiben quemaduras. Æthel sopla la carne, consciente de los diecinueve pares de ojos que la observan. Gracias al vino, no le importa demasiado.

—¿Me diréis vuestros nombres? —pregunta, a sabiendas de las escasas probabilidades de recordarlos por la mañana. Las sonrisas se van encendiendo en el círculo como faros, una tras otra; las mujeres están encantadas de complacerla. Æthel oye los nombres que pronuncian, que el tiempo ha convertido en arcaicos y trata de reconciliar la escena con el recuerdo de su paso a caballo. Caballo y lanza, rostros feroces, el aullido de Herla, los cuernos de su casco contra el cielo, como si le crecieran de la cabeza. Se le ha erizado el vello del brazo. Sabe que Herla la ha visto y se concentra en comer. Pero es como si el resto de mujeres fuera una marea, que aleja a Æthel de la tierra para internarla en las profundidades. La imagen la asusta, la excita.

—¿Eres una guerrera? —pregunta Senua; la mujer que Gelgéis le había presentado como su hermana de sangre. Cuando Æthel asiente, se inclina hacia delante, con los codos en las rodillas—. Te has presentado y reclamado tus derechos como invitada y te hemos dado de comer. ¿No pagarás la deuda con una historia? Cuéntanos una batalla en la que hayas luchado. —Sonríe—. Una gran victoria.

Æthel parpadea. Nadie le ha hecho esa pregunta ni una sola vez. No se ha sentado a diseccionar sus batallas con nadie más que con Ine. A los guerreros solo les interesa el resultado. *Como si las batallas se ganasen solas.* A pesar de aquel amargo pensamiento, se descubre sonriendo también. Con la ayuda de una brocheta, Æthel dibuja tres líneas en la tierra, y señala a los arqueros con una flecha y donde empezaba y acababa su muralla de escudos. En aquella pelea, su oponente fue Uhtric, otro exiliado advenedizo con la vista puesta en el trono. *Æthel* aparta de su mente las vergüenzas gemelas de Tantone y Gifle, y entierra los pensamientos sobre los hombres perdidos en Sceaptun. Está tan inmersa en la narración de la batalla, alborotada por el recuerdo, sangriento y brillante, que por un momento olvida con quién está hablando.

—¿Diste muerte tú misma a este tal Uhtric? —inquiere Senua, cuyos dedos se afanaban en extraer la carne de un hueso—. ¿Aunque os superaban en número?

Æthel suelta una risa cansada.

—Me subestimó. La mayoría lo hacen. Lo que daría por enfrentarme a alguien que *no lo hiciera*. —Alza la vista para encontrarse con los ojos lobunos de Herla al otro lado del fuego. No es capaz de interpretarlos, pero la otra luce un rostro bastante pálido.

—Quizás seas brava en la batalla, reina de Wessex —Corraidhín se sienta en el banco, haciendo girar con dos dedos una brocheta afilada—. Pero tus enemigos son meros hombres. Es peligroso que permanezcas aquí. Debes marchar.

Aunque *Æthel* desea enfadarse ante ese tono, Corraidhín tiene razón. Su suegro ha muerto, debería estar en Wiltun para ofrecer consuelo y consejo. *Ine tiene a sus hermanas*, se dice, consciente de que probablemente Cuthburh sea la persona menos capaz de ofrecer consuelo que conoce. Y, aun así, las palabras de Cenred la persiguen como un último deseo. *No pierdas de vista a mi hijo*. Era hora de que pidiera la ayuda por la que ha venido.

—No puedo irme, necesito vuestra ayuda.

—Nuestra ayuda —repite Corraidhín con voz inexpresiva, pero los ojos del resto se iluminan. Senua arroja el hueso al fuego y Orlaith inclina la cabeza.

—Has dicho que Alis no pertenece a este mundo. —*Æthel* se dirige a Herla, que se sienta fuera del círculo—. Ni tampoco las sombras ni los espectros. Sí, mis enemigos son meros hombres, pero vosotras os habéis enfrentado a estas criaturas. Debéis saber más.

—¿Ah, sí? —Herla aparta la carne—. Lo que sé es que esto no te concierne, *Æthel*burg. No es un asunto del que deban ocuparse los humanos. —Toma una acerada bocanada de aire, como si las siguientes palabras fueran a hacerle daño—. Sería mejor que regresaras junto a tu esposo.

El corazón de *Æthel* se le agita rebelde en el pecho. *No lo ha dicho en serio.*

—Mi gente está muriendo. Claro que es un asunto del que debemos ocuparnos los humanos. No hables como si tú no lo fueras.

La expresión de Herla se vuelve tensa.

—Lamento haberte hecho creer tal cosa.

Antes de que *Æthel* puede responder, se alza y se dirige al muro desnudo donde deberían verse puertas. Desde la esquina, la sombra se deshila en un monstruoso sabueso, blanco con las orejas escarlatas, que trota en silencio tras ella. Ambos se desvanecen.

—No vayas tras ella —dice Orlaith cuando *Æthel* hace amago de levantarse.

—¿Por qué?

—Porque le recuerdas demasiado a *ella*. Nos la recuerdas a todas.

Æthel se da la vuelta lentamente hacia Orlaith.

—¿A quién?

—A nuestra reina —dice Orlaith, ignorando el siseo con el que Corraidhín la insta a guardar silencio. Tiene los ojos abiertos y brillantes—. Boudica de los Eceni.

24
INE

Wiltun, Wiltunscir
Reino de Wessex

Hay tanto silencio en la cripta que las pisadas de Ine se le antojan sacrílegas. Pasa los dedos por la tumba de Cenred, pensando en su padre encerrado en ese sueño de piedra. Un día, se añadirían más nombres a esos muros. Entre temblores, Ine espera que el suyo no se cuente entre ellos. No allí. Quizás, como alguno de sus predecesores, abandonaría su patria para ir al extranjero. Para colmar los ojos de vistas nuevas antes de cerrarlos para siempre.

Se ríe de sí mismo.

—Soy un pésimo rey, padre. Te avergonzarías. No he cumplido con mi deber como líder. He permitido que mi hermano y la Iglesia decidan por mí, incluso cuando mi opinión difería de ellos. He… —Se le corta la voz— he alejado a mi esposa, mi mejor amiga y aliada. La gente muere ante mis propios ojos, se vuelven los unos contra los otros y no sé cómo impedirlo.

Hay un olor húmedo de la cripta, a tierra mustia y amontonada. Es capaz de *sentirlo*, el peso de la tierra sobre él; las profundidades bajo sus pies, hundiéndose hasta el corazón del mundo o hasta el Infierno. Quizás sean la misma cosa. Si dejara escapar la furia, quizás lo vería: el abismo que su sangre podría crear. Golpear la tierra con el puño y contemplar cómo se quebraba igual que el hielo en un lago invernal. La iglesia se deslizaría hacia abajo y también la ciudad. Quizás también las colinas y llanos de Wessex. Y el gigante abriría los ojos, arrugados tras el largo reposo.

—¿Quién soy? —pregunta Ine a los muros, asustado ante la violencia de su deseo—. ¿Sajón o britano? ¿Cristiano o pagano? El mundo no me permitirá ser ambos.

Transcurre el tiempo y, a pesar de sus esperanzas, no llega la respuesta. Dentro de aquella cenicienta prisión, una hora podría ser un día, una semana. Al final, su estómago le recuerda que está vivo y hambriento. Con los miembros entumecidos, Ine se prepara a marchar, pero una voz lo detiene. Más de una voz y provienen de la nave superior.

—Sé que estás de acuerdo, rey Nothhelm. —*Ingild*. Ine se queda inmóvil.

Hay un pesado silencio antes de que Nothhelm responda.

—Coincido con la idea de que es peligroso mantener vivo al chico. Pero lo protegen bien. La decisión de tu hermano…

—Solo se aprobó porque Ine le concedió el voto a Cenred. Sabía cómo lo emplearía padre.

—Sí —coincidió Nothhelm y en la en la cripta inferior Ine contiene con fuerza la respiración—. Pero no podemos ir contra ella abiertamente.

—Ah. —Una pausa y el más leve ruido de pies, como si alguien se aproximara—. No podemos ir contra ella *abiertamente*. Entonces tendremos que hacerlo en secreto.

—Di lo que piensas, Ingild. —Nothhelm suena cansado—. Hace tiempo que debería estar en la mesa.

—Wiltun está asolado por las fuerzas paganas —murmura Ingild, una cuidadosa mezcla de dudas y desprecio—. ¿Por qué no dejamos que se encarguen ellas? Según mi hermano, matan a los wealas todos los días.

—¿Sugieres que matemos al chico e inculpemos a los paganos? No les harían daño a los suyos.

—¿Quién puede leer sus intenciones? —replica Ingild—. Cadwy es un pagano. La Iglesia no se opondrá a su muerte. Ni tampoco el Witan. Es el hijo de Geraint y el heredero natural de sus tierras. Incluso si parece sospechoso, y siempre hay maneras de que parezca natural, a nadie le importará lo suficiente como para descubrir la verdad, o llorar al chico. Excepto al necio de mi hermano, quizás.

—Que es el rey. —Nothhelm ya no suena tan cansado. Inquieto, Ine detecta las ascuas de algo parecido al interés—. No se tomará bien la muerte de Cadwy.

—Oh, armará un escándalo sobre lo sospechoso que es que Cadwy muriera sin una espada en la mano. Y después lo aceptará, igual que con Geraint. No tendrá prueba de que fuimos nosotros.

El hambre de Ine se disuelve. *Esta conversación es prueba suficiente.*

—Hablas sin parar de «nosotros» —dice Nothhelm—. Dispones de los recursos suficientes para llevar a cabo este plan por ti mismo. ¿Por qué arriesgarte a compartirlo?

—Porque este acto nos beneficiará a todos. Será bueno para el reino incluso si Ine no se da cuenta. Aunque amo a Wessex, no soy un hombre altruista, Nothhelm. Y creo que tú tampoco lo eres. No nos arriesgaremos para beneficiar a otro. Si asumo el riesgo, también me llevaré la recompensa. —La respiración de Ingild resuena con fuerza. Parece que aquel discurso lo ha dejado exhausto o que su atrevimiento le ha afectado la voz.

—¿Y qué recompensa ansías? —pregunta el rey de Sussex, una pregunta cuya respuesta también interesa muchísimo a Ine. Tembloroso por el esfuerzo de contener su indignación, se desliza hacia las escaleras.

—Tan solo contar con tu apoyo en el Witan, que no es un esfuerzo enorme. Ya pensamos de manera semejante.

—Pedirme que vote contigo es igual a pedirme que vote contra el rey. ¿Cuándo compartís opiniones?

—Antes solía suceder —susurra Ingild e Ine se esfuerza en escuchar—. Para ser honesto, Nothhelm, no lo reconozco. Primero se enfurece ante la muerte de Geraint. Después se obsesiona con un puñado de campesinos wealas y habla de fantasmas. Le sucede algo. No piensa con claridad. Si Hædde tiene razón y hay paganos entre nosotros, percibirán su debilidad. La presencia de Cadwy...

—Es como echar leña al fuego, coincido.

—¿Cuento entonces con tu apoyo?

Ine se percata de que está conteniendo la respiración. No exhala hasta que Nothhelm responde:

—Así es.

Y entonces deja escapar un suspiro silencioso. Se apoya contra el muro de la cripta, ignorando el escalofrío que se cuela por la túnica. Hay reyes que han exiliado a sus hermanos por menos. Y cosas peores que el exilio. En cortes más crueles que la suya, semejantes opiniones merecen la muerte.

—¿Cuándo actuarás? —pregunta Nothhelm.

—Esta noche.

Conmocionado, Ine se separa del muro y araña la piedra con el zapato.

—¿Acaso...? —Las siguientes palabras de Nothhelm resuenan más altas como si pretendiera que lo oyera un clérigo de paso—. Te dejaré rezar en paz, *ætheling* Ingild.

Ine oye cómo sus pisadas van perdiendo intensidad, mientras que en su interior se le retuercen las entrañas con impaciencia. *Esta noche.*

Ingild aguarda hasta que Nothhelm se marcha antes de salir. Para cuando llega al exterior, se ha puesto el sol. ¿De cuánto tiempo disponen Cadwy y él? Dejar que Ingild asesinara al príncipe no es una opción. Es crucial para entender la amenaza del Otro Mundo. Pero no era solo eso. A pesar de sus diferencias, y el derramamiento de sangre entre sus pueblos, el chico ha llegado a importarle. Y ha hecho una promesa.

Por supuesto, salvar a Cadwy implica traicionar a su propio pueblo. ¿No me está traicionando Ingild a mí? Ine despide a los guardias que le aguardan fuera de la iglesia y avanza a zancadas, con la esperanza de que no parezca una velocidad poco natural. La sangre le bombea las sienes, junto al pensamiento de que quizás llegue demasiado tarde. Se topa con Gweir en el patio exterior y con una oleada de alivio, le agarra el brazo.

—Bendito sea Dios, necesito tu ayuda.

El guerrero ladea la cabeza antes de que Ine termine su explicación.

—Esto es suficiente para condenar a vuestro hermano y el rey Nothhelm ante el Witan.

—Ellos *son* el Witan —dice Ine, mientras examina la creciente oscuridad en busca de testigos—. La gente creerá que sus actos son justos. Ingild sabe que solo perdió la votación por padre y él ya no está. Los demás quieren muerto al chico.

—Sigo creyendo…

—Si no lo saco de Wiltun, morirá. Ingild no es una amenaza vana. Æthelburg… —Ine se obliga a superar con sus palabras el dolor de su ausencia— lo escuchó planear algo y esto debe ser una parte. —Toma aire—. Piensas que por poco matan a Cadwy antes. Esta vez Ingild lo haría parecer un accidente o incluso como un suicidio. Y no le falta razón, a nadie le importará lo suficiente para cuestionarlo.

—Yo os soy leal a vos —dice Gweir de inmediato— no a Ingild, Pero vos no debéis ser visto, mi señor. Si sucede lo peor y nos descubren, yo asumiré la culpa. Soy medio britano. Me creerían capaz de ello… de querer rescatar a uno de los míos.

—No. Es mi decisión y daré la cara.

—Es el precio de mi ayuda. —Los ojos del guerrero son fieros—. Debéis conservar la libertad para actuar. La libertad de averiguar la verdad sobre los asesinatos. Si es obra del Otro Mundo, necesitaréis la ayuda de Cadwy… y la ayuda de su pueblo.

Ine lo mira sin saber qué hacer, pero se les acaba el tiempo.

—Muy bien. ¿Cómo vamos a sacar los caballos de Wiltun sin levantar sospechas? A esta hora las puertas ya están cerradas.

—Las abrirán para mí. No necesitareis implicaros. Nos reuniremos entre la herrería de Bryn y ese tugurio en el que a Leofric le gusta beber. —Los labios de Ine se tuercen sin poderlo evitar—. Los hombres que vigilan a Cadwy son de los míos. Les diré que se retiren y entonces no tendréis más que guiar al príncipe hasta allí.

—Eres un buen hombre, Gweir. Que Dios te ampare. —Pero aquella expresión suena falsa en la boca de Ine. En lugar de seguir las pisadas del guerrero, se echa encima la capucha y toma una complicada ruta hacia la cabaña de Cadwy para que a Gweir le diera tiempo a despedir a los guardias.

La noche parece demasiado silenciosa. Antorchas intermitentes se sobreponen a la oscuridad. Qué irreal, piensa Ine, llevarse a un fugitivo por sus propias calles. A menos que despida a sus hombres, nunca camina solo fuera de su alcoba. Experimenta un fugaz éxtasis, como el de un niño que escapa de la mirada vigilante de los padres. Cuando abre el cierre de la puerta sin vigilancia de Cadwy, descubre al príncipe de pie con los puños alzados. Tiene sendos anillos oscuros bajo los ojos. A pesar de su arrebato juvenil, seguro que no ha dormido en condiciones desde que intentaron asesinarlo. Ine se baja la capucha y la expresión de Cadwy se relaja.

—¿Rey Ine? —pregunta en su propia lengua.

—Estás en peligro. —Inclina la cabeza hacia la puerta—. He hecho que Gweir despida a los guardias para que podamos irnos sin que nos vean.

—¿Irnos? ¿Qué sucede? —Su voz suena temblorosa, y parece más niño en aquel instante—. Creía que habías persuadido al consejo para que me permitiera vivir.

—Mi hermano tiene otros planes. Si quieres vivir, ven conmigo.

Cadwy no se mueve.

—¿Y cómo sé que no es un truco? ¿Y si quieres que escape para tener una excusa para matarme?

—Ningún sajón necesita una excusa para matarte —dice Ine acalorado. ¿Cómo hacerle entender?—. Te hice una promesa, ¿recuerdas? Que te liberaría, pero que yo elegiría la ocasión y los medios. —Se arrodilla junto a Cadwy y extiende la mano—. Bueno pues ahora… o nunca.

Cadwy abre los ojos desmesuradamente. Se miran el uno al otro, de rey a príncipe hasta que, tras una larga exhalación, el hijo de Geraint asiente.

—Eres el hombre más extraño que he conocido.

Sin duda. Ine suelta una risa fugaz. Después abre una rendija de puerta y mira al exterior.

—Cúbrete la cara. Nos vamos.

Un hombre y un chico caminando con sigilo de noche pueden parecer sospechosos, pero Cadwy es alto para su edad, casi tanto como Ine, y solo una inspección cuidadosa revelaría su juventud. O eso espera Ine.

—Gweir aguarda cerca de los portones y hará que los abran —murmura, mientras transitan por las calles más tranquilas—. Habrá un caballo ensillado y con provisiones esperándote. Es un buen hombre, Cadwy, y puedes confiar en él.

Bajo la capucha, el rostro del chico es pálido.

—¿Por qué haces esto?

Ine se detiene a la sombra de la herrería. Desde allí, se ven los portones.

—Te dije que nunca deseé la muerte de tu padre. O la tuya. Ambos tenemos peores enemigos. —Se gira para mirar directamente a Cadwy—. ¿No crees?

—¿Crees en todos ellos? —inquiere el chico con parsimonia—. ¿El otro mundo? ¿Los asesinos?

—Creía que había quedado claro. —Ine trata de armarse de valor. Cadwy había prometido a regañadientes hablarle del legado; ahora ambos deben afrontar la verdad, o Ine debe despedir al príncipe en la ignorancia. Tiene los labios secos y también la boca. ¿Qué diría Cadwy cuando descubriera que Ine ha heredado el poder que creía suyo? *No ha sido decisión mía*, se recuerda Ine, pero ¿qué diferencia hay?

Sin embargo, antes de que pueda dar forma a las palabras, escucha pasos que golpean la tierra y Gweir surge de la oscuridad.

—Mi señor, daros la vuelva. ¡De inmediato!

Ine observa el rostro acalorado del otro.

—¿Qué?

—No había guardias… vigilando a Cadwy. —Deja escapar las palabras entre jadeos—. Me di la vuelta, traté de encontraros. Me temo que sea una trampa…

—He de decir, hermano, que has interpretado tu papel a la perfección —dice una voz.

Ine se da la vuelta. Ingild se encuentra en el espacio abierto ante los portones, con Nothhelm y Edred a cada lado. Con creciente horror, ve a Hædde y al joven sacerdote Winfrid caminando hacia allí, con Leofric a la zaga.

—¿Qué es lo que deseabas mostrarme, Ingild? —pregunta el gesith antes de ver a Ine y Gweir y fruncir el ceño—. Mi señor, ¿qué sucede aquí?

—Mejor pregúntaselo a mi hermano. —Los ojos de Ingild resplandecen—. Seguro que él te sabe decir qué hace en los portones con un caballo ensillado y el niñato wealh a su lado.

Cadwy se quita la capucha.

—No te atrevas a repetir eso de nuevo, cerdo.

—Tenías la intención de actuar en contra de mi decisión. La decisión del Witan. —Ine es dolorosamente consciente de que entre los presentes solo Leofric votó en contra de matar a Cadwy—. Lo oí en la iglesia.

—Oíste lo que yo quise que oyeras. —Ingild suelta una risita—. Sabía que albergabas desafortunadas simpatías hacia los paganos, pero pensar que llegarías tan lejos como para traicionarnos por ellos. —Adopta una expresión seria, sin rastro de hilaridad—. Me decepcionas, hermano. Nos decepcionas a todos.

—Mi señor. —Leofric da un paso adelante cargado de incertidumbre—. Os lo ruego. Decidme que vuestro hermano habla sin razón.

—¿Y cuándo no? —gruñe Ine. ¿Cómo ha podido hacer esto? Dirigir su furia hacia Ingild es mejor que sentir el ardor de guardarla para sí. Una trampa y él ha caído de buen grado—. No estoy traicionando a nadie. Estoy protegiendo la vida de un chico que no merece la muerte.

—Me llena de pesar, rey Ine —dice Hædde, que no suena pesaroso en absoluto—. Pensar que, después de todo lo que habéis hecho por la Iglesia, ahora defendéis las costumbres paganas. —Agita la cabeza—. Como dice Ingild. Es una decepción.

Su furia amenaza con derramarse en cualquier momento. Ine recuerda lo que sucedió la última vez que lo hizo y aprieta los dientes.

—Esto es absurdo. No tiene nada que ver con mis simpatías, ya sean cristianas o paganas.

Los gritos han atraído a la gente que bebe en la taberna de la esquina. Los susurros se expanden y va llegando más gente, cargada de copas y consternación. La luz de las antorchas ilumina el rostro de Cadwy. Lo ha visto la gente suficiente como para reconocer al príncipe y los susurros se convierten en exclamaciones.

—Ya ha sido suficiente. —Ingild mira a los guerreros reunidos tras él y desenvainan los arcos—. Matad al hijo de Geraint.

Ine extiende el brazo por delante de Cadwy.

—Dejadlo.

—Hermano —pronuncia aquella palabra con frialdad—, no lo hagas difícil.

—Cualquier hombre que toque al chico morirá —dice Ine y los guerreros que han empezado a cargar las flechas, se quedan paralizados, inseguros.

—¿A qué esperáis? —les ladra Ingild—. ¿Queréis que este chico viva para reunir un ejército? ¿Para derramar nuestra sangre en el campo de batalla? Mi hermano es un traidor y se enfrentará a la justicia por aliarse con los paganos.

¿Por qué? Ine contempla las feas motas en las mejillas de Ingild, mientras aquellas palabras resuenan en las cámaras de su corazón. ¿Qué mal te he causado?

El metal resuena mientras Gweir se interpone entre Ine y los hombres con la espada desenvainada.

—*Tú* eres el traidor, Ingild. Yo sigo al auténtico rey de Wessex. —Fulmina al resto con la mirada—. Creía que vosotros también.

—Seguro que no costó mucho trabajo convencerte, un hombre con sucia sangre wealh en las venas —replica Ingild, con una sonrisa cruel. Al otro lado, sin embargo, el rostro de Leofric parece dolido al mirar a su amigo.

—Leofric. —Gweir extiende la mano libre con la palma para arriba—. Sabes que esto no está bien.

—Suficiente —interrumpe Ingild—. Matad al pagano. —Sus ojos se encuentran con los de Ine—. Y a todos los que estén de su lado.

El sonido de los arcos tensándose inunda la noche y los oídos de Ine. La furia en su interior arde. De pronto, *siente* cada flecha que tira, sabe cuándo alcanzarán al chico desarmado. El grano de la madera, el árbol al que solía pertenecer, las raíces que se mezclan en la tierra y en el agua, tejiéndose en torno a la tierra. Son venas, se percata. Venas que se esconden tras la piel de un ser enorme, cuyo pecho se alza y desciende en un movimiento perpetuo como la marea, como el inevitable ciclo de los hijos del mar. Todo esto le pasa por la mente en el medio instante antes de alzar la mano como si se protegiera los ojos del sol.

Las flechas revientan convertidas en astillas. Ine experimenta la familiar sensación de estar desintegrándose, igual que con el cuchillo de hueso, antes de que el trueno parta el cielo en dos. Entre los dedos, vislumbra un enorme patrón en los cielos, tan intrincado y hermoso que lo deja sin aliento. Entonces una fuerza le recorre las venas, sin control, y el rayo ruge para golpear el suelo a un paso de Leofric. Horrorizado, Ine contempla al hombre volar por los aires en medio de una ráfaga de tierra y chocarse contra un edificio. Sus ropas despiden humo y la gente empieza a gritar.

—¡*Leofric!* —No es el único que grita el nombre del guerrero.

Los ojos de Hædde van de Leofric a las astillas de las flechas. Hace la señal de la cruz e Ine se traga una violenta urgencia de reír. *Eso no te salvará.* No puede dejar de mirar al guerrero caído, en busca de la más mínima señal de vida, pero Leofric permanece inmóvil. ¿Qué he hecho? Le tiemplan las manos y los gritos atemorizados lo rodean. Ninguno es suficiente para apagar aquel desastroso poder. Vuelve a tomar fuerza. Sobre su cabeza, se abren las nubes.

—¿Os dais cuenta de la maldad que emplean los paganos? —Ingild alza el dedo índice hacia Cadwy—. Una vida por otra. Siempre hay un precio.

—Yo no he sido. —La lluvia se ha llevado la ironía del rostro del príncipe—. No podría.

Pero la multitud cada vez resuena con más fuerza, un torrente de furia y terror que hace eco del de Ine. Quieren sangre. El hijo de Geraint retrocede mientras más se acerca la gente, con los hombres de Ine a la cabeza e Ine y Gweir se ven obligados a retroceder con él.

—¿Qué está pasando aquí? ¿Ine? ¿Ingild?

—No te acerques, hermana —grita Ingild por encima del rugiente cielo—. No es seguro.

—He visto una luz descendiendo desde los cielos. —Es la primera vez que Ine ha visto a Cuthburh conmocionada. Incluso el día de la muerte de su madre, se había tragado las nuevas sin un solo gesto.

Cwenburh se abre camino, interpretando la escena de un solo vistazo de sus ojos oscuros. Ine los ve parpadear en el mismo instante en el que se le erizan los vellos de la nunca.

Los muertos flanquean los portones. Centwine y Cædwalla. Un pánico le hace estremecerse; había albergado la ingenua esperanza de no volver a ver a sus predecesores. Pero algo es diferente. Los dedos señalan a los espectros, las voces exclaman sin creer lo que ven. Hædde se queda boquiabierto, cierra la boca, con pinta de que la visión lo ha dejado mudo. ¿Cómo es posible que los demás vean a los muertos cuando antes solo Ine podía?

Una ráfaga de color le llama la atención. La doncella de Æthel está sobre el tejado de la herrería, y ya no parece una criada. Viste una seda salvaje, cuyos pliegues se alzan a su alrededor entre el viento de la tormenta. Tiene los pies descalzos, la piel como perlas machacadas, a la que la lluvia no toca. Los ojos poseen el doloroso verde de la hierba nueva de primavera. Parpadea deliberadamente; sabe que la ha visto.

—Nuestro rey no condena al pagano —grita Ingild, desviando la atención de Ine—, ni que use sus poderes para matar a un hombre de Wessex. —Su hermano está encolerizado. Los brazaletes resplandecen a la luz de las bamboleantes antorchas mientras alza ambas manos—. Así que Dios ha invocado a nuestros honorables muertos de su descanso para que hagan justicias.

Entre las exclamaciones de la multitud, el joven sacerdote, Winfrid, alza la lanza contra los espectros.

—Rey Ine, no dejéis que os toquen.

Todavía piensan que Cadwy ha hecho esto. Una de las piernas de Leofric está torcida en un ángulo poco natural. Ine va pasando la mirada entre él y los espectros, y un poder que no sabe controlar amenaza con romper el cielo, quebrar el mismo suelo en el que se encuentra Wiltun. Se parece demasiado a su visión en la cripta.

Los fríos ojos de Cædwalla y Centwine no se desvían del hijo de Geraint, como si los hubieran invocado de verdad para llevarlo a la justicia. Ine busca a Alis, pero el tejado en el que se alzaba está vacío. Los espectros y la chica han aparecido a la vez. Debe de ser ella quien los gobierna.

Cædwalla desenvaina una hoja, una copia exacta del cuchillo de hueso que mató a los britanos. Hay cierto aire ritual en la manera en la que el rey fallecido la alza frente a su rostro antes de avanzar hacia delante, con una velocidad inhumana, apuntando hacia el corazón de Cadwy.

Ine no piensa. Se mueve más rápido que en toda su vida y atrapa el brazo del espectro. La hoja de hueso hace una mella en la cadena de la que pende la cruz antes de liberarse de su agarre.

—Yo soy el rey de este lugar. —Contempla los cavernosos ojos de Caedwalla, mientras la helada muerte se apodera de él—. Solo obedeceréis mis órdenes.

—*¿No lo percibes?* —susurra Cædwalla. Están frente a frente y su aliento despide el hedor de una tumba abierta—. *Te estás muriendo, Ine. Quizás al final nuestro señor te convierta en uno de nosotros.*

Sabe que el espectro dice la verdad; el frío en su interior amenaza con quebrarle los huesos.

—No tengo intención de ser esclavo de nadie. —La agonía hace que se le salten las lágrimas—. Y si he de morir, te llevaré conmigo.

Ha pasado demasiado rápido. Ojalá pudiera ver a *Æthel* una vez más, le diría… le diría.

El poder se amontona en su pecho e Ine abre la boca. Lo ha temido desde que llegó a él para sembrarlo de raíces y zarzas. Ha corrido, huido de aquel saber. No quería que lo cambiara. *Pero ya me ha cambiado*, piensa, y su cuerpo se estremece. No puede regresar a lo que era antes. El gigante está en su mente… y al fin Ine inclina la cabeza. No puede luchar durante más tiempo. *Te veo.*

El dolor no es nada para los guijarros y corrientes de la Tierra. Él es la Tierra. Toda la gente allí reunida lo es. Todas las vidas son diminutas en el corazón de la soberanía. No tiene otro nombre para ello; incluso dios parece quedarse pequeño. Una majestad en el agua, en la forma del viento y los aleteos. Es la pendiente de oscuridad que desciende sobre ellos y las estrellas que continúan brillando, aun así. Es tan enorme que todo lo demás retrocede.

Todo excepto el extraño poder de los muertos. Hay un ser tras ellos, que sostiene las cuerdas de las almas. Ine abre la miríada de ojos de la Tierra para ver mejor y sabe que también lo están observando. Una marcha de ciudadelas observadas más allá de un fantasmal mar gris. Reconoce una de la visión de Emrys: una magnificencia de frío cristal, resplandeciente bajo el sol. La más cercana pende penachos con blasones de figuras femeninas, nueve pares de brazos que llevan un caldero. En las escaleras hay un vigía con el rostro pálido de furia. «Ladrón». Una voz tan terrible como las torres sobre él. «Te encontraré. Y te arrancaré yo mismo ese pacto del corazón».

La visión se aleja de Ine, deslizándose fuera de su alcance poco a poco como el trigo que sacó del granero. Vuelve a tener ojos, hueso y sangre. Bajo los pies hay un charco dorado, al que alimentan riachuelos que surgen de la tierra.

La boca de Cædwalla es un rictus conmocionado. Ine lo empuja con tanta fuerza que el espectro rompe las rejas del portón. Las fracturas recorren la madera y los goznes ceden. En el silencio posterior, Cadwy mira a Ine y pregunta, aterrorizado:

—¿Quién *eres*? —Las mismas palabras que dijo Geraint mientras moría.

—Lo sabía.

Ambos se giran al oír la voz de Hædde. El obispo alza el báculo de su rango, como si desafiara a otro rayo a golpearlo.

—Sabía que no era solo una defensa a los paganos. ¿Durante cuánto tiempo has sido uno de ellos, rey Ine?

Observó cómo las palabras iban de un lado a otro, sembrándose entre la gente de Wiltun. El rugido del cielo no ha cesado. La lluvia cae con inclementes gotas gruesas que prometen un invierno duro. Los rostros se giran hacia él: óvalos difuminados.

—¿No tenéis nada que decir? ¿No vais a defenderos? —Hædde señala el cuerpo bocabajo de Leofric—. Este es el precio de desviar la vista de los Cielos.

—Tengo mejor vista ahora, obispo —dice Ine. Le suena la voz ronca y las manos le palpitan por haber tocado al espectro—. Ven cómo has envenenado a mi pueblo y has sembrando la discrepancia y la desconfianza. —El peso de la cruz es excesivo para la cadena rota y se le desliza del cuello. Hædde la observa caer al barro—. Ven que soy igual de culpable por permitirlo.

—Vos sois la ponzoña en el corazón del reino. —La mano del obispo tiembla mientras sujeta el báculo—. El ganado, los cuervos, quién sabe qué más…

—Es el único que puede salvaros de lo que está por venir —grita Gweir—. Los rezos por muy abundantes que sean no mantendrán a raya al Otro Mundo. Dios no es quien ha enviado a los muertos.

—Lo que dices es herejía.

—Llámalo como gustes. —Gweir dirige sus siguientes palabras a la gente reunida—. Si os volvéis contra el rey, os condenaréis a vosotros mismos y a todo Wessex.

Es el silencio de Ingild lo que hace que Ine lo busque. El color ha desaparecido del rostro de su hermano, mueve la vista a un ritmo febril entre Ine, Cadwy y la aplastada forma de Cædwalla. Cuando se percata de que Ine lo está mirando, aprieta los puños.

—Expulsarlo no es suficiente —exclama—. Si es la ponzoña en el corazón del reino, hemos de *cortarla* de raíz. Se ha ganado la muerte.

Ine no había escuchado a *Æthel* cuando cuestionó la influencia de su hermano. Incluso Gweir le había advertido al respecto y él lo había apartado de su mente. Cuando Ingild dio un paso adelante para atender las peticiones, Ine le había dejado. Igual que le había dejado dirigir el tributo hacia su padre. ¿Acaso su culpa había abierto la puerta a todo aquello? Culpa de que Ingild hubiera crecido a su sombra, de que le arrebataran cada alegría que encontraba. *Nada de eso es culpa mía.* Pero ahora Ine se percata de que nunca ha dedicado tiempo a comprender lo que le han hecho a su hermano.

—Lo siento, Ingild. —Contempla aquel rostro rebosante de odio, a sabiendas de que esas palabras llegan demasiado tarde—. Lo siento por todo.

Su hermano toma una amplia e inestable bocanada de aire. Durante un instante, todo lo que Ine siente que emana el otro es dolor. Entonces se viste con la furia para calcinarlo.

—No podemos someterlo a juicio como dictan las leyes —grita Ingild—. Es demasiado peligroso para mantenerlo encerrado. Ha de morir aquí. El Witan debe decidirlo ahora mismo.

Nothhelm abre los labios, presa de la incertidumbre.

—Príncipe Ingild, matar a un rey en el trono es…

—*Justo*, si el rey es un traidor. —Ingild levanta un dedo hacia los portones rotos—. ¿No te has preguntado dónde está la reina? ¿Por qué se ha marchado con tanta discreción? Lo más probable es que haya ido a incitar a los wealas en contra nuestra. Si Ine vive, se unirá a ella y tendremos a un ejército pagano en nuestra puerta.

Ine se habría reído de semejante idea de no ser porque, con un enfermizo tambaleo, se percata de todas las cejas que se alzan alarmadas, los ojos que se achican de furia. Ingild se ha esforzado en envenenar la opinión del resto sobre Æthelburg y ahora está cosechando los frutos. En la multitud se oyen gritos de aprobación, asentimientos lúgubres entre los hombres del Witan.

Quizás podría haber salvado la situación, pero los portones astillados lo condenan. El cadáver de Leofric lo condena. Y la presencia de Cadwy a su lado bien podría ser el nudo en torno a su cuello. Æthel, me alegra que no tengas que ver semejante final.

—Rey Ine, llevaos mi caballo.

—Vas a marcharte, Gweir. —Aun con el brazo extendido entre Cadwy y la multitud, Ine añade—. Llévate a Cadwy. Mientras puedas.

—No. —Gweir adopta una postura firme—. Si nos vamos, vos también debéis venir o no habrá esperanza. Buscad aliados y regresad. Wessex os necesita para sobrevivir.

—Esta gente no me necesita, Gweir. —Puede distinguir rostros individuales entre la multitud. El Gerefa Wulfstan, los regidores Osberth y Godric, y Thryth con sus mujeres, que le ruegan que se aleje. La mujer de Nothhelm observa la escena con avidez—. Míralos.

Pero el jefe de las caballerizas, Sinnoch, luce una expresión lúgubre, que no transmite desprecio ni furia. Deorstan está a su lado y tampoco parece desear la violencia. Ambos contemplan a Ine con sobriedad y no se unen al clamor de que Ingild reparta justicia.

Una figura encapuchada le llama la atención desde un extremo de la multitud. Antes de que alce la cabeza, Ine la reconoce. Emrys asiente con exquisita levedad, un gesto tan enigmático como su persona. ¿Qué significa? ¿Acaso el poeta aprueba que den caza a Ine en su propio reino como un traidor?

—Entonces debéis mostrarles quién sois —dice Gweir y podrían haber sido las palabras de Emrys—. Habéis de mostrar que todos somos un mismo pueblo y que el verdadero enemigo es el mundo que no podemos ver.

Con las palabras de Gweir en las orejas, Ine observa a la multitud, a los rostros de aquellos que había considerado aliados aquella mañana. Entonces se lanza sobre uno de los caballos ensillados y empuja junto a él a un obediente Cadwy. Se percata de que el príncipe está temblando.

—¡Disparadle! —grita Ingild, pero los guerreros dudan y eso le concede a Ine la oportunidad que necesita. Espolea el caballo y se dirige a galope hacia el agujero en el portón, con Gweir tronando tras él. No lo ve hasta que no mira por encima del hombro. A Ingild se le han escurrido las mangas revelando largos arañazos dentados en los antebrazos. Las heridas debían de haber sido desesperadas y profundas o ya habrían sanado. Las uñas de Cenred, la sangre coagulada debajo. La sangre de su hijo.

Todo el horror de la noche parece contenido en esas marcas. *Ingild,* inquiere Ine al frío viento que le golpea el rostro, mientras el caballo lo aleja de todo lo que conoce, ¿qué has hecho?

25

HERLA

Se alza sobre la colina, con los ojos entornados hacia la noche como zorro. Nada queda fuera de su alcance excepto la mente de Gwyn. Sin importar en que consista su sueño, no quiere jugar ningún papel en él.

Sin duda hay algo que puedo ofrecerte.

Herla piensa en la mujer que está abajo, en el deseo que no ha hecho más que crecer durante el tiempo que han pasado separadas y se permite imaginar otra vida. Cómo sería tener a *Æthelburg* para sí. Infinitos veranos bajo el cielo, luchando codo con codo; inviernos acurrucadas lejos del frío, compartiendo la calidez de sus cuerpos. Todo lo que había querido de Boudica y no había podido tener.

Pero Gwyn apela a la cazadora en su interior. La cazadora toma lo que desea cuando se le antoja. ¿Qué diría *Æthelburg* si supiera que era una pieza en el tablero, un premio? La reina nunca abandonaría a su pueblo por una vida con Herla. Igual que la mujer a la que Herla había seguido. La mujer que prefirió el suicidio a vivir con la derrota.

Los recuerdos la ponen de rodillas. *Boudica.* El día que Herla regresó al mundo, ignorante de los siglos que habían transcurrido, descubrió que ese nombre había pasado a la historia y la persona que había dormido en sus brazos unos días antes ya no estaba. *Se mató antes de que los romanos pudieran hacerlo. Y se llevó más que suficientes con ella.*

—Tendría que haber muerto a su lado —dice entre dientes.

—Todas deberíamos haber muerto a su lado. —Una mano se acerca a ella y Herla permite que Corraidhín la ayude a levantarse. No la ha oído acercarse; su amiga siempre se mueve con sigilo. La convertía en una gran cazadora: tanto de presas como de hombres—. ¿Otra reina, Herla?

—No es lo mismo.

—He visto cómo la miras.

Cada día, se parecen más a las mujeres que Herla solía guiar en la batalla. Lanzas afiladas para atravesar las armaduras romanas. Lenguas igual de afiladas con sus ingeniosas bromas. Torneos de caza y de tiro y canciones por las caídas; en definitiva, todo lo que las hacía humanas. Son todo lo que le queda. Aun así, Herla desearía que Corraidhín no hablara con tanto descaro. No soporta el pedernal de sus recuerdos, no tras oír hablar a *Æthelburg*, contemplar cómo sus dientes resplandecían en la narración, exultante de victoria y, sin embargo, compartía el mismo respeto subyacente por la vida que una vez caracterizó a Boudica. El respeto que perdió cuando los hombres del gobernador violaron a sus hijas. Herla tiembla, obligándose a tragarse un aullido con el negro sabor del duelo y la rabia. Demasiado animal, como el irreflexivo grito de la Cacería.

—Es mala idea —dice Corraidhín.

—Claro que lo es. Debería decirle que se marchara, pero... no puedo hacerlo, Corraidhín.

Su amiga la mira con cierta melancolía.

—Dudo que se marche sin pelear. También he visto la manera en que te mira.

Herla desvía la mirada hacia el viento y deja que enfríe el calor que se alza en su interior. Que *Æthelburg la* deseara. No ha contemplado esa posibilidad. ¿Qué podía Herla ofrecerle a la reina?

—Sin embargo, tiene razón —se apresura a decir—. Gwyn tiene planes para esta tierra y su gente. ¿Quieres venganza, Corra?

—Antes sí, pero la venganza no cambiará el hecho de que no podemos volver. —Corraidhín baja la voz—. Y no se me ocurre cómo seguir adelante.

Aquellos sentimientos son un eco de los suyos propios.

—¿Sabías que Gwyn me ofreció la libertad? *Nuestra* libertad. —Herla mira a Dormach; el sabueso no obedece la orden de mantenerse alejado mucho tiempo. Del mismo modo, la espada que lleva al cinto se niega a separarse de ella. Herla había intentado deshacerse de ella las últimas semanas. La dejó en el corazón de un roble anciano, la arrojó cuan larga y oscura era al abismo entre dos acantilados. Cada vez que regresa, se vuelve más segura de que es la fuente de la maldición. Nunca tendría auténtica libertad hasta que se deshiciera del sabueso y la espada.

—¿A qué precio? —inquiere Corraidhín.

—Que continue guiando a la Cacería cada luna. Que le deje hacer lo que desee con esta tierra. —Su corazón se sobresalta con una nostalgia enfermiza—. Me dará a Æthelburg si digo que sí.

—Y te sientes tentada. No te culpo —añade Corraidhín antes de que Herla haga un pobre intento de negarlo—. Pero sus ofertas están tan embadurnadas de miel que es imposible saborear el veneno que se esconde en su interior.

—¿Crees que no lo sé? —Herla se da la vuelta para andar por la cima. La hierba le cubre las botas de rocío—. La alternativa... —Se echa a temblar—. Si me opongo a él, nos arrebatará todo esto. —Su gesto cubre la cima de la colina, a Corraidhín, su conversación. El salón inferior que rebosa del trabajo de las manos de sus hermanas—. Volveremos a ser animales. Para siempre.

Corraidhín guarda silencio. Gwyn las había arrancado del mundo que las dio a luz y después las expulsó del mundo que las había cambiado. ¿Quiénes eran si no la Cacería Salvaje? La espada negra murmura y una vez más Herla *casi* lo desea de nuevo: el olvido del depredador. Cazar sin pensar al respecto ni en las consecuencias en un instante infinito. Libre de emociones, del dolor de desear algo que no podía tener.

—Vivíamos sin pensar más que en el momento presente —susurra—. Tenía sus ventajas.

—Claro que sí. ¿Acaso no es más fácil *no pensar*? Carecer de cargas y vivir. —Corraidhín agita la cabeza—. Pero no creo que quieras eso.

—Si... *cuando* me enfrente a Gwyn, ¿estarás a mi lado? —Herla usa la pregunta para amortiguar las dudas sobre la oferta. Aunque se tapa las orejas, no deja de cantar—. ¿Me seguirás una última vez?

—Te seguiré por *toda* la eternidad, Herla. —Corraidhín extiende el brazo para tomar el rostro de Herla entre las palmas—. Y también nuestras hermanas. Recuerda que nuestros vínculos ya existían antes de que él nos atara.

Herla traga saliva con dificultad. El peso sobre su espíritu ya no se le antojan almas, sino lágrimas. Suficientes para hacer rebosar el caldero de Annwn.

Cuando recupera la compostura y regresa al salón, *Æthelburg* le está enseñando a Orlaith a tirar a un oponente. La recubre un ligero sudor. Mechones de cabello rubio se le pegan a la cara. *Æthelburg* se lo aparta distraída de los ojos y aquella imagen hace que a Herla le resulte aún más difícil rechazar la oferta de Gwyn.

—Así —dice la reina. Agarra una tira de la armadura de Orlaith, e introduce el brazo debajo de la otra y, con una vuelta ininterrumpida, la hace girar por el hombro y la espalda. Orlaith cae sobre el suelo de tierra con un satisfactorio *golpe*.

—¡Otra vez! —pide exultante de alegría.

Æthelburg se ríe.

—¿Por qué no lo intentas conmigo?

Tras la reciente provocación, el corazón de Herla no está en condiciones de resistir el deseo de acelerarse. Da un paso hacia delante.

—¿O por qué no lo intentas *tú conmigo*?

—Pues… —La sonrisa de *Æthelburg* se vuelve nerviosa, lo que no ayuda a ralentizar el pulso de Herla. ¿Y si Corraidhín tenía razón? Aunque no se estaban tocando, siente a la otra de una manera que solo ha experimentado antes una vez, como si unas yemas invisibles le recorrieran la piel con suavidad.

Æthelburg señala el círculo trazado en la tierra y Herla se mueve para unirse a ella.

—Lo aprendí hace muchos años. —Tiene la voz un poco ronca—. Cuando un oponente es más grande o más fuerte o si no dispones de armas —Los ojos de *Æthelburg* vagan durante un instante a la espada negra antes de continuar— esto puede equilibrar la balanza.

Parece que el nerviosismo también se le ha ido a las manos; los pulgares revolotean por la clavícula de Herla y la cazadora se mantiene inmóvil. Al instante siguiente, se halla en el suelo, sin aliento. *Æthelburg* mira hacia abajo, algo arrepentida. ¿Cuánto tiempo ha pasado desde la última vez que alguien se alzó victorioso sobre ella, incluso en la arena de prácticas? Herla se ríe en voz alta. Como si las mujeres estuvieran conteniendo la respiración, hay un zumbido en el aire antes de que ellas también se rían.

Deja que *Æthelburg* la ayude a levantarse.

—Me toca.

La reina alza sus pálidas cejas, asiente y la risa se desvanece. Herla no conoce aquel movimiento, pero piensa que sabe cómo se hace. No obstante, en cuanto toca a *Æthelburg* se percata de su error. Es demasiado consciente de su cercanía, de la manera en que su corazón palpita a meros centímetros de su cálida piel. Siente cómo su pecho sube y desciende, el leve nudo en la respiración de *Æthelburg* mientras Herla duda. Desde el otro lado, Corraidhín la mira de una manera que obviamente quiere decir *recuerda lo que acabamos de hablar*. Herla agita la cabeza, la agarra con más fuerza y…

Está de nuevo en el suelo, con las puntas del cabello de *Æthelburg* haciéndole cosquillas en las mejillas. La rodilla de la otra la mantiene en el sitio y Herla no tiene espacio para preguntarse en qué se ha equivocado. Los ojos azules se clavan en los suyos y ya no son fríos, sino que despiden calor suficiente para prenderle fuego a su cuerpo. Podría estirar el brazo, sería tan fácil, enredar los dedos en aquel pelo rubio y empujar a Æthelburg hacia abajo...

Corraidhín tose. Las mejillas de Æthelburg se ruborizan mientras se levanta.

—Lo siento, no he podido resistirme. —Mira a Orlatih—. Ya ves, siempre hay una forma de contrarrestar cualquier movimiento.

Entre risas, Senua le pasa otra copa de vino.

—Por derrotar a Herla.

—En serio —murmura Herla. Se esfuerza por olvidar la sensación de la otra sobre ella. Una gloriosa combinación de músculos lisos y piel suave. Una cicatriz marca el brazo de Æthelburg, ganada recientemente, piensa Herla, rosa ante el broncíneo verano. Sabe que la está mirando y siente la fulminante advertencia de Corraidhín en la nunca. *Es una mala idea.*

Y también lo de Boudica, quizás. Y lo de Annwn. Parece estar hecha de malas ideas. Aquel pensamiento la ayuda a recuperar la sobriedad, así que Herla se sienta y la charla se desvía.

—Nos has pedido ayuda —dice y Æthelburg abre la boca, sorprendida—. De lo que estoy segura es de que el legado de Dumnonia es el único poder que he visto capaz de enfrentarse a la maldición que nos mantiene presas; y, por tanto, a Gwyn. —Recuerda la fuerza de las lianas de plata. Su roce había expulsado fugazmente a la Cacería de su mente. Y cuando la plata se tornó oro, fue suficiente para obligar al sabueso a brincar, para liberarla al fin de la amenaza de la tierra que había convertido a Ráeth en polvo—. ¿Qué más podría hacer ese poder en unas buenas manos? Creo que Gwyn de Annwn se pregunta y teme lo mismo.

—¿Unas buenas manos? —Æthelburg se inclina hacia delante, olvidando la copa de vino—. Gweir dijo que los britanos creían haber perdido su protección. Se referían a Geraint. El legado de Dumnonia murió con él.

—¿Ah, sí? —Herla agita la cabeza con parsimonia—. Entonces, ¿de dónde procedía el poder que nos liberó? ¿De dónde vino la luz dorada? Esas son las preguntas que debemos plantearnos.

—Debemos —hace eco Æthelburg. Hace una mueca con la boca—. ¿Significa eso que me permitirás quedarme?

—No. —Pero la palabra suena hueca y la reina lo percibe—. Si el poder de Geraint ha pasado a sucesor. —Herla se apresura—. Hemos de encontrarle. Seguro que los esbirros de Gwyn ya están en su busca. Y mientras tanto pasan a cuchillo todos los trazos de la herencia.

—El heredero de Dumnonia —dice Æthelburg, pensativa—. Sin duda es su hijo, Cadwy. El chico incluso habló del deber para con su pueblo. —Se muerde el labio—. Alis apareció cuando lo trajimos a Wiltun. Si es del Otro Mundo…

—El chico está en peligro.

—Y también Eanswith. Al menos a Cadwy lo protege el mandato de Ine… —Æthelburg se detiene y abre los ojos desmesuradamente—. Ay, Dios. Vi a Alis con Ingild. Quiere que el chico muera porque piensa que incitará a los britanos de Wessex a rebelarse. No debió de costarle mucho convencerlo para que actuara, sobre todo si usó… otros medios para ayudarlo.

—Este joven Cadwy me preocupa —dice Herla—. Gwyn es viejo y astuto. Un muchacho verde no será rival para él.

—Si es el heredero de ese poder, es todo lo que tenemos. —El rostro de la reina se nubla—. Wiltun ya no es seguro para Cadwy. Nunca lo ha sido. —Se pone en pie—. Quizás pueda regresar en un par de días si espoleo al caballo.

Herla también se incorpora.

—Será más rápido si te llevo yo.

—¿Vendrías conmigo? —Hay algo más que sorpresa en la voz de Æthelburg. Una alegría anhelante que vuelve a prender el corazón de Herla. *Eres una necia*, se dice a sí misma. *Mientras más tiempo pases con ella, más duro será rechazar la oferta de Gwyn. Y recuerda lo que casi ha pasado*. Desdeña a esa voz. El miedo a herir a Æthelburg no la ha abandonado, pero quedan semanas para que envejezca la luna y no puede permitir que la reina regrese sola.

Como es natural, el resto también quiere ir. Arman jaleo y se quejan, pero Herla no se conmueve.

—Viajaremos sin llamar la atención. Os llamaré si os necesito. El portal a Annwn...

—Solo se abre en ciertos momentos —replica Corraidhín—. Y todavía queda más de un mes para Samhain.

—Los muros entre los mundos irán volviéndose más finos desde ahora hasta esa noche. —Herla le agarra el brazo a su amiga—. ¿Quién sabe lo que los atravesará para ayudar a Gwyn? Debéis montar guardia. Traerá una hueste. Lo sé. Lo he visto.

—No te dejaré usar de nuevo esa excusa —amenaza Corraidhín, agarrándole también el antebrazo a Herla—. La próxima vez iremos contigo.

—Acepto —responde porque, de otra forma, Corraidhín se aferrará a ella como los percebes que solían cortarle los pies de niña. Mientras se tambaleaba por las rocas bañadas por la marea, las amonestaciones de su madre perdidas en el viento. *Madre.* Un rostro toma forma en la nada en su pasado. Lo que solía ser su pasado. Porque ahora se arremolina como una niebla a la que de vez en cuando atraviesa el sol.

Corraidhín se la lleva aparte de las otras.

—Sé por qué quieres ir sola —dice con una inclinación de cabeza hacia *Æthelburg*—. Ya te he dicho lo que pienso al respecto, pero ¿es esta de verdad tu batalla, Herla?

—¿Cuál es nuestra batalla, Corra? —exige saber—. ¿Cuál debería ser? Si Gwyn desea que me siente en este salón mano sobre mano, la libertad que hemos ganado no sirve para nada.

—Cuando te vea ayudando a la reina, sabrá que has rechazado su oferta. ¿Cómo te enfrentarás a él sin nosotras?

Si piensas que no puedo atarte de nuevo, te equivocas. Herla suprime un estremecimiento.

—Gwyn no está aquí.

—Pero sus espías *sí*. —La voz de Corraidhín es un siseo—. Si te ven defendiendo al pequeño heredero, sabrán que lo has desafiado.

Herla se da la vuelta antes de que Corraidhín amase más argumentos. Su amiga tiene razón, pero ya se ha decidido. La otra opción es dejar que Æthelburg se interne sola en el peligro y no piensa consentirlo.

Cuando se une de nuevo a ella, la reina alza una interrogante ceja.

—Deberías dormir un poco antes —le dice Herla—. Llevas todo el día viajando y bebiendo la mitad de la noche.

—No he bebido la mitad de la noche —replica la reina altiva, antes de arruinarlo con un hipido. Las mujeres a su alrededor se ríen y Æthelburg agita la cabeza como para despejarlo—. No puedo malgastar el tiempo durmiendo.

—Entonces duerme mientras cabalgamos. No dejaré que te caigas. —Corraidhín la fulmina con la mirada, pero Herla finge no darse cuenta. La expresión de Æthelburg queda oculta por la capa, mientras se envuelve con ella.

Herla silva. Su caballo toma forma en la oscuridad y recuerda, de repente, que su pelaje solía brillar. ¿Añoraba a sus compañeros? ¿La vida en los prados marinos de Annwn? Una vez se sube, extiende la mano a Æthelburg y la reina deja que Herla la ayude a montar.

—No voy a quedarme dormida —dice con el tono obcecado de quien está luchando contra esa misma necesidad. Transcurren cinco minutos enteros antes de que su cabeza descanse sobre el pecho de Herla y se le suavice la respiración.

La distancia hasta Wiltun es insignificante. Quizás una hora para un corcel de Annwn. La mujer que se apoya en ella le supone un peso cálido y maravilloso y Herla se convence de que se entretiene porque Æthelburg necesita descansar. Pero no es altruista. Siempre ha sido demasiado orgullosa. En lugar de eso, se deleita de poder sostenerla con libertad, de la sensación de rodear la cintura de la reina con los brazos. Incluso si acelera los latidos de su recién despertado corazón. No debería albergar esos pensamientos, ni experimentar aquella hermosa incredulidad al haber encontrado de nuevo algo tan escaso como el amor. Herla recuerda la última vez que pensó en esa palabra, atrapada en el infierno onírico de Annwn. Entonces no podía tocarla, no conocía la lengua para ello, pero *Æthelburg* le ha devuelto las palabras.

Demasiado pronto, el paisaje se vuelve llano y el amanecer aclara el tono parduzco del cielo. Quizás la reina lo percibe, porque abre los párpados y mira los alrededores con la frente arrugada. El brazo de Herla sigue cubriéndole la cintura para mantenerla en su sitio. *Æthelburg* se da la vuelta, el rubor del amanecer encuentra un eco en sus mejillas. Sus labios dan forma a palabras desconocidas antes de asentarse en una frase.

—Se ha hecho de día.

—Eso parece.

La visión del asentamiento que va despertándose le recuerda a Herla que debe volver a vestirse de *Ælfrún*, como si la mujer fuera una prenda.

Æthelburg toma una bocanada asombrada.

—Prefiero verte como eres de verdad —murmura y lleva lo que parece una mano arrepentida al rostro de su compañera. Sus dedos acarician las mejillas de Herla antes de que los retire, de pronto presa de la incertidumbre, y a ella nada le gustaría más que atraparlos, aprisionarlos con los suyos, llevárselos a los labios. Pero el momento pasa—. Ya hemos llegado. —La otra habla asombrada—. No me lo creo. —Y después mira con los ojos entrecerrados a la ciudad, que aún se ve distante—. Algo no va bien. Los portones...

Herla le grita una palabra al caballo y cabalgan incluso más rápido.

—No tan cerca. —*Æthelburg* señala un desaliñado puñado de árboles—. Fuera de la carretera.

Se detienen bajo las ramas que les ofrecen refugio para observar. Los hombres se apiñan como moscas y el sonido de la sierra raspa la mañana.

—Esto no lo ha hecho una catapulta o un ariete. —Herla mira con los ojos entornados el limpio agujero que atraviesa la madera—. Es obra del poder.

—¿Gwyn?

—No lo creo. Pero el aroma de Annwn es fuerte. Alis ha estado aquí. Y también el espectro.

—*Espectros.* —*Æthelburg* toma aire—. Ine vio otro. ¿Hemos llegado demasiado tarde?

Hace amago de desmontar, pero Herla la agarra con más fuerza.

—No. Ignoramos lo que ha ocurrido aquí y a ti se te reconoce demasiado rápido. Acerquémonos en silencio. Invisibles.

—*¿Puedes volvernos invisibles?*

—Ante los ojos mortales, no ante los ojos que han contemplado Annwn. No es difícil. Es una cuestión de voluntad.

—Oh —dice *Æthelburg* en voz más baja y se queda mirando el brazo que sigue rodeándole la cintura. Herla la suelta por vergüenza y ambas desmontan.

A pesar de la actividad, los trabajadores del portón se muestran apagados y solo intercambian unas pocas palabras. *Æthelburg* se sobresalta cuando Herla le toma la mano y se ponen a la vista. Cuando nadie las mira, la otra mujer estira los hombros, pero Herla se percata de que está inquieta. El área en torno a los portones está llena de marcas, como si hubiera habido una batalla.

—No me sueltes —le murmura—. O no podré impedir que te vean.

Æthelburg aumenta el ritmo de sus pasos mientras atraviesa las calles.

—Válgame Dios, ¿qué ha pasado aquí?

La ciudad presenta un aire lúgubre y la gente parece amedrentada. *Falta algo*, piensa Herla con las fosas nasales llenas del aroma a fruta madura de Annwn.

—Maldades del Otro Mundo.

La única reacción de *Æthelburg* es apretar los labios hasta que parecen tan blancos como las mejillas. Cuando el tejado dorado del salón aparece ante ellas, parece apagado, como si lo acecharan las sombras de las nubes. Con una repentina exhalación, *Æthelburg* se libera de Herla y se apresura a la escalinata.

—¡*Æthelburg*!

Herla logra llegar a la parte superior justo cuando se abren las puertas. Agarra la mano de la reina y sisea:

—Van a *verte*.

—Tengo que saberlo. —Su voz suena grave y dura—. Tengo que encontrarlo.

El ambiente en el salón no es más liviano que en las calles. Pero el tipo de actividad que se desarrolla recuerda a Herla a Caer Sidi, para su inquietud. En lugar de cerveza, fardos de flechas ocupan la mesa. Las lanzas están en los estantes contra los muros pintados; hay al menos una docena más de estantes que antes. Las mujeres no están en la esquina. En su lugar, severos sirvientes engrasan las armaduras, vuelven a trenzar los agarres de cuero y separan los escudos en dos estantes. Preparativos para la guerra.

Las puertas de la cámara del consejo están cerradas. Durante un instante, está convencida de que *Æthelburg* las abrirá de una patada, pero la reina se limita a colocar la oreja en la grieta en la que se unen. A Herla no le hace falta; puede oír las voces a la perfección.

—¿Cuánto de grande es el fyrd que puedes reunir, Nothhelm? —La dura voz del hermano del rey—. ¿Lucharán con nosotros los hombres de Sussex?

—Por supuesto, *ætheling* Ingild. Hemos jurado lealtad a Wessex, pero...

—Sabía que podía confiar en ti. ¿Y Edred?

—Disponéis de mis cien sin duda alguna, mi señor.

—¿Osberth? ¿Godric? ¿Stithulf?

Se produce un silencio más largo, antes de que hablen los hombres a los que han nombrado. Regidores de Wessex, asume Herla.

—Claro que defenderemos a nuestro reino —dice una voz seca—. Puedo reunir cuatro veintenas de hombres de armas de inmediato, pero necesitaré tiempo para conseguir más.

—El tiempo es un lujo del que carecemos. —Hædde, el obispo.

—Sin duda los wealas no se alzarán antes del invierno.

—*Æthelburg* ya estará en Dumnonia —dice Ingild. La reina toma aliento entrecortadamente y Herla le agarra la mano con más fuerza—. No esperará para atacar. Hemos de fortificar Wiltun antes de enfrentarnos a ella.

—No es más que una mujer, *ætheling* Ingild. Una mujer que...

—Ha ganado casi todas las batallas que ha librado. No hemos de subestimarla. —La mujer apoyada en la puerta comienza a agitarse, como presa de una risa silenciosa y amarga—. Hay que encontrar a mi hermano. Debemos darle muerte antes de que la alcance. Ya visteis anoche de lo que es capaz. Juntos, serán imparables.

Esta vez no es una mera agitación. *Æthelburg* está temblando. Forma palabras con la boca que no llega a pronunciar; quizás no las termina de creer. Estira el brazo hacia el anillo de hierro de la puerta y logra agarrarlo antes de que Herla le susurre:

—Para.

—No pienso permitirlo. —*Æthelburg* gruñe con suavidad—. Ingild está calumniándonos y cometiendo traición. Cuando el Witan me vea...

—¿Quién sabe lo que harán? —Herla la agarra con más fuerza mientras la reina forcejea para liberarse. Posee una fuerza considerable, los músculos de los brazos y los hombros se ven a través de su túnica—. Algo no marcha bien.

—No tenemos pruebas de que los wealas vayan a marchar con Ine —dice la voz de Nothhelm y *Æthelburg* detiene el forcejeo—. Ni siquiera sabemos dónde está.

—No habría rescatado al hijo de Geraint si no tuviera un acuerdo con él.

—Sabías que estaba en la iglesia —dice Nothhelm, la afilada hoja de la acusación en su voz—. Planeaste la conversación para forzarlo a actuar. Y también me obligaste a mí a hablar como un traidor.

—Lo lamento, Nothhelm. —Una pausa, como si Ingild los mirara a todos a los ojos—. Era un riesgo para ambos. Pero Ine no habría revelado sus lealtades de otro modo.

—Y habríamos descubierto la herejía demasiado tarde —dice Hædde—. Al menos ahora, tenemos la posibilidad de defendernos. Quizás supusiera un riesgo, Ingild, más fue por una causa noble. Fue un golpe de ingenio.

Se hace el silencio hasta que habla otra voz, un hombre joven que Herla no reconoce.

—No debe hacer sido sencillo condenar a tu propio hermano, *ætheling* Ingild. A mí me parece que requiere una gran... fortaleza de carácter.

Æthelburg ha dejado de forcejear contra el agarre de Herla. Ahora la gobierna una extraña calma, como si su propia conmoción tuviera el poder de petrificarla.

—Gracias, Winfrid —dice Ingild y Herla amortigua un bufido. Los oídos de esos hombres debían estar taponados de cera si no escuchaban la falsedad en el tono del joven. Lo quisiera o no, ha tocado justo lo que *Æthelburg* y ella temían: la influencia del Otro Mundo. Está claro que Ingild ha trabajado duro para levantar su credibilidad, pero algo en aquella estancia hiende a Annwn. Herla comienza a sospechar que sabe lo que es o más bien *quién*.

—Venid conmigo —dice Ingild y se oyen arañazos en la madera. Antes de que se abran las puertas, Herla empuja a una dócil *Æthelburg* tras el pilar. Y menos mal que lo hace: cuando sale el hermano del rey, su cuerpo emite la misma luz que el de Alis. Más apagada, pero suficiente para ver más allá del encanto de Herla.

—Gwyn lo tiene en sus garras —dice entre jadeos, mientras observa al hombre caminar por el salón para inspeccionar las armas preparadas, rey en todo menos en nombre.

Æthelburg no dice nada. Da miedo el vacío de sus ojos.

Herla las guía de vuelta por la ciudad y van reuniendo el resto de la historia mientras avanzan. Aterrorizados susurros sobre el regreso de los muertos; una horda de Dumnonia; paganos en las calles de

Wiltun que han corrompido hasta al rey. En cuanto vuelven a refugiarse en la arboleda, Herla levanta el encantamiento y *Æthelburg* deja reposar la cabeza contra un árbol.

—No tendría que haberme marchado.

—No es culpa tuya, *Æthelburg*.

—Fui egoísta —escupe la palabra. Se aferra a la corteza con los dedos como si fueran garras—. Sabía que Ingild ansiaba el trono, pero no creía...

—*Æthelburg*, mírame.

—Que tuviera el valor de actuar contra Ine de esta manera. Pensé... *estúpida*. —Una marca roja en la frente donde la ha presionado contra el árbol—. Tendría que haberme enfrentado a él.

Herla se gira hacia ella con todo el cuerpo.

—No lo sabías.

—Prácticamente he arrojado a Ine a los lobos. —Los ojos de la reina ya no parecen vacuos, rebosan de fiereza—. Mataré a Ingild. Esta vez voy a matarlo.

Herla atrapa la mano que se dirige a la espada.

—*Æthelburg*, está metido hasta el cuello en el Otro Mundo. Lo he percibido en él. Es peligroso.

Se le despejan un poco los ojos.

—¿Alis?

—No digo que Ingild sea inocente, pero ella ha influido en todo esto. Las hadas son maestras de la manipulación. —Un sabor amargo inunda la boca de Herla. Ella lo sabe demasiado bien—. Si el hermano del rey es ambicioso, no sería muy difícil persuadirle para que actuara. Influenciarlo. —Desvía la mirada—. No puedo huir de mis errores, pero quizás haya esperanza para Ingild.

—Y una mierda. Como si fuera a darle la oportunidad.

—¿Has oído lo que decía la gente en la ciudad? —Es un intento de distraerla—. Que el rey se enfrentó a los espectros y sobrevivió.

—Cadwy debe haberse quedado a su lado para ayudarlo. —Deja caer los hombros—. Al contrario que yo.

—El rey no es un niño —dice Herla, pero suena más crudo de lo que pretendía—. No eres responsable de él ni de sus actos. No puedes protegerlo, Æthelburg.

—¿Y tú qué sabes? —Parpadea unas pocas de veces, enfadada, como si las lágrimas fueran un enemigo al que debía mantener a raya—. No sabes nada al respecto.

—Quizás no desees creer que puede sobrevivir sin ti.

—Es que no puede —gruñe y se aleja unos cuantos pasos, girando la cabeza para que Herla no pueda ver más que una mejilla acalorada—. Es un soñador. Nunca ha habitado el mundo real, nunca ha comprendido lo que hace falta para conservar el poder. Los sacrificios, lo que se cobra. —Su voz se vuelve quebradiza—. No sabe lo que es matar en el nombre de un reino. Una vez y otra.

En el silencio posterior, Herla dice con suavidad:

—Pero nosotras sí, ¿verdad? Tú y yo.

El pecho de Æthelburg jadea. Cuando mira arriba, tiene los ojos húmedos. Y hay un fuego en ellos. Se acerca a ella, alza los brazos, si es para enfrentarse a Herla o atraerla hacia ella no queda muy claro, pero Herla la atrapa y cierra ambas manos en torno a los antebrazos desnudos de la otra. Æthelburg intenta zafarse durante un instante antes de que la lucha la abandone. En su lugar las lágrimas se derraman por sus mejillas. Entierra el rostro en el hueco del cuello de Herla y solloza.

Se hunden en la tierra. Herla permite a Æthelburg dejarse caer sobre ella y curva la mano para sostener la cabeza la reina. Sus dedos desean peinarle el rubio cabello; le cuesta trabajo mantenerlos quietos. Pero no ha tenido en cuenta el efecto de las lágrimas. Pronto tiene el cuello húmedo; siente cada respiración entrecortada de Æthelburg como un estremecimiento, como si su dolor estuviera llamando al que destrozó a Herla largo tiempo a atrás, el dolor que la Cacería había tratado de aniquilar. Y la vida que se fue con él. Una llama en su corazón; una brisa entre las ascuas. Luz tras siglos de oscuridad.

Siente cómo se le acelera el pulso. La mano que descansa en el pelo de Æthelburg le aprieta un poco más. Pero los sollozos de la reina se interrumpen y no regresan. En aquel momento de quietud absoluta, ambas contienen la respiración. Ambas saben que *Æthelburg* debe retirarse. Y cuando lo hace, con parsimonia, tiene el rostro enrojecido y muy hermoso. Están tan cerca que Herla casi puede saborear la sal de las lágrimas en sus labios.

26
ÆTHELBURG

Wiltun, Wiltunscir
Reino de Wessex

—Sabía que no eras ninguna necia, Herla —dice una voz.
Æthel todavía tiene la barbilla inclinada hacia arriba, los labios abiertos. Había estado preparada para ahogarse en aquellos ojos ambarinos, no deseaba más que hundirse y no emerger jamás. Pero Herla se sacude. Se mueve tan rápido que Herla se descubre de rodillas tras la otra mujer, que extiende el brazo para protegerla.

—Debes de ser Alis —dice Herla, poniéndose en pie.

Incorporándose también como puede, *Æthel* mira por encima del hombro para ver a su antigua doncella entre los árboles. Deberían haberla oído acercarse. *Pero tenías otras cosas en mente.* Tiene la garganta irritada por las lágrimas y el corazón hecho un lío. ¿En qué había estado pensando?

—¿No me reconoces, Herla? —La risa de Alis es como la canción de una flauta—. Sé que para ti han pasado varios siglos. Aunque para mí solo han transcurrido unas pocas semanas desde que compartimos el pan en Caer Sidi. —Su cuerpo se deshilacha, dejando caer su vestido parcheado como si fuera un capullo. De él surge una figura cegadora. Envuelta en seda, de un carmín más resplandeciente que la rubia roja, como la sangre del corazón. Con el cabello dorado y los ojos verdes, *Æthel* la habría considerado hermosa de no ser por el aire ajeno en el rostro. Irreal, distante y vacío de piedad, de cualquier cosa parecida a la compasión. *Æthel* da un paso atrás.

—Olwen —murmura Herla e inclina la cabeza, como derrotada.

La mujer ríe, encantada.

—Sabía que no te habías olvidado de mí.

—¿Dónde está Eanswith? —Formula la pregunta antes de percatarse de que ha hablado. Olwen dirige hacia ella sus espantosos ojos, y *Æthel* tiembla sin poderlo evitar.

—¿Quién? —pregunta la mujer con dulzura.

Odia el terror que la recorre entera.

—Mi doncella. ¿Dónde está? ¿Qué has hecho con ella?

—¿Qué te hace pensar que no está en casa de sus padres como dijo?

—Ya habría regresado.

—No podía permitir que volviera demasiado pronto. No cuando todavía necesitaba su trabajo.

—Eres una doncella terrible. —Las palabras son mezquinas, pero a *Æthel* le está subiendo la bilis a la garganta—. ¿Dónde está?

—Sin duda sigue en la zanja donde la deje. —Olwen entrecierra los ojos—. ¿Ya estás contenta ahora que me has hecho decir cosas tan horribles?

Con un grito cargado de furia, *Æthel* va a por la espada, pero Herla la detiene. Forcejea; es como empujar un roble.

—Merece morir. Por Eanswith.

Olwen se coloca las sedas con parsimonia.

—Gracias, Herla. Sabes que odio los desastres.

—No lo hago por ti. —Aunque impasible, el agarre con el que Herla sostiene a *Æthel* es suave—. Asumo que lo que ha sucedido aquí es cosa tuya.

—¿Mía? —Inclina al cabeza hacia un lado—. Mi papel ha sido minúsculo. Las vacas y los cuervos fueron juego de niños, pero son eficaces a la hora de alimentar el terror de los mortales.

—¿Por qué? —exige saber Æthel—. ¿Qué es lo que quieres?

—Como diría mi pueblo, nada más que las migas de la mesa de Lord Gwyn. —Olwen ya no sonríe—. Pero cuando Ingild sea rey, yo gobernaré a su lado. Gwyn ap Nudd no puede estar aquí todo el tiempo y es fácil influenciar a los hombres.

—Así que estás compinchada con Ingild.

La mirada de Olwen es fría, meditabunda.

—Serías una trampa maravillosa para atraer a tu esposo. Qué lástima que no pueda tocarte. —Dirige sus palabras a Herla—. Asumo que has aceptado la oferta de Gwyn, ¿no es así? Toma a tu mujer y vete, Herla. No interfieras.

Æthel se queda inmóvil, como si la mirada de Olwen hubiera plantado su gelidez en su interior.

—¿Qué oferta?

Herla se estremece y la deja libre, pero Æthel retrocede.

—¿Qué oferta? —repite con frialdad mientras en sus entrañas se extiende el hielo.

Olwen suelta su aflautada risa.

—No pongas ese mohín indignado, niña. Los tratos entre la gente de Annwn no concierne a los mortales. Solo Herla y mi señor Gwyn han de saber los detalles.

—Yo no soy de Annwn —dice Herla en voz baja.

—Él te ha convertido en lo que eres, hasta el último detalle. Te guste o no, Herla, eres tan parte de Annwn como yo.

—Este es mi lugar —dice Herla, con sus ojos de cazadora en llamas. Da un paso adelante—. Mi madre eceni me dio a luz con esfuerzos y sangre. Fue mi reina quien me hizo como soy, la que me puso un arma y una causa en las manos. ¿Dices que Gwyn es mi creador? —Se ríe y aquel sonido no contiene nada de la musicalidad de Olwen. Es como el victorioso ulular del búho, el canto duro del halcón—. Mi necia ambición me ha convertido en lo que soy, hada. Gwyn no hizo más que sacar partido, como soléis hacer entre vuestra gente. Pero si piensas que no le guardo rencor por ello, te equivocas. ¿Aceptar su oferta? —Desenvaina la espada negra, que se traga la luz, hasta que se encuentran en el mundo de las sombras—. Quiero su cabeza.

La mirada de Olwen va desde la espada a Herla y luego desvía los ojos hacia los de *Æthel*.

—¿Esa es tu respuesta?

—Así es. —Herla alza la espada—. Y si no te pierdes de mi vista, habremos de ver cuál de los dos es más fuerte.

Por primera vez, el rostro de Olwen refleja terror. No despega la vista de la espada de sombras mientras retrocede.

—Pagarás por esto, Herla. Te atará tan fuerte que olvidarás hasta tu nombre.

Con un soplido de rojo, desaparece, dejando a Herla contemplando la espada. La única emoción que percibe *Æthel* en ella es odio. Cuando la envaina, la luz regresa a la arboleda y junto a ella la incomodidad. A *Æthel* le pican las palmas al recordar lo cerca que habían estado, cómo habría podido hundirse en el fuego de los ojos de Herla para siempre. *Toma a tu mujer y vete.* Se obliga a sobreponerse.

—¿*Yo* era parte de su oferta? Pero Gwyn es tu enemigo. Seguro que no habrías aceptado…

—¿Por qué piensas que Gwyn te ofreció a mí si no creía que existiera la posibilidad de que aceptara?

Herla le da la espalda y *Æthel* se alegra; se percata de que ha vuelto a ruborizarse.

—¿Había una posibilidad?

La otra permanece quieta.

—¿Y si te dijera que la había?

—No… —El valor de *Æthel* acaba por vacilar. En su lugar, aparece un temeroso asombro. *Le importo*—. No lo sé.

Pero no puede negar que la idea ha hecho que se le acelere el corazón.

—Entonces es mejor no decirlo. —Al fin, Herla se da la vuelta. Muestra una expresión dura, pero no es más que un cascarón; Æthel se percata de la agitación que se remueve en su interior. Da un paso hacia Herla, que vuelve a hablar—. Ahora Olwen sabe que he rechazado su oferta y Gwyn no me permitirá seguir libre más tiempo. Vendrá a por mí.

Æthel alza la barbilla.

—No le permitiré hacerte daño.

—Aprecio el gesto —dice Herla con una sonrisa lánguida—, pero no puedes detenerlo.

—Entonces, ¿qué hacemos? —Inclina la cabeza hacia Wiltun—. Gwyn no es mi única preocupación. A Ingild le falta muy poco para declararse rey, y ya has oído a Olwen: planean dar caza a Ine. —Deja escapar una explosiva bocanada—. Ingild no se quedará con Wessex sin una pelea. No lo permitiré.

Herla da un suave silbido y su caballo se funde con el paisaje. Aquella visión ya no sobresalta a Æthel.

—Ambas cosas están relacionadas. Es el juego favorito de Gwyn: hacer pactos con mortales. Además de ofrecerle apoyo, Olwen debe permanecer allí para asegurarse de que Ingild cumpla con lo que quiera que haya pactado.

—Ingild nunca me había alabado tanto como hoy —dice Æthel en una oleada de oscura hilaridad—. ¿Tengo pinta de ser el tipo de persona que cabalga directa hacia Dumnonia y…? —Pierde el hilo porque se le ocurre quien sí sería capaz de hacer eso. Lleva todo el año escuchándolo defender a los britanos. Había otras dos voces ausentes en el Witan. Leofric y Gweir. No se le ocurría un motivo para Leofric. Pero Gweir… *Si Ine ha huido con Cadwy y Gweir, solo pueden dirigirse a un sitio. No hay otro lugar al que puedan ir.*

—Esto no es una mera consecuencia de la pasión de Gwyn por el caos. Habló de un sueño que albergaba. —Herla pone cara de repulsión, como si hubiera mordido algo podrido—. Nuestra única pista es la herencia. Creo que nuestro camino se dirige allí.

—¿A Dumnonia?

—Y su heredero. —La mirada de Herla—. Quienquiera que sea.

No le gusta la idea de hacer exactamente lo que Ingild cree que ya ha hecho. Desde la baja arboleda, Æthel contempla cómo las sombras se extienden por la tierra como heridas; frunce el ceño. Falta algo; inefable, pero tan esencial como respirar.

—Ine quizás piense lo contrario, pero no huiré a un lugar donde carezco de aliados. —Contempla la pálida y distante cima de la colina, a la que no han alcanzado las sombras—. Siempre he depositado mi fe en la gente de Wessex. En la fuerza de sus brazos, ya blandan una espada o una guadaña. Y en sus corazones. Si Ingild piensa que aceptarán sin más que usurpe al legítimo rey, le demostraré que se equivoca. —En su mente se le aparecen los recuerdos de los hombres que la saludaban con sus instrumentos de trabajo. Entonces Æthel no había sabido cómo sentirse, pero ahora sí: orgullosa y… humilde. No les dará la espalda, sobre todo cuando Ingild es leal a su ambición antes que a cualquier cosa.

—Ingild piensa que puede convocar a los fyrds contra Ine —medita en voz alta—. Cuenta con el apoyo de muchos regidores. Pero hay otros que no se dejarán convencer con facilidad. Y ahí es donde empezaré.

—¿A qué te refieres?

—He de convencerme de que está a salvo —murmura Æthel—. Porque aquí tenemos trabajo que hacer. Si Ingild tiene planes de marchar, yo misma lo detendré.

—¿Convocarás a los fyrds antes que él? ¿Cómo sabes que los hombres te seguirán?

—Muchos no lo harán. Otros quizás. —Luce una sonrisa lúgubre en los labios al añadir—. Tendré que hacerlo sin llamar la atención.

—Reunir un ejército sin llamar la atención. —Herla se ríe y, Dios, Æthel habría podido escuchar aquel sonido para siempre.

¿Había una posibilidad?

¿Y si te dijera que la había?

—Este es el plan —susurra. Tendría que estar pensando en la tarea y en su esposo. En Ingild y en Wessex, en Gwyn y Annwn. Pero en su interior aletea aquella posibilidad perdida y lo que habría pasado si Herla hubiera elegido de manera distinta—. ¿Y tú qué harás? —le pregunta para distraerse.

La otra agita la cabeza.

—Olwen no perderá el tiempo. He de regresar a Glestingaburg para asegurarme de que todo siga como debe. ¿Dónde nos reuniremos?

—Hamwic —responde Æthel de inmediato—. El regidor Beorhtric es un amigo. Es viejo y no suele viajar a Wiltun con frecuencia, así que Ingild no tiene muchas posibilidades de ganárselo.

—Eso está a muchas leguas y tu caballo se ha quedado en el salón. —Herla mira al suyo, meditabunda—. ¿Será posible? —Desenfoca la vista, como si a media distancia hubiera otro mundo en lugar de las difusas formas del que tiene a su alrededor. Tras un rato, el aire resplandece de nuevo y revela el brillante flanco de un caballo gemelo al de Herla—. Era de Ráeth, nuestra hermana a la que reclamó la tierra.

Æthel alza una mano dubitativa. El caballo es enorme, mucho más grande que el suyo y cuando gira la vista hacia ella tiene la sensación de que la observa. Como si la criatura la juzgara con tanta inteligencia como la suya propia.

—Te llevará deprisa —dice Herla.

—No puedo montar esta cosa. —El caballo parpadea hacia ella con parsimonia y a Æthel le cuesta trabajo apartar la mirada—. Soy solo una mujer. No como tú.

—Me lo tengo que recordar constantemente —murmura Herla antes de darle una palmadita al brillante flanco entre ellas—. Pero le he preguntado y ha accedido a llevarte.

Æthel todavía tiene los dedos alzados. Con cuidado, los baja hasta dejarlos descansar en el cuello del caballo. Su pelaje es sedoso y no tan negro como pensaba. El color se desliza por él como el aceite en el agua; otra vez el aroma de las flores y la sal.

—Llévate esto también. —Herla extrae una lanza de su silla de montar—. Te permitirá ver a los habitantes del Otro Mundo... y hacerles daño.

Unas letras rúnicas recorren la empuñadura de la lanza y la punta está afilada. Serviría más para dar puñaladas que para arrojarla. Al sentirla perfectamente equilibrada con su peso, a Æthel ni se le pasa por la cabeza rechazarla.

—Gracias. Son regalos maravillosos.

—Ojalá te mantengan a salvo, Æthelburg, hasta que te encuentre.

Antes de que se suba al caballo, Æthel la agarra del brazo.

—Espera. —Traga saliva—. Has dicho que Gwyn iría a por ti.

—No me encontrará tan débil como antes. —Pero Æthel se percata de la sombra de un espantoso terror en el rostro de Herla—. Poseo la voluntad para enfrentarme a él.

Se miran la una la otra. Lo sucedido aquella mañana lo ha alejado de su mente, pero ahora las palabras de Orlaith regresan como un rayo. *Boudica*. Es el nombre de una leyenda. ¿Cómo es posible que Herla la conozca? Æthel había presionado a Orlaith para que le revelara más, pero la mujer solo le había dicho: *La historia pertenece a Herla. Ella debe contarla.* Deja escapar el aire que retenía.

—¿Por qué lo hizo? —pregunta en voz baja—. Gwyn ap Nudd. ¿Por qué te maldijo?

Un temblor recorre a Herla.

—Porque yo se lo pedí. —Tiene la voz áspera y desvía la mirada de Æthel para dirigirla al frente—. Le pedí poder.

—¿Para enfrentarte a Roma? Orlaith me lo contó —añade Æthel cuando Herla abre desmesuradamente los ojos—. Solo un poco. No te enfades con ella.

—Sí. —En vez de enfadada, Herla suena resignada—. Nos sobrepasaban y sabía cómo acabaría todo. La destrucción gradual de todo lo que no nos volvía eceni. —Æthel puede ver el reflejo en su frente arrugada: la desesperación de sentirse indefensa—. Comenzó con el trato de Prasutagus. Y empeoró con su muerte. —Se ríe con crueldad—. El gobernador que ordenó que azotaran a Boudica cuando se negó a renunciar a su herencia. No tenía ni idea de lo que despertarían sus actos, de los ríos de sangre que vertería mi reina. —Vuelve a dirigir la vista hacia Æthel, lejos de la visión que parecía construir su memoria—. La subestimó.

El tono de Herla esconde su dolor. Pero no solo dolor, sino también furia y arrepentimiento. Æthel está fascinada por su fuerza, como un veneno que ha ido macerándose durante siglos hasta conseguir el poder de hacer enfermar al mundo. No encuentra las palabras para responder, excepto que sabe muy bien lo que es que la subestimen.

Herla se aleja unos pasos.

—Boudica unió a las tribus. Pero ¿qué es una tribu contra un imperio? Necesitábamos algo para igualar el tablero. —Se lleva la mano a la esbelta y oscura espada que le pende de la cintura—. Así que hice mi propio trato. Fui a Annwn y acepté todos los *regalos* —La palabra rezuma amargura a causa de la ironía— que Gwyn me ofreció. Creía que ayudaba a mi pueblo, pero los estaba condenando a ellos y a mí.

La historia despierta la tristeza en el corazón de Æthel. ¿Cuánto debía de pesarle a Herla? La otra mujer le da la espalda, el dolor le encorvaba los hombros.

—Acudí a él para que me convirtiera en una heroína. —Baja la voz hasta reducirla a un susurro afligido—. En su lugar, me convirtió en un monstruo.

Los pies de Æthel recorren la distancia entre ellas. No se lo ha pedido. Su corazón, tan pesaroso hacía unos instantes, late con fuerza cuando cubre la cintura de Herla con sus brazos.

—No eres un monstruo.

El viento se apodera del silencio y se enreda en las numerosas trencitas de Herla, haciendo tintinear con dulzura las cuencas. Æthel apoya la mejilla en la espalda de Herla y aspira el cuero y un aroma parecido al que rezuman los corceles de Annwn. Quiere seguir así. Quiere que Herla se dé la vuelta.

Herla baja la cabeza para contemplar las manos enlazadas a su cintura como si, piensa *Æthel*, fuera una visión de lo más extraordinaria. Aun así, no se mueve y el corazón de *Æthel* es un sol en su pecho, devorándola con su fuego.

—Mírame —le dice.

—No. —Un susurro exhausto.

—Mírame. —*Æthel* suelta las manos para recorrer el brazo de Herla con una de ellas, para obligarla a girarse para poder mirarla a los ojos. El ámbar se ve oscuro, como el sol cuando se esconde tras los acantilados. Sin aliento a causa de su atrevimiento, *Æthel* toma el rostro de Herla en sus manos y acaricia con los pulgares aquella mandíbula fuerte y orgullosa. Antes de que esos ojos hagan algo más que abrirse de la sorpresa, *Æthel* la besa.

Solo un roce, una breve caricia. Pero a pesar de su fugacidad el gesto la deja aturdida. Herla toma una bocanada profunda e inestable como sumida en una lucha invisible para *Æthel*. Entonces alza la barbilla de *Æthel* con una mano, mientras con la otra se aferra a su cintura. Cuando habla, su voz suena grave:

—Te dije que eres una mujer imposible, *Æthel*burg de Wessex.

Nunca la han besado antes de esa manera. No solo en los labios, sino con el cuerpo entero; un dulce e insistente dolor que le recorre los miembros. Las palmas de las manos le arden cuando toca a la otra. Los dedos de los pies se le encogen dentro de las botas. Cuando Herla se aparta lo justo para rasparle el labio superior con los dientes, *Æthel* toma una escasa bocanada de aire y vuelve a cubrir la distancia entre ellas. Herla ríe en voz baja, un sonido tan tenebroso que llena la mente de *Æthel* con cosas en las que no debería pensar, pero no le importa, sabe lo que quiere. El miedo que ha acarreado durante tanto tiempo, que no merece sentir calidez, que colmen el pozo vacío en su interior, desaparece al instante. Siente tanta hambre como Herla. Esta vez es ella quien se aparta para recorrer el cuello de la otra con los labios, para mordisquear la piel que antes se humedeció con sus lágrimas. Herla ruge sin palabras, lo que no hace más que abanicar las llamas que la agitan. La mano enterrada en el caballo de *Æthel* la hace estremecerse de arriba abajo como una cascada.

—Detente —dice Herla sin aliento, a menos de un instante de separación de la boca de *Æthel*—. A menos que quieras que te tome en este mismo campo.

Æthel se deleita en la calurosa urgencia que le crece entre los muslos ante la idea; ¿cuánto había pasado desde que la sintió por última vez?

—¿A qué estás esperando?

Para su horror, la invitación causa el efecto opuesto. Herla la suelta y se aparta de ella, como si no confiara en sí misma de otro modo.

—Tienes un esposo.

La palabra *esposo* es como una ráfaga de viento gélido en su rostro. Tiene las mejillas ardientes, ruborizadas de deseo y ahora también con el calor de algo que se parece terriblemente a la vergüenza. Desafiante, *Æthel* replica:

—¿Y qué importa?

—Ya le has dado a él tu corazón.

—Mi corazón no puede regalarse como una baratija —protesta *Æthel*—. Sigue siendo mío.

—Hay mucho que se interpone entre vosotros. —Los ojos de Herla arden con arrepentimiento y algo parecido al miedo—. No deseo hacerlo yo también.

Dolida, *Æthel* cierra los puños. ¿Cómo pueden cambiar tanto las cosas en un instante? Todo el júbilo del deseo se ha evaporado.

—Si estás intentando que me arrepienta de lo que he dicho, no lo haré. Hablaba en serio. —Le arden los ojos y los dirige hacia el caballo inmóvil frente a ella—. Tengo un trabajo que hacer. Debería ponerme en marcha.

El animal es gigantesco. Espera tener que pelearse torpemente con la bestia, pero antes de darse cuenta *Æthel* está en la silla sin saber muy bien cómo lo ha conseguido. Dirige a su montura hacia el sureste, consciente de que Herla no se ha movido. *No me daré la vuelta.* Quizás la criatura la escucha, porque de pronto se hallan galopando por la distante costa y es demasiado tarde para mirar atrás. El arrepentimiento es una piedra que no le queda otra que tragarse, junto al olor de Herla y la sensación de su boca en la suya. Dios mío, cómo desea... *No.* No se obcecará en eso. Es mejor dedicar su mente a la tarea, dirigir su furia a Ingild. Y aun así... *¿qué es esta sensación?,* pregunta Æthel a la calidez en su interior. ¿Es mero deseo?

Las leguas van pasando y el paisaje cambia. Æthel observa cómo se ensancha el río y se pregunta cómo ha cambiado *ella.* Hacía unas pocas lunas, apenas había oído hablar del Otro Mundo, o de Gwyn ap Nudd. Creía que la Cacería Salvaje era solo un cuento. Ahora los músculos del caballo que le ha dado Herla se mueven y estiran sin descanso, y ha visto el rostro de Annwn en la gélida sonrisa de Olwen. El dolor por la pérdida de Eanswith le quema en la garganta. No solo las reglas del juego sino las de su mundo están cambiado. *He de aprender rápido.*

El resplandor grisáceo del estuario la hace detenerse. Un viaje de una jornada, pero el caballo lo ha hecho en lo que le han parecido meros minutos. Hamwic se halla bajo una cortina de niebla, el humo de los hogares se mezcla al elevarse con las bajas nubes. Æthel se echa la capucha por encima. Hasta que sepa qué nuevas le han llegado al regidor...

—¿Me esperarás? —susurra mientras desmonta en un lugar donde no se la pueda ver desde el portón. El caballo dirige aquellos ojos insondables hacia ella, que asume que le está diciendo que sí. Sin embargo, no hay forma de esconder la lanza y Æthel no piensa dejarla. Es demasiado corta como para disfrazarla de un bastón, así que la única opción es guardarla discretamente en la bolsa.

La suerte está de su lado. Les dan la bienvenida a los mercadores así que se une a uno de los grupos y los sigue hasta el asentamiento. Los aromas de Hamwic la inundan. Las algas llenan el aire de sal y casi ocultan el harinoso aroma del pan horneándose y la ubicua mierda de caballo. El barro hace que las calles sean peligrosas para los carros que *Æthel* tiene que esquivar según va avanzando por el mercado, con los oídos abiertos a los rumores. Pero los rostros de la gente lucen pesarosos y no hay mucho que escuchar. Ninguna lengua quiere pronunciar palabras como *rebelión* o *traición*. Al menos ninguna lengua plebeya. Entrañan demasiados riesgos. Así que *Æthel* se encamina al salón de hidromiel, hogar del regidor Beorhtric donde quizás se den tales conversaciones.

El edificio de madera es casi tan grande como el de Wiltun, aunque solo tiene una planta. Hamwic ha sacado provecho al comercio marítimo. Dos grandes braseros arden a cada lado de las puertas, repeliendo la oscuridad de la tarde y hay guardias en sus puestos. Justo cuando *Æthel* se pregunta qué hacer con ellos, le llega una voz estridente. Tres hombres se dirigen discutiendo al salón. Todos visten el lino fino y las capas con broches de plata de los nobles. Se aparta hacia una esquina a su paso.

—Esperemos a ver cuál es la postura de Beorhtric sobre este asunto —escucha decir al mayor. Tiene ojos sospechosos. Nunca los deja quietos, parecen barrer el espacio que lo rodea, como si buscara algo que no debería estar allí.

—Ese hombre no es nuestro amo —protesta otro, haciendo girar un brazalete bruñido en su brazo—. Antes de nada, debemos preocuparnos de los nuestros. Si es ventajoso ponernos de parte del *ætheling*...

—A quien *no* han nombrado heredero.

—Pero es el único candidato posible —argumenta el tercer hombre.

—Eso es. Ingild tiene Wiltun en su poder, lo que significa que posee una fuerza considerable. ¿Quién sabe si el rey sigue vivo? Al huir, lo han derrotado.

Los guardias se dan la vuelta para abrir las puertas y *Æthel* aprovecha la oportunidad. Se apresura a recorrer la distancia y subir los escalones y llega justo cuando los guardias empiezan a cerrar las puertas tras el grupo. Antes de que se cierren del todo, antes de que los guardias se percaten de su presencia, las abre de nuevo de una patada.

—No mientras yo respire.

Se quedan boquiabiertos durante unos segundos de sobresalto hasta que una voz resuena desde el interior.

—Æthelburg, me preguntaba cuándo aparecerías.

Las espadas medio desenvainadas ante sus actos, se deslizan de nuevo en sus fundas. Empuja a los nobles para apretarle el brazo al hombre que ha hablado como saludo.

—Regidor Beorhtric. Me alegra verte.

—Lo mismo digo, Æthel. Aunque desearía que fuera en mejores circunstancias.

—Sin duda —dice Æthel, sombría. No puede evitar arrugar la frente cuando los nobles se apiñan a su espalda—. No malgastaré el tiempo con cumplidos. Sabes por qué estoy aquí.

El hombre desconfiado se frota el brazo que Æthel ha apartado con las prisas.

—Ha habido rumores de que te encaminabas al oeste para convencer a los wealas de allí para que se alzaran en armas.

—Rumores sembrados por Ingild —señala la reina.

—¿Los niegas?

—Cutha —ladra el regidor—. Recuerda a quién te diriges.

—¿Cómo podría estar aquí si hubiera ido a Dumnonia? —Æthel alza una gélida mirada—. A diferencia de Ingild, no creo que el pueblo Wessex tenga intenciones de seguir a un traidor.

Tras un momento de tensión, Beorhtric pregunta:

—¿El rey sigue vivo?

—Sí —lo dice con toda la confianza que es capaz de reunir. Si hubiera muerto lo sabría. Estoy segura—. Reúne a sus aliados, igual que yo. No podemos dejar que Ingild salga impune de esta traición.

—El príncipe Ingild tiene a los obispos. Con la Iglesia de su lado, puede traer aliados de los reinos vecinos. —El rostro de Beorhtric se arruga en repulsa—. Ante el mínimo tufillo a guerra santa Ealdwulf de Anglia marchará en su ayuda.

—Nos jugamos más en esta guerra de lo que sois conscientes.

—Está demasiado pendiente de los nobles apiñados, de las mujeres sentadas en los bancos bajos con las manos y las orejas ocupadas. Criados de pies sigilosos añaden leña al fuego, barren los huesos que los perros dormidos allí cerca han roído hasta convertirlos en astillas. Se percata de la falsedad de aquella normalidad, de la manera en la que cada tarea se desarrolla en excesivo silencio. *Æthel* se muerde el labio. Ine está acostumbrado a blandir las palabras como armas, pero ella carece de la paciencia necesaria. La ingeniosa danza de la retórica la deja exhausta.

—Ingild afirma que el rey es un pagano —dice, luchando por mantener la furia a raya—. Es una mera treta para esconder el hecho de que Ine es un hombre al que ha traicionado el hermano en el que confiaba, un hermano que lleva años conspirando en las sombras para hacerse con el poder.

Nadie finge no estar pendiente ya. *Æthel* alza la voz para que todos la escuchen.

—Pero yo os pregunto: ¿cómo ha conseguido Ingild expulsar a Ine de Wiltun? Reunir una hueste de hombres leales ante las narices del rey es imposible.

Hace una pausa.

—Debe haber contado con ayuda. —Beorhtric frunce el ceño, detiene la mano que ha alzado para rascarse la mejilla.

—*Ha* tenido ayuda —continua *Æthel*—. De los mismos poderes de los que acusa a Ine de valerse.

—Los paganos wealas...

—No —interrumpe a Cutha antes de que la idea se extienda demasiado—. Un poder que se opone a toda la humanidad, ya sean sajones o britanos. La única diferencia es que los britanos siempre lo han aceptado y temido. —Cierra los puños al recordar la manera en la que Ingild y el Witan se burlaron de ella—. *Nosotros* somos los necios por llamarlo superstición. Por dejar que la Iglesia nos convenza de que no existe más un único poder. Ingild ha usado esa creencia en nuestra contra. Ha avivado las ambiciones de los obispos para impulsar la suya propia... y la del poder al que sirve.

—Para ser una persona que afirma *no* ser la esposa de un pagano, sin duda hablas como si lo fueras. —El eco de las palabras de Cutha resuena por el silencioso salón—. Nunca he oído nada tan...

—Dice la verdad.

Æthel se da la vuelta para ver a un hombre vestido con los simples ropajes de un siervo. Tarda un instante en reconocerlo y cuando lo hace recobra el aliento.

—La reina *Æthel*burg me creyó cuando pocos otros lo habrían hecho —dice el britano de Scirburne. No le habían llegado a decir su nombre—. Cuando mi ciudad sufrió el ataque de algo que no era humano. Mi hermana vive gracias a ella y también mi madre.

Cutha lo fulmina con la mirada.

—Calla la boca, wealh. ¿Qué derecho tienes a hablar en semejante compañía?

—El que yo le he dado —dice Beorhtric, estirando el brazo—. Ha venido junto a su amo, que es mi invitado.

—¿Amo?

Un hombre se levanta de la mesa: Eadgar, gerefa de Scirburne.

—Si no aceptas su palabra, ¿aceptarás la de un sajón? —Inclina la cabeza hacia Beorhtric—. Deberías escucharla, señor. *Algo* trajo la muerte a Scirburne esa noche. Y no fuimos el único asentamiento que sufrió un ataque. He oído historias similares de camino hacia aquí.

Llena de gratitud hacia ambos hombres, *Æthel* se asegura de que su voz suena cruda cuando dice:

—Los muertos caminan. He perdido guerreros en Sceaptun cuyos cuerpos no mostraban más heridas que el roce de la mano del espectro. Yo misma los enterré. Eran hombres de Wessex. El poder que controla a los espectros no entiende de divisiones. Matará a cualquiera que se ponga en su camino.

Sus palabras dejan sin habla incluso a Cutha, ya sea por la conmoción u horror genuino hacia la imagen que ha pintado. El inquieto silencio se extiende hasta que el regidor lo rompe. Tiene la frente llena de arrugas.

—Sabes el nombre de este poder.

No es una pregunta y *Æthel* está cansada de esquivar la cuestión.

—El Otro Mundo. —Un tronco se parte con un risueño crujido—. Y su rey —añade con la vista fija en las saltarinas llamas— Gwyn ap Nudd.

★ ★ ★

Beorhtric aleja la discusión de las numerosas orejas. La noche parece acarrear cierto peso, mientras la grisácea tarde se endurece como el hierro. *Æthel* no necesita ver la oscuridad para sentirla. Percibe como si la ciudad rezumara de sus palabras. Sin duda, habría muchos como Cutha que la considerarían una lunática. Debería sentirse reconfortada de que quienes no lo pensaban fueran *más* numerosos; tenía que agradecérselo a Eadgar y a Neb, el britano que lo acompaña. Convencer a la gente es tan importante como convencer a Beorhtric. Al fin y al cabo, es la gente la que forma el fyrd, la que debe alzarse en armas.

—No es una guerra al uso —dice *Æthel*. Están sentados al fondo del salón de hidromiel, en los bancos apartados del resto para conservar la sensación de privacidad—. A pesar de que Ingild decida fingir lo contrario.

—Lo has dejado claro desde el principio. —El regidor se arrastra la mano por la barba; *Æthel* se percata de que le tiemblan los dedos y de que tiene los ojos hundidos—. Nunca he oído una historia igual.

—¿Crees que a mí no me cuesta trabajo creerlo? —Se queda mirando la cerveza, que es un poco sosa; el reflejo en aquella superficie quieta le revela que Beorhtric no es el único que parece cansado—. Tuve que verlo con mis propios ojos. Lo que no vi fue la mano de

Ingild en todo esto, su alianza con el Otro Mundo. Cuando la leche se agrió y los cuervos muertos aparecieron, convenció a los obispos y la gente de Wiltun de que eran maldades paganas.

—¿Y cómo sabes que no eran maldades paganas?

—Porque los paganos se están muriendo —dice Æthel acalorada—. Porque Ingild acusó a Ine de ser el responsable.

El regidor hace una pausa antes de responder.

—¿Y cómo sabes que *no* es el responsable?

Preparada para replicar airadamente, Æthel vacila. Beorhtric quizás esté interpretando el papel de abogado del diablo, pero aquella forma ahogada que percibió antes, la de todo lo que desconocía, se alza a toda prisa, y las sombras se despejan hasta que lo ve con tanta claridad que su voz la traiciona.

Y su heredero. Quienquiera que sea.

Recuerda la afilada mirada de Herla mientras decía esas palabras.

—No —susurra Æthel. Lo único que logra pronunciar. Demasiadas cosas se amontonan en su cabeza. Ine envuelto en raíces; aquel extraño sueño; su distanciamiento y aquel terror repentino ante Hædde; el granero a rebosar de trigo después del ritual de Lammas; sus ojos hechizados. Y el cuchillo de hueso: un misterio que quizás ya tenga respuesta. *El rey se enfrentó a los espectros y sobrevivió.*

Igual que ella, Ingild creía que Cadwy era el heredero de Dumnonia. Sin duda era el motivo por el que lo quería muerto. Pero ahora... debía de haberse percatado de la verdad. La imposible verdad. Æthel sabe que está respirando demasiado deprisa porque las antorchas del salón le bailan antes lo ojos. ¿Cómo es posible que Ine sea el heredero de Dumnonia? Le falta una pieza, pero todo lo demás encaja.

—¿Æthelburg?

Aquella reacción hace que Ine parezca culpable de todas la herejías que se le pasen al regidor por la cabeza y Æthel no sabe qué decir para calmar las sospechas. Lo que hace es tomar una bocanada de aire:

—¿Cuento con tu apoyo, Beorhtric? Sin importar lo que suceda, Ine es el rey legítimo de Wessex y lleva más de una década gobernando bien. Somos más prósperos que nuestros vecinos. El comercio florece. Nuestros monasterios producen los mejores escritos del país, y la gente prospera. Ingild te pediría que te olvidaras de todo esto. Que entregues tu lealtad a un hombre que no ha probado su valía como rey. Alguien que...

—¿Cuenta con el apoyo del Witan al completo, Æthelburg?

La expresión del regidor es sobria. Aunque la corona suele pasar de padre a hijo, ningún hombre puede ser nombrado rey sin el apoyo del Witan.

—Ingild tiene a los obispos —admite— que ignoran su... trato con el Otro Mundo. Sospecho que es capaz de seducir al resto, aunque Gweir y Leofric no están con él.

—Ambos son gesiths que no cuentan más que con escasas fuerzas. —El suspiro de Beorhtric suena pesaroso—. Si Osberth y Godric y, peor aún, Nothhelm se alían con Ingild, el príncipe contará con una ventaja aterradora.

—Solo el fyrd de Hamtunscin puede equilibrar la balanza —dice Æthel con intención—. Además, no he terminado aún. Vine aquí en primer lugar por nuestra amistad. Pero hay otros asentamientos a los que creo leales y que no se dejarán persuadir por las mentiras de Ingild. Y cuento con una aliada poderosa. —Cuando Beorhtric alza la ceja, se apresura a añadir—. Alguien que podría darle la vuelta a la batalla. Sabes que no hablaría así con ligereza.

El anciano noble no habla durante un rato, sino que permanece en la silla con los ojos puestos en el gran techo de madera sobre sus cabezas, como si buscara el consejo de los dioses.

—¿Dónde vas a reunir a este ejército tuyo?

—Glestingaburg —dice Æthel de inmediato. Ingild cree que he huido al oeste para reunir a mis aliados y marchará para detenerme. Me enfrentaré a él en batalla como desea y lo derrotaré. El rey tiene que jugar su papel. Este es el mío.

—¿Su papel?

Ella no era el tipo de persona que se encaminaría a Dumnonia a caballo para alzar a los britanos a las armas. Pero Ine sí. *Æthel* sabe que si alguien puede lograr tal hazaña es él.

27

INE

Escanceaster, Defenascir
Frontera de Wessex y Dumnonia

La sensación crece según viaja al oeste. A medida que la tierra deja de ser llana, los bosques se vuelven más densos. Las colinas cambian sus suaves laderas por acantilados que se alzan como las torres de un pueblo perdido en el tiempo. Colinas de granito y lagos montañosos. Nudosos claros que le recuerdan a Ine al que vio en lugar del salón de hidromiel de Wiltun. Vestigios de una época antigua, lugares de poder y paso que la Iglesia cristiana ha trabajado duro para eliminar. Pero su recuerdo vive en la tierra. Empieza a percatarse de que vive en su interior. Junto al terrible poder que mató a Leofric.

—Cuéntamelo otra vez —exige Cadwy, acercando su montura a la de Ine. Han adquirido un tercer caballo al fingirse comerciantes. Ahora, protegidos con las capas y capuchas de la humedad y Escanceaster en el horizonte, Ine no sabe si han dejado atrás las nuevas sobre su huida en desgracia. A una parte de él le da igual. Se cubre el rostro aún más con la capucha.

—Sabéis lo mismo que yo, príncipe Cadwy —dice Gweir con aire exhausto.

—Estaba hablando con *él*.

Cuando Ine no dice nada, Gweir lo mira con preocupación.

—Estuviste allí la noche que nos fuimos. Viste... —No es capaz de seguir—. Además, Emrys lo ha confirmado.

Cadwy agacha un poco los hombros.

—¿Ah, sí? ¿Cuándo?

—Lleva un tiempo en Wessex.

Aquellas palabras dejan al príncipe sin respuesta. Quizás se pregunta por qué Emrys, cuya amistad supuestamente es para Dumnonia, no lo ha liberado. Ine podría decírselo. Ha sentido las cuerdas, finas como una telaraña, que Emrys teje en torno a la gente. Un consejo por ahí, una advertencia por allá y después silencio para que creas que has tomado la decisión por ti mismo. ¿Cuánto tiempo llevará en el mundo manejando los hilos sin dejarse ver? Si Cadwy hubiera escapado, el plan de Ingild de revelar la verdad sobre Ine nunca habría funcionado. ¿Es eso lo que buscas, poeta? La pregunta golpea los muros de su mente. *Me has llevado a matar, me has alejado de mi hogar y mi gente. Ni siquiera puedo hacer que Ingild se enfrente a la justicia por padre.* Aquellos arañazos que tanto tardaban en curarse están marcados a fuego en sus recuerdos. Cómo debía haber luchado Cenred, con la lucidez suficiente en sus últimos momentos para saber que le arrebataban la vida.

—¿Por qué lo hizo? —pregunta en voz alta.

—Perdón, ¿rey Ine?

Agita la cabeza.

—No importa, Gweir. E Ine es suficiente ahora.

Cadwy emite un sonido con la garganta. Esperaba escarnio e incluso que se alegrara, así que Ine queda sorprendido cuando dice:

—Ese hombre no merece ser rey. No cedas aún el título.

—Un rey necesita un reino. —Ine inclina la cabeza hacia las colinas desiertas—. ¿Quién cabalga a mi lado más que un hombre y el príncipe del pueblo al que llamamos enemigo?

Cadwy alza los hombros, como si se preparara para pelear.

—He oído lo suficiente en las últimas semanas para saber que *tú* no nos llamas enemigos. —Hace un gesto con la boca—. No te ha hecho muy popular.

Ine se estira en la silla. Debe de haber sido difícil admitirlo para Cadwy.

—Pues sí. Y aquí estamos.

Gweir no esconde la sonrisa con la rapidez suficiente.

—¿De qué te ríes? —inquiere Cadwy, pero el guerrero se limita a señalar hacia delante.

—¿Nos detenemos, mi señor? Necesitamos provisiones y comida para los caballos. Aunque no contamos con muchos fondos.

—No tendríamos problemas si tu rey no hubiera arrojado el dinero al barro —gruñe Cadwy—. Esos símbolos cristianos son de plata pura.

Ine mira con los ojos entrecerrados la ciudad agazapada en las colinas. Una parte del muro romano sigue en pie, aunque quizás no la suficiente como para aguantar un ataque.

—Iremos con discreción. Quizás escuchemos las nuevas.

—Un distrito de Caer Uisc es nuestro —dice Cadwy con una mirada acusadora—. Podríamos dirigirnos allí.

—Muy bien.

Es el nombre que la gente de Dumnonia ha dado a Escanceaster, que solía ser la capital de su pueblo. Ine sabe bien que los britanos están relegados a un solo distrito: él mismo escribió la ley para que fuera así. Otro rey sajón los habría expulsado del todo de la ciudad, pero eso no ayudaría a unir ambos pueblos. La integración debe producirse. No pueden estar en guerra con los nativos para siempre. *Æthel* se habría echado a reír.

Intenta alejar la imagen de su esposa. Cwenburh se equivoca. *Æthel* no va a volver. Esta vez no. Y debería alegrarse, sería demasiado peligroso para ella estar en Wiltun ahora. Pero Ine no puede alegrarse. Su ausencia es un dolor constante. Si la viera de nuevo, se lo contaría todo. Incluso si se enfrentara a su furia, se lo contaría.

Juntos serán imparables.

Con fría claridad, Ine se percata de lo que ha hecho Ingild. Lo que ha consentido que su hermano hiciera. *Æthel* y él *son* mejores juntos. Cada uno tiene lo que le falta al otro. Por eso su matrimonio era tan fuerte al principio y Wessex ganó fortaleza gracias a eso. Pero el secreto que le ha ocultado y la hostilidad de la corte hacia una mujer que blande la espada en lugar de concebir ha abierto grietas, lo que le permitió a Ingild arrojar su veneno. Ine había pensado que Emrys manejaba los hilos, pero el auténtico titiritero llevaba todo el tiempo bajo sus narices.

Deja escapar un gruñido, frustrado consigo mismo, furioso con Ingild, y los otros miran a su alrededor. Los caballos, sin embargo, los han llevado a la sombra de los muros de Escanceaster y surgen los gritos.

—Yo hablaré —dice Gweir, llevando la montura al frente.

Ine no entiende la conversación que sigue, pero les permiten la entrada. Aunque sus deberes no suelen permitirle visitar Escanceaster, se deja puesta la capucha por si acaso. Todos los hacen y no son los únicos. El año le da la cara al invierno y un viento cortante silba entre los edificios. Han reparado de forma inexperta algunas de las villas romanas con madera, paja y piedra aprovechada de otros lugares. La gente que pasa a su lado es plebeya en su mayoría, con ropas tan parcheadas como las villas. *Debería redirigir algunos fondos*, piensa Ine antes de recordar que está en el exilio y en una situación no mucho mejor que aquellos ciudadanos de rostro lúgubre.

—Señor. —Gweir señala con la cabeza una calle embarrada por la lluvia reciente. Ha empezado a llover de nuevo y la tarde se oscurece—. Deberíamos buscar refugio.

Ine no se sorprende al descubrir que el distrito britano está en peores condiciones que el resto del burh y siente la mirada acusadora de Cadwy. ¿Qué piensan los dumnones de sus compatriotas que deciden vivir en asentamientos sajones? Le recorre la vergüenza. *He pasado demasiado tiempo en casa, escuchando a hombres cuyos ideales no comparto*. Si hubiera acompañado a Æthelburg más a menudo, quizás habría visto la precariedad de estos lugares. Podría haber hecho algo.

Con sus cada vez más escasas monedas, adquieren comida para los caballos y el dudoso refugio de un establo para ellos. Solo cuando la lluvia forma una cortina frente a la entrada, Ine se atreve a bajarse la capucha y recostar la cabeza contra la madera enverdecida. El olor de la paja le hace cosquillas en la nariz, aunque no tapan el hedor del sitio. A diferencia de los britanos de aquel lugar, la riqueza y el estatus lo han protegido. Sonríe con tristeza, suponiendo que aquello es lo que Æthel quiso decirle con el cerdo. Los adornos de la riqueza no son más que eso, un adorno. Lo han cegado a lo verdaderamente importante.

—Tendría que haber viajado con ella —dice en voz alta en sajón—. Habría visto a más gente y la manera en la que vivían. Quizás me habría dado cuenta del poder que empieza a ejercer la Iglesia.

—Ten cuidado —replica Cadwy en su propia lengua—. Aún no estamos entre amigos.

—*Amigos*. ¿Acaso dices que los dumnones no querrán mi cabeza?

—Nos la debes. —Hay un ligero rubor en las mejillas de Cadwy cuando sigue hablando, un poco resentido—. Pero interceptaste el golpe que estaba dirigido a mí. Ahora tengo una deuda de sangre contigo.

Ine se observa las palmas. Aunque el toque de un espectro es mortal, había intervenido. ¿Por instinto? ¿Un necio deseo de proteger? ¿O sabía que la Tierra sería su escudo? Está ahí ahora, bajo sus pensamientos: un sistema de raíces que surgen de su interior para encaminarse a lugares en los que aún le da miedo adentrarse.

El rey debe saber algo sobre este poder, pero la pregunta es demasiado cruda para formularla. ¿Cómo se sentiría Ine si su peor enemigo recibiera un don dirigido hacia él? *No se puede denominar un don a algo que ha matado un hombre*. Pero ese pensamiento no es digno de él. Cadwy lo considera un don, uno que Ine ha robado.

—Cadwy —le dice y espera a que el príncipe se dé la vuelta—, no te obligaré a deberme nada.

—Sé lo que intentas hacer. —Toma un rizo de paja y se lo enrolla con violencia en torno al dedo—. Piensas que puedes anular todo el mal que me has hecho con amabilidad.

—No. —Al recordar a Geraint, siente una improbable camaradería con su hijo—. Pero Ingild nos ha arrebatado a ambos a nuestro padre. Y me aseguraré de que no quede sin castigo.

Cadwy parpadea.

—¿Tu hermano ha *matado* a su propio padre?

Al escucharlo expresarlo con su voz juvenil, se percata con un mazazo de la crueldad de la verdad e Ine no encuentra palabras para amortiguarla. Cuando no dice nada, Cadwy gruñe, como si fuera exactamente el comportamiento que uno esperaría de un sajón.

Recordar a Cædwalla le trae otra cosa a la mente. Cuando Ine se enfrentó al rey muerto, la Tierra no era el único ser vivo que había respondido. Recordó la visión del hombre de ojos plateados que había montado en colera y llamado ladrón a Ine. *Gwyn ap Nudd*. Debía ser él. ¿Se había referido al legado? Pero mientras más lo pensaba Ine, más le pesaban los párpados, hasta que la ardua cabalgata y el rítmico golpeteo de la lluvia le hacen quedarse dormido.

Al principio las voces son parte de un sueño sin imágenes. Pero van ganando claridad según las escucha hasta que se despierta de un sobresalto, desorientado. El tejado no es el de su cámara en Wiltun y el aire huele a ganado mojado. Entonces los recuerdos se precipitan sobre él y se sienta, entrecerrando los ojos en la oscuridad del establo. Está solo. ¿Dónde están Gweir y Cadwy?

Una risa burlona viene del exterior y, en silencio, Ine se dirige a la agrietada y deteriorara puerta. Ahora no hay más que una llovizna que empapa los hombros de los dos grupos que se encuentran uno frente al otro en la calle. No sabe qué hora es. Quizás noche temprana.

—No es suficiente, wealh —dice uno de los hombres en sajón. Un hombre libre, adivina Ine, por sus ropas simples y prácticas. Otros siete lo flanquean, vestidos de manera similar y con seaxes en los cinturones.

—No tenemos más. —Los britanos son solo cinco y presentan una apariencia bastante diferente. El que habla lleva una túnica gastada y las dos mujeres que lo acompañan fulminan con la mirada a los sajones con ojos enrojecidos.

—Hablarás en anglosajón en la ciudad del rey —gruñe el hombre e Ine frunce el ceño ante aquel deliberado malentendido. Quizás el britano no habla el idioma a la perfección, pero está muy claro lo que dice—. El gerefa se sentirá gustoso de expulsarte de Escanceaster si no puedes pagar la cuota.

—Nuestra cuota es casi el doble de lo que paga tu gente —dice la mujer más próxima en su propia lengua—. Es injusto.

El hombre escupe, desprecio en el borde de los labios.

—¿Estás intentando hablar, wealh? No escucho más que balidos de ovejas. —Se lleva las manos al arma—. *Paga*.

—No puedes hacernos daño. —El primer britano le da un empujón a la mujer para colocarse delante de ella—. La ley del rey nos protege.

—¿Ah, sí? —El sajón se aparta para dejar pasar a otro hombre. Tiene los brazos cruzados sobre una capa de lana buena y gruesa recogida con un broche de plata y su rostro le resulta ligeramente familiar. Ine entrecierra los ojos, tratando de recordar su nombre—. Gerefa, estos despojos se niegan a entregar el diezmo.

—Porque no lo tenemos —dice la otra mujer, esta vez en anglosajón—. No porque nos neguemos.

El gerefa se ríe y aquel sonido hace que Ine cierre los puños. El corazón comienza a latirle contra el pecho en una furiosa cadencia.

—Mis hombres registrarán cada centímetro de vuestras casuchas en busca de monedas. Y si encuentran un solo penique, colgaré a vuestros mayores y al resto os expulsaré para que os muráis de hambre en las colinas.

—Tenemos que comer —dice el britano con crudeza—. No puedes llevarte todo lo que tenemos. Las leyes del rey...

—Dentro de estas murallas, el rey soy *yo*.

Ine sale de su escondite.

—¿De verdad, Hewald? —Ha recordado el nombre, junto con otro retazo de memoria. Había viajado en persona a Escanceaster por última vez hacía seis años, cuando acababa de escribir las leyes, que le exigían nombrar a hombres que ocuparan los puestos de poder. Resulta obvio que se había equivocado con Hewald. Un sabor amargo se apodera de su boca al ver las casas destartaladas y los rostros esqueléticos de los britanos. ¿Cuánto tiempo llevaban siendo así las cosas?

—¿Quién *eres*? —inquiere aquel bruto, abriéndose paso a empujones. No da muestras de reconocerle. Y, ¿por qué debería? Las ropas simples sin bordar que encontraron por el camino no señalan que Ine sea más importante que el resto de ellos. Además, se recuerda con tristeza, ¿quién esperaría hallar al rey de Wessex solo en un establo a tantas leguas de la corte?

Los ojos de Hewald se abren desmesuradamente cuando le escudriña el rostro. Hinca una rodilla en el suelo.

—Mi señor.

Los hombres que lo rodean intercambian miradas confusas antes de inclinarse también.

Ine lo mira con frialdad.

—¿Te importaría repetir lo que acabas de decir?

—Ma... majestad, ¿qué estáis...?

—¿Acaso es tan raro verme en mi propio reino? ¿O es que tal y como afirmas Escanceaster es tuyo?

—No quería decir eso, pero los wealas...

—Son gente de Wessex —dice Ine con firmeza—. Están aquí para vivir y trabajar, no para llenarte los bolsillos. Sí, no me cuesta imaginar qué se hace con todas esas monedas adicionales. Abusas de tu puesto, Hewald.

Aunque el hombre balbucea disculpas, su suspicacia queda evidenciada por la manera en la que escudriña la oscuridad en busca de los ausentes guardias del rey, cómo se humedece los nerviosos labios con la lengua. De pronto, Ine se percata de lo *solo* que se encuentra.

Quizás los hombres perciban aquella incertidumbre; Hewald se pone en pie.

—Mi señor, nos ha llegado un rumor. No lo creíamos cuando lo escuchamos. Así de extraño era.

—¿Crees que puedes distraerme con rumores?

—¿Dónde está vuestro séquito, mi señor? ¿Vuestros gesiths y nobles? —Hewald da un paso hacia delante—. ¿Por qué habéis entrado en Escanceaster sin anunciaros?

Los britanos, presas de una espesa confusión, observan la confrontación con el ceño fruncido.

—¿Cuánto tiempo llevas extorsionándolos?

En lugar de responder, Hewald da otro paso.

—¿Por qué os hemos encontrado aquí en el barrio de los wealas, entre todos los lugares de la ciudad? Como veréis, no es digno de vos.

Aunque habían cabalgado sin descanso, los hombres de Ingild debían de haber descansado aún menos. Ine se niega a dejar entrever el menor signo de alarma en el rostro, pero lo sacude el miedo por Gweir y Cadwy.

—Sin embargo, perdonadme mi atrevimiento, mi señor, pero si hubierais jurado lealtad a los paganos, ¿dónde estaríais sino recabando su apoyo en sus calles?

—Qué astuto —dice una voz: joven, descarada. *Cadwy.* Ine se da la vuelta para verlo a la cabeza de un grupo enorme: los britanos de Escanceaster. Al ver a Ine, Gweir palidece y se apresura. Es obvio que se suponía que permanecería oculto. Una docena de antorchas chisporrotean en las manos de los britanos cuando se detienen. A primera vista parece ser un grupo de desarrapados; gente de rostro esqueléticos que nunca se llena los estómagos. Pero no tienen los hombros encorvados, sino que alzan la barbilla y el acerado brillo de sus ojos se refleja en las armas que portan.

De inmediato, los sajones se dispersan para flanquearlos y dejan a Ine atrapado en medio de los dos grupos.

—¿Qué significa esto? —exige saber Hewald—. Tenéis prohibida la posesión de armas más grandes que una daga y más aún traerlas ante mi presencia.

—Déjalo ya, Hewald —dice uno de los britanos. Quizás unos diez años mayor que Ine, con el cabello gris pero aún abundante. Tiene la constitución de un hombre que se ha pasado la vida blandiendo el martillo—. No tenemos deseo de derramar sangre esta noche, sobre todo en nuestras propias calles. —Señala a Ine con la cabeza—. Pero si intentas apresar a ese hombre, te juro que la *derramaremos*.

—Mi señor, eso sería vuestra condena. —Hewald agita la cabeza con lentitud—. Si vos os volvierais en contra de vuestra propia gente por estos... —El gesto que le dedica a los britanos es desdeñoso—. Yo mismo sería un traidor si me mantuviera al margen sin hacer nada.

Ine tiene las palmas sudorosas; es justo el tipo de confrontación que esperaba evitar. *Y tú tienes toda la culpa.* ¿Por qué no había permanecido escondido? Había presenciado demasiadas injusticias últimamente para dejar que se cometieran más de brazos cruzados.

—Cadwy se escapó —dijo Gweir en voz baja—. Lo siento, mi señor, debería haber estado aquí.

—Es culpa mía. He actuado sin pensar. —No tiene tiempo de preguntar cuáles son las intenciones de Cadwy antes de que Hewald desenvaine la espada y el chirrido del metal se una al golpeteo de la lluvia sobre las armaduras sajonas. Los britanos no tienen cuero para protegerse, solo túnicas de tela que ya están empapadas. El hombre que parece ser el líder le devuelve la mirada a Ine. ¿Qué le ha contado Cadwy? ¿Por qué han venido, armados y portando antorchas para enfrentarse a la oscuridad?

Es inminente. Ine casi saborea el hierro, la sangre y el sudor. Cada gota golpea la tierra con la inevitabilidad de la batalla. La tierra... vuelve a experimentar esa sensación: un saber vasto y antiguo, entregado a los que vinieron antes. Con más claridad que nunca, sin la mácula de la furia que lo acompañaba en Wiltun. Ahí en el suelo que sintió las pisadas de los reyes de Dumnonia...

Frío. Se ha puesto de rodillas, desliza una mano hacia el barro y un mundo entero se abre ante él. Las líneas se tocan, se cruzan, se estiran, como el fugaz patrón que vio cuando el rayo cayó del cielo. Este es diferente. Más joven que el cielo, pero más viejo que cualquier criatura viviente. Apenas puede discernir los extremos. El patrón es la parsimoniosa decadencia de la fruta caída ante de tiempo. Se alimenta de semillas, escupe los huesos de las bestias y los pájaros, y la corteza limosa que marca el lugar en el que el *río se desborda*. El patrón no solo es profundo; sobrevuela las superficies en la que el agua baña las ruinas. Donde crece el moho y lo que está quebrado yace sin ser recordado del todo. Tiene piedras en su interior y arena suave y cientos de sonidos para la quietud.

Lo palpa mientras él se maravilla. Y se mueve con él mientras se alza con los pies enraizados. Usa la lluvia y la roca para ascender hasta que hay un muro en lugar de una carretera. Los gritos en sus orejas son como el rodar de los guijarros. Piensa que tiene los ojos abiertos hasta que los abre.

Una mano sigue sobre la tierra que ahora se alza sobre él. Sin retirarla, Ine mira para atrás: hacia Gweir y Cadwy y los britanos. Sus caras le resultan extrañas, tan expresivos en comparación con el rostro de la tierra que cambia con extrema lentitud. El muro que ha construido bloquea la calle del establo. Escucha las voces por detrás. Sus dueños darán la vuelta, encontrarán otra manera de derramar sangre. Le ha dado algo de tiempo, pero no mucho y se ríe porque aquellos momentos tumultuosos apenas pueden denominarse *tiempo*. El tiempo es el leviatán bajo sus pies, cada aliento dormido la exhalación de mil años.

—Deberíamos irnos —dice Ine y retira la mano del muro. Solo tiene un instante para preguntarse por qué el mundo da vueltas, antes de que todo se vuelva oscuro.

★ ★ ★

—Ahora lo ves, ¿no es cierto? —pregunta Emrys. Se sienta con las piernas cruzadas sobre el altar, vistiendo una capa de cintas de colores, como los deseos que se ataban a los árboles en los días de los paganos.

—Sí, lo veo.

Se hallan en el claro de su sueño, pero no están aquellos cráneos malditos, ni tampoco aquel crecimiento salvaje. Solo un rayo de sol y las motas que surgen de él.

—Es demasiado grande para mí.

—Es demasiado grande para cualquiera, Ine. Por supuesto. —Emrys toma la tierra amontonada en la superficie del altar y deja que se le escurra por los dedos, con los ojos azules fijos en los huecos entre la tierra y la piel—. ¿Pero acaso vamos a rechazarlo?

Ine da tres pasos hacia el antiguo altar. Palabras como *pagano, impío, herético* carecen de sentido en este lugar.

—¿De dónde viene? La soberanía.

—Has aprendido mucho desde que hablamos por última vez —hace notar Emrys con cierto placer sardónico—. El alma de la tierra tiene muchos nombres. Los nombres de los dioses y las estrellas. Poetas y sacerdotes y hombres que se creen sabios le han dado nombre, pero a ella no le hace falta.

—¿Es una mujer?

—Una mujer, un hombre o ninguna de las dos cosas, la lengua nos limita, pero no así a la Soberanía. Llámala como desees. —El rostro de Emrys es un códice cerrado, con los secretos atrapados en su interior—. Es la razón por la que existe el legado de Dumnonia. Forjó el pacto entre las primeras gentes y la tierra que habitaban.

—Gwyn habló de un pacto. —Ine se estremece ante el recuerdo de aquella furia fantasmal.

Emrys asiente.

—Es por él por quien debemos hablar.

—¿Dónde estamos? ¿Es real?

—Lo suficientemente real.

—Tuve una visión de este lugar —murmura Ine— en la que lo rodeaban unos cráneos.

—No me extraña. —Percibe cierta tristeza en sus palabras—. Se halla en tu sangre, después de todo.

Los extremos del claro comienzan a brillar. Más allá, simplemente no *hay* bosque. ¿Qué pasaría si cruzara esa resplandeciente frontera? Ine aparta aquel pensamiento.

—Hablemos de Gwyn, pues. ¿Quién es? ¿Qué desea además de mi muerte?

—Es una criatura muy vieja. —Emrys gira la palma hacia arriba—. Más que cualquier cosa, quizás, excepto la Soberanía. La sirve, la ama y la protege y siente unos celos terribles de su poder. —Sus ojos azules son penetrantes—. Usas su poder para ver los patrones del mundo. Antes hablaste con la tierra y cambiaste su forma.

Sería absurdo preguntarle a Emrys cómo lo sabe.

—¿Gwyn preferiría que no la usáramos?

—No cree que seáis dignos de ella. ¿Y quién puede negarlo? Gran parte del tiempo, los humanos son criaturas caprichosas que no merecen su bendición. Mira cómo la ha erosionado la Iglesia. —Emrys salta con agilidad sobre el altar—. Pero Gwyn ap Nudd no tiene derecho a quitárosla. Y es lo único capaz de impedir que haga lo que quiera con el mundo.

A Ine ya le da vueltas la cabeza.

—Estás diciendo que... ¿*yo* debo detenerlo? ¿A un enemigo así?

—Y no dispones de mucho tiempo. Samhain se acerca. Los muros entre los mundos son tan finos como alas de libélula y los portones se abrirán de par en par a las huestes de Annwn. —Su expresión se nubla—. La gente del Otro Mundo no es gentil con los mortales.

—Pero no sé nada del legado —protesta, con el pánico creciéndole en la garganta—. El poder me está usando a *mí*, no al revés. No tengo ni idea cómo cambié la forma de la tierra.

Emrys frunce un poco el ceño.

—¿De verdad que no?

—No, es... —Ine se detiene porque no es cierto del todo. *Había reconocido el patrón, sería capaz de diferenciarlo de la forma del cielo. Había visto el tejido y tirado de varios hilos hasta que se soltaron del resto*—. Se trata de instinto, no saber. Como blandir una espada a lo loco y acertar al objetivo por casualidad. —Se traga el orgullo y dice, como ya hizo una vez—. No soy Constantine de Dumnonia.

El rostro de Emrys muestra cierta emoción.

—Os parecéis en algunas cosas. —La mirada que dedica a Ine es penetrante—. Y en otras, no. Pero compartes su sangre, la sangre que te da el derecho a gobernar la tierra, de la que Geraint y su familia han sido protectores durante muchos años.

Ine no puede evitar mostrar su dolor ante esas palabras.

—Para Cadwy es duro. Un hombre al que considera su enemigo se ha quedado con su legado.

—No puede perder lo que nunca ha sido suyo —dice Emrys, sin compasión, e Ine vuelve a preguntarse de nuevo quién es. Habla de Constantine de la misma forma de la que había hablado de la mujer de Cynric, como si los conociera a ambos personalmente. Habían transcurrido cerca de doscientos años desde que vivieron.

El claro tiembla como unos párpados a punto de abrirse.

—Espera. —Ine coloca una mano sobre el altar, como si pudiera mantenerlo en su sitio de un roce. Las áreas lisas revelaban donde habían colocado ofrendas una y otra vez, de sangre o bestias o cosas peores—. ¿Cómo detendré a Gwyn o retendré a una hueste? Antes tenía la potestad de reunir un ejército, pero mi hermano mató a

nuestro padre y me ha arrojado al exilio. —Su tono se tiñe de acusación—. Tú estabas allí.

—¿Acaso no estás en busca de aliados, Ine de Wessex? —Emrys
sonríe—. Y no puede decirse que estés solo. Ya te he dicho antes que
cuentas con una esposa hábil.

Se precipita hacia delante.

—¿Æthelburg? ¿Tienes noticias de ella? ¿Dónde está?

—Haciendo lo que debe —dice Emrys con sobriedad—. Ella y su
corazón son la esperanza que te queda, Ine.

★ ★ ★

Se despierta rodeado de caras, con esas palabras resonándole en las
orejas. Ine golpea la tierra, pero su frustración ante las adivinanzas
de Emrys es algo fantasma. *Su corazón*. El del propio Ine late con
fuerza.

—Gracias a Dios. —Gweir le posa la mano en el hombro—. ¿Estáis bien?

Ine asiente con rigidez. Los mirones se han apartado, cautos: son
los britanos de Escanceaster, pero ya no están en la ciudad. Tras sus
rostros ensombrecidos, el cielo se tiñe de rosa, un color dulce. Demasiado dulce para las verdades que ha descubierto en sus sueños.

—Parece que todavía no me he librado de ti. —Cadwy le ofrece
una mano reticente para levantarse—. Este es Maucus de Caer Uisc.

Uno de los hombres se adelanta: el britano que desafió a Hewald
la noche anterior.

—He visto y oído muchas cosas extrañas, pero esto lo supera a
todo. —Maucus saluda a Ine con un asentimiento y luego a la gente a
sus espaldas: unas dos docenas—. Gracias por impedir que se derra-
mara nuestra sangre, rey Ine.

Ha hablado en anglosajón. Ine siente un inesperado calor en la
garganta. Contesta en la lengua de los britanos.

—No era nada más que mi deber.

Como si aquel breve intercambio fuera una señal, el resto se acerca. La mayoría lucen asombrados, otros maravillados o descreídos. Con sus ojos sobre él, Ine se siente aún más culpable por permitir que Helwald los dejara en la miseria. Se pone en pie, con la esperanza de que sus rodillas no transmitan la debilidad que le sacude.

—Lamento muchísimo los abusos de mi gerefa. Tendría que haber estado pendiente. —Sopla un viento desde el estuario y se ajusta la capa—. Pero ¿qué estáis haciendo aquí? ¿Y dónde estamos?

—Porque les pedí que vinieran —dice Cadwy, poniéndose también en pie. Su mirada es desafiante; tuvo que ser horrible hablarles a los britanos de Ine. Un chico que ha crecido para seguir a su padre, para blandir los saberes de la Tierra como arma. Ine no puede cambiar la situación, pero *sí* mostrarle a Cadwy el respeto que exige su posición. Le ofrecerá su amistad, incluso si el príncipe la desdeña—. Es la carretera a Dintagel.

La joya britana, la inexpugnable fortaleza de Kernow. Ine toma una bocanada de aire. Nadie de Wessex ha puesto un pie allí.

—Lávate el rocío de los ojos, sajón. —Las comisuras de la boca de Cadwy esbozan media sonrisa antes de recuperar la seriedad—. Dintagel no es Caer Uisc. Mi pueblo es orgulloso y una mera deuda de sangre no te garantizará la bienvenida.

Necesito mucho más que una bienvenida. Necesito que me sigan. Opta por asentir en lugar decirlo en voz alta como si no esperara nada más.

—*¿Cómo de lejos está?*

—Lo suficiente. Debemos ponernos en marcha antes de que tu gerefa mande hombres en nuestra búsqueda.

—Solo tenemos tres caballos.

—Así son las cosas. —Cadwy entrecierra los ojos ante el amanecer—. Con buena voluntad, podré conseguir unos pocos más por el camino.

—En cualquier caso, yo caminaré. —Sigue exhausto, pero Ine estira los hombros—. Que cabalgue otro. Ya he dormido lo suficiente.

El hijo de Geraint le dedica la sombra de una sonrisa.

28
HERLA

Glestingaburg, Somersæte
Reino de Wessex

Es lo más altruista que ha hecho nunca... y Herla se arrepiente de ello casi tanto como se arrepiente de haber ido a Annwn. Con cada legua, su caballo la aleja más y más de *Æthelburg*, de la calidez de sus manos y la maravilla de sus labios. Lleva siglos sin tocar a otra mujer. La Cacería ni siquiera le permitía pensar en ello. Y su corazón... lo había creído reducido a cenizas. Roto e irrecuperable. Pero latía en su corazón tan fiero —más incluso— que antes. *Æthelburg* lo había encontrado en la oscuridad, había tamizado los chamuscados restos en busca de algo que mereciera la pena salvar. El viento se lleva una lágrima antes de que llegue a caer.

Ni siquiera eres mortal, se recuerda con dureza, *pese a lo que le dijiste a Olwen.* No merece a *Æthelburg*, pero la idea de contemplar cómo la reina envejece y muere es superior a ella. Si aceptara la oferta de Gwyn no tendría que hacerlo. Podrían estar juntas para siempre.

—¡*Herla*!

El grito es una lanza arrojada desde muy lejos para atravesarla. Da una sacudida y se agarra con más fuerza a las riendas.

—¿*Corraidhín?* —Nunca ha escuchado un terror similar en la voz de su amiga. Herla urge a su montura para que cabalgue más deprisa—. ¿*Qué sucede?*

—*El portón…*

Termina con un grito ahogado y Herla emite un aullido. Corraidhín pertenece a la Cacería. Nada en este mundo puede aterrorizarla.

Nada en este mundo. Una gran gelidez se apodera de Herla y hace enfermar su recién despertado corazón.

—*Voy de camino, Corra. Háblame.*

¿Qué poder más que el de Annwn podía hacer daño a su gente? Intenta comunicarse con sus hermanas de batalla, sentir el vínculo forjado entre ellas, y las percibe. Están luchando. Son furia y terror.

—*Son demasiados para nosotras. Lo siento, Herla. Mi amiga, mi hermana.* —La voz de Corraidhín es una sombra de lo que era y la siente alejarse.

—*No, Corra. Estoy aquí. Estoy aquí.* —Tiene ante ella la verde colina de Glestingaburg, y Herla grita mientras corre hacia ella, a medida que los cascos de su caballo baten la tierra.

—*No vengas en nuestra búsqueda. Es lo que… él quiere.*

Se tira de la silla de montar. La puerta del salón bajo la colina está cerrada, pero la agarra con ambas manos y empuja, y el esfuerzo le hace exhalar otro grito. El salón está vacío y envuelto en el caos. Las empuñaduras de lanzas rotas, sangre, batalla, todo asalta a Herla mientras cruza el umbral. Casi se tropieza con una figurita de hueso, un gato en medio de un salto. Era de Corraidhín. Lo toma y se lo coloca en la pegajosa palma sintiéndose como si se ahogara.

La destrucción prosigue según se adentra. Han destruido todo el dulce trabajo de sus hermanas. Con la garganta ardiéndole, Herla busca en su interior.

—¿*Corraidhín? ¿Senua? ¿Gelgéis?* —Solo queda un eco en el lugar que solía ocupar su presencia. El portón del Otro Mundo está cerrado, pero el familiar aroma de Annwn le indica que se abrió hace poco—. Les dije que se quedaran —susurra. La roca está húmeda. Se agacha y el dedo se tiñe de rojo—. Ay, Diosa, les dije que se quedaran.

—¿No he sido generoso?

Tiene la espada en la mano antes de darse cuenta. Pero no le sirve de nada; Gwyn no es más que una visión. Se alza en mitad del destrozado salón de Herla, vestido para la batalla. Su cota de malla está hecha con las escamas de los peces que viven en las profundidades del mar de Annwn. Sus ojos siguen la espada con la misma cautela que antes.

—¿Qué les has hecho? —Apenas reconoce su propia voz—. ¿Dónde están?

—Muy lejos, Herla. Más allá de los siete castillos y las estrellas estivales. —Camina despacio hacia ella—. Más allá de la orilla de la noche, en la aurora que es eterna. Están en mi poder. Y no las hallarás sin mi ayuda.

Su primer instinto es gritar; se lo traga. En lugar de eso, Herla deja que el hielo le astille las entrañas.

—¿Por qué? He sido yo quien te ha agraviado.

—¿Y qué hacer si no? —Gwyn se detiene frente a ella—. Te hice una oferta. Creo que era muy generosa. Pero sigues siendo igual de orgullosa y testaruda que el día que nos conocimos, Herla. Has condenado a tus hermanas por segunda vez.

—Te mataré.

La sonrisa de Gwyn es triste.

—No harás tal cosa. Te quedarás aquí. No intervendrás más con mi labor y quizás las devolveré a casa. —Su sonrisa se vuelve afilada—. Aunque dudo que sean las mismas.

No puede evitarlo, se precipita sobre él, apuntando a su hueco corazón. Pero ha desaparecido. La espada se hunde en la tierra y la empuñadura vibra hasta detenerse. Herla cae tras ella. El destrozo del salón tiembla ante sus ojos. Todo lo que han construido, lo que han rescatado de sus vidas perdidas. Se lo han robado de nuevo porque les dijo que se quedaran. Querían acompañarla y ella les dijo que se quedaran. Para poder estar con *Æthelburg*.

—Eres igual de egoísta que antes —dice el eco de la voz de Gwyn—. No me causa ninguna alegría, Herla. Nos parecemos, tú y yo.

—Yo no soy como tú —susurra.

Solo el silencio le responde.

★ ★ ★

No sabe cuánto tiempo permanece sentada, con las rodillas pegadas al pecho. Pasan los días, el sol se alza y se esconde en lo alto. Solo puede pensar en Corraidhín diciéndole: *Nuestros vínculos ya existían antes de que él nos atara*. La manera en la que se agarraba al brazo de Herla, el reflejo de sus ojos. *Te seguiría por toda la eternidad*.

—No merezco tu lealtad —le dice Herla al recuerdo de su amiga—. O tu amor.

Acaricia el gato de hueso, su pulgar es tan largo como la figurita. Corraidhín lo llevaba trenzado en el pelo. Solo un guerrero de Annwn podría habérselo cortado.

Cada anochecer, los muros entre los mundos se desgastaban un poco más. La luz se filtra por los bordes del portón. Incluso si pudiera abrirlo, no encontraría a las eceni. Annwn solo responde ante su rey. Y marcharse significaría dejar que *Æthelburg* se enfrentase a lo que Gwyn tuviera planeado. Tampoco es que le hubiera dado otra opción. Herla golpea el suelo con el puño. Si mueve un dedo para ayudar a la reina, nunca volverá a ver a sus hermanas. La tiene atrapada. *Æthelburg* se estaría preguntando qué habría ocurrido. Herla le había prometido reunirse con ella.

También se percata de cómo envejece la luna y se abraza ante la perspectiva de la Cacería. El mes pasado se había enfrentado a la maldición, dominado a la sed de sangre que le corría por las venas, pero solo con la ayuda de sus hermanas. Mira el espacio en el que se agachaban, juntando las frentes, con los dedos entrelazados como las cestas de junco que tejía su padre. Herla estudia sus manos callosas. *Nacida con una lanza en las manos*. No recuerda la voz de su padre, pero sí aquellas palabras. Hubo tiempo en el que la colmaban de orgullo. Si no hubiera hecho más que tejer cestas, ¿cómo habría vivido su vida? Quizás también hubiera encontrado la muerte en la punta de una espada romana como *él*.

—Pero no fue así —le dice a la negra espada que sigue justo donde la clavó—. Tú y yo tenemos demasiado apetito por la sangre.

Solo entonces lo siente, cómo le aumenta el pulso y se le aligera la respiración. Siente los miembros más livianos, atravesados por una oscura energía. Herla le da la espalda a la espada. Los cuernos resuenan en su alma y el sabueso de Gwyn toma forma entre las sombras, arrastrando el vientre y aullando. Sus sentidos crecen como las flores nocturnas; la vista más aguda; el olfato más perspicaz. La saliva se le amontona en la boca y Herla traga con aire lúgubre.

—No —le dice a Dormach—. Ahora soy más fuerte. No me poseerá de nuevo.

Pero la Cacería se alimenta de su desesperación, de su deseo de sumirse en el olvido, de que desaparezcan los recuerdos de lo que ha hecho. *Haz de recordar. Se lo debes.* Herla contempla el gato de hueso mientras piensa en la mirada fulminante de Corraidhín. *Mi amiga pelearía. No se rendiría.* Agachada en el lugar donde se habían arrodillado, Herla presiona la tierra con las manos, con los dedos torcidos, aferrándose a los recuerdos que una vez la destruyeron.

Y entonces sus aguzados sentidos percibieron un aroma, un olor familiar a sudor y arce. Se da la vuelta y se alza. *No. Por favor, no.* Allí, entre las puertas que dejó abiertas en incauto dolor, está Æthelburg, y la frágil curva de la luna vieja se alza tras ella.

Herla la mira. *Esto no está sucediendo.* La maldición toma fuerzas ante la distracción y se alza sobre ella; sus palabras, cuando al fin puede pronunciarlas, son afiladas como la punta de una flecha.

—Æthelburg, vete.

—Herla. —Nadie ha pronunciado su nombre con tanta dulzura—. No pienso irme.

Y para su horror, Æthelburg entra.

Herla retrocede, alzando la mano.

—Las otras... no están. Se las han llevado. No puedo enfrentarme a la maldición sin ellas. —El dolor casi la hace doblarse—. Te mataré.

Otro paso.

—No lo harás.

—Por favor, Æthelburg. Por favor. —No recuerda la última vez que suplicó—. No me obligues a hacerte daño. No me obligues a vivir tras matarte con mis propias manos. —Despotrica contra su desobediente cuerpo, pero no puede evitar cerrar los dedos en torno a la espada negra. La hoja se libera de la tierra con un siseo; siniestro, victorioso—. No —le dice Herla a la canción que empieza a desenvolverse en su interior. Es como decirle al sol que no se ponga. O al ratón que no huya del búho. La Cacería es inevitable. Es más vieja que el mundo. Y ella es la cazadora.

Æthelburg desenvaina su espada. La maldición lo interpreta como un desafío y, durante un momento, Herla pierde el control. Se abalanza hacia delante, se detiene, con las rodillas juntas.

—Æthelburg, no puedes derrotarme. No te lo permitiré. Por favor. Vete —Pero incluso mientras habla, sabe que es demasiado tarde. La reina no puede cabalgar tan rápido como para escapar de ella.

—No. —Æthelburg alza la barbilla. En ese momento, a Herla se le antoja más hermosa que nunca—. No te abandonaré en sus agarras. Lucharé junto a ti.

Esta vez no hay viento que se lleve la lágrima. Es lo último que Herla percibe antes de que su visión se nuble de rojo.

29
ÆTHELBURG

Glestingaburg, Somersæte
Reino de Wessex

Lucha por su vida.

Æthel lo sabe. Lo supo cuando vio a la luna marchitarse en el cielo. Herla había prometido regresar, pero habían transcurrido dos semanas sin que viniera. Así que Æthel en su periplo al oeste en busca de aliados había ido a por ella.

Aunque el viento aúlla en el exterior, no sopla a través de las puertas al salón de Herla, como si aquella cueva terrosa no fuera parte del mundo que Æthel conoce. Los escombros crujen. Aparta de una patada fragmentos de madera y hueso. Se ha librado una batalla allí.

No tiene tiempo para meditar al respecto, ya que la mujer lanza una serie de ataques imposibles. Cautelosa de la espada negra, Æthel esquiva la mayoría, pero eso la cansa. Debe encontrar su ritmo.

El rostro de Herla es una máscara inclemente. Sus ojos ambarinos brillan en el tenue salón y se mueven como un gato, con fluidez de postura a postura, nunca en el lugar que Æthel espera.

—Sé que estás ahí —le grita Æthel. Entonces algo se desenrolla bajo sus pies y no tiene tiempo de esquivar. Æthel detiene la siguiente acometida de Herla con la espada, que se quiebra.

Ambas se detienen durante un instante. *Æthel* salta hacia atrás y tira la inútil empuñadura para buscar, en su lugar, la lanza que le regaló Herla. La pausa no dura mucho. La otra avanza de nuevo y *Æthel* bloquea la espada con el asta de la lanza. Como esperaba, se mella, pero no se parte. ¿Cuántos golpes podría soportar?

—Herla —la llama con la voz ahogada—. Debes luchar contra ella. —Sus palabras no causan efecto y, por primera vez, el corazón de *Æthel* tiembla de miedo. El exceso de confianza la ha traído hasta allí y aquel sería su final. ¿Por qué pensó que podría enfrentarse a la señora de la Cacería? La líder de los ejércitos de Boudica. Una mujer que ha vivido seis siglos. *Eres una necia*, le susurra una voz y se tambalea.

Esta vez la espada negra pasa tan cerca que *Æthel* la siente en la piel y escucha la cacofonía de voces que gritan para que las liberen. Se estremece.

—Herla. Ælfrún. —Un espasmo cruza el rostro de Herla. *Recuérdale su pasado*—. Eres eceni. —*Æthel* jadea, deteniendo otro golpe con la temblorosa lanza—. Se lo dijiste a Olwen, ¿te acuerdas? Dijiste que naciste en medio de los esfuerzos y la sangre. Luchaste junto a Boudica —hace una mueca ante el nombre— para proteger a su pueblo. Esa es la persona que eres. No una esclava del otro mundo.

Herla se tambalea. Cuando alza la vista, sus ojos parecen menos rojos y agarra la espada con menos seguridad. Pero un gruñido surge de la oscuridad —el sabueso de Gwyn— y la incertidumbre de Herla se desvanece. *Æthel* resiste el instinto de correr, así de primevo es el miedo que le inspira, como si su cuerpo recordara una época en la que depredadores más grandes que los humanos caminaban por el mundo. El perro es enorme, musculoso, pálido como un hueso descolorido excepto por las marcas de sangre. Si corre, le destrozará la garganta.

Se acerca con rapidez el momento en el que ya no pueda luchar. Así que *Æthel* hace algo muy estúpido. Cuando Herla alza la espada, se escurre bajo el golpe y embiste contra el hombro de la cazadora, haciendo que ambas se caigan al suelo. La conmoción de la caída deja a Herla aturdida. Entonces *Æthel* agarra el rostro de Herla con brusquedad, se inclina y presiona los labios contra los de su adversaria.

Se estremece incluso mientras lo hace: Herla aún tiene la espada en la mano y *Æthel* espera que la hunda en su desprotegida espalda. En lugar de eso, Herla le da la vuelta, y la inmoviliza contra el suelo, con las posiciones invertidas. *Æthel* respira con dificultad, jadeante de la batalla, y por primera vez, se percata de que a Herla le sucede lo mismo. En sus ojos aún se ve la sombra de una neblina rojiza. Cuando sus labios se unen, es un beso lleno de mordiscos, sedientos de sangre. *Æthel* se pasa la lengua por la mordida y el hierro y la sal la inflaman por entero. Con el puño en el cabello de Herla, le deja su propia marca en la piel, una lívida roncha roja. Herla se da una palmada en el cuello, con los ojos plagados de confusión, y entonces deja caer la espada. El golpe que emite al chochar contra la tierra es más pesado de lo que debería, pero *Æthel* no malgasta sus pensamientos en ello. La batalla no ha terminado. Le da la vuelta a Herla y recupera su posición encima de ella. La otra le agarra las caderas, con la mirada fija en la sangre en la boca de *Æthel*.

Se siente febril y la piel de Herla es fría; *Æthel* desea más de ella. Ambas se despojan del cuero y las ropas, hasta que todos los nudos se han deshecho y quedan sueltos. Igual que antes, no hay espacio en su interior para sentirse indigna o indeseable. No cuando las uñas de Herla le están arañando medialunas en los muslos, con su boca hambrienta y caliente contra ella. *Æthel* deja escapar una exhalación descarnada y Herla le levanta la cabeza, y se queda inmóvil durante una fugaz respiración. Bajo la neblina roja, tiene los ojos húmedos. No habla, pero *Æthel* la oye de todas formas.

—No —le susurra como respuesta, apretando los brazos contra ella—. Te dije que no te dejaría luchar sola.

★ ★ ★

Cuando se despierta, se topa con unos ojos ambarinos. Están secos y no queda en ellos rastro de rojo. El alba se filtra a través de las puertas, que siguen abiertas de par en par, mostrándole el caos del salón. Yace sobre pieles, con una por encima. Sobresale una pierna desnuda. Herla la cubre dulcemente con la suya y pregunta:

—¿Te hice daño?

—¿No lo recuerdas?

—Muy... vagamente. —Su voz suena tranquila y se estira para acariciar los labios de Æthel con el pulgar—. No fui delicada.

Æthel abre los labios, raspa el pulgar de Herla con los dientes y la otra mujer jadea. Su cuello es un campo de batalla. Æthel toca una de las marcas causadas por la pasión.

—Lo siento. Yo tampoco soy delicada.

—No. —Herla se lleva al pecho la mano de Æthel—. Eres la mujer más valiente y necia que he conocido.

—¿Y qué pasa con Boudica?

—No era tan necia como tú.

Æthel libera la otra mano para darle un suave puñetazo, pero Herla ya no está de humor para juegos.

—No habría venido a buscarme. No habría arriesgado su vida para salvar la mía. La causa siempre era más importante que una sola persona. Y anoche tú arriesgaste más que la vida. Arriesgaste el alma.

—Por *tu* alma. Lo considero una apuesta justa. Además, no fue una acción desinteresada del todo. —Æthel se ruboriza al recordar lo que habían hecho.

Transcurren unos instantes en los que Herla se limita a mirarla. Entonces mueve la cara por el rostro de Æthel.

—Si de verdad creyera en los dioses, diría que velaban por mí la noche que te conocí.

Æthel ladea la cabeza y deja descansar la mejilla en la palma de Herla. Siente que le arden los ojos.

—Tenías razón, ¿sabes? —murmura—. Sobre mi esposo. Le *he* dado mi corazón. Pero también a ti. ¿Me convierte eso en una egoísta?

—No creo que el corazón sea una única cosa. —Herla mueve la mano hacia el pecho de *Æthel*—. Que solo puedas entregar una única vez. Boudica amaba a su marido.

Æthel aún se asombra ante el nombre.

—La amaste muchísimo.

—Sí. —Herla se tumba bocarriba—. Aunque no lo suficiente para confiar en su victoria. Si hubiera...

—No nos habríamos conocido. —*Æthel* hace una mueca incluso mientras lo dice. No vale tanto como para pasar varios siglos maldita para encontrarla—. Lo siento. Eso sí ha sido egoísta.

—Quizás. —El fugaz aleteo de una sonrisa—. Yo soy la egoísta o no te habría puesto en peligro.

Æthel apoya la cabeza en el codo.

—Cualquiera en Wessex podría decirte que tengo la costumbre de ponerme en peligro con regularidad. No me hacen faltan las guerreras eceni para ello.

La risa de Herla contiene un hilo de tristeza.

—No formo parte de los eceni desde hace siglos. En realidad, no merezco llevar el nombre de mi pueblo.

—Nadie puede arrebatarnos quienes somos. —*Æthel* se endereza para sentarse y las pieles se le resbalan por la cintura—. Ni siquiera el Rey del Otro Mundo. —Herla tarda tanto en responder que *Æthel* siente la necesidad de preguntar el motivo—. ¿Qué?

—Solo estoy admirando las vistas.

Con una mirada fulminante, *Æthel* vuelve a colocarse las pieles.

—Bueno, será mejor que dejes de admirarlas. Todavía no te he perdonado por romperme la espada la otra noche.

Herla tuerce el gesto.

—¿Eso hice?

—Pues sí. —Señala la empuñadura que yace por ahí cerca—. Era una reliquia de Wessex. Una hoja de emblema gris.

La otra también se sienta y, a pesar de sus protestas, *Æthel* no es capaz de resistirse a recorrer con los ojos la plenitud de su piel. Los tatuajes continúan por la clavícula de Herla y bajo sus pechos para rodearle el ombligo.

—¿Te dolió cuando te los hicieron?

—Sí, pero me los he ganado todos. El primero fue por la mayoría de edad. El resto para conmemorar las batallas que he librado y los hombres que he matado. —Desvía la mirada—. Todas los tenemos.

—¿Me cuentas lo que sucedió antes de que llegara?

El rostro de Herla se endurece, un frágil escudo.

—Me ha arrebatado a mis hermanas. Como castigo por rechazar su oferta y una amenaza para tenerme controlada. Annwn es su reino. Solo él puede encontrarlas y traerlas de vuelta. Y no lo hará si sigo oponiéndome a él.

Æthel se estremece como si sintiera el roce de la primera ráfaga de nieve invernal.

—Pero te necesitamos. —Toma una bocanada de aire, porque es la primera vez que lo dice en voz alta—. Ine te necesita. Cadwy no puede ser el heredero de Dumnonia.

—Lo sé.

Con la boca abierta, Æthel intenta tragarse el daño que le ha hecho.

—Entonces, ¿por qué no lo dijiste?

—No estaba segura. —Herla la mira a los ojos, en un gesto desafiante—. Y no estaba segura de cómo reaccionarías.

Æthel se muerde el labio. En honor a la verdad, ella tampoco está segura de lo que siente.

—Dijiste que un chico verde no sería rival para Gwyn. ¿Acaso Ine es diferente?

El pétreo rostro de Herla es respuesta suficiente. Æthel se pone de pie sin darse cuenta y empieza a rebuscar la abandonada túnica y los pantalones y se los pone con gran esfuerzo.

—Si Gwyn viene a este mundo, Ine será el primero al que mate. Tú misma dijiste que el heredero de Dumnonia es el único con poder para enfrentarse a él.

—Sí —susurra Herla y Æthel siente deseos de agarrarla y zarandearla hasta que recupere la vitalidad, de despertar la fiereza y la pasión que vio la otra noche. *Sus hermanas son la única familia que le queda*, le recuerda una voz comedida, a la que no hace ningún caso—. He reunido a los hombres de Wessex —le anuncia con firmeza—. Vienen para luchar por mí. Por Ine. Pero no son más que hombres, Herla. Gwyn y su hueste los masacrarán. Aparte de su propio ejército, Ingild cuenta con la ayuda de Olwen. Tiene a los espectros, mientras que yo solo cuento con mi espada. Y ahora ni eso —añade, con amargura mientras mira la hoja quebrada—. Y tú...

Herla se da la vuelta, medio vestida.

—Soy su criatura —le dice con aire salvaje—. El poder que ostento es porque él me lo ha dado. También me lo puede arrebatar.

—¿Por qué no lo ha hecho entonces? —Le tiemblan las manos y Æthel deja de intentar abrocharse el cinturón—. Si tanto miedo le da que interfieras, ¿por qué no te ha quitado ese poder?

Herla se queda muy quieta. Sus ojos ambarinos se posan en el rostro de Æthel sin verla.

—Mencionó un deber tedioso —dice al acabo de un rato—. Cuando le pregunté de qué se trataba, se enfureció. Fue inusual. Siempre mantiene el control.

—Ine habla a menudo del deber. —Al vislumbrar una marca en el brazo que no estaba el día anterior, Æthel siente un pescozón de culpabilidad—. Cree que amarra a los reyes y que solo se liberan cuando ya no portan la corona.

—Liberarse —repite Herla. Ahora tiene la frente arrugada—. También usó esa palabra. Y dijo que yo era parte de su sueño.

—Ya te ha hecho dos ofertas. —Æthel levanta los correspondientes dedos—. Los reyes solo hacen ofertas cuando tienen miedo o piensan que no pueden aplastar a sus oponentes por la fuerza. Créeme. Yo soy la que se dedica a aplastar y lo sé bien.

Herla agita la cabeza.

—No Gwyn ap Nudd.

—No es diferente. Te tiene miedo, así que te hizo una oferta y cuando la rechazaste, te amenazó a ti y a tus seres queridos. Lo que *no* ha hecho es despojarte de tu poder. ¿Por qué?

Las dudas tiemblan en el rostro de Herla. En su lugar aparece una sombra.

—Lo llaman el pastor de las almas.

Æthel piensa en las voces quejumbrosas de la noche anterior.

—¿Eso fue lo que oí cuando luchamos?

Herla se da la vuelta. *Æthel* tarda un momento en percatarse de que está mirando la espada negra.

—Le tenía miedo. —Su voz es suave—. Se apartó cuando se la ofrecí. Extraña reacción por parte del que me la dio.

Tienes que hallar la respuesta. Æthel coloca las piezas como si tuviera delante el tablero de juego. Una marca para el deber. Otra para la maldición. Tres más: el miedo de Gwyn, su sueño y su título: *pastor de almas*.

—¿Y si la maldición es en realidad un deber? —dice lentamente, mientras intenta mantener todas las piezas en la cabeza. Apenas respira, como si una exhalación fuerte pudiera volcar el tablero—. ¿Y si no puede romperse si no… transferirse?

Herla abre los ojos desmesuradamente.

—¿Dices que él me la pasó a mí? ¿Para que liderara la Cacería?

—¿No es suyo el sabueso? —*Æthel* toma consciencia de los ensombrecidos rincones de la estancia, pero aquella mañana no hay rastro de la bestia.

—Dormach no es una criatura común. —Herla vaga de un lado a otro—. Puede pastorear almas. Le dije que devolviera las sombras al túmulo la noche de Sceaptun.

—¿Y por qué tiene esa habilidad si no es parte de su propósito?

De pronto, Herla se acerca a ella y agarra a *Æthel* de los hombros.

—¿Podríamos obligar a Gwyn a tomar de nuevo la espada? ¿A asumir de nuevo ese deber?

—No lo sé.

—*Æthel*burg. —Herla se ríe. Su cara resplandece de una esperanza luminosa y dura—. Si la blandió antes, no hay motivos para que no lo haga de nuevo.

Æthel no desea apagar la llama, pero su alma de táctica tiene preguntas.

—¿Cómo?

Herla abre la boca para responder, pero el sonido de un cuerno se traga las palabras. Se miran la una a la otra.

—Le ordené a los hombres que se reunieran aquí —dice *Æthel*, dirigiéndose a la puerta y colocándose el cinturón de camino—. Cuando Ingild emprenda su marcha al oeste, estaremos listos para detenerlo.

Cabalga para encontrarse con el dueño del cuerno, consciente de que Herla la sigue, invisible.

—Beorhtric, qué alegría verte. —*Æthel* echa una mirada al otro lado—. ¿Cuántos has traído?

—No los suficientes, eso seguro —dice el regidor, examinando las desiertas laderas de la colina. Tiene los ojos sombríos—. Me siguen quinientos, pero Godric y Wintanceaster son leales a Ingild. Creía que me habías dicho que podías reunir aliados en Somersæte.

—Dales tiempo —insiste *Æthel* con la esperanza de que el otro no detecte el rastro de la preocupación en su voz—. Vendrán.

—¿Cuántos?

—Ealdhelm trae trescientos, Mærwine doscientos más. Y Ceoric ha jurado que Dorsæte se alzará. Si logramos el apoyo de los hombres de Dornwaraceaster, tendremos unos mil.

—Mil. —Beorhtric baja la barbilla y gira la capa contra el viento que se alza—. Ingild cuenta con el apoyo de Nothhelm, lo que significa que puede convocar a todo Sussex. Admite que las cifras están en nuestra contra, *Æthelburg*.

Traga saliva; tiene el estómago lleno de piedras.

—He pasado las dos últimas semanas cabalgando por Wessex, Beorhtric. La gente no seguirá a Ingild y no lo quieren como rey, no mientras Ine viva. Le debo tanto a él como a la gente demostrarle a Ingild que no puede tomar lo que desea como si tal cosa.

—¿Has recibido noticias del rey?

Podría mentir. Sabe el poder que tiene la moral, la esperanza. Pero en sus huesos, Æthel sabe que mentir antes de la batalla trae mala suerte y Beorhtric es un amigo.

—No —murmura—. Pero *vendrá*. Lo conoces de toda la vida. No dejará que Wessex se defienda sola.

Transcurre largo rato antes de que el regidor conteste. El viento hace revolotear los mechones de sus cabellos, grises como el mar de su ciudad.

—Lo *he* conocido de toda la vida. Pero no a esta versión de él, el hombre que crees que liderará a los britanos de Dumnonia. —Deja escapar una larga y temblorosa exhalación y se da la vuelta para indicarle a los hombres que levanten el campamento—. Espero que tengas razón, Æthelburg. Por todos nosotros.

Æthel no puede evitar mirar hacia el oeste, donde la noche aun deja su sombra en la niebla. *Yo también espero tener razón.*

30
INE

Dintagel, Kernow
Reino de Dumnonia

Los britanos de Escanceaster no son los britanos de Dumnonia. No debería sorprenderle. Llevan décadas viviendo bajo el dominio sajón. Hablan su lengua. Algunos incluso son cristianos, aunque Ine no está seguro de cuán profunda es su fe. ¿Por qué han venido con él? ¿Porque es el rey de Wessex o porque es el heredero de Dumnonia?

—Porque eres ambas cosas —le dice Maucus cuando le pregunta. Cabalgan juntos en los caballos que Cadwy ha tomado prestados, negociando con el regocijo que su regreso a Dumnonia despierta en todo el que lo ve. Ahora todos van a caballo—. En realidad, nadie ha sido nunca las dos y quizás nunca vuelva a repetirse. De la misma forma que yo soy britano y un súbdito de Wessex.

—Aunque Wessex no te ama como debiera.

—Wessex son sus hombres y los hombres cambian muy lentamente. Igual que mi parentela de Kernow.

—No es que cambiemos con lentitud —dice Cadwy al escucharlo—, sino que no deseamos perder nuestra tierra e identidad. Nuestra cultura, nuestra lengua.

—No vais a perderlos —protesta Ine—. Yo solo busco la integración.

—La integración significa la pérdida de esas cosas.

Cadwy no se equivoca del todo.

—Quizás sea el precio de la paz —dice Ine con voz suave.

—¿Dirías lo mismo si fuéramos *nosotros* quienes *os* llamaremos extranjeros? ¿Si os arrinconáramos y arrojáramos al mar a vuestro dios cristiano?

—También arrojaron a nuestros dioses al mar. —Es más fácil decirlo ahora que la cruz no le pende del cuello—. Ya hemos pagado el precio de la integración. Si siguiéramos siendo paganos, no haríamos más que atraer a los ejércitos de Roma y el resto de naciones que creen que es una labor pía aplastar a la antigua religión.

—No tiene sentido. —El hijo de Geraint señala al salvaje paraje que los rodea—. La divinidad se halla bajo sus pies y, aun así, apartan la mirada y la dirigen al cielo.

Hacía unos pocos meses, Ine no habría entendido en absoluto a qué se refería. Ahora piensa en la Soberanía, en el alma de la Tierra que Gwyn ap Nudd protege con tanta fiereza.

—La temen —se oye decir—. Los sacerdotes cristianos. Porque saben que es real, pero ignoran si su dios lo es.

—Has estado hablando con Emrys —hace notar Cadwy e Ine sonríe con cierto remordimiento—. Mira aquí —añade—. La costa. Hemos llegado a buena hora.

El tiempo es más duro ahora que el mes de Winterfilleth está al acecho. Los árboles tienen más hojas que en Wiltunscir, pero era una zona llana de interior, que se agitaba con los incesantes vientos del océano. Ine obtiene el primer vistazo de Dintagel aquella misma tarde. La enorme roca se alza orgullosa sobre el promontorio y de sus docenas de estructuras asciende el humo, su grandeza le roba la respiración. Es más amplio que Wiltun, sin duda. Quizás incluso más que cualquier asentamiento de Wessex. Detiene a la montura sin darse cuenta, maravillado de lo que siente bajo los pies. Solo puede describirlo como *denso*, como si la tierra fuera un códice con unas cubiertas incapaces contener todo lo que albergan sus páginas. Se derraman: vidas, muertes, veranos e inviernos.

—¿Estás impresionado, sajón? —pregunta Cadwy.

Ine le mira de reojo y ve un destello en sus ojos. ¿Cómo sería regresar sin Geraint? *Es el príncipe de su pueblo y estamos en guerra.* Pero Ine es consciente de que no sabe nada de la madre de Cadwy o del resto de su familia. Aunque no fue su mano la que empuñó la espada que acabó con la vida de Geraint, le parecía de extremo mal gusto estar ahí, cabalgando junto a su hijo.

Un gran foso protege la carretera que lleva hacia Dintagel. A la izquierda hay un acantilado de descomunal pizarra gris, sobre la que se apoya un patio superior de edificios de madera y paja; graneros, quizás. Haría falta una mente como la de *Æthelburg* para asediar aquel lugar. Ine no es capaz de percibir ninguna debilidad en su arquitectura. En conjunto, el foso, el acantilado y el mar eran potentes defensas y la carretera —lo suficientemente ancha como para admitir un vagón— no lo era así como para acomodar a los hombres necesarios para asaltar los portones. A esa hora, están abiertos y avistan a su grupo de inmediato.

Guerreros de rostro lúgubre, con unas pocas mujeres entre ellos, bloquean el camino. Van mucho mejor equipados que los britanos de Escanceaster, con cuero bueno, pantalones de lana y capas apretadas para protegerse de la brisa del mar. Cada uno lleva una lanza y un arco que alzan cuando Cadwy no da muestras de ralentizar el ritmo.

—¡Deteneos! —grita el hombre que los preside, su profundo acento córnico casi hace imposible distinguir la palabra.

—Eiddon, idiota, ¿no me reconoces? —Cadwy se retira la capucha. Su cabello castaño claro le ha crecido hasta los hombros y tiene las mejillas aterciopeladas tras los días en el camino.

El hombre parpadea varias veces, hasta que Cadwy salta de la silla y se apresura a su encuentro.

—*¿Príncipe Cadwy?*

—No, soy el Papa de Roma —dice Cadwy entre risas—. Es bueno verte, Eiddon. Y a ti también, Celomon.

La mujer más cercana le fulmina con la mirada. Le pega un coscorrón y, cuando suelta un quejido, lo envuelve en un abrazo.

—Idiota, creíamos que habías muerto. ¿Cómo se te ocurre presentarte aquí de esta manera sin avisar?

—Es una larga historia —dice Cadwy tras girar la cabeza para mirar a Ine.

Celemon sigue su mirada y entrecierra los ojos.

—¿Quiénes son tus acompañantes?

—Amigos. Pero he de ir con Dinavus.

—No, has de contárnoslo todo. —Un segundo hombre le agarra el brazo al chico—. Solo hemos oído que el rey, tu padre, cayó en la batalla y que te tomaron prisionero.

—Ambas cosas son ciertas, Brys —dice Cadwy cuyo buen humor se ha desvanecido—. Pero no todo es lo que parece. Por eso he de ver a Dinavus.

—Está en el salón. Iremos contigo.

El flujo de las preguntas de los guerreros se mantiene estable e Ine trata de concentrarse en ellas. Pero le resulta más difícil entender la lengua con sus acentos y es incapaz de impedir que su atención se desvíe a las vistas y sonidos del asentamiento. Los edificios no son demasiado diferentes de los de Wiltun, excepto que cada morada tiene su propio terreno de hierba y hay caminos entre las casas, que las unen de una forma que le recuerda a las antiguas villas romanas. El mar es una presencia constante y el viento golpea a las rocas expuestas y suaviza el almizcle del ganado y la peste del pescado destripado. Los britanos siempre han construido sus hogares en lugares salvajes.

Gritos de alegría marcan su paso a través de Dintagel, mientras los rostros se giran y reconocen a Cadwy. Él les saluda y entrechoca los brazos con quienes se acercan y, a cambio, recibe lágrimas y agradecimientos. Geraint debe de haber sido muy querido. La innoble muerte del rey es soberana en la mente de Ine y la furia chisporrotea ante el recuerdo. *Vino a advertirme y mira lo que le costó.* Ingild y un cuchillo en la oscuridad.

Al fin llegan. El largo salón de Dintagel es modesto según los criterios sajones, ya que solo tiene una planta y una única ventana para espiar los barcos infractores que se infiltran en la ruta de las ballenas. Hay figuras esculpidas a ambos lados del umbral, cuyos miembros se fusionan con las ramas de un gran árbol. Ine aparta la mirada; le recuerda demasiado a la noche en la que la Tierra lo reclamó.

Ahí también reciben a Cadwy con deleite y asombro, pero unos pocos hombres se muestran consternados. *Pensaban que no volverían a verlo.* Aquella idea le recuerda a Ine cuán grande es el riesgo que ha tomado; bajo la túnica se cubre de sudor frío y el humeante interior del salón le atora la garganta. Cuando Cadwy recupera la compostura lo suficiente como para mirar atrás, su expresión delata sin paliativos que está gozando con la incomodidad de Ine. ¿Hasta dónde puede confiar en la deuda de sangre que el príncipe insiste que le debe?

Los criados hacen sus tareas, apresurados, mientras que los nobles se sientan en los bancos repartidos por el salón, que en gran parte está dedicado a una gran hoguera que arde en el centro. Hay una mesa para festejar y varios sillones impresionantes, el más grande está vacío. Ine asume que pertenece al rey. El más pequeño lo ocupa un hombre canoso de al menos cincuenta inviernos. Le resulta vagamente familiar. A pesar de su edad, posee la constitución de un guerrero e Ine tiene la desagradable sensación de que quizás se enfrentaran en alguna de las escaramuzas en las que peleó al inicio de su reinado. Cuando el grupo entra, la charla en el salón muere de inmediato.

—¿Qué pasa ahora? —El hombre entrecierra los ojos en su dirección—. ¿Quién viene?

—Veo que tu vista no ha mejorado —dice Cadwy, dirigiéndose hacia él—. Hola, Dinavus.

—No puede ser. —Con un gruñido, usa los reposabrazos del sillón para incorporarse—. ¿Cadwy?

—¿Creías que no hallaría el camino a casa?

En el subsiguiente júbilo, Ine y los britanos de Escanceaster quedan olvidados. Toda Dintagel debe saber ya del regreso de su príncipe.

—Daremos un banquete —declara Dinavus, después de que Cadwy haya entrechocado una docena de antebrazos. Da una palmada y los criados se escabullen.

—Antes hemos de hablar, Dinavus. —La sonrisa de Cadwy se desvanece—. En privado. Reúne a los lores.

El hombre frunce el ceño durante un instante.

—Como digas, Cadwy. Pareces... cambiado.

—Sí —dice Cadwy en un tono suave y sobrio que solo acrecienta las arrugas sobre la frente de Dinavus. Al fin, parece percatarse del grupo de Ine.

—¿Quiénes son tus acompañantes?

—Una de las cosas que hemos de discutir. Se unirán a nosotros.

Dinavus vuelve a dar una palmada.

—Despejad el salón.

Los nobles salen con reticencias; sin duda están deseosos de escuchar el relato de Cadwy. Cuando llegan el resto de los lores, entre los que se cuenta una mujer, los guerreros bloquean las puertas.

—Vosotros también —les dice Cadwy—. Montad guardia *fuera*.

—Príncipe...

—Haced lo que ha dicho —ordena Dinavus y los hombres se marchan. Ine recorre la cámara con la mirada. Si esta es la versión britana del Witan, tiene más bien pocos miembros. Dinavus vuelve a sentarse en su silla y los otros ocupan los bancos bajos en torno a la estancia.

—Príncipe Cadwy —dice un hombre antes de que Cadwy pueda empezar. Es más joven que Dinavus, quizás de la edad de Ine y viste la túnica corta que favorecen los britanos—. Me resulta increíble que Wessex te haya liberado sin pedir un rescate. ¿Cómo escapaste?

—Tuve ayuda —dice Cadwy, devolviéndole la mirada a Ine.

—¿Ayuda? ¿De alguien de nuestro pueblo?

—No exactamente.

—Te muestras evasivo, Cadwy —dice otro hombre. La espada en su costado debe de ser un tesoro a juzgar por la empuñadura decorada, y la vaina y el cinto grabados—. Me alegra verte de una pieza, pero ¿hemos de esperar a los sajones en nuestra puerta a causa de ello?

—Os lo contaré todo si me dejáis, Ulch de Carnbree —dice el príncipe con paciencia—. Antes, tengo una pregunta. ¿Por qué habéis doblado la cifra de guardias en las calles?

Es la mujer quien responde.

—Las matanzas han aumentado de frecuencia, príncipe. Y no solo eso. Han empezado a desaparecer los niños. Cigfa cree que es un ardid del Otro Mundo. Solo quedan tres semanas para Samhain.

A pesar de todo lo que ha visto, Ine sigue maravillándose de la manera en la que los otros asienten, como si hubiera dicho algo de lo más corriente, como las cifras de ganado o de la cosecha. Si pronunciara tales palabras en el Witan, se reirían en su cara y se burlarían de él a sus espaldas. *Lo que están haciendo ahora mismo, sin duda.*

—Supongo que la misión de tu padre fracasó, ¿no? —pregunta otro hombre—. Habló de encontrar la puerta tras Ynys Witrin con la esperanza de aplacar a Annwn.

—Claro que fracasó. —Ulch emite un bufido de repulsión—. Pedirle algo a los sajones siempre fue una locura. Mirad lo que le ha valido.

—Ten cuidado con cómo hablas de mi padre. —Cadwy emplea el tono más frío que Ine ha escuchado nunca—. Todo lo que ha hecho fue por amor a nuestro pueblo.

—Nunca he puesto en duda su lealtad o integridad. —Ulch no parece haberse dado por aludido con la reprimenda—. No compartía su creencia en el honor de Wessex. Los sajones carecen de él. Si lo recuerdas, protesté en voz bien alta contra ese plan. No me resulta placentero haber tenido razón.

—No tenías razón —dice Ine, dando un paso hacia delante—. Los instintos del rey Geraint no se equivocaban.

Todos los ojos se centran en él. Aunque habla la lengua de los britanos, la aprendió en el este, de gente como Gweir. Su entonación lo delata de inmediato como un extraño.

—¿Quién es? —Dinavus los escudriña a todos—. ¿Quién es esta gente, Cadwy?

—Britanos de Caer Uisc en su mayoría. Liderados por Maucus, aquí presente.

—Mis señores. —Maucus hace una reverencia—. Señora.

—¿Son ellos quienes te ayudaron a escapar? —pregunta la mujer. Su apariencia es similar a la de Geraint; con los mismos e inteligentes ojos de avellana y cabello rojizo—. Caer Uisc está bajo el control sajón. Si sus actos los han puesto en peligro, son bienvenidos aquí.

—Gracias, tía Goeuin —dice Cadwy, lo que confirma las sospechas de Ine—, pero se han decidido a viajar conmigo cuando les he hecho partícipe de lo sucedido en Wessex.

—¿A qué refieres? —Dinavus se aferra a los reposabrazos del sillón—. ¿Planea Ine marchar contra nosotros antes del invierno?

A Ine se le ha acelerado la sangre y tiene cada nervio en tensión, pero ahora que ha llegado el momento, la calma desciende sobre él. Se baja la capucha.

—Ine tiene problemas peores que Dumnonia.

No hay una reacción inmediata del resto. Pero Dinavus arruga la frente y entrecierra los ojos. Tras unos instantes, se abren desmesuradamente.

—¿Qué has hecho?

Cadwy no responde.

—Chico. —Dinavus no aparta la mirada de Ine—. Dime por qué el rey de Wessex ha venido a este salón.

—Un chiste pésimo, Dinavus, incluso para ti.

—No me equivoco, Ulch —replica Dinavus. Aprieta el puño—. Luché contra él en Llongborth.

—Cuando era un joven necio —dice Ine con alma—. Y no conocía el rostro del auténtico enemigo.

Transcurren dos horrorizados latidos antes de que se desenvainen las espadas y se vea rodeado de un enfurecido círculo de acero.

—Alertad a los guardias —dice Dinavus entre dientes—. Probablemente sus hombres estén atacando los portones mientras hablamos.

—No. —Al fin Cadwy encuentra su voz—. Está solo.

Dinavus se ríe con frialdad.

—Niño insensato. ¿Qué mentiras te ha contado para lograr entrar? —Alza la vista hacia los britanos, a quienes se les había permitido permanecer armados—. Llamad a los guardias *ahora*.

—He dicho que no, Dinavus. Y tú, Beruin, detente. —El hombre al que se dirige ha dado unos cuantos pasos hacia las puertas. Cadwy se coloca en frente de Ine, para que las espadas deban atravesarlo primero a él—. No soy un niño y él no ha venido con intenciones violentas.

—Bajad las espadas —grita Goeuin—. Bajadlas, por los dioses. Es de mi sangre y vuestro legítimo rey.

—Como poco está confundido, si es que no es un traidor. —Las mejillas de Ulch se han llenado de motas—. Ni dos meses en Wessex y ya es uno de ellos.

—Hablas por lealtad a tu país, así que ignoraré tus palabras —dice Cadwy, con los brazos aún extendidos—. Pero es hora de que todos escuchéis.

Ine se ha quedado en el sitio con las manos vacías alzadas ante él. Ahora le da un empujón a Cadwy para que baje el brazo.

—Gracias, príncipe. Deuda de sangre o no, si desean apuntarme con sus armas, tienen derecho a hacerlo.

El salón se hunde en la inmovilidad ante aquellas dos palabras. Incluso las llamas parecen saltar con menos brío en su lecho de turba.

—¿Deuda de sangre? —pregunta Dinavus, con pinta de sentirse asqueado.

—El rey Ine me ha salvado la vida. —Cadwy no se aparta—. Cuando huimos de Wiltun, dos espectros bloquearon nuestro camino. Son los responsables de los asesinatos en Dumnonia y Wessex. Me habrían matado.

—Incluso un solo espectro significa la muerte. ¿Cómo es posible que tú...? —Dinavus hace una pausa antes de inquirir meditabundo—. ¿El legado? ¿Ha pasado a ti?

Cadwy se tensa y la lástima se amontona en la garganta de Ine, aunque sabe que el hijo de Geraint lo odiaría por ello. El príncipe alza la barbilla.

—No, no a mí.

—Has dicho que *huisteis* de Wiltun —dice Goeuin, con los ojos fijos en Ine—. ¿Por qué iba el rey de Wessex a huir de su propia fortaleza precisamente con el hijo de su enemigo?

Esa es su historia. Cadwy no tendría que verse obligado a contarla.

—La Iglesia decreta que los paganos no son bien recibidos en Wessex. —Ine se palpa el pecho, de donde solía pender la cruz—. Incluso a quienes han bautizado como reyes cristianos.

—Muéstraselo —dice Cadwy, con la voz endurecida—. De otra forma no te creerán.

Aquella sensación de *pesadez* sigue con él. Encogida debajo de la roca sobre la que se alza el salón. Hay mucho que no entiende sobre el legado, pero está en todas partes: en el fuego, en la gente, en el crudo viento salado que desgarra las tablas. Ine cierra los ojos para ver mejor, lo sigue a través del acantilado hasta las voraces y salvajes aguas. Una red que vincula cada vida; piedra, árbol y corazón. Toma aire. Destrozarla, como pretendía Gwyn ap Nudd, desgarraría el alma de la gente.

Abre los ojos al oír un breve sonido de asfixia. Dinavus tiene la mano sobre la boca y en el suelo brillan hilos dorados, parte de un patrón más grande y que son demasiado pequeños para ver. En el centro, Ine no se halla solo. Hay alguien con él. Vive en la Tierra, un eco de su voz. Ine casi puede alcanzarlo...

—Es cierto, señores. Habló con la tierra en Escanceaster. Quiero decir, en Caer Uisc.

Si era un hechizo, las palabras de Maucus lo rompieron. Las redes doradas se deshacen, aunque Ine todavía puede sentirlas como el latido de un corazón. En sus huesos resuena otro como respuesta.

—¿*Cómo*? —croa Dinavus.

La angustia se apodera del salón y algo más oscuro. Goeuin se sostiene la cara con una mano. Ulch tiene los hombros encorvados y mira a Cadwy con una decepción que raya el escándalo.

—Se acabó —dice—. Se han llevado nuestra tierra, se esfuerzan en destronar a nuestros dioses y ahora nos han robado nuestra herencia y deshonran la memoria de nuestros reyes. ¿Para eso has venido, sajón? ¿Para regodearte de nuestra derrota?

—Yo no he pedido esto —dice Ine, acalorado—. Una mujer de vuestro pueblo trajo la herencia a Wessex. La hermana de Constantine.

—Era una traidora —dice Ulch, con la mirada fija en el fuego—. Asesina de su propia sangre. Quizás el rey Constantine la perdonara, pero sus crímenes han quedado por escrito en nuestras memorias. Y parece que son peores de lo que sabíamos.

No te burles de su sacrificio.

—Quería lo mismo que yo: paz entre nuestros pueblos —dice Ine, recordando las palabras de Emrys—. Sin importar el resto de sus actos, entiendo ese deseo y es noble.

Lo recibe el silencio. Había esperado más discusiones, pero Ulch tiene razón. Su pueblo *ha* tomado la tierra que pertenece a los britanos. Pocos en Wessex los ven merecedores de un trato igualitario. Y en cuanto al legado...

—Otros pusieron en marcha estos sucesos largo tiempo atrás —dice Ine, sin que su tono perdiera nada de pasión—. Me gustan tan poco como a vosotros, pero mi propio hermano me ha expulsado de mi hogar por ello y ahora sin duda debe sentarse en el trono de Wessex.

Eso hace que se alcen las cabezas.

—¿Hay guerra civil en Wessex?

—Peor. —Ine casi ha olvidado la presencia de Gweir de lo callado que ha estado. Pero ahora el guerrero da un paso a delante para colocarse junto a Ine—. La guerra civil no es más que una tapadera que esconde un conflicto mucho más serio. Gwyn ap Nudd trabaja en las sombras, pero no se quedará allí. Traerá a sus huestes desde Annwn en Samhain, lo que significará la caída tanto de los britanos como los sajones.

—Me temo que ha hallado a un aliado en mi hermano —dice Ine y una vez más intenta apartar el recuerdo de los antebrazos ensangrentados de Ingild—. Ingild mató a nuestro padre, pero no sé el motivo.

—Yo puedo decírtelo.

Dinavus se gira ante aquella voz inesperada.

—Cigfa. —El nombre suena severo, resignado—. ¿Cuánto tiempo llevas aquí?

—Siempre he estado aquí. —Una chica esquelética se sienta junto al fuego, con su largo cabello rubio tiznado de carbón, como si acabara de salir de las cenizas. Es difícil discernir su edad. Quizás haya visto el mismo número de inviernos que Cadwy, aunque su constitución la hace parecer más joven—. Observando.

—Algunas reuniones son privadas. —Pero está claro por la manera exhausta con la que alza las cejas que esto ha pasado muchas veces con anterioridad—. ¿Qué tienes que decir entonces?

Cigfa mira a Ine.

—Hola, rey de Wessex. No tienes ojos de sajón.

No se le ocurre nada que decir ante aquella extraña afirmación, así que Ine se limita a esperar a que continúe.

—Solo Gwyn ap Nudd es capaz de invocar a un alma y ligarla a un cuerpo, pero es un poder que puede prestarse. —La chica salta más cerca para mirarlo con curiosidad—. Hace falta una vida para hacer un espectro. Tu hermano cambió una por otra.

Ine es incapaz de suprimir un estremecimiento.

—¿Me estás diciendo que mató a mi padre para devolver a Centwine a la vida? ¿Y qué pasa con Cædwalla? ¿Quién pagó el precio de su regreso?

—Soy bruja, no vidente —replica con naturalidad—. Solo puedo explicarte cómo sucedió.

Ine siente frío.

—Si es capaz de sacrificar a nuestro padre para sus propósitos es que no hay salvación para él. —¿*Acaso creía otra cosa?*—. Y es culpa mía. Tendría que haber visto lo que era capaz de hacer.

—Es vuestro hermano —dice Gweir, poniéndole la mano en el brazo—. Cuesta trabajo pensar mal de la familia.

—No dispones de los ejércitos de Wessex para que luchen por ti, así que vienes aquí. —Dinavus lo fulmina con la mirada—. ¿Tienes la esperanza de que sea nuestro pueblo el que derrame su sangre por ti?

Ine agita la cabeza.

—Nadie debería derramar sangre por una causa que le es ajena. Pero Gwyn ap Nudd tiene la intención de destruir el legado de Dumnonia.

Dinavus no es el único que toma aire audiblemente.

—¿Cómo lo sabes?

—Emrys —dice Ine sin rodeos.

Los dumnones intercambia miradas inquietas y la expresión burlona de Ulch vacila.

—¿Ha aparecido ante ti? ¿Ha hablado contigo?

—Me habló del legado y del plan de Gwyn para arrebatárselo al mundo. Piensa que los humanos son indignos de él.

Ulch parece morirse de ganas de llamarlo indigno a él también.

—Casi perdemos la magia de la tierra una vez. —Ine recibe una mirada venenosa—. Si nos la arrebata el pueblo de Annwn…

—Se perderá para siempre —dice Cadwy—. Quizás padre lo sospechara cuando decidió viajar a Ynys Witrin.

Con el gesto torcido, Ine recuerda lo que le dijo a Geraint la noche que murió. *Lleva a cabo los ritos paganos que quieras y después abandona mi reino.* No le extraña que el rey de Dumnonia no hubiera sido honesto con él.

—Disponía de los conocimientos y de un plan...

—Pero no de la sangre —protesta Gweir, a pesar de los entrecejos fruncidos con hostilidad de todos los que lo rodean—. Debe contar para algo o sin duda el rey Constantine no habría permitido que su hermana se casara con Cynric y fuera a Wessex.

Un peso se deja caer sobre el hombro de Ine como una capa cuyo dobladillo esconde rocas. Ya era bastante presión que se esperara de él que estuviera a la altura del legado de Cynric y su hijo, el famoso Ceawlin. ¿Ahora también tenía que cargar con el legado de la madre de Ceawlin?

—Debemos hablar de esto a solas —dice Dinavus, interrumpiendo los pensamientos de Ine—. Permanecerás bajo vigilancia junto a todos los que te acompañan. Y entregaréis vuestras armas.

Gweir se remueve como si estuviera a punto de objetar, pero Ine se apresura a asentir.

—Lo entiendo.

En las escaleras, bajo el clemente cielo, su grupo atrae preguntas en voz baja. ¿No han viajado con el príncipe? ¿Por qué ahora los tratan con tanta rudeza? La luz comienza a desvanecerse y el mar se embravece con el crepúsculo, arrojándose sin remordimientos contra aquel pedazo de tierra. El patrón del océano se escucha en el pecho en lugar de en las orejas, como si las costillas de Ine fueran una cueva marítima y su sangre las olas que arremeten contra los huecos.

—¿Te has percatado de que la gente habla de Constantine como si no estuviera muerto? —le dice a Gweir.

—Porque no está muerto. —Cadwy se escabulle del salón para unirse a ellos—. Solo duerme. En el abrazo de la Tierra. Podría decirse que él es la Tierra. Existe la creencia entre los nuestros de que nos vigila y de que regresará en nuestro momento de mayor necesidad.

—¿Acaso ese momento no ha llegado?

Cadwy le dedica una extraña mirada.

—Sí, pero te tenemos a ti. Si sobrevivimos, quizás llegue el día en el que no seremos capaces de obrar ni hechizos menores. Hemos perdido mucha gente por culpa de los espectros. Y gracias a los cristianos, quizás no recordemos las antiguas costumbres. ¿Cómo nos enfrentaremos entonces a una amenaza como Gwyn?

—Hablas como si fuera igual a Constantine —dice Ine en voz baja—. Como si pudiera hacer lo mismo que él hizo.

Cadwy le da un burlón golpecito en el hombro.

—El rey Constantine no tiene igual.

Es lo más afable que se ha mostrado con él e Ine no puede evitar sonreír.

—¿Por qué no estás dentro?

—Me han pedido que me fuera mientras hablan. —El rostro del príncipe se torna rebelde—. Y eso que soy el rey legítimo.

—Nadie es rey de Wessex hasta que el Witan lo apruebe. —Su propia ascensión al trono había sido tumultuosa. Ine recuerda muy bien la agónica espera mientras los regidores discutían—. Estoy bastante seguro de que el vínculo de mi familia con Cynric es el motivo por el que obtuve el trono. El linaje es muy importante para ellos. —Es capaz de escuchar su desdén con claridad.

Cuando no queda más que una raya de sol en el cielo, las puertas se abren por toda Dintagel y salen las mujeres acarreando cuencos de leche. Los colocan fuera junto con un pastel de miel y un haz de trigo. De las espigas que sobresalen penden amuletos.

—¿Qué están haciendo? —pregunta Ine. Los movimientos son similares a un ritual. Cada mujer coloca el cuenco de la misma manera, haciendo un nudo entrelazado y alineando la tarta como un instrumento para contemplar el cielo.

—Lo hacemos todos los años. —El rostro de Cadwy es solemne mientras observa la actividad—. No creo que vaya a complacer a Annwn o a los espíritus de los muertos este Samhain.

Ritos paganos y, sin embargo, muy similares a los del Día de Todos los Santos, reflexiona Ine. No por vez primera, se pregunta por qué los festivales cristianos parecen corresponderse con los de la antigua religión, construyendo sus nuevas ideas sobre las que se establecieron mil años atrás. Ingenioso. Incluso brillante. Es otro tipo de patrón, uno muy humano. El patrón del control. Uno que, como rey, debería haber dominado.

—Príncipe Cadwy. —Es el guardia de antes: Eiddon—. Hay una persona en los portones que solicita que se le permita la entrada. Dice que es un sacerdote, pero no se parece a ningún otro que haya visto.

—Descríbemelo.

—Rubio, con el cabello dorado, de mediana estatura. —Eiddon sostiene la mano a la par de su propia cabeza—. Aunque porta una cruz, también va a armado. Se llama Winfrid.

El cazador de paganos. Un sudor frío le recorre la columna.

—¿Cómo ha descubierto...? —Ine se detiene—. ¿Cómo sabe que estás aquí, Cadwy?

—Déjale entrar —dice Cadwy.

Rascándose la barba, Eiddon mira en dirección a los portones.

—¿Seguro, príncipe?

—Es un sacerdote. —Cadwy se encoge de hombros, pero tiene la vista fija en Ine, que ha empezado a andar de arriba abajo ante la puerta del salón—. Quizás ha oído hablar de nuestro Padre Daire. Es famoso en Éire.

Es una espera tensa. ¿Por qué habría dejado Winfrid a Hædde? ¿Quizás habían planeado algo entre ambos? Pero Ine también recuerda la manera en la que Winfrid sostenía la lanza, su educada y firme contraargumentación cuando Hædde cuestionó su decisión de ir al extranjero. Quizás aquel joven baile a su propio son.

Winfrid ha sido desprovisto de su lanza para cuando aparece flanqueado de dos guardias. Ine y él comparten una mirada cargada de significado.

—Bien. —Eiddon echa chispas por los ojos—. Eres libre de comunicar tu mensaje al protector, pero me quedo con tu lanza. Los hombres de Dios con armas me ponen nervioso.

El joven se ríe.

—Lo lamento.

Habla la lengua britana como un nativo y las cejas de Eiddon se alzan hasta el cielo.

—¿De dónde eres?

—Crediantun —dice Winfrid con alegría—. Cerca de Escanceaster.

Es tierra disputada, aunque oficialmente está bajo el control de los sajones del oeste, no es una parte consolidada de Wessex. *Interesante.* ¿Cuánto sabría Winfrid de la herencia de Dumnonia? Demasiado, sospecha Ine, pero solo le queda preguntarse lo que hace el sacerdote con tales conocimientos.

Cuando Cadwy los conduce al salón, un agobiado Dinavus farfulla:

—¿Ahora qué? Creía que te había dicho… —Entonces se percata de la presencia de Winfrid—. ¿Y este quién es?

—Winfrid de Crediantun —dice Cadwy, observando al sacerdote con aire sombrío—. Un cristiano de Wessex.

—No te andes con rodeos, sacerdote. —Dinavus vuelve a dejarse caer sobre el sillón—. No hay necesidad de proteger a tu rey. Ya sabemos quién es.

Los rizos de Winfrid resplandecen rojizos a la luz de la hoguera. Parece tocado por la santidad. Pero Ine comienza a sospechar que su angélica cabecita esconde una mente similar a varias armas de asalto juntas.

—Estoy impresionado, rey Ine —dice en sajón con una breve reverencia—. Vuestras habilidades diplomáticas no tienen parangón.

Ulch gruñe.

—Somos nosotros quienes te hemos admitido en el salón, cristiano.

—Lo siento. —Wilfrid vuelve a hablar en la lengua britana—. Soy un hijo de Defenascir y siento un gran respeto por los lores de Dumnonia.

—¿A pesar de lo que denominas paganismo? —inquiere la tía de Cadwy en un tono gélido.

Sin molestarse, Winfrid une las manos tras la espalda.

—Sí, sois paganos. Pero eso no significa que desdeñe o me tome a broma el legado de Dumnonia.

—Tú… —Ine se ha quedado momentáneamente sin palabras—. Esa noche —logra decir mientras lo recorre la furia— permitiste que Hædde me condenara. ¿Por qué no hablaste entonces?

—Porque varias fuerzas, no todas ellas naturales, conspiraban contra vos. Habéis de elegir bien vuestras batallas, rey.

—¿Saben los obispos que estás aquí? —exige saber Ine—. ¿Y mi hermano?

—Por supuesto que no. —El tono de Winfrid se vuelve afilado—. He cubierto mi rastro. Tanto el que ha dejado mi caballo como mis palabras.

Ine no le entiende en absoluto. Es como una anguila que siempre se sale del tiesto.

—¿Por qué has venido entonces?

—Traigo nuevas de vuestra esposa.

Sus pies lo impulsan a acercarse a Winfrid de inmediato.

—¿Æthelburg? ¿Dónde está? ¿Está a salvo?

—Está reuniendo a los fyrds en vuestro nombre. El regidor de Hamwic la sigue y ha puesto los ojos en Somersæte, pero la mayor parte de Wiltunscir es leal al príncipe Ingild, que reclama el trono de Wessex.

Una calidez se alza en el pecho de Ine junto a una frágil y alada esperanza. *Æthel.* No le ha dado la espalda, sino que ha llamado a los hombres para que luchen por *ella*, se percata Ine, tanto como por él. Por Wessex. Se gira hacia Dinavus y dice:

—Parece que *cuento* con un ejército, señor.

—Un ejército sobre cuyas cifras no podemos más que conjeturar. —Ulch gruñe con desdén—. El sacerdote dice que tu hermano controla el corazón de tu reino. Y si es cierto lo que crees y ha pactado con Gwyn ap Nudd, los hombres de armas son el más minúsculo de sus recursos.

—Hasta Samhain no tiene más que hombres de armas —replica Ine—. Cierto, hemos de hacer frente a los espectros, pero nuestra única opción es luchar contra Ingild ahora antes de que Gwyn brinde apoyo a su ejército con las huestes de Annwn.

—Nunca imaginé que oiría esas palabras de un sajón —dice Dinavus y no queda claro si el filo de su voz nace del asombro o el desdén—. Dices que nos enfrentemos a los espectros. Pero no se les puede matar con armas convencionales. Masacrarán a nuestras fuerzas sin obstáculos.

Tiene razón. ¿Qué tienen para enfrentarse a tales criaturas? *A mí*, piensa Ine y se le hunde el estómago, como si se hubiera saltado un escalón. En Dumnonia posee cierta compresión del legado, pero en Wessex es un dragón dormido que se despierta con un susurro rebosante de instinto asesino.

—Por el camino me he cruzado con varios grupos —dice Winfrid, interrumpiendo sus pensamientos—. Los hombres tenían la intención de unirse a la reina en Glestingaburg.

Glestingaburg.

—¿Por qué...? —Se detiene. Sabe el motivo. *Æthel* se lo dijo ella misma—. Herla. —El nombre es un susurro—. *Æthel*burg dijo que Herla ya no dormía. Iba en busca de la Cacería Salvaje.

—¿*Qué*? —Da la impresión de que Dinavus ya no está para muchos sustos más—. ¿Crees que la señora de la Cacería es libre? Entonces no hay salvación. No podemos enfrentarnos a Gwyn y a Herla.

—¿Y qué te hace pensar que Herla luchará por el rey de Annwn?

Ine se ha olvidado de Cigfa y juraría que no estaba allí hacía un momento. La menuda chica se sube al barril del que se cuelga y alza las manos al fuego.

—¿Qué quieres decir? —la interroga Dinavus—. Herla es una criatura de Annwn, enemiga de los hombres.

—¿No escuchabas a tu madre cuando te subía a sus rodillas? —pregunta Cigfa, aparentando más edad—. Herla cabalga porque está maldita. ¿Quién crees que la maldijo?

—Ten cuidado con lo que dices, niña. Eso no significa que no vaya a luchar en su bando.

—Ni tampoco que vaya hacerlo.

Dinavus bufa.

—Conjeturas. No podemos contar con que Herla vaya a permanecer neutral.

Ella y su corazón son la esperanza que te queda. Las palabras de Emrys son un puzle en la recamara de su mente, uno al que Ine sigue volviendo de tanto en tanto confiando en que se resuelva por si solo mientras tiene la atención en otro lado. Ahora que lo ve, desearía no hacerlo. Una amargura le inunda la boca. ¿Quién detuvo a las sombras en Sceaptun? ¿Quién vivió mientras que seis hombres murieron?

Ælfrún… *Herla.*

La señora de la Cacería no es neutral. Los ha estado ayudando. Ine debería sentirse aliviado, pero todo lo que ve es a Æthel inclinándose sobre Ælfrún, uniendo sus brazos a los de ella y riéndose. Solo escucha el tono herido con el que había defendido a esa mujer y la voz entrecortada con la que habló de ir a Glestingaburg. Ha sido tan estúpido. Peor que estúpido. Pero ¿por qué había adoptado Herla un disfraz? ¿Qué quería de Æthel? Ine nunca ha tenido más miedo de una pregunta.

—Æthel debe haberse aliado con Herla. —Claro que sí, Herla ha estado involucrada todo el tiempo. Hace rechinar los dientes. Wessex es su reino y Æthelburg su esposa. Si Herla piensa que tiene derecho a hacer lo que le plazca con ambos...—. O no estaría reuniendo su ejército en Glestingaburg.

Si el propio Ine hubiera sido honesto, *Æthel* quizás se lo habría contado.

—Ingild ha celebrado un consejo de guerra —anuncia Winfrid en el silencio creado por la mención de Herla—. Cree que la reina *Æthel*burg ha ido al oeste en busca de aliados. —Surgen murmullos entre los dumnones—. Ha ordenado marchar contra ella. —Mira a todos los presentes en el salón—. Contra *vosotros*.

—Así que no tenemos elección. —Goeuin se alza. La lúgubre sombra de la situación se refleja en su rostro cuando dice—. Nos has traído la guerra a nuestras puertas, rey de Wessex, ya fuera tu intención o no.

Ine se percata de la manera en la que lo miran. Es consciente de los pensamientos que se forman en sus cabezas como las nubes que surgen del mar en el exterior. No tiene más que concentrarse para sentir las alas del viento mientras cubren el expuesto salón de plumas.

—Parece que es el destino de mi pueblo llevar la guerra por doquier —dice con parsimonia—. Y el destino del vuestro es hacerle frente.

Bajo la vida de la gente allí reunida hay otros; los que vinieron antes; los que vendrán después.

—Quizás, si nos unimos —dice Ine, hablándole a todos— podremos lograr lo que nuestros ancestros no pudieron. —Alza la mano, con la palma hacia arriba—. Ponerle fin a todo esto.

31
HERLA

Glestingaburg, Somersæte
Reino de Wessex

—¿Estás segura, *Æthelburg*? —Es la tercera vez que hace la pregunta—. De buen grado lucharía a tu lado.

—Y yo aceptaría de buen grado. Pero no hasta que hayamos obligado a Ingild a revelar su alianza con el Otro Mundo. —Están en la escueta sombra de las ramas que han perdido las hojas. El ejército de *Æthelburg* aguarda en la otra cara del montículo cercano—. Su credibilidad depende de que *no* es un pagano ni ha sido seducido por los poderes paganos. —Herla alza la ceja y *Æthel* se ruboriza antes de hablar en voz alta, clavando un cuchillo en la vaina de cuero sobre la pierna. Dos más le cuelgan del cinto—. En fin, si te ven a mi lado, Ingild lo usará para fortalecer su argumento de que tanto Ine como yo somos traidores. Nos ha manipulado. —Su voz es un aullido de furia renovada.

—No pierdas la calma. —Herla la agarra del brazo—. Mantén fría la cabeza y no dejes que te provoque.

—Lo sé, lo sé. —Los ojos de la reina son tan gélidos como la noche que Herla la vio por primera vez, envuelta en el humo y la batalla—. Pero antes he hablado en serio. Esta vez lo mataré. Si tengo la oportunidad.

En lugar de soltarla, Herla la atrae hacia ella y toma su mejilla entre las manos.

—Estaré cerca. No comparto tu creencia de que Ingild jugará limpio.

—No creo que sea incapaz de hacer trampas —admite Æthelburg. Coloca la mano sobre la de Herla—. Pero tampoco ha sido capaz de rechazar mi desafío. Quiere que lo vean como un rey asfixiando una peligrosa rebelión. Y cree que cuenta con la ventaja numérica.

—Bueno, sí que tiene más hombres.

—Sí. Pero vosotros me tenéis a mí.

—Admiro la franqueza de tu rechazo a la falsa modestia —dice Herla, con una sonrisa fatigada. Por mucho que Æthelburg fuera una gran guerrera, seguía siendo mortal e incluso el brazo más fuerte se cansa. *Estaré allí cuando ocurra,* piensa. *No importa lo que digas. Nunca estaré muy lejos de ti.* Los asuntos políticos a los que la reina da tanta importancia no significaban nada al final. Es demasiado joven, demasiado nueva en el mundo para comprenderlo.

Æthelburg le devuelve la sonrisa durante unos resplandecientes segundos antes de que vuelva a nublársele el rostro.

—Oh, Dios, ¿estoy llevando a estos hombres a la muerte?

—El destino de los hombres es morir —dice Herla, encogiéndose de hombros.

—A veces resultas extraordinariamente poco colaborativa.

—¿Querías que te ofreciera consuelo? No puedo dártelo, Æthelburg. —Herla coloca la mano sobre el hombro de la reina; la otra sigue agarrándole el brazo, reacia a soltarla—. La gente muere en la batalla. La cuestión es si sus muertes merecen la pena.

—Nadie cree que vaya a morir hasta que sucede.

Tras la mirada de Herla, se hallan siglos neblinosos de sangre y captura de almas, el peso de la espada mientras se alzaba y caía como el cuchillo del carnicero. Miles de rostros, nombres y vidas segados antes de tiempo.

—No —coincide con suavidad—. Por eso tenemos el valor de luchar.

Æthelburg asiente, un movimiento controlado que tira del corazón de Herla. Empuja a la otra hacia sus brazos, para sentir la calidez de *Æthelburg* en la piel. Todavía pueden darle la espalda a la matanza que las ha creado, empezar de nuevo en una tierra lejana a la que no pueda seguirlas la verdad de quiénes son.

Deja escapar la visión. *Æthelburg* ya tiene una tierra por la que luchar. Y Herla está ligada a aquel lugar por mucho más que la maldición. Tiene que mantener la promesa que le hizo a sus hermanas… la promesa que se hizo a sí misma. Piensa en la espada con una hoja más negra que el espacio entre las estrellas. *Ahora conozco tu nombre. Eres el deber. Pero no mi deber.*

—Me quedaré cerca —repite, incapaz de no dejar entrever el miedo en su voz. No recuerda haber deseado proteger a alguien con tanta fiereza. Las palabras acarician la piel desnuda bajo los oídos de *Æthelburg* y la reina se estremece—. No te precipites. Por favor.

Æthelburg envuelve la cintura de Herla con los brazos. El beso, cuando llega, es fuerte y vuelve a prender fuego a la sangre de Herla. Desliza la mano por el cabello de la reina. Tras aquella primera y desesperada noche, no existió la timidez entre ellas, pero no por demasiado tiempo. Que alguien la deseara, sabiendo quién es y lo que ha hecho, aún asombra a Herla. Una persona mejor le habría dicho a *Æthelburg* que se fuera. *Amarme es demasiado peligroso.* Pero su corazón la condena. No tiene el poder de expulsar a la reina, igual que no tenía el poder de expulsar a Boudica.

Æthelburg se retira y dice con dureza:

—Hablas como mi esposo. —Se coloca la mano sobre los ojos y prácticamente salta sobre la silla de montar. Al contemplarla marcharse, Herla se toca la boca donde todavía siente el eco de aquel beso tan poco dulce. No siente deseos de que la comparen con el rey, no después de todo lo que *Æthelburg* ha dicho de él. La reina debería recibir el tipo de amor que Herla le entrega: con labios y dientes, susurros y gemidos, piel con piel. Pero ¿acaso no sabe bien que el amor es más que eso?

Aprieta los puños y se monta, con pensamientos oscuros. Sí, permanecería cerca. Ingild no usaría solo hombres para ganar esa batalla. ¿Por qué iba a arriesgarse a perder ahora?

Cabalgando sobre su montura mortal, *Æthelburg* se inclina en la silla para escuchar el testimonio de un centinela. Después se estira y se da la vuelta para ponerse frente a los hombres.

—¡Preparaos! Ingild está cerca.

Al escudriñar las filas, Herla se percata de que no todos están pertrechados de la misma forma. La mayoría lleva armadura, pero solo los hombres más ricos visten cota de malla y los campesinos portan armas de peor calidad. Aun así, el fuego brilla en numerosos ojos cuando la reina desenvaina la espada, que pertenece al tesoro de Beorhtric y la sostiene en alto.

—Llevo mucho tiempo gozando del privilegio de luchar junto a vosotros —grita, mientras cabalga de un lado a otro de la primera línea—. Los que estuvisteis conmigo cuando expulsamos a los hombres de Mierce de Readingas, cuando luchamos contra el exiliado Ælfar, luchasteis con bravura y asegurasteis nuestra *victoria*. —Grita la última palabra y los hombres hacen eco, un rugido que se expande por las filas hasta que el campo se convierte en un coro ensordecedor—. Hoy nos enfrentamos a una amenaza más seria. Traición en el corazón de Wessex. —Los hombres guardan silencio—. Para labrarse el trono, el príncipe Ingild ha calumniado y traicionado a su propio hermano. Ine ama esta tierra y se asegura de que su pueblo halle la prosperidad. Ingild solo se preocupa por sí mismo. Si obtiene hoy la victoria, dirá que es una señal de que Dios lo favorece. Prefiero *morir* a dejar que eso ocurra.

Y yo prefiero morir a dejar que tú mueras. Aquel voto se atrinchera en el ser de Herla, con tanta intensidad como su promesa de obtener venganza y hallar a sus hermanas. Contempla a la reina y piensa, meditabunda: *¿Cómo me has encontrado? ¿Cómo supo Æthelburg* que había una mujer que luchaba y soñaba en las sombras a la que Gwyn la había encadenado?

Un cuerno impide que *Æthelburg* siga hablando, mientras una larga y oscura línea se alza sobre el montículo que la había escondido. Herla toma aire, llena de tensión. El ejército de Ingild debe superarles en una proporción de tres a uno. La única reacción de *Æthelburg* es alzar la barbilla, como si aquella visión no la inquietara en absoluto. Pero Herla observa cómo se aferra con más fuerzas a las riendas. La reina está preocupada y también la angustia que sus hombres se percaten.

—Beorhtric —llama y el regidor lleva su caballo hasta ella—. Trae a Ealdhelm y Mærwine. Cuando los hombres a los que ha llamado se unen a ella, mantiene la cabeza erguida mientras atraviesa el valle a caballo. Herla la sigue con cuidado de permanecer oculta.

El grupo de Ingild consiste en su pegajoso subordinado, Edred; Nothhelm, el rey de los sajones del sur; y otros dos hombres a los que Herla no reconoce hasta que hablan. Entonces se percata de que son los lores que oyó hablar en la cámara del consejo. *Æthelburg* se detiene para obligar a Ingild a ir a por ella.

Los labios del *ætheling* esbozan una sonrisa.

—Veo que has estado ocupada, *Æthel*. Sembrando la rebelión, incitando la guerra en nuestro propio reino. Por tus actos, *nuestra* gente morirá hoy.

—Ríndete si tanto te preocupan sus vidas —replica *Æthelburg*—. Depón las armas, Ingild, o no tendrás pueblo que gobernar. Todo el mundo recordará la sangre que derrames hoy.

—Depón tú las armas, *Æthelburg*. —Señala a los hombres en la distancia—. No guíes a inocentes a una matanza inútil.

—¿Inútil? —Tiene los ojos en llamas—. Luchan por el auténtico rey de Wessex, al que no controla ningún titiritero.

La sangre se amontona en el rostro de Ingild.

—¿Dónde está el *verdadero rey*? —escupe—. Ha abandonado a su gente, igual que te ha abandonado a ti.

Aquella pulla ha acertado de pleno. Herla ve cómo la reina se estremece y sabe que Ingild también se ha dado cuenta.

—Incluso un idiota se daría cuenta del desdén con el que te abraza —añade el príncipe—. Aunque siempre estemos a la gresca, Æthel, creo que mereces algo mejor.

La rigidez se ha apoderado de Æthelburg.

—¿Vas a rendirte?

—Venga ya. —El tono de Nothhelm es liviano, pero sus ojos delatan inquietud al mirar a la reina—. Nada de esto es necesario. Hace solo unas pocas semanas, compartíamos el pan y bebíamos juntos en la misma mesa. ¿Por qué hemos de matarnos entre nosotros?

—¿Cuándo te ha menospreciado Ine, Nothhelm? —pregunta Æthelburg—. Te ha devuelto el poder que Cædwalla te arrebató por la fuerza. —Ante el nombre, Herla no es capaz de contenerse y mira a los lados—. Valora tu amistad. Tu *lealtad*. —La palabra se bate con las armas aun envainadas de los hombres de Nothhelm—. ¿Por qué te volviste en su contra?

El rey de Sussex se remueve en la silla. Herla diría que es una pregunta que él mismo ya se ha hecho.

—No estuviste allí la noche que huyó. No es un ser natural, Æthelburg. Por poco mata a Leofric. Quizás nunca vuelva a caminar.

Otra pulla, pero esta no le hace tanto daño a Æthelburg.

—Lamento oírlo. Pero sin duda lo arrinconasteis y lo obligasteis a actuar...

—Defendía a un pagano.

—Si os referís a Cadwy, defendía a un chico, Nothhelm, cuyo único crimen es nacer como el príncipe de un reino que hemos llamado enemigo durante mucho tiempo. Pero tenemos enemigos más letales que los britanos.

—Sueltas las mismas tonterías que mi hermano. —Ingild agita la cabeza de una forma que hace que Herla apriete los puños—. Me dejas anonadado, Æthelburg. No pensé que fueras dada a las fantasías.

—Pero me creíste capaz de abandonar a la gente de Wessex a tus maquinaciones. No te importan en absoluto los hombres que te siguen —le grita, con la esperanza, quizás, de que algunos de ellos la escuchen—. No te importa la Iglesia en cuyo nombre condenas a Ine. Eres una marioneta, Ingild. —Desenvaina la espada y la alza—. Reza para no encontrarte conmigo en la batalla, porque no dudaré. —Sin darle la oportunidad de replicar, *Æthelburg* galopa de vuelta a sus fuerzas.

—Mátalos a todos, incluso a los regidores, pero dejádmela a ella.

—Herla escucha decir a Ingild—. Aun podemos usarla. Es cierto que mi hermano haría cualquier cosa por mantenerla a salvo.

Experimentando una incómoda sensación de solidaridad con el rey ausente, Herla rodea el ejército, decidida a descubrir si hay algún reservorio oculto de hombres, pero no es el caso. Lo que significa que Ingild está seguro de que puede ganar solo con la fuerza de la superioridad numérica o se está guardando algunas piezas. El vello del brazo parece ansioso de erizarse.

No es bonito cuando se encuentran dos muros de escudos. Para su horror, Herla pierde a *Æthelburg* de vista en la confrontación. Los hombres de ambos bandos tienen amigos en el contrario. ¿Quién puede luchar con todo el corazón cuando el rostro del oponente puede resultar familiar? El muro de escudo forcejea de un lado a otro, cediendo terreno y recuperándolo. Las lanzas se introducen entre los escudos cerrados y pronto los cuerpos oscurecen el campo, entre pisotones y tropiezos. Con el sonido de la guerra en los oídos, Herla acecha por los extremos, impidiendo que el ejército de Ingild logre hacerse con la victoria a pesar de la presión de sus numerosos hombres. Los balbuceos, los gruñidos y los gritos la siguen.

Ante la llamada del cuerno, ambos bandos se separan. Los hombres jadean, escupen sangre, arrastran los cuerpos de los amigos caídos lejos de la masacre en la que se unen ambos muros. Herla tiene el corazón en el puño hasta que vislumbra a *Æthelburg*, ensangrentada y sonriente. La reina da una estocada al aire en medio de un grito. Los insultos están dirigidos a los hombres que se retiran hacia las filas de Ingild.

—¿Os dais cuenta? —grita *Æthelburg*—. Ellos son quienes piden un descanso. Son los primeros en flaquear.

—Envíales términos de rendición —le dice Beorhtric, abriéndose paso entre los hombres maltrechos—. Ingild ha perdido más hombres de lo que esperaba. No hace falta que nadie más muera hoy.

—Lo haré, pero no va a echarse atrás. —Æthelburg apoya el escudo en las piernas para desentumecer el brazo y el hombro—. Lo has oído. No le importan las vidas de su propia gente.

—Pero a nosotros sí. —Las cejas de Beorhtric bajan junto a su voz—. A ti te importan. ¿No hay manera de acabar con esto con celeridad, Æthelburg? Me dijiste que contabas con ayuda. En este momento nos vendría bien cualquier ventaja.

—Mi aliada ya nos está ayudando —dice Æthelburg y sus ojos se encuentran con los de Herla a través de la pisoteada espesura.

—¿Una aliada?

—Le he pedido que no se deje ver. Confía en mí, Beorhtric. Nos protege, lo mejor que puede. —Æthelburg le sonríe y Herla se pierde un instante en las líneas de su rostro, en las manchas de batalla sobre sus mejillas. El cabello oscuro parece oscurecido por el sudor del casco.

El descanso no dura mucho, lo suficiente para que Ingild sustituya a los luchadores exhaustos. La mayoría de los hombres de Æthelburg están ensangrentados. Cambia a los que están en peores condiciones al fondo del muro, mientras que los que aún conservan las energías ocupan la parte frontal.

—No —le dice Mærwine a la reina cuando ocupa su lugar en el centro—. Reina Æthelburg, habéis de descansar.

Con aire lúgubre, la reina sacude la cabeza. Herla podría haberle dicho que Æthelburg lucharía al frente para darle esperanza a sus hombres, sin importar el agotamiento. Ella haría lo mismo. Durante un instante, el muro en movimiento parpadea, se convierte en una guardia enfurecida, con armas y pecheras bruñidas. Las lanzas se alzan para atrancar las ruedas del carro que se precipita sobre ellas.

Herla parpadea para que se desvanezca la visión y mira a Æthelburg, lista para embestir ante el más mínimo tropiezo. Pero, aunque la reina enseña los dientes en una perpetua máscara de furia, no vacila, y grita palabas de ánimo a sus hombres e improperios a los de Ingild. Muy lentamente empiezan a ganar terreno, haciendo retroceder a sus oponentes por el campo, cenagoso a causa de la sangre.

Y entonces, sin previo aviso, la fila se rompe.

—¡Cerrad el hueco! —grita *Æthelburg*, pero media docena de hombres ha caído, mientras que otros se alejan cojeando de una figura que ha surgido entre ellos. El hombre lleva la cota de malla de un rey, con las brillantes anillas marcadas con el gris de la muerte. *Æthelburg* ve al espectro en el mismo instante; sus mejillas palidecen.

—Centwine —sisea.

Es justo lo que Herla ha estado esperando.

—Yo me encargaré de él —le dice a la reina cuando pasa a su lado.

El espectro apuñala el rostro de un guerrero caído, pero la espada de Gwyn detiene el golpe y el rey muerto retrocede en un paso fluido e inhumano. Las exhalaciones a su alrededor le indican que el encantamiento ha perdido su efecto, pero Herla no puede permanecer invisible y luchar contra la criatura al mismo tiempo.

Aunque los hombres se congregan a las órdenes de *Æthelburg*, el muro de escudos se ha quebrado y los guerreros deben pelear por sus vidas. Docenas de batallas surgen a su alrededor.

—Sabía que Ingild no jugaría limpio —gruñe Herla ante el espectro—. ¿Cómo te ha sentado que interrumpan tu descanso eterno para obligarte a luchar por un cobarde?

—*¿Crees que no le he dado la bienvenida?* —Centwine se desvanece solo para volver a aparecer a su espalda. Chocan las espadas—. *Ahora soy mejor de lo que nunca fui en vida. ¿No gozas del poder que se te ha concedido, señora de la Cacería?*

—¿Gozo? Me obligaron a tomarlo. —Herla le propina una patada y su pie acierta con un satisfactorio crujido—. La libertad es más importante que el poder.

El rey muerto ríe; y es como el viento que se arrastra por un túmulo.

—*El poder es libertad.*

—El poder te ha encadenado a la voluntad de otro.

—*¿Por qué luchas, Herla? Eres una de nosotros, bendecida por Annwn.* —El espectro extiende la mano—. *Los otros y yo te daríamos la bienvenida.*

Herla lo mira horrorizada.

—¿Los otros? —Pero en cuanto pronuncia esa palabra, le llegan los gritos. No los aullidos de batalla. Horror crudo. De una mirada a la izquierda vislumbra una figura entre una miríada de cadáveres dispuestos en un círculo perfecto. Solo tiene un momento para percibir una harapienta capa agitándose a su alrededor y la larga hoja en su mano antes de que Centwine le agarre la muñeca. Su agarre no hace más que helarla, pero se produce una erupción de furia en su interior y en lo más recóndito de su ser, un intenso temor por *Æthelburg*. Al quebrar las defensas del espectro, Herla le clava la espada en el pecho.

La criatura se convulsiona. La conmoción se extiende por sus pálidas facciones y sus ojos se tornan vidriosos, mientras corta el poder que liga su alma al lugar. El cuerpo se desploma y se disipa en el viento. Pero el alma… su peso se introduce en su interior. Se tambalea. Herla se pasa el brazo por la frente perlada por el sudor, apoyándose en las rodillas para no caerse. ¿Por qué? ¿Por qué pesa tanto el alma del rey? El frío la hace arder, con una sensación parecida a la apenas recordada fiebre. No es más que un alma más en su cómputo, solo una, pero es la que colma el vaso.

El segundo espectro gira su rostro carente de luz hacia la reina.

—Déjala —le dice Herla entre jadeos y logra dar un paso tambaleante—. Tu amo… la quiere viva.

—*Cuando respiraba no tenía amo y ahora tampoco.*

No es uno de los muertos recientes. Mientras más tiempo yacen en la tierra, más poderosos son cuando se alzan. El terror se apodera de ella.

—¡*Æthelburg*! —grita Herla, justo cuando sus piernas ceden ante el peso de las almas.

La boca del espectro se curva en algo que quizás, en vida, fue una sonrisa, y continua su irresistible camino hacia *Æthelburg*. Más allá, Herla ve a Ingild con Olwen a su lado. En su verdadera forma, es más alta que él y sus pies descalzos están manchados de sangre. Ella también sonríe, una bella sonrisa que despierta el pánico de Herla, que coloca la espada de Gwyn en el suelo y la usa para incorporarse.

Una agonía brillante cuando algo se quiebra, una grieta le trepa por el alma. Los recuerdos se vuelcan sobre ella, vidas que no son la suya. Ve el arado y la hoz, la risa de unos hermanos, manzanas y sal y la túnica tejida por una madre. Veranos que pasan volando e inviernos eternos. Hambre, enfermedad. El grito de la gaviota. Los primeros brotes. Revolotean a su alrededor y no puede huir de ellos. Gargantas en las que no se amontona el polvo chillan por su liberación, pero ella no puede dársela y su malicia sangra dentro de ella como sus recuerdos. *Cazadora. Carnicera. Asesina.* El dolor es interminable. Primero les arrebató la vida y luego la paz.

El espectro pasa por delante de ella, mientras permanece inmóvil. Es la única manera en la que Herla puede mantenerse en pie. Entiende demasiado tarde que la cazadora en su interior se protegía de esto. Muerta, su corazón no ofrecía nada a las almas. Pero se ha permitido abrirse al mundo. *Hija del polvo*, le dicen sin compasión, destrozándola por dentro, *podríamos haber vivido de haber muerto tú.* Su sufrimiento la aplasta, ¿o acaso es la culpa lo que pesa tanto, más que cualquier roca excavada de la tierra? Más grande que el paso de los años que se llevó a Boudica y los eceni.

Ayúdame. Pero no hay nadie para ayudarla, ni nadie oye sus gritos silenciosos.

32
ÆTHELBURG

Glestingaburg, Somersæte
Reino de Wessex

Iban ganando, *Æthel* estaba segura. Ahora contempla cómo su victoria se hunde junto con el sol.

Apuñala a su atacante mientras cae y le clava el cuchillo en el ojo.
Lo libera y se lo pone a otro en la garganta. Se precipita a sus pies
con un gruñido y *Æthel* se percata de que está cansándose. Puede
sentir cómo el letargo del agotamiento empieza a helarle la sangre y
la vuelve más lenta, menos precisa.

En el momento que ve a Herla, quieta en medio del caos, sabe
que algo va mal. Una niebla oscura rodea a la otra mujer y no se
mueve cuando *Æthel* grita su nombre. Peor que la agonía en su rostro son sus ojos, que se han vuelto negros del todo. Aquella visión la
rompe por dentro. Mira hacia arriba, pero la luna no ha envejecido
aún.

Antes de que pueda dar un paso, los hombres a su alrededor caen.
Æthel siente un escalofrío en la piel. Un espectro. Es la primera vez
que se enfrenta a uno. Los cuerpos caen a su alrededor. Su armadura
pertenece a una época diferente: más de cien años, diría. Y la espada
que porta es más larga que a las que está acostumbrada la reina. Pero

no es la espada o la armadura lo que la deja paralizada, sino que el espectro tiene la apariencia de Ine.

Æthel envaina la espada y extrae la lanza de Herla en su lugar.

—¿Cómo te llamas?

—*¿Quién eres tú que exige saberlo?*

El miedo le recorre la sangre, pero su voz no vacila.

—Æthelburg, la reina de Wessex.

—*Y yo fui rey.* —El espectro le tiende la mano libre—. *Pero reiné en una tierra más fuerte que esta. Me duele verla de esta manera, perezosa a causa de la paz.*

Æthel retrocede un paso para mantener una sana distancia.

—La paz es el motivo de que luchemos ahora. Que la veas en la tierra significa que es una guerra que hemos ganado.

El espectro la contempla como si fuera una criatura extraña y ligeramente repulsiva.

—*Luchamos por la conquista, mujer. Para bañar a los dioses en la sangre de la que carecen. Luchamos por los botines y la gloria. Y luchamos para que nos recuerden en las grandes historias.*

—¿Y a ti te recuerdan? —Las sudorosas manos se aferran a la lanza. *¿Cómo puedo dar muerte a un hombre que ya ha muerto?*—. ¿Qué cantan de ti?

En lugar de responder, el espectro enviste contra ella.

Æthel salta a un lado, pero la espada larga le mella la cota de malla y rompe sin esfuerzo varias anillas. Sisea, volviendo a aumentar la distancia entre ellos. Hay de sobra; la pelea continúa pero el espacio a su alrededor está vacío como si fueran gladiadores en una de las grandes arenas sureñas.

—¡Herla! —grita desesperadamente sin obtener respuesta. Pero otros ojos la encuentran. Por encima del hombro del espectro, vislumbra a una figura envuelta en rojo y toma una bocanada de aire: Olwen. El temor por lo que pueda sucederle a Herla la recorre y la entorpece. Evita por los pelos que el espectro le corte una mano con su siguiente ataque. *Concéntrate.* Tiene el corazón desbocado.

Los espectros le han dado la vuelta a la balanza, destruido el muro de escudos y ahora sus hombres están perdiendo. Siente cómo la batalla empieza a decaer.

No. Æthel alimenta su furia para atacar, lanzándose contra el espectro. La lanza lo alcanza en el costado, no es una herida profunda, pero la conmoción se refleja en su rostro mientras la reina libera su arma y se aparta antes de que el otro pueda atraparla.

No le sorprende que el cuerpo del espectro no sangre. Sin embargo, se coloca la mano en la herida y contempla la lanza que alza la reina.

—*¿Qué es esa arma?*

—Me la dio Herla.

—*Esa mujer no puede dar más que muerte.* —Es todo lo que dice el espectro antes de atacar de nuevo. *Æthel* lo esquiva. No es tan rápido como Herla, un hecho por el debería sentirse agradecida. Pero luchó ese duelo cuando estaba descansada, no en el exhausto ritmo de la batalla. Luchó sabiendo que no arriesgaba más que la vida. Ahora es consciente de las vidas que dependen de ella y de su espada. Los ha traído hasta ahí. Por su culpa mueren ahí.

—*¡Herla!* —grita con todo lo que tiene. Y Herla alza su cabeza vacilante. Su rostro se contorsiona. Sus labios pronuncian el nombre de *Æthel*, pero sigue sin moverse. El anochecer florece rojo; su matanza encuentra eco en el cielo. La respiración de *Æthel* es ahora áspera. Herla, los hombres y ella misma; no puede salvarlos a todos. Aquel pensamiento hace que surja un grito de sus exhaustos pulmones y oye su propia desesperación. El espectro se desliza hacia delante.

Cuando se oye otro grito, piensa, durante un instante enloquecido que se trata del sonido de su propia muerte. Pero vuelve a sonar: el quejido de cientos de gargantas, y conoce aquel ulular. Cuando era una joven guerrera, se había enfrentado a él, a aquellos que lo emitían, mientras corrían desde las colinas. El suelo tiembla bajo sus pies. El trueno de los cascos, o de pies, o de tambores en sus costillas. La espada del espectro pende sobre su cabeza como una maldición.

A su espalda, desde el resplandeciente oeste, vienen. Los primeros a caballo, luego veintenas que corren detrás como los salvajes hijos de Woden. Con las lanzas en las manos, las espadas a la cintura y
un brillo en los rostros que habla de algo más grande que ambas cosas. Entremezclados con los tambores resuena una trompeta de guerra con la forma de cabeza de caballo con la lengua fuera. La sostiene
en el aire un hombre enorme, con el pecho henchido con el aliento
que hace falta para hacerla sonar. El chillido que le sale de la boca es
una oscura parodia del relincho de un caballo. Æthel se estremece.
Los paganos. Los britanos. Los hombres de Dumnonia. Está tan cansada que no discierne de inmediato de qué lado están.

Y después una voz a sus espaldas, cargada de furia que dice:

—Ceawlin, apártate de mi esposa.

Aunque todos sus instintos le gritan que no lo haga, Æthel se da
la vuelta.

Al principio casi no lo reconoce. Entonces se percata de que lo
que le resulta extraño es el contexto: está tan acostumbrada a verlo
con Wiltun como telón de fondo: un pergamino en las manos, un
códice o con los dedos acampanados bajo la barbilla mientras se halla
perdido en sus pensamientos. Ahora porta una vaina en la cadera,
una espada en la mano. Una cota de malla fina le protege el pecho y
una capa con hebilla dorada le cuelga de los hombros. Su pelo oscuro
ha crecido durante las semanas transcurridas desde que lo vio por
última vez y sus ojos son… diferentes. Para empezar, están embadur-
nados de pintura azul añil. Æthel se queda boquiabierta.

El espectro desvía el ataque y retrocede.

—*Sabes quién soy.*

—Por supuesto —dice Ine—. Estás en mi tierra así que te conozco. —A su alrededor, los dumnones se precipitan contra los
hombres de Ingild y Æthel se siente aliviada al escuchar el distante
bramido de Beorhtric ordenando que se les permita pasar. ¿De verdad había creído que Ine vendría? La escena ante sus ojos podría
pertenecer al telar de los sueños.

—*Eres igual de malo que mi padre* —dice el espectro, mientras ve pasar a los dumnones—. *A Cynric también lo sedujeron.*

—Ni tú ni yo estaríamos aquí de otra forma.

Æthel no tiene ni idea de lo que están hablando, pero la mano de Ceawlin tiembla aún aferrada a la espada, y eso lo entiende sin problemas. Intercepta su ataque y usa la lanza para desviarlo. Ine grita su nombre, se oye un rugido en el cielo y la tierra responde tragándose al espectro hasta la cintura.

—*Así que eres tú a quien él quiere muerto* —dice Ceawlin cuando los ecos se desvanecen, aparentemente desinteresado en su propio aprieto. Ahora que está junto a Ine, el parecido entre ellos es más sorprendente que nunca—. *No me extraña que no haya tenido éxito. ¿Cuántos mirarían a Wessex para encontrar al heredero de Dumnonia?*

Æthel lo había adivinado, pero que Ceawlin lo diga en voz alta le da peso a la verdad.

—¿Ine? —Su voz suena más leve de lo que le gustaría. Con el rostro contraído, Ine le dedica una mirada y Æthel es más consciente que nunca de la tierra que ha atrapado al espectro. El sonido que emitió al agrietarse sin previo aviso y expulsar barro al aire, le resuena en las orejas. *Por poco mata a Leofric.* Traga saliva con fuerza.

—Destruí a Cædwalla —dice Ine con frialdad— y, aunque somos de la misma familia, no duraré en destruirte a ti también.

El espectro se ríe.

—*Cædwalla era débil. No te pasará lo mismo conmigo.* —Con las manos desnudas, tira con violencia del suelo, trepa hacia la libertad y blande de nuevo la espada. Cuando vuelve a fijar la vista en ella, Æthel intenta sin éxito dominar el miedo. Forcejea en su pecho como un pájaro que ansía la libertad. El deseo de gritar la ahoga.

Entonces Ine le agarra el brazo y el miedo desaparece. Deja escapar una exhalación dubitativa. Le sostiene el brazo con calidez y es esa sensación la que la colma hasta que siente las fuerzas volver a su mano y agarra la lanza.

—*Æthel*burg es una guerrera sin par —dice Ine, con una voz resonante—. Y la tierra me escucha. No puedes hacernos frente a ambos.

Los ojos sin fondo del espectro se mueven hacia *Æthel*. Es la única advertencia antes de que la ataque, esta vez no con la espada, sino
con la mano desnuda. Ine la aparta a un lado y solo puede contemplar horrorizada cómo los dedos de Ceawlin se cierran en torno al
antebrazo de su marido. En su mente aparecen los hombres tirados
sin vida en la terrosa calle de Sceaptun; las pieles lívidas con cinco
marcas blancas como el hueso.

Ine se tensa. Entonces su mano libre se aferra a la del espectro y
Ceawlin deja escapar un grito inhumano antes de apartarse. Hace
tanto ruido como para resonar por encima del estruendo de la batalla. Por todo el campo, las cabezas se giran.

—Te exilio, Ceawlin. —Ine alza la misma mano con la palma hacia arriba. Lentamente, cierra el puño—. Si no puedo destruirte, me
aseguraré de que no vuelvas a poner los pies en Wessex.

El sonido va creciendo con parsimonia, un trueno de las profundidades de la tierra. Cambia según asciende, de trueno a zumbido, y
entonces los hilos de oro —el mismo oro que vio *Æthel* la noche de la
muerte de Geraint— se tejen en torno a la tierra. Ceawlin retrocede
según van volviéndose más densos, pero no se mueve con la rapidez
suficiente como para escapar de aquella red que va tensándose. Con
una mirada siniestra, se desvanece. La luz dorada resplandece por el
campo de batalla y las armas se acallan.

Los hombres de Ingild miran a su líder y *Æthel* detecta el instante
exacto en el que el *ætheling* se percata de que la batalla está perdida.
Su rostro se retuerce de furia y sus ojos son sombríos cuando se gira
para mirar a su hermano a través de la distancia entremedia que los
separa. Aún junto a Ingild, Olwen le envuelve con los brazos.

—¡Ingild! —grita Ine, avanzando hacia delante mientras ambos
se desvanecen. Los hilos dorados se marchitan tras él y el rey se tambalea—. Estoy bien, *Æthel*. —Se queda sin aire cuando ella lo agarra—. Puedes soltarme.

—Vas a caerte.

—¿No me vas a dejar disfrutar del momento? —le dice con la voz jadeante—. Estoy gozando de ser yo quien viene a rescatarte a ti para variar.

Æthel ríe y lo suelta, pero solo para propinarle una fuerte bofetada en la cara.

—¡Æthel! ¿Qué?

Tiene un nudo en la garganta. Las risas de hacía unos instantes se le antojan lágrimas.

—¿Cómo te atreves a marcharte sin decirme nada? —*Tú te fuiste casi sin decirle nada,* le recuerda una voz, pero *Æthel* la ignora—. Y quítate esa pintura de inmediato.

Ese rostro que adora abre los ojos desmesuradamente. Apenas se lo cree cuando la rodea con los brazos y la atrae hacia él.

—Te has ganado una docena de cerdos —murmura para ocultar la conmoción—. Los pondré en esa estancia a la que llamas biblioteca.

—No, por favor —dice Ine con un estremecimiento—. Te prometo que te lo compensaré. —Se retira, pero solo para acariciarle la mejilla con el pulgar. *Æthel* lo mira. El dorado de sus ojos es como el oro en la tierra. Su esposo se inclina y ella le pone los dedos en el labio para detenerlo. Sigue habiendo dolor: las palabras que se dijeron y las que no siguen interponiéndose entre ellos. Pero debajo de todo eso acecha la culpa, como una enorme serpiente que se desenrosca poco a poco. *Æthel* se aparta.

—Tengo que contarte algo.

Ine adopta la expresión de alguien cuyas peores pesadillas se han alzado desde las sombras para mostrarse frente a él.

—No, *Æthel.* Yo tengo que decirte algo. Te he hecho daño. Lo sé. No merezco pedir…

—Para —susurra, y da un paso hacia atrás.

—Pero te quiero. —Los hombros de Ine se encorvan, de pura desesperación—. Con todo lo que soy.

Agitando la cabeza, *Æthel* se cubre la boca antes de que el nudo en su interior se convierta en un sollozo. *Æthel* se da la vuelta para no tener que ver su cara y en su lugar mira a los hombres de Ingild, que arrojan las armas al suelo. Muchos contemplan sobrecogidos el lugar en el que estaba su líder, y el campo de batalla se llena de los quejidos de los heridos y los que sufren. *¿Cómo se atreve a decirlo?* La voz en su interior arde de furia. Cómo se atreve a esperar hasta ahora...

Un grito de agonía. *Herla.* *Æthel* se gira para verla arrodillada en la hierba ensangrentada con los dedos hundidos en los brazos como si fueran garras, como si quisiera abrirse a sí misma en canal. La imagen le abrasa el corazón. *Æthel* se mueve tan rápido que casi se tropieza en la creciente oscuridad. Ine la llama, pero no se da la vuelta. La oscura niebla que rodea a Herla es más espesa. Al agacharse junto a ella, *Æthel* percibe rostros en ella cuyas bocas abiertas emiten terribles berridos.

—No —les grita, sin pensar—. No le hagáis daño.

Ine vuelve a llamarla a gritos. Finge no escucharlo e, ignorando la espada en la mano de Herla, atrae a la mujer hacia ella y le acaricia la oreja con los labios.

—Herla. Soy *Æthelburg*. Dime qué te sucede. Dime cómo puedo ayudarte.

El cuerpo de Herla está rígido, tembloroso, apenas respira. *Æthel* puede escuchar la misma cacofonía de voces que cuando pelearon, luchando como una sola. El cabello trenzado de Herla le cae sobre la cara mientras deja reposar la cabeza y tiene los ojos tan negros como la espada.

—Por favor, despierta. Vuelve conmigo.

Pero, sin importar sus súplicas, Herla no se remueve, ni siquiera para gritar de nuevo.

Escucha unos pasos a sus espaldas y se da la vuelta, aún aferrada a la otra mujer. Ine se alza sobre ella. Tiene una expresión fúnebre y *Æthel* sabe que ha adivinado su secreto, igual que ella adivinó el de él. Casi la hace reírse de tristeza. En lugar de eso, dice:

—Ine, ayúdala.

—*Æthel*...

—El poder de Geraint fue suficiente para debilitar la maldición. El tuyo también podría. Por favor, Ine.

—No sé cómo hacerlo.

Æthel agita la cabeza.

—Has exiliado al espectro. Seguro que también puedes ayudarla.

Aun así, se muestra dubitativo.

¿Por qué duda? Pero es obvio. Verlas juntas de esa forma, mientras *Æthel* sostiene a Herla contra el pecho con tanta ternura y desesperación. Quiere gritar. ¿Por qué ha elegido justo ese momento para hacer notar sus celos?

—La necesitamos, Ine. —Su tono es duro como el pedernal—. Wessex la necesita. —*Yo la necesito*. Y después habla en una voz más suave—. No seas así.

—¿A qué te refieres?

Æthel desea haberlo abofeteado más fuerte.

—Nuestra relación no es lo que está en juego. —Ya se han dicho antes esas palabras—. Piensa en...

—¿Que nuestra relación no está en juego, *Æthel*burg? —dice Ine y *Æthel* se queda quieta. Va despegándose de Herla lentamente y se pone en pie para hacerle frente—. Porque no se me ocurre qué pasa entonces.

El miedo por Herla le ha acelerado el corazón. Ahora se traba consigo misma. Es una parte de Ine que no ha visto nunca. Porque nunca le ha dado motivos para mostrarla. *Æthel* no sabe cómo se siente ahora que la tiene delante. Una parte de ella se siente furibunda —¿qué otra cosa podría ser esa agitación en el estómago?— mientras que otra se queda en el sitio y toma aire. La gente se pone celosa cuando alguien le importa. Muchísimo. Cuando temen que les arrebaten algo valioso. Ha sido insensible pedirle que salvara a Herla, pero no puede desdecirse.

La expresión de Ine es fría, igual que sus manos cuando *Æthel* las toma entre las suyas.

—Sé lo que estoy pidiendo. Si no lo harías por Herla, ¿podrías hacerlo por mí?

Arruga la frente. Baja la vista hacia sus manos unidas. De esa misma forma se habían situado en el ritual de unión de las manos, la ceremonia previa a su boda, cuando el sacerdote había atado sus dedos y sido testigo de la primera vez que anunciaban sus intenciones. Æthel desea no haber pensado en eso y espera que él no se esté acordando también, pero al final asiente y ella exhala un aliento largamente contenido.

—Gracias.

Ine no responde. Æthel lo mira acercarse a Herla con cierta emoción. Verlos juntos le resulta extraño, inquietante, y la serpiente se retuerce en su oscuro pozo. Se abraza. Cuando Ine toca la muñeca de Herla, sisea, como si su piel quemara.

—Hay demasiadas.

—¿Qué?

—Las almas que ha segado —murmura para sí mismo—. No puede deshacerse de ellas. Son como las que se liberaron del cuchillo de hueso cuando lo destruí.

Así que fue eso lo que pasó. En cualquier otro momento, Æthel lo obligaría a revelárselo todo.

—*¿Puedes liberar a estas también?*

Ine agita la cabeza.

—Están ligadas a ella. Son parte de *su* alma —añade meditabundo—. Pero la están abrumando. Es la única que puede detenerlas.

—Debe de haber una manera. —La imagen del espíritu de Herla, esa criatura salvaje y resplandeciente, quebrado es más de lo que puede soportar. La desesperación queda implícita en su voz. A Æthel no le importa que Ine la oiga, que le haga daño—. *Sé* que puedes ayudarla. Eres el heredero.

La mira de una manera indescifrable antes de cerrar los ojos. Durante un agonizante rato, no pasa nada. Ine frunce el ceño, perlas de sudor le descienden por la frente. Entonces se dispara el crecimiento de la tierra en la que Herla se agacha, densa y verde, como si se hubiera nutrido con la sangre recientemente derramada allí. Cuando las plantas alcanzan el brazo de Herla, se funden en un brazalete. La cacofonía de las almas mengua y Herla se agita y toma una bocanada de aire entre temblores.

—Herla. —*Æthel* pasa por delante de Ine para agarrar a la mujer y ayudarla a incorporarse. La dulce emoción del alivio les otorga fuerza a sus exhaustos miembros.

Herla mueve la muñeca para examinar las retorcidas raíces que se aferran a ella. Aunque el negro ha desaparecido de sus ojos, no así la sombra.

—¿Qué es esto?

—Temporal —dice Ine, que suena exhausto. Tose—. No puedo liberarlas, pero quizás esto las mantenga calladas. Contiene algo de la Tierra. —Tose de nuevo, más fuerte—. Para… para recordarles su hogar. —Le recorre un estremecimiento y se lleva la mano a la boca. La sangre mana entre los dedos.

Aquella imagen se clava en las entrañas de *Æthel* como un cuchillo. *Sé lo que estoy pidiendo*, había dicho. Pero no lo sabía y él no lo había dicho. Su sangre es negra al anochecer y la luz oscilante de las antorchas se aproxima a ellos. No se ha parado a pensar que ayudar a Herla significaría hacerse daño a sí mismo. Antes de que *Æthel* pueda alcanzar a Ine, Gweir está allí colocando sus firmes manos sobre los hombros del rey.

—Mi señor, ¿os encontráis bien?

Ine traga saliva y se frota la boca, pero tiene la piel muy pálida.

—Bien, Gweir. De verdad.

—No es cierto —dice *Æthel*—. Estás herido.

¿Acaso había asumido con rencor que sus dubitaciones se debían a los celos cuando en realidad temía por su vida? *Æthel* nunca se ha odiado a sí misma, pero odia a la persona que le pediría a un amor que muriera por el otro. Siente que no le entra aire suficiente en los pulmones y se suelta los amarres de la cota de malla.

Antes de que Ine responda, Herla se arrodilla de nuevo y deja la espada a los pies de Æthel como una ofrenda.

—Te he fallado, Æthel. Me juré a mí misma que moriría antes de permitir que te ocurriera cualquier cosa.

Æthel precisa de unos instantes para dominarse a sí misma, para encontrar su voz.

—No te pedí que juraras tal cosa. ¿Cuántas veces he de decir que no necesito que me protejan?

—Sí que lo necesitas —dicen Herla e Ine a la vez y después se miran el uno al otro con suspicacia. Æthel se traga la febril urgencia de reír hasta que Herla vuelva a posar la vista en su muñeca—. ¿Dices que esto es temporal?

—Sí. —Ine señala el anillo—. He tenido alguna experiencia con almas atrapadas antes. Pero nadie más que tú tiene control sobre estas.

—No tengo ningún control —replica Herla con dureza. No alza la vista—. No puedo luchar contigo esta vez, Æthel. No se puede confiar en mí. Si no fuera por el poder del heredero, seguiría ahogada por las almas que es mi deber segar.

—No. —Æthel la agarra de los hombros—. Es *suyo*, Herla. El deber de Gwyn. Nunca debió ser tuyo.

—El deber de Gwyn —repite Ine—. ¿Por qué suena tan familiar?

—Porque yo te lo conté, rey Ine —dice una voz—. Hace unas cuantas lunas, en una historia adecuada para tu dorado salón. «Los poderes supremos le encomendaron un...»

—«Deber solemne». Ahora lo recuerdo. —Ine se gira y Æthel sigue su mirada hacia una figura—. Emrys.

Emrys inclina la cabeza. Æthel nunca había hablado antes con esta persona, pero bajo su escrutinio, siente que la conoce. A primera vista, no es alguien que resulte imponente y aun así cuenta con una presencia aún más fuerte que la de Herla, como si su cuerpo no fuera capaz de contener todo lo que es.

—La Cacería es una perversión del deber de Gwyn, un deber tan natural y vital como respirar. —Emrys mira a Herla—. Para ti es una maldición. Porque Æthelburg tiene razón, nunca debiste verte obligada a asumir esa carga. —Una pausa—. Pero ya lo sabes, ¿verdad?

—Ahora lo sé —murmura Herla. Contempla a Emrys con intensidad y Æthel se percata de que los hombres y las antorchas que parecían antes a punto de alcanzarlos no han avanzado—. ¿Quién eres?

—Alguien que lleva mucho tiempo contando cuentos y recorriendo estas tierras.

—No te creo.

—Y a mí no me importa lo que creas. —Emrys no parece alertarse ante el tono de Herla—. La Tierra te ha comprado algo de tiempo, pero en tres días se desvanecerá el muro entre los mundos y, si para entonces no has dominado la maldición, ninguno de vosotros será capaz de resistir el envite de Annwn.

—¿Dominarla? —La furia hace estallar las mejillas de Herla—. Si pudiera dominarla ya lo habría hecho. Me habría librado de ella.

—A menudo lo que percibimos como nuestra mayor debilidad es nuestra mayor fortaleza —señala Emrys y Æthel bufa. Nunca le han gustado las adivinanzas frívolas—. Por mucho que tengas su espada, no eres Gwyn. La espada es una herramienta que te permite separar el alma y el cuerpo. —Dentro del cráneo de Emrys, sus ojos azules arden—. Cuando les arrebatas la vida, *eres* el único lugar al que pueden ir. Y así con cada Cacería, aumentan sus números, hasta que tu propia alma cede ante el esfuerzo.

Herla ha cerrado los puños y tiembla.

—No hace falta que me digas lo que ya sé.

—Pero no lo sabes. —Emrys se acerca hasta que están lado a lado y, de pronto, Herla no parece tan alta—. Dispones de un gran poder a tu servicio, si encuentras el valor de usarlo. Te quedas con las almas que liberas y aunque solas son débiles, juntas son una hueste. Quizás lo suficientemente extensa como para igualar a las huestes de Annwn. Quizás lo suficientemente poderosas como para desafiar al mismísimo Gwyn. En su ambición, hay algo que ha olvidado.

El corazón de *Æthel* se acelera. El color vuelve al rostro de Ine. Pero Herla mantiene los labios pegados con aire lúgubre.

—No —dice tras un largo silencio—. Me odian. Y hacen bien en odiarme. Son la carga que acarreo por lo que he hecho.

La expresión de Emrys es fría.

—La compasión santurrona no va mucho contigo.

—Ya han sufrido lo suficiente —explota Herla y acaba así con la tregua. Se gira para andar de un lado a otro, con su desigual capa de piel batiéndose a su paso—. No es justo pedirles que peleen tras negarles la paz.

—Luchar es todo lo que les queda. Furia. Resentimiento. ¿Por qué no hacer uso de ello?

—Entonces no sería mejor que él.

Emrys no contesta de inmediato. Habla con un tono extraño en la voz cuando finalmente dice:

—No te corresponde juzgarle.

—Pero sí darle muerte —replica Herla.

—He hablado demasiado. —Emrys se da vuelta abruptamente—. Os he ayudado más de lo que me suelo permitir. —Al girarse hacia Ine, asiente ante su mano ensangrentada—. En cuanto a ti, lo has hecho bien, pero no corras antes de aprender a caminar.

—¡Sajón! —grita una voz juvenil. Entre el grito de Cadwy y su llegada en un trineo de hierba, Emrys desaparece.

—Siempre hace lo mismo —dice Ine con resentimiento—. Todas y cada una de las veces.

—Que se vaya. —Herla gira su mirada torva hacia Cadwy y el príncipe grita. Se lleva la mano a la espada.

Æthel lo agarra.

—Paz, es una amiga.

Cadwy trata de decir algo sin mucha suerte, quizás conmocionado ante Æthel empleando la palabra amiga. Nunca ha hablado de Herla sin miedo, recuerda Æthel.

—Me alegra ver que estás bien —le dice con la esperanza de calmarlo—. ¿Qué sucede?

Todavía sigue mirando a Herla, boquiabierto.

—Los líderes de Ingild se han rendido. ¿Qué hacemos con ellos? ¿Matarlos? —añade, esperanzado.

—Son mis compatriotas, Cadwy.

—Compatriotas que te traicionaron por un usurpador.

—Que además es mi hermano. Y si los mato solo me quedarán los obispos en el Witan —dice Ine con una mueca de dolor.

Charlan casi como si fueran amigos. ¿Qué ha pasado en Dumnonia para que se produzca tal cambio? Si Cadwy siente furia ante la verdad sobre el legado, lo esconde bien. ¿O es porque hay demasiadas cosas en juego? En cualquier caso, Æthel se siente agradecida. Ya se ha derramado demasiada sangre.

—Cadwy —le dice Ine, con un fugaz golpecito en el hombro—. ¿Puedes traer a Dinavus y al resto? Y Gweir, ¿puedes convocar a los lores? Es hora de que hablemos con una sola voz.

En un tono despojado de cualquier inflexión, Herla dice:

—Estoy en deuda contigo, rey. Si deseas un concilio de guerra, eres bienvenido en mi salón. —Señala la puerta distante, que ha estado abierta desde la noche en la que luchó con Æthel. La noche que por primera vez... Æthel se ajusta la capa para protegerse del viento, con la esperanza de que su rostro no la delate. El recuerdo es como una zarza ardiente. ¿Estaría Herla pensando lo mismo? Se arriesga a mirarla, solo para descubrir a Herla contemplándola con aire expectante y una ceja alzada. Su caballo aguarda a su lado.

Si Æthel pensaba que las cosas no podían volverse más raras, estaba equivocada. Ine también se sube a su montura y ambos la miran. Se halla entre ellos, con aquel horrible nudo de nuevo en el pecho.

Preferiría atravesar el campo de batalla a pie para concederse una tregua, pero no les sobra el tiempo. Cuando duda durante demasiado tiempo, Ine alza la vista para fulminar a Herla y habría sido gracioso si no le doliera tanto. *Tú mismo has creado esta situación*, le dice a Ine en sus pensamientos, pero no es justo del todo. Y Herla. ¿Cómo sería sentirse una extraña y encontrarse con sus problemas de esa forma sin saber si…?

Æthel se siente tan dividida que Ine no tiene más que ofrecerle una mano ensangrentada y probablemente se hubiera caído si no lo hubiera ayudado a mantenerse firme. ¿Y qué significa en realidad elegir cabalgar con uno o con la otra una distancia tan corta? Qué ridículo. Aun así, se estremece ante la manera en la que Herla entrecierra los ojos, esos en los que podría ahogarse, quemarse, y la cola de su caballo se agita cuando los deja a ambos atrás.

Ine se muestra radiante de victoria.

—No hace falta que te pongas tan satisfecho —gruñe mientras se sube tras él.

—¿Ah, no? —Pero su tono no carece de amargura. *Æthel* percibe las palabras que les esperan y ninguna será fácil de pronunciar.

Mientras el caballo se abre camino en el campo repleto de escombros, *Æthel* murmura:

—Gracias por ayudarla. —Han aplastado la hierba hasta convertirla en barro y es traicionera en ciertos lugares—. ¿Por qué no me dijiste que te haría daño?

—No sabía que lo haría —responde, pero sabe que miente—. Es más difícil alcanzar a la Tierra aquí.

—¿Ahora eres un mago?

Ine vacila un poco.

—No, claro que no. O al menos yo no lo llamaría así. Puedo sentir la Tierra, tocar sus patrones. —En su boca, *Tierra* no es solo una palabra. Gira la palma ensangrentada—. Era más fácil en Dumnonia, como un buen sendero a través de un bosque. Aquí… imagina que los matorrales no te dejan avanzar y debes trazar tú misma el camino. Nadie más lo ha transitado excepto tú y las zarzas vuelven a crecer.

—No estoy segura de entenderlo.

—Pero no pareces asombrada —señala Ine.

—Lo averigüé por mí misma y no gracias a ti. —Se agarra más fuerte a la capa de su esposo—. ¿Por qué no me lo contaste, Ine?

—¿Por qué no me hablaste de Herla, *Æthel*? Estaba en Wessex. Con su ayuda, quizás podríamos haber evitado esto.

—O quizás no —replica, enfurecida porque sabe que tiene razón. *Debería* haber compartido la información de que Ælfrún era Herla. *Pero quería algo que fuera solo mío*, le dice en sus pensamientos. *Quería algo que tú no podías darme. ¿Tan malo era?*—. ¿Y qué pasa con Ingild? Te advertí sobre él en numerosas ocasiones.

Le satisface ver que Ingild no tiene respuesta ante eso.

—Ha estado moviendo hilos a escondidas de muchas formas. Menospreciándome, creando dudas sobre ti…

—Así que por eso Edred me mostró su apoyo en Tantone —dice *Æthel* y todo tiene sentido—. Después desafió mi autoridad. Quería que instigara una batalla en la que murieran hombres. Quizás incluso pensaba que podría matarme en medio del caos. —Aprieta los dientes—. La intervención de Herla ayudó a Ingild a construir su ofensiva contra mí sin pretenderlo.

—Pero ¿no lo ves, *Æthel*? —Ine se gira para mirarla a los ojos—. Se ha centrado en *nosotros*. Sabe que somos más fuertes juntos. Él es quien nos ha hecho distanciarnos.

—Nosotros hemos sido los que nos hemos distanciado, Ine —le dice con tristeza—. Ingild solo ha aumentado las grietas que ya existían.

Tensa la espalda. Permanece en silencio durante largo rato.

—¿Y eso es todo? —le pregunta a la oscuridad—. ¿Te sentirás conforme dejándolo ganar?

—Ingild no tiene nada que ver con esto y lo sabes. —Gracias a Dios, han llegado al salón y *Æthel* se baja de un salto. No es una conversación para mantener a caballo. Empieza a dolerle el estómago, a causa del hambre, el cansancio o la presión de todas las palabras contenidas.

★ ★ ★

—Has estado aquí antes —dice Ine.

Æthel asiente, porque no se fía de su voz. Aunque le resulta muy incómodo verlo en el salón de Herla, su culpa se ha tornado desafío durante el camino. ¿Por qué habría de arrepentirse de la manera en la que Herla y ella se habían tocado? Los susurros y la ternura, un deseo tan fuerte que apenas podían contener los dedos. Las verdades que extrajeron la una del corazón de la otra, las promesas a las que habían dado voz con el movimiento de sus cuerpos. Dobladas en una esquina, las pieles sobre las que habían dormido parecen contenerlas todas.

Herla está en el centro del salón. Luce una sonrisita en los labios y *Æthel* no piensa más que en su rostro. Le devuelve la sonrisa y su agitación se aligera, antes de que uno de los lores de Dumnonia agarre la espada.

—Detente. —*Æthel* alza los brazos—. Como ya le he dicho al príncipe Cadwy, Herla es una amiga. Todos somos amigos aquí, ¿verdad?

—Algunos más que otros —murmura Nothhelm. No han atado al rey de Sussex, pero su voz suena apagada, sin su habitual bravuconería. Los dumnones le lanzan miradas fulminantes con las manos puestas sobre las empuñaduras de las espadas.

—Guarda silencio, Nothhelm —replica Ine—. Tus actos te han arrebatado el derecho de hablar sin mi permiso.

Æthel no puede evitar alzar una ceja. No es la única que ha aprendido a mostrarse desafiante.

—¿Por qué está aquí? —pregunta.

—Junto a los regidores Godric y Osberth está aquí para descubrir a quién ha ayudado y con qué propósito —explica Ine—. Y porque, aunque no lo merezcan, deseo darles otra oportunidad. —Se gira hacia Herla y añade con crispación—. Y también deseo darle las gracias a lord Herla por el refugio de su salón. La líder de la Cacería Salvaje es cortés.

Surgen los murmullos y Herla inclina la cabeza. Miedo entre los britanos, incertidumbre entre los lores sajones. *Æthel* debe admitir que Herla es intimidante a la vista. La tinta tatuada en su piel es oscura en aquella luz fantasmal; las pieles, cuero y hueso de su armadura, los salvajes restos de una era antigua. Herla es demasiado real, demasiado salvaje para estar junto a ellos en aquella época más domesticada. Las trenzas se le agitan sobre los hombros. *Æthel* se había envuelto los dedos en ellas, las había agarrado mientras gritaba. Se muerde el labio y desvía la mirada.

—Lamento que no te presentaras ante mí con anterioridad —dice Ine, optando por vestirse de formalidad—. Quizás nos podríamos haber ayudado mutuamente.

Æthel se esfuerza en mantener una expresión neutral. Solo ellos tres pueden discernir la otra conversación que subyace tras esta.

—Lo mismo digo —dice Herla, lúgubre—. Con tu ayuda, *heredero*, habría podido atrapar a Olwen y obligarla a revelarlo todo. Mis hermanas no habrían tenido que sufrir.

—¿Olwen?

—Alis —le informa *Æthel*—. La mano de Gwyn ap Nudd en este mundo.

—Gwyn ya no necesita manos. —Herla da un solo paso hacia delante. Su movimiento contiene la peligrosa gracilidad de una gata salvaje y más de un hombre retrocede—. En tres días, traerá a este mundo su hueste.

Mientras que los regidores parecen confusos, los britanos intercambian miradas sombrías. Y…

—¿Quién eres tú? —inquiere *Æthel* al joven en cuya presencia no ha reparado al entrar. Se muestra tranquilo mientras estudia los muros plagados de estrellas, con la barbilla apoyada en la mano. Aunque su atavío sugiere que es un hombre dedicado a la Iglesia, no hay duda de que el cayado junto a él es una lanza. Cuando dirige la vista hacia ella, se topa con unos ojos veloces y entusiastas.

—Winfrid, reina *Æthel*burg. Del monasterio de Nhutscelle.

¿Ese *es* el cazador de paganos al que había llamado Hædde? Parece la visión de un arcángel. Incluso Herla parpadea ante él.

—Fue Winfrid quien nos trajo las nuevas a Dintagel —dice Ine con demasiada naturalidad para semejante afirmación. *¿Dintagel?* A *Æthel* le resulta increíble que su esposo haya estado en ese lugar—. Que estabas reuniendo a los fyrds contra Ingild y que este tenía la intención de venir con su ejército.

Lo que sin duda ayudó a persuadir a los dumnones de marchar hacia aquí.

—¿Por qué? —le pregunta al sacerdote—. Hædde condenó a Ine como pagano en el nombre de la Iglesia. Creía que eras el favorito del obispo.

—No todos nosotros nos mantenemos ignorantes de las cosas que merecen nuestro respeto —dice Winfrid, alzando las cejas con aire virtuoso—. Además, quizás pueda ayudar.

Apenas ha respondido sus dudas. *Æthel* se traga su incredulidad.

—¿Ayuda?

—Con un plan —dice Winfrid y la palabra es como un hechizo. Las cabezas se alzan y las miradas se afilan. Está segura de que más de una persona contiene la respiración.

—¿Qué sabe un sacerdote de Gwyn ap Nudd? —pregunta Herla con frialdad—. ¿O Annwn?

—Me esfuerzo en aprender todo tipo de cosas. —Winfrid la mira sin miedo—. El saber nos acerca a Dios.

Ine agita la cabeza ante esas palabras.

—¿Incluso el saber que la Iglesia considera pagano?

—Se puede aprender mucho del enemigo.

En el frágil silencio que sigue a esas palabras, Herla interviene:

—Estás lleno de contradicciones, sacerdote. Habla.

Winfrid enlaza los dedos tras la espalda.

—Antes de unirme a la Iglesia, me crie con historias sobre Annwn. Incluso de niño, me percaté de que no eran solo cuentos. —Les ofrece una escueta sonrisa—. La verdad se halla tras los adornos. Siempre he tenido un don para extraerla.

Recuérdame que nunca lo convierta en un enemigo, piensa Æthel.

—Ese ser que usa el nombre de Gwyn ap Nudd os considera su rival, ¿verdad, rey Ine? ¿O me equivoco?

—Dudo mucho que sea rival para él —dice Ine—. *Enemigo* se ajusta más. Y es el heredero de Dumnonia a quien llama tal cosa. —Mira a Cadwy—. Asumo que ese fue el motivo por el cual Ingild matara a Geraint y después tratara de matar a su hijo. Cuando entendió la verdad... inició una rebelión contra mí. —Nothhelm y los regidores miran a Ine como si no lo hubieran visto nunca—. La legitimidad es vital para Ingild. A pesar de haberse aliado con Gwyn y aceptar la ayuda del Otro Mundo, ha manipulado nuestras propias leyes para darle la apariencia de legalidad a sus actos. Solo enfrentándonos a él le hemos obligado a revelar sus auténticos métodos. Y sus verdaderos aliados.

—Mi señor rey. —Godric se aclara la garganta—. ¿Queréis que creamos que este Otro Mundo es real? ¿Y que Ingild ha conspirado con... poderes sobrenaturales?

—Después de todo lo que has visto hoy, Gofric, ¿todavía preguntas eso? —La voz de Ine suena tirante a causa de la furia—. No tuviste problema en creer a Hædde cuando habló de herejías paganas, pero ahora que estás en el umbral del Otro Mundo, aquí en el salón de Herla, ¿te resulta demasiado inverosímil? —Tiembla—. Ingild sacrificó a nuestro padre por esto. Lo *asesinó*.

En el estupefacto silencio posterior, Godric exclama:

—¿Cómo sabéis eso?

—Le vi las cicatrices en el brazo por el forcejeo. Y descubrí que, para invocar un espectro, necesitas una vida. ¿Quién sabe a cuántos más ha matado Ingild?

—Dios mío —dice Æthel al recordar. Todos los ojos se giran hacia ella—. Cenred me lo advirtió. No pierdas de vista a mi hijo, me dijo. Pensé que se refería a ti, pero sabía que Ingild pretendía hacerle daño. Si no hubiera asumido...

—Ya no se puede hacer nada, Æthel —dice Ine con calma—. No es culpa tuya. —Vuelve a girarse hacia Godric—. Ese es el supuesto rey al que seguías. Uno al que no le importaba matar a un anciano en el lecho.

Hay otro silencio, incluso más incómodo que el anterior. Osberth mira a los britanos.

—Hablaste de Dumnonia, mi señor. ¿Qué relación tenéis con esa tierra y sus herederos?

—Esa es una larga historia —dice Ine—. Estaré encantado de compartir lo poco que sé sobre ella. Ahora no es el momento.

Antes de que el regidor proteste, Winfrid retoma lo que ha dejado sin decir.

—Si Gwyn ap Nudd os considera su enemigo, mi señor, podemos asumir sin trabas que suponéis una amenaza considerable. —Una pausa, mientras mira intencionadamente a la parte trasera del salón donde Æthel sabe que se encuentran los portones del Otro Mundo—. Si elegís un lugar y planteáis un desafío, estoy segura de que él os responderá.

—No podemos saber lo que tiene en mente. —Las palabras de Herla son un gruñido—. Es un embaucador. Ofrece amistad con la mano derecha, mientras con la izquierda planea triquiñuelas.

—¿Y acaso no podemos nosotros planear algunas triquiñuelas propias? —Winfrid separa los dedos para señalarla—. La última vez que lady Olwen os vio estabais indefensa. Gwyn ap Nudd no esperará ningún problema.

Los ojos de Herla se giran con aprensión, pero no dice nada.

—No podemos saber con exactitud donde aparecerán Gwyn y su hueste —continúa el sacerdote—. El lugar que elijáis para enfrentaros a él es tan importante como el desafío. Ha de acarrear peso.

—Peso —repite Ine. *Æthel* se percata de que está dando forma a una idea en su mente. Cadwy abre la boca para hablar, pero *Æthel* niega con la cabeza en su dirección. Ine ha mostrado esa expresión en numerosas ocasiones mientras daba forma a una respuesta, moldeándola como el herrero fabrica una espada con el metal fundido. Interrumpirlo, podría arruinarlo todo—. Debe haber un motivo para que Emrys me recordara la historia esta noche —dice, casi para sí mismo—. Los poderes supremos invocaron a Gwyn... a un lugar llamado el túmulo de Woden.

Æthel parpadea.

—He oído hablar de Wodnesbeorg. Hay registros de que sufrimos una gran derrota allí. —Intenta reprimir un estremecimiento—. No es un buen auspicio, Ine.

—¿Y confías en las palabras de Emrys? —pregunta Herla, con la furia endureciéndole la mandíbula—. Oculta su identidad, habla con acertijos...

—Siempre ha ofrecido su amistad a Dumnonia —replica Cadwy—. ¿No es así, Dinavus?

—Así es —dice el hombre de cabellos canosos en un reticente anglosajón de marcado acento. Habla la lengua como si le doliera—. Emrys es leal a la Tierra y su heredero.

—¿Leal? Esa persona solo se ha quedado el tiempo suficiente para hacer exigencias y después se ha desvanecido antes de poder hacer preguntas.

Dinavus asiente.

—Así se comporta Emrys. Atesoramos sus palabras, porque son escasas.

Herla emite un gruñido de repulsa. Aunque *Æthel* quiere apoyarla, se siente dividida. No puede evitar pensar en las almas y aquella enorme angustia tan perceptible. Y si *ella* puede percibirlas, ¿cómo sería para Herla? Si todo lo que les queda es dolor, ¿acaso no es mejor redirigirlo en vez de sufrirlo? Incómoda, *Æthel* reconoce aquella sensación como el lema que ha guiado su vida: pagar su dolor con el mundo, ciñéndoselo al brazo de la espada. Ha matado hombres con su dolor.

—Llegará la nueva estación —les dice Ine a todos—. Y las huestes de Gwyn aparecerán. Son hechos que no podemos cambiar. Pero estamos en Britania, no en Annwn, y mientras esté aquí, en nuestra tierra, debe hacerlo en nuestros términos. —Se gira hacia Herla—. Yo le haré frente, contigo o sin ti.

—El pueblo de Wessex luchará a vuestro lado —dice Gweir.

Cadwy alza la cabeza.

—Igual que el de Dumnonia.

—Los mortales no son rivales para los guerreros de Annwn. Mis hermanas... —Herla se detiene. Sus nudillos palidecen mientras se aferra a la espada negra y cuando habla de nuevo su voz suena ronca y mira a *Æthel*—. Si te enfrentas a él, morirás.

—Entonces *moriré* —grita Ine—. Es mejor que inclinarse y arrastrarse como planea Ingild.

Æthel le sostiene la mirada a Herla. ¿Qué ha pasado con la mujer que juró tomar la cabeza de Gwyn? ¿Por qué esa súbita incertidumbre? Mientras más mira Herla, más se convence de que tiene miedo. Pero ¿de qué?

—¿Está decidido? —inquiere Ine—. Nos reuniremos en el Túmulo de Woden en tres días.

—¿Quién enviará el desafío? —le pregunta *Æthel*.

Cuando Ine responde, hay una sutileza en su voz que *Æthel* siempre ha intuido, pero nunca escuchado. Una piedra extraída de las profundidades de su ser.

—Yo lo haré.

33
INE

Deben incinerar a unos hombres y enterrar a otros. Los britanos no ponen objeciones a construir una pira en la cima de Ynys Witrin, como lo llaman, mientras que los sajones pueden recibir sepultura en la tierra consagrada en torno a la abadía.

—No hay madera suficiente —le dice Cadwy a Ine con cierta intención—. Y no tenemos tiempo de talar *árboles*.

Los lores de Dumnonia lo miran expectantes. Pero crear el brazalete para Herla le ha dejado casi sin fuerzas. *¿Ahora eres un mago?*, le pregunta Æthel en su cabeza, e Ine aprieta los labios antes de que se le escape una risa sardónica. Ojalá *fuera* magia en lugar de la verdad: adentrarse en el peligroso corazón de la existencia y pedirle que cambie por él.

Quieren fuego sin combustible. Está seguro de que Herla podría proporcionárselo, pero Æthelburg y ella han desaparecido e Ine no logra sacárselas de la cabeza. Ni siquiera la amenaza de Annwn puede aplastar el recuerdo de la manera en la que se habían mirado. Y mucho más que mirarse. Le asusta preguntarse cuánto más había entre ellas, pero la respuesta es cristalina.

Cadwy asiente. Los britanos llevan las antorchas a la pira. Aunque Ine se prepara para lo peor, la lucha que anticipa no se produce. *La colina es mucho más antigua que vuestro Salvador*, recuerda que le dijo Geraint. El fuego es un caos hambriento, pero tiene un patrón y en ese lugar, no hace falta tenerle miedo. Cuando ruge y asciende, los britanos retroceden como uno solo.

—Este fuego no se apagará —dice Ine, sintiendo un eco de esa hambre—. Arderá como un faro en Glestingaburg, en Ynys Witrin, para marcar cómo luchamos juntos en este día.

Cadwy no dice nada, la sombra de Geraint se refleja en su rostro.

El entierro de los compatriotas de Ine es algo muy distinto. Sus pérdidas son más numerosas y los supervivientes están demasiado exhaustos para enfrentarse a la tierra endurecida con una pala. Así que Ine se alza sobre ella y trata de encontrar el antiguo patrón en su corazón, igual que hizo en Escanceaster. Esta vez el peso casi lo aplasta. La tierra se mueve con un quejido e Ine se tambalea, hincando una rodilla y se agarra con la mano al agitado suelo. El sabor ferroso de la sangre amenaza con llenarle la garganta.

—Vas a matarte. —Lo rodean unos brazos desde abajo y lo ayudan a incorporarse. Ine deja escapar una temblorosa exhalación. Al menos ha logrado remover suficiente tierra para las tumbas. Æthel ahora le habla con más seriedad—. Ine, debes tener cuidado.

—¿Cómo me enfrentaré a Gwyn si no puedo usar la herencia en mi propia tierra? —Tose, pero esta vez no sale sangre. Solo tiene la garganta irritada, y una parte de él se percata de que debería tener miedo. *Tiene* miedo, pero lo eclipsa el miedo más íntimo que Æthelburg trae con ella—. Creía que estabas con Herla —le dice en un tono neutro.

La mirada de Æthelburg es inescrutable.

—Entra y siéntate. No has descansado.

Exhausto, le permite que lo guie. Bajo las cálidas lámparas de la abadía, el cabello de su esposa parece de miel. Se ha lavado el polvo de la batalla del rostro y, aunque tiene los ojos ensombrecidos, es tan fiera y hermosa como el día que la vio junto a su padre y lo contempló con un desafío en la mirada a través de la estancia. ¿Ha dedicado alguna vez algo de tiempo a decírselo?

*Æthel*burg se lo lleva a una cámara vacía adyacente a la de Berwald. Una batalla junto a su tranquila puerta no parece haber perturbado al abad, aunque quizás se trate de la influencia de Winfrid. El sacerdote ha pasado media noche enclaustrado. Cuando toman asiento el uno junto al otro en el austero camastro del monje, se siente como cuando se estaban cortejando. La incomodidad. El no saber qué hacer con las manos. Aunque ahora son mayores y supuestamente más sabios, a Ine no le da esa impresión. No habría cometido tantos errores de otra forma.

—*Estaba* con Herla —dice *Æthel* con una voz fatigada—. Se fue. Y yo la llamé.

—La amas. —Habla antes de darse cuenta. No ha tenido la intención de expresarlo con tanta franqueza, pero decirlo en voz alta es como hacer una punción en una herida terrible. Duele, pero también causa alivio.

Æthel abre los ojos desmesuradamente.

—No hace falta que lo niegues —se apresura a añadir Ine—. Si no pudiera leer parte de tus sentimientos después de diez años de matrimonio, sería un esposo aún más deficiente de lo que ya soy.

—Nunca he considerado que fueras deficiente.

Ahora siente la garganta acalorada, además de irritada.

—Entonces eres más gentil de lo que merezco. —Se remueve en el camastro y da una palmada junto a las rodillas—. Esto es lo que querías decirme.

—Sí —murmura *Æthel* y lo mira directo a los ojos—. No quiero que sea un secreto entre nosotros.

—Y... ¿ella te ama? —Antes de que *Æthel* pueda responder, deja escapar una pesada respiración—. Qué pregunta más absurda. ¿Quién no te querría?

—Mucha gente —dice con aire hastiado, como si hubiera desenterrado una antigua discusión—. La corte me odia. ¿Por qué crees que busco cualquier oportunidad de *no* estar allí?

—Ya veo. —Y de verdad lo ve. Ve el daño que ha forjado su silencio.

Æthel toma una de las frías manos entrelazadas de Ine.

—No puedes hacerte responsable de lo que ocurre en mi corazón.

—No. —Ine baja la vista hacia sus manos únicas—. Pero sí de lo que ocurre en el mío. Eres mi esposa. Tendría que haber confiado en ti. No… no quería decepcionarte.

Æthel habla en voz baja.

—¿Qué ocurre, Ine?

El silencio se prolonga. Incluso la dificultad de alcanzar la Tierra en ese lugar palidece en comparación con compartir las partes más profundas de sí mismo, sobre todo frente a la persona a la que ha herido. _Æthel_ aguarda y su paciencia, tan diferente a su habitual enojo, le da el valor de empezar.

—No puedo estar contigo como la mayoría de los amantes. —Habla mirando a los adoquines porque continuar le requiere de todo su valor—. No siento el deseo de intimar que describen otros hombres. Siento indiferencia… una reticencia a compartir mi cuerpo de esa manera. No sé lo que siente otra gente o lo que se supone que siente porque para mí siempre ha sido así. —Ine mira hacia arriba, el corazón le late dolorosamente en el pecho—. _Æthel_, no quiero sentir indiferencia cuando estoy contigo. Adoro todo lo que eres, todo lo que tenemos. Pero he dejado que esta… esta parte de mí se interponga entre nosotros. —Sus palabras suenan ahora atropelladas; espera estar expresándose con algo de sentido—. Lamento no habértelo contado. —Toma una bocanada de aire—. Siento haberte dejado casarte conmigo a sabiendas de que no podía darte todo lo que querías.

_Æthel_burg parece tan aturdida como él.

—Así que antes, cada vez que quería…

—Nunca ha sido un problema tuyo, _Æthel_. Eres perfecta tal y como eres. —Se traga las lágrimas—. No hay nada malo en ti.

—Tampoco hay nada malo en _ti_ —replica y se le rompe la voz—. Y _sí_ es culpa mía. Ella tenía razón. He estado… enfadada. Demasiado enfadada para escuchar. Solo pensaba en lo que yo quería. En lo que necesitaba. No se me ocurrió… —*Æthel* se detiene. Cuando habla de nuevo su voz es un susurro—. No se me ocurrió que quizás no queríamos las mismas cosas.

No soporta escucharla culparse a ella misma.

—Yo podría habértelo dicho…

—Me lo dijiste. —La mano sobre su muslo se ha cerrado en un puño—. Ahora me doy cuenta de que me lo dijiste todas las veces que estuvimos juntos. No todo ha de decirse con palabras.

—*Æthel*. —Ine se levanta solo para arrodillarse en la piedra desnuda frente a ella y cubre las tensas manos de su esposa con las suyas. Ella protesta e intenta apartarlo, pero él no piensa moverse—. Cuando te dije que te quería, lo dije de verdad. Eres todo lo que me gustaría ser: valiente, impávida. Tienes una mente maravillosa. —Las lágrimas se niegan a que se las trague—. Poder llamarte mi esposa me convierte en el hombre más afortunado de toda Britania. —El sentimiento en su pecho es incluso más grande que la sobrecogedora presencia de la Tierra. Las palabras no parecen suficientes y las siguientes tienen un regusto amargo—. Si esto significa que no puedes estar conmigo, lo entiendo. Me sentía avergonzado y tenía miedo de contártelo… por si querías dejarme.

—Creía que querías que me fuera. —*Æthel* libera las manos, se pone en pie y de pronto la cámara es demasiado pequeña para contener la agitación que la posee—. Dijiste que nuestra vida juntos era un calvario. Ese día… me rompiste el corazón.

Ine se la queda mirando. *No, no, no.*

—Estaba pensando en ti, que era un calvario para ti, *Æthel*. Y fuiste tú quien lo trajo a colación. Nunca dije que quería que te fueras.

Æthel se queda inmóvil.

—Tal vez no, pero tampoco dijiste que querías que me quedara.

—Claro que quiero que te quedes —explota, poniéndose en pie tambaleante. Cuando estira el brazo hacia ella, se aparta y ese minúsculo gesto hace que le duela el corazón—. Pero no es mi elección. Es tuya, Æthelburg.

—Estamos *casados*, Ine. —Sus ojos son de un azul quebradizo y peligroso—. ¿Por qué he de tomar sola la decisión?

Ine la contempla, confuso. La situación no se desarrolla de la manera que se imaginaba y lo ha imaginado muchas veces.

—Lo siento.

—Yo también lo siento. —Æthel exhala—. Gracias por decírmelo. Ha requerido de mucho valor y no lo olvidaré. —Ine sabe que habrá un *pero*. Aun así, cuando llega, no está preparado—. Pero necesito tiempo. Para pensar, para... —Æthelburg encorva los hombros—. Necesito tiempo.

La celda monacal es casi un confesionario. Æthel está en el umbral e Ine apenas puede respirar. *Ella y su corazón son la esperanza que te queda.* Claro que lo son, siempre lo han sido.

—Æthel —la llama, quejumbroso—. Por favor. No podré lograrlo sin ti. No puedo enfrentarme solo a Gwyn ap Nudd.

Ella lo mira. ¿Por qué le ha llevado tanto tiempo percatarse de la verdad? ¿Por qué puso las expectativas de la corte —sobre lo que él y Æthel debían ser— por encima de las propias? ¿Por qué su vergüenza se ha apoderado de todo y arruinado lo que habían construido?

—La gente espera ciertas cosas de ti —dice Ine sin apenas oír su propia voz— pero nada de eso importa. —Se lleva la mano a la cabeza—. ¿Por qué creí que importaba?

Æthelburg vacila, la sombra de algo indefinido se extiende por su rostro. Después se da la vuelta.

¿En serio había creído que la verdad podría enmendar años de malentendidos? ¿Que podría borrar los errores cometidos y el daño que se habían hecho el uno al otro? Secretamente, en su interior, Ine había albergado esa esperanza. Ahora, al oír el vacío eco de las pisadas de Æthel, sobre la piedra, comprende que ella ha vivido una cara muy distinta de esa verdad. Una cara tan agónica como la suya propia. Juntos podrían haber logrado comprenderlo. En lugar de eso, los había separado.

La estancia tiembla e Ine se sienta sobre el lecho. *Æthel* necesita tiempo, pero ¿de qué tiempo disponen? En tres días debe sacar la fuerza de donde pueda para enfrentarse a Gwyn y los poderes que traiga desde Annwn. De momento, Ine quiere acurrucarse en el silencio que amortigua el sonido de la marcha de *Æthelburg*.

★ ★ ★

A la mañana siguiente, acude solo a la puerta que conduce al Otro Mundo y deja descansar la mano contra la roca deforme. Percibe algo al otro lado, una suerte de amplitud: un mar o un abismo. De vez en cuando, le llega el aroma de las flores.

Ine se prepara. Apenas ha dormido.

—Hablo al rey de Annwn, el que se hace llamar Gwyn ap Nudd.

—Se detiene, pero no sucede nada—. He de deciros que estas son mis tierras y las defenderé junto a los que habitan en ellas hasta mi último aliento.

Un susurro. Ine no aparta la mano.

—Yo os desafío, Gwyn ap Nudd —le grita—. Si deseáis arrancarme el pacto de la sangre, como habéis amenazado hacer, venid. Pronto no habrá muros entre nosotros. Os esperaré en el túmulo que lleva el nombre de Woden.

Está a punto de apartar la mano, cuando una luz implosiona a su alrededor y se descubre en una orilla. Al otro lado de las brillantes olas se halla un edificio para el que no tiene nombre. Vasto, con torres tan afiladas que podrían atravesar los suelos del Cielo, su estructura gemela la imita, desde la distancia. Los pabellones iluminan una extensión verde: un campamento de guerra, cuyos preparativos están casi terminados.

—¿Por qué allí? —dice una voz. Gwyn ap Nudd se alza sobre los escalones, con una cota de malla plateada y ojos de la misma plata.

Su rostro es orgulloso y cruel, humilde y amable. Es muy alto. Al contemplarlo, Ine es incapaz de sentir su propio cuerpo.

—Es tan bueno como cualquier otro —se obliga a decir a pesar de la boca entumecida—. Si rechazáis el desafío...

—No lo rechazo.

—Entonces la próxima vez que nos veamos será allí.

—Si intentáis engañarme —dice Gwyn con parsimonia y todos los sonidos de los pabellones se apagan—. Fracasaréis.

—Mi desafío no es ningún truco. —Ine no puede moverse, el terror amenaza con devorarlo. *No estoy aquí*, se repite a sí mismo, pero resulta difícil de creer cuando todo lo demás parece real. Ocupa sus pensamientos con Æthel, Gweir y todos los que dependen de él y halla las fuerzas para continuar—. No me acobardaré tras los muros mientras mi pueblo padece bajo las espadas de vuestra hueste. Vuestra disputa es conmigo.

—Con cualquiera entre vuestra gente que porte el don. —Gwyn ap Nudd lo evalúa—. Pero sí. Es sobre todo con vos.

—¿Por qué ahora? —inquiere Ine, cuando la curiosidad se abre camino a través del miedo—. ¿Por qué no intentasteis destruir la herencia desde el principio?

Una ráfaga de viento hace ondear los estandartes y agita las olas, pero la capa del señor de Annwn permanece inmóvil.

Con una sombra enturbiándole el rostro, Gwyn contesta:

—No era libre de hacerlo.

Tiene los ojos cerrados. Al abrirlo, Ine se descubre frente a un inexpresivo rostro de piedra, con los miembros rígidos de haber permanecido tanto tiempo de pie. Mientras aparta la mano, le llega un último susurro. *Las cosas son diferentes.*

Cuando se reúne con ella en el exterior, Æthelburg adopta una actitud perfectamente civilizada. Y distante. Sus entrañas se retuercen ante aquella expresión tan fría.

—Tenías razón —le dice Ine, esforzándose por ignorar esa sensación, para ahogarla entre sus preocupaciones de mayor envergadura—.

La puerta es ya tan frágil que ha podido escucharme. Ha aceptado nuestro desafío.

Æthel exhala con las manos aferradas a las riendas de su caballo. Ine parpadea al verlo.

—Æthelburg, ¿qué es eso?

—Me lo ha regalado Herla —dice y le da una palmadita al caballo en su sedoso cuello. El animal adopta una postura inmóvil que no parece nada caballuna.

Ine lo fulmina con la mirada.

—¿Y qué más regalos te ha dado? —Su voz suena como un mordisco sin que pueda evitarlo. Suena celoso y lo sabe.

—No creo que sea asunto yo —replica Æthel, con una mano en la lanza que lleva en la cintura. Ine opina que sí que es asunto suyo, pero el mismo brillo peligroso aparece en los ojos de Æthelburg y prefiere no presionarla. De todas formas, su furia sigue siendo frágil, un hielo quebradizo sobre un mar de pesar.

Para cambiar de tema, dice:

—Gwyn me dijo que no ha sido libre para empezar la guerra hasta ahora.

—Ya oíste a Emrys. Herla ha asumido el deber de Gwyn. —A Ine no se le pasa por alto la manera en la que su esposa pronuncia las sílabas del hombre de Herla: con suavidad, con fascinación—. Si dice que antes no era libre, quizás su deber lo ataba de la misma forma en la que ahora ata a Herla.

—¿Y podría atarlo de nuevo?

Ambos se suben a sus monturas. Ine alza el brazo y las columnas tras ellos comienzan a moverse, serpenteando por el noroeste hacia Wodnesbeorg. No es una gran fuerza; la batalla del día anterior les ha salido cara. *Ingild*, se jura, *tendrás que dar cuenta de ello.*

—Eso espero —dice Æthelburg antes de hacerle una confesión—. No he visto a Herla desde ayer. Se estaba comportando de manera extraña—. Las cosas que dijo… —Ine intenta con todas sus fuerzas no percatarse del rubor de sus mejillas—. Creía que quería venganza. Siempre se muestra fiera cuando se menciona a Gwyn. Pero quizás las palabras de Emrys hayan cambiado algo. Desde luego la enfadaron mucho.

—Vendrá. —La idea de Herla desvaneciéndose para siempre tiene sus encantos, pero Ine teme que aún la necesitan. La necesitarán si a él le fallan las fuerzas.

La idea le golpea de forma tan brutal y repentina que casi piensa que le ha venido de otro lugar, un ataque a su mente de las fuerzas que se mueven en su contra. Es más aterrador que sea una idea que se le haya ocurrido a él. Lo alimenta el rubor de las mejillas de Æthelburg cuando habla de Herla. El ladrido en su voz cuando le dijo que no era asunto suyo.

El cielo es un palio. Las nubes descienden como las lápidas de una tumba e Ine se estremece ante la imagen.

—Si lo que quiere es venganza —dice, lúgubre— esta es su oportunidad.

—Sí. —Sin embargo, Æthel aún tiene el ceño fruncido—. Herla es una gran guerrera, la mejor contra la que he peleado. Pero no es más que una. Sola, quizás no sea suficiente.

★ ★ ★

Æthel todavía conserva el ceño fruncido cuando llegan a Wodnesbeorg tres días más tarde y no hay rastro de Herla. Han tenido vistas de la colina durante media mañana. Ahora que se acercan, Ine puede ver la verdosa forma del túmulo y se pregunta quién o qué yace en su interior. La suave cobertura verde no delata nada.

Desde la cima, las vistas son impresionantes. El campo se extiende con dulzura hacia el norte hasta llegar a Mierce. Al sur yace Sarum, con sus derruidos muros que ocultan el poder del imperio que los erigió. Pero la visión más urgente no requiere de ojos. En lugar de eso, Ine la percibe en las plantas de los pies.

—Este lugar rebosa poder —le murmura a Æthelburg—. Algo sucedió aquí. Hace mil años. —Es como una melodía que no acaba de reconocer. Lo invita a seguirla a través del cieno y la arena, de huesos tan viejos que no pueden ser sino polvo, sino un recuerdo, hasta descubrir su nombre.

Æthelburg le roza el brazo e Ine exhala una larga contenida respiración.

—Gracias. —No le pregunta a qué se refiere, pero ella no le suelta hasta que Ine asiente.

—Los hombres están bajo tu mando —le dice, contemplándoles con un creciente pavor—. Tú sabes mejor cómo posicionarlos. Cadwy está al mano de los britanos, pero tú posees la experiencia que a él le falta. Recurrirá a ti.

—Ella *vendrá*. No me… no dejará que estos hombres se enfrenten solos a Annwn.

A Ine no le pasa desapercibido el desliz y entorna los ojos. Sus celos parecen mezquinos ante el peligro al que se enfrentan pero, igual que de una pulga en una camisa, parece incapaz de librarse de ellos. Una comparación más que apta; mientras más se rasca, más le muerde y más le pica el cuerpo. Aprieta los dientes. *No puedes permitirte distracciones.*

Aparte del resoplido de los caballos, y los gruñidos, chillidos y suspiros del ejército, reina una calma espectral. La luz ya va desapareciendo, las nubes traen una oscuridad antinatural. Sin advertencia, el peso de toda la situación se desploma sobre Ine, que se ahoga. Lo que una vez se asemejó a una rebelión, se ha convertido en una guerra por su libertad, por su propia existencia. *¿Era esto lo que querías, Ingild? ¿De verdad crees que te permitirá ser rey?*

—Dile a todo el mundo que descansen mientras puedan —le dice a Æthel, y escucha a su hermano en el tono hueco de su voz.

Las siguientes horas son las más largas que Ine haya soportado nunca. Cuando se pone el sol, enciende las antorchas hasta que la colina resplandece como una pira gigante. *El túmulo de Woden.* Da vueltas de un lado a otro, dominado por pensamientos salvajes. *La cruz mató a nuestro dios y lo enterramos aquí.* Solo el nombre señala su lugar de descanso. Quizás Woden se hizo uno con la Tierra, y sus cabellos se convirtieron en las raíces en las que se enredó Ine; su gruesa barba las rosas que se quedaron atrapadas en su piel. *Pero ahora sabes*, piensa Ine, agachándose y acariciando la fría tierra con los dedos, *que eres parte de mí*. El muro entre este mundo y Annwn no es el único que se desvanece esa noche. Caerán todos los muros. *Incluso los de nuestro interior. ¿Qué yace más allá de todo lo que creemos que somos?*

Le golpea una sacudida. La colina tiembla y abre los ojos para soltar una exhalación. Cerca, Cadwy inspecciona la noche, buscando inútilmente la fuente de ese sonido. Ine podría decirle de lo que se trata; la Tierra siente los pies de la hueste brillante, el resplandor de Annwn. Cuando se derraman en el mundo, aparecen con una canción en la garganta.

Ine es consciente del momento en el que Gwyn ap Nudd pone un pie, furibundo, en la tierra de Wessex. Toma una bocanada de aire y la misma tierra se estremece. ¿Quién soy yo para detener a esa persona? ¿Quién puede negarle algo? Respira demasiado rápido. Æthel encuentra su brazo y se aferra a él, con los nudillos blanquecinos. Sigue buscando a Herla, pero no se ve a la señora de la Cacería por ninguna parte. Están solos.

La luz colorea el horizonte. No se trata del amanecer; pues no son sus colores. Más bien es como un brillo inhóspito y hostil que emana de la Gente de Annwan mientras avanzan por el campo. Algunos cabalgan mientras que otros corren, raudos como caballos. Una canción fantasmal los acompaña. Un grito de guerra, compuesto de sus nombres.

Las aves de Rhiannon se posan sobre sus hombros. La canción de una es el sueño que arrulla a los vivos; la otra puede despertar a los muertos. Y luego los hermanos: Bwlch, Cyfwlch y Syfwlch, cuyos escudos, lanzas y espadas también son hermanos y ningún poder en el mundo puede quebrarlos. El caballo denominado el Oscuro con cascos como martillos, mientras que su melena es un látigo de cien cabezas. Pwyll y su hijo, Pryderi, cuyas historias son más grandes que sus vidas. Y al frente, Culhwch, con sabuesos grises a su lado. En la mano porta el hacha que hace sangrar al viento.

Otros aparecen tras ellos: guerreros y lugartenientes, siervos, bardos con arpas de gran tamaño que han venido por las historias; druidas adornados con follaje verde y dorado de los bosques de Annwn. *Son muchos*, piensa Ine y mira cómo los hombres se acobardan. Tiene un nudo en la garganta. *Somos lo fyrd, los granjeros guerreros.* El mero canto del ave de Rhiannon sería suficiente para acabar con ellos. Aquella mujer tiene los ojos amarillos de un halcón mientras observa las fuerzas dispuestas en su contra.

Y entonces aparece una figura familiar. Ingild es como niño que camina a la zaga de Olwen. Tiene el rostro pálido y la mandíbula apretada: ¿con terror o determinación? Mientras la gente de Annwn se distribuye por la colina, aislando a las fuerzas de Ine, Ingild, Edred, y un pequeño número de hombres son los únicos mortales que hay en la zona inferior.

La verdad sobre la muerte de Cenred sigue siendo un oscuro peso sobre su cabeza, pero aun así Ine lo llama:

—¡Ingild! No es demasiado tarde. Eres un hombre de Wessex. Deberías estar con nosotros.

Durante un fugaz instante, la expresión de Ingild vacila. Entonces grita:

—Mi lugar nunca ha estado contigo. Ni una vez me has cubierto de elogios o me has hecho sentir parte de tu familia. Ni tampoco padre. Incluso nuestras hermanas me tratan con indiferencia. Así que he encontrado a otros que reconocen mi valía.

Como le da la espalda a la gente de Annwn, no puede ver su desprecio ni sus sonrisas crueles. Pero Ine las ve y también los que están a su lado. Nothhelm agita la cabeza.

—Eres un necio, Ingild. Y yo también, por tragarme tus mentiras.

—Tú sí que eres un necio, Nothhelm —replica Ingild—. Si piensas que puedes derrotar a lord Gwyn la noche en la que su poder es más grande. Mereces la muerte que tanto has cortejado.

Ine alza la mano y Nothhelm se traga lo que pretendiera decir.

—Ingild, te juro que tendrás que responder por padre. Pero no me obligues a matarte aquí.

Las hadas permanecen en un silencio fantasmal. Ahora surge una risa, que inspira otra y otra más, hasta que el júbilo resuena en la noche.

—El mortal ha hablado muy claro —dice Pryderi. Ha sido el primero en reír—. ¿Cómo piensas hacerle daño mientras está con nosotros?

Como respuesta, Ine planta los pies, esta vez da la bienvenida a la imagen de las raíces en torno a sus piernas, anclándolo a la tierra. *Por favor. Por favor, no te enfrentes a mí.* Pero cuando se hunde algo se extiende hacia arriba, unos dedos que se agarran a los suyos. Su mente se abre como una flor y todo se vuelve de oro. Unas líneas de luz hacen resplandecer el lugar en el que se encuentra y recorren la colina como el agua de lluvia e inundan la tierra a su alrededor.

La gente de Annwn sisea y se aparta de un salto como si el suelo quemara bajo sus pies. Uno de los pájaros de Rhiannon alza el vuelo desde su hombro. Los sobrevuela y deja escapar un chillido; no el estridente sonido del halcón, como espera Ine, sino una nota demasiado sonora y grave para provenir de la garganta de un ave. Aunque los hombres tiemblan, siguen en sus puestos e Ine se percata de que mientras él mantenga su vínculo con la Tierra, no caerán presas del hechizo. La expresión de Rhiannon se vuelve gélida mientras hace girar la mano. El chillido se repite, pero de nuevo no surge efecto.

—Bonita triquiñuela —le dice con un gruñido y el rostro enrojecido—. Pero no te salvará de las espadas.

—Por supuesto que no. —Pryderi desenvaina una hoja de luz solar que es opuesta a la de Herla. Sin embargo, al desmontar, lo hace sin gracia alguna y abre los ojos desmesuradamente.

—Han perdido la ventaja —grita Æthelburg—. ¡A mí!

Antes de guiar a los hombres colina abajo, Ine y ella intercambian una mirada llameante. No tienen tiempo para más y en aquel terrorífico momento desea que no fueran rey y reina de Wessex. Que no hubiera batallas que luchar ni deberes con los que cumplir. Que no hubiera espadas que pudieran arrebatarle a Æthelburg de un golpe insensible. Pero eran quienes eran y *Æthel* nunca le daría la espalda a esa realidad.

Los gritos atraviesan a Ine mientras observa desde la cima del túmulo. Aunque cada nervio de su cuerpo lo urge a acudir en ayuda de sus hombres, se obliga a mantener la determinación, ya que no sabe durante cuánto tiempo puede mantener encantada a las hadas. Con el corazón en la garganta, vislumbra a Cadwy enfrentándose a uno de los tres hermanos. No puede señalar el momento exacto en el que empezó a considerar un amigo al hijo de Geraint, pero la idea de verlo caer ante la brillante hoja de Bwlch le resulta intolerable. Ine aprieta los dientes. No debe cansarse antes de que Gwyn entre al campo de batalla, pero no permitirá que Cadwy muera. Igual que hizo con Cawling, extiende un brazo y se concentra en la tierra sobre la que se alza Bwlch para intensificar ahí su voluntad. *Te exilio, Bwlch. No vuelvas a poner el pie en mis tierras.* Cuando cierra el puño, la luz dorada bajo el hijo de Annwn resplandece y se lo traga.

Cadwy se da la vuelta para mirar a Ine. Tienen un instante para intercambiar un asentimiento antes de que gritos gemelos de furia se impongan sobre la batalla. Ine trata de contener un mareo justo cuando Cywlch y Syfwlch se lanzan por el campo, con movimientos casi demasiado rápidos para seguirlos. A Cadwy le tiembla la mano cuando alza la espada para recibirlos.

No.

La tierra explota en torno a los hermanos. Raíces como rizos de pelo salvaje surgen de ella, les trepan por las piernas, los brazos, se enredan entre sus pechos como barriles. Sus escudos bruñidos resultan inútiles. Cuando las raíces encuentran sus bocas dejan de gritar y, al instante siguiente, se desvanecen en la nada con un resplandor a la zaga de su hermano. Ine sabe que no pueden morir y que solo han huido a Annwn, pero les llevará mucho tiempo regresar. Ha ganado algo de tiempo.

Mientras alza la cabeza hacia él, Cadwy palidece. Ine no entiende el motivo hasta que le llega el sabor del hierro. Le cae sangre de la nariz. Tose y el líquido le llena la boca. Tras escupirla, siente otra oleada de mareo y se tambalea. Solo las firmes manos de Gweir lo mantienen en el sitio. En el interior del pecho de Ine, el poder comienza a revolverse como una bestia salvaje; forcejea para hacerse con el control y se traga la sangre. *¿Quién los protegerá si tú caes?*

Los gritos aumentan de intensidad ante la derrota de los hermanos, una mezcla de juramentos de batalla britanos y sajones se alzan triunfales. Bajo las órdenes de *Æthel*, los hombres no luchan solos, sino en grupos. Britanos hombro con hombro con los sajones, por extraño que fuera. Es lo que él buscaba, piensa Ine y se desespera ante la manera en la que se ha hecho realidad. ¿Qué paz duradera podrá lograrse si mueren en ese lugar? Vislumbra a *Æthel*, con los músculos tensos mientras blande con precisión experta la lanza que le regaló Herla. ¿Qué paz duradera podrá hallar en el mundo si su esposa muere?

Sus huesos empiezan a gruñir bajo el peso del poder de la Tierra. *Es demasiado grande para una persona.* A Ine no le importa. Si su vida puede comprar cientos de otras, ¿por qué dudar? Pero la luz dorada va desvaneciéndose, escurriéndose como la arena entre los dedos sin importar cuán desesperadamente tratara de aferrarse a ella. Subyugado por el pavor, Ine baja la vista para descubrir los ojos plateados del rey de Annwn contemplándolo.

La silueta de Gwyn es resplandeciente y terrible, sabía y salvaje al mismo tiempo. Lleva la misma armadura luminosa que Ine vio en su visión. La hueste se arrodilla y los hombres retroceden, y quedan atrapados contra las faldas de la colina.

—Miraros —dice Gwyn en medio de aquel súbito silencio. Su voz es musical, elegíaca. Ine la escucha a la perfección a pesar de la distancia entre ellos—. Os está destrozando, no está hecha para los mortales.

Ine se estira. Se envuelve el estómago con el brazo, pero ahora lo deja caer.

—Os equivocáis. Fue un don. La hicieron para nosotros, nos la dieron para ayudarnos a guardar y proteger la tierra.

—¿Y piensas que os merecéis tal honor?

—No —responde Ine con honestidad—. Y no me cabe duda de que llegará el día en que lo perdamos. No hace falta que vos nos lo arrebatéis.

Gwyn sonríe.

—Si eso es lo que crees, ¿por qué no apresurar ese día? No tocaré al resto de vuestro pueblo, rey de Wessex, si venís aquí abajo. —Ladea la cabeza, meditabundo—. Debería complaceros: tendréis la posibilidad de entregar vuestra vida a cambio de la de ellos. Un acto noble.

—No dudaría. —De nuevo Ine intenta en vano hallar su vínculo con la Tierra. ¿Es esto obra de Gwyn?—. Pero no me corresponde devolver el regalo que nos hizo la Soberanía.

En un parpadeo, Gwyn tiene la espada en la mano.

—¿Os atrevéis a mencionarla frente a mí? Os arrebataré la vida y el reino. No será más que un juguete para mí.

—Lord Gwyn, jurasteis que *yo* gobernaría Wessex.

Gwyn se lanza contra Ingild. Le agarra de la barbilla y lo arroja al suelo.

—¿Crees que te permitiré ser rey, que te *recompensaré*, cuando has fracasado en la pequeña tarea que te encomendé? —Señala a Ine—. Ese es el heredero de Dumnonia. Todo lo que te pedí fue que te asegurarás de que estuviera muerto antes de esta noche. Que nadie me desafiaría.

—¿Y cómo había de saber que era él? —Ingild se limpia la sangre de la boca—. Me dijisteis que era un britano. Geraint de Dumnonia. Logré matarlo, como requeristeis. También habría matado a su hijo de no ser por la intervención de mi hermano.

¿Cuándo lo había traicionado Ingild? ¿Cuánto tiempo llevaba conspirando para manipular las circunstancias que condujeron a la muerte de Geraint? A Ine le pesa el corazón solo de pensarlo, a causa de su incapacidad de ver la imagen completa. Sin la ayuda del Otro Mundo, ¿cómo habría podido Ingild tender una emboscada a Geraint?

—¿Esa es tu excusa? Te concedí poder y, aun así, pones tus propias ambiciones por delante de las mías. —Gwyn se da la vuelta, como si Ingild no fuera más digno de atención que una mancha en el suelo—. Por eso has fracasado. No mereces el título de príncipe, Ingild, y mucho menos el de rey.

El rostro de Ingild está lívido. Su boca ensangrentada se abre y se cierra sin emitir sonido alguno.

—Ya hemos hablado lo suficiente. —Gwyn ap Nudd da un paso hacia la colina y lo que quedaba de la luz dorada parpadea y desaparece.

—No —se oye gritar Ine mientras el segundo pájaro de Rhiannon abandona su hombro. Las plumas se precipitan sobre los cuerpos de los caídos, y en el momento en que los tocan, sus miembros se retuercen. Con cada aleteo, los movimientos se tornan más fuertes hasta que una veintena de cadáveres se alza. Carne ansiosa por cumplir con las órdenes de Rhiannon. Atacan a sus antiguos hermanos, que los observan aparecer con los ojos abiertos desmesuradamente. También mueren con los ojos abiertos y las espadas enterradas en los corazones.

Horrorizado, Ine se mueve hacia delante, pero Gweir lo retiene.

—No. Sin vos, ganaría.

—Sin nuestro pueblo, he perdido, Gweir. —Ine no aparta los ojos de Gwyn—. He de poner fin a esto.

—¿Y en qué nos convertirá vuestra muerte? —grita el gesith—. En esclavos de la gente de Annwn, que harán con nosotros lo que les plazca.

Igual que en Wiltun, un resplandor rojizo llama la atención de Ine. Olwen sube la colina descalza y esquiva con facilidad las espadas que se dirigen a ella.

—¿Así que al final Herla no te ha querido? —El hada se dirige con dulzura a Æthelburg. Hay sangre en la mejilla de su esposa, semejante visión siembra un miedo terrible en su interior. Ella también se apoya en la pierna derecha—. No parece que vayas a resultar útil entonces. —Con una fina daga en la mano, Olwen ataca y *Æthel* no puede esquivarla lo suficientemente rápido como para evitar que le haga un sangriento corte en el brazo.

Dentro de Ine la furia es como un volcán en erupción. Se cae de rodillas, coloca las manos en el suelo y busca el poder que ha extinguido Gwyn. Está ahí pero no puede alcanzarlo y un grito fútil le quema la garganta. El control se le escapa, desvaneciéndose ante el miedo por *Æthel*, por los hombres que luchan y mueren abajo. Y por las palabras de Olwen que, pese a la batalla, han despertado el enfermizo dolor que le dice que incluso si ganan perderá a su mujer.

En el momento en el que lo piensa, un cuerno resuena por el campo. Ine ya lo ha oído antes. La noche en la que estuvo atrapado en aquel sueño de espinas y raíces. En lugar del bugle de su gente, es un quejido, furioso y desolado. Tembloroso, alza la cabeza.

Esta vez la luz que lo saluda no es una luminiscencia perlada, sino un rojo infernal, como si el infierno viniera a caballo. El infierno es una única criatura con cuernos. Su caballo es de un negro monstruoso, con sus espectrales ojos en llamas. La espada que sostiene es más oscura que el espacio entre las estrellas. Y el lamento que emite nace de miles de gargantas descarnadas.

34
HERLA

Túmulo de Woden, Wiltunscir
Reino de Wessex

Por supuesto que los percibe; en el mismo instante en el que la gente de Annwn se adentra en el mundo, arrastrando sus penachos y sus historias, listos para escribir otra con la sangre de los mortales. Sentada en un montículo a varios kilómetros del túmulo, con la espada negra sobre las rodillas, Herla alza la cabeza para escuchar. Los bardos ya están cantando sobre la victoria.

Cuando, desollada en carne viva, había despertado por primera vez en esa época solo había pensado en llevarse la espada de Gwyn a la garganta y al cuerno con las consecuencias. Æthelburg cambió eso. Æthelburg y la oferta de Gwyn. La promesa de una nueva vida. Amor. ¿Y qué importaba si tenía que cabalgar con la luna vieja? En lo más recóndito de su corazón, Herla no puede negar que es un precio que ansiaba pagar.

Pero Æthelburg se parece demasiado a Boudica y luce el deber como una capa fina en lugar de la cadena que es en realidad. Incluso si lo anhelaban, ninguna de las dos pagaría ese precio. Y es por eso que Herla se sienta en esa colina. Es por lo que no puede decirle a Æthelburg la verdad.

—Espera, Herla —la había llamado la reina la noche del concilio y Herla vaciló. No debería haberlo hecho. Pero esa siempre había sido su debilidad.

* * *

Dejan atrás a los hombres, que pelean sin motivo alguno, de la manera acostumbrada. Solo el rey las observa marcharse con ojos celosos. Herla quizás habría sonreído si no la persiguieran las palabras de Emrys y el miedo creciente de lo que surgirá de ellas.

Se está mejor fuera. Siempre ha amado el viento sobre la piel, en el pelo. El cielo oscuro y resbaladizo como un ternero recién nacido. Herla contempla aquella líquida noche y se pregunta qué quería decir Gwyn al hablar sobre traspasar sus orillas y adentrarse en la aurora eterna. Ningún amanecer es para siempre. Aprieta los puños. Trucos del Otro Mundo, acertijos para burlarse de ella.

Æthel va desenrollándole el puño, dedo a dedo, y Herla se permite perderse en esa sensación, inocente, pero cargada de promesas. Agarradas de la mano, caminan lo suficiente por la colina para evitar las miradas, sin hablar por el momento. Hasta que *Æthel*burg pregunta:

—¿Me dirás lo que te inquieta?

—¿Cómo sabes que estoy inquieta?

La reina exhala con incredulidad.

—Porque la Herla que creía conocer no rechazaría una batalla contra Gwyn. Le haría frente y gritaría desafiante junto a nosotros.

—*Æthel*burg. —Se queda paralizada ante el tono de Herla—. Sé que es mejor no decirlo. Pero eso era antes. Antes de que nos…

—Piel desnuda, el profundo gemido de placer que *Æthel*burg le arrancó de la garganta. La imagen de la reina sobre ella, la forma de sus pechos, cada músculo sobre su abdomen delineado por la parpadeante luz de la antorcha. Herla traga saliva. *Æthel*burg también debe de pensar en ello; sus mejillas lucen como el atardecer, un color que Herla ha llegado a amar, igual que ha llegado a amar todo sobre ella—. Por la madre —murmura sin pretenderlo— eres hermosa.

Un brillo en los ojos de la otra mujer. Herla no la detiene cuando se inclina y presiona sus labios contra los de ella antes de separarse de Herla y deslizar una mano por su cintura. Herla ya desea hundirse en ella, olvidar lo que las acecha y sería tan fácil... Arrepentida, se aparta y deja que su deseo se escape en la noche. No lo habría hecho cuando se conocieron. La cazadora toma lo que se le antoja cuando se le antoja, pero ella ya no es la cazadora.

Æthel parpadea.

—Lo siento.

—No hace falta. —Le acaricia la mejilla por el lugar donde el atardecer se ha encendido aún más, se detiene y se da la media vuelta—. Dije que no te lo preguntaría. No tengo derecho a preguntártelo...

—¿El qué?

—Si existía la posibilidad —Traga saliva— de que vinieras conmigo.

El silencio entre ambas es como una respiración largamente contenida. Herla puede ver los pensamientos que se precipitan bajo los ojos azules de la reina, pero no adivinarlos. *Perdóname*, quiere decirle. *Ya estás casada.* El orgullo se lo impide. Siempre es el orgullo.

—¿A dónde iríamos? —pregunta *Æthel*burg al cabo de un rato y Herla parpadea.

—¿Lo dices en serio? —Sostiene con fuerza las manos de la reina—. ¿A pesar de tu reino, de tu pueblo... de tu esposo?

*Æthel*burg toma una temblorosa bocanada de aire.

—Qui...quizás. Cuando todo esto acabe. Cuando sepa que están a salvo. —Cierra los ojos—. He hecho todo lo que he podido con la vida y el privilegio que me han concedido. Estoy orgullosa de lo que he logrado como reina. —Abre los ojos—. Cuando encontré a Ine la noche de la muerte de Geraint, pensé que *él* también estaba muerto y entonces lo comprendí. Mi vida como viuda sería espantosa. ¿Quién recordaría los sacrificios que he hecho, esos logros de los que tan orgullosa estoy? Viviría el resto de mi vida en un lugar donde nadie me ama. Pero tú —se le quiebra la voz— tú haces que me sienta amada. A tu lado, nunca tendría que temer la soledad. Es muy difícil no desear eso.

⋆ ⋆ ⋆

Sobre la oscura colina, Herla aprieta con más fuerza la espada de Gwyn. Escuchar esas palabras es suficiente, se dice, mientras que su corazón le grita que busque a Æthelburg y las convierta en realidad. Es suficiente para permitirle hacer lo que debe. Porque Emrys, maldita sea su estampa, tiene razón. *Si para entonces no has dominado la maldición, ninguno de vosotros será capaz de resistir el envite de Annwn.* Ine no podría hacer retroceder a Gwyn sin su ayuda.

Se ha sentido en paz en los brazos de la reina. Pero es una paz que no se había ganado. Todos a los que ha matado, perdidos en la emoción de la Cacería: sí, podrían haber vivido si hubiera muerto de la manera que dictaba su destino. El brazalete del rey en torno a su muñeca es como el sol sobre un lago helado. Agradecérselo le resulta mortificante, pero aun así se siente feliz de contar con ello. Porque lo único que hay más allá es un frío inimaginable. Herla siente las almas a su alrededor, fieras y furibundas. Si rompe el brazalete, la paralizarán igual que antes.

A menos que escuche a Emrys. A menos que encuentre el valor de deshacerse de su orgullo.

Herla había olvidado su pasado y su amor por su reina, hasta que Æthelburg lo despertó con su propio amor. Si pagar la deuda significa perder esas cosas de nuevo, Herla debería sentirse contenta de sacrificar su orgullosa y lastimada persona por la vida de Æthelburg. Así debería ser, pero aun así la idea de dejar que la reina regrese con su esposo despierta unos amargos celos en su pecho. Eso y que Æthelburg le dijera «le he dado *mi corazón*».

Bueno, los celos desaparecerían junto con el resto de ella.

—Tu auténtico amo es Gwyn ap Nudd —le dice Herla a la espada, mientras una lúgubre determinación la hace ponerse en pie—. Y es hora de que te recupere.

Con el corazón rebosante y ardiente, piensa en Æthelburg, en la imagen que presentará la reina en aquellos mismos instantes. Arma desenvainada, gélidos ojos azules impávidos y una lúgubre sonrisa en la boca. Una boca que ha besado a Herla, que le ha dicho que no es un monstruo.

Æthelburg se equivoca. Esa noche, Herla les dará el monstruo.

La tierra tiembla. Un resplandor como el cielo de cristal de Caer Wydyr. Sobre ella, se alza la luna vieja. Herla alza los brazos hacia ella y esta vez da la bienvenida al poder que enciende sus venas. Aprisionadas en su interior, las almas claman por la liberación. Hasta ahora las ha mantenido a raya, separadas de sí misma. Por eso habían paralizado a su anfitriona la noche de la batalla. Pero Emrys las denominó una hueste y una hueste es más fuerte si trabaja unida. ¿Con su propia alma entre ellas para liderarlas qué harían?

Una vez que lo haga, no sabe en qué se convertirá o si habrá una manera de revertirlo. Pero antes de perder el valor, Herla se arma de valor y enrolla los dedos en torno al brazalete que le tejió el rey... y lo rompe.

* * *

La luna es vieja. La Cacería cae sobre ella y se convierte en el centro del remolino. Un remolino de furia en masa. La furia de aquellos a quienes le arrebataron su país. La furia de observar cómo la vida se consume en el odio. La furia de la traición. La furia de que la separaran de su única familia. La furia de la venganza. Es un poder, esta furia. Es todo lo que queda de cien mil vidas. Pero no carece de inteligencia. Porque *ella* no tiene esa carencia. Arde con los saberes de seis siglos y dos amores. Si se aferra a ellos no tiene miedo. Ninguna de *ellas* tiene miedo. Ella es la Herlathing y su encomienda es la muerte.

Cabalga hacia el túmulo y cada una de las voces chilla como un cuerno que resuena salvaje. Se interpone como el trueno entre los héroes de Annwn, abrasando su luz con la suya propia y absorbe sus gritos. Y no solo sus gritos. Cuando extiende la mano, incluso las almas de las hadas vienen hacia ella. Únete a nosotras. *Cabalga con nosotras. Nunca volverás a conocer la soledad.*

Un hombre alto con un escudo de oro en el brazo grita, abriéndose camino hacia el único lugar que permanece tranquilo en medio del caos. Ella, la Herlathing, reconoce al ser que se encuentra allí. Sus ojos plateados se muestran furibundos, pero no es nada en comparación a su furia, sus furias, las furias de quienes que han vivido tanto tiempo subyugadas.

—¡Atrás! —ladra, mientras la Herlathing libera las almas de sus héroes y los orgullosos ojos de las hadas se estremecen de terror por primera vez.

Se baja del caballo.

—No tendrías que habernos entregado tu poder, Gwyn ap Nudd —le dice, su voz es la voz de muchos y el rostro del líder de Annwn se tensa—. No has dejado nada para ti. Esta noche, la luna es vieja y *nosotras* cabalgamos.

—No eres Herla.

—Sí que lo somos. —Una risa oscura le burbujea en el pecho—. Y somos las almas que segó tu espada. Desde entonces no hemos hallado descanso en su alma. Y ella no ha hallado descanso en las nuestras. Pero esta noche somos una misma cosa. Y hemos venido a devolverte tus regalos.

Gwyn alza la barbilla. Puede sentir las dudas del rey y se deleita de ello.

—Imposible. Ningún alma puede vivir dentro de otra. Y, desde luego, no miles.

—Tu deber no nos pertenece, Gwyn ap Nudd —sisea—. Te fue concedido a ti y solo tú puedes llevarlo a cabo. —Sostiene la espada—. Tómala y libéranos.

El rey de Annwn se echa a reír.

—¿Liberaros? ¿Cuándo por fin *he* alcanzado la libertad? —Extiende los brazos para abarcar la colina—. ¿Por qué renunciaría a la oportunidad de gobernar ambos mundos solo para liberar a una necia mujer cuyo orgullo la condenó desde su nacimiento?

—¿Crees que tienes otra opción? —La Herlathing lo evalúa—. Puedes matarnos aquí, pero ¿quién llevaría a cabo tu deber entonces?

Desenvainando una espada de una vaina hecha de aire, Gwyn ataca, pero ella está preparada. La espada negra desvía el golpe. Su propia espada forcejea contra él y da un salto hacia atrás que lo aleja demasiado.

—¿Tienes miedo, Gwyn ap Nudd? —pregunta con mil voces crueles—. ¿Tan terrible es tu deber? ¿Acaso no fue un regalo del poder que afirmas amar, el mismo poder que les regaló la Tierra a los mortales?

—Lo mío no fue un *regalo*. —La palabra es un rugido—. ¿Por qué los humanos blanden una magia sin igual mientras que *yo* debo acarrear la maldición de ser esclavo de sus almas?

—¿Le has preguntad a ella?

Gwyn gruñe, ataca de nuevo y esta vez logra hacer sangrar a su oponente. La Herlathing no le dedica ni una mirada. Gwyn le enseña los dientes.

—Dijo que era el mayor de sus dones. ¿Pero cómo va a ser un don? Me ha atado a una tierra a la que no puedo dar forma, a las almas de criaturas indignas.

—Y, aun así, esas criaturas te fascinan. —Se rodean el uno al otro, manteniendo un número exacto de pasos entre ellos—. O no harías tratos. No engatusarías, engañarías ni seducirías a vidas que pensaras tan fugaces como un fuego sin alimento.

—No hables como si me conocieras. —Estira la mano y una resplandeciente cadena plateada se ciñe en torno a ella, atándole los brazos a los costados. La observa con desdén.

—¿Intentas atarnos? ¿Cuando llevamos siglos atadas? Hemos llevado tanto tiempo la cadena de la espada que se ha convertido en parte de nosotras. —Su sangriento brillo se dispara y el encantamiento se quiebra sin hacer ruido.

—Si me das muerte, te condenas a ti misma —dice Gwyn con sobriedad—. Te evaporarías, Herla, como una semilla en el viento. —Agita la cabeza—. Eres demasiado orgullosa para darte a ti misma ese final.

La Herlathing se ríe y alza la espada, sin parpadear.

—Ella solo es una. Nosotras somos muchas y deseamos poner fin a esto.

Pryderi se arroja frente a su rey, pero la espada negra lo atraviesa para clavarse en el pecho de Gwyn. Pryderi se desvanece; y su alma revoltosa se convierte en parte de la Herlathing. Y se hace el silencio, un silencio estupefacto, quebrado tan solo por la dificultosa respiración de Gwyn. Se le ha clavado la espada tan adentro que le sobresalen varios centímetros por la espalda. Aunque ha hincado la rodilla en el suelo, estira los brazos todo lo que puede, para no tocar la espada, que tiembla con cada latido de su corazón.

—Si no la extraes —dice la Herlathing—, nos quedaremos con tu alma. Lo percibes. Ya sientes que viene hacia nosotras. —Con los dedos todavía en torno a la empuñadura de la espada, agarra aquella alma gloriosa, más grande que ninguna otra, y Gwyn deja escapar una exhalación—. Nos quedaremos con ella, Gwyn ap Nudd. Se nos da muy bien segarlas.

—Jamás —ruge—. No sufriré derrota aquí y menos aún a tus manos.

La Herlathing baja la cabeza para susurrarle al oído.

—Tal vez seas el pastor de las almas, pero sin quererlo nos has convertido en sus guardianas. Y vamos a vigilar tu alma, Gwyn. Por toda la eternidad.

—Es un truco. —Retrocede para contemplar el horror en los plateados ojos de su adversario—. No puedes hacer esto, Herla.

—Sí que puedo —dice la Herlathing— porque no soy solo ella. Soy todas ellas. Casi he sido tú también. Y, como tanto te gusta decir, *nos parecemos*. —Sonriente, suelta la espada.

Durante un instante infinito, nadie se mueve, ni siquiera la fría brisa de Samhain. Gwyn ap Nudd gira la cabeza. A unos pocos pasos se halla esa persona a la que llaman Emrys. Mira a Gwyn con pesar en los ojos y un pesar gemelo resuena en Gwyn. Inclina la cabeza. Entonces su mano derecha se mueve como un rayo para atrapar la empuñadura de la espada negra. Con un grito que transmite más desesperación que furia o dolor, la libera de su pecho.

La explosión arroja al suelo a todos los que estaban de pie. Un blanco cegador surge de él; la niebla le envuelve los miembros. Su espada se vuelve nívea, tan hermosa como la primera vez que la vio entre sus manos, en los salones añejos de Caer Sidi. Le crece una cornamenta de la cabeza, su pelo largo se libera de sus ataduras. Bajo la luna vieja, su grito se torna en un aullido. Directo como una flecha, el sabueso Dormach corre hacia él alzando el sangriento hocico de puro contento.

Gwyn ap Nudd extiende la mano, y las almas de la Herlathing flotan hacia él.

—Solo ansiamos el olvido. Danos la paz. Ya no somos nada ni nadie.

—¡Herla!

Es una voz de mujer. La Herlathing la ha oído alzarse por furia y por miedo, y por desesperación y pasión. Los brazos la rodean.

—Herla. Recuerda quién eres y a quién amas. Las hermanas a las que juraste liberar.

Mientras las almas se liberan, empujan a otra incluso más cerca de la espada, y en el aullido de Gwyn, esa alma oye las palabras. *Ven conmigo, hija del polvo.*

No. Nunca más. Pero ya acudiera voluntariamente o no, Gwyn tiene razón: siente cómo se desmorona. Sus rodillas ceden y Æthelburg la atrapa antes de que se precipite sobre la tierra. La reina es cálida. Hay calidez en algún otro lugar; una sala del tesoro cuyo contenido es más valioso que el botín de la batalla, que el oro o las gemas. Es todo lo que queda de una vida. Una persona. Recuerdos. Emociones. Nombres. Y los quiere de vuelta. Antes del final, quiere recuperarlos.

La última alma acude a la llamada de Gwyn y, de nuevo, ya no es más que Herla, y se siente *ligera*. Será arrastrada con la próxima corriente. O se derrumbará bajo el peso de una gota de lluvia. Invocado por los espíritus de aquellos a quien su hueste ha dado muerte, el pastor le da la espalda. Deja escapar una exhalación y sus párpados se cierran.

—No, Herla…

Abre de nuevo los ojos, arrullada en los brazos de Æthel. La reina la mira. Las lágrimas recorren el rostro de Herla y alza la mano.

—Eres tan hermosa.

—¿Crees que con eso estás perdonada? —La furia de Æthelburg no es más densa que una piel prensada para que se escriba sobre ella. Herla puede ver otras palabras tras ella, todo un par de palabras. Le duele el corazón y encuentra la fuerza para sentarse—. No sé nada de ti durante días y ahora *esto*.

—Debería haber muerto hace muchísimos años.

—No me convence. —Aprieta a Herla contra su pecho—. No dejaré que te vayas tan fácilmente.

Herla enlaza los dedos con los de Æthelburg.

—Entonces ven conmigo —le susurra.

La reina deja escapar una exhalación. Desvía la mirada de sus manos entrelazadas al rostro de Herla.

—¿A dónde iríamos?

—Lejos. No importa, si estamos juntas. —Los sonidos de la batalla van desvaneciéndose. El pánico se amontona en su corazón, mientras el mundo va perdiendo sustancia. El fantasma de otra yace con ternura en las familiares hierbas y árboles y, sí, Herla conoce ese mundo. Si se acerca a *él* desprovista de orgullo, quizás sea más amable. Ahora llora, sosteniendo con fuerza la mano de Æthelburg—. Ven conmigo. Si he de marchar, no quiero hacerlo sola.

35
ÆTHELBURG

Túmulo de Woden, Wiltunscir
Reino de Wessex

en conmigo.

V Los ojos ambarinos de Herla se han vuelto tenues, pero la sigue agarrando con una fuerza feroz. *Æthel* la ama y está furiosa con ella, que se está muriendo y nada de esto parece real. A su espalda, la batalla. Ante ella, la muerte. Dios, pero está tan hastiada de la muerte.

Ven conmigo.

¿A dónde irían? Lejos no es Wessex. Lejos es un lugar que *Æthel* nunca ha visitado, del que nunca volverá. Quizás es un buen lugar para una mujer hastiada de la muerte.

Ven conmigo.

Si marchaba, sería una reina sin reino. Ni siquiera sería una reina. Sería *Æthel*burg, que ama y es amada. No se requeriría nada más ni nada menos de ella.

Ven conmigo.

—No puedo —le dice. Se miran la una a la otra, unidas en aquel instante por la conmoción. *Æthel* ha dejado caer las palabras y están por todas partes. Solo dos palabras, pero no puede recuperarlas. No puede obligarlas a regresar al rincón desolado del que han salido. Ahora es una criatura de esquirlas.

—Egoísta —susurra Herla, mientras el color abandona rápidamente su piel. Es cenicienta y algo difusa, un fantasma entre los vivos—. Siempre ha dicho que soy egoísta.

—Sí. —Æthel la sostiene más cerca de ella. Las lágrimas forcejean con la tirantez de la garganta—. Hacerme elegir de esa manera. Quiero ir contigo, pero no ha llegado la hora. ¿Me oyes, Herla? No nos ha llegado la hora a ninguna.

La mujer en sus brazos se ríe con suavidad y tristeza.

—A mí sí me ha llegado la hora, Æthelburg. Aunque no tengo derecho a preguntar... ¿te quedas por él?

En su interior hay recuerdos; los que atesora y los que desearía olvidar. Pero eso, se percata Æthel, es lo que significa compartir la vida.

—Elegimos amar cada mañana —le dice, atrapando una de las lágrimas de Herla en la punta de los dedos. Brilla como la más única de las perlas y, en cierta forma, la reconforta como si las lágrimas tuvieran el poder de atarlas la una a la otra—. Algunas mañanas son más difíciles que otras. Sí, me quedo por él. Pero más importante aún... me quedo por mí. Este es mi lugar. Esto es lo que soy. —Gira la cabeza para mirar a la cima de la colina—. No tengo ningún poder especial en mi interior, no doy órdenes a la tierra o a su gente más que en lo que me concierne como reina, pero eso es lo que seguiré siendo mientras viva. Y en cuanto a lo que ocurrirá después... —Sonríe a pesar de las lágrimas— solo el destino lo sabe.

La sonrisa de Herla se ha desvanecido.

—Me dejas en evidencia, Æthelburg. Sin duda, me he librado del orgullo. —Inclina la cabeza—. Es un final apropiado para la historia que empecé.

—No es el final —dice una voz.

El cuentacuentos Emrys se alza sobre ellas. Al mirar a Herla, su rostro expresa una inesperada gentileza.

—Más allá de los siete castillos y las estrellas estivales. Más allá de la orilla de la noche, en la aurora que es eterna, te aguardan.

Herla inhala una dolorosa respiración, como si el aire se hubiera vuelto demasiado pesado para ella.

—¿Mis hermanas?

—Samhain. —Los ojos de Emrys son el cielo y en ese cielo hay otro cielo y otro y otro, que conducen de vuelta a algún distante principio—. No me cabe duda de que hallarás el camino a la orilla.

—Ahora sé quién eres —murmura Herla, con los ojos fijos en Emrys... o en un lugar justo en su dirección. Por un momento, *Æthel* puede escuchar el balanceo del mar—. Lo encontraré. Las encontraré.

Se aligera el peso sobre sus brazos. A través del pecho de Herla puede ver el oscuro suelo y *Æthel* se está ahogando en sus lágrimas.

—Te estaba buscando —consigue decir con la voz rota—. Aunque al principio no me di cuenta. Te estaba buscando.

—Y yo a ti. —Sorprendentemente, Herla ríe y se incorpora, estirando el brazo para tomar el rostro de *Æthel* entre las palmas—. Si piensas que no volveré a encontrarte, estás equivocada, reina de Wessex. —Las olas rugen en los oídos de *Æthel* y Herla la besa, un beso ardiente que perdura aun cuando abre los ojos y sabe que está sola.

—No. —Se alza, tambaleante—. ¡No! —Pero las olas se desvanecen junto con el aroma del mar. Enloquecida, *Æthel* echa la cabeza hacia atrás y grita a la noche—. Corre veloz. Corre veloz, Herla. Y no mires atrás.

Le llega un susurro. Un susurro y no más, y se queda vacía, igual que sus brazos están vacíos. Todavía siente la figura de la mujer a la que sostenía. Oye los vacilantes latidos de su corazón. Quizás es su propio corazón, salvaje y enfermo de dolor. Presiona las manos contra él, intentando mantener el quejido en su interior.

De pronto, la noche se llena de mugidos y lamentos, como si todas las bestias de la tierra y el aire se hubieran reunido. El ulular del búho, el aullido del lobo. Los bueyes y las ovejas del lugar hacen surcos en la tierra en su inquietud. Es una bienvenida y una despedida. Tensa por el pavor, *Æthel* gira la cabeza.

El señor de la Cacería Salvaje se alza sobre todos ellos. Ahora su aspecto es diferente. La imagen del rey de plata rodeado de los héroes de las eras se ha desvanecido. Ahora parece más *real,* de la misma forma en la que *Æthel* pensaba que Herla era real, y mucho más presente. El corazón de lo salvaje. Animales, estaciones, tormentas y cambio. «Señor de los vientos», había llamado el anciano britano a Herla al confundirla, ahora *Æthel* se da cuenta, con Gwyn ap Nudd. Y sin duda el viento sopla con fuerza, invocando a la mitad oscura del año que les aguarda.

La hueste de Annwn también parece distinta. Sus rostros parecen distantes, velados y sus siluetas menos brillantes. Sus ojos resplandecen. El espíritu salvaje de Gwyn está en su interior, mientras se dan la vuelta para mirar a la colina y al rey que está en la cima. La luz dorada se ha desvanecido y todo está oscuro.

Por favor. No podré lograrlo sin ti. No puedo enfrentarme solo a Gwyn ap Nudd.

Tras tomar aliento, *Æthel* echa a correr.

—Mi naturaleza es cabalgar. —La voz de Gwyn es la del águila, cuyo eco se escucha en los altos peñascos—. ¿Por qué no he de llevaros conmigo, Ine de Wessex? —Alza la mano—. Uníos a nosotros y vivid para siempre.

—Aunque sería un honor cabalgar con el señor de la Cacería, todos tenemos nuestro deber. —*Æthel* no debería ser capaz de escuchar a Ine por encima del viento, pero su voz le llega con claridad. Aunque sus palabras lo ocultan percibe su cansancio. Y tras el cansancio, el miedo. Se esfuerza por correr más deprisa. La lucha se ha calmado, lo que la deja navegando la ladera oscurecida por los cadáveres. Apoya la empuñadura de la lanza de Herla en la tierra para mantenerse erguida.

—Deber. —El susurro de Gwyn se distingue con la misma facilidad—. El mío es barrer las cenizas del año fallecido. Las cenizas de las vidas gastadas. Tras el caos viene la paz.

Ahora está cerca. Ve a Ine inclinar la cabeza.

—Entonces sin duda volveremos a encontrarnos. Quizás entonces vaya con vos. Pero aún no.

Es un eco tan perfecto de su intercambio con Herla que a Æthel le da la vuelta el estómago. *Aún no*, piensa. *Aún no.*

—Quizás llevéis la sangre de los reyes de Dumnonia, pero lo opuesto también corre por vuestras venas y yo estoy en mi cénit. Si os deseo, os llevaré conmigo.

—*No* harás tal cosa. —*Æthel* alcanza la cima de la colina y, como si supiera exactamente dónde encontrarla en la oscuridad, como si fueran un único ser, Ine se da la vuelta para agarrarle la mano y atraerla hacia él—. Si lo quieres —alza la lanza— tendrás que vértelas conmigo.

—¿*Æthel*? —murmura, perplejo, y con los ojos brillantes—. ¿Qué estás haciendo?

—¿Creías que te dejaría luchar solo? —Pero claro que lo creía; *Æthel* observa cómo la expresión se va apoderando de su rostro. La ha visto con Herla. Ha contemplado su salvaje dolor. Siguen agarrados de las manos—. Esta también es mi tierra —le dice a Ine y después, actuando de acuerdo a los instintos que siempre la han ayudado, lo empuja hacia abajo para que sus manos entrelazadas toquen la tierra.

Hilos de luz reptan por el suelo como raíces en busca del sol. Se retuercen en torno a los brazos y las piernas de Ine, y luego de los de *Æthel* hasta que las siluetas de ambos son incandescentes. Puede oír un latido tan vasto y profundo como el mundo. Huele el verdor que sigue a la lluvia y la tierra cavada. En la boca saborea el dulce sabor de los arándanos recién recogidos del arbusto. Ante sus ojos hay llanuras, amplias bajo el cielo y tardes en las que el crepúsculo rivaliza con la cálida luz amarilla de las lámparas encendidas demasiado pronto. Es todo lo que ama: los nudos que la ligan a la tierra, al mundo. Y a la persona que se aferra a su mano como si *Æthel* fuera más valiosa que todo eso.

—Cabalga, Gwyn ap Nudd, pero eres un intruso en nuestra Tierra. —Las palabras de Ine tamborilean en el mismo retumbar del trueno. Mira a *Æthel* a los ojos y se alzan juntos—. No te permitiremos dañar a quienes la habitan. Viniste en busca de gloria, pero esta no se encuentra en la masacre. Ni en la conquista o la crueldad. Contad vuestras historias, gente de Annwn —se dirige a la hueste allí reunida— pero no busquéis pergeñar nuevas aquí, de la sangre y hueso de nuestro pueblo.

—Rehusadme todo lo que queráis, heredero, pero casi habéis agotado vuestro poder. —Gwyn desvía la mirada y *Æthel* se percata por primera vez de que Emrys comparte la cima con ella—. Algún día, cuando desaparezca, y los mortales le deis la espalda a la tierra que os nutre, rezad a vuestro lejano dios para que mi corazón haya aprendido algo de compasión.

El caballo tras él se alza sobre las patas traseras y él se da la vuelta con un grito:

—¡A los caballos!

La hueste lo repite. Los arpistas comienzan a tocar los primeros acordes de una canción de caza. Los arqueros extraen los arcos. El gran sabueso blanco aúlla y aquellas aves bastardas chillan, pero el poder de Ine las ha vuelto indefensas. Gwyn sostiene la espada en la mano y en su rostro se refleja el cazador y el viento se recrudece cuando alza los ojos al cielo. La Cacería Salvaje gira y asciende, sus cascos pisotean las nubes aún oscurecidas por la noche.

Un movimiento le llama la atención. Dos figuras —Ingild y Edred— avanzan con dificultad a los pies de la colina antes de que el príncipe inicie una tambaleante carrera. Edred lo sigue, mientras lo llama a gritos, hasta que un silbido y un golpe acaban con sus gritos. Cadwy baja el arco; ha sido un tiro excelente. Un vistazo a su rostro lo muestra duro y amargo; la venganza tiene ese efecto, como *Æthel* podría haberle dicho.

Ingild mira hacia atrás por encima del hombro, ve el cadáver de su amigo y no se detiene. Hay terror en sus pálidas mejillas y no le sorprende: esa noche es la presa de la Cacería Salvaje. Ahora *Æthel* comprende por qué Cadwy ha apuntado a Edred. Uno de las jinetes desciende, justo detrás de Ingild, hasta que puede estirar su delicada mano para agarrarlo de la capa. Olwen se lo lleva sin esfuerzo y lo deja caer sobre su silla de montar. El grito de Ingild muere en la risa del hada y de la hueste, mientras galopan tras Gwyn, cada vez más alto, hasta que *Æthel* ya no los distingue. Los cuernos y los cascos merman ante el amanecer.

A la estela de Cacería Salvaje, caen unos cuantos copos de nieve. Uno de ellos le aterriza en los labios y *Æthel* saborea el invierno.

—Me pidió que fuera con ella —se escucha decir, mirando el lugar donde había acunado a Herla en los brazos—. Me pidió que la acompañara para no tener que ir sola. —Cae de rodillas en el gélido suelo, mientras la agonía le roba las últimas fuerzas—. Dios mío, ¿qué he hecho? —Y en aquel momento, es incapaz de preocuparse de lo que piensa Ine mientras se acurruca sobre sí misma. No siente más que el vacío en el lugar donde solía tener un corazón, todo lo que oye es la solitaria canción del viento.

★ ★ ★

Tres días después, días que transcurren entre la neblina para *Æthel*, llevan de vuelta a casa a lo que queda de su ejército con los pies doloridos. Todos los hombres que sobrevivieron aquella noche regresaron con una bolsa llena de plata del rey y una historia en la cabeza que nadie creerá.

Wiltun parece extraño bajo el sol lechoso, como si los edificios fueran paredes desnudas aguardando la pintura. El mundo real está en su mente, en sus recuerdos. El mundo real es salvaje y hermoso y tiene un corazón demasiado profundo para conocerlo del todo. Con furia, *Æthel* parpadea para evitar que afloren las lágrimas. No llorará frente a los hombres que han perdido amigos ante las huestes de Gwyn. No llorará frente a Ine.

Algo ha cambiado entre ellos. Siente su presencia de una manera nueva y, cuando se da la vuelta, siempre lo ve contemplándola con incertidumbre, como si fuera a desaparecer en el momento que apartara la vista de ella. Ocuparse de los caídos les ha dejado poco tiempo o ganas de hablar sobre sí mismos. Son como una herida a medio curar, piensa Æthel, una que les da miedo tocar y, aun así, tampoco dejan a su aire. El dolor por la pérdida le ha desollado por dentro; le resulta difícil sentir otras cosas.

Ven conmigo.

Lo peor fue contemplar a la luz morir junto a la vida en los ojos de Herla. Olores familiares le llegan a la nariz: paja, abono, levadura. Un cielo descolorido. Rudas risas de la taberna. El traqueteo de un carro con una barra rota. Podría haberse marchado, pero esto es lo que ha elegido. Un mundo desprovisto de alegría. Un esposo incierto.

Una capa envuelve a Æthel antes que la desesperación. La lana conserva el calor del cuerpo de Ine, y ella se la echa por encima con indiferencia. *Tú eres la que está temblando.* Herla ocupa toda su mente, igual que su ausencia se extiende por el mundo exterior. *Nunca le dije que la amaba. No llegué a decirlo.*

—Æthel —dice Ine con suavidad, mientras permanecen juntos en la puerta—. Cuando fui a Dumnonia, tú convocaste a los fyrds confiando en que yo volvería. Yo tendría que haber confiado en que tú volverías. Pero pensé… pensé que nos habíamos hecho demasiado daño el uno al otro.

Æthel no dice nada.

—Y aun así volviste. —Se detiene—. ¿Sabes lo que me dio Emrys? Me dijo que tu corazón y tú erais mi esperanza.

Un pálido dedo de luz se filtra entre su dolor. Alza la cabeza.

—Ahora sé a lo que se refería —continúa Ine, tomándole la mano con aire tentativo—. Herla no habría tenido el valor de enfrentarse a las almas sin ti. Yo no habría tenido el valor de rehusar a Gwyn al final. Sin ti. —Le aprieta la mano—. Guiaste a los hombres a la victoria cuando todo parecía perdido. Tú eres la esperanza de mucha gente, Æthel. —Le deja que se lleve su mano al corazón—. Tener el privilegio de amarte es una bendición… para Herla también.

Æthel lo mira y la piel desollada en su interior se estremece de dolor. Escucharle decir esas palabras, tras haberla visto junto a Herla al final, a pesar del dolor de darse cuenta de que *Æthel* la amaba. Lo más probable es que lo haya hecho por ella. Aun así, lo ha hecho.

—Tú también eres nuestra esperanza —responde pues, al recordar cómo había mantenido a raya a las hadas para otorgarle a los hombres el valor de mantenerse firmes. Ha encontrado su propio valor. Una voluntad de luchar que le habían arrebatado los años. No sabe si es por Herla o por el legado de Dumnonia. Quizás ambos—. Has cambiado.

Ine está a punto de replicar, pero no tienen más opción a conversar antes de que el mundo se entrometa y comiencen los desafíos.

Apenas unas horas después de su regreso a Wiltun, se extiende un rumor entre la gente. Habla de cómo el piadoso rey y su fiel reina —a la que había calumniado un traicionero familiar— contuvieron a los ejércitos del mismísimo Diablo cuando se aparecieron en la noche de Todos los Santos.

—Sin duda es obra de Winfrid —dice Ine a *Æthel* aquel mismo día cuando uno de los clérigos menores entra a toda prisa al salón para seguir propagando la historia—. ¿Quién más podría convertir la invasión de Gwyn en una oportunidad de hacer sonar la trompeta cristiana?

—Y contrarrestar los rumores de que eres un pagano. —*Æthel* todavía mira al sacerdote con cierta suspicacia—. ¿Crees que lo planeó todo?

—No me sorprendería. Ni tampoco que llegara a convertirse en santo. Mientras tanto… —Ine alza los ojos al cielo— que se guarden los francos.

Æthel casi sonríe.

—El obispo Hædde no se cree su historia.

—Claro que no. Me denunció por paganismo y es demasiado tozudo para admitir un error. —Ine agría la expresión—. Por mucho que lo desprecie, prefiero tenerlo cerca. ¿Cómo si no podré estar tranquilo de que no lanzará toda la cristiandad a por mi cabeza?

—La cristiandad tiene otros problemas aparte de vos, rey Ine. —La llegada de Winfrid parece casi sobrenatural, piensa *Æthel* mientras el joven se acerca para unirse a ellos—. Y quizás echéis de menos esto. —Coloca una cadena con una pequeña cruz de plata en la palma de Ine.

—Supongo que sí. —Ine se la coloca—. Mejor guardar las apariencias.

El sacerdote alza una ceja.

—¿Cómo explicaréis lo de Ingild?

Ine se da la vuelta para mirar el asiento vacío de su hermano y *Æthel* recuerda la última vez que lo vio, tirado como un saco en la silla de montar de Olwen. Sospecha que su muerte no sería lenta.

—Me gustaría que hubiéramos podido hablar —dice Ine—. Al menos una vez, sin mentiras entre nosotros. —Hace una pausa—. El príncipe cayó en la batalla que él mismo buscó. Un final apropiado para un rebelde —se apresura a añadir.

—Mi señor. —Cadwy hace una reverencia—. Cadwy y los lores de Dumnonia están aquí.

—Todo está listo entonces. Pongámonos en marcha de una vez. —El cansancio que suele acompañar palabras semejantes está ausente, se percata *Æthel*. En su lugar, hay un brillo en los ojos de su esposo mientras abandona la oscura cámara del Witan para adentrarse en el mejor iluminado salón. Sin embargo, antes le ofrece la mano. Ella la toma y caminan juntos hacia allí.

Está lleno de quejidos. Todos los regidores están allí, excepto los que han perdido en la batalla: Mærwine, Godric y, para pesar de *Æthel*, Beorhtric. Sin el apoyo del anciano señor, los otros no la habrían seguido con tantas ansias. Nothhelm parece haber perdido parte de su buen humor, probablemente porque Ine le está amenazando con despojarlo del título de rey de Sussex. Se sienta con su hijo en lugar de con el resto de regidores, y lleva unas largas mangas de lana para cubrir la pérdida de los brazaletes.

Se distingue fácilmente a los britanos por sus túnicas cortas y los brazos tatuados cruzados con agresividad sobre el pecho. Llama la atención el hecho de que Ine les ha permitido entrar con sus armas. Los guerreros sajones se sientan con la mano en las empuñaduras, como si esperaran que empezara una pelea en cualquier momento y muchos rostros nobles se visten de consternación.

Ine guía a *Æthel* hacia sus asientos, pero no se dejan caer en ellos y el salón se sume en el silencio.

—Sin duda mis invitados han despertado vuestra curiosidad —dice y alza la mano para arrancar los murmullos de raíz—. Están bajo mi protección. Espero no tener que repetirlo. —Esta vez no se alzan los murmullos, todos han oído el hierro en su voz. Ine nunca ha cultivado la reputación bélica de sus predecesores. *Æthel* se ha ocupado de esa parte. Pero lo sucedido en los últimos meses ha despertado algo en su interior. No bélico. *Determinación*. Al contemplar aquel océano de rostros y percibir mil pensamientos ocultos, *Æthel* se ve obligada a reconocerlo: no todas las batallas se pelean con espadas. A la hora de usar la palabra, Ine es tan veterano de su campo como ella.

—La rebelión de mi hermano ha fracasado. Y no solo eso, sino también las alianzas que estableció con un pueblo que no tiene derecho a pisar Wessex y mucho menos a gobernarlo. —Hace una pausa para dejar que maceren sus palabras—. Mi esposa, *Æthel*burg, convocó a los fyrds en mi nombre, pero es ella por quien luchó la gente. Aunque los ha guiado en incontables victorias, traerlos a casa siempre es el auténtico triunfo o no tendríamos un reino al que llamar hogar. Más que vosotros o que yo mismo, *ellos* son Wessex.

Ine se dirige hacia ella.

—*Æthel*. —Sus siguientes palabras son dulces, solo para ella—. Gracias.

Y se arrodilla ante ella.

Æthel apenas consigue mantener la boca cerrada. Las telas crujen y los bancos se arrastran antes de que el resto del salón haga lo propio. Los dumnones no se arrodillan, pero inclinan la cabeza hacia ella. Cadwy sonríe. Ante aquella extensión de cabezas agachadas, siente el rostro arder y un poco más liviano el corazón. Toma aliento.

—Os ruego que os levantéis. —Mientras obedecen, una figura le llama la atención: Merewyn, la hija del gerefa. Contempla a Æthel extasiada. Solo han tenido tiempo de unas pocas lecciones con la espada, pero la mujer aprende rápido. Cuando Æthel le devuelve la sonrisa, un rubor asciende por el cuello de Merewyn y baja la vista.

Una vez que cada cual vuelve a ocupar su puesto, Æthel continua:

—Agradezco al rey sus elogios. —*Hay otra que los merece más, pero nunca se conocerá su papel en esta historia.*

Ine inclina la cabeza, como si lo hubiera oído, antes de dirigirse a la multitud allí reunida.

—Muchos se han ganado elogios y no he de olvidar a aquellos que me otorgaron su confianza y lucharon a mi lado a pesar del derramamiento de sangre entre nuestros pueblos y las numerosas ofensas. No se puede compensar de ningún modo la muerte de un padre —Una fugaz tristeza le arruga la boca—. Todo lo que puedo ofrecerle al rey Cadwy, si lo acepta, es mi amistad y las promesas de que las tierras de Dumnonia tendrán un gobernante de su pueblo mientras yo viva.

A nadie se le escapa el título. Cadwy abre los ojos como platos. Los britanos no son los únicos que miran a Ine como si hubiera perdido la cabeza. Todos sus compatriotas lucen una expresión familiar. Pero a Æthel le complace observar en un creciente número de rostros el *alivio*. El tipo de alivio que siente la gente cuando le dicen que tienen un enemigo menos en el mundo. Un enemigo menos al que los puedan llamar a combatir. *Llevará tiempo*, le dice a Ine en sus pensamientos, *pero si alguien puede construir una paz duradera eres tú.*

—Acepto la oferta de amistad del rey Ine. —Cadwy parece haberse sobrepuesto a la estupefacción—. Creo que quizás podamos aprender mucho el uno del otro.

—Yo también lo creo —dice Ine antes de que se desvanezca su sonrisa—. Solo queda un asunto más del que deseo hablar. La noche en la que mi hermano me llamó traidor y me expulsó de este lugar, un hombre leal perdió la vida. Leofric me sirvió bien durante muchos años.

Me temo que tengo las manos manchadas de su sangre. —Aprieta una de ellas—. Pensad lo que queráis de mí, pero no soy un amigo y un señor desleal. Para redimirme por esta ofensa, le pagaré un wergeld a su familia y aceptaré la penitencia que me impongan.

—No será necesario, rey Ine.

Cuando Gweir lo alcanza, su abrazo casi tira a Leofric al suelo de lo inestables que son sus pies. El guerrero se apoya en un bastón, pero parece encontrarse bien por lo demás. Ine parpadea varias veces mientras lo mira durante unos conmocionados instantes.

—¿Creías que había *muerto*? —murmura Æthel.

—No viste lo mismo que yo. —Alza la voz—. Leofric, no puedo expresar lo contento que estoy de ver que sigues con nosotros. Y lo mucho que lamento la manera en la que resultaste herido.

—Ya sanaré, rey Ine —dice el guerrero con una voz sombría—. También estuve implicado las maldades que se llevaron a cabo.

La alegría de Gweir prende como una llama y pronto el salón se llena de charlas animadas en cuanto queda claro que el rey no planea hablar más. En lugar de eso, se abren las puertas de par en par para dejar pasar a las bandejas de carne asada. Y pronto fluye el hidromiel. A veces Æthel sospecha que es donde reside el verdadero talento de su pueblo: la bebida.

—Ha sido una buena idea —le dice a Ine mientras se adelanta a saludar a Leofric—. Todo el mundo disfruta de un buen banquete.

—Si tienen una copa en la mano, no puedes sostener la espada —responde con una sonrisa casi traviesa.

Todo Wiltun parece dedicado al jolgorio. Æthel sabe que el generoso botín para los ciudadanos es una calculada estrategia de Ine. Habrá muchas historias confusas circulando sobre él, y lo que Hædde dijera en su ausencia solo lo empeoraría. También circulan muchas historias sobre *ella*. Æthel no quiere pensar en eso. Se esfuerza en no pensar en absoluto.

Cuando más tarde se aventura en el exterior, tiene la piel rojiza a causa de la comida y la cerveza y los fuegos que arden en el salón.

Las temblorosas notas de la flauta la siguen. Es una noche despejada y fría y las estrellas resplandecen. *Demasiado para ser estrellas estivales.* Ante aquel pensamiento se le asoman las lagrimas y, al fin, Æthel las deja derramarse por su rostro. Suelta un quejido demasiado leve para que se escuche por encima de los sonidos festivos. Pero su propio gemido desesperado la hace llorar con más fuerza. *¿Cómo has podido hacerme esto?*, quiere gritarle al cielo. *¿Hacer que me enamore de ti y después dejarme?* Al secarse, las lágrimas son más afiladas que las estrellas. Æthel llora aún más y se cubre la cara con las manos. El llanto se le resbala por los dedos. *¿Te avergonzarías de mí si me vieras ahora?*

No sabe cuánto tiempo trascurre hasta que un cuidadoso gesto le aparta la mano de la cara. Él no dice nada, sino que se limita a quedarse a su lado, sosteniendo los dedos fríos y apretados de Æthel entre los suyos, hasta que se relajan.

—¿Sabes lo único que me queda de ella? —Con la mano libre, Æthel da una palmadita a la lanza que cuelga de una vaina especial en su cadera—. Un arma. —Suelta una risa ronca—. Digno de Herla.

—Yo estaba pensando que era digno de *ti*.

—Sí, no suele vérseme con rizos de pelo ni con flores.

—Es una pena —murmura Ine—. Porque no puedo hacer que crezcan las lanzas. —A sus pies el suelo se abre y un pequeño brote repta hacia arriba. Al contemplar su dificultoso avance, Æthel contiene el aliento. Unas espinas crecen de la raíz y una enorme rosa florece justo bajo sus manos—. Es lo mejor que puedo ofrecer.

Acaricia los pétalos con la punta de los dedos. La suavidad esconde las espinas.

—Diría que es digna de mí —se le quiebra la voz—, salvo que es mucho más bonita.

—Lo siento mucho, Æthel.

Æthel se da la vuelta y él abre los brazos. Deja caer el rostro sobre el hombro de su esposo para no tener que ver las estrellas.

★ ★ ★

Para cuando amanece, el océano en su interior se ha secado y la inmensidad que se abre ante ella está plagada de una hueste de cosas por descubrir. Ine la ha sostenido en silencio durante toda la noche. No recuerda cuándo regresaron a su alcoba al fondo del salón. Ahora, al sentirla despierta, él también se remueve y se aparta para yacer mirándose el uno al otro con varios centímetros entre ellos.

—¿Es demasiado tarde? —pregunta Æthel al cabo de un rato.

—¿Demasiado tarde para qué?

—Para aprender de nuevo a estar juntos.

Ine toma una bocanada de aire.

—Æthel, te quiero. Pero no puedo ser todo lo que deseas. Todo lo que necesitas.

—Lo sé. —Piensa en aquellas veladas compartidas a la luz de las velas, los paseos, las conversaciones compartidas; el consuelo que siempre ha hallado en tenerlo a su lado—. ¿Acaso no hemos encontrado otras formas de estar juntos?

—Sí —responde él con suavidad—. Pero aun así no es justo pedirte que renuncies a una parte de ti misma por mí. Te vi con ella. Si alguna vez hay otra igual… con quien te sientas —se detiene. No tiene que decirlo, porque Æthel lo entiende y apenas se lo cree. Una emoción complicada se le atora en el pecho. Nunca habrá otra como Herla, pero podría haber otra. De pronto, piensa en los ojos de Merewyn que son como un lago y la sonrisa que parece reservar solo para Æthel.

—¿Estarías… conforme con algo así? —le pregunta a Ine—. ¿No te pondrías celoso?

—Seré feliz mientras tú seas feliz. Me puse celoso porque…

—Hace amago de alargar la mano hacia el espacio que los separa. Es como una ofrenda; la misma oferta yace en sus ojos—. Creía que te apartaría de mí.

Æthel mira la mano de su esposo, y la complicada emoción de su pecho no es más que su corazón comenzando a sanar. No es el mismo corazón que tenía hacía unos meses. Es una criatura herida, un hueso roto en la batalla. Pero los huesos, si tienen la oportunidad, sanan para volverse más fuertes. Alarga la mano y los dedos de ambos se rozan.

—Hay algo de lo que nunca hemos hablado —dice Ine— que te ha causado dolor. —Traga saliva y reúne valor—. Es cierto que no puedo darte todo lo que necesitas, pero un niño, *Æthel*, una familia… si es lo que deseas, lo haré. Por ti. Por nosotros.

A los ojos de la corte, el hecho de que *Æthel* no hubiera tenido hijos eclipsaba todos sus logros. *No lo sé*, se había dicho a sí misma para responder a esa pregunta. Pero ahora *Æthel* sí que lo sabe. Al menos sabe que la necesidad de engendrar un hijo no proviene de ella, sino del mundo. Era demasiado fácil confundir lo que el mundo desea con lo que ella desea. Aprieta la mano de Ine, a sabiendas de que es un sacrificio que está dispuesto a hacer por ella.

—Gracias. Quizás algún día. Independientemente de cómo me sienta al respecto, sé que debemos nombrar un heredero.

—También es mi responsabilidad. Y tengo unas cuantas ideas. —Le devuelve el apretón de manos—. Hallaremos la respuesta, *Æthel*. Juntos.

Por primera vez desde la noche de Samhain, la recorre la calidez, una calidez de verdad. Cambia de postura en el lecho para acercarse a él y que Ine pueda rodearla con el brazo. Le besa el pelo y así permanecen, en silencio, durante varios minutos. Aun es temprano. No hay movimiento tras los muros de la estancia.

—Te he añorado, *Æthel* —le murmura contra la piel—. Tantísimo. No hace falta que seas una loba solitaria, aunque comprendo que es más fácil que estar demostrando tu valía constantemente ante quienes no son capaces de verla. —La abraza con más fuerza—. Lamento no haber hablado cuando debía. Has tenido que luchar tú sola.

—Tú también has tenido que luchar solo. Siento no haberte creído capaz de sobrevivir sin mí. —Sin quererlo, Æthel recuerda su conversación con Herla. Había estado en lo cierto respecto a muchas cosas—. Me convencí de que todas las batallas debían librarse con espadas y de que eras débil por optar por otros caminos. Esa creencia me ha llenado de furia.

—A veces las espadas son necesarias. —Exhala, divertido—. Pero no hay que abrir todas las puertas de una patada.

—Y aún así —murmura Æthel pensando en Hamwic—. Algunas lo van pidiendo a gritos.

—Siempre has demostrado un juicio admirable al respecto.

Un temblor, quizás una risa, la recorre y se da la vuelta entre los brazos de Ine para mirarlo a la cara. Hay algo nuevo en sus ojos, además del oro.

—Æthel —susurra Ine—. Proyectas una sombra enorme aun sin quererlo. —Le toca la mejilla—. E incluso si quedo eclipsado, no me gustaría estar en otro lugar. —Traza una línea con los dedos desde las sienes de Æthel hasta la mandíbula y acaricia con el pulgar la cicatriz que tiene ahí, una desvaída línea blanca. Recuerda el día que se la hizo. Lo horrible que le había parecido pensar que la tendría para siempre. Recuerda que le dijo a Ine: *mi primer error. Será un recordatorio para no cometer más.*

Desde entonces, Æthel ha cometido muchos errores. Si sus cicatrices han de recordarle algo, que sea que los errores son parte de la vida. Su esposo le sonríe con dulzura y ella mueve la mano hacia su pecho. Bajo los dedos, el corazón de Ine late veloz y fuerte, con tanta determinación como el suyo propio.

EPÍLOGO:

LAS ESTRELLAS ESTIVALES

Cuando llego a las orillas del Otro Mundo, no lo hago como la Herlathing, o la señora de la Cacería, pues he renunciado a los tres dones: la celeridad del viento; la maestría sobre las almas y la inmortalidad. Tampoco soy del todo Herla de los eceni. He ejercido el rol de Gwyn demasiado tiempo y he hecho mío su propósito. Quizás estuve condenada desde el principio a acarrear los deberes de otros. La carga de Boudica me llevó al Otro Mundo, después de todo.

Ahora, colmada del aroma del polen marino, y el neblinoso rosa de la aurora, soy la luz. Desnuda de más propósitos que el que yace en mi corazón. Del lugar en el que se tocan los mundos me llega una voz. *Corre veloz*, grita esa voz. *Corre veloz, Herla. Y no mires atrás.* Todo lo que es mortal en mi interior, siente una terrible pérdida. Un dolor como el que se apoderó de mí al descubrir que ella había muerto. Mi amante, mi reina. Pero Æthelburg vive. Vivirá y arderá con más fuerza aún que Boudica. Y quizás, si los hados nos favorecen, nos reuniremos de nuevo.

—Hasta siempre —le digo al viento, que sopla por el hueco entre los mundos.

Mi ser es demasiado frágil ahora para soportar la crudeza de la tierra que me engendró. Solo los delgados huesos de Annwn ofrecen refugio.

Me giro para enfrentarme a este lugar y no miro atrás. Esta vez no.

El cielo me llama. Los pétalos me lavan los pies. Si me introdujera en el riachuelo, podría vagar en su blanca corriente para siempre.

¿Esto es lo que significa morir? ¿Esta es la paz que le arrebaté a tanta gente?

Dejarme llevar no es para mí. Ni tampoco el vacío eterno del cielo. Por primera vez, soy dueña de mis propósitos. Silbo, una nota larga y fructífera, y ya no sostengo la respiración hasta que aparece. Su pelaje es tan níveo como el día que lo vi por primera vez correteando con sus hermanos de camada.

—No tenías por qué hacerlo —le susurro al animal condenado a dormir mientras yo durmiera y a cabalgar cuando yo cabalgara—. Ahora estás en casa.

Parpadea como si dijera: *¿entonces para qué me has llamado?* Alzo la mano hacia su pescuezo.

—Porque tengo un viaje pendiente, amigo. Annwn es vasto y la eternidad muy larga, así que necesitaré compañía para el camino. —Agacha la cabeza, me subo a su lomo y viramos hacia el oeste por encima de las olas.

He oído decir que más allá de los castillos de las hadas, a través de siglos de agua, hay un lugar donde las crestas de espuma se tornan montañas. Suaves estrellas bañan esos picos, pero más allá el cielo es oscuridad absoluta. Yo he vivido en el ojo de la oscuridad y no le temeré. Más allá de su enroscada orilla, dicen que hay otra aurora. Una que nunca da a luz al día.

Medio envuelta en las sombras, medio bendecida por la luz, nadie conoce el nombre de esa tierra excepto Gwyn, quizás, y el poder al que sirve. Allí la hierba se alborota bajo las espinillas de chicas con los pies embarrados. Serpentean ríos en lugar de carreteras. Campos bañados por el rocío yacen tenues bajo el cielo. Y la sonrisa de Corraidhín es como el fulgor de sol siempre a punto de alzarse.

AGRADECIMIENTOS

Quizás comenzar el proyecto creativo más ambicioso de mi carrera en el segundo año de una pandemia global no fue una gran idea. Ha sido un largo camino repleto de desafíos y tengo que dar las gracias a mucha gente por ayudarme a recorrerlo.

En primer lugar, a mi agente, Veronique Baxter: sigue estando para lo que necesite y no puedo decir lo agradecida que me siento de tener la posibilidad de trabajar juntas.

A mis editores en Reino Unido y Estados Unidos: Bella Pagan, Priyanka Krishnan, Holly Domney, Sophie Robinson y Tiana Coven. Bella, Priyanka, muchas gracias por vuestros aportes y por vuestra paciencia mientras me peleaba con esta historia y por creer que era capaz de escribirla. Holly, gracias por guiar a mis personajes hacia su mejor versión (y hacia los mayores torbellinos emocionales). Los entendiste muy bien desde el principio y me ayudaste a comprenderlos mejor. Sophie y Tiana, gracias por apoyar este libro cuando dio sus primeros pasos fuera de mi cabeza hacia un mundo más grande y terrible.

Hay mucha gente involucrada en el proceso de publicar un libro, desde los editores de mesa a los encargados de derechos de producción y publicidad, y a algunos no los he conocido aún y no he podido darles las gracias en persona. Al equipo de Pan Macmillan en Reino Unido y Orbit/Redhook en Estados Unidos: me habéis ayudado a convertir esta historia en algo que los lectores pueden sostener entre las manos y siento una enorme gratitud ante el cariño con el que lo habéis hecho. Gracias a Crush Creative y Lisa Marie Pompilio por los impresionantes diseños de cubierta. Y a Kevin Sheehan por crear un fenomenal mapa de Wessex.

Entre mayo y junio de 2023, tuve la inmensa suerte de pasar tres semanas en la bellísima Villa Joana de Barcelona, mientras trabajaba en la edición estructural de *La canción de la Cazadora*. Gracias a Anna Cohn Orchard y los equipos de Exeter y Barcelona UNESCO Ciudades de Literatura por proporcionarme una oportunidad inolvidable.

A Susan Stokes-Chapman y su amiga: gracias por ayudarme con la parte galesa de la guía de pronunciación. Gracias a mis mecenas: vuestro apoyo y ánimos lo son todo para mí. Y a todo el mundo que compró, leyó y gritó sobre *La balada del arpa de hueso*. He podido escribir y publicar *este* libro gracias a vosotros.

No habría podido hacer nada de esto sin mi familia y amigos. Gracias a mis padres por su incesante amor y apoyo. A mi hermana, Laura, por responderme siempre el teléfono, aunque normalmente llamo para quejarme sobre cualquier cosa. Pasar tiempo con el equipo universitario: Reda, Josi y James ha sido uno de los puntos sobresalientes del año, aunque nunca es suficiente. Una mención especial a mi grupo de D&D que me mantiene cuerda todos los miércoles; a mis guerreras del podcast Megan Leigh y Charlotte Bond; y a la doctora Victoria James, no solo por seguirme el rollo con mi obsesión con los castillos galeses, sino por regalarme el cráneo de un Balrog, que es algo que solo haría una amiga de verdad.

Por último, a todos los Ines, Æthelburgs y Herlas de este mundo: sois suficientes. Corred veloces y no miréis atrás.

También podría gustarte...

LA BALADA DEL ARPA DE HUESO

Lucy Holland

«Una bella vuelta de tuerca a una antigua balada del folklore británico. La balada del arpa de hueso teje un fascinante hechizo de mito y magia» —Jennifer Saint, autora de Ariadna.

Los hijos del rey Cador heredan una tierra abandonada por los romanos y dividida por guerras tribales. Riva puede curar a los demás, pero no sanar sus propias cicatrices. Keyne lucha porque se le reconozca como el hijo del rey, aunque naciera como una hija. Y Sinne sueña con el amor y anhela la aventura.

Los tres llevas una vida confinada tras los muros de la fortaleza, el último bastión de su pueblo ante los invasores sajones. Sin embargo, un cambio llega el día que llueve ceniza del cielo y con ella viene Myrdhin, un entrometido mago. Los hermanos descubren el poder que yace en su interior y en la tierra. Pero el destino también trae a Tristan, un guerrero cuyos secretos sembrarán división entre ellos.

Riva, Keyne y Sinne acaban enredados en una telaraña de traiciones y corazones rotos y han de luchar para labrarse su propio camino. Es una historia que definirá el destino de Britania.